气与中国文学理论体系构建

The Connection of Qi With Chinese Literary Theory's System

赵树功 著

人民出版社

国家社科基金后期资助项目
出版说明

后期资助项目是国家社科基金设立的一类重要项目，旨在鼓励广大社科研究者潜心治学，支持基础研究多出优秀成果。它是经过严格评审，从接近完成的科研成果中遴选立项的。为扩大后期资助项目的影响，更好地推动学术发展，促进成果转化，全国哲学社会科学规划办公室按照“统一设计、统一标识、统一版式、形成系列”的总体要求，组织出版国家社科基金后期资助项目成果。

全国哲学社会科学规划办公室

序

詹福瑞

树功在我的学生中，勤奋而渐有成就。他的国家社科基金后期资助项目《气与中国文学理论体系构建》要付梓，嘱我写序，我自然乐意为之。

气是中国哲学的元范畴，中国文学理论批评与气有着密切的关联，并在中国古代文学理论中形成了一脉以气为主的文学理论范畴。古代文学批评中的“文气”论一直是后世文学研究关注的重点，其他关于气论的研究也已经取得了不小的成就，但检点既有的研究成果，依然存在一些问题：首先，在对气论的研究过程中过多地依赖哲学对气的阐释，甚至有些研究以哲学研究替代了文学理论阐释，忽略了二者之间存在着很多变异或者差异。其次，文学理论、艺术理论、哲学理论综合的研究较多，这种立足于文艺的综合研究反而使得文学理论之中气论的独到特性不易凸显或者被简化。再次，“文气说”作为一个基本的约定俗成的研究视野，将研究的对象约束在了传统的文学理论著述、文学批评资料中，研究者往往从文学理论史或者文学批评史的角度进行理论价值的挖掘，这样的研究缩小了文学理论中气论的内涵，使得气的生命征象与本原意义得不到充分而又全面的观照。其四，一些思想观点、一些常见范畴阐释过度（如气韵），而其他众多的相关范畴却没有受到应有的重视；对其他同质性范畴关注也有待深入。其五，气作为元范畴的地位作用没有得到实际的关注，也就是说，观点、思想、范畴、概念的研究虽然较多，但忽略了彼此内在的系统关系，即气作为文学理论的元范畴，它承担的不仅仅是范畴建构、批评术语供给、基本批评思想的揭示等任务，这样尚显示不出它在中国文学理论史上的根本作用；事实上，气论在中国文学理论史上最重要的意义在于，它建构起了一个以气为核心的文学理论体系。而这一点一直没有系统研究。

正是基于以上问题的反思，树功近年来下力气于气与中国文学理论体系建构的探讨，其初稿在申报国家社科基金后期资助项目时，即得到了评审专家的肯定。树功的研究是对文学理论之中气论研究的深化，尤其对以气为核心的理论体系建构的探索，是基本概念范畴研究的升华，对古代文学理论的研究具有一定的启示意义。

此书以范畴正本清源的梳理为基本手段，将古代文人以气论文的历史视为一个历时性的学术整合与构建过程，通过这些范畴内外关系的研究，提炼对这些范畴具有统辖意义的元范畴，并尝试以元范畴之下范畴之间的关系结构，追溯复原古代文学理论的体系。研究路径与方法具有借鉴意义。

本书提出了很多新颖的理论观点：其一，中国古代文学理论之中，存在着一个以气为核心的理论体系，这个体系涉及本体论上的文学起源，具体创作论中的文机涵育、文机发动，具体创作中的气化赋形，文学审美论中的文学审美品格的塑造与获得，审美鉴赏论中作品动人的机制，另外还有文学批评实践与文学史论。其二，气完成从哲学到美学的提升之后，形成了审美之气独到的审美特征，主要包括气主“完型”、气化赋形、元气归依等；而文学创作之中诸般审美特征，基本上就是这些审美之气的审美特征在作品之中的作用与显形。其三，养气而气盛与气感而通，都指向一个文学创作机制：“机流神通气行”。神为气之精、气之华、气之主，神的获得意味着气机的打开，实现了气感而通，此时气才能运行、赋形。其四，文学创作过程是一个气化赋形的过程，气运行依循的对象是才，才气相御而行，方能完成创作。

其五，气韵是以气为核心的范畴体系中的最高范畴，它依托众多艺术手段综合而后现身，它与意境都是气化赋形所创造出的最高审美境界，二者在绵远不尽与依托意象上是一致的。其六，“气感而通”是文学能够实现感人的理论依据，也是文学能够感人的民族阐释。其七，著名的“文如其人”说，其根本的理论依据在于气在创作之中维持着前后统一性。其八，气运与文学史论有着密切的关系，代变与代胜论、文学体裁演革论中，都有气运论的影响。其九，在以上气与文学理论体系关系的建构过程中，一直坚守着以下几个根本的气的准则：从本质而言，个体之气与天地之元气是一体的；从养气的目的和路径而言，是个体之气通过修养回归自然元气；从气赋形的路径而言，是天地元气通过禀赋透达主体，又由主体向作品贯注，实现个体化。

作为一项颇具探索意义的研究，本书显示了很强的学术价值，它构建起一个以气为核心的文学理论体系，这个体系涉及文学本原研究、文学创作的文机涵育、文学创作的文机发动机制、文学创作的创作机制——气化赋形、文学作品审美品格的获得、文学鉴赏论、文学批评论与文学史论。因此这个系统贯通而完整，是我们民族文学理论自己的系统。从这个意义来说，本书又具有弘扬民族文化精神的重要意义。

2012年2月1日

目　录

引论:作为元范畴的气及其审美特征

气是中国哲学最根本的范畴之一,它和道、理、无、一、玄、天等一样,是古代哲学中阐释宇宙生成、宇宙发展以及自然现状、物我关系的重要范畴。由于气具有可以感知的特点,既能够代表宇宙的本体,也能够作为宇宙运动的具体阐释工具,所以相比道、理等而言,气在古代哲学之中与古代哲学之外适用得最为广泛:农学、医学、天文学、艺术、文学等相关理论之中都有它的影响,而且都发挥着重要的作用。以人类历史情态为例,包括元气、邪气、间气、祥气、常气、灾气、妖气、和气、人气、怨气、戾气、兵气、生气、死气、王气、霸气、士气等。以自然界为例,则有天气、风气、暑气、寒气、地气、潮气、湿气、水气、瘴气、雾气等。以医学而言,传统中医理论可谓集气类之大成,诸如体内一般阴阳之气包括清气、血气、精气、大气、卫气、神气、心气、浊气、营气;如肌体脉络以及各个器官部位之气包括真气、正气、宗气、中气、经气、络气,俞气、骨气、谷气、胸气、肺气、肝气、脾气、腹气以及血脉之气、肌肉之气、头角之气、耳目之气、口齿之气等;又如病累之气包括厥气、逆气、乱气、疟气、毒气、恶气、淫气、暴气、肥气等。将气运用得如此广泛深入,是和“气为宇宙本原”这一基元性理论相统一的;同时也说明,气是宇宙生成理论、宇宙构成理论的相关范畴中的元范畴。

气从古典哲学范畴完成向文艺美学范畴的过渡,关键在于其使用语境从自然宇宙向生命主体的转移。这个转移过程出现在魏晋时期,其时源自早期才性论的人物品评盛行,并被刘邵系统化为《人物志》中以气论人的详细理论,以气论人由此成为以气论艺、以气论文的基础。进入审美范畴的气有着与自然范畴、哲学范畴的气密切相关的审美特征,而文学理论批评之中的诸般审美品质要求和境界追求，恰是气的审美特征的体现。审美之气进入文学理论批评滥觞于曾子的“出辞气，斯远鄙倍矣”一言，刘熙载认为这是以气论辞之始①；而曹丕“文以气为主”思想的揭示，则是明确以气论文的发端。从此，以气论文成为我国文学理论批评之中具有鲜明民族特色的内容，不仅如此，以气论文还直接影响到了文学思想从志思蓄愤向遣兴娱情的跨越，两种不同形态审美之气的发抒丰富了中国文学的内涵。

第一节　气论哲学概述

古代关于气的基本观念来源于自然界的云气，随后通过吸纳传统中医理论中的气论思想逐步发展起来。因此《说文》释“气”云：“气，云气也。”《孟子·公孙丑》：“气，体之充也。”《管子·心术》：“气，身之充也。”《淮南子·原道》：“气，生之充也。”之所以从云与人之所充论气，主要在于“阴阳二气交感，莫著于云；人身之呼吸，犹云之卷舒”②，其间有着鲜明的由天及人的痕迹。最早关于气与阴阳的论述，就目前文献而言当出自《国语·周语上》，其中记载周大夫伯阳父论幽王二年地震：

> 周将亡矣！夫天地之气，不失其序，若过其序，民乱之也。阳伏而不能出，阴迫而不能烝，于是有地震。今三川实震，是阳失其所而镇阴也。

此中最早提出了“气”的概念，且气分“阴阳”，二者各有其位置和次序，错乱则会出现异动，阴阳二气失序与冲突，是造成自然界与社会变动的基本原因。③

---

① 参见刘熙载：《艺概·文概》，见王水照主编《历代文话》，复旦大学出版社2008年版，第5570页。

② 姚永朴：《文学研究法》，黄山书社1989年版，第117页。

③ 参见张国刚、乔治忠：《中国学术史》，东方出版社2006年版，第27页。

五行说的原型初见于《左传·文公七年》所引《夏书》:“水火金木土谷,谓之六府。”六府去掉谷便是五行,但当时尚未完成这种提炼。《尚书·洪范》论自然与社会的九类大法,其中第一条就是五行:

> 一曰水,二曰火,三曰木,四曰金,五曰土。水曰润下,火曰炎上,木曰曲直,金曰从革,土爰稼穑。润下作咸,炎上作苦,曲直作酸,从革作辛,稼穑作甘。

五行之所以纳入治理国家燮理阴阳的大法,关键在于五行彼此相生相克,可以化生万物,如《国语·郑语》引史伯语:“先王以土与金木水火杂,以成万物。”

“气—阴阳—五行”,这就是古代哲学气论的基本框架,其关系则是:“天地之气,合而为一,分为阴阳,判为四时,列为五行。”①最终都归于一元之气。

气范畴引入哲学,主要是要完成对宇宙本原的阐释,因此,气是本原,是万物生成的根本,这一点是气论哲学的最高核心。这首先体现在《易·系辞》将气的范畴抽绎为“精气”,称“精气为物,游魂为变”。与《易》传生成时间相近的《管子·内业》篇中也得出了“精者气之精者也”的结论。从精气入手论气所得出的结论是:人类生命源于精气,精神意识源于精气,伦理道德源于精气。② 以上结论的根本依据是《易》传中的“男女构精万物化生”,构精就是精气的融合,《管子·水地》称之为“男女精气合而水流形”,都回归到了对生命现象的比附。

汉代《白虎通》也论述了气生化天地万物、为万物本原这个核心问题,《天地》篇中将化生过程浓缩为“太初——太始——太素——万物”,且云:“万物怀任,交易变化,始起先有太初,然后有太始,形兆既成,名曰太素。”

---

① 董仲舒:《春秋繁露·五行相生》,苏舆义证本,中华书局1992年版,第362页。

② 曾振宇《中国气论哲学研究》(山东大学出版社2001年版)第二章有云:“《白虎通》赞成《易纬·乾凿度》关于太初为气之始、太始为形之始、太素为质之始的说法。”

万物之生如女性之有妊娠，此为太初，而这个太初在《白虎通》的作者看来就是作为万物发端的气。① 以气为始，以万物终，自然也是气为万物本原之意。

汉代又有“元气”之说，《春秋繁露·王道》首言元气：“王者人之始也，王正则元气和顺。”《重政》篇解释“元”意：“元犹原也，其义以随天地终始也。”所谓元气因此也就是万物本原之气的意思。王充在董仲舒以及纬书有关论述的基础上将元气列为气论哲学的最高范畴。《太平御览》卷一引《河图》：“云气无形。”又引《礼统》：“天地者元气所生，万物之所自焉。”王充在吸纳元气这个范畴的同时也接受了其为万物所自、为万物本原的思想，在盛赞“元气天地之精微也”之外，还提出了“万物之生，皆禀元气”的观点。②

气处在运动变化之中，气之周行不息，是指气的冲虚形态在不停地变异，或聚或散，《吕氏春秋·尽数篇》：“流水不腐，户枢不蠹，动也。形气亦然，形不动则精不流，精不流则气郁。”东汉班昭注班固《幽通赋》“浑元运物流不处兮”云：“言元气周行，始终无已。”③突出的都是气时刻在流行的特点。

气的运动源自阴阳二气的摩荡，气阴阳摩荡是化生万物的机制，这个气或者元气化生万物的现象在哲学上被称为“气化”。可以说所谓气或元气为万物本原，都是就气化而言的。《易·系辞》中的“天地氤氲，万物化醇；男女构精，万物化生”，实为气化之意。王充在《论衡·物势》篇中对此给予了引申：“夫天地合气，人偶自生也。犹夫妇合气，子则自生也。”他将《易》传之中这些阴阳构精、刚柔形摩等内涵给予了生命发生意义上的准确把握。朱熹训释《易》传中“刚柔相摩，八卦相荡”云：“摩如物在一物上面摩旋底意思，亦是相交意思。”这种解释表面清楚，实则有些吞吞吐吐，一物在一物上摩旋，无非是对“性交”的抽象，不过这里讲的是阴阳二气摩荡而生物，所以

① 参见张立文主编：《中国哲学范畴精粹丛书：气》，中国人民大学出版社 1990 年版，第 76 页。

② 参见王充：《论衡·四讳》、《论衡·言毒》，黄晖校释本，中华书局 1996 年版。

③ 萧统编、李善注：《文选》卷十四，上海古籍出版社 1994 年版，第 646 页。

他说事物都是那阴阳做出来。① 二程也认为:“万物之始,皆气化;既形,然后以形相禅,有形化。”②虽然提到“形化”,那是具备既定形态以后的事,在此之前,万物“初生之际”仍然是以气为其始。张载则通过气兼有无,将气化论述得更为完善,《正蒙·太和》中云:“由太虚,有天之名;由气化,有道之名。”③《神化》篇中他对气化作了具体说明:

> 所谓气也者,非待其蒸郁凝聚,接于目而后知之;苟健、顺、动、止、浩然、湛然之得言,皆可名之象。然则象若非气,指何为象?时若非象,指何为时?④

类似健、顺、动、止、浩然等“象”都是气外化的形式,属于气化的范围,“气象”这一范畴亦由此而生。戴震《孟子字义疏证》中将气化与气的运动并言:“气化流行,生生不息,是故谓之道。”气化与流行是作为宇宙根本的真理而言的。又云:“阴阳五行,道之实体也。”其意是说,气化流行是通过阴阳五行之气的运动变化实现的。前面张载已经论述象与气的关系,可以说气化所赋显于外者便是“象”,正如屠隆所云:“阴阳五行运而为气,见而为象,凝而为形。寒暑昼夜所为运也,日月星辰风云雷雨所为见也,山川土石人物花木所为凝也。人身之呼吸运动所为运也,妍媸修短形色象貌所为见也,耳目口鼻百骸所为凝也。”⑤气是阴阳之运动,象为气外显而出的可望而不可即的特征,形则属于物理性的凝固物,其中气化则显为象。

气分为阴阳二气,但二气乃是负阴抱阳而成一体,并非说天地之间可以将气一分为二。如黄宗羲《答忍庵宗兄书》所云:“阴阳本是一气,其互生也,非于本气之外又生一气。故左伴一画是阳,右伴一画是阴。一阴一阳乃一气之变化。”阴阳之气运动而成屈伸盈缩,气的屈伸盈缩运动又具体表现

---

① 参见黎靖德编:《朱子语类》卷七十四,中华书局 1994 年版,第 1878 页。

② 程颐、程颢:《二程遗书》卷五,文渊阁四库全书本。

③ 张载:《正蒙》,《张载集》卷一,中华书局第 1978 年版,第 9 页。

④ 同上书,第 16 页。

⑤ 屠隆:《鸿苞节录》卷五,屠继烈咸丰七年刊本。

为五行。《白虎通·五行》篇中说，五行之中，水位于北而属阴，木在东而主阳气始动，火在南而属于阳，金在西而阴，土则含吐万物，因此五行实则就是阴阳之变；又云："五行之性，或上或下何？火者阳也，尊，故上。水者阴也，卑，故下。木者少阳，金者少阴，有中和之性，故可曲直从革。土者最大，苞含物，将生者出，将归者入，不嫌清浊，为万物。"阴阳二气或上或下，或收敛或跃出，根据其取向与形态，便形成了五行。可见五行也是气："五行者，……金木水火土也。言'行'者，欲言为天行气之义也。"因此可以说："五行之气的特性体现阴阳之气的特性，随着阴阳之气而变化。"①但阴阳与五行相比，五行是气运行更为具体的方式，所以说："未有五行，只得唤作阴阳，既有五行，则阴阳在五行中矣。"②五行说在气论哲学政治化的历程中起到了关键作用，其代表理论便是建立在天人感应基础上的"天人合一"学说。这个理论体系不仅对中国哲学、儒家政治，而且对后世的审美思维都产生了巨大的影响，曾振宇先生对这一哲学命题的本义有过入微的分析：

> 大多数学者都把"天人合一"之"一"解析为一个普通的数量词，没有认识到"一"乃"天人一也"之"一"。也就是说："一"实际上指谓哲学本原，……在董仲舒哲学中，"天人合一"之"一"就是指谓哲学最高概念——气。气是大而无当的、有机的、泛道德性的终极存在，它可以解释自然、精神、伦理、社会诸多现象，它是一个无穷大的本原，宇宙间的各种"定在"，无论是物质的、精神的，抑或伦理的，都是由它所化生，最终又复归于它。

在气的基础上，天与人回归到一体，这种回归又可以概括为：天人同质——从性质而言，天与人相同，"二者都是充满生命活力的泛道德存在"；天人同构——结构上二者可以互相论证、互为前提；天人互渗——彼此之间

① 张立文主编：《中国哲学范畴精粹丛书：气》，第75页。

② 赵顺孙：《大学纂疏·中庸纂疏》，华东师范大学出版社1992年版，第21页。

形成显在或者隐在的因果。①

综合古代有关气论的文献,气这一范畴被基本划分为两个部分:元气与具体的功能之气。元气是宇宙本体论、本原论维度的范畴;具体的功能之气则属于元气的具体表现形式,其中被关注最多的是主体之气,诸如中医理论中所涉及的人体诸气,都属于这个范围。元气与个体之气的关系集中体现于两点:个体之气是元气所赋予的;个体之气应该回归元气。

其一,个体之气是元气的赋予。王充的《论衡》是早期元气论较为集中的著述,其中认为,元气最终通过精气、天地之气、阴阳之气、五行之气、五常之气得以表现,也就是说,作为本原的元气是通过以上不同的气类现身的。人作为天地氤氲阴阳和合而生的主体,其所赖以存在的气是对元气的禀受,如《无形篇》所云:"人禀元气于天。"这就是"气禀说","禀"的本意为"承受","禀气"或者"气禀"的意思是指主体从天地自然所承受的气。通过气禀说,元气和主体之间建立了联系的通道。曹魏之际,刘邵的《人物志·九征篇》就云:"盖人之本,出乎情性。情性之理,甚微而玄,非圣人之察,其孰能究之哉?凡有血气者,莫不含元一以为质,禀阴阳以立性。"性出于元一,就是出于元气,人都禀受元气,因此在以元气为其质上是相同的,但禀受元气之际所禀受的阴阳多少厚薄有差别,于是各自的性情便出现了差异。所谓人之性情,在古代并非是一个笼统的概念,而是被明确为与五行相对应的性质,就主体而言,五行与其对应关系表现为"木骨,金筋,火气,土肌,水血",即人是五行的综合产物;而且构成主体之五行"各有所济"——各有不同于他人者,由此带来了性情之异,所以刘昞注云:"五性不同,各有所禀,禀性多者则偏性生也。"②哪一项超过一般状态,则其性情必偏失,如偏于木者弘毅,偏于火者文理,偏于土者贞固,偏于金者勇敢,偏于水者通微。嵇康《明胆论》中也曾提出"元气陶铄,众生禀焉"的思想。关于这个问题,古人多有论述,有学者总结道:

---

① 参见曾振宇:《中国气论哲学研究》,第68—69页。

② 刘邵著,刘昞注:《人物志》,长春出版社2001年版,第7页。

在气的层次上，人与物是相通的、一体的，即所谓“通天下一气耳”（庄子语），“天人之蕴，一气而已”（王夫之《读四书大全说》卷十）。这种观点，也为古代艺术家们所共持。如唐代房玄龄《晋书·乐上》曰：“夫人受天地之灵，蕴菁华之气，刚柔迭用，哀乐分情。”辛弃疾《偶作》云：“一气同生天地人。”陆游《宴坐》亦曰：“周流性一气，天地与人同。”黄宗羲《孟子师说》也说：“天地间只有一气充周，生人生物。”①

另如苏轼《潮州韩文公庙碑》从孟子浩然之气延伸，称这种气“寓于寻常之中，而塞乎天地之间”，而且“不依形而立，不恃力而行，不待生而存，不随死而亡”。如此长存之气最终都会与个体建立关系：“在天为星辰，在地为河岳。幽则为鬼神，而明则复为人。”人为元气之明者。明代张瀚则从元气敛放所及的范围论元气与个体之关系：“气得其养，至大至刚，敛之不愈一身，放之塞乎天地。”②元气就生命而言敛于一身，就是赋气于主体。于谦也称：“清明纯粹之气弥漫于天地间，腾而上者昭布森列而为日月星辰，凝而下者流峙发生而为山川草木，钟于人者表著呈露而为文章事业。”③于谦将元气钟萃于人的链条作了延伸，即元气通过主体而又体现于文章事业之上。

其二，个体之气应该回归元气。宋代黄裳《书自然子书后》论养气云：

尝谓气之高下，自夫学之远近。古人之学，由心而见性，由性而见天，由天而见道，然后其志高明，其气刚大，出乎万物之表，我无物而交之，物无我而引之，故其气之来也本乎性天，发乎德机，而形见乎声色。声色不足寓之也，一写于文辞。④

该文意在探讨如何通过养气为文，其理路是学而明心——明心则见性——

① 张义宾：《中国古代气论文艺观》，山西人民出版社2003年版，第230页。

② 张瀚：《奚囊蠹余》卷二十《刻吴清惠公诗文集》，四明丛书本。

③ 于谦：《忠肃集》卷十二《赵尚书诗集序》，文渊阁四库全书本。

④ 黄裳：《书自然子书后》，见陶秋英编选《宋金元文论选》，人民文学出版社1999年版；后文宋金元代单篇不注者皆出此。

见性则见天(自然)——见天则见道——见道则见到了气的源头:“养气”二字因为养而得气,积蓄盛气的内涵在这个路径之中得以体现。如果我们把这节文字作文的目的暂时搁置一旁,则个体通过培养最终所达到的效果是对元气的获得,见性见道之际气勃然而出。对于这种气的性质,黄裳宣称:“尝谓有道者之气,其犹天元也欤?”它就是元气。主体修养的目的,在于获得元气或者与元气最大限度地接近。个体之气只有与元气接近甚至回归,才能获得创作的最佳机缘与基础。而是否接近、回归元气,是个体之气价值衡量与效用发挥的关键。清代何绍基讲得更为明确,既然“道理精神都从天地到人身上”,所以“此身一日不与天地之气相通,其身必病”。① 与天地之气相通正是将主体有局限的气与元气接通,在实现交流之中回归元气,突破体性之局限。

对主体之气的关注早期引申出的一个重要命题就是养气。《管子·心术下》云:“气者,身之充也,……充不美则心不得。”不得为不畅,它说明主体所有之气,在特定情状之下存在着一些遗憾。《左传》昭公二十五年载子产之言:“民有好恶喜怒哀乐,生于六气。”气影响人的感情。正是基于以上气有不完善的状态、气对主体情感有影响这两点的理解,孟子才提出了著名的养气说,不过孟子的养气主要集中在通过道义之气的培养,获得人格的刚健;而《荀子·修身》篇也提出过养气说,着眼点则在于调和,如“血气刚强则柔之以调和,知虑渐深则一之以易良”等,尽管在将主体之气培养到什么程度、培养至什么方向的认识上不尽相同,但气通过养而能够改观的理念却是统一的,而且无论修养手段如何,养气的最终目的都在于从个体之气回归到元气。

第二节　气作为元范畴的理论依据

气是作为元范畴进入哲学视野的。从宇宙生成理论而言,无论追根溯

---

① 何绍基:《与汪菊士论诗》,见王运熙、顾易生编选《清代文论选》,人民文学出版社 1999 年版;后文清代单篇不注者皆出此。

源的“道”，还是作为万物生存发展动力根据的“和”，其最终都要落实于“气”。

首先说道。道是中国传统哲学思想中衍生万物的根本，这一点无论儒道都有着相当的共识，且置道于气之上，但从古代相关文献的描述来看，所谓道就是对气所作的升华。如《老子》二十五章云：“有物混成，先天化生，寂兮寥兮，独立而不改，周行而不殆，可以为天下母，吾不知其名，字之曰道。”二十一章云：“道之为物，惟恍惟惚，惚兮恍兮，其中有象；恍兮惚兮，其中有物。窈兮冥兮，其中有精，其精甚真，其中有信。”又第十四章云：“其上不皦，其下不昧，绳绳不可名，复归于无物。是谓无状之状，无象之象，是谓恍惚，迎之不见其首，随之不见其后。”学者们一般认为，这里所描绘的恍惚寂寥、不皦不昧、无物无状又周行不殆的道就是气的形态与运动规律的升华，道和气在此实则是一体的。再看《淮南鸿烈·原道训》：

> 夫无形者，物之大祖也。无音者，声之大宗也。……所谓无形者，一之谓也；所谓一者，无匹合于天下者也。卓然独立，块然独处，上通九天，下贯九野，圆不中规，方不中矩，大浑而为一，叶累而无根，怀囊天地，为道关门，穆忞隐闵，纯德独存，布施而不既，用之而不勤。是故视之不见其形，听之不闻其声，循之不得其身。无形而有形生焉，无声而五音鸣焉，无味而五味形焉，无色而五色成焉。是故有生于无，实生于虚，天下为之圈，则名实同居。

最后的结论是：“道者，一立而万物生矣。”以上对道卓然独立、通乎九天、贯乎九野、无形无状又幻生万物的描绘，与《老子》对道的描绘没有区别，如此贯彻天地又弥漫无穷的也只有气，因此，《淮南鸿烈》论道实则也是论气，所谓道生万物，其本质也就是气生万物。

从对文献的感性理解回归到理性的认知，历代关于道这一范畴大约引申出道路、万物本原或者本体、道为一、道为无、道为理、道为心、道为气、道为人道等内涵。其中道为本体或者本原出于《老子》第四章：“道冲而用之或不盈，渊兮似万物之宗。”在老子的逻辑结构中，本体论与生成论是统一的,因而道为本体或者本原也就是道为万物之母。后世《管子》、《庄子》、《荀子》关于道的思想基本上是由此衍生而出的。就本体、本原论道,又演绎出了以下论点:

道为一。《老子》四十三章云:"道生一,一生二,二生三,三生万物。万物负阴抱阳,冲气以为和。"此处声称"道生一",将道视为前提;至《淮南子》则提出"道始于一",而不提"道生一",道和一由此一体了。

道为无。王弼《论语释疑》:"道者,无之称也,无不通也,无不由也。况之曰道,寂然无体,不可为象。"①

道为理。此宋代心学理学之常言。

以上所谓"一"、"无"、"理"等,都是由于言说道而引出的范畴,尽管范畴不同,但内涵却有着一致性:都是由本原本体而论,感官不可达到,也超越经验,且无所不在。这本身与气的特征已经是吻合的。另外,中国古代哲学在本体论(存在根据)、生成论(存在者之来源)上一般存在着统一结构,就本体论而言,道是一、无、理,道是万物存在的根据;但从生成论而言,则最终仍然从道落实到气,于是便出现了道气一体的相关思想,甚至可以说道、一、无、理、气也大致是一体的。如宋代二程就说:"一阴一阳之谓道,道非阴阳也,所以一阴一阳,道也。"②又云:"离了阴阳更无道,所以阴阳者是道也。阴阳,气也,气是形而下者,道是形而上者。"③二程同样视道为万物本体,但对万物发生的论述则回归到了气,阴阳二气的运动形成道,也由此生成了万物。他如《朱子语类》卷一云:"天道流行,造化发育。"从道论本体。但又云:"且如天地间人物草木禽兽,其生也,莫不有种,……这个都是气。"由气论生成。道和气于此也是一体的。张载《正蒙·太和》亦云:"由气化,有道之名。"由气化,即由一阴一阳的变化进而生物,就是有道。进而又论云:"太和所谓道,中涵浮沉升降动静相成之性,是生氤氲相荡、胜负屈伸之始……不如野马、氤氲,不足谓之太和。"④其中野马为游气,氤氲则是阴阳

① 楼宇烈:《王弼集校释》,中华书局1980年版,第624页。

② 程颐、程颢:《二程遗书》卷三。

③ 同上书,卷十五。

④ 张载:《张载集》卷一,第19页。

二气密切结合的状态。太和就是以上诸气运动的形态，这种气的运动形态被称为道。宋代王柏则从体用关系论述道与气："夫道者，形而上者也；气者，形而下者也。形而上者不可见，必有形而下者为之体焉，故气亦道也。"①道体气用，而体用关系就是不可拆分的一个整体。明代王廷相《慎言·道体》中延续了以上思想："道体不可言无生有、有无。天地未判，元气混涵，清虚无间，造化之元机也。"也是由生成论言说作为本体论的道，而由生成论出发的起点就是气。至清代，戴震《孟子字义疏证》总结二程、朱熹、张载以及王廷相的思想，直接得出"气化流行，生生不息，是故谓之道"的结论，清晰鲜明地理清了道与气的关系。② 道与气二者之间的一体关系，决定了气本原的地位。

有关理气关系的论述同样有着理气一体的倾向。如朱熹在回答他人对"理在先气在后"的质询时就说："理与气本无先后之可言，但推上去时，却如理在先气在后相似。"③从这种略有揣测的口吻和"理与气本无先后之可言"的回答，可以了解朱熹在理先气后这个思想上的游移，因此他又明确提倡理、气不分，如《朱子语类》卷九十四云："自太极至万物化生，只是一个道理包括，非是先有此而后有彼。但统是一个大源，由体而达用，从微而至著耳。"卷三十九也说："有是理，则有是气；有是气，则有是理。气则二，理则一。"理气不分、二者统一当然不仅仅体现在存在状态上，还表现于生化万物之际，理无气则毫无意义，气无理则无所循依。到了明代，王廷相《雅述》明确颠覆了理对气的统辖，提出了"理根于气"、"气万则理万"的思想；《慎言·道体》且云："元气具则造化之物之道理即此而在，故元气之上无物，无道，无理。"显然，此论是针对宋代理学而发。罗钦顺将这种理气不分的统一之说进一步改造，以为理只是气之理，它依于气而立，附于气而行，因此"理气为一"：

① 王柏：《鲁斋集》卷五《题碧霞山人王文公集后》，文渊阁四库全书本。

② 参见张立文主编：《中国哲学范畴精粹丛书：道》，中国人民大学出版社 1989 年版。

③ 黎靖德编：《朱子语类》卷一，第 3 页。

盖通天地,亘古今,无非一气而已。气本一也,而一动一静、一来一往、一阖一辟、一升一降,循环无已。积微而著,则著复微,为四时之温凉寒暑,为万物之生长收藏,为斯民之日用彝伦,为人事之成败得失。千条万绪,纷纭胶轕而卒不可乱,有莫知所以然而然,是所谓理也。初非别有一物依于气而立、附于气以行也。①

理气为一之论不是一般的调和,它维护了气在本原上的地位,同时也对气的运动变化通过理的引入给予了更细微的说明。王夫之《读四书大全说》卷十中也阐释了同样的道理:"尽天地间,无不是气,即无不是理也。"

其次看"和"与气的关系。"和"是中国审美传统中的重要一维②,相关思想最早可以追溯到《老子》四十三章:"道生一,一生二,二生三,三生万物。万物负阴抱阳,冲气以为和。"其中一为元气,二为阴阳二气,三则指阴阳二气与负阴抱阳所形成的冲和之气。冲和之气不是独立于阴阳二气之外的气,乃是对阴阳二气冲和形态的描述,即阴阳能够冲和则生成冲和之气。和由此看来不仅是一种状态,也是生成这种状态的条件。有了和,方能成"三",进而化生万物。可见"和"本质上讲是指阴阳二气的和。先秦之际,这种审美思想已经得到较为广泛的凝炼与提倡,如《左传·召公二十年》晏子论"和"云:

和如羹焉,水火醯醢盐梅以烹鱼肉,燀之以薪。宰夫和之,齐之以味,济其不齐,以泄其过。

声亦如味,一气、二体、三类、四物、五声、六律、七音、八风、九歌,以相成也。清浊、大小、短长、疾徐、哀乐、刚柔、迟速、高下、出入、周疏,以相济也。

"和"就是一种兼容又能相融的状态,它不追求齐一,不排斥异类。又

① 黄宗羲:《明儒学案》卷四十七引,见《黄宗羲全集》第8册,浙江古籍出版社2005年版,第408页。

② 参见袁济喜:《和:审美理想之维》,百花洲文艺出版社2001年版。

著名者如《国语·郑语》引史伯论和：

> 夫和实生物，同则不继。以他平他谓之和，故能丰长而物归之。若以同裨同，尽乃弃矣。故先王以土与金木水火杂，以成万物。是以和五味以调口，刚四肢以卫体，和六律以聪耳，正七体以役心，平八索以成人，建九纪以立纯德，合十数以训百体。

史伯总结此前有关“和”的思想，明确提出了“和实生物”的命题，并指出：“声一无听，物一无文，味一无果，物一不讲。”“和实生物”由此将“和”纳入了宇宙生成论的范围，与气化理论融为一体，如《礼记·中庸》云：“喜怒哀乐之未发谓之中，发而皆中节谓之和。中也者，天下之大本也；和也者，天下之达道也。致中和，天地位焉，万物育焉。”“致中和，天地位焉，万物育焉”，致乎中和，则天地万物皆得其生机。《礼记·乐象》云：“情深而文明，气盛而化神，和顺积中，而英华外发，惟乐不可以为伪。”和则英华外发，意味着和则生物。又如《礼记·乐记》云：“地气上齐，天气下降，阴阳相摩，天地相荡，孤之以雷霆，奋之以风雨，动之以四时，暖之以日月，而百化兴焉，如此，乐者，天地之和也。”所谓天地和则百化兴，此处又专门从阴阳二气之谐和入手论述。以上所论之“和”，或言四时之气，或言天地之气，或言阴阳之气，或言喜怒哀乐等生命之气。“和”则关乎生机与兴旺，“和”即是气之和。有鉴于此，于民先生概括“和”在中国审美历史中的地位与作用说：“在中国古代，和被看成物之生存和发展的动力，有了阴阳相和，有了不同的基本因素之和，才有万物，才有一切，才有繁殖，才得生存。和，成了生存之力，生命之依。”与此同时，于民先生也揭示了“和”与“气化”的关系：“气化论与谐和论，二者相互渗透相互依赖相生相成。无谐和即无气化，无气化亦无谐和，气化即阴阳相和、天人相和。气化因谐和而有序有律，谐和因气化而生变。”①谐和问题的归依在于气。

综上所述，从本体论而言，气与作为万物本体的道一体；从万物生存发

① 于民：《气化谐和》，东北师范大学出版社 1990 年版，第 6、48 页。

展的动力而言,作为万物生存发展动力与依据的“和”所促成的结果依然是气化,“和”无非是对气之形态的描述与规定。气由此既具有本体性,又具有本原的动力性,因此它就是哲学诸范畴之中的元范畴。

具体到审美活动,从《文心雕龙》就于开篇设“原道”,细究文学之源泉在于道,龚鹏程先生论其具体理路云:“分类,是《周易》构成的基本原理,万事万物须先分类,各以阴阳予以表示,才能以之成象,说其刚柔进退吉凶。分类之后,方以类聚,族以群分,同类者同声相应同气相求,异类者则感而通之。文就是异类通感相交的这个过程与状态。而又因为天地要相交才能化生万物,所以‘文’又是万物存有的原理。文既是存有又具活动义,故事实上‘文’就是‘道’了。”①所谓“文既是存有又具活动义”,就是说,“文”既是一种阴阳交错异类相感的产物,同时又是这种异类相感活动及产物的内在规律,因此文就是道。后世文以明道、文以载道、文以贯道等说,皆由此衍生。而如前所述,道无非就是气的内在运动规律,将文源追溯至道,也就是对气的归依。

气的这种本原地位与作用,促成了中国美学从人的生命追求推及审美客体之生命追求的特点,其间昂扬着生气,贯通着生机,沟通着物我。这种认识指导下的审美实践不仅致力于生命源泉的探索、生命最高活力的追求,并且将审美对象等一切非生命的客体视为生机勃勃的生命体,充溢着情意与态度。于是,“在中国人的意识中,气不仅成为天与人间赖以沟通的血液,成为人与物的生命之源,成为不同阶级等级赖以区别的依据,也流通于审美主客体,成为创作的冲动之源,神思之所依,才情之所据。其在作品则成为作品的生命之本。有了它,作品才可感人;有了它,主体才能欣赏,才有美感共同性的存在,才有作品流传之不朽。宇宙间一切事物存在于气运生动,作品之生命活力亦在于气韵(古同运)生动,而进一步追求生命的活跃则有神、有自然、有逸、有穷理尽性等等。在人如此,表现于审美艺术亦然,而作品风格的不同亦不外生气运化的不同表现等等。”②气贯穿于主体、客

① 龚鹏程:《中国文学批评史论》,北京大学出版社2008年版,第7页。

② 于民:《气化谐和》,第11页。

体，流行于作者作品，延伸至批评鉴赏，既充盈于自我，又弥漫于外在世界。气由此奠定了其作为我们相关文学理论批评研究元范畴的地位。

严格地讲，早期的气论和后来的阴阳五行论是有区别的，但后世气论已经将这种界限打通，二者难以分解离析。元气通过五行与个体关系的建构以及气范畴作为元范畴的地位认定，是本书论述的逻辑起点，正是以上认识的确立以及在人伦识鉴之中的普及，促使哲学之气向美学之气深化，进而成为文学理论批评的核心范畴，并建构起了一个以气为核心的中国古代文学理论体系。

第三节 气的审美化转型及其与文学理论批评关系的建立

气从哲学范畴实现向审美范畴转型的前提是：其使用语境从自然宇宙向生命个体的扩展，而哲学之气所以能够实现使用语境从自然宇宙向生命个体的扩展，最基本的理论依托是从汉代开始流行、建立在原始天人关系基础上的天人合一思想。因为人的诞生是出于“天地氤氲”之气，与万物有着同样的源头，因此，天地自然之气与万物生命之气以及人所禀赋的气是统一的。所以曾振宇先生认为，中国古代所谓的“天人合一”，其中的“一”就是气，天人合一就是“天人合气”：天和人在气的笼罩下可以实现一体的融合①，张载《正蒙·乾称》称之为“万物本一，故一能合异”，即天地间万物本来都出于阴阳二气，人自然概莫能外，也源自元气的赋予。朱熹的《斋后感兴诗二十首》对主体源于气有一个形象说明，此诗先论气弥漫于古今，周行于四方，继而又从个体入手写道：

人心妙不测，出入乘气机。凝冰亦焦火，渊沦复天飞。

① 参见曾振宇：《董仲舒气哲学论纲——兼论中国古典哲学的一般性质》，《孔子研究》1997年第2期。

至人秉元化,动静体无违。珠藏泽自媚,玉韫山含辉。
神光烛九垓,玄思彻万微。尘编今寥落,叹息将安归。

本诗是讲"人心"的,何基说:"此章言人心出入无时,莫测其向。凝冰焦火,喜怒忧惧不常之心也;渊沦天飞,则奔逸不制之心也:皆气之所为,孟子所谓放心也。惟圣人之心,能自为主宰,如元化之能宰制万有,故曰'秉元化'也。"这组诗的前二首言气,本首论人心,而人心之运动变化的不同形态最终又归结到气:常人不能宰制气的放纵,从心从气而动;圣人能够主宰气的放纵,所以能够"秉元化"而无违于道。可见在气与人心之间存在着一个关系体制,朱熹即名之为"乘气机",所谓"乘气机"是指以心乘气机,何基解释云:"昔人谓气为马,心为君,心之出入,盖随气之动静,如乘马然,故曰'乘气机'。"但这里所说的心随着气而动静的"气",显然是指主体所禀赋的生命之气,所以何基才说:"惟心君能为之主宰政事,此之谓'动静体无违'。此'体'字如'以身体道'之'体',盖一动一静,此心无不醒定,不曾离这腔子内,此之谓'体';曰'无违',谓虽动静万变,而无少间断也。"心通过对腔子内、本体中所秉有之气动静变化的体察来驾驭气的运动,实现不违于气又能宰制于气。那么这个主体的生命之气又来于何处呢?朱熹在另一首感兴诗中说:

朱光偏炎宇,微阴眇重渊。寒威闭九野,阳德昭穷泉。
文明昧谨独,昏迷有开先。几微谅难忽,善端本绵绵。
掩身事斋戒,及此防未然。闭关息商旅,绝彼柔道牵。

用何基的话对这首诗作一个解释,即是:"盖天地只有一个阴阳,无物不体,无不自人身上透过。"也就是说,天地之气、宇宙之气与生命个体之气本质上是一致的,天地宇宙之气赋予了天地万物,天地万物所禀赋者实际上就是天地之气,天地宇宙之气通过主体个体来显示其存在与特征,这就是"理一分殊"。只是天道消长,人心善恶皆有变化,本然禀赋的天地之气会被蒙蔽,所以要修身养气。养气之法就是"斋戒",所谓"斋戒",何基解释说:"夫湛然纯一之谓斋,肃然警惕之谓戒,然后心地清明,有以烛乎善恶之机,而早为之所,庶几阳明日盛而德性益周,阴浊莫乘,而物欲不行耳。”主体通过对自我“闭关息商旅”之类的心性修养,“所以养阳气,用金柅之刚,以止柔道之牵”,即通过培养而阳气成就,从而可以消弭阴郁秽浊,通过扶阳抑阴实现襄赞化育的大业。① 通过斋戒养气,主体本然之气得以向元气回归,天和人之间的关系至此得到比较严密的阐释。有了这样的理论基础,以气探讨生命个体也便顺理成章了。

一

回到哲学发展的历史,气或者元气与个体关系得到理论界的关注是汉代以后的事,《春秋繁露·深察名号》中分人所禀之气为仁贪二气,二者决定人的善恶。此外,王充是较早涉及这个话题的学者,他在《论衡》中深入论述了“气禀”问题,即个体之气源自天赋,主要包括以下内容:

气禀表现为强弱。《气寿篇》:“强寿弱夭,谓禀气渥薄也。”又云:“强弱夭寿,以百为数,不至百者,气自不足也。”又云:“人之禀气,或充实而坚强,或虚劣而软弱,充实坚强,其年寿;虚劣软弱,失弃其身。”个体禀受的元气有强有弱,有厚有薄,于是直接影响到主体的寿命,寿命因气而定,所以叫做“气寿”,后来命相之学将这种气寿量化为数,也就被称为“气数”。

气禀有厚薄。所谓厚薄,就是《气寿篇》所说的“禀气渥薄”。《率性篇》中云:“禀气有厚泊(即“薄”——引者注),故性善恶也。”根据人所禀赋之气量厚薄来区分善恶。

气禀有多少。《气寿篇》:“禀寿夭之命,以气多少为主性也。”《无形篇》云:“人禀元气于天,各受寿夭之命,以立长短之形。……用气为性,性成命定。体气与形骸相抱,生死与期节相须。”所禀元气有多少,这就决定了主体之性,性又能决定命运,见人贤愚,也见人善恶,所以《率性篇》云:“人之善恶,共一元气,气有少多,故性有贤愚。”

论禀气而言其多少强弱,似乎元气对主体是有偏向的,为了避免误会,

① 参见何基:《何北山先生遗集》,丛书集成初编本。

王充在主体禀受元气的强弱多少问题上还有一个说明:“非天禀施有左右,人物受性有厚薄也。”面对“俱禀元气,或独为人,或为禽兽;并为人,或贵或贱,或贫或富”①的现象,他明确表示,“天禀元气,人受元精,岂为古今者差杀哉?”②人是元气所化,这一点古今一致,不是元气在赋予人的时候有什么不同,而是人自己“受性有厚薄”——存在着限量。具体说,从元气到个体,通过气的禀受建立了关系,但是,气的禀受有清浊,这一则是元气之中本就包含清浊,二则是个体在禀受元气之际为客观条件所限定,因此形成的个体便是具有不同体气的个体。《论衡·自纪》中,王充以自己家族人物前后禀气的差异又作了说明:“祖浊裔清,不榜奇人……扬家不通,卓有子云;桓氏稽古,遹出君山。更禀于元,故能著文。”王充的意思是说,自己的祖上不显赫,也没有文才,不似扬家有扬雄、桓家有桓谭。但是,作为王家的子孙却可以“更禀于元”——重新禀受元气,因而同样可以像他一样具有文才。

总结王充的思想,他大体表达了以下观点:元气之天与个体的人之间是统一的;个体禀受于元气之天但又具有体气的差异;体气的差异源自不同个体所禀受的气的清浊以及量的差异,他称之为“气性不均,则于体不同”③——如同葛洪所云:“清浊参差,所禀有主,朗昧不同科,强弱各殊气”④,即主体所禀元气的清浊不同、朗昧不同、强弱不同,因而形成了主体之间的差异。

除王充探讨个体之气与元气的关系之外,汉代出现的《大戴礼记·文王官人》一篇中,也开始出现较系统的“才性论”:

> 王曰:太师,慎维深思,内观民务,察度情伪,变官民能,历其才艺,女维敬哉!汝何慎乎非伦,伦有七属,属有九用,用有六徵(徵):一曰观诚,二曰考志,三曰视中,四曰观色,五曰观隐,六曰揆德。

① 王充:《论衡·幸偶》。

② 王充:《论衡·超奇》。

③ 王充:《论衡·无形》。

④ 葛洪:《抱朴子外篇·尚博》,杨明照校笺本,中华书局1991年版,下册,第109页。

此处提出了选定官吏的主要方法是要令其担当一定的责任以考核其才艺，观其显在以昭其隐微，而考察隐微的手段就是：观诚、考志、视中、观色、观隐、揆德。通过这些手段，考察官吏士人的才性特征，以确定是否可以委以重任，或者委以何种职位。罗庸认为，这是中国最早的"才性论"，其核心就是"观人气性以定官职"①，将才性问题与主体之气关联起来。而《大戴礼记·文王官人》除了第一条"观诚"讲究通过实际的行事考核之外，其他对内心的考察基本上是通过在察言观色之中把握气来论述的，如第二条"考志"便分析了通过言谈感受言谈对象不同的气质，如有"其气宽以柔"者、有"临人以色高人以气者"，有"临慑以威而气不卑"者，有"鄙心而假气者"。又如第三条"视中"：

诚在其中，此见于外，以其见，占其隐，以其细，占其大，以其声，处其气。初气主物，物生有声，声有刚有柔，有浊有清，有好有恶，咸发于声也。心气华诞者，其声流散；心气顺信者，其声顺节；心气鄙戾者，其声斯丑；心气宽柔者，其声温好。信气中易，义气时舒，智气简备，勇气壮直。听其声，处其气，考其所为，观其所由，察其所安，以其前，占其后，以其见，占其隐，以其小，占其大，此之谓视中也。

又如第四条"观色"：

民有五性，喜怒欲惧忧也。喜气内畜，虽欲隐之，阳喜必见；怒气内畜，虽欲隐之，阳怒必见；欲气内畜，虽欲隐之，阳欲必见；惧气内畜，虽欲隐之，阳惧必见；忧悲之气内畜，虽欲隐之，阳忧必见。五气诚于中，发形于外，民情不隐也。②

此类才性论以气性把握确定个体气质的独到之处，已经开始将气明确

① 郑临川记录：《笳吹弦诵传薪录》，上海古籍出版社2002年版，第205页。
② 戴德：《大戴礼记》，王聘珍解诂本，中华书局1983年版，第190、191页。

纳入到对主体的具体探讨之中,只不过尚停留在经验的层次。随后刘邵的《人物志》则将才性气性与个体的关系系统化、理论化,顺应了魏晋之际人的生命觉醒与个性解放的思潮。

二

刘邵以气论人主要是为九品中正的人物铨选品评提供理论武器,其理论源泉之一是王充的"禀气说"。这种禀气说或者气禀说在魏晋之际形成了一种风气,虽然没有都像王充那样明确说明所禀受的源头是元气,但他们时常称述的另一个概念"自然",无非是玄学影响下对元气的另外一种概括,如杨修《答曹植书》:"非夫体通性达,受之自然,其谁能至于此乎?"陈琳《答东阿王笺》:"乃天然异禀,非钻仰者所庶几也。"曹丕《九日与钟繇书》论菊花也称:"至于芳菊,纷然独尊,非夫含乾坤之纯和,体芬芳之淑气,孰能如此?"人与物都有禀受,所禀受的源泉就是自然,是天然,即是元气。

刘邵在将个体才性气性与能力性情等建立关系的同时,将不同主体之所以具有不同才性气性的原因给予了进一步的论述,《人物志·九征第一》:

> 盖人物之本,出乎情性。情性之理,甚微而玄,非圣人之察,其孰能究之哉?凡有血气者,莫不含元一以为质,禀阴阳以立性,体五行而著形。苟有形质,犹可即而求之。

论中以情性为人的基础,而情性微妙,常人难睹,只有圣人能够烛照其幽微;而情性的本质就来自作为万物本原的元气,主体以气构成其本质,由于气分阴阳,人之所禀受各异,因此性情资于阴阳,刚柔有别。阴阳构成了主体内在的差异,此外,"体五行而著形",古人的解释是:主体外在之体的不同组成部分都是五行之中的某一方面所显形,因而表现为不同的状态,如"骨劲筋柔,皆禀精于金木"①,即骨头坚硬筋络柔韧,这是由于骨禀受了金气,而筋禀受了木气。五行之气在成就外在形体的同时和来源于元气表现为阴阳

① 刘邵著,刘昞注:《人物志》,第3页。

的体性之气融会，形成了主体各自独到的才性，此时的阴阳不同之性气便以五行的具体形态显现。与刘邵同时的魏人任嘏《道论》中便直接将五行恢复到了包纳阴阳的气的状态："木气人勇，金气人刚，火气人强而躁，土气人智而宽，水气人急而贼。"至此，以气论人的理论已经相当完整。随着玄学的发展，在清谈的散播之中，才性气性问题通过"才性四本论"以及消遣性的人物品评迅速扩展，随后形成了魏晋时期以气以及与气相关的范畴对名士进行审美品赏的现象，以《世说新语》为例：

《德行》："仲雄曰：'和峤虽备礼，神气不损；王戎虽不备礼，而哀毁骨立。臣以和峤生孝王戎死孝。'"

《德行》："谢太傅绝重褚公，常称褚季野虽不言，而四时之气亦备。"

《言语》："毛伯成既负其才气，常称宁为兰摧玉折，不作萧敷艾荣。"

《文学》："王逸少作会稽，初至，支道林在焉。孙兴公谓王曰：'支道林拔新领异，胸怀所及乃自佳，卿欲见不？'王本自有一往隽气，殊自轻之。"

《文学》："支道林先通，作七百许语，叙致精丽，才藻奇拔，众咸称善。于是四坐各言怀毕。谢问曰：'卿等尽不？'皆曰：'今日之言少不自竭。'谢后粗难，因自叙其意，作万余语，才锋秀逸。既自难干，加意气拟托，萧然自得，四坐莫不厌心。"

《雅量》："嵇中散临刑东市，神气不变，索琴弹之，奏广陵散曲。"

《赏誉》："裴叔则被收，神气无变，举止自若，求纸笔作书。"

《赏誉》："庾公目中郎神气融散，差如得上。"

《赏誉》："王平子与人书称其儿风气日上，足散人怀。"

《品藻》："时人道阮思旷骨气不及右军，简秀不如真长，韶润不如仲祖，思致不如渊源，而兼有诸人之美。"

《品藻》："庾道季云：'廉颇蔺相如虽千载上死人，懔懔恒如有生气。'"

《豪爽》："桓宣武平蜀，集参僚置酒于李势殿，巴蜀搢绅莫不来萃。桓既素有雄情爽气，加尔日音调英发，叙古今成败由人，存亡系才，其状磊落，一坐叹赏。"

《贤媛》："王夫人神情散朗，故有林下风气。"

《任诞》："阮浑长成，风气韵度似父。"

刘孝标《世说新语》注释之中也有近五十余条以气品藻名士的资料，综合本文与注释，涉及有骨气、风气、神气、爽气、生气、意气、隽气、才气等等，如果结合当时其他品藻，诸如神理隽切、神矜可爱、神锋之隽、神姿高彻、风神秀彻等涉及与气一体的“神”，则魏晋时期以气品人，而且是在政治铨选之外的审美品鉴，已经形成了一种审美思潮。随着品评范围的扩大，诗文等在东晋前后已经成规模地进入了文人品评的日常话题，曾经作为人物审美描述的气由此在文学批评之中移植，气进入文学批评与文学理论构建也由此顺理成章了。也就是说，气作为文学理论范畴进入理论批评，是与品藻演化出文学批评同步的。

从原始哲学到生命主体认知，从人才学再到美学，气随后成为文学批评与文学理论领域的重要范畴。

就具体表现而言，在气全面进入美学领域之前，就已经被部分地运用于艺术批评，尤其是音乐论述之中。气与音乐之间的关系较早的论述见于《左传》昭公二十年，其中晏婴论“和”云：“先王之济五味、和五声也，以平其心成其政也。声亦如味，一气二体三类四物五声。”将气视为能够实现五声之“和”的首要因素。《礼记·乐记》总结所谓的乐之“和”：“使之阳而不散，阴而不密，刚气不怒，柔气不慑。”即达到阴阳刚柔的协调才是“和”。《乐记》又记载子赣见师乙而问：“赐闻声歌各有宜也，如赐者宜何歌也？”郑玄注云：“声歌各有所宜，气顺性也。”汉魏以后，以气论乐更是颇有其人，如边让《章华台赋》中的“音气发于丝竹”，曹丕《善哉行》中的“长笛吐清气”等等。以上所言之气主要是指演奏音乐所需要的生理之气，它以和而协调、宜适于各自之性为运动标准。当然，在以气论音乐之外，也间有以气论言辞，如《论语》引曾子之言曰：“出辞气，斯远鄙倍矣。”近人孙德谦就称“此可为文章言气之始”①，但曾子这里是就一般言辞说的，严格讲尚非明确的论文。

此外，音乐言气还涉及一种比较神秘的“候气”。候气有三个含义：一是医学上的，一般运用于针灸学，传统医学著述《素问》中解释：“凡刺之法，

① 孙德谦：《六朝丽指》“气之阴柔者”条，见《历代文话》第8432页。

必候日月星辰、四时八正之气,气定乃可刺之。"二就是与历法相关的候气,是测定节候的一种体现天、地、人三才合一理念的理论与方法,或者说近乎一种方术。依照已有的研究,其操作的基本方法是:将黄钟十二律的律管依序排列在密闭的房间内,并在长短不一的各管内,覆填以芦苇膜(即所谓的葭莩)烧制而成的灰。据称当太阳行至与各律管相当的位置时,就会引发地气上升,而此气可使相应律管中所置的葭灰扬起,以此可以确定节候的准确时间。三是将这种历法上的候气方法运用于乐律的选定,方法与候气的测定有相似之处:将十二根长度不一的律管埋入地下,在管中填入干燥的芦苇秆灰,待到其中某根管中有芦灰飞出时,说明这个月的月气已到。由于十二根律管长度不一,每月各有一根管子中的灰飞出,而地气推动轻灰上扬之际同时也发动律管而产生音声,这个音声就是此管与此月份对应的基准音调。古人依此创立了十二律吕,依照每月不同的律吕确定音乐的某些根本性的特征,并要求以特定月份之下的特定律吕为音乐的核心,实现音乐与自然的根本和谐。

尽管包括李约瑟在内的中外学者都对这种测定节候的形式予以质疑,但它却是中国历史上一个根深蒂固的观念。唐诗之中的"吹葭六琯动浮灰"、"忆昨夹钟之吕初吹灰"所说的都是这个现象与观念。这种候气的方法今天在民间依然流传,如河北沧州一带的农民,每年大年初六(立春之后)招集乡村艺人聚会操练笙管锣鼓,为元宵节的巡游作准备,动乐器之前都要将其中的笙拆开,把笙簧放到豆秸灰之中温热,称之为"暖笙",这样的笙攒起来之后声音清亮。这个仪式实际上就是候气的变形,笙簧置于热灰之中以接纳阳气并宣示到了可以动乐器的节候,与置芦苇灰于律管之中以待地气而确定律吕基准音调的方法也如出一辙。后世词论曲论之中的曲调之论,往往都有候气说的痕迹。①

以气论乐的传统在以气作为主体审美尺度的思潮推动下,整合为气向

① 候气说实际上应该是从"气候"说延伸出来的,《素问·六节藏象论》云:"五日谓之候,三候谓之气,六气谓之时,四时谓之岁。"一年二十四节气,七十二候,各气各候都有自己独到的自然特征,所以名曰气候。

诸般艺术批评标准辐射的风气,如书法、绘画等,以气论文学从魏晋开始也便繁荣起来。具体到文学批评史,魏晋之前,《论语》之中除了“辞气”说外无与气相关的论述,但此论不是直接论文;《孟子》之“我善养吾浩然之气”以及王充《论衡·自纪》所谓“养气自守”,前者养义气,后者养生,皆与文无关。最早明确以气论文者是曹丕的《典论·论文》,其中云:“文以气为主,气之清浊有体,不可力强而致。譬诸音乐,曲度虽均,节奏同检,至于引气不齐,巧拙有素,虽在父兄,不能移其子弟。”又论孔融“体气高妙”,论徐幹“时有齐气”,论刘桢有“逸气”。刘桢又云孔融“孔氏卓卓,信含异气,笔墨之性,殆不可胜”。① 曹丕论气,其源是古代以及当时流行的才性论,因此其气论之气有着明显的“体气”成分,属于气性范围,是作家禀赋与作品风格关系的经典论述。从以气论文开始,我们的文学理论批评才真正开始了建构的历程,也就是说,曹丕以气论文,是中国“文学”(不是哲学史学或者文史哲浑然的批评,也不是作家批评)理论批评的发端。关于这一点,罗庸先生曾有论述,他说:

> 中国古代文学理论,杂见于《论语》、《礼记》各书中。及扬子云著《法言》,将词赋与著作家分家,然仅分文人之类而已。至班氏著《艺文志》特书《诗赋略》一项,是则文学初具独立之形势矣。东汉王充其《论衡·超奇》篇中,分学者为通人、奇人、鸿儒各类,然犹未道及作者与作品之关系。魏文则始以作家与作品关系论文。

尽管曹丕带有品评色彩的批评源自汉末的人物品评,甚至可以上溯到汉末察举制,但从“作家与作品关系”入手研究文学的确是曹丕的巨大贡献,因此罗庸先生才说“中国文学理论自此开一新纪元”。而这个新纪元一发端,就通过“文以气为主”确立了气在文学理论之中的核心地位。而其他连带的影响还有很多,如罗庸先生所说:徐幹时有“奇气”,以一字而形容其气作为批评手段;孔融“体气高妙”,“体气”连作一个名词用以文学批评;应玚

① 引自刘勰:《文心雕龙·风骨》,人民文学出版社 1998 年版。

“和”而不壮，刘桢“壮”而不密，此不直言气，而以一些能够代表气的状态性语汇形容气，这也是后世延续的批评方法。罗庸认为陆机的《文赋》拈二三字论诗文之一体的形式也与曹丕文气论相关：曹丕所谓铭诔欲实、诗赋欲丽等以“实”与“丽”一二字定铭诔与诗赋之质性，是以气论文之简约形式的延伸，至陆机《文赋》称“诗缘情而绮靡，赋体物而浏亮”也是沿用的这种手法，就如同视“缘情而绮靡”、“体物而浏亮”为诗、赋二体之体气。所以罗庸认为：“下迄《文心雕龙》之论文气，其理论纲领实已大备于建安。”①所有这一切，都是曹丕的功劳。

中国古代文学批评，从先秦的文质彬彬到汉代的辞事相称，无论“诗人之赋丽以则”还是“辞人之赋丽以淫”，都是从作品的外在形态与内容之关系着眼，未涉及作品虚灵的层面。“到了魏晋，曹丕《典论·论文》提出‘文以气为主’，以气论文，并且文之气来源于人之气。陆机《文赋》提出‘诗缘情而绮靡’，以情论诗。顾恺之讲画，要‘以形写神’，以神论画。王羲之谈书法，讲‘意在笔前’，这意不是心意之意，乃是书法形象之意。气、神、情、意，都是指的文艺中难以定位实指而又最根本的东西。因此王僧虔讲‘神采为上’，宗炳讲‘神超理得’，最后，谢赫六法，以‘气韵生动’为第一。中国美学在魏晋完全上升到了文化的高度，中国哲学完全进入了中国美学。”②而在这个重要转型时期，首先被文学所关注并视为神与韵之根本的范畴就是气。

三

魏晋以后，中国文学理论史上以气论文的集大成者是《文心雕龙》。刘勰不仅继承了孟子养气论与曹丕的文气说，而且将气广泛运用于艺术构思、艺术风格、作家论、文体论以及文机论等文学理论的各个方面，因此顾随先生说：“《文心雕龙》篇标‘养气’，盖至是而子桓之气、孟子之养，并为一名，

---

① 郑临川记录：《笳吹弦诵传薪录》，第 203 页。

② 张法：《中国美学史》，上海人民出版社 2003 年版，第 124 页。

施之论文。"[1]具体而言,《文心雕龙》中的"体性"篇、"神思"篇、"风骨"篇、"养气"篇、"才略"篇、"时序"篇以及诸多的文体专论都包含以气论文的内容。其中"体性"篇涉及个体与风格,所谓"风趣刚柔,宁或改其气";"神思"篇讨论艺术构思与艺术联想,神与气关系密切,"神居胸臆,而志气统其关键";"风骨"篇属于审美风范,"缀虑裁篇,务盈守气,刚健既实,辉光乃新,其为文用,譬征鸟之使翼也",突出的是刚健;"养气"篇为文机涵养,"神之方昏,再三愈黜,是以吐纳文艺,务在节宣,清和其心,调畅其气,烦而即舍,勿使壅滞","纷哉万象,劳矣千想,玄神宜宝,素气资养,水停以鉴,火静而朗,无扰文虑,郁比精爽",是创作之前精神的安定,文思的培养[2];"才略"篇为作家素养论,诸如"阮籍使气以命诗"、"孔融气盛于笔"等,是才性论在文学批评之中的延伸。可见刘勰对气在文学之中的效用有着透彻的了解,而从作家素养、审美风范、文机涵育到个体与风格的关系、艺术联想与构思,再加上文体专论之中的以气图貌——如以"气伟采奇"论诸子、以"气扬采飞"论章表、以"气盛而辞新"论檄移等——显然已经涵盖了文学理论的大部分领域,而且奠定了后世以气论文的基本格局。

以上系六朝之际论述气对为文的正面影响,《颜氏家训·文章》中论文则称:"凡为文章,犹乘骐骥,虽有逸气,当以衔勒制之,勿使流乱轨躅,放意填坑岸也。"侧重于对气的放任所带来的弊端进行省察。

唐代文气之论有创新性的内容包括两个方面:一为诗歌方面,殷璠《河岳英灵集序》中提出了"神来、气来、情来"的思想,神为气之精者盛者(下章有论),情为气之动,可见神、气、情三者是以气为基础的。在殷璠看来,诗歌以气为主,但不是气的发露,具体创作之中要从情入手,又要以情的含蓄要妙为高标,所谓"神来、气来、情来"便是以情为气的入手之处,以神为气的最终归宿。玄虚的气第一次被具体化为创作动力与审美境界的统一。唐代以气论诗已经相当普及,其时因为盛唐气象的熏染,批评之中多论气骨,以当时唐人选唐诗中的评论文字为例:

---

① 顾随:《东坡词说后叙》,见《名家说宋词》,天津教育出版社2007年版,第148页。

② 顾随《东坡词说后叙》中引用刘勰这段文字分析:"语意至显,义匪难析,约而言之,气即文思,故其前幅有曰'志盛者思锐以胜劳,气衰者虑密以伤神'也。"

殷璠《丹阳集序》:"建安末,气骨弥高;太康中,体调尤峻,元嘉筋骨仍在。"

殷璠《丹阳集》评蔡隐丘:"隐丘诗体调高险,往往惊奇,虽乏绵密,殊多骨气。"

殷璠《河岳英灵集》评刘昚虚:"声律婉态,无出其右,唯气骨不逮诸公。"

殷璠《河岳英灵集》评陶翰:"既多兴象,复备风骨。"

殷璠《河岳英灵集》评高适:"诗多胸臆语,兼有气骨。"

殷璠《河岳英灵集》评崔颢:"晚节忽变常体,风骨凛然。"

殷璠《河岳英灵集》评薛据:"为人骨鲠,有气魄,其文亦尔。"

高仲武《中兴间气集》评戴叔伦:"其气骨稍软,故诗家少之。"

二为古文方面,梁肃首开以气论古文的先河,《补阙李君前集序》云:"文本于道,失道则博之以气,气不足则饰之以辞。盖道能兼气,气能兼辞,辞不当则文斯败矣。"又云李君文章:"其气全,其辞辨,驰骛古今之际,高步天地之间。""议者又谓君之才,若崇山之云,神禹导河,触石而弥六合,随山而注巨壑,盖无物足以遏其气,而阂其行者也。"文中所提到的气是孟子所言的浩然之气,乃配义与道所得,但文章的意思却是,道虽然重要,并非不可绕过,"博之以气"就可以救其失。李商隐也表达过类似的观点,《唐容州经略使元结文集后序》赞誉元结之作"绵远长大,以自然为祖,元气为根",尽管有人攻击其"不师孔氏",但李商隐却认为,有了这样"元气为根"的创作,"次山安在其必师之邪"?以文气可以救道之缺失,是文学理论史上的一个重要转折。贡献最为突出的是韩愈的"气盛言宜"说,在《答李翊书》中韩愈说:"气,水也;言,浮物也;水大而物之浮者大小毕浮。气之与言犹是也,气盛则言之短长与声之高下者皆宜。""气盛"之说出自孟子的养气之论,养气说从《文心雕龙》纳入文学理论,从此成为文学理论之中的重要内容。但是,刘勰是从澡雪精神、入兴贵闲等角度讨论养气的,即在类似道家的虚静之中,气得以涵育,有利于启发文思;而韩愈则将养气与创作更为具体的关系揭示出来:气盛则言辞措置更加得宜。

可以说,文气论的主要建构在魏晋六朝至隋唐阶段便已经基本完成,后世的文气论大体上是对以上论述的继承与深化,这与中国文学理论建设的历史有着同步性,以唐代为界,此前是滥觞原创时期,唐以后则逐步进入理论反刍,除了俗文学及其理论建设具有一定的创新之外,诗文辞赋等基本上延续了这样的路径。但继承与深化仍然有着重要的理论贡献,就气与文学理论批评的关系而言,这种贡献首先是形成了一个以气为核心的范畴体系,这些范畴多起源于六朝隋唐,传续于随后的文学批评实践和理论建设,并逐步丰富定型。如:

辞气 《文心雕龙·书记》:“汉来笔札,辞气纷纭。”

气力 《文心雕龙·通变》:“文辞气力,通变则久。”

气调 《颜氏家训·文章》:“文章当以理致为心肾,气调为筋骨。”《诗品》论郭泰机:“气调警拔。”

气韵 萧子显《南齐书·文学传论》:“文章者,盖神明之律吕也。蕴思含毫,游心内运,放言落纸,气韵天成。”

气势 皎然《诗式·体势》:“或极天高峙,崒焉不群,气势腾飞,合沓相属。”

风气 苏轼《答刘沔书》:“及所示书词,清婉雅奥,真有作者风气。”

体气 苏轼《书子由超然台赋后》:“子由之文,词理精确有不及吾,而体气高妙,吾所不及。”

神气 苏轼《题渊明饮酒诗后》:“采菊东篱下,悠然见南山。因采菊而见山,境与意会,此句最有妙处。近岁俗本,皆作望南山,则此一篇神气都索然矣。”

气格 黄庭坚《跋书柳子厚诗》:“予友生王观复,作诗有古人态度。虽气格已超俗,但未能从容玉佩之音。”

语气 黄庭坚《跋刘梦得淮阴行》:“淮阴行情调殊丽,语气尤稳切。”

才气 黄庭坚《跋雷太简梅圣俞诗》:“闻雷太简才气高迈,观此诗,信如所闻也。”

心气 吕南公《与汪秘书校论文书》:“盖言以道为主,而文以言为主。当其所值时事不同,则心气所到,亦各成其言。”

气骨 陆游《读近人诗》:“雕琢自是文章病,奇险尤伤气骨多。”

气脉　刘大櫆《论文偶记》:“文贵大:道理博大,气脉洪大,丘壑远大。”这样的范畴还能列举很多。如果我们将这种以气论文所使用的范畴与我们民族文学批评传统之中“近取诸身”的现象与实践联系,会罗列出这样一个树状的批评结构:

先是以生命的结构论文,如骨、血、肉、肌肤、骸;

其次是以生命的机能论文,力、强、弱、躁、怒;

再次是以生命的精神论文,神、韵、性灵、温柔敦厚。

这个结构是从表而及里的,而且以上表里所依赖的根本源泉就是气,也就是说,中国文学审美范畴的核心是由气构建的。此外几乎所有的风格论范畴都能够确立起它与气的关系,诸如豪气、雅气、正气、书生气、竹笋气,等等。

唐宋以后气论另一个重要贡献则是丰富了与气相关的范畴,并因这种范畴与气所形成关系的丰富拓展了文学理论的空间。这主要包括:

其一,志与气的关系。《孟子》早就引告子之言论述过“志壹气动”与“气壹志动”,由于古代诗歌理论以“诗言志”为开山纲领,因此志气关系得到后人的广泛关注,《礼记·仲尼闲居》中就有无声之乐气志不违、气志既得、气志既从、气志既起等说法,其意就是气志一体。《文心雕龙·养气》之中也曾论及“神居胸臆,而志气统其关键”,视志气为一体。南宋魏了翁《游诚之默斋集序》也称:“文乎文乎！其根诸气,命于志,成于学乎！”又如元代黄溍《吴正传文集序》中论云:

> 昔人之论文,率谓文主于气,气命于志,志立于学者也。盖三代而下,骚人墨客,以才驱气驾而为文。骄气盈则其言必肆而失于诞,吝气歉则其言必苟而流于谄。譬如一元之运,百物生焉。观其荣耀销落,而气之屈伸可知也。惟夫学足以辅其志,志足以御其气者,气和而声和,故其形于言也,粹然一出于正。

黄溍的思想是比较普遍的儒家“气志既同”的思想,从学至志至气至文,形成一条可以修为的链条,学而作用于志,志融化为气,气是将学与志统一化具象化的力量与炉冶，通过气，将志显象于作品。

其二，意与气的关系。杜牧《答庄充书》云："凡文以意为主，以气为辅，以词采章句为兵卫。未有主强盛而辅不飘逸者，兵卫不华赫而庄整者。"这个观点与此前流行的"文以气为主"看似有些龃龉，不过杜牧所言之气是气势，与曹丕所论体气之气的内涵并不完全一致。曹丕从体气论文当以气为主，存有修辞立其诚之意；杜牧讲以气势辅助诗文，旨在依托气的力量。王世贞继承了杜牧的学说，以为诗学需要先经过六经诸子以及史、汉等著作的浸淫，从熟读涵泳进而渐渍汪洋，创作之际则"一师心匠，气从意畅"①。意成为气的引导。文学艺术创作作为主体的创作行为，以意为引导，以气为其内在动力与势能，因此布颜图称飞潜动植，灿然宇内，皆"意使之然也"，"如物无斯意，则无生气"②，意与气也被视为一体了。

其三，性与气的关系。性与气的关系是儒家本然的话题，至宋代理学心学兴起而深刻影响了文学理论。魏了翁《杨少逸不欺集序》云："辞虽末技，然根于性、命于气、发于情、止于道，非无本者能之。"以性为根本，以气为作用，此气亦是气势。《省元楼记》又云："人物之生（性）有刚柔，于是乎有善恶。刚之善也，其言直以畅；恶也，粗以厉。柔之善也，其言和以静；恶也，其言闇以弱。是则言也者命于气禀之刚柔，刚柔既分，厚薄断矣。"性有刚柔，气禀有刚柔，这里的性与气也是一体的，不过一本一末，一内敛一作用外显，性为气之所赋，就如同其《游诚之默斋集序》中所云："性寓于气。"

其四，理与气的关系。理与气的关系是在宋代理学兴起之后繁荣于文学理论之中的，如吴子良论文："为文大概有三：主之以理，张之以气，束之以法。"③显然以"文以理为主"置换了"文以气为主"，而气也置于杜牧所说的辅助地位，由于此气同样是指气势，有奔逸不羁的特点，所以还要以法相束缚。至刘将孙于《谭村西诗文序》中则明确提出了"文以理为主，以气为辅"。不过，刘将孙不同于其他一些理学传人，他在提出"文以理为主"的同

---

① 王世贞：《艺苑卮言》卷一，见丁福保辑《历代诗话续编》，中华书局1983年版，第964页。

② 布颜图：《画学心法问答》，见胡经之主编《中国古典文艺学丛编》，北京大学出版社2001年版，第158页。

③ 吴子良：《荆溪林下偶谈》卷二，文渊阁四库全书本。

时，并没有否定“文以气为主”，而是将“文以气为主”的内涵作出了新的解释：“文以气为主，非主于气也，乃其中有所主，则其气浩然，流动充满而无不达，遂若气为之主耳。”“文以气为主”不是说气就是文的主宰、核心，而是说，文势运动不能没有推动力量，气恰恰可以充当这个角色。理可以是文之主，但这是就内容而言；气也可以充当文之主，是就承载理的运动而言，它的推动来自气本身有着力量与不息的动感。

关于理与气关系的论述非常繁多，但多继承了宋代理学家的基本思想，另举清代文人为例说明，邱维屏《古文玄要编序》中，先引时人之语：“今之学者，其务明理以养气。”视明理为养气之手段。而邱维屏也延续了时人这个理路：“明理而气足，气足而声发，声发而光见，光见而文生。”将理、气、声、光、文之间的关系通过明理养气贯穿起来。屈大均也视理为左右气的根本，《黄太史文集序》中说：“文之至者，莫妙于自然。自然之至者，不见其气，并不见其理，如日月之光，然光可见也，其所以光不可见也。光，气也；理，所以光者也。不见其所以光而理化，理化而其气与之俱化，是之谓天地至文。”虽然声称不见理也不见气之文为天地至文，但其修养的逻辑却是“理—气—文”。这种对理的推崇源自他的一个信念：“理足而气益生”——也就是我们今日俗语之中所说的“理直气壮”，其《无闷堂文集序》中主要阐释这个道理：

> 文人之文多虚，儒者之文多实；其虚以气，其实以理故也。天下至实者，理而已耳；至虚者，气而已耳。为文者，能以理而主其气则气实，否则气虚。故有谓“文以气为主”者，非也。儒者之道，舍穷理之外无余事。穷理所以尽其性，尽其性所以至其命；命至矣，性尽矣，如是而发为文，广大为外，精微为内，高明为始，中庸为终，其造诣有非文人之所敢望者。

由此得出结论：“理，水也；言，浮物也；理盛则言之短长与声之高下者皆宜。”由此颠覆了韩愈气盛言宜的论断，且云：“君子有穷理之功，而无养气之功；气之刚大以直而塞乎天地，皆穷理之功所为。”又将传统的养气说否定。对于屈大均以上论述需要客观看待：表面分析，他似乎是一个腐儒，以守住理为性命，无视文学的基本历史和规律；实则屈大均在对理的强调后面，如上所述，也坚信“理足而气益生”，视理气为一体；再者，这些论述都是针对古文而发的，对于古文，他严守其体制并追求其世用，所以不论气而论理，而对于诗歌，他却是另外一番观点，如《于子诗集序》中云：“大抵两汉气醇，故辞多质；魏气爽，故辞多华；六朝气俳而靡矣，故文质多伤。故为诗贵养其气，古今人才皆相及，所争者气而已耳”，显然是以气而论。诗文分论理、气，显示了屈大均文学理论的深刻之处。

其五，境与气的关系。在明理益气之说的基础上，清代有文人强调在理和气之间还有一个“识”的环节，理明则识高，识高则气壮，气壮则法度无往而不具。计东《曹颂嘉文集序》认为，识在理前，但识前还有一个境：“文章必本于其境，境足以助其识，识足以明其理，然后理足以壮其气，气足以贯其法。”他所谓的境主要指主体的地位，他以历代大家为例，称：“其仕宦穷达不同，未有不仕宦；其出入京朝久暂不同，未有不出入京朝。博闻强记朝庙之事实掌故，以恢弘其闻见，贯串其文献，而能成一代之文人者，此所谓境也。”也就是说，高高在上的身份与显赫的地位，养就了历代大家傲视群伦的自信与气度，而与此相反：“若草莽憔悴之士，伏处乡曲，拥书坐大，即湛深经术，通达旧闻，然泥理而昧事，侈古而窒今，可空言而不可济世用。”这样的文人创作，“其与古作者之文，大有间矣”。

其六，道与气的关系。道气关系也是从宋代理学发展起来后得到文学理论界广泛关注的。王柏就视道与正气为一体，在《发遣三昧序》中他说：“文章有正气，所以载道而记事也。古人为学，本以躬行，讲论义理，融会贯通，文章从胸中流出，自然典实光明，是之谓正气。后世专务辞章，雕刻纂组，元气漓矣。”以正气为载道纪事，实则就是以道为气，当然这个气是“正气”，所以《题碧霞山人王公文集后》一文中他明确提出了“气亦道也”：

文以气为主，古有是言也；文以理为主，近世儒者尝言之。李汉曰：“文者贯道之器。”以一句蔽三百年唐文之宗，而体用倒置不知也。必如周子曰“文者所以载道也”，而后精确不可易。夫道者形而上者也，气者形而下者也，形而上者不可见，必有形而下者为之体焉，故气亦道也。如是之文，始有正气也。

打通道气二者的关系不是为了气的主体作用张目，而是要通过二者的一体化确立道气的体用关系："道苟明矣，而气不充，不过失之弱耳；苟道不明，气虽壮，亦邪气而已，虚气而已，否则客气而已。不可谓载道之文也。"道是体，气为用，所以"学者要当以知道为先，养气为助"，这属于道学家的熟调。但王柏另有其高明之处，在他看来，正气与载道一体，载道之文虽然冠冕堂皇，却未必都是一个面目，所以"气虽正也，体各不同；体虽多端，而不害其为正气"：内容虽然载道，但文的形貌却可以变化多端。

元代袁桷提出"道以气为母"①，不同于王柏的道亦气论，而方孝孺则更加明确地确立起了"道—气—文"的逻辑关系，《与舒君》云："道者气之君，气者文之帅也，道明则气昌，气昌则辞达。"《题溪渔子传后》："今之为士者不患其无才而患其无气，不患其无气而患其不知道。"道是文的起点、根本，但气则直接与文章发生关系。

与气建立关系的范畴还有很多，诸如气象、气势、气韵、气力、气骨以及神气、才气等，都是在气的批评实践历程之中逐步形成的气与象、气与势、气与力、气与骨、才与气、神与气等关系的抽象，范畴的形成浓缩了以往关系建构之中的意义内涵，由此也遮蔽了很多其本然的意义空间。宋元明清之际，诗歌文章理论批评中的气论已经非常完备，稍晚盛行的小说批评虽然有一套自己的批评语码，但仍延续了从气论中汲取资源的文论传统，例如话石主人评论《红楼梦》云：

开场演说，笼起全部大纲，以下逐段出题，至游幻起一波，总摄全书，节节了如指掌。文势已促，故借刘姥姥入手，从远处落墨，以舒文气。中间协理宁府、元妃晋封等事，波澜极大，气局却空。至省亲则沉浸浓缛，写尽繁华气象，其时皆是闲文，故借东府演戏一点煞住，归入本

① 袁桷：《清容居士文集》卷四十六《书东坡寄真隐诗》，四明丛书本。

文。自入园后,正写题面,至受笞起一大波,文气一歇。①

视小说为文章,以文章之气论评小说,既体现了文体之间的互动,也说明以气论文影响的深远。

中国文学理论批评史上的以气论文之气,主要涉及两部分:其一为生化万物的元气,其二为具体的与生命体相关的功能之气。前者属于"元气论",后者多用于诗文之中的具体描述,被学者们名之曰"文气论"。总括历代有关文气论的研究,其所指涉的主要内容是功能之气。将功能之气纳入文气论,主要包含以下主要思想:

有主体之气,又有作品之气。如徐桢卿《谈艺录》云:"情者,心之精也。情无定位,触感而兴,既动于中,必形于声。故喜则为笑哑,忧则为吁戏,怒则为叱咤。然引而成音,气实为佐;引音成词,文实为功。盖因情以发气,因气以成声,因声而绘词,因词而定韵,此诗之源也。"②其间路径是:情—气—声—词—韵。此处的气就是主体之气。元代李淦《文章精义》论文章:"文章有短而转折多气长者,韩退之《送董邵南序》、王介甫《读孟尝君传》是也。有长而简直气短者,卢襄《西征记》是也。"③文中所言之气就是作品之气。还有一些论述则兼主客而言,如曹丕的"文以气为主",便可以同时指向主体与作品。

主体之气与作品之气有着本质的对应。由于主体之气不可"力强而至",作品也因此重视气的自然,不可勉强,因此有李德裕强调的"自然灵气"、柳冕的"强而为气则竭"。

气分清浊,直接影响到了声韵说中的清浊之说。嵇康《声无哀乐论》云:"夫声者,气之激者也,心应感而动,声从变而发。"经过沈约、王融、谢朓等的理论化,文气论延伸出了声律理论。

气被视为文学构成的核心要素之一。如徐桢卿论诗言情、词、气:"大

① 话石主人:《红楼梦本义约编》,见贾文昭编《中国近代文论类编》,黄山书社 1991 年版,第 194 页。

② 徐桢卿:《谈艺录》,见何文焕辑《历代诗话》,中华书局 1983 年版,第 765 页。

③ 李淦:《文章精义》,见《历代文话》,第 1183 页。

抵诗之妙轨：情若重渊，奥不可测；词如繁霞，贯而不杂；气如良驷，驰而不轶。”①刘熙载云：“文不外理、法、辞、气，理取正而精，法取密而通，辞取雅而切，气取清而厚。”②视理、法、辞、气为文章之四要。洪亮吉则从保障诗文传世论气为要素：“诗文之可传者有五：一曰性，二曰情，三曰气，四曰趣，五曰格。”此处之气他定位为“真气”。③

以气为诗文之一体。清代学者顾云总结历代文学批评中的文气论，对文与气之间的关系作出了如下概括：“文者，诠理纪事而辞以达之。其体在气，其用在笔。”④通过运笔成文，文又以气为其体，文字与气形成体用关系，这个体既是本源力量，也需要通过文字外显，此外显者便成一种风姿格调，也便是一般所说的风体。最早的概括出自皎然《诗式》“辨体有一十九字”，其十九字就是十九体，包括“高、逸、贞、忠、节、志、气、情、思、德、诫、闲、达、悲、怨、意、力、静、远”。贾岛对气的解释为：“风情耿耿曰气。”意指其对慷慨之风貌的侧重。又如王世贞也以气论体貌：

> 明皇藻艳不过文皇，而骨气胜之，语象，则“春来津树合，月落戍楼空”；语境，则“马色分朝言，鸡声逐晓风”；语气，则“翠屏千仞合，丹嶂五丁开”；语致，则“岂不惜贤达，其如高尚心”。而使燕许草创，沈宋润色，亦不过此。⑤

其中象、境、气、致四者并列，象、境与气、致分为二组，气区分于致，表达阳刚的气概与风格。又如气也分为古、胜二类，不同的体裁要实现气古或者气盛的难易程度不同，以七言歌行为例：“七言歌行欲气胜易，欲气古难，气古而兼气胜更难。”不同的诗人，也往往偏于气古或者气胜，如清代有学者认为：初唐四杰气古，苏轼则气胜；韩愈短章气古，长篇气胜；而王维、李白、高适、

① 徐桢卿：《谈艺录》，见《历代诗话》，第769页。
② 刘熙载：《艺概》卷六“经义概”，见《刘熙载文集》，江苏古籍出版社2000年版，第196页。
③ 参见洪亮吉：《北江诗话》卷二，人民文学出版社1983年版，第22页。
④ 顾云：《钵山谈艺录》，见《历代文话》，第5849页。
⑤ 王世贞：《艺苑卮言》卷四，见《历代诗话续编》，第1003页。

岑参则被认为既没有达到气古也没有达到气胜。① 古或者胜,也是气的一种审美体貌。

文气说发展到唐宋之际,从诗之一体的维度讲,气在兼包阴阳诸态的同时,开始更多地指向刚健的内涵,如殷璠的"神来、气来、情来"之说,其中之"气"便包含振作张扬盛大之意。又如《诗源辨体》论唐诗云:"盖初唐气格甚胜,而机未圆活;大历过于流婉,而气格顿衰;盛唐浑圆活泼,而气象风格自在,此所以为诣极也。"②其中所云之气从气格而言,也有对健美的倾向性。而"诗虽以不落言筌为尚,然唐人又以气格为主,故与《国风》、汉魏不同"③的评论,则显然以唐人之气格与温柔敦厚之《国风》以及汉魏诗歌为对比,以气表示一种外显而壮大不拘的审美特征。从此之后,不仅仅是气,与气相关的气象、气势等虽然本质上是中性的描述性范畴,但往往被当做表现雄健阳刚的范畴使用。

第四节　文艺美学之气的审美特征

由于气——尤其附丽上阴阳学说与五行学说的气在哲学历史上繁复驳杂的面貌,因而其内涵具有多义性,张立文先生将其概括为以下八种基本意思:气为云烟或云气、气是浩然之气和精气、气为元气、气为无或有、气为识所现之境(主要表现于佛家观念中)、气为导引神气、气为太虚、气为电气。这个划分是依照古代哲学以及近代思想理论概括为依据的,因此有时虽然称谓上有差异,部分内涵却仍然是重合的。但总体来说,气包含着本体本身与客观存在物的构成,包含着中介与实体,包含着生命与道德。从哲学特征而言,我们民族哲学之中的气具有包容性、渗透性。④

---

① 参见乔亿:《剑谿说诗》卷上,见郭绍虞辑《清诗话续编》,上海古籍出版社 1983 年版,第 1084 页。

② 许学夷:《诗源辨体》卷十七,人民文学出版社 1987 年版,第 175 页。

③ 许学夷:《诗源辨体》卷一,第 4 页。

④ 参见张立文主编:《中国哲学范畴精粹丛书:气》"绪论"。

哲学之气以及一些具体的功能之气升华为审美之气并普遍运用于文学艺术理论批评以后,依照着"元气"与"功能之气"展开。其一为元气,主要运用于文学发生、文学境界、文学史沿革的描述;其二为生命之气范围的功能之气,一般运用于具体的创作论、作品审美品格的说明。作为审美之气,它们体现了共性的特征,如涂光社先生就总结出气作为美学范畴的三个属性:"基始性原创性"、"浑融性多样性"、"生命精神的灵动性和恍惚迷离的神秘性"①,揭示了审美之气几项重要特征,但仍然略显笼统。笔者认为,进入文艺美学中的气的审美特征可以概括为以下数条:气有着"生动"性;气分阴阳,二者矛盾而统一,又时有偏长,以阳刚为至境;气具有自始至终的贯通性——这个始终是就具体文艺作品具有起止而言的,而审美之气本身是无始无终的;气具有突破边界的含蓄弥漫性,气的运动又以自由舒展为主要形态;气有清浊,以清为美;气团结氤氲,主于"完";气类虽然很丰富,但以归依于元气为最高境界;气在运动之中变化转化,古人称之为"气化",宋代以后也称"赋形"。以上气的审美特征,本源自生理之气、自然之气(如云气)等特征的美学升华;它们适用于审美主体,适用于审美对象,既适用于作者神思的涵养、创作的进程,也适用于作品的鉴赏,以及作者与作品之间审美关系的构建。

如果再深入划分,其中生动、阴阳、贯通、弥漫、清浊是审美之气的功能性特征,文学作品不同的审美特征多由此衍生;主"完"与归依元气则是气的本体性特质,多体现于主体对气涵养的审美要求与对所创作作品的审美追求,二者是作为最高境界出现的;而气化则是气与文学艺术创作建立关系的根本动因。

一

(一)气的"生动性"

气的"生动性"就是指气灵动而有生机,有气则生,无气则亡;气盛则昂扬,气弱则萎靡;气运动生命体才会绽放生意,气阻滞则不免病态。这是具

---

① 涂光社:《原创在气》,百花洲文艺出版社2001年版,第241页。

体生理之气的常态,也是审美之气的一个具体写照。文学对生气的崇尚从六朝就开始了,钟嵘《诗品》记载六朝诗人袁嘏曾云:"我诗有生气,须人捉着,不尔,便飞去。"《四溟诗话》评王维《登辨觉寺》"窗中三楚尽,林上九江平"一联为"旷闲有气"①。"有气"就如同围棋中的布子讲有气,需要空间舒活,展露生机。又如明代邓云霄论诗:"如八句整齐丰满而首尾不贯,神情不属,与挂八块板何异?此死诗也。句虽佳,终是绘土木而人之非人矣。"此类诗"气断而神枯",被称为"屋漏"。② 清代何家琪《古文方》论文:"人无气则死,文如之。"清末朱庭珍《筱园诗话》论诗亦云:"盖诗以气为主,有气则生,无气则死,亦与人同。"《南野堂笔记》论诗文之道有三足:理足,意足,气足,"理足则精神,意足则蕴藉,气足则生动。而理与意皆辅气而行,故必以气为主"③。要生动,只有依赖于气的充足。作为审美之气的生动,主要包括三方面的内容:其一为有生机,其二为变化而不僵化,其三为在变化之中达到和平。

其一,生机。气的鲜活生动是艺术品维持生动品质的保障,就肌体而言,如方东树所云:"观于人身及万物动植,皆全是气所鼓荡。气才绝,即腐败臭恶不可近。"诗文也是如此:"诗文者,生气也。"因而如果作品满纸剪彩雕刻而无生气,则只能属于应试的馆阁之体,于作家无分。④ 这种生机被明代文人江盈科《白苏斋册子引》称为"活泼",他认为,文人们周游天下触景成象的创作,所凭依的"惟是一段元神",元神就是完全未经消磨蜕化的元气;"元神活泼,则抒为文章,激为气节,泄为名理":葆有元神,同时元神还能够活泼,则可以发为文章,发为事业,立言传世。他认为"人之元神无不活泼",即这种活泼是元气的本质,就如同水,时刻存在着"升为云,降为雨,流为川,止为渊"的变化,而这种变化又不是刻意或者被迫的,而是"无意出之"、"无意造之"的本体特征。

汤显祖《序丘毛伯稿》也云:"天下文章所以有生气者,全在奇士。士奇

---

① 谢榛:《四溟诗话》卷四,见《历代诗话续编》,第 1214 页。

② 邓云霄:《冷邸小言》,道光二十七年邓仁声刻本。

③ 吴文溥:《南野堂笔记》,民国元年上海中华国粹书社石印本。

④ 参见方东树:《昭昧詹言》卷一,人民文学出版社 1984 年版,第 25 页。

则心灵,心灵则能飞动。”以奇士方能造就有生气的文章,因此这个“有生气”之“生”就是为文之至,是气之重要特质。汤显祖称“士奇则心灵”,所谓“心灵”之“灵”就是灵动,作为一个审美性的描述语汇,灵动后面省略的是作为灵动主体的气,即气灵动,气灵动则文章能够“飞动”。戴名世也是从气的“生活”而且能够飞动表达文章之美的,《章太占稿序》中他先引用当时时文大家方百川的话:“文之为道,须有魂焉以行乎其中,文而无魂焉,不可作也。”文中有魂,则神气飞动,魂在古代一般的认识里就是游走之气。戴名世衍其意云:“凡有形者谓之魄,无形者谓之魂,有魄而无魂者,则天下之物皆僵且腐,而无复有所为物矣。今夫文之为道,行墨字句,其魄也;而所谓魂者,出之而不觉,视之而无迹者也。”文章因此应该超越形迹而演绎其精魂,对于这样的创作,他概括为当时的一句常语:“魂者出歌,气亦欲舞。”魂之出歌,则正是“气亦欲舞”,鲜活而飞动,作品呈现出生机勃勃的神采。

其二,变化。变化是指气运动中不主故常的潆洄伸缩,它是气的生动性的具体体现,表现为空间形态的变幻。明末清初黄子云《野鸿诗的》论诗云:

> 诗犹一太极也,阴阳万物于此而生生,变化无穷焉。故一题有一义,一章有一格,一句有一法。虽一而至什,什而至千百,毋沿袭,毋雷同。如天之生人,亿万耳目口鼻,方寸间自无有毫发之相似者,究其故,一本之太极也。太极诚也,真实无伪也。①

将诗视为太极,所谓太极就是造就生命的元气,化生万物而无所沿袭与雷同。钱泳《履园谈诗·总论》在承前人思想论述了诗当具理足、意足、气足三足,气足则生动之后又说:“气有大小,不能一致。有若看春空之云,舒卷无迹者;有若听幽涧之泉,曲折便利者;有若削泰华之峰,苍然而起者;有若勒奔踶之马,截然而止者。倏忽万变,难以形容,总在作者自得之。”②此

① 黄子云:《野鸿诗的》,丁福保辑《清诗话》,上海古籍出版社 1978 年版,第 857 页。
② 钱泳:《履园谈诗》,《清诗话》,第 871 页。

处所谓气之大小不能一致，是就诗人个体的禀赋而言的，但目的不是讲体气不同则诗体各异，而是说即使一个诗人，有着比较固定的禀赋，也同样会体现出气的变化，因为诗人因不同时间地点遭际而激发的气，较之本然者总要有所变异，这种变异不是气之本然的变异，而是所被激发出之量的变异。体现在诗文创作上便是一个人的风格也是多样性的统一。

变化无端在文气论中又往往称之为“奇”，古人早就说“奇文共欣赏”，诗文奇而不凡是文人们共同的追求，而论诗文之奇核心在于“气奇”，刘大櫆说：“文贵奇，所谓‘珍爱者必非常物’。然有奇在字句者，有奇在意思者，有奇在笔者，有奇在丘壑者，有奇在气者，有奇在神者。字句之奇，不足为奇；气奇则真奇矣，神奇则古来亦不多见。”那么气奇表现在什么地方呢？他说：“气奇最难识，大约忽起忽落，其来无端，其去无迹。读古人文，于起灭转接之间，觉有不可测识，便是奇气。奇正与平相对。气虽盛大，一片行去，不可谓奇。奇者，于一气行走之中，时时提起。”①其中所说的忽起忽落、转接无端、时时提起等等，都是指气在运动之中的变化。气之变化他人不可测度、不能揣摩，而作品之中又神行脉动，这便是奇。因此可以说，气变化之极便是气之奇。

其三，运动之中寻求平和。气寻求和平的特征实际上就是气运动变化并呈现于诗文的机制与动力。气之所以能够运行，其动力源泉是因为感、激、陶冶、素养而造成的气相对于平常情势而言的“不平”状态，气不得其平则流，与水不平而流动是一个道理。文学理论中气之不平说的明确总结者是韩愈，在《送孟东野序》中他说：

> 大凡物不得其平则鸣：草木之无声，风挠之鸣；水之无声，风荡之鸣。其跃也，或激之；其趋也，或梗之；其沸也，或炙之。金石之无声，或击之鸣，人之为言也亦然：有不得已者而后言，其歌也有思，其哭也有怀，凡出乎口而为声者，其皆有弗平者乎？乐也者，郁于中而泄于外者也，择其善鸣者而假之鸣。金石丝竹匏土革木八者，物之善鸣者也。维

---

① 刘大櫆：《论文偶记》，人民文学出版社1959年版，第7页。

天之于时也亦然，择其善鸣者而假之鸣，是故以鸟鸣春，以雷鸣夏，以虫鸣秋，以风鸣冬，四时之相推夺，其必有不得其平者乎？其于人也亦然。

韩愈的“不平则鸣”说在文学理论界有着重大影响，很多人将“不平则鸣”视做发愤著书的继承，二者实则大不相同。钱钟书先生在《诗可以怨》中早有辨正，他说，司马迁的愤是愤懑牢骚，韩愈的不平不但指牢骚，而且欢乐也包含在内。不平是心理的感受，是气充裕勃发之际在心中的鼓荡沸腾，在这样的状态下，气因为蓄积形成的势能要爆发，内在蓄积的鼓荡之气与外在世界在气的联系中形成的落差，都促使气要运动、宣泄。

气运动而求和平是气的重要特征，也是生命得以护持的需要，《管子·内业》云：“勿烦勿乱，和乃自成。”王充《论衡·谴告》：“风气不调，发生灾异。”调也是和的意思。通过文学创作求心境和平也是从此引申的，《文心雕龙·养气》便是代表。

气追求和平的特征诱发了发愤著书、不平则鸣、兴寄等诸多审美情态与创作情态，同时也催生了众多艺术形式。沈德潜《说诗晬语》卷上称：“郁情欲舒，天机随触，每借物引怀以抒之；比兴互陈，反复唱叹，而中藏之欢愉惨戚，隐跃欲传。”疏散郁陶的过程就是气不平而流动以求和平的过程，而气运动求和平的过程之中，引进了“借物引怀”的比兴；由于简单的抒发难以实现内心郁结之气或者昌盛之气的宣泄，于是引进了“反复唱叹”这种《诗经》中常见的手段：“不用浅深，不用变换，略易一二字，而其味油然自出者，妙于反覆咏叹也。”即一唱三叹、重章叠句。

气寻求和平表现于创作之中就是一种阴阳、刚柔的相济。刘熙载说：“自《典论·论文》以及韩柳，俱重一‘气’字。余谓文气当如《乐记》之语曰：‘刚气不怒，柔气不慑。’”①又云：“文贵四时之气。”其间刚柔、四时皆就相济以求和平而言。和平的形态一般体现为舒缓从容而不紧迫、促急，不滞涩隐晦。它大致体现为两方面：

首先，主体寓气于作品，当有“和”之追求。《睿吾楼文话》引魏善伯论

① 刘熙载：《艺概·文概》，见《历代文话》，第5571页。

文云:

> 古大家文虽极奇崛,必有气静意平处。故忙处能闲,乱处能整;细碎处有片段,险兀处有安顿;顺处不流,逆处不费筋力;穿插处不小家,方正处不板硬。如置重器于平阔之案,观者神气亦自闲定,总由养气炼格已到,故不为波澜所挠也。①

作品中之气在奇崛之外,当有神气闲定之感,二者达到一种平衡与稳定即是和。这个和不是死水一潭,一波不起,而是不同的阴阳刚柔运动在对立矛盾中达到的一种统一。这是从主体——尤其创作者的审美追求与赏鉴者的审美期待说的。

再则,就具体作品而言,能够遵循阴阳刚柔的统一,方不违背艺术的法则。归于诗歌创作,整个体势即是通过抑扬、缓急、迎送等艺术形式的变化运动,最终实现诗歌整体之气的匀称,或局部要达到这种效果。如古代五言诗法一般的原则是:"三四句法贵匀称,承上陡峭而来,宜缓脉赴之;五六必耸然挺拔,别开一境,上既和平,至此必须振起也。"如崔颢《赠张都尉》三四句:"出塞清沙漠,逐家拜羽林。"语句和平,五六接云:"风霜臣节苦,岁月主恩深。"杜甫《送人从军》三四句:"今君渡沙碛,累月断人烟。"和平,下五六接云:"好武宁论命,封侯不计年。"杜甫《泊岳阳城下诗》三四句:"岸风翻夕浪,舟雪洒寒灯。"也是和平之象,后接五六句云:"留滞才难尽,艰危气益增。"以上诗句,三四句皆和平,而五六句共同的特点是忽然将这种和平打破,将诗歌引到另一番境界。《葚原诗话》认为:"如此拓开,方振得起。"而温庭筠《商山早行》于"鸡声茅店月,人迹板桥霜"下接"槲叶落山路,枳花明驿墙",顺着三四两句的意思延伸,整个诗篇便"直塌下去,少振拔之势"。②佳者之所以佳,在于抑扬、刚柔之间有一个变化;病者之所以病,则由于缺乏这种阴阳的搭配变化。从平到荡开,看似打破了和平,却以平与荡的协调实

① 叶元塏:《睿吾楼文话》卷六,见《历代文话》,第5425页。

② 冒春荣:《葚原诗话》卷一,见《清诗话续编》,第1576页。

现了整体的和平；从平至平，表面上维持了诗歌的和平，事实上却因为缺乏变化导致了阴阳一维独大，使得全诗失去了整体的谐和。

气之运动，其归宿在于寻求和平；和平的目的性，又诱发了气的运动。

(二)气分阴阳而以阳为高

气分阴阳，阴阳二气矛盾统一构成气的整体。进入审美领域与文学批评之中的阴阳二气则代表了两个主要的审美类型，气分阴阳由此影响到文气分阴阳，这个思想以姚鼐的阐释最为详切，《复鲁絜非书》云：

> 天地之道，阴阳刚柔而已。文者，天地之精英，而阴阳刚柔之发也。惟圣人之言，统二气之会而弗偏，然而《易》、《诗》、《书》、《论语》所载，亦间有可以刚柔分矣。……自诸子而降，其为文无有弗偏者。

近人吴曾祺对气之阴阳形态作了描绘："大凡气有阴阳二气之分，有如异云骤起，倏忽变化者，此天地之阳气也，气之属刚者也；有如游丝袅空，轻盈摇曳者，此天地之阴气也，气之属柔者也。"在区划阴阳之际，他还分别列举了二者利弊："阳气之文，其才力充盈，足以凌盖一世，其失也，如武夫得志，遇事作色，其患在粗；阴气之文，其气度春容，足以包罗万有，其失也，如病夫对客，辍息待续，其患在弱。"①孙德谦《六朝丽指》"气之阴柔者"条也认为前人论文气而分刚柔，"理论最确当不易"，并以此分古人之作为雄健者与阴柔者，雄健者出于英才伟略具经世之志者，阴柔者出于高人逸士、耿介拔俗、孤芳自赏者，并认为六朝骈文即气之阴柔者。

气分阴阳，文气显阴阳，但从气的阴阳矛盾统一规律分析，进入审美视野或者纳入审美创作体系的气仍然以阴阳燮理调和为极至。姚鼐《海愚诗钞序》云："吾尝以谓文章之原，本乎天地。天地之道，阴阳刚柔而已。苟有得乎阴阳刚柔之精，皆可以为文章之美。阴阳刚柔并行而不容偏废，有其一端而绝亡其一，刚者至于偾强而拂戾，柔者至于颓废而阉幽，则必无与于文者矣。"强调气的刚柔相济，以阴阳偏废为弊端，尤其那种仅仅有一阴或者

① 吴曾祺：《涵芬楼文谈》，商务印书馆1911年版。

一阳并将其推展至极端致使另一端遗落的运气之道,是“必无与于文”的,连进行创作的资格都没有。管同《与友人论文书》也说:“文之大原出于天,得其备者,浑然如太和之元气;偏焉而入于阳,与偏焉而入于阴,皆不可以为文章之至境。”不偏于阴阳,而能达到浑然如太和之元气,这才是最高的境界。但问题是,元气的浑然之态是太始之初的极至,气化之后,万物各自因其禀赋而成,难免各有所偏,赋之于诗文亦然,正是姚鼐《海愚诗钞序》所谓“天地之道,协合以为体,而时发奇出以为用者,理固然也”——虽然气当协和阴阳,但现实之中却常常“奇出以为用”,即偏行一极,所以姚鼐也不得不承认:“古君子称文章之至,虽兼具二者之用,亦不能无所偏优于其间。”管同也称,虽然谐和不偏失为文章至境,“然而自周以来,虽善文者亦不能无偏”,也是由于气的奇出以为用。在这样的背景下,历代论诗文者多默认了气的这个特质以及由此形成的诗文的偏颇,但在是偏于阴还是偏于阳的问题上,又多以阳刚为上。

姚鼐《海愚诗钞序》云:“其在天地之用者,尚阳而下阴,伸刚而绌柔,故人得之亦然。文之雄伟而劲直者,必贵于温深而徐婉。温深徐婉之才,不易得也;然其尤难得者,必在乎天下之雄才也。”管同《与友人论文书》则称,既然气不能无偏,形成文章也难免各有所偏,那么,“与其偏于阴也,则无宁偏于阳”,为什么呢?“贵阳而贱阴,信刚而绌柔者,天地之道,而人之所以为德者也。”以刚为天地之道,为人之德的根本。这个结论的依据,主要出于孟子为代表的儒家思想,如孔子曰“吾未见刚者”;曾子曾云:“士不可以不宏毅,任重而道远”;孟子则宣扬“浩然之气”,至大至刚,直养而无害。鉴于圣人论人重刚而不重柔、取宏毅而不取巽顺,因此为文之道,与此也不相悖。贺贻孙为了申明这个崇刚的观点,不惜曲解误读曹丕的“体气”之论,其《诗筏》中云:

> 魏文帝评孔文举“体气高妙”,此语甚肖。以“体气”论诗文,又在“气格”二字之上。当时曹氏父子兄弟并驱者,惟文举与蔡伯喈二公之诗,绰有风骨耳,王粲诸人皆所不及。文帝谓孔融、王粲诸人“与学无所遗,于辞无所假”,又云“文以气为主”。然则王粲诸人,才与学皆孔

北海匹也，所不及北海者，气耳。北海诗云："幸托不肖躯，且当猛虎步。"三复此语，浩然之气，至今尚在。①

"体气"二字，曹丕本意为才性之气，贺贻孙将其视为非才学所能决定的"浩然之气"——配义与道者，另含血气之刚猛，这是地道的儒家气论，给曹丕的体气加上了道义的外衣。而清代浙西派词人郭麐则将气尚阳刚纳入了他一向标榜的香艳婉约词，他将词境分为十二，其中之一就是雄放："海潮东来，气吞江湖。快马濯阵，登高一呼。如波轩然，蛟龙牙须。如怒鹘起，下盘浮屠。千里百里，山崩雷驱。元气不死，乃与之俱。"②将雄放的词境视为与元气并行者，可见对这种境界的推崇。

曾国藩论文主气，《圣哲画像记》中曾以遒劲之气论扬雄、以温厚之仁气论刘向。但他还是将主要的审美风格锁定在了阳刚上，如《与廉卿》论姚鼐文分刚柔二气应有所补充："柔和渊懿之中必有坚劲之质，雄直之气运乎其中乃以自立。"《家训》中以行气为文章第一要义，且将"跌宕"与"昌黎之倔强"视为"行气不易之法"。《家书》之中又专门将"倔强"拈出："予论古文，总须有倔强不驯之气，愈拗愈深之意，故于太史公外，独取昌黎、半山两家。"这是就古文而言，而诗歌"亦取傲兀不群者"，可见推崇阳刚思想的贯彻。辛亥七月《日记》中则将风格更加具体化为语言表达的"瑰玮飞腾之气"与"气力有余"，否则认为"气不能举其体矣"。③

刚气即是气盛，是活气充盈，能够具备这样的盛气，即使偶有病弊也能被原谅，方南堂就说，白乐天歌行平铺直叙，但人不嫌其拖沓，根本原因就在于"气胜"。④

以上所论及的诗文阴阳刚柔，都是从文学本体对文本风格的探讨，而黄宗羲则将气的阴阳刚柔与时代风潮联系，从变风变雅理论印证气分阴阳但崇尚阳刚的思想，将气的阴阳刚柔理论运用进一步深化了。

---

① 贺贻孙：《诗筏》，见《清诗话续编》，第156页。

② 郭麐：《词品》，《词话丛编》本。

③ 曾国藩：《鸣原堂论文》，清同治刊本。

④ 参见方世举：《方南堂辍锻录》，见《清诗话续编》，第1939页。

由于亡国破家的哀痛,使得黄宗羲的诗学理论与时代风云关系紧密,他屡次提及变风变雅,认为变风变雅的审美风格与传统的温柔敦厚是对应的。情感的发抒,很难保证艺术的所谓中正和平,但黄宗羲对传统的温柔敦厚并没有否定,而是采取了一种迂回策略——扩大了温柔敦厚的外延,使之具有更充分的包容性,继而将变风变雅的风格纳入其中。《万贞一诗序》云:

> 今之论诗者,谁不言本于性情。顾非烹炼使银铜铅铁之尽去,则性情不出。彼以为温柔敦厚之诗教,必委蛇颓堕,有怀而不吐,将相趋于恹恹无气而后已。若是则四时之发敛寒暑,必发敛乃为温柔敦厚,寒暑则非矣;人之喜怒哀乐,必喜乐乃为温柔敦厚,怒哀则非矣。其人之为诗者,亦必闲散放荡,岩居川观,无所事事而后可;亦必茗椀薰炉,法书名画,位置雅洁,入其室者萧然如睹云林、海岳之风而后可。然吾观夫子所删,非无《考槃》、《丘中》之什厝乎其间,而讽之令人低回而不能去者,必于变风变雅归焉。盖其疾恶思古,指事陈情,不异薰风之南来,履冰之中骨,怒则掣电流虹,哀则凄楚蕴结,激扬以抵和平,方可谓之温柔敦厚也。

在黄宗羲这个理论里,温柔敦厚是一种艺术形态,不是对所表现之诗歌情感内容的限定。如果温柔敦厚仅仅代表一种自始至终的情感与格调和平,那么便形成一种具有排斥情感多样化特征的套子,能够常常如此,非贤既圣,超凡入定,与现实情感有着巨大的反差。只有活生生的、富有情性的人,在与现实人生社会的遭际之中有兴有会,有感有慨,然而表达之际又能不为情使,不为性驭,渐而归之于平静,不因情性之溢而于作品之中狂肆放纵,这才是真正的温柔敦厚。激烈的怨愤最终归之于幽怨与平静,这就是所谓"激扬以抵和平"。但这种无奈的和平之中是孕育着愤激与力量的,它在另外一些遗民那里便以不可遏止的形态喷薄而出,黄宗羲将其概括为"彷徨于山颠水澨"之孤愤:

> 泽望之为诗文,高厉遐清,其在于山,则铁壁鬼谷也;其在于水,则

瀑布乱礁也；其在于声，则猿吟而鹳鹤欬且唼也；其在平原旷野，则蓬断草枯之战场，狐鸣鸱啸之芜城荒殿也；其在于乐，则变徵而绝弦也。

这样的风格，只有黄宗羲扩大了外延的温柔敦厚才能接纳。黄宗羲将这样的创作都归入天地阳气的激发：

> 泽望之文，可以弃之使其不显于天下，终不可灭之使其不留于天地。其文盖天地之阳气也。阳气在下，重阴锢之，则击而为雷；阴气在下，重阳包之，则抟而为风。……宋之亡也，谢皋羽、方韶卿、龚圣予之文，阳气也，其时遁于黄钟之管，微不能吹纩转鸡羽，未百年而发为迅雷。

亡国遗民之诗文，痛旧国，思志士，望兴复，因此谢翱等人之作，百年之后即演为元末义师对元统治者的摧枯拉朽，这是阳气的迸发。所以黄宗羲称：“今泽望之文亦阳气也，无视葭灰，不啻千钧之压也。锢而不出，岂若刘蜕之文冢，腐为墟壤，文人之文而已乎？”①其中明显寄托了等待风雷的情绪，是对阳刚之气的歌颂。

（三）气的贯通性

气的贯通性是气之弥漫性、气的生命特质的必然表现，气的弥漫性与自然之气的无不可入性相关，气弥漫而无所拘束，因此能够起到连接与贯注的作用，且能突破一切阻隔。气的运动性决定了气首先要实现在承载包容气的对象之中充分贯注，这样才能保障活力的传输，防止气脉不通造成的中阻。古人对这一点的论述多是从生命现象引申的，如《管子·内业》云：“气道乃生。”道与“导”相通，意思是气得以导达则可以生。文艺美学之气从自然与生命之气中吸纳了这个特征，唐代李德裕《文章论》明确宣称：“气不可以不贯，不贯则虽有英词丽藻，如编珠缀玉，不得为金璞之宝矣。”兼诗文而言。宋代包恢《书抚州吕通判开诗稿略》论律诗：“八句中语意圆活悠长，有

---

① 黄宗羲：《缩斋文集序》，《黄宗羲全集》第10册，第12页。

蕴藉,有警策,气脉贯通而无破碎断续之病。”南宋楼昉论柳宗元的古文:“脉络相生,节奏相应,无一字放过。此文如引绳贯珠,循环无端;如常山之蛇,救首救尾;如累九层之台,一级高一级而丰约不差毫厘。”①其中虽然没有明言气,实则贯穿、循环、首尾之应等皆是就气而言。贯穿就是初终一气、前后一气,没有断续,但凡创作,其能成章者,皆为一气相贯。

如果不能实现气的前后贯通,于人则成病变,王充《论衡·别通》云:“气不通者,强壮之人死,荣华之物枯。”于文则难成佳作,包恢《书抚州吕通判开诗稿略》称律诗之病:“一物一事,断继破碎,而前后气脉不相照应贯通,谓之不成章。”梅曾亮《与孙芝房书》论六朝文“杂乱无章”,原因是:“上衣下裳,相成而不复也,故成章,若衣上加衣,裳下有裳,此所谓无章矣。”衣与裳之间重袭,首尾难以关合,体貌难以成为统一体,有“断”的弊病,而在他看来,文章很重要的一个标准就是“首尾不可断”。这里的所谓病变,就包括文学创作之中经常出现的情思阻滞、作品之中经常出现的不畅;而上述阻、滞的表现有的是才思不济,有的属于兴会未发,也有的则属于技术问题,如艾南英就提出过不恰当的文辞也能“碍气”:

> 孔子云:辞达而已矣。未闻辞之碍气也。辞之碍气,为东汉以后骈俪整齐之句言耳。彼以句、字为辞,而不知古之所谓辞命辞章者,指其首尾结撰,而通谓之辞,非如足下以矜句饰字为辞也。②

能够做到“辞达”,自然就文气顺畅;而辞达就需要有恰当的文辞形式来表现,艾南英此处以为,骈俪之文的整齐句式有碍于文气的贯通。如此“碍气”造成了作品之中的“气有断续”,于是“章法亡矣”。③ 这个观点虽然未必准确,但他提出的气是否贯通与创作技术、方法也相关的思想,则为文气的贯穿留下了可以通过学习而能为之的余地。

---

① 楼昉:《崇文古诀》“柳宗元《东池戴氏堂记》”条,文渊阁四库全书本。

② 艾南英:《答陈人中论文书》,见蔡景康编选《明代文论选》,人民文学出版社 1999 年版。后文明代单篇不注者出此。

③ 艾南英:《陈兴公湖上草序》。

在具体的诗文创作中,气的贯通性也表现为气的舒展不拘。气具有伸缩自如的基本特性,但总体的形态是舒展,即使人们所谓的舒卷之"卷",也是气充分舒展自我的一种独特形式,因此诗文之中多有对文气舒展的认同,《唐诗镜》卷四十一明确提出:"诗文中须得一段萧散之气","萧散"就是疏放而不窘,并举张籍《牧童词》"人陂草多牛散行,白犊时向芦中鸣"为例,称其中"气势稍得一展"。对于气不能舒展者历来学者多有微词,《沧浪诗话·诗评》言孟郊:"憔悴枯槁,其气局促不伸。"陆时雍《唐诗镜》卷三则以"诗奴"讥讽刘希夷,原因是其《代悲白头翁》一如初唐七言古诗之通病:"拘挛缠束,有气不舒,有意不展,又皆一切支应,语何尝披胸豁胆,一伸眉目于人前耶?"

(四)气的含蓄性

气的含蓄性来源于气的物质实体难以为清晰边界所界定的特点,气的含蓄不是柔弱单薄与内涵空落,恰恰相反,"含蓄,全不肯发扬,而实则包罗万象"①。诗强调含蓄,本于《诗经》传统中的"比兴",至六朝以后得到发扬光大:《文心雕龙》有"隐秀"、《诗品》以言有尽而意无穷释"兴",至唐代刘禹锡论"境生象外"、司空图论味外之旨等,皆是对这个特征的敷衍。宋代梅圣俞也提倡"状难写之景如在目前,含不尽之意见于言外"②;张戒在《岁寒堂诗话》中论《国风》云:"'爱而不见,搔首踟蹰;瞻罔弗及,伫立以泣。'其间婉而意微,不迫不露,此其所以可贵也。古诗云:'馨香盈怀袖,路远莫致之',李太白'皓齿终不发,芳心空自持',皆无愧于《国风》矣。"对《诗经》以及古诗之所以如此看重,关键在于其"婉而意微,不迫不露"的余蕴。至于杜牧的"多情却似总无情,惟觉樽前笑不成",意非不佳,然而词意浅露,略无余蕴。元稹、白居易、张籍之作,往往"情意失于太详,景物失于太露",因为太露,"遂成浅近,略无余蕴";尽管有时能够道得人心中事,但却不知道"道尽则又浅露"。元、白等人的详切、刻画所以有可议之处,正是由于其没有在创作之中维护其含蓄幽微、缠绵不尽的特征。

---

① 方宗诚:《论文章本原》卷二,见《历代文话》,第551页。

② 欧阳修:《六一诗话》引。

含蓄又被称为混沦或者浑涵,宋代文人曾通过陶渊明与杜甫相近意思作品的对比,说明混沦之美:

> 陶渊明辞云:"云无心而出岫,鸟倦飞而知还。"杜子美云:"水流心不竞,云在意俱迟。"若渊明与子美相易其语,则识者往往以谓子美不及渊明矣。观其云"云无心"、"鸟倦飞",则可知其本意矣。至于水流而"心不竞",云在而"意俱迟",则与物初无间断,气更混沦,难轻议也。①

意思是说,如果将陶渊明的"云无心而出岫,鸟倦飞而知还"视为杜甫之作,再将杜甫的"水流心不竞,云在意俱迟"当做陶渊明的作品,大家会毫不犹豫地得出"云无心而出岫,鸟倦飞而知还"不如"水流心不竞,云在意俱迟"的结论。只是由于陶渊明在文学史上地位崇高,所以一般的评价往往为盛名所慑,因而常常不能客观地审视杜甫这一名句。而作者认为,杜甫本诗恰是混沦的佳作,其混沦表现之所在就是:其表达的意旨与物象融会一体,情兴缠绵,为气联系,初无间断。

气的含蓄就是气收缩敛聚的状态,因此又经常被称为"浑厚"或者"温厚",如唐代高仲武称朱湾《菊诗》"受气何曾异,开花独自迟"为"哀而不伤,深得风人之旨";但谢榛则认为,其尾"忍弃东篱下,看随秋草衰"不如改为"过时而不采,将随秋草萎"更加"温厚有气"。② 意在修正原句中过于直白的哀戚,不是将一个伤感的结局明显呈露,而是摇曳出之,使人多了一层流连。他认为这样的诗句之所以较原句更佳,正在于其将气收聚,从而成就了含蓄之美。另如《诗人玉屑》有云:"偷语谓之钝贼,傅长虞'日月光太清',陈后主'日月光天德'是也。"意思是说,陈后主盗窃前人诗句,所以为钝贼,但谢榛却认为:"'太清'不宜用'光'字,陈句浑厚有气,此述者优于作

① 蔡梦弼:《杜工部草堂诗话》卷二,见《历代诗话续编》,第209页。

② 谢榛:《四溟诗话》卷一,见《历代诗话续编》,第1146页。

者。”①也是以气之浑厚论作品的不径露、有内涵。戴叔伦有《除夜宿石头驿》诗：

旅馆谁相问？寒灯独可亲。一年将尽夜，万里未归人。
寥落悲前事，支离笑此身。愁颜与衰鬓，明日又逢春。

谢榛评云：“观此体轻气薄如叶子金，非锭子金也。凡五言律两联若纲目四条，辞不必详，意不必贯。此皆上句生下句之意，八句相联属，中无罅隙，何以含蓄？颔联虽曲尽旅况，然两句一意，合则味长，离则味短。”谢榛认为戴叔伦诗之病在于气轻薄，一个意思因为分为八句而言，便将其稀释，如同一片布帛，厚度本来有限，尽力牵扯之后便稀疏甚至漏气，难以成体。其时有人论此诗也称：“戴叔伦《除夜》诗云：‘一年将尽夜，万里未归人。’此联悲感久客，宁忍诵之！惜通篇不免敷演之病。”所谓“敷演”，即是气由于一意的牵扯而薄弱，与谢榛的叶子金说一致。气薄为病，因此才有“锭子金”之“气重体厚”的审美期许，也是审美之气主厚敛而不主浅薄之意在创作中的落实。②

对诗歌含蓄性的强调也就是对混沌形态的推崇，混沌往往出于天成，它是天地元气的本然状态，艺术创作反对过分人工强调天成源出于此，所以姜夔《白石道人诗说》在倡导“辞尽意不尽”之余还揭示了详切、刻画等弊病的病根：“雕刻伤气，敷衍露骨。”所谓的气与骨，在此指的是气的含蓄特征。另如张表臣也说：“篇章以含蓄天成为上，破碎雕锼为下。如杨大年西昆体，非不佳也，而弄斤操斧太甚，所谓七日而混沌死也。”③《诗话总龟》引《冷斋夜话》则列举唐诗之中“一千里色中秋月，十万军声半夜潮”、“蝴蝶梦中家万里，子规枝上月三更”、“深秋帘幕千家雨，落日楼台一笛风”等，评之为“皆寒乞相”，原因在于表面的秀整之外，“熟视无神气”，而无神气的根本

① 谢榛：《四溟诗话》卷一，见《历代诗话续编》，第1153页。
② 参见同上书，第1183、1184页。
③ 张表臣：《珊瑚钩诗话》卷一，见《历代诗话》，第455页。

则“以字露故也”。[①] 字露，就是气不收敛而放逸的结果。因此方东树才有“诗文须神气浑涵，不露圭角”[②]的论述，从正反两个方面，确立了美学之气在诗文之中所追求的境界与须防备的病忌。

即使理学家也有类似的声音，《二程遗书》卷十八云：“大率言语须是含蓄而有余意，所谓书不尽言，言不尽意也。”不仅如此，理学家们还对含蓄的表现手段进行了引申，尽管他们抛出的是儒家“温柔敦厚”的熟悉调子。一般以为作为一个具有政治诉求的诗歌标准，“温柔敦厚”不乏背离审美的因素，但一些理学学者将其纳入气的统摄下进行分析，使其具有艺术审美的本体特质，如杨时《语录》中说：

> 为文要有温柔敦厚之气，对人主语言及章疏文字，温柔敦厚尤不可无。如子瞻诗多于讥玩，殊无恻怛爱君之意；荆公在朝论事多不循理，惟是争气而已，何以事君？君子之所养，要令暴慢邪僻之气不设于身体。
>
> 作诗不知风雅之意不可以作……现苏东坡诗只是讥诮朝廷，殊无温柔敦厚之气，以此故得而罪之。[③]

所谓“温柔敦厚之气”，便是一种气类，这种气类经过修养可以实现，并能够通过主体而显示在行事与作品中，其在作品中的效果就是意在言外，如司马光《续诗话》中云：“古人为诗贵于意在言外，使人思而得之，故言之者无罪，闻之者足以戒也。”其中所谓的“言之者无罪，闻之者足以戒”正是《诗大序》所倡导的创作伦理，而言之者能够无罪、闻之者能够足以戒的前提是作品要具有温柔敦厚之旨，这个旨趣，体现在作品的审美特质上就是意在言外的含蓄，是对气之状态的复原。

以上是从审美追求而言，以浑然一气的含蓄为高。但具体的创作之中，元气因为转移为个体的生命之气，因此往往又会呈示出因为生命血气的旺

---

① 阮阅：《诗话总龟》卷九，人民文学出版社 1987 年版，第 108 页。
② 方东树：《昭昧詹言》卷一，第 36 页。
③ 杨时：《龟山集》卷十，文渊阁四库全书本。

盛而率意发露的冲动，赋于作品则格局疏漏不密，因此陈子龙《能伯甘初盛唐律诗选序》说“放逸则格必疏”；清代刘大勤以唐宋诗优劣问于王士祯，王士祯有一个著名的回答：“唐诗主情，故多蕴藉；宋诗主气，故多径露。”①气在此被视为外显的、对蕴藉具有一定解构意义的因素。有鉴于此，朱庭珍才对古人的“诗文以气为主”又作了深入反思，指出：气是属于“至动”范围的因素，诗文以气为主，仅仅是说为“主”，但没有说诗文创作仅仅有气，或者说诗文就是气，有主就有仆，有主就有次，二者相辅才能成文。而这个仆与次，就是主体在气的自然特性之外所赋予作品的人工成分。这在后世逐步形成了以下三种通过人工影响气的形式：

其一，承接孔颖达的相关思想，王闿运称之为“持其志无暴其气”。其《诗法一首示黄生》中写道：“诗者持也，持其志无暴其气，掩其情无露其词。直书己意，始于唐人，宋贤继之，遂成倾泻。歌行犹可粗率，五言岂容屠沽？”这个意思，相当于《颜氏家训·文章》所说的当以衔勒节制“逸气”。至于持志的方法则包括主体的道德修养、心气的调和，但同时还包括艺术手段的运用。王闿运认为，要持其志，首先就要在艺术上重视“格调”：“诗以养性，且达难言之情，既不讲格调，则不必作。”②其次要有意识运用兴寄，《湘绮楼论诗文体法》云：“诗，承也，持也；承人心性而持之，以风上化下，使感于无形，动于自然。故贵以词掩意，托物寄兴，使吾志曲隐而自达。”以此为尺度，王闿运得出了尊六朝而薄唐宋的结论：六朝诗以“情不可放，言不可肆，婉而多思，寓情于文”而值得讽诵，唐宋之作因为不乏背离此旨者，因而渐成俳曲。由此王闿运对唐代一些著名诗人予以指摘：韩愈诗入议论，气过粗陋；白居易“急求人知，意陈于词”，因而一些歌行作品“纯似弹词”；李白有“村气”；杜甫时有“叫化腔”……总之，其失都在某一种气类过于率意地呈现。其诋毁唐宋的观点自然值得商榷，但从气当持而不当暴来批评唐宋诗的缺陷是有一定道理的。

---

① 刘大勤问、渔洋老人答：《诗问》卷四，见《诗问四种》，齐鲁书社 1985 年版。

② 王闿运：《湘绮楼说诗》卷六，《中国近代文学大系·文学理论卷》，上海书店 1994 年版，第 626 页。

其二,忌“浮率平直”,强调“沉郁顿挫”。姚莹《康輶纪行》论及文章云:

> 古人文章妙处,全是沉郁顿挫四字。沉者,如物落水,必须到底,方著痛痒,此沉之妙也;否则,仍是一浮字。郁者,如物蟠结胸中,左右窒碍,不能宣畅;又如忧深念切而进退维艰,左右窒碍,塞厄不通,已是无可奈何,又不能自已,于是一言数传,一意数回,此郁之妙也;否则,仍是一率字。顿者,如物流行无滞,极其爽快,忽然停住不行,使人心神驰向,如望如疑,如有丧失,如有怨慕,此顿之妙也;否则,仍是一直字。挫者,如锯解木,虽是一来一往,而齿凿巉巉,数百森列,每一往来,其数百齿必一一历过,是一来,凡数百来,一往,凡数百往也;又如歌者,一字故曼其声,高下低回,抑扬百转,此挫之妙也;否则,仍是一平字。文章能去其浮靡平直之病,而有沉郁顿挫之妙,然后可以不朽。

沉郁顿挫是历代文人论述古文的套语,属于状态性描绘术语,而所沉所郁所顿所挫者都是针对气而发的,沉即气的深厚,郁即气的凝聚,顿为气的延缓,挫为气的往回曲折。主体之所以能够使气沉郁顿挫,在于主体“有仁孝忠义之怀,浩然充塞两间之气,上下古今穷情尽态之识,博览考究山川人物典章之学,而又身历困穷险阻惊奇之境”,具备如此胸怀与才学识见,就能够对气施以人工的干预。

其三,以有意的“烟云缥缈”衬托。贺贻孙《诗筏》论乐府古诗之佳:“每在转接无绪,闪烁光怪,忽断忽续,不伦不次。如群峰相连,烟云断之;水势相属,缥缈间之。”强调的是以烟云断之、以缥缈间之,但这仅仅是手段,目的则在于使得所描述的对象更为逼肖,所以称:“使无烟云缥缈,则亦不见山连水属之妙矣。”并举《孤儿行》“不如早去,下从地下黄泉”后忽接“春气动,草萌芽”,以及《饮马长城窟篇》从“辗转不可见”后忽接“枯桑知天风,海水知天寒”分析:“语意原不相承,然通篇精神脉络,不接而接,全在此处。”而“通篇零零碎碎,无首无尾,断为数层,连如一绪,变化浑沦,无迹可寻”,这种状态恰恰因为烟云缥缈的衬托而得,是“神化所至”,但此神正为对直露之气的有意遮掩而得。①

当然,一切人工对气的干预也要因循自然的基本原则,不然会演为拘泥,而“拘泥则气必索”②,索就是枯索,从放逸转为枯索,也是不值得提倡的。

(五)气分清浊而以清为高

在关于宇宙发生的神话之中,早就有天地开辟之初清气上扬、浊气沉降的说法。受道家的影响,清一直是美学界所推崇的范畴,汉魏六朝才性理论兴起,主体之气分清浊的说法逐渐繁多起来。《春秋繁露·通国身》以体气为例,以为“气之清者为精”;《论衡·本性》继承孟子以眸子相人的理论,以为“心清而眸子瞭,心浊而眸子眊”,而人生天地间必有眊瞭,原因在于“眊瞭禀于天,不同气也”。《人物志·八观》以为:“骨直气清则休名生焉,气清力劲则烈名生焉。”葛洪《抱朴子外篇·尚博》清浊对举,以为“清浊参差,所禀有主,朗昧不同科,强弱各殊气”,强调主体所禀清浊之气不同,则在情性上有着一定差异。袁準《才性论》则以清浊论优劣:“物何故美?清气之所生也;物何故恶?浊气之所施也。”《搜神记》中又将一般意义的清浊优劣置于五行之下细究其差异:“天有五气,万物化成。木清则仁,火清则礼,金清则义,水清则智,土清则思。五气尽纯,圣德备也。木浊则弱,火浊则淫,金浊则暴,水浊则贪,土浊则顽。五气尽浊,民之下也。”③以上清浊之论都是就人才的甄选而言。至曹丕《典论·论文》所谓“文以气为主,气之清浊有体,不可力强而致”的论述出现,气的清浊正式进入了对文学的考量。

进入文学批评的气,其清浊之论与气分阴阳有一定的关系,清浊便是阴阳的一种体现形态,但二者仍有区别,孔颖达《礼记正义》中云:“夫人上资六气,下乘四序,赋清浊以醇醨,感阴阳而迁变。”可见阴阳是从气的性质所作的区分,它们是气的内在构成之中的矛盾统一体;清浊则是成分的区分,

---

① 参见贺贻孙:《诗筏》,见《清诗话续编》,第151页。

② 陈子龙:《能伯甘初盛唐律诗选序》。

③ 以上内容参见王运熙、杨明:《魏晋南北朝文学批评史》(上海古籍出版社1990年版)第二章第一节。

用以表明气在特定时空条件下状态的浓淡、厚薄、纯杂。阴阳一般没有价值上的差异,它们相对而相需;但清浊则往往有价值上的褒贬,所以刘熙载《艺概·诗概》中就说"气有清浊厚薄,格有高低雅俗",因为气的清浊影响到气的厚薄,进而影响到诗格的高低与雅俗。由于清浊有着一定的差异,二者所形成的作品又有此不同,因此所谓的"气格"只能是一个概括性说法,刘熙载认为具体批评之中忽略气的清浊而"泛言气格"是不正确的。总结上述分析,可见以气的清浊论诗文一则是表示不同的气可以造就不同的艺术风格;二则实际上更是强调:气之清浊有别则文之巧拙也有别,气清才能文巧,表现了对清气的向往。如南宋真德秀《跋豫章黄量诗卷》云:

> 乾坤有清气,散入诗人脾,此唐贯休语也。予谓天地间清明纯粹之气盘礴充塞,无处不有,顾人所受何如耳。……世人胸中扰扰,私欲百端,如聚蛲蚘,如积粪壤,乾坤之英气将焉从入哉?故古之君子所以养其心者,必正,必清,必虚,必明。惟其正也,故气之至正者入焉;清也虚也明也亦然。

有了这样的正清虚明之气,就能达到"外诱不接,内欲弗萌,灵襟湛然"的效果,此时主体温然而仁、肃然而秋,"收敛而凝,与元气俱贞;泮奂而休,与和气同游"——清虚则气可抵达元气,因而"诗与文有不足言者矣"。在一些文人看来:"诗之作非得夫天地之清气者不能也。"①这已经成为创作的一个门槛,因此文人们言诗多将其和清气挂钩。清代田雯《枫香集序》评价友人之诗:"新而不靡,奇而有则,新如山川之出云,奇如淮阴之用兵。"诗人之所以能够有如此成就,"盖天地清淑之气萃于诗人,而以其才与学播之风雅"。黄宗羲《景州诗集序》也说过:"诗人萃天地之清气。"章学诚《与邵二云》书也揭示了这一标尺:"仆持文律,不外清真二字,清则气不杂也,真则理无支也。"清人编辑历代诤臣烈士之文,也名之为《乾坤清气集》。另外,清代中期影响甚巨的浙派诗歌领袖之一厉鹗则将"清寒"作为自己的审美逐求,其

---

① 乌斯道:《松下小稿》卷八,文渊阁四库全书本。

《双清阁诗集序》中说："清之一字，为风骚旨格所莫外者乎？大抵诗之号清绝者，固乎迹以称心易，超乎迹以写心难。"他将可称清的诗分为二类：一为循外在行为，以文字诠表之，以见人心性，这多属于隐逸者的清高绝俗，是心迹相并者；二为有的人诗文清但其迹则和光同尘，此为超迹写心者。但二者都强调清当出于心性："盖自庙廊风谕以及山泽之癯所吟，未有不至于清而可以言诗者，亦未有不本乎性情而可以言清者。"浙派之中杭世骏《马思山南坨诗稿序》也论清，但他提倡的是诗当"清贵"："诗无定格，以清贵为宗。"所谓贵，就是他所说的云霞之情与超出经籍柴垛的高远之识，情识相结，则可以成就真正的"清贵"。"清贵"之中显然有着文人的自负，与厉鹗清寒论中所体现的自守，内涵并不一致。

诗歌之外，另一个标榜清的是时文，如清代科举衡文，重要的标尺就是"清真雅正"，清居于首位，包括意清、辞清、气清，而关键在于心清。① 另如章学诚《为梁少傅撰杜书山时文序》云："夫文章之要，不外清真，真则理无枝也，清则气不杂也。"《艺概·经义概》云："气取清而厚。"他如清空、清丽、清通也是论清之际时常涉及的标准，也以清为基础。

在以上清而高、清而贵、清而真等内涵之外，古人宗尚气清的缘由还有一点就是清则澄净或者洁净，因此明代艾南英循诸柳宗元"本之太史以著其洁"的"洁"字，提倡文必洁雅，认为文必洁而后浮气敛、昏气除，浮气昏气敛除则清洁雅净。方苞的《古文约选凡例》之中，其首重者也为清："古文气体，所贵清澄无滓。清澄之极，自然发其光精。"也从醇、洁、净的内涵扶植清气。

（六）气体变化，以曲为贵

自然之气无形，阴阳二气融会其中，舒卷变幻，由此形成了文学之气既要直接而不淤塞、又以气体之曲折为贵的审美风尚。直接是就气之贯通性而言；但由于气在物质世界中所具有的轻而不定的特质，因此气的贯穿过程并不一定皆是直线的通透抵达，它有着曲折的特征。反映到诗文创作之中，便是对诗文保持一气、一意统一前提下摇曳多姿的推许，如《诗筏》云："古

① 参见李元春辑：《春照堂丛书·四书文法摘要》。

诗之妙,在首尾一意而转折处多,前后一气而变换处多。"既讲究前后一气,又主张转折变幻。其意正是讲气前后要贯通,但又要在曲折之中实现这种贯通,贺贻孙将这种思想具体化为诗法:"或意转而句不转,或句转而意不转;或气换而句不换,或句换而气不换。"其中"句转而意不转"为"不转而转",维持了"意"的稳定连贯,所以"愈转而意愈不穷",此为"首尾一意而转折处多";"句换而气不换",一气维持而变幻抑扬,是为"不换而换","愈换而气愈不竭"。能够如此就可以达到"留不穷之意,蓄不竭之气",在避免气与意的率意直露之余,蓄养了意、气,保持了作品生命本源的支撑。① 梅曾亮《舒伯鲁集序》中分言"气、体",兼举"直、屈":"文气贵直而其体贵屈,不直则无以达其机,不屈则无以达其情。"②这是一个更具体的说明:气要直,气之表现要曲。文气之所以要直,是就气的抒发性与贯穿性而言的,气不直行则必有郁滞,所以"不直则无以达其机";但保障气的顺畅而行却未必就否定气体显示于作品时的曲折往复,对作者而言,不曲折往复往往不能完成气的宣泄转移,因此"不屈则无以达其情"。也就是说,曲在文学创作中往往被视为能够尽情陶泻使气得以不郁结的手段。黄与坚也曾论此意:"孔子曰:'辞达而已矣。'达以气为主,顾所以为达者,全在曲折以取胜,如长江大河,瀰漭天地间,必千百折乃可以至海,此文家所谓波澜也。余于文始求其达,行之以气,而径意直情,率多滞碍;久之而始能开合反覆,穷其旨趣,愈曲折得以愈条畅,而行止有不得不然之势。"③"愈曲折得以愈条畅"便是气与诗文曲折审美的根本关系。因此历代文学批评中对曲折的提倡是以文体虽曲但却不妨碍文气的运行、不妨碍情志义理的前后贯通为前提的。在此前提下,文似看山不喜平、摇曳、迂回、曲折等审美追求便在审美鉴赏中得到普及,如:

天目山樵评《儒林外史》第二十四回:"文势忌直,以上二事借杀父杀兄衬起杀夫,稍作曲折耳。"

---

① 参见贺贻孙:《诗筏》,见《清诗话续编》,第 138 页。

② 梅曾亮:《柏枧山房文续集》(不分卷)《舒伯鲁集序》,上海古籍出版社 2005 年版。

③ 黄与坚:《论学三说》,见《历代文话》,第 3377 页。

孙麟趾《词径》:“恐其平直,以曲折出之谓之婉。如清真‘低声问’数句,深得婉字之妙。”

厉志《白华山人诗说》卷一:“直而能曲,浅而能深,文章妙诀也。”

施补华《岘佣说诗》:“诗犹文也,忌直贵曲。少陵‘今夜鄜州月,闺中只独看’,是身在长安,忆其妻在鄜州看月也。下云‘遥怜小儿女,未解忆长安’,用旁衬之笔,儿女不解忆,则解忆者独其妻矣。‘香雾云鬟湿,清辉玉臂寒’,又从对面写,由长安遥想其妻在鄜州看月光景。收处作期望之词,恰好去路,‘双照’紧对‘独看’,可谓无笔不曲。”①

清代唐彪《读书作文谱》中也直接倡导诗文要曲折:

> 然气亦非是一直径到底,无有断续无有曲折者也。其间自有开合,譬如人之鼻息,必有一呼一吸,迭相循环。若只吸不呼,或止呼不吸,不下半晌,气必闷绝矣。文气亦然,必使其一开一合,呼吸常通,如人一身之气,上自泥丸,下至涌泉,周流旋转,融洽于百骸四肢,而无痿痹溃烂,是乃气之说也。能知蕴与断者,斯可以论文矣。②

文中为气当曲折提供了依据:文气在诗文之中的贯彻如同人的呼吸,应当一呼一吸一开一合,实现协调,不然只呼而不吸则气消散而无存贮;只吸不呼则气绝。而气的呼吸之用表现在诗文之中就是避免过于直遂。当然,诗文之中气贯穿的曲折是有着种种不同具体表现形态的,它包容着所有不直遂径达的艺术手段,如王夫之《薑斋诗话》卷一就从艾南英所反对的“断续”上做文章,提出了“句绝而语不绝,韵变而意不变”的手法,以为这种绝与不绝、变与不变关系的把握,能够从绝当中显示不绝,从变当中体现不变,“此诗家不容昧之几也”。他随后举《诗经》中“天命玄鸟,降而生商”为例:“降者,玄鸟降也,句可绝而语未终也。”又举“薄污我私,薄浣我衣,害浣害否,归宁父母”云:“意相承而韵移也。”因为做到了句绝语未终、韵移而意相承,

① 以上引文均引自贾文昭编:《中国近代文论类编》,第305、306页。

② 唐彪:《读书作文谱》卷七,清嘉庆刊本。

因此既维系了气脉的畅行,又无直遂之嫌,体现了气曲折的特性,是气脉的隐性贯通,“不然,气绝神散,如断蛇剖瓜矣”。沈德潜则在论古诗时,以其“莫不有浩气鼓荡其机,如吹万之不穷”作为古诗姿态万千的理论依据:“七言古或杂以两言、三言、四言、五六言,皆七言之短句也。或杂以八九言、十余言,皆伸以长句,而故欲振荡其势,回旋其姿也。其间忽疾忽徐,忽弇忽张,忽渟潆,忽转掣,乍阴乍阳,屡迁光景。”①其中的“莫不有浩气鼓荡其机,如吹万之不穷”是气贯而鼓荡之意,能够鼓荡其气,才有了变幻曲折的动力。

曲的提倡之外,也有人论诗文之直遂亦为一体,如方东树说:“亦有平铺直叙,而其气体自高峻不可及。如雅颂诸作,岂必草蛇灰线之引脉乎?《秦风·小戎》典制闺情并举而不相害,可以识古人之体例。大约古人之文,无不是直底,后人都要曲,曲则不能雄,但非直率无运转耳。”②将平铺直叙视为诗文中的一种形态,与阳刚对应,但又补充说,直并非就是直率而无运转,可见方东树所谓直更倾向于意旨的直接宣达,但意旨直接宣达的艺术手段中并不否定相应的文气抑扬变化。关于直致亦为气化一体,谢榛早有论述,他说:

> 《金针诗格》曰:“内意欲尽其理,外意欲尽其象。内外含蓄,方入诗格。若子美‘旌旗日暖龙蛇动,宫殿风微燕雀高’是也。”此固上乘之论,殆非盛唐之法。且如贾至、王维、岑参诸联,皆非内意,谓之不入诗格,可乎?然格高气畅,自是盛唐家数。太白曰:“划却君山好,平铺湘江流。巴陵无限酒,醉杀洞庭秋。”迨今脍炙人口。谓有含蓄,则凿矣。③

诗主曲并无错误,但盛唐之作显然不乏如李白等人的不讲究内意也不讲究外象者,一气浑涵,格高气畅,在曲之美外,这也是一种审美范型。况周颐

① 沈德潜:《说诗晬语》卷上,人民文学出版社1979年版,第208页。
② 方东树:《昭昧詹言》卷一,第27页。
③ 谢榛:《四溟诗话》卷一,见《历代诗话续编》,第1148页。

《蕙风词话》中也提倡词要能直达其意:“词能直,固大佳。顾所谓直,诚至不易。不能直,分也。”不过视直为境界,不是否定曲,由于他认为诗文词赋的曲折不是凭借隐晦难懂的文辞体现的,所以“当于无字处为曲折,切忌有字处为曲折”;再者,曲折是气体的曲折,虽然时时可以着以人工以见抑扬起伏顿挫,但又反对过施刀斧:“诗笔固不宜直率,尤切忌刻意为曲折。以曲折药直率,即已落下乘。”①有意制造波澜,而不是出于尽情抒写胸臆的需要,则为诗道之下乘。

二

从审美之气的本体分析,它体现了“完”和元气归依的特性。

(一)气之完全的概念

气之完全的概念出自气的一气贯通、弥漫一体,气之“完”包括两个内涵:一是气的团结蕴藉、浑然一体而不可拆分;二是气的充实洋溢而不馁弱偏失。自然之气本然如此,具体到艺术审美之气,就是指无论创作主体还是艺术作品,都以此为依归,就主体而言,要养气而及乎充实洋溢不馁弱;就作品而言,则团结蕴藉、浑然不可拆解。文学批评讲究气的完全出现在唐代,梁肃《补阙李君前集序》评李君文章即曰“其气全”。权德舆《醉说》中标出了气当求“全”,其中自道醉后答客人所问之为文心法云:“尚气、尚理,有简、有通。能者得之以是,不能者失之亦以是。四者皆得之于全,然则得之矣。失之全,则鼓起者类于怒矣,言理者伤于懦矣。”以气以理为诗文之所尚,以简明而通达为表现气与理的艺术手段,以上四者具备而且各自发挥到恰当完美,即通过简、通的完美手段达到气全、理全,则诗文得之。如果“失之全”,即虽然四者皆备,但各自所有以及所发挥的程度未能完全,如同气未曾培养完满而是仅得其一端,那么便很容易流于偏激。宋代论文言气之“完”者更多,陈师道《送邢居实序》云:“夫学以明理,文以述志,思以通其学,气以达其文。古人导其聪明,广其见闻,所以学也;正志完气,所以言也。”《答江端礼书》又云:“言以述志,文以成言,约之以义,行之以信,近则

---

① 况周颐:《蕙风词话》卷一,人民文学出版社1998年版,第5页。

致其用，远则致其传，文之质也。大以为小，小以为大，简而不约，盈而不余，文之用也。正心完气，广之以学，斯至矣。”①可见重视程度。所谓“完气”是指使得气通过修养培育而达到盛美、充实。宋人中论文对气之“完”论述最完密的是刘弇，他在《上运判王司封书》中首揭气有“完”“削”，“其气完者其辞浑以壮，其气削者其藻局以卑”，气之完、削不同，直接影响到文辞的最终面目与风格。在他看来，气之完者综纳生命昂扬之气、道义之气为一体，向外足以成就文章事业，以孔子为例：

> 孔子之气，周天地，该万变，故六经无余辞焉，而其小者犹足以叱夹谷之强齐。孟子芥视万钟，小晏婴管仲，而其自善则有所谓浩然者，故其书卒贻后世。语赋者莫如相如，相如似不从人间来者，以其慕蔺也。语史者莫如子长，瑰玮豪爽，视古无上者，以其上会稽、探禹穴、窥九嶷、浮沅湘以作其气也。唐之文士固无出退之者，其入王庭凑军也，视若轩渠乳儿，则足以知其气矣。

气完则发挥于事业，发挥于事业反过来又振作起了主体之气，使之完而益盛，以如此之气发之于诗文，自然无所不适，也无适不可：

> 是故排而跃之非怒张也，缀而留之非惧肋也，遒纵捷发非吝而骄也，纡徐不肆非惫而瘘也。时出泠汰以示其清，别为庞浑以示其厚，如将不得已以示其平，无适而不在于理以示其专，破觚扫轨以示其数鼓而不竭也，丹雘缋绘以示其朝彻而更新也。有毅然不可犯如汲黯之面折者，有时女守柔如回车以避廉颇者，有省语径说如曾子之守约者，有洒落快辩无敢校对如季布之呵曹武阳者。故曰文章以气为主，岂虚言哉！

只要以气为主，而且此气为“完”气，那么由气发抒而赋形成就的诗文便无所不可，无体不可。气“完”就能实现对诗文全面的统摄，而且诗文皆生气

---

① 王正德：《余师录》卷一，文渊阁四库全书本。

勃发，动人心目，流传百世。此外还有一些作者："持正褊中，禹锡浮躁，元稹缘宦人取宠，吕温茹便僻求进，而宗元戚嗟于放废之湘南"，这些文人"皆其气之不完者"——不完的表现或为性情之偏，或为德行之薄，或为心胸情志之寒酸，因此"其文章终馁于理"。①

至清代，龚自珍提出一个诗贵"完"的理论，其《书汤海秋诗集后》云："唐大家若李杜韩及昌谷、玉溪，及宋元眉山、涪陵、遗山，当代吴娄东，皆诗与人为一，人外无诗，诗外无人，其面目也完。"此"完"之意包括：赋形真，人在诗中，或者说诗中有人，故云"诗外无人"；赋形切实，无所遗憾，所以"人外无诗"。以汤海秋之诗为例："海秋之心迹"尽在是，所欲言者在是，所不欲言而卒不能不言者在是，所不欲言而竟不言、于所不言求其言者亦在是；诗如其人，表现的是自我，不是他人，故云"诗与人为一"，且"不肯挦撦他人之言以为己言"。《跋王百穀诗文稿》内他也曾提到"完"："文亦完密有度。"龚自珍所云之"完"和一般批评中常言的神完气足近似，就是神气充盈。

以上所论之"完"更多地强调了主体之气的修养，"完"同时也指向作品的境界。如杨万里论晚唐诗说："诗至晚唐益工。"翁方纲认为这是挑摘于一联一句的批评，就整体而言："以字句之细意刻镂，固有极工者。然形在而气不完，境得而神不远，则亦何贵乎巧思哉？"②这里以字句之刻镂与整体的自然完整形成对比，以"完"表达一种超越人工刻画手段的境界。此境界当如李白五律，"总是一气不断，自然入化"③，其中"一气不断"即是"完"的表象。当然，作品境界的"完"并非排斥人工，而是要使其体现出以下诸般要求：

句不可断续，诗不可碎杂。冯班评陈师道《放怀》："造物不完，句句断续。""此诗神气不完，太碎杂。"④所道正是其不完所引发之病。

字句不可增减。庞塏《诗义固始》云："题目既定，句以成篇，字以成句，

① 刘弇：《龙云集》卷十八，文渊阁四库全书本。

② 翁方纲：《石洲诗话》卷二，人民文学出版社 1981 年版，第 77 页。

③ 翁方纲：《石洲诗话》卷一，第 38 页。

④ 李庆甲：《瀛奎律髓汇评》卷二十三，上海古籍出版社 2005 年版，第 978 页。

五字必令意全句中,不可增减,而后谓之完足。”但有另外一些创作:“有句于此,亦可卜度其意之所在,而觉句中少数字而不显切。又有三五字已尽本意,而强增一二字以趁韵脚,牵率矫强,百丑具见,何以为诗?”①张谦宜也说:作诗要力足,先炼气,少一句不得,添一句亦不得,方是妙手。②

前后、首尾要呼应,相生相续以成章。庞垲《诗义固始》论完足,在申明字句当不可增减之后又说:“作者须于一句之中,首尾自相呼应,一篇之中,前后句相呼应,相生相续以成章,然后无背于古而可以传也。”

气之完在一定程度上能使作品达到传统审美所推崇的“圆”的境界。当然,气而达乎完全作为美学上的至境,其标识的意义远远大于实践意义,因为养气能够达乎完,则气已经抵近了元气。正因为这种状态的理想垂照价值,因此在一些文人眼里,其价值要远远高于前面所称道的清气,朱鹤龄《梁大司诗集序》中就说:

> 唐贯休云:乾坤有清气,散入诗人脾。而归太仆又言:诗文者,天地之元气。清气之与元气有以异乎?曰:有异。清气如游澄潭静渚之间,沦漪映空,蔚蓝同色,盥濯者争就焉,然而潦尽霜清,不免有易涸之忧。元气如葭琯阳回,勾芒律动,山川俄焉增绚,草木为之改观,一任红英紫艳,白萼绿跗,纷纷籍籍,随物变色,而莫知化工之所由然。是故得清气者为劳臣志士之幽情,为羁人思妇之苦语,哀怨凄切,或至如候虫之鸣,与寒蝉相应。若夫得元气者,西清东观之间,振其步武;明堂清庙之上,戛其声音。煌煌乎山龙藻火之采烂焉,琅琅乎璆璜冲牙之响发焉。

气分诸般类型,元气之外,又有种种功能性之气,但以元气为尊、为母、为天、为一,原因是“其受之于天者全”——全就是完备不偏失,因此“凡音不得与之竞工拙”。清气只是诸气类之中的一种,因此不能与得气之全者的元气竞美。当然,朱鹤龄本文将达者视为能够得元气者,将不达者视为得

① 庞垲:《诗义固始》上,见《清诗话续编》,第729页。
② 参见张谦宜:《絸斋诗谈》卷一,见《清诗话续编》,第795页。

清气者，其间不乏附会与臆测。

诗文之气以“完”为极致，于是“神完气足”、“神气完足”便成为诗文批评中常见的标尺，如方宗诚评《孟子·梁惠王章》云：

> “王何必曰利”三句，一提，劈头一棒，笔力雄伟。“王曰何以利吾国”节，申明言利之害，曲折详尽，笔力恣肆。“不夺不餍”句，笔力斩截，使梁王一腔热念，如冷水浇背。“未有仁而遗其亲”节，申明仁义之利，又极鼓舞诱掖之神。上节详，此节简，变化不板。末节，收句如峭壁悬崖，乃文家归题法之所本也。前后照应，神气完固。①

“神气完固”，是对以上文字详略变化、前后照应的总结。

在以上认识之外，还有一种将气之完与意之工分列为诗歌要素的意见，《艺苑卮言》中说：“七言绝句，盛唐主气，气完而意不尽；中唐主意，意工而气不甚完。”②如此来看的话，气完仅仅代表作品文气周详之一体，但文气的统一周详又不能保证文意之工，也就是说，气完没有被视为一个众美由此兼备的前提。

完在具体的文学批评之中还体现为对诸般气之审美特征的完整性把握。气的特征以及由这些特征衍生的范畴在研究之际可以拆分，但事实上，气的这些特征在气化赋形之中往往是以整合的姿态现身，因此具体文学批评中诸般气之审美范畴也往往以集体的面目出现，这样才符合气本身所具有的全面把握特征，如《沧浪诗话》论诗云：“语忌直，意忌浅，脉忌露，味忌短，音韵忌散缓，亦忌迫促。”其中涉及了诗歌之语、之意、之脉、之味、之音韵，而影响这些审美要素的内在动力是气。另如姜夔《白石道人诗说》中云：“大凡诗自有气象、体面、血脉、韵度。”这四桩要素皆与气相关，而且各自有着不同的审美指向——当然，这些审美指向来源于气的审美特征的规定性：“气象欲其浑厚，其失也俗；体面欲其宏大，其失也狂；血脉欲其贯穿，

---

① 方宗诚：《论文章本原》卷三，见《历代文话》，第566页。

② 王世贞：《艺苑卮言》卷四，见《历代诗话续编》，第1007页。

其失也露;韵度欲其飘逸,其失也轻。”同样是四者并列而言,因为它们共同构成了诗歌的主体。诗而论气之完足,就要实现语、意、脉、味、韵等诸要素的一起完美现身。

(二)元气归依

从哲学上讲,气是一个统一的范畴;进入美学并广泛应用于文学理论建构和文学批评的气却有着内涵的丰富性和气类的不同。但无论如何,在文学理论批评领域,都以元气的归依为最高境界,如同汪涌豪先生所说的,气作为一个“元范畴”,“整个文学以贴近它、反映它、符合它的运动方式展开为务,文学是它的出发点,同时也以它为最终的归趣”①。元气有时就简称为“气”。以元气而创作,不仅是自然化育规律的最高体现,也是文艺创作的最高境界,这是天人合一哲学与我国生命诗学传统的必然命题。如《易传·说卦》云:“立天之道曰阴与阳,立地之道曰柔与刚,立人之道曰仁与义。兼三才而两之,故《易》六画而成卦。”这其间表达了以下两个意思:《易》的每一卦都是根据天地人的关系建立起来的,阴阳是贯通于天地人之间的中介。由此形成了古人以下思考人文现象的两个向度:

其一,将一切人文现象的源头追溯到天(或天地)以取得存在的合法性依据。作为礼乐文化载体的六经因以天地为准,反映的是天地的根本道理且其发生和归属都包含在天地之中,因此带有广泛的真理性,具有绝对的权威性。以人文起源为例,《诗纬》云:诗乃天地之心;《文心雕龙·原道》云:“言之文也,天地之心”,都是把文的起源回溯到天地之最高范畴,认为人与天地并生、与宇宙同源同构,天文地文和人文以反映天经地义之至理而具有贯通的一致性。

其二,古人以整个世界为思考对象,视天地人为一个有机结合的系统:在构造上相同,在精神上共感相通,在表象上互为因果。人处于三才之中位,象天法地,阴阳相会而成。②

一切人文现象追溯到天或者天地,就是追溯到元气的状态,追溯到本原

① 汪涌豪:《范畴论》,复旦大学出版社1999年版,第453页。

② 参见夏静:《文质原论——礼乐文化背景下的诠释》,《文学评论》2004年第2期。

的力量;主体因为与天地共感共通,一则有着象天法地的期待,一则有着可以象法的通道。《老子》第十六章云:“致虚极,守静笃。万物并作,吾以观其复。夫物云云,各归其根。归根曰静,静曰复命,复命曰常,知常曰明。”人为元气所化,归根、复命即求达乎本来状态。达到本然状态,便可以获得生化的势能,所以《庄子·天道》云:“虚则静,静则动,动则得矣。”这里的“虚静”以及《文心雕龙》中的“入兴贵闲”等,都是从回归元气而言的。《文赋》中云:“课虚无以责有,叩寂寞而求音。函绵邈于尺素,吐滂沛乎寸心。言恢之而弥广,思按之而愈深。”徐复观先生阐释文义说:

> 一篇文章的写成,乃是从无到有的创造,“课虚无以责有”两句,正说明文章的创造性。人的精神(心灵)可以涵茹万有,且深而可以愈深,广而可以愈广。文章乃作者精神的展现,精神的内涵,即文章的内涵。精神的境界,即文章的境界。且仅停蓄于精神者,将起灭无常,纯杂不一。一经写出,即系经过提炼升华,以表现于文字之上,使其成为客观的存在,因而可随时再缘耳目回归于精神之中。所以有“函绵邈于尺素”的四句。①

这段文字先是就作者构思立论,作文乃从无到有的创造,是气的生化。“言恢之而弥广,思按之而愈深”二句,乃就具体落笔而言,也可以理解为就读者立论,指创作过程中神思的浮想联翩,也指文字在读者那里的影响,通过“有”回到“无”,回到了气。这也是对元气回归的一种说明。

元气归依包含两个内容:其一,作者的涵养能够抵近元气;其二,作品的境界能够归于元气。

其一,作者的涵养达乎元气。无论儒家还是道家,其所谓的养气都与对生命元气的复归有关,儒家道义之气、浩然之气的源头也在于此。儒家体系的文论经常强调的复性、复天,其本质也在于回归元气。复性、复天是就创作主体的涵养而言的,从主体到作品,如白居易所言,有着这样一个生成路

① 引自张少康:《文赋集释》,人民文学出版社2002年版,第97页。

径:“天地间有粹灵气焉,万类皆得之,而人居多;就人中,文人得之又居多。盖是气,凝为性,发为志,散为文。”①“气——性——志——文”就是这个路径,性既然为气所凝定,因而为文能归于性,也就抵达了生成万物的元气之状态。如邵雍说:“任我则情,情则蔽,蔽则昏矣;因物则性,性则神,神则明矣。”②能追溯到性,便抵达了神的境界,神的境界则“潜天潜地,不行而至,不为阴阳所摄”,那就是元气淋漓的境界。宋代文人田锡《贻宋小著书》中云:

> 禀于天而工拙者,性也;感于物而驰骛者,情也。……道者,任运用而自然者也。若使缘毫之际,属思之时,以情合于性,以性合于道,如天地生于道也,万物生于天地也,随其运用而得性,任其方圆而寓理,亦犹微风动水,了无定文,太虚浮云,莫有常态,则文章之有声气也,不亦宜哉!比夫丹青布彩,锦绣成文,虽藻缛相宜,而明丽可爱;若与春景似画,韶光艳阳,百卉清苍,千华妖冶,疑有鬼神潜得主张,为元化之杼机,见昊天之工巧,斯亦不知其所以然而然也。

性合天合道,禀于性而动、因乎道而为文则是如道生天地、天地化生万物一般自然,此为“有鬼神潜得主张,为元化之杼机,见昊天之工巧”,因此以情合性的文学主张也便具有回归元气的内在理论依托,如此形成的作品才会有声有气。这样的作品是元气生成的,自然的,不是丹青之布彩,也不是锦绣的剪裁,因为“丹青为妍,无阳和之活景;锦绣曰丽,无造化之真态”。③ 所见更多的是人工,不得天巧。

对复性、复天、复道的推扬,带有很强的儒家文学理论色彩,还有一些专心于文学艺术本体探究的文人则是将这种儒家思想色彩剥离,将相关研究纳入了纯粹的艺术思考,而纳入艺术思考的复性等问题,与道家的虚静说融

---

① 白居易:《白氏长庆集》卷十九《故京兆元少尹文集序》,四部丛刊初编本。
② 邵雍:《皇极经世全书解·观物外篇》,清王植辑录本。
③ 田锡:《咸平集》卷二《贻宋小著书》,文渊阁四库全书本。

合,便重新转化为《文心雕龙》的“入兴贵闲”理论,纳入到养气说的体系。如元代李淦《文章精义》中就说:“做大文字,须放胸襟如太虚始得。太虚何心哉?轻清之气旋转乎外,而山川之流峙,草木之荣华,禽兽昆虫之飞跃游乎重浊之中,而莫觉其所以然之故。”其中的太虚心就是道家的虚静境界,也就是刘勰所说的“闲”而无扰的状态。这样的状态不是自生的,需要培养,一旦获得,人之胸襟便“廓然与太虚相似”,心胸回归到了元气混融的状态,于是便具备了元气生化的能力:“人放得此心,廓然与太虚相似,则一旦把笔为文,凡世之治乱,人之善恶,事之是非,某字合当如何书,某句合当如何下,某段当先,某段当后,如妍丑之在鉴,决不致颠倒错乱,虽进而至之圣经之文可也。”①主体具太虚之心、养就浑然之气,作品自然无所不宜,间架了然,无须拼凑,甚至立意也至于大公而不会徇私。当然,这种复性、见道之境界是性天的范围,一切源于自然,似乎无人力着手之处。事实上,如此的自然皆出于一个“养”字,所谓养,就天人之际而言,就是指的人,是指作为人工手段的“学”。故而刘熙载说:“无为者,性也,天也;有为者,学也,人也。学以复性,人以复天,是有为仍蕲至于无为也。”②文学创作中“养气”说的可操作性也由此奠定。

其二,作品的境界也归于元气。所谓作品的境界,是指作品在读者审美视野中的感受判断。古代文人在不同文体上对此都有过论述与说明。

诗歌 诗歌而言元气所化,是诸般文体之中最突出的,这与其实用性淡化、与个体生命情感关系密切相关。宋代刘克庄《戊子答真侍郎论选诗》称誉陶诗,以为“陶公是天地冲和之气,非学力可模拟”。此话是概而言之,所谓“陶公是天地冲和之气”,是指陶渊明之体气得乎冲和,发之于诗,是此冲和之气所化,无与伦比,因而不可模仿。杜诗被后人高度推扬,元好问《杜诗学引》评价为:“其诗如元气淋漓,随物赋形。”直接而明确地以元气所化、随物赋形相誉,突出了杜诗那种“如三江五湖,合而为海,浩浩瀚瀚,无有涯涘;如祥光庆云,千变万化,不可名状”的自然变化特征。钟惺《与高孩之观

① 李淦:《文章精义》,见《历代文话》,第1184页。

② 刘熙载:《游艺约言》,见《刘熙载文集》,第753页。

察》在比较古诗十九首与其他诗篇之后认为,这类诗是后人往往难以入手的,原因是其“有如元气大化,声臭已绝”。清代宋荦《漫堂说诗》以杜甫七言古诗为上下千百年间第一,因为“天地元气之奥,至少陵而尽发之”,少陵成了集大成的圣人。黄宗羲论民族情怀之寄托:

> 夫此戚然孤露之天真,井底不能沉,日月不能老,乃从来之元气也。元气不寄于众而寄于独,不寄于繁华而寄于岑寂,盖知之者鲜矣。①
>
> 夫文章天地之元气也。元气之在平时,昆仑磅礴,和声顺气,发自廊庙而畅浃于幽遐,无所见奇。逮夫厄运危时,天地闭塞,元气鼓荡而出,拥涌郁遏,坌愤激讦,而后至文生焉。②

将这种“孤行一己”之情的文学化视为与元气接通的最高表现。在古代诗学著述之中,《昭昧詹言》以元气论诗的密度极高:

卷一:“读《北征》、《南山》,可得满象,并可悟元气。”

卷八:“杜公包括宇宙,含茹古今,全是元气。”

卷八:“大约飞扬律兀之气,峥嵘飞动之势,一气喷薄,真味盎然,沉郁顿挫,苍凉悲壮,随意下笔而皆具元气,读之而无不感动心脾者,杜公也。”

卷九:“韩公诗,文体多,而造境造言,精神兀傲,气韵沉酣,笔势驰骤,波澜老成,意象旷达,句字奇警,独步千古,与元气侔。”

卷九:“韩如六经,直书白话,皆道腴元气。”③

元气或者气之外,有时一些评赏通过对虚灵的强调表达对元气的推崇。《岘斋诗谈》评清代诗人丘柯村的诗作,《梦游龙湫》:“中间却只说蛟,是诗人笔墨脱化处,死坐见条龙出,便是呆汉。”《冰渡行》:“中间写鬼神呵护,便是空中结撰,灵气惝恍。诗家打透此关,真乃无往不利。”《过浒水》:“实沉之中,鼓以虚机方妙,不然亦是泥塑将军耳。”④其中的“脱化”、“灵气”、“虚

---

① 黄宗羲:《南雷文定五集》卷一《吕胜千诗集题辞》,《黄宗羲全集》第10册,第108页。

② 黄宗羲:《南雷文定前集》卷一《谢皋羽年谱游录注序》,《黄宗羲全集》第10册,第33页。

③ 以上引文均引自方东树:《昭昧詹言》,第41、210、212、219页。

④ 张谦宜:《岘斋诗谈》卷七,见《清诗话续编》,第890页。

机”等，都是就作品之中的虚灵之气而言，作品有此气则为生活之物，与元气贯通，不呆板不拘泥。

诗备元气，又被称为工夺造化。宋代朱弁《风月堂诗话》曾引晁季一与客论诗：

> 客曰：东坡尝自咏《海棠》诗，至“雨中有泪亦凄怆，月下无人更清寂”之句，谓人曰：“此两句乃吾向造化窟中夺将来也。”客曰：“坡此语盖戏客耳，世岂有夺造化之句！”季一曰：韩退之云“语妙斡元造”。如老杜“落絮游丝白日静，鸣鸠乳燕青春深”，虽当隆冬沍寒时诵之，便觉融洽之气生于长裾，而韶光美景宛然在目，动荡人思，岂不是斡元造而夺造化乎！

其中“向造化窟中夺将来”、“斡元造”、“夺造化”等，皆是对诗备元气的描述，此类作品又往往有“巧夺天工”之誉。而一旦人工过多，雕琢过甚，则往往被视为“斫丧元气”，唐代姚贾诗派以及李贺等苦吟之作，多有这样的批评。①

文章　文章创作需要养气，气盛则言宜，这是韩愈的重要观点，虽然他没有明确这就是文章的最高境界，但气盛就能达到言“宜”——恰如其分，本已经是对气化在文章创作之中作用的极高评价了。后来文人关于气与文章的关系论述相当浩繁，并在道、理、气、文、辞之间形成了很多本同末异或者大同小异的体系，但在一点上是有共识的，这就是：气化是文章的最高境界。南宋吕南公《与汪秘校论文书》云：“盖古人之于文，知由道以充其气，充气然后资之以言，以了其心。则其序文之体，自然尽善，而不在准仿。”不论气是通过何种途径培养而就，“充气然后资之以言”，就可以达到“尽善”，即气盛而赋形，文可达乎尽善。假如背离这个尺度，则文风日衰，久则生敝：

① 牟相愿《小澥草堂杂论诗》云：“李长吉诗奇险，孟东野劚刻，皆凿丧元气之人，故郊贫而贺夭。”

由扬雄至元和千百年,而后韩柳作。韩柳之文,未尝相似也。而前此中间寂寞无足称,岂其固无人!其患起于不知由道以充气,而置我心以视效他人,故虽劳犹不能杰然自立。去元和至吾宋又数百年,而有欧王之盛。宗其学者,文辞往往奇特,然至今者又已少贬。盖文之为道,由东京以下,始与经家分两歧,其蔽起于气不足。

文章由于承担着诗以外众多的实际之用,属于非私人文体,因而其养气的途径更多地被古人限定在道、理的学习领悟,所以和读书钻研关系更密切一些。假如养气不足的话,只能效仿他人,难以自立。另如元代郝经《答友人论文法书》云:“通一元,贯四时,塞天地,鼓万物,喷薄动荡,生成化育以为气。”清代陈旅《国朝文类序》也称:“元气流行乎宇宙之间,其精华之在人,有不能不著者,发而为文章焉。然则文章者,固元气之为也。”刘熙载《文概》云:“文要与元气相合,戒与尽气相寻。”①都是将文章与元气接通。

辞赋 辞赋主要是就骈体文章而言,由于骈体是以诗化文章的面目出现,呈现为诗与散文的调和,因而单列说明。骈体的隆兴是六朝,尤其以齐梁之际为高潮,后世唐宋明清都有发扬。以齐梁之际的创作为例,《南齐书·文学传论》总结当时的创作特征是:“放言落纸,气韵天成。”所谓气韵天成,就是成于自然,近于元气。近人刘麟生对此也作了近似的解释:“盖美文之佳者,亦无不从气势自然中得来,否则芜词累句,骈文最易犯之,乌足以言气韵天成之妙?”随后他以六朝作品为主,说明当时佳作乃是因气而成的作品,于作品之中呈现气势,因而《南齐书》才以“气韵天成”相评:

江淹《别赋》:“黯然伤魂者,惟别而已矣!”起头能一语叫破。庾信《谢滕王集序启》起首四句云:“紫微悬映,如传阙里之书;青鸟遥飞,似送层城之璧。”句法夭矫入云。此皆于起句重气势者也。徐陵《玉台新咏序》:“其佳丽也如彼,其才情也如此。”结束中段,自然有力。江淹《恨赋》:“已矣哉!春草暮兮秋风惊,秋风罢兮春草生,绮罗毕兮池馆

① 刘熙载:《艺概·文概》,见《历代文话》,第5571页。

> 尽,琴瑟灭兮丘陇平。自古皆有死,莫不饮恨而吞声!”总结数语,高妙自然,摇曳生姿,皆侧重气势之明验也。①

刘麟生是以“气势”解“气韵”的,表示气的大致形态之意,这个解释符合以气论文的本质。尽管他所理解的气势或者气韵,都强调了夭矫有力的一面,但仍然是气之天成者乃为创作之至境的具体说明。

词曲 曲为词的延伸,二者在音乐以及文体形态上有着明晰的源流关系。李卓吾《杂说》在论述词曲创作时拈出了“画工”与“化工”两个范畴:

> 《拜月》、《西厢》,化工也;《琵琶》,画工也。夫所谓画工者,以其能夺天地之化工,而孰知天地之无工乎?今夫天之所生,地之所长,百卉俱在,人见而爱之矣;至觅其工,了不可得。岂其智固不能得之欤?要知造化无工,虽有神圣,亦不能知化工之所在,而其谁能得之?由此观之,画工虽巧,已落二义矣。②

这是鲜明地崇天工反人工的观点。以为化工就是自然,是气化的产物,气化以能符合元气的特征为高,而气的基本状态就是自然而然,气化、自然、化工是一体的。以化工、画工论文源自宋代理学家,《二程遗书》卷十八中云:“圣人文章自深,与学为文者不同。如《系辞》之文,后人决学不得。譬之化工生物,且如生出一枝花。或有剪裁为之者,或有绘画为之者,看之虽似相类,然终不若化工所生,自有一般生意。”李贽所论正是对此的继承。

在这样的理论基础上,创作如果仅仅着眼于格调、风格甚至更具体的格律音韵等,就会带来李卓吾所称的如下偏颇:“淡则无味,直则无情。宛转有态,则容冶而不雅;沉着可思,则神伤而易弱。欲浅不得,欲深不得。拘于律则为律所制,是诗奴也,其失也卑而五音不克谐;不受律则不成律,是诗魔也,其失也亢而五音相夺伦。不克谐则无色,相夺伦则无声。”人工总归要

① 刘麟生:《中国骈文史》,东方出版社1996年版,第37页。
② 李贽:《焚书》卷三《杂说》,岳麓书社1990年版,第97页。

受到人之限量的制约,因此艺术创作之中这种人工的努力是求末而不求本,要规避这些问题,就要"发于情性,由乎自然"①。这种自然就是气化。《杂说》中李贽对此有明确的揭示:"追风逐电之足,决不在于牝牡骊黄之间;声应气求之夫,决不在寻行数墨之士;风行水上之文,决不在于一字一句之奇。"也就是说,自然是"声应气求"的产物,是元气所化;只要与元气接通,什么风格都属于自然。"若夫结构之密,偶对之切,依于道理,合乎法度,首尾相应"等形式上的研磨,"皆不可以语于天下之至也"。

小说 《容与堂本李卓吾先生批评忠义水浒传回评》第十三回总评云:

> 《水浒传》文字形容既妙,转换又神,如此回文字形容刻画周瑾、杨志、索超处,已胜太史公一筹,至其转换到刘唐处来,真有出神入化手段,此岂人力可到? 定是化工文字,可先天地始,后天地终也。

所谓化工、出神入化,是就小说人物描绘得传神而言的,神与化都指的是气,只不过神与化都指本原之气、精微之气,因此,李卓吾对小说人物刻画的最高评价也就是其发于元气,这一点李贽延续了其论词曲的标尺。

屠隆《咏物诗序》曾经赞誉元气造物之巧:"大真宰握权炉锤铸物,不假雕刻,万象森然,形随性别,状以情殊,散万于一,总一于万,前者推荡,后者逝迁,然而无弗肖者也。故曰:化工纷而不杂,成而不变,运而不劳,是天下之绝巧者。"在确立了这样一个最高的标尺之后,他称道文人妙笔:"骚人墨卿,乃欲收罗抉剔,穷妙极玄,擤三寸之管城,而尽万物之情状,上发天机,下抽地轴,大畅灵气,细极蠉蠕,精极情识,粗掩芳薉。一篇之善,万物不能逃其形;一语之工,大化不能争其巧。"能够达到这种境界,与造化已经能够并驾齐驱;而要想达到这种境界,"非其胸罗真宰笔含元气者不与焉"。屠隆此处虽然讨论的是诗歌,但传达的是艺术的普遍认同,非含真宰元气者不能逼肖万物。

中国诗学是生命的诗学,作为生命诗学最显著的特征就是它以生命最

① 李贽:《焚书》卷三《读律肤说》,岳麓书社 1990 年版,第 132 页。

基本的气作为其发生的源泉，并以能够回复到这种生命本原为高。就创作主体而言，人所禀之气本来就是天地元气，但元气汇于道德之气与体气，经过一定的培养，形成的都是生命之气，它虽然与周行于宇宙之间的元气有着源流关系，但已经具有自己属于生命体的独到特征，也有了自己的限量，有着自我之"体"的规定性，存在着与自然元气能否全部接通的条件限制，个体之气与元气因此就有了等级上的差异。恰恰由于这个差异的存在，个体生命力的张扬都以破除限量回归气之本然为出发点，各生命主体禀赋的局限之气都具有回归元气这一母体、接通天地之间的两间之气的冲动与要求。因此主体之气的赋形与元气的赋形既有统一性，同时个体相对的限量以及人工的加入，与混成的元气对比，在赋形的声色真切上必然表现出相应的缺憾，因而真正的元气所化就成为一个最高的境界，就如同亚里士多德在《形而上学》中所说的：万物都由它构成，开始由它产生，最后又化为它。而文学艺术作品能够达到元气所化的境界，便进入最高的审美境界，它不是一般意义的气之有偏长所形成的不同审美体式气貌，《昭昧詹言》卷一引王厚斋语云："李义山谓昌黎文若元气。荆公谓少陵诗与元气侔。以元气论文，又非奇伟精采云云所可尽。"①其所表达的，正是这样一个结论：元气所化的作品之美是超风格的极美与大美。而且回归元气就是达到了古人最为推崇的"神"的境界，这个文学批评中屡屡提及的范畴，事实上与元气基本一体，正如林纾所阐释的："神者，精神贯彻处永无漫灭之谓。"②作品有神，即回复到元气淋漓的状态，才能保障作品这个生命机体永无漫灭。

三

气为宇宙的本体；气充盈宇宙无处不在；气化流行，生生不息，或者说气涵有内在的对立，由此而发生变化曲伸；气化就是气在流行之中可以赋形：这是气的基本特征。

气化最基本的体现是生命现象，《易》"天地氤氲，万物化醇"的总结是

① 方东树：《昭昧詹言》，第 40 页。

② 林纾：《春觉斋论文》，人民文学出版社 1998 年版，第 86 页。

最为基本的认知，王夫之对“絪缊”二字领悟颇深，他说：“絪缊者，气之母。”①其意思是说，絪缊是气的阴阳融合状态，但“不可名之为阴阳”②。有了这种本然之气，就可以“凝滞而成物我之万象”，“人、物之生，皆絪缊之伸缩”，这个过程就是“气化”；不仅化生人、物，而且成就宇宙之间的物我关系、显示万物运动的迹象，所以说：“气化者，气之化也。阴阳具于太虚之中，其一阴一阳，或动或静，相与摩荡，其时位以著其功能，五行万物之融、结、流、止、飞、潜，动植各自成其条理而不妄。”③气化就是五行万物之间“融、结、流、止、飞、潜”所形成的诸象以及彼此的关系。

就气化的演化历史而言，《易》之“絪缊”说后，《庄子·知北游》云：“人之生，气之聚也。聚则为生，散则为死。”东汉王符《潜夫论·本训》称：“上古之世，太素之时，元气窈冥，未有形兆。”元气后来分化为清浊阴阳，阴阳二气交则“万物化淳，和气生人”，无形和有形不是断然相分，而是存在着气的关系。庄子与王符的气化思想是从生命现象衍生出的。较成熟的气化理论正是古人生命经验中沉淀下的生生不息的“生化”思想和原始哲学的气论于汉代综合而成的。唐代刘知己《史通·杂述》论史著：“阴阳为炭，造化为工，流形赋象，于何不育。”也是以生育的基本现象引入气论，用以说明文史作品的创生。

“气化”作为一个固定范畴在哲学中传播是宋儒的创获，此前论气而言气化者也有，如刘邵《人物志·材理》篇中就称“天地气化，盈虚损益”，但应用并不广泛。到了宋代，《张子正蒙·太和》中云：“由气化，有道之名。”其意思是说，道就是气化的过程。二程等也认为：万物之始皆气化，只不过他们以为气化只是万物产生之初的现象，既形然后以形相禅，此为形化；形化长则气化渐消。气化不是神通幻化的无中生有，它需要可以凭依的基本条件，气依据这个条件所提供的方向运动，运动彰显的轨迹就是气化，这个气化依循的条件古人称之为“体”，是物质存在的一种内在规定性，王符《潜夫论·本训》中说：“阴阳有体，实生两仪。”系指阴阳二气已经不同于元气的

① 王夫之：《周易稗疏》卷三，见《船山全书》，岳麓书社1995年版。
② 王夫之：《周易稗疏》卷四，见《船山全书》，岳麓书社1995年版。
③ 王夫之：《张子正蒙注》卷一，见《船山全书》。

混沌，而是展示了属于自己的体征。《张子正蒙·太和》云："气之为物，散入无形，适得吾体，聚为有象，不失吾常。"以生命形体之初成乃是气聚的结果，气聚而为形为象是气在运行之中"适得我体"，"体"即作为人所具有的对气基本接纳限量的规定性，气因此得依循方显象为人形。但这个"体"并非与元气并列存在相对而生的，乃是元气无限变异特性的具体组成，元气之中存在着无限的对气不同运动的规定性的包纳，它的运动最终趋向哪一种规定性取决于各种条件际会。

气化在宋代以后多称为赋形。张载《张子正蒙·太和》中说："太虚无形，气之本体；其聚其散，变化之客形尔。"客形，可以理解为气寄物以显形，这也接近佛法中的现身说法。而赋形并非仅仅是以具象显示元气之笼统面貌，更多的时候是以具象反映气丰富的"体性"、反映气在不同条件下聚合而成的具体形貌，一如晋人成公绥《天地赋序》所云："天地之盛，可以致思矣，天地之神，难以一言定称。故体而言之，则曰两仪；假而言之，则曰乾坤；气而言之，则曰阴阳；性而言之，则曰刚柔；色而言之，则曰玄黄；名而言之，则曰天地。"赋形反映体性，就如同气有阴阳，可以分别赋形为天地之形、玄黄之色、刚柔之性，等等。这种具象的、彰显体性的赋形，实际上近似三国学者杨泉所说的"气势"，他在《物理论》中说："夫土地皆有形而人莫察焉。……有弓弩式，有斗石形，有张舒状，有塞闭容……此皆气势之始终，阴阳之所极也。"气运行所依循的轨迹充满变幻，因此赋显的形态就千奇百怪，不同的弓弩式、斗石形、张舒状、塞闭容代表了地的形态，这都是气之体的不同侧面的显现。所谓"此皆气势之始终，阴阳之所极"，就是说这种赋形，是阴阳二气相交运动的产物，这种运动一始一终，则生化出具体的形态。刘勰《文心雕龙·原道》中云："玄黄色杂，方圆体分；日月叠璧，以垂丽天之象；山川焕绮，以铺理地之形：此盖道之文也。"道是自然或者气的另一种表达，即世间的五彩方圆、日月星辰、山川草木，都是气赋形而显的，正如冯梦龙《石点头叙》所谓"天生万物，赋质虽判，受气无别"，但是由于禀受的气阴阳五行不一，因而化成的对象也就出现了彼此的差异："凝则为石，融则为泉，清则为人，浊则为物"；虽然如此，由于同为气母所生，因此"人与石兄弟耳"，即人与万物是可以在气的基础上交流的。

气化是宇宙本原之气的基本特征,它于文学的意义在于文学发生源泉的获得与文学价值标尺的确立,即文学源于气化,称得上气化的作品才是文学创作所要达到的极致。而进入文学艺术理论批评的气化从生命审美运动的流程考察,就是生命之气的托寄——为气寻找托寓的艺术形式。《诗大序》云:“诗者,志之所之也,在心为志,发言为诗。情动于中而形于言,言之不足故嗟叹之,嗟叹之不足故永歌之,永歌之不足,不知手之舞之,足之蹈之也。”这个“不足”不是说内心之元气不足,而是指气涌胸中过于磅礴,难以抑止,所以要寄之于某种形式;假如这种形式不能很有效地缓解激动的程度,这个时候,所托寄的形式相对于主体充沛的盛气就显得有些不足。补救的办法也很简单,再寻找其他的形式与途径,进一步分流充盈之气。嵇康《琴赋序》先举出了弹琴为气之托寄形式,据此能“导养神气,宣和情志”,但在嵇康看来这仅仅是一种简单化的形式,更富效用的是诗文创作:“处穷独而不闷者,莫近于音声。是故复之而不足,则吟咏以肆志,吟咏之不足,则寄言以广意。”“复”是音乐术语,重复弹奏之意。重复弹奏不足以使穷独郁闷之气得以化行,弹琴这种气之寓托形式出现局限,就伴着琴声吟咏诗篇,吟咏仍然不足,只好亲笔抒写,通过倾吐使气散布了,此处的“寄言”,就是以言来托寓气的意思。

气化是文学艺术发生的本原,这一点早在《礼记·乐记》对音乐的论述中已经初步揭示:“凡音之起,由人心生也。人心之动,物使之然也。感于物而动,故形于声。”核心强调“人心之感于物”时的气动,气动的行为后果是“音之起”。随后如谢赫《古画品录》中的“六法”论,六法是一个严密的创作纲领,以“气韵生动”之“气”为起点,以模写之“写”为终点。经过“气韵”、“骨法”、“应物”、“随类”、“经营”而至于“模写”,同样是气动物、物感人、形诸具体作品的气化过程。谢赫另外称张墨等人的作品“风范气候,极妙参神”,其中风也是气,范为创生出的形态,候是病候征候之候,也是状态形态之意,因此所谓“风范气候”所表示的正是绘画作品为风之范气之候,系气化而生这个含义。将这套理路发挥到文学之上,早期最精确的概括是钟嵘《诗品序》中的“气之动物,物之感人,故摇荡性情,形诸舞咏”,表面上看《诗品序》的论述从气到物再到人,有着先后的传递顺序;实则,主体与物被统一于气的流行之中,主体通过物色之变感知到自我之变,从而激荡起主体的感慨,感慨就是内在之情,也就是生理之气的起伏。不同主体生理之气的起伏又有着不同的运动方式,并因运动而赋显不同的起伏运动轨迹,或舞蹈或歌咏,这都是气之所化。

作为文学创作,气化赋形特征的显现有一个对生命之气的归依过程。气作为一个哲学概括是含糊性的总体把握,就创作主体而言它具体表现为三种形式:道德之气,体性之气,生命之气,但三者最终皆以生命之气的形式现身。

道德之气说见于《孟子·公孙丑上》:“我善养吾浩然之气。……其为气也,至大至刚,以直养而无害,则塞于天地之间。”它是人所禀之气经过人为工夫培养而形成的符合社会某种规范的气。体性之气的强调与汉魏之际才性理论的辨析相关,如曹丕《典论·论文》中云:“气之清浊有体,不可力强而致。”这个气就是禀赋之中的气质个性,它是元气赋形于主体之际所寓托于主体的规定之气,是本然而未加人工时的特征。生命之气也与体性之气相关,体性之气侧重于元气赋形于主体所呈现的气质个性,生命之气侧重于指元气赋形于主体用以维持生命运行的生理之气或者称为精气。

从类型上气当然可以为了理论建构的方便而如此区分,但气化赋形过程里体性之气和道德之气都是融会于生命之气当中的。道义的陶冶修养必然通过体性之气转化为日常的操守,经过这样的过程,体性之气难免受到道德之气的部分约束:道德之气对体性之气的依附以及体性之气被道德之气规范的事实说明,二者是综合一体的,而其表达则最终仍然要依靠生命之气才能实现。如孟子所说的“我善养吾浩然之气”,这个气也是因为配义与道,使之具有意识形态意义,但孟子这里气的本义仍然与生命相关,义和道毕竟是孟子所附加上的,也可以说气、义、道的一体化融合是孟子对人格的一种构想,目的在于将对崇高理想的渴望纳入主体自然生命的需求。三种气最终通过生命之气实现赋形,这是气本来的运动特性不能脱离生命感性而存在的本质决定的。所以相对于主体而言,体性之气以及道德之气要赋形,必须统一置换为生命之气。王夫之将这个现象总结为“天化人心之所为绍也”①,“天

① 王夫之:《诗广传》卷二,续修四库全书本。

化”就是气实现畅行赋形;“人心之所为绍”,是强调一切机通气行,都是在物感或者感物的基础上,以主体的生命感受作为出发点。

四

自然之气、生命之气的特征直接影响并进一步形成了文艺美学之气与自然、生命之气相呼应的审美特征,审美之气进入文学理论批评之后便直接或者间接影响到了理论批评思想,大致的准则是以气的基本审美特征为文学创作的美学标尺与境界,提倡创作向这些特征靠拢,违反者视为病累。具体说来:气的特征是运动,赋形于文归于生动,忌无生机;气的特征是变化,赋形于文归于灵动,忌呆板僵硬;气的特征是婉曲,赋形于文归于波澜而忌直遂;气的特征是幽厚,赋形于文贵深,忌浅薄;气的特征是含蓄,赋形于文贵蕴藉,忌透露,且含蓄即是气之蕴积,“气蕴则简”①,因此赋形于文则以简质为贵;气的特征是绵长,赋形于文贵悠远不尽,忌窘促无味;气之绵长又表现为舒卷自如,“气疏则纵,密则拘,神疏则逸,密则劳,疏则生,密则死”②,因而赋形于文则贵飘逸,忌讳拘执;气的特征是浑蒙,赋形于文贵浑厚;气的特征是贯穿,赋形于文贵充溢,忌散缓阻滞;气的特征是自由伸缩,赋形于文贵舒卷自如,忌迫促;气的特征是完全,赋形于文则贵一气呵成,忌支离。在一些古代文论之中,这种气的审美特征对文学批评价值取向的规定性比较显而易见,如何家琪《古文方》云:

> 韩退之以水喻气,姚惜抱论气之美有二:曰阳刚,曰阴柔。气须盛,须奇,须雄,须逸,须沉郁,须盘折,不可粗率,亦不可有注疏、语录及四六、尺牍气。③

其中的盛、奇、雄、逸、沉郁、盘折等,都是气之审美特征的具体显现。当然,

---

① 刘大櫆:《论文偶记》,第 8 页。
② 同上。
③ 何家琪:《古文方》,见《历代文话》,第 6035 页。

还存在另外一种情况，即气本原上的缺陷，为审美之气提供了规避的路径与规避的对象，提示出审美的指向。如气主轻浮，容易飞扬，这种特征进入审美创作则是一种弊病，因此才有了文学艺术之中对沉郁、含蓄的推崇，气只有沉郁、含蓄，才能有力，词学理论之中著名的“沉著”说便是由此而来。《蕙风词话》对“沉著”的具体解释就是：“作词有三要，曰：重，拙，大。”具体说：

> 重者，沉著之谓。在气格，不在字句。于梦窗词庶几见之。即其芬菲铿丽之作，中间隽句艳字，莫不有沉挚之思，浩瀚之气，挟之以流转。令人玩索而不能尽，则其中所存者厚。沉著者，厚之发见乎外者也。[①]

气厚重，则积力沉而大，如此才可以掉臂独行、运词自如，才有作品流转的风貌。这种通过规避气之某种弊端而实现审美提升的特征，为人工对艺术美创造的参与留下了余地。

这些气的审美特征在向文学理论批评的散布渗透过程之中，逐步定型为一系列显在的范畴：气象、气脉、气骨、气势、气韵、气格、气局、气味、气度、才气、辞气，等等；又定型为一系列隐在的气论范畴或者语码：波澜、浩荡、神思、抑扬、纡徐、婉转、宣泄、平和、雄壮、发抒、矜持、畅、快，等等。

在此之外，文学理论批评中但凡涉及心、意、情者，其本质同样是以气论文，因为它们被视为表现气的中介。具体而言：

意为气成为文辞的中介，故有“意气”之说。姚鼐《答翁学士书》云：

> 文字者，犹人之言语也。有气以充之，则观其文也，虽百世而后，如立其人而与言于此也，无气则积字而已。意与气相御而为辞，然后有声音节奏高下抗坠之度，反复进退之态，彩色之华，故声色之美，因乎意与气而时变者也。

① 况周颐：《蕙风词话》，第 48 页。

文有生气而千古之下仍如面谈般亲切,但无形之气在后人眼里无从直接感知,声音节奏高下抗坠虽然赋显其形态,但所显示的往往是局部的形态。能够将气的形貌完整展示出来的姚鼐认为是“意”,因为“意与气相御而为辞”——气充而产生以文辞展开意的动力,有了鲜明的意又可以引导气的运行,从而贯注于文辞,在意与气的互动之中形成作品。这个过程之中意与气浑融一体,气虽然无形但意却可以在文字的转折变化之中得以现身,并展示出其整体的存在轨迹,我们通过作品对意的推出、推衍、转化、收束,就能够领悟气的运行。再具体说,意因气的推动而显,二者相御而行,气所到的地方自然是意之所履,如庄元臣《文诀》论意与气的关系以及气的运用称:“文章之意,以凭气而发。气不可不勇,不勇则力歉,而言每啬于意;气不可不节,不节则气驰,而言每浮于其意。”意凭气发,气可以载意,所以气当有力;为了防止过于发泄驰骋,又要给予节制。其一般的收放原则为:“未临文之先,宜蓄气而使之锐;及执笔之际,宜控气而不使之驰。”这只是从总体上泛论意与气的关系,强调意因气显。作为原则有指导性却乏操作性,为了解决这个问题,他借鉴明代七子格调之说,将意气问题转化为意调问题,《文诀》中云:“文之意,犹金也;调,犹廓也。若束调之急,而迫意外淫,是跃冶之金也。若达意之专,而纵词汗漫,是无匡之廓也。要当使意不漏调,调能缚意,如蜗之在壳,如蚕之为茧,斯为合作矣。”调意关系是他分析文章创作的一个维度,意是文章的意义,调含有文句的声调、整体文章声调的变化以及由调所规范起来的潜在的文章架构,而声调皆因气动而成,所以论调的本质依然是论气,只不过使得气有了更具体的附丽。庄元臣以为,一般作者很难做到“意不漏调,调能缚意”,所以往往有偏颇:通过“束调”而“迫意外淫”,即通过收束放肆的调来实现意的显豁,就如同铜水因为挤压而溅出,这属于为了将意束缚在调内而不顾意的需要,其病为“不觉其意之局迫以至于晦”;如果一味沾缚在题意上,则容易纵词汗漫,无所收束,调杂乱繁芜而遮蔽主意,这属于为了达意而不顾调的限制,其病为“不觉其辞之汗漫以至于淫”。[①] 意调能够和谐,就是气因其自然而行,发乎声,赋乎形,气既不

① 庄元臣:《文诀》,清抄本。

迫促,也不放肆,意又在乎其中,这才是佳境。而这个过程中,意是因循气的自然而展开,因此气之所到,便是意之所履;意之所到,即为气之所行。

又如陈龙正《举业素语》论意气浑融:"文或以气胜,或以意胜。气主活,意主久。沉深刻琢,而元气不洽,譬若碎锦摘花。故闪烁动人者气也,意在其中矣。万斛流泉,若非意焉以宰之,非变化无穷之意以筋束之,则滔滔者何谓?故世与世续,令人咀探吟讽而不忍释者,意也,气在其中矣。胜者所主不同,非相离也。"气是保证文章血脉贯通的,但和气一同贯彻的还有意,假如仅有气的伸缩变化,文辞的抑扬收放,则文不知所云,因此气不能没有意的指引。而另一方面,文章仅仅达意,却不能流传、不能动人,原因就在于其中缺乏气的鼓动,因此意同样离不开气。意气相融,方为佳构。以李杜为例,二人一主于气,一主于意,"若青莲纯不用意,安能使读者飘扬欲仙?少陵纯不用气,安能使读者悲壮激烈?"①可见二人虽然在审美风貌上于意和气似乎略有侧重,但实际上都是意和气的相融才锻造了其杰出成就。对意气相融的推崇,也强调了意对气的显示作用。

心是气成为文辞的中介,故有"心气"之说。王夫之《诗广传》卷五云:

> 诗以兴乐,乐以彻幽,诗者幽明之际者也。视而不可见之色,听而不可闻之声,博而不可得之象,霏微蜿蜒,漠而灵,虚而实,天之命也,人之神也。命以心通,神以心栖,故诗者,象其心而已矣。

诗歌创作就是要把"天之命,人之神"表现出来,所谓"命"或者"神",是气最为变幻或者最为灵动的表现,代表了能够接通万物本然"幽明"的最高境界。如何表现呢?"命以心通,神以心栖",天与神皆存于"心"显于"心"——主体最为灵动幽微最具含摄功能的地方。因此,只要写出了心,就可以模拟出天命与神,也就可以表现出气。

情为气成为文辞的中介,古人早有情者气之动的说法。明代沈际飞从中医学有关的气论出发,以身体各器官气动而影响人之不同情感这个现象

---

① 陈龙正:《举业素语》,槜李遗书本。

论述词的创作,将情纳入了气的中介,其《草堂诗余别集序》云:“块然中处,喜则心气乘之,怒则肝气乘之,思则脾气乘之,恐则肾气乘之,悲则肺气乘之,惊则五藏之气乘之。”气动情生,创作之中于是出现了与这种情的对应:“愍然而私,懊然而惊,哑然而笑,澜然而泣,嗷然而哭。”这种对应或者是作者与这种情的相和,或者是作者与这种情的抵牾,而“忤合万状、触目生芽”,都是气动之后在作品之中彰显的情态,因此情就是气在作品之中的显象。另外,后人阅读作品而“搥击肺肠,镂刻心肾”、“年千世百,无智愚皆知”,则又是从后人阅读作品可以因情而获得感动而言的,艺术的感动就是气因感激而动,是主体之气与作者之气以及元气通过作品之情而获得沟通,情在鉴赏之中同样充当了气的中介。

章学诚《文史通义·史德》对这个道理论述得更为明澈:“凡文不足以动人,所以动人者,气也;凡文不足以入人,所以入人者,情也。气积而文昌,情深而文挚,气昌而情挚,天下之至文也。”视气与情为文之能够动人感人的核心因素,气如何影响主体进而形成文辞呢?章学诚说:“气得阳刚,而情含阴柔,人丽阴阳之间,不能离焉者也。”人合阴阳二气而成,自然离不开气,二者相交,便形成内心的异动:“事不能无得失是非,一有得失是非,则出入予夺,相奋摩矣,奋摩不已,而气积焉;事不能无盛衰消息,一有盛衰消息,则往复凭吊,生流连矣。”可见,是非得失,盛衰消息,先引发作者内心之取舍与悲欣,此际心中之气开始郁积。有气积蓄气才可运行,气行才能“动人”;而“动人”只是气的运动打破主体内心的平衡,下一步,经过此气的“奋摩不已”以及流连往复,气此时实现了“入人”——深深打动主体并引发主体具有一定取向的情感,从气积到情挚再到文辞,这样的创作才能成为“至文”,所以章学诚才说“气积而文昌,情深而文挚,气昌而情挚,天下之至文也”。可见,就创作者而言,气要最终赋显于文,对鉴赏者而言,气的感激也同样要表现于情的共鸣,必须通过“情”这一中介。

叶燮则统情、事、理而言其与气的关系。《原诗》中他首先指出,世间万物皆由情、事、理三者构成,文章诗赋皆由此组缀,而三者组缀之主宰则是气,故云:“具是三者,又有总而持之、条而贯之者,曰气。事理情所为用,气为之用也,……三者藉气而行者也,得是三者,而气鼓行于其间,蕴缊磅礴,随其自然。”所谓“气为之用”，就是指通过气在情事理之间的氤氲，彰显气所赋形态；或者说，气是以诗中的情、事、理来自我显象。

以上作为气至文辞中介的心、意、情，虽然不是直观的，但却是通过意旨、思理、情感可以直接认知并把握的，对三者的把握，就能寻觅到气的运行轨迹。

又如，志与气之间同样是一体的关系，志亦为气之中介。《孟子·公孙丑》云：“夫志，气之帅也；气，体之充也。志壹则动气，气壹则动志也。”志气二者之间是一种循环关系，但从气的运动需要方向而言，志是有着引领作用的，所以称之为气之“帅”。《朱子全书·性理》中所云的“气一也，主于心者，则为志气；主于形体者，则为血气”。即，志气为一体，二者都是气，气在心则言志气，在形体则言血气。早在六朝时期，《文心雕龙·神思》就已经将孟子的志气关系深化为文学创作理论：“思理为妙，神与物游，神居胸臆，而志气统其关键；物沿耳目，而辞令管其枢机。”以志气为一体，决定着神的隐显，同时又将物纳入了这个体系，使得进入个体的气因为和物关系的深化而获得了美学提升的机缘。至《文心雕龙·体性》篇中，刘勰又将志气关系从创作构思直接引入创作机制：“才力居中，肇自血气。气以实志，志以定言。”“才气—志—言”系统所表达的不仅仅是文学创作机制，也是气对所有发抒性表现性行为掌控的共同机制。

气的直接范畴，心、意、情、志等相关范畴，都是以气为核心建构起来的，这些范畴包容着创作涵养、创作过程以及审美批评，覆盖了“作者—作品—读者—社会—自然”系统，也覆盖了从自然社会到作者、从作者到作品、从作品到读者、从读者到自然与社会的关系机制；而且这些范畴——尤其是直接的审美范畴几乎都是气的某一种特征在漫长审美批评历史之中的审美定型，如气的浑厚对应着气象，气的生动对应着气势，气的贯通对应着气脉，气的清浊对应着气骨，气的含蓄不尽对应着气韵，气的完全对应着气局等。同时，这些不同的范畴在文学作品之中也往往大体（不是彻底）对应着不同的文学要素，如辞气对应语言，才气对应作者素养，气象对应审美风貌，气韵对应审美感受等。

综合以上论述，气这一范畴在文学理论以及整个文艺美学领域有着极为重要的地位,属于汪涌毫先生所说的,在“复杂多样的范畴中……把握其中荦荦大端,以提携起整个范畴系统,并为最终构建范畴的完整谱系提供依据”、能够“统贯和驱动整个系统的运作”的“元范畴”①。这些文学创作之中隐性表现的气之审美特征在文学批评中以与气相关的审美范畴的形式将自己具化,并成为这种特征实现的标志,进而凝定为一定的审美思想原则。不仅如此,从文学创作之前作家的文机涵育到灵感神思的发动及文学的发生,从创作过程到作品之中审美品格的获得,从文学鉴赏到文学史论,从一般概念范畴到审美标准,都被气所贯穿,都通过这个庞大的以气为核心的范畴体系得到展现,并形成了一个严密而有机的理论体系。正如胡经之先生所云:“范畴,乃是思想体系这张网中的许多纽结,从各个纽结着手,弄清纽结之间的联系,亦能掌握思想体系之网。”②而综合中国古代文学批评史料,这个思想体系可以概括为:“养气—气感—气机—气化—气感—气运”,其中兼容了“作者—作品—读者—社会—自然”关系结构。从气感回到气感,代表了创作与批评鉴赏在气的运动中获得共鸣与贯通,并最终实现气的延续与统一。这样,一个以气为核心的显在与隐在的庞大理论批评范畴体系,在气的牵连贯彻组织下,形成了一个对文学可以全覆盖的理论系统。

① 汪涌豪:《范畴论》,复旦大学出版社 1999 年版,第 418 页。
② 胡经之:《中国古典文艺学丛编》前言,第 2 页。

第一章　气与文机涵育、文机发动：养气、气感、气机

导论之中，我们已经阐明气与文学关系的建立以及气的审美特征，这些特征最终可以揭示一个结论：气是文学的本原，这已经是被默证的命题。但历代论述者出于尊体的需要都会追溯文学源头与气的关系。《论衡·书解》篇在历史上较早对"文"的起源进行了分析："上天多文，而后土多理。二气协和，圣贤禀受，法象本类，故多文彩。"文成于圣贤，圣贤禀受天地之二气，即文出于天地二气，所以具有天地二气多文理的基本特征。《文心雕龙·原道》篇延续了王充的思想，又在此基础上有了发展：

> 文之为德也大矣，与天地并生者何哉？夫玄黄色杂，方圆体分。日月叠璧，以垂丽天之象；山川焕绮，以铺理地之形：此盖道之文也。仰观吐曜，俯察含章，高卑定位，故两仪既生矣；惟人参之，性灵所钟，是谓三才。为五行之秀，实天地之心，心生而言立，言立而文明，自然之道也。

这里强调的核心是：文学之道就是自然之道，天地人三位一体，日月、山川、文章三位一体，形声、文采、心灵三位一体。而论述人文之际又称："取象乎河洛，问数乎蓍龟，观天文以极变，察人文以成化；然后能经纬区宇，弥纶彝宪，发挥事业，彪炳辞义。"表明宇宙自然、社会人生、文学艺术本来就是一个浑然有机、充满生意的整体。① 所谓浑然有机，是说三者统一于大化流行

① 参见鲁枢元：《百年疏漏——中国文学史书写的生态视阈》，《文学评论》2007年第1期。

之中。由于人文与天地有着共同的源头，所以刘勰又称“人文之元，肇自太极”：所有关于源头的论述都指向了化生天地万物的本原，这实则就是《周易》中所说的“氤氲”之气，即元气。

在《风骨》篇中，刘勰也表明了文学本源于气这个思想：“诗总六义，风冠其首，斯乃化感之本源，志气之符契也。”文中讨论的是为什么《诗经》以“国风”一类诗歌为开篇。要理解刘勰对这个问题的回答，就必须明白他所说的“风”的内涵。范文澜认为：“本篇以风为名，而篇中多言气。《广雅·释言》：‘风，气也。’《庄子·齐物论》：‘大块噫气，其名为风。’《诗大序》：‘风以动之。’盖气指其未动，风指其已动。”①所谓气的动与未动，是以风是否显形比量的，养气而盛则风显形，风就是运动着的气的一个称呼。风就是气，表现在文学批评之中，在心为气，进入作品获得表现则为风。因为风诗之中多男女饮食之诗，故曰“化感之本源”；又强调内心之气与作品之风的对应，故曰“志气之符契”。刘勰从气入手论述风诗为“志气符契”，实则就是说诗乃源自气。

唐代司空图《二十四诗品》之中不同品格的位置安排，也寓示有作者对诗之本源在气的理解。这主要体现在《二十四诗品》第一则“雄浑”与最后一则“流动”的呼应上。“雄浑”云：

> 大用外腓，真体内充。返虚入深，积健为雄。具备万物，横绝太空。荒荒油云，寥寥长风。超以象外，得其环中。持之匪强，来之无穷。

其大义是：“大用外腓，真体内充”，宇宙的根本动力通过外在的变化显示其存在，“真体”——这个动力源泉本身则在变化运动的背后支撑。“返虚入深，积健为雄”：虚、深为大道本原的本质，幽深而广厚，这实则就是气，气通过蓄积能达到健与雄。前四句是说，只有追溯到宇宙的这个本原，才能恢复刚健的生命力。“具备万物，横绝太空”是说气或者大道无处不在，无处不现身，它就存在于万物之中，施于太空之间，一如“荒荒油云，寥寥长风”，都

① 范文澜：《文心雕龙注》，人民文学出版社1998年版，第516页。

是它“外腓”的显示。“超以象外,得其环中”是指对这种本原力量的追寻手段,不被表象迷惑,通过赋形而追索到源头,才能发现它的存在。它不可勉强持之,却无边无际没有尽头。论诗而论起本原的气与道,自然有着作者的深意。最后一则“流动”则云:

若纳水辖,如转丸珠。夫岂可道,假体如愚。荒荒坤轴,悠悠天枢。载要其端,载闻其符。超超神明,返返冥无。来往千载,是之谓乎?

本节的大义是:水车运行、丸珠圆转,表现了流动之美。但这些运动并非是自动,乃是本体力量的道与气假体而动。这个内在的主宰,如天枢、坤轴,有其发动之端始,则必然向外呈现为符验。诗无非就是这个本体力量外在的符验。此道弥漫宇宙,包括时空。

司空图在以上文字中运用了大量的无、虚、体、用、道、物等玄学语码,但实际上分为两个部分:道体虚无为一部分,用与物为一部分,前者是本原的力量,后者为本体外显的依托。而这些语码实际上都与气为一体,体味“雄浑”与“流动”的本意,其气的特征显而易见。而将“雄浑”置于《二十四诗品》之首,将“流动”置于其尾,其深意主要在于,司空图要借此表明:诗从本体而言是气运动的产物,具体的诗歌创作也只有在气的积蓄而至于雄浑、进而流动之际才能诞生。这一点古人近人已经多有心得:

蒋斗南《诗品目录绝句》:“‘雄浑’具全体。”所谓“具全体”,是指这一则笼罩全《二十四诗品》的核心内容,这就是气化而成诗。

孙联奎《诗品臆说》卷末“附注”:“‘雄浑’为‘流动’之端,‘流动’为‘雄浑’之符。中间诸品,则皆‘雄浑’所生,‘流动’所行也。”这则分析非常精微,它不仅厘清了“雄浑”与“流动”之间内在的关联,而且阐释清楚了其为气化张目的本意。以气的雄浑为开端,以气的流动为归依,则《二十四诗品》中间涉及的诸如冲淡、纤秾、沉著、高古、典雅、清奇、豪放、含蓄、缜密等二十二品,都是“雄浑”与“流动”之气的产物。杨廷芝《二十四诗品浅解》中也表明了类似的看法:《二十四诗品》首以“雄浑”起,统领全篇,是无极而生太极以至两仪四象的生化。以“流动”为结尾,意在表明:“至此而变动不居，周流六虚，流动之妙，与天地同悠久，太极本无极也。”即雄浑之气而气化为诗，气之流动则见气化之五彩斑斓风格各异。

文学的源泉在于宇宙的本体力量，这是我们民族特色的文学发生理论，这种天人合一的思想为文学艺术的内在生命精神寻到了不竭的滋养，正如《礼记·乐记》对音乐之发生的论述：“地气上齐，天气下降，阴阳相摩，天地相荡。鼓之以雷霆，奋之以风雨，动之以四时，暖之以日月，而百化兴焉。如此，则乐者天地之和也。”视音乐为天地之气所凝结，其内在生命精神源自天地之气的转化，因而音乐也就具备了永恒的源泉。所以袁济喜先生说：“文艺的生命源于人与宇宙的生命交流与互动，是生命精神的升华，它不是简单地反映和静观对象，也不是浅薄地娱悦感官，这是中国古代文论对文艺本体价值的基本认定。”①这是气论对文学发生的一个阐释，属于文学本体论的内容。

回到具体的创作论上，在古典文学语境里，作为文学创作这个审美实践活动，它又有着自己独到的创作准备、创作契机、创作过程以及作品完成之后的审美鉴赏等阶段。而作为所有创作活动的起点，中国古代文学理论对创作之前的准备与创作发生之际诸如兴会神思等机键是格外关注的，这从历代文论著述孜孜不倦地要求浸淫经史子集等经典，以及对神思、兴会、神来气来等的津津乐道就可以强烈地感受到。古代文学理论批评投入巨大热情的这两点恰是文学创作发生的理论，涉及作家文机的涵育、文机的发动，二者正是以气的培养与畅行为根本目的。从一个文人自我的涵养积累，到这种涵养达到一定程度开始具有敏锐感知能力和灵感激发能力，燃烧起创作的冲动与热情，这是文学创作论的开端。在这个开端，文人们一方面获得了气的蓄养而达乎极盛，有喷薄而出的势能；另一方面则还要等待一个能够打开气的阀门和引导气倾泻而出的机缘，古人称这个机缘为气机，气机开启，气则可以依照其本体特征而运动、赋形，引导气的灵动主体就是神。这样，神、气、机便形成了文学创作论发端阶段主要的三个概念，艺术创作机制也就是通过养气与气感两种主要形式实现“养气而盛—气感而通—神通气

---

① 袁济喜：《从古代文论的气感说看文艺的生命激活》，《中国人民大学学报》2004 年第 5 期。

行”,气机开启则文机开启。文学创作是打通机键,摆脱阻滞,实现个体之气通过气的运动弥漫与元气接通进而实现气化的过程,在这个过程之中,物我因为气而建立起一体化关系,这就是美学上的物我一体。

第一节　养气:文机涵育

文机涵育是创作之前创作主体全方位的涵养积累,具体而言它包括人生的历练、经典的浸淫、艺术手段的参研、表达能力的训练、道德境界的提升、审美感觉的磨砺、常识的贮藏、体式的熟稔等,古人一般统称之为“养气”——以气的包容性囊括这些难以计数的内涵;更主要的是,这些前期的准备积累在古人的观念里最终要融会为一种具有发抒动力的与主体生命之气贯通融合的综合之气,它是将主体涵养转化为艺术创作的中介。这个转化之所以能够实现,关键在于通过个体之气的涵养,可以接近元气的状态,因而也便具有元气赋形气化的动力。而个体之气实则就是每个生命体所具有的生命之气,正如谭嗣同所说:“夫浩然之气,非有异气,即鼻息出入之气。理气此气,血气亦此气,圣贤庸众皆此气,辨在养不养耳。”浩然之气是充沛元气的代名词,元气与鼻息出入之气没有区别,人人皆有,只是禀受不同,所以需要培养,“得养静以盈,失养暴以歉”。生命之气得以培养之后:“气行于五官百骸,形而为视听言动,著而为喜怒哀乐,推而究之,齐治均平所由出也。”①其中“形而为视听言动,著而为喜怒哀乐”,便包含了艺术创作。

通过养气而抵达创作,这种转换关系最早的论述出自《文心雕龙·养气》,但刘勰论述的重点不是通过养气实现气的文学转化,而是强调文学和养生之间的关系,意在说明文学创作应该成为卫生的佳术,而不能成为戕害健康的工具。唐代梁肃在他的《补阙李君前集序》中也表达了隐约的养气与创作关系的思想:“文本于道,失道则博之以气,气不足则饰之以辞。”博

① 谭嗣同:《思篇》二十八,《谭嗣同全集》上册,见《中国近代文论类编》,第75页。

之以气可以救助道之不足，气不足时以文辞文饰，但气足之际是什么样呢？梁肃没说，其中显然含有气足则文辞无须文饰便可得体的意思。最明确的论述来自韩愈，在《答李翊书》中，他继承孟子有关志、气、体关系的思想，提出了“气盛言宜”的观点：“气，水也；言，浮物也；水大而物之浮者大小皆浮。气之与言犹是也。气盛则言之短长与声之高下者皆宜。”养气而求气盛，气盛言之高下方能得宜，主体涵养与创作之间，存在着气这个中介。宋代张文潜将韩愈这个思想又作了形象性的发挥：“文以意为车，意以文为马。理强意乃盛，气盛文如驾。理文当即止，妄说即虚假。气如决江河，势顺乃倾写。”①其中“气如决江河，势顺乃倾写”是就气盛而言的，“气盛”则气如骏马可以驾驶文这辆大车急驰，而气盛必待养而就。钱谦益《梅村先生诗集序》赞誉梅村之诗“文繁势变，事近景遥，或移形于跬步，或缩地于千里”，如此诗篇不可学而能，亦非不学而能，其得力处在于：“识趣正定，才力闳肆，心地虚明。天地之物象，阴符之生杀，古今文心之理，陶冶笼挫，归乎一气，而咸资以为诗。”识趣、才力、心地，此出乎本体禀赋者；物象、文心、名理，此出乎后天之学者。而这一切陶冶一炉所形成的不是才与学与名理的机械叠加，而是整合为一体的属于吴梅村自己的综合之“气”，此气因养而成，直接影响到了诗文创作。另如清代周恭叔云：“昔之君子，无意于为文，盖尝养其文之所自出者。”气为文源，自然与诗文创作能够直接发生关系，成为涵养与诗文的津梁中介，所以：“文以气为主，气和文自雍容大雅，气壮文自充实雄健，气清文自澄洁鲜明。凡欲作文，须先养气。”②近人唐文治也说：“凡学作文，先从养气始。”③

由于作品为气所化，作品之中就应该充盈源自主体的生命之气，无气则作品无生机，所以《筱园诗话》说：“诗以气为主，有气则生，无气则死，亦与人同。”④主体之气有赋形寄托的需要，艺术作品有对鲜活之气的本质依赖，于是文学艺术创作与养气便确立了其必然联系，正如刘熙载所说：“诗文书

① 张耒：《论文诗》，见王应麟《困学纪闻》卷十七，文渊阁四库全书本。

② 引自唐彪：《读书作文谱》卷一“文源”。

③ 唐文治：《国文大义》上卷“论文之气”，1920年无锡国学专修馆本。

④ 朱庭珍：《筱园诗话》卷一，见《清诗话续编》，第2332页。

画，皆生物也。然生不生亦视乎为之之人，故人以养生气为要。”①养气，且养生气，成为主体与艺术双重的需要。气与文直接发生关系，而主体通过涵养养气，气能够达乎极盛，进而寄托赋形以成作品，因此养气成为文学创作的开端，养气理论也就成为中国文学理论建构的开端。中国文学理论关注的起点，恰恰是置身具体创作行为之外而论创作，这是我们民族文学理论的独到之处。

文机涵育的养气手段包括儒家养气系统、道家养气系统、儒道综合内外兼修的养气系统，有学者概括为读书学习、道德修养、体悟生活，但笔者认为还是恢复到古代儒道文化的具体语境之中，可以更准确细微地领会古人的养气之论。

另外，从养气的形态来看，还有着常态的历时的气之培养与创作之前心灵澡雪的不同，前者为长期的积累素养，后者系短时的涵养心境；前者是作为一种信念的坚守坚持，后者则是纯粹出于创作的需要。这两种形态与实现手段也是对应的：常态的作为信念的养气同时受到儒家思想、道家思想的影响；而创作之前的心灵澡雪则主要是道家养生思想的表现。基本论述之中，文人们往往认为长期的涵养是短时间心境激发的根本。如庄元臣《文诀》从功夫在文外入手，论述了涵养之途，他首先提出：今人文字之所以远不及古人，不是才华不如之，“正为身在文章习气中”，文章成为有意要从事的事情，身为此事包裹，也便没有事外的考虑。有意为之往往不如无意而得，其原因是，文士有着更重要的经济之业需要投入，不屑于文事而偶然为之，“其意思自无拘束”，一段光明磊落之气反而得以发见。这种偶然为之，相当于心之精神“定而养之”，达到“勿动勿摇”然后畅于四肢，发于事业，最后宣之于文章。

一

儒家养气系统源于《孟子·公孙丑上》：“我知言，我善养吾浩然之气。敢问何谓浩然之气？曰：难言也。其为气也，至大至刚，以直养而无害，则塞

① 刘熙载：《游艺约言》，见《历代文话》，第5589页。

于天地之间。其为气也，配义与道，无是，馁也。”由于儒家养气的要求注重道义等内省与垂照，因此这个养气系统后世逐步形成了以下具体的方法：陶冶养气、钻研揣摩而养气。

（一）陶冶养气

儒家的陶冶主要是道德人格之气的培养，它有两种方式：内养与外养。

其一是孟子“配义与道”、“集义所生”的内养，通过气与道德节操之结合修养自己的人格，成就“浩然之气”，气盛而发显。但孟子所说的养气是对主体人格而发的，只有到了韩愈，才真正将个体德行的修养与创作建立起关系，形成了作家修养的具体理论，所以罗庸先生评价：“其（韩愈）独到之处，在论作家个人修养之言，直是前无古人，后无来者。”[①]而韩愈所论作家修养，多是从陶冶着眼的，如《答尉迟生书》云：“夫所谓文者，必有诸其中，是故君子慎其实。实之美恶，其发也不掩，本深而末茂，实大而声宏，行峻而言厉，心醇而气和，昭晰者无疑，优游者有余，体不备不可以为成人，辞不足不可以为成文。”从根深则叶茂、实大而声宏的基本理路出发，视气为根为本为实。至于其具体所指，诸如慎独、守礼、读书等都在其范围之内。而养气是一个渐修的过程，陶冶养气便是在渐渐的吸纳丰富之中，逐步获得自我力量的支撑。韩愈《答李翊书》自道其读书：“始者，非三代两汉之书不敢观，非圣人之志不敢存，……然后识古书之正伪，与虽正而不至焉者，昭昭然黑白分矣。”先从圣贤之言一步步深入，随后具备一定的辨析能力，逐步养就了辨识力，此时气的涵养便达到了极盛。

从陶冶论述养气者在唐宋之际多是正统而坚定的儒生，因此至于宋代，道学家、理学家等便多发此论者，如陈岩肖《香溪先生文集序》开篇便称：“士以志道为先，而志道以养气为本；气全则道存，气丧则道亡。”随后他从穷达两个方面立论，以为无论成就事业还是立言传世，都必须通过养气：

故达而在上任天下之重，安国家，利于社稷，进贤退不肖，收功于无穷者，气也；穷而在下，守圣贤之道，摧古而明治忽，是是而非非，立言于

① 郑临川整理：《笳吹弦诵传薪录》，第317页。

不朽者，亦气也。苟气之不养，则达而在上或克屈于富贵，以得失为患，则道不行矣；穷而在下，或陨获于贫贱，以纷华为悦，则道不守矣。不守不行，气丧而道凶，则乌能收功无穷，立言不朽哉。是则气之在人，穷则独善其身，达则兼善天下，举不可以不养也。

立定脚跟、坚定志向，无论穷达而志节不移，正是道德的陶冶。而明代理学家以及其他文人将这个道德修养和文章的关系具化为“道充于中事触于外而形乎言”的理论宣言。这个宣言出于宋濂的《朱葵山文集序》：

三代之《书》、《诗》，四圣人之《易》，孔子之《春秋》，何尝求其文哉？道充于中，事触于外，而形乎言，不能不成文耳。

道、事、文一体，是就三者的统一而言，属于宋濂的道德事业人伦化成理论；而充道触事最终形乎言，侧重于从道而事而文这种由内至外的顺序与因果，这才是宋濂的文学理论。因道而起，因道而生，事触而动，书而道明，道明则事不论行与不行成与不成，都是一个可以满意的交代：这是一个打通了道事与文的逻辑过程。而从道至文，不是道和文直接发生关系，而是气化为文，即道文之间有气为中介。宋濂认为，为文当有本，本是什么呢？他说：

其本者何也？天地之间，至大至刚，而吾藉之以生者，非气也耶？必能养之而后道明，道明而后气充，气充而后文雄，文雄而后追配乎圣贤，不若是不足谓之文也。①

养气可以明道，明道则气充，前者之气为道义之气，后者之气为生命刚健之气。这样，宋濂的文学发生逻辑就可以丰满为“养气—道—事—文”，这个体系后人又称之为“文道合一”论。但所谓文道合一不是仅在作文之际讲文中合道，其重点在于先要养气明道修身，可以行事而化行，也就是其《文

① 宋濂：《宋学士文集》卷七十二，四部丛刊初编本。

原》中所说的“必有其实后文随之，初未尝以为徒言也”。在道充于心、事触于外而形于文这一理论指导下，诗文创作美与不美、病与非病便都一目了然了。他首先排击宋代辞章之不美处：涉及宋代公卿之间应酬之体，哗众取宠的干谒之体，道学家的语录体，古文家的粗放或者枯涩。《霞川集序》又破除了一般诗歌观念中的所谓的美：

> 宫商相变，低昂殊节，而浮声切响，前后不差，谓之诗乎？诗矣，而非其美者也。辞气浩瀚，若春云满空，倏聚而忽散，谓之诗乎？诗矣，而非其美者也。斟酌二者之间，不拘纵而臻夫厥中，谓之诗乎？诗矣，而非其美者也。

那么什么样的诗是美的呢？“盖诗者，发乎情，止乎礼义者也。”这本是诗大序就确立的一个标准，宋濂此处对为什么要以此为美的标准作了说明，从诗歌特征而言：“情之所触，随物而变迁，其所遭也忳以郁，则其辞幽；其所处也乐而艳，则其辞泰；推类而言，何莫不然！”意思是说，情忧郁则诗忧郁，情欢乐则诗安泰，随境迁变，没有止境，则人心放逐，没有回归的时候。只有发情止礼，则“幽者能平，而荒者知戒”，诗才不至于成为乱人心性的罪魁。根据这一标准，他对违背礼义而一味苦吟者最为不齿，认为他们流连光景，往往驰骛于空虚恍惚之场：“控之非有，挹之非无”，而且自造奇论，谓“诗有生意，须人持之，不尔将便飞去”，这些在宋濂明道礼义的尺度下，都是等而下之的。而情礼之持中，是需要陶冶修养才能逐步培育起来的。

陶冶养气还有一项比较重要的内容是指性情的陶冶，性情本于气质，属于禀赋，有着自由不羁的特性，陶冶就是要将其纳入一个符合清静和平的情态，所以才有“毋轻喜，惧气之扬也；毋暴怒，惧气之拂也；毋多言，惧气之躁也；毋妄动，惧气之失也”的规劝，以达到“动静语默，端详闲泰，常使太和元气周流于四体间”的境界，这时再发为文章，“自然迥出寻常矣”。①

其二是以苏辙为代表的外养之路。在《上韩太尉书》中苏辙表达了这

① 唐彪：《读书作文谱》卷一“文源”。

样的养气观念：

> 文者气之所形，然不可以学而能，气可以养而至。孟子曰："我善养吾浩然之气。"今观其文章，宽厚宏博，充乎天地之间，称其气之小大。太史公行天下，周览四海名山大川，与燕赵间豪俊交游，故其文舒荡，颇有奇气。此二子者，岂能执笔学为如此之文哉？其气充乎其中而溢乎其貌，动乎其言而见乎其文，而不自知也。

尽管同是讲养气，但如朱东润先生所云："书中历称'过秦汉之故都，恣观终南嵩华之高，北顾黄河之奔流，慨然想见古之豪杰'，以及天子宫阙之壮，仓廪府库、城池苑囿之富且大，欧阳公议论之宏辨，容貌之秀伟，列举借以养气之方。观其所言，斯气之养，乃待于外界所见，与孟子所言'集义所生'、'至大至刚、以直养而无害'之气，有内外之别。"①此处的外养侧重于拓胸怀、广见闻、增器识，由此化入人的气势风骨之中。

元代陈绎曾将苏辙外养的具体分说升华为较为系统的文学理论思想，他论文主张"清识"，要获得"清识"则需要穷理，而穷理之途具有超越书本的实践性要求。陈绎曾将"清识"视为文机涵育文气积蓄过程之中重要的内容，欲使识清，就当究天理、物理、事理、神理。天理为自然人文社会的基本规律，以得其"妙"为真识。物理是具体的格物，但格物不能"专倚书籍"；这样，究物理一说中对专赖书本的批评就体现了只有读书与究书外世界之理结合方为真识的思想。对事理的解释尤能见出陈绎曾具有很强的实践诉求：

> 今事须于自家自心历练处体验人情事理，十分切实老成，即以此心去量度他家事理，虽不中，不远矣。古事只要看来踪去迹言行著实处，休听他古人议论，休据古人字样，怀洗千古冤抑、照万代奸欺之心以临之。自家的见识定，然后看古人议论以商榷之可也。如此则为真识。

① 朱东润：《中国文学批评史大纲》，上海古籍出版社2002年版，第133页。

对理的领会重视自我体验、自身历练，不偏信古人议论，一路破除诸般迷信，而且提倡疑古，以确立自我有关事、情的见识为主。更主要的，关于理的认知之中陈绎曾没有忘记主体对自我的认知同样是究理，所以其对神理的解释就强调自我认知：

> 自家先澄吾神，明明白白，见此主宰妙理。则其它天神地祇人鬼物怪，有者无者，是者非者，可得而照矣。自家不识自家，而欲妄意窥测，政恐魑魅魍魉辈窃笑耳。识自家神以照彼神一也，方是真识。

天理、物理、事理、神理，烛照自我的同时烛照自然社会，不唯书，不唯古，方为有真识。他又将真识概括为以下几条：一曰明其然，究目可见耳可闻之实理；二曰明当然，究心可知身可行之正理；三曰明所以然，究口不可言心不可思而理势自然之所必至者；四曰明不然，知晓正理之外所当防戒的种种邪僻者。

真识，是整个文机涵育以及养气过程的归结点，它联系着作者的道德人格，影响着作品成型后的实际效用，有识便具有主体卓然自立彰显志气的可能。志有二义：一是经过澄神养气而突出出来的所思所想所感所识所悟；二是从事创作所必须具有的志气。这两者是统一的，即必须有志气的托举，识才能坚定而自立。所以陈绎曾论养气专门列出“定志”一目，并提出八项要求：“心性必欲通神明，量度必欲包宇宙，聪明必欲察毫厘，裁处必欲合圣贤，识趣必欲度先秦，变化必欲备万家，体制必欲像韩柳，格力必欲造屈马。”一则体现了以志气而举识见的思想，一则又给人仰而生畏的感觉，因为所列条目都是登峰造极者，似乎不现实，但陈绎曾恰恰从立志入手作了解释：“志于其上，犹恐不及其中，终亦卑下而已矣。”取法乎上仅得其中，立志不高，如何能够有所作为？所以说只有那些不惮辛劳，勇往直前，“不让第一等与他人”者，“方可与言文”。如此定志，融识于其中；而诗言志，养气而及乎志定，诗文也就自然水到渠成了。①

---

① 参见陈绎曾：《文章欧冶》，四库全书存目丛书收清钞本。

在外养之路中，许多文人都和苏辙一样，不约而同地强调了山水游历的效用，如元代戴表元十分重视外游，认为就作诗作文而言，“人之未游者不如已游者之畅，游之狭者不如游之广者之肆”①。明代王绅《玉壶诗集序》中云：“世称司马子长好游，故其文有奇气。夫游乌足以资乎文哉？良以山川清淑之气，经之于目，即会之于心；会之于心，即形之于言。”这是从山川可以发人性灵而言的。同时他还从阴阳相交、内外兼资的角度分析：“盖人之质性厚矣，问学富矣，其得诸内者至矣。必藉夫游览之胜以资其外，然后吾之气内外交养者有其素，于是纵横上下，大小长短，轻重疾徐，惟吾之所欲言矣。”②先言质性，此为基础，于此问学而润其心；此外，必须靠游览印证激发丰富内在的所养，此时才能使得主体之气有充分的积累。另如屠隆《冯咸甫诗草序》论冯之创作云：

> 华亭冯君咸甫，弱龄称诗，速悟渐诣。前三岁，君方为诸生，以诗见投，出语虽工而神力尚乏，犹然措大本色。逮得南国归，出白下草见视，如吸青霞乎？声响顿殊，肝肠似易。比游燕诸作，复加以雄峭。近者复之秣陵，泊金阊，浮钱塘而西，而诗之神力更倍合风霜之气，尽宫徵之变，收山川之灵，则入于妙境矣。

因为游历南国，出入白下钱塘与燕赵之地，因此诗歌便“思沉调响，骨苍味隽”，陆云龙评云：“气以居移，才因地迁。”③黄溍《致用斋诗集序》则将这种外养的效用细化了，他首先称道诗集中的作品笔势翩翩，纵横驰骋莫不如意，无艰辛龃龉之态，随后分析之所以能达到这种境界的缘由：

> 盖自伯温之少也，涉江愈淮，溯大河而上，徘徊齐鲁燕赵之郊，以达于天子之都，博习乎朝廷之故事，台阁之旧仪，而周览乎古昔君臣废兴

① 戴表元：《剡源集》卷九《刘仲宽诗序》，丛书集成本。
② 王绅：《继志斋集》卷五，文渊阁四库全书本。
③ 陆云龙等：《翠娱阁评选皇明小品十六家》，浙江古籍出版社 1996 年版。

> 之遗迹，有以资其见闻；蒙被乐育而翱翔乎英俊之林，有心养其性情。逮其壮而仕也，随牒远方，崎岖岭海万里之外，长风怒滔，鱼龙变化，岩奇穴怪，殊言异服，宏大卓绝瓌诡之观，又以开廓其心目。今方载笔属车之后，度居庸，陟龙门，息驾云阳，入则与闻国家之命令，出则睹夫山溪之固，士马之雄，志愈充而气愈夷。

外养之用，分别被概括为资其见闻、养其性情、开廓其心目、志愈充而气愈夷，有了这样的涵养，创作便进入了一个崭新的境界："凡形于言者无非身之所履，神与境会而托于咏歌以发其胸中之趣，是故不待巧为刻饰而文采自然可观。"①大抵浙东一派多重视诗外的功夫，外游而达到内养，也是本地文人的自修之策。后世承此论者颇多，清代徐乾学《计甫草文集序》论养气，也认为仅仅凭借浸淫经史子集尚达不到"学醇而气足"的境界，"犹必广之以名山大川，览古人之陈迹，又益以交游议论之助，使尽天下之变"。王士祯《燃灯记闻》论文学之涵养也在多读书养气之余提出"多历名山大川以扩其眼界"。这种对山川游历与山水亲和的重视与总结，实际上就是文学批评之中常见的建立在文学与地理关系基础上的江山助人论。

文学与地理的关系，在《汉书》之中已经有所涉及，但是，自然山水地理对文学理论批评的建构同样有着重要的影响，这一点在唐代浙江文人的文章中表现得比较突出。浙江是后世文人心目之中的江南之地，柔美山水，触目皆是。这样的地理环境促使文人们在文学批评之际体现出了鲜明的自然之维，主要表现为：山水风光与文学创作之关系的体认和生态特征对文学批评手段的塑造。其中山水风光与文学创作之关系的论述与养气说关系密切。山水自然与文学创作二者关系的论述，不尽是指春日芳林、清风明月之兴会对文学的影响，同时也强调了地理特性对文人情性与诗文风格的塑造。这里的地理特征对文人的塑造分两个方面，首先是指文人壮游，经历山川风物，禀受自然滋养，从而开拓胸襟、砥砺志气、涵养生机、熔铸兴会，沈亚之《送杜憓序》记载了其对杜生的勉励：

---

①　黄溍：《金华黄先生文集》卷十八《致用斋诗集序》，四部丛刊初编本。

巴汉潇湘之水，皆沦流于东，合而为大江，猛注于江陵、扬州两地之间。其名山圜连，横秀之色，属江而起。前文者自马迁皆经游之；六代为诗之士，而得声名腾翔矣。

因此促杜生往游，“以广其思”。其次是指生活在特定山水佳美之处的文人，钟灵毓秀，可以得山川佳气而成自我之艺术风范。如皇甫湜《唐故著作郎顾况集序》称顾况云：

吴中山泉，气状英淑怪丽。太湖异石，洞庭朱实，华亭清唳，与虎丘、天竺诸佛寺，钩锦秀绝。君出中间，翕清轻以为性，结冷汰以为质，煦鲜荣以为词，偏于逸歌长句，骏发踔厉，往往若穿天心、出月胁，意外惊人语，非寻常所能及，最为快也。李白杜甫已死，非君将谁与哉？

从吴中山水地理，讨论顾况诗歌的风格，备极褒美。清代郎廷槐曾专门取这段文字问于王士祯，寻其义旨所在，王士祯答道：“大抵谓吴中山水钩锦秀绝，故其为人文如此。”①即有如此山水而有如此人物，有如此人物故而有如此文章，相当于人们常说的人杰地灵。

以上分析艺术兴会源泉与作品艺术特征成因的理路，在中国古代被称之为“江山助人”，一则人杰则其地必灵，地理之气钟毓于文人，又赋形于作品，因而作品往往具有山川之独到的气质特征。一则以游于名山大川而广其思，通过培养主体之气，而助其文思。这两点从刘勰就开始有了较为具体的关注，《文心雕龙·物色》中云：“若乃山林皋壤，实文思之奥府，略语则阙，详说则繁。然则屈平所以能洞监风骚之情者，抑亦江山之助乎？”

(二)钻研揣摩而养气

陶冶而养气侧重于从“诗外”的功夫入手，而钻研揣摩则侧重于诗内的功夫，主要指通过对文学以及和文学相关或者能够对文学产生影响的经典的涵味、吟咏、钻研和揣摩，逐步能够会悟而得其神理，《管子·内业篇》称

① 郎廷槐问、渔洋老人答：《诗问续》卷一，见《诗问四种》。

之为“思之思之，又重思之，思之而不通，鬼神将通之”。这个理当然包罗广泛，有一般性的常理，也包含具体领域的道理，如诗文之道等。杜甫就有一句“读书破万卷，下笔如有神”，此处的读书，就是相关的学习和积累，侧重于专业素养。“晚节渐于诗律细”侧重的更是技术钻研，通过这种钻研，最终也能达到“思飘云雾动，律中鬼神惊”的效果，获得诗之神理。古代玄学、理学诸家，多持此参悟法式，而宋代黄裳专从文学养气之论讨论学习钻研之用，论述颇为明晰，他在回答“气之所以寓于文章”这个问题时说：

> 尝谓气之高下，自夫学之远近。古人之学，由心而见性，由性而见天，由天而见道，然后其志高明，其气刚大，出乎万物之表，我无物而交之，物无我而引之，故其气之来也本乎性天，发乎德机，而形见乎声色，声色不足寓之也，一写于文辞也。

其基本逻辑是：学习是养气的手段，学习深远入微，则能抵达气之极高。而古代圣贤之学，可以明心见性，性即自然所赋，见性就等于见到了自然，也就是见到了“天”，见到了天运行的规律，也就是见到了道，见到了文学的神理。学能达到如此境界，已经是至高无上，因而气之所培养也就达到了至大至刚，发为文辞便“葩华枝茎发于草木，好音幽情发出于禽鸟，天理自现，在人之视听，使人欣然爱之”①。当然，黄裳此处所言之学并非指文学技术与文学经典的钻研，但其思之而通神的参研之路是具有方法论意义的。宋代吕居仁论《左传》：“左氏之文，语有尽而意无穷。如献子辞梗阳人一段，所谓一唱三叹有遗音者也。如此等处，皆是学文养气之本，不可不深思也。”又论三苏策论：“三苏进策涵养吾气，他日自然文字滂霈无吝啬处。”②将读书钻研落实到气的涵养之上。张岱称这种积学而会悟为“遇”，且云：“古人精思精悟，钻研已久，而石火电光，忽然灼露，其机神摄合，政不知从何处着

① 黄裳：《演山集》卷三十五《书自然子书后》，文渊阁四库全书本。

② 王正德：《余师录》卷三。

想也。”①薛雪《一瓢诗话》以学杜诗为例，以为杜诗“止可读，不可解”；读即研读，“读之既熟，思之既久，神将通之，不落言诠，自明妙理”。所道亦是钻研而得诗之神理。这个道理李重华有一个很明白的总结：“凡多读书为诗家最要事，而胸有万卷，徒欲助我神与气耳，其隶事不隶事，诗人不自知，读诗者亦不知。”②读书的目的不是为了求隶事之便，而是为了助我神气。

钻研揣摩往往有具体对象，并在不同的特定对象上能够获得具体的裨益，如庄元臣《文诀》认为唐宋文章气势盛而调衰，先秦文章调协和而气不盛，因此学者“要当规调于先秦，借气于唐宋”，以便获得“神识”。“神识论”就是钻研揣摩而养气的一个理论，此论的倡导者就是庄元臣，庄元臣的时文著作较丰富，包括《论学须知》、《行文须知》、《文诀》。他论时文强调神识。神与识在他的论述里略微有些不同，神由气生，侧重于生命之气的健旺灵动；识因学得，侧重于平时的积累素养，所以提出要积其识、养其气：

> 自昔论文者，其功曰积曰养。积者，非徒积其事与调而已，贵于积其识也。养者，非徒养其精与神而已，贵于养其气。静观天下之义理，而精思旁达，日有新得，所谓积其识也。心得既富，机格通晓，勿轻输泄，亦勿轻以语人，使其渟注饱满，浸淫浃洽，无少滞碍，勃勃然蒸于胸腹，而冲于咽喉，若不可已者，然后展纸濡笔而出之，则滔滔汩汩，自有一泻千里之势，所谓养其机也。

识由对书本学习、现实实践所得之义理积累而成；而识累积丰富，与生命之气的居养融合成一片，化为一种自然之气，倾泻而出，此时昔日的识便升华为神，神识也便有了以神统识、神识一体的含义。神识是文章的灵魂，他将其比喻为合丸药的蜂蜜，百药皆具且捣细和末，但无蜂蜜就难以“膏腻成丸”；仅有学问藻丽而无识无神无意以统，就如同只是具备了药末而无蜜。所以说：“人而无神，谓之块肉，不可谓之人；军而无将，谓之团卒，不可谓之

① 张岱：《琅嬛文集》卷二《四书遇序》，见《张岱诗文集》，上海古籍出版社1991年版。

② 李重华：《贞一斋诗说》，见丁福保辑《清诗话》，上海古籍出版社1978年版，第922页。

军；文而无识，谓之字林，不可谓之文。”他将文章比较成功者分成三个等级：理解、妙解、神解。理解者：“把道理发入骨髓，毫无剩意”，近似一般所说的达意。妙解者：“题中丛杂难处分处，却有妙诀，处之帖然，不露唇齿，自臻妙境，所谓匠心处是也。”①不仅达意，而且分析问题能够见出熟练运用方法的能力，为熟能生巧。只有神解者，因养气而得神，因积累而有识，所识古人之奥妙因神而运之，才是入化之作。此处神识之获得，一在“诗外”之典籍，一在“诗内”之典籍，故有规调先秦、借气唐宋以得神识之说。

钻研而养气，后世逐步形成更为具体的通过诗文作品研读养气的手法，根据不同文人作品的特征，通过阅读，可以培养相关之气，如康海称：“熟读太白长篇，则胸次含宏，神思超越，下笔殊有气也。”②从李白诗歌的吟诵之中获得生气。潘德舆就认为，择陆游之诗把玩，能使人“养气骨，长见识”③。陆游豪逸，多读其诗自然能够收到一定的补益，从而养就不馁弱之气。更多的时候，理论批评界都在强调广泛阅读文学艺术作品基础上的养气，如谢榛论汉代文人作赋，“必读万卷书以养胸次”，如《离骚》、《山海经》、《舆地志》、《尔雅》等，所养之“胸次”，也是养气的意思。又云：

> 自古诗人养气，各有主焉。蕴乎内，著乎外，其隐见异同，人莫之辨也。熟读初唐、盛唐诸家所作，有雄浑如大海奔涛，秀拔如孤峰峭壁，壮丽如层楼叠阁，古雅如瑶瑟朱弦，老健如朔漠横雕，清逸如九皋鸣鹤，明净如乱山积雪，高远如长空片云，芳润如落蕙春兰，奇绝如鲸波蜃气，此见诸家所养之不同也。学者能集众长合而为一，若易牙以五味调和，则为全味矣。④

从对初唐、盛唐共同的学习钻研入手论养气，诸诗家所养不同，是说其最终所培育而出的气格各有不同；但对学习者而言，要实现的境界则是“集众长

① 庄元臣：《文诀》。
② 谢榛：《四溟诗话》卷二，见《历代诗话续编》，第1174页。
③ 潘德舆：《养一斋诗话》卷五，见《清诗话续编》，第2075页。
④ 谢榛：《四溟诗话》卷三，见《历代诗话续编》，第1180页。

合而为一”，其中之“一”就如同“天人合一”之“一”，都是指最终融会为一气。

揣摩而体会经典之气在清代形成了以刘大櫆为代表的因声求气的学习古文之方法，刘大櫆《论文偶记》中云：“神气者，文之最精处也；音节者，文之稍粗处也；字句者，文之最粗处也。”又云：“音节高则神气必高，音节下则神气必下，故音节为神气之迹。”也就是说，文章的神气最终是通过音节表现出来的，这就要求对经典的学习要格外关注通过吟诵摄取其神气。方东树承之，强调讽咏古人以通气脉：“夫学者欲学古人之文，必先在精诵，沉潜反覆，讽玩之深且久，暗通其气于运思置词抑拒措注之会，然后其自为之以成其辞也，自然严而法，达而臧。”①张裕钊也以“必讽诵之深且久，使吾之与古人䜣合于无间”作为能够“深契自然之妙而究极其能事”的前提，并举刘大櫆取古人文章纵声而读、姚鼐不废吟哦以补气为例，以示学习古文之际吟诵讽咏之效。② 梅曾亮《与孙芝房书》亦标此论，并对气与吟诵的关系作了更为明确的揭示：

> 古文与他体异者，以首尾不可断耳。有二首尾焉，则断矣。退之谓六朝文杂乱无章，人以为过论。夫上衣下裳，相成而不复也，故成章，若衣上加衣，裳下有裳，此所谓无章矣。其能成章者，一气者也。欲得其气，必求之于古人。周秦汉及唐宋人，文其佳者皆成诵乃可。

梅曾亮继承了桐城派论古文重视音声的思想，《闲存诗草跋》中也说过“诗之道声而已”的话，可见无论古文还是诗歌的学习，在他看来都要有一个钻研而获得古人神理的过程。为什么要强调古人经典都能成诵呢？他说：“夫观书者用目之一官而已，诵之而入于耳，益一官矣；且出于口，成于声，而畅于气。”文章之境界在于气能够贯穿首尾而不断，这种贯穿实则体现在音声能否“畅”上，读者出口成声，感觉“畅”否是检验气是否贯穿的最

① 方东树：《仪卫轩文集》卷六《书惜抱先生墓志后》，同治刻本。

② 参见张裕钊：《濂亭文集》卷四《答吴挚甫书》，光绪查氏木渐斋本。

好方法，而所畅者实则为气，出口成声所依赖的也是气。气在梅曾亮看来是“吾身之至精者”，既然经典的最高境界是气畅，于是对经典的揣摩也就是“以吾身之至精御古人之至精”，最终实现与古人之气的接通，获得其创作的内在奥秘。《老生常谈》中也有类似论述：

选古人七古诗若干首，读万遍或数万遍，熟其音节气味，心解神悟，久久觉得撑肠涨腹，有无数之奇奇怪怪，不可名状。再加一二年酝酿工夫，所谓酝酿者，寝食魂梦，若或遇之。我之形神与古人之气脉息息相关，又觉得前所撑肠涨腹者，化而为浩然、汩汩然，作挟沙走石之势，不可控制，此当落笔候也。①

对固定类型或者特定文人作品的揣摩钻研，在此被视为获得艺术创作基本素养的前提，之所以如此，关键在于这种揣摩学习最终能够获得与所学习者气脉的沟通，从而在涵养之中实现气的积蓄，并形成赋形的势能。

儒家论养气，承继了孟子养浩然之气的传统，因而由此而展开的文学批评也便多有崇尚阔大阳刚的倾向，如宋代楼钥论养气就从胸次入手云：“诗之众体，惟大篇为难，非积学不可为；而又非积学所能到。必其胸中浩浩包括千载，笔力宏放，间见层出，如淮阴用兵，多多益善，变化舒卷，不可端倪，而后为不可及。”②其中虽没有明言养气，但胸中浩浩者正是浩气。《纸阁诗序》又称其曾叔祖：“方其四方之志未衰，以一介行李往来江湖间，上武昌、浮彭蠡，历览胜地，挹秀气以充胸中之奇。”又讲以壮游养气，和前面积学养气相辅。王十朋吸纳孟子养气说、道学思想的理气论与苏辙的养气说，提出了“刚气”论：

文以气为主，非天下之刚者莫能之。古今能文之士非不多，而能杰然自名于世者无几，非文不足也，无刚气以主之也。孟子以浩然充塞天

① 延君寿：《老生常谈》，见《清诗话续编》，第1816页。

② 楼钥：《攻媿集》卷五十二《雪巢诗集序》，丛书集成本。

地之气,而发为七篇仁义之书;韩子以忠犯逆鳞勇叱三军之气,而发为日光玉洁表里六经之文:故孟子辟杨墨之功不在禹下,而韩子诋排异端攘斥佛老之功又不在孟子下,皆气使之然也。若二子者,非天下之至刚者欤?①

刚气和孟子的浩然之气有更具体的继承关系,但浩然之气虽集义而生,仍然是讲气的形态;而王十朋则将其具体化为一种敢于犯险履危、敢于开拓进取的干预社会的精神。②

儒家养气之道往往兼有以上养志、养学、养识诸法,如邵经邦《艺苑玄机》论文机涵育便是如此。他论诗贵气骨,"无气骨,杀青染素人耳";所谓无气骨指"胸次不高",临文蹊径太多,被旧题、旧事、旧话所缠绕,被先秦两汉初盛中晚唐所拘束。所以要发其峻迈英爽之气,此气骨就是有志。如何发此英爽之气呢?妙悟超脱之外也贵苦学,他自言自己作诗一年一个样子:"若谓自外得之,固不可;若尽自去苦学,亦复不得。"只有优游涵养,在苦学之中寻求一朝脱然会悟,在学习之中养见识:

诗要见识,如季札观周乐,便知是兴是亡。当时岂是篇篇歌过,又岂是章章辨验,无非他心中理会得多,未闻乐时,先知唐风如此,卫风如彼,一闻之间即赞其美,知其兴亡。今人陈杜沈宋不能熟记,王杨卢骆亦未全知,便议人优劣,如何使得?

如此看来,识出于学,学即对名家的钻研。识如果培养不就,不仅难以写出佳作,而且容易产生诗魔——"凡有毛病没见识处,皆谓之魔"。邵经邦从养志、养学、养识论文机涵育,与叶燮所论志、学、识基本一致。可见叶燮的

① 王十朋:《梅溪文集后集》卷二十七《蔡端明文集序》,文渊阁四库全书本。

② 儒家论文以刚气为追求,在后人看来也是鼓舞中下人等免于失坠的手段,如清末陈澹然《晦堂文钥》"炼气"一节就认为:"沉潜刚克,高明柔克,必视其天质以为转移。豪迈则炼以深沉,激烈则炼之坦易,此其上也。"也就是说,根据自我气质的特征与偏失,锻炼其欠缺的部分,以实现一种元气浑融,但这仅仅是对豪杰天才者而言;"中材以下,质多优柔,则必炼之以归雄健。"

《原诗》和邵经邦《艺苑玄机》之间有着一定的内在联系。

二

道家体系的养气侧重于体气、血气、心气的培养，核心就是强调虚静、闲适的心态。① 虚静是与寂寞一起被道家推崇的基本境界，老子将其方法论化为“涤除玄览”，先荡涤心中的杂念纷扰，才能实现心灵的幽通远视。《管子・心术下》则将虚静方法论化为“专于意，一于心，耳目端”，这样就能“知远”；而能达到如此的境地，“非鬼神之力也，其精气之极也”，意思是：虚静之极则如获得鬼神之助一样，气达到极度的活泼，并摆脱了起初的无序与束缚，能获得重大的启示与开悟。《庄子》则讲心斋、悬解、坐忘、物化、寥天一，以实现独与天地相往来的气的流行通畅。心的虚静强调了两点：一是不为外物所动的主体坚守，二是不为杂物所动的心的纯一，既能坚守又不淆乱，就营造了心平气和的状态，而这样的状态，才是最具有创生性的状态。魏晋六朝文人将虚静的创造与玄学结合，使得陶冶养气的修养过程实现了系统的文学理论升华。

首先是陆机《文赋》，他论创作之先：“伫中区以玄览，颐情志于典坟。”玄览本身就是道家的内视之术，“颐”为陶冶培养，所依赖的是古代典籍。作为创作之先的准备，其主要的要求是平和心志，在古人著述之中陶冶情操。继而论创作发端：“其始也，皆收视反听，耽思旁讯。”其中“收视反听，耽思旁讯”是随后“精骛八极，心游万仞”的前提，要“收视反听，耽思旁讯”就需精神内敛，沉思冥想，不再心存杂念，一如司马相如创作《上林赋》之际的意思萧散，不复与外事相关。

其次，刘勰在此基础上提出了“入兴贵闲”。《文心雕龙・物色》云：“是以四序纷迴而入兴贵闲，物色虽繁而折辞尚简。”将道家作为个体修养的“涤除玄览”改造为文学理论的“入兴贵闲”。刘勰对此反复进行了申说，如

---

① 参见王钟陵：《中国古代文论中的两种不同的养气说》，《文学评论丛刊》第 18 辑。文章中将具有道家色彩卫生追求的养气论追溯到了先秦宋钘等的“精气说”，后王充《论衡》继承，《文心雕龙》也是对此的延续。

《文心雕龙·养气》中提倡“吐纳文艺，务在节宣，清和其心，调畅其气，烦而即舍，勿使壅滞”，“清和其心，调畅其气”就是“闲”的意思；又以“常弄闲于才锋，贾余于文勇”为创作的境界，反对劳乏与郁涩之际的锻炼。《神思》篇云：“陶钧文思，贵在虚静，疏瀹五脏，澡雪精神。”又提示了自己提倡“入兴贵闲”的理论源头是道家的“虚静”。“闲”，成了兴会之前文人们的美学修养与心灵澡雪，它指向身心都能平和安静而无烦扰，尤其强调心的凝寂，认为心能闲则兴才易发生。体性之气就禀赋而言静躁各有不同，通过养气而统一于“闲”的状态，不是最终对体性的改变，而是因为体性之气虽然是禀元气而得，但元气赋形有强有弱，从而造成主体的局限，有局限则气便运行无力，直接影响到气充分的发挥、宣泄、赋形，所以养体性之气而至于“闲”，正是恢复体气的纯正、培养蓄积气的势能以实现气化流行的需要。

关于“入兴贵闲”张晶先生有一篇专门文章①，其主要观点是：“入兴贵闲”所揭橥的内涵是在闲逸充盈的心态下触发创作主体的审美感兴；它与“虚静”说有密切联系，但又有着不同的意味；与中国古代的气论哲学有深刻联系，但却在刘勰的文论体系中纳入了美学心理学的轨道；唐宋一些诗人在“闲”的心态下创造的篇什有着独特的意境与风格。在对刘勰之闲的阐释上，张先生这篇文章应当说作出了重要的探索，对闲以及闲情与文学创作之关系以及闲在古典文艺学中的地位等的进一步挖掘也起了一个开拓作用。张先生在文章中也对以上主要观点进行了充分的论述，其中的主要部分正是刘勰此论与古代养气说的关系，说明“入兴贵闲”的确是古代养气论中一个重要的组成部分。

作为一个重要的文学理论观点，“入兴贵闲”的产生在继承了道家主要的养生思想之外，还得益于此前相关的艺术思想铺垫。如蔡邕《笔论》云：“欲书先散怀抱”，“先默坐静思，随意所适”；三国皇象《与友人论草书》有“如逸豫之余，手调适而心佳娱，可以小展”之说，要写草书，主体要有闲暇，内心要实现优游不迫的境界，这是一种美学意义的调和中适。宗炳《画山

① 参见张晶：《“入兴贵闲”——关于审美创造的一个重要命题》，《吉林大学学报》2000 年第 1 期。

水序》论作画之前的准备："于是闲居理气，拂觞鸣琴，披图幽对，坐究四荒，不远天励之丛，独应无人之野，峰岫峣嶷，云林森渺，圣贤映于绝代，万趣融于神思。余复何为哉？畅神而已。神之所畅，孰有先焉？""畅神"是宗炳在《画山水序》中提出的一种理想的审美境界，有了这个境界，气已经勃勃欲动，便可以操笔挥毫了。而欲得"畅神"的体验，则必以"闲居理气"为其心理前提。若论理路之不悖，嵇康《琴赋》中之"心闲手敏"所倡亦是求心神之无累，然后才能"触批如志，唯意所拟"。

作为养气论的一个重要内容，入兴贵闲从此成为重要的文学创作法则，杜甫《寄张十二山人彪三十韵》就称："静者心多妙，先生艺绝伦。草书何太苦，诗兴不无神。"静中可得神，从而使创作不劳苦。苏东坡《送参寥师》云："欲令诗语妙，无厌空且静；静故了群动，空故纳万境。"这段话是对本诗前面所云的"颇怪浮屠人，视身如丘井，颓然寄淡泊，谁与发豪猛"的反思，即对起初以为一个和尚四大皆空，心如枯井，如何能有诗情的反思，而反思的结果就是对空静的赞赏，即在这样的境界里，他认为最容易氤氲艺术的意境，这种观点实际上也是入兴贵闲观念的延续。汤显祖《朱懋忠制义叙》分养气为静养、动养二途，虽然从"智者动，仁者静，仁者乐山，而智者乐水"论之，实则其动养承继了孟子养气的基本内涵，采用的是苏辙养气的形式，以人格的生机活力为目的；静养则继承了道家虚静的思想。明代倪元璐还提出了一个"静气专志"说①，他评友人的时文"气静而体安"："静使气灵，安使体变。主其静安而天下锋力才态皆可磁引燧呼而出之也。"他将整个创作过程称为"静气专志"，静可以获得气的蓄积和灵动，志立又能对气形成引导，而且"志立则材聚"②，于是凭借"静气专志"，则才、气、志能够实现统一，进入创作状态。

道家系统的养气又经常称之为"凝神"。气之所养是否达到凝神之境，是使得才赋得以发挥的关键。屠隆论诗学中的"凝神"之道云：

---

① 参见倪元璐：《倪文贞集》卷十六《评徐止吉时文》，文渊阁四库全书本。

② 倪元璐：《倪文贞集》卷十六《题徐汉官孝廉近艺》。

语云:用志不分,乃凝于神。夫天下之物,何者非神所到;天下之事,何者非神所辨哉? 方其凝神此道,万境俱失;及其忽而解悟,万境俱冥,则诗道成矣。

凝神是他对禅宗"寂照"之说的诗学改造,也是对道家心斋虚静的继承,经过了禅学术语的包装,其实就是儒家道家所论的养气。神凝则专著,专著则无杂思,心地空明,"言必寂而后照,必止而后观",可达到"烛照幽微,无远不届"的境界。这里的凝神有两个意思:首先是专著于一事,心无旁骛,故《贝叶斋稿序》推李惟寅袭家世而无生活之忧,谢博士之业,以英爽之力一用于诗歌;其次是无扰无欲的心境涵养,文章中提到李惟寅筑贝叶斋,时时跏趺蒲团,也是静心一术。而专注与无扰所培养的就是一种淡泊从容的性情,凝神的最终效果是因为神专一没有受到滋扰而养就了完神。这个过程可以包纳长久的涵养:"上而坱圠,下而莽苍,无不潜也;巨而鲲鹏,细而蠕蠉,无不博也;远而坟索骚赋,汉魏齐梁,以至正始大历,无不习也;近而学士大夫山人布衣,以至于闾巷夫妇伊吾惕咏,无不察也。"这个凝神过程实则又包含了儒家养气的手段,但屠隆将最终的结果禅道化了,他认为这样修养,"其力倍,故其气足;其气足,故其神凝":养气的结果虽然同是气盛,但气盛之后不是儒家的浩然蓬勃,而是可以达乎凝神。长久涵养之外还有一种短暂的进入创作状态的凝定,但这种短暂凝定的获得也是以长久之凝神为基础的。① 从创作而言,"士不务养神而务之诗,刻画斧藻,肌理粗具,气骨索然,终不诣化境"。他以历代具体的创作实践为例:"古今能言者不少,往往以材溢格,以格掩材,体局于资,情伤于气,作如牛毛,合如麟角。"作品没有影响,汗青之业及身而止,其原因"非必尽由天赋,则其凝神之不至也",没有性情上的充分培养,所以作不由文机,文乏兴会,才难以施展。②

后世文人论文章写作也多从凝神论述,如孙武卿云:"文者,心之精也,

① 屠隆:《白榆集》卷一《贝叶斋稿序》,明刻本。

② 参见屠隆:《白榆集》卷三《王茂大修竹亭稿序》。

而神所为也。神有清浊，则文有纯杂；神有静躁，则文有粗细；神有昏明，则文有显晦。有诸内必形诸外，若表影相符，未有或爽者也。故修文之士，先务凝神。"凝神而成文的缘由在于文出于主体之"精"——生命之气，而精又为神所引领，所以说："神完则精固，精固则气充，气充则志强，天下事无不可为者，况区区文字乎？"①

凝神有着与入兴贵闲同样的内外标准：要扫除外好，收摄此心，万缘放下，心君不扰，甚至一物不扰，一念不生——当然，这个"一念不生"是指与创作无关的诸缘诸念暂时没有形成干扰。②

道家色彩的养气说当然提倡长久的持守，但文学理论中的道家养气之说，更多的是与具体创作之际的心境涵养相关，其中陈绎曾《文章欧冶》的论述最为详核。陈绎曾论述养气将虚静闲静进一步与当下性创作关联起来，论述了气和景、事、情、意的关系。他所谓养气是根据题目开始确定文章最为合适的风格气质类型，然后有意识地向这个方向涵养、构思。陈绎曾将能够与不同题目搭配的气质风格分为肃、壮、清、和、奇、丽、古、远，将玄虚的气实感化。每一类型的气对应不同类型的题目，如肃：朝廷题，圣贤题；壮：河岳题，武功题；清：山林题，仙隐题等。其下分为三个步骤，是就选定题目之后如何进行养气而言的，而这三个步骤则主要探讨如何将景、事、情、意浑然一气，又如何通过一定的涵养撷取气之精切要妙者，并自然而然地生发或者联想，使得作品如气之赋形般自然。具体而言：

其一是如何实现景事情意的融会一气，提出了"料景"之法：

---

① 引自唐彪：《读书作文谱》卷一"文源"。

② 一般情况下，继承道家、禅宗这些心法的文人们虽然强调内在修为所蓄养的创作势能，但并未彻底否定儒家带有发扬外显色彩的养气，不过也有一些文人例外，比如元代的郝经便提出了一个"内游"说，并专门撰成《内游》一文，其中批评司马迁"勤于足迹之余，会于观览之末，激其志而益其气"的养气方法，以为"其得也小，其失也大"，由此也否定了苏辙类型的游历实践。他所心仪的养气形式为："身不离衽席之上，而游于六合之外；生乎千古之下，而游于千古之上。"由此能够达到"持心御气，明正精一"，"因吾之心见鬼神之心"。有了这种形态，"吾之卓尔之道，浩然之气，嶷乎与天地一，固不待于山川之助也"。此类说法明显受到了庄子神游与禅宗相关思想的影响，不过他采用的是禅道的手法，但养气的目的却是儒家的道德志节与人格。

澄神矣，将此题中此景、此事、此意，一一由根生干，由干生节，由节生枝，生叶生花。枝枝叶叶，无则不可强生，有则不可脱漏。一一将此题此景、此事、此情，如青天白日，照烛纤悉，明白净尽；却将此景、此事、此情、此意都扫除，无纤毫存于心目之间，只有此题此气。肃然凛然，壮者巍然，清者冷然，和者温然，奇者屹然，丽者烂然，古者淡然，远者廓然。①

这个过程实则属于其所论的作为文机涵育阶段重要程序的“识题”，通过审题，弄清题中所包含的情景事意；随后又要做到不为这些具体的情景事意所局限，回归到“此题此气”。明白了题中基本的情景事意则神思不至于漫无边际，回归到此题此气之中，则又不为一些基本的信息所束缚，使得创作拘泥，而是沿着已经大致确定的情景事意所呈现出的艺术走势，因题而发，随气而行，这样就可以实现情景事意的融会。一切为神所统摄，不为情景事意之中的任何一项所牵扯，一气混同，然后自然流淌，赋形于作品。

其二，从情景事意的融会之中撷取清切要妙者，他提出了“取精”说：“一片真境存于胸中，而此景、此事、此情、此意融化于其中，变态蜂生，取其精者、切者、要者、妙者而用之。”如果说料景是要将情景事意融会为一气，那么取精则是为了防止一意宣泄之际的鱼龙混杂，因而强调自然气化之外的人工，取其精切要妙。

其三，无论情景事意的一气浑融还是情景事意清切要妙的取精，整个过程都要维持气的自然状态，因此提出了“养存”说，以防止取精之中过用人工，违背自然的法则。“养存”就是情景事意的融会与取精都要依赖主体本然的所“存”之气，故云：“须是自然存于胸中，不可着想，着想之即入客气，徒劳终日无所用之。”融会情景事意之料景与清切要妙之取精要根据本然所存之体气来自然选择，不能着想，着想则为刻意，刻意而为就容易违背本

① 陈绎曾：《文章欧冶》，四库全书存目丛书收清钞本。《历代文话》依照日本元禄元年刊本排印，于“枝枝叶叶无则不可强生有则不可脱漏”处句读为：“枝枝叶叶无，则不可强生，有则不可脱漏”，似不如“枝枝叶叶，无则不可强生，有则不可脱漏”更能体现古人的语言表达形态。

然之气的特征而流于客气，客气生则无真气，作品就会为文而造情。养存的这一阶段已经进入作品赋形前的最后阶段，陈绎曾不仅将其作为前两条的补充，而且也是作为气最终赋显于作品的方法提出的。具体而言，养存的手段可以分为“存”和“想”。“存”，是就题目“自然于胸中生出此景此事此情此意”；“想”，是“看题浮沉，却于自胸中别生出他景他事他情他意”：“存”是第一步，属于“料景”之中的内容；“想”是第二步，属于“取精”之中的内容。通过“存”由题中生发情景事意，融成一气；通过“想”则从现有的情景事意之浑融中别自生发出更具体的情景事意。二者综合，通过养存，既保证了料景，又保证了取精；既不失题，又不泥于题。人工与自然和谐统一，完成了养气这一过程，也便可以进入具体的创作了。

陈绎曾所论这种与创作技术路径融合的养气，实则就是古人所称之“炼气”。炼气也是气的涵养培育过程，只不过它指向当下的具体创作，所以《筱园诗话》区分养气与炼气云：“养于心者，功在平日；炼于诗者，功在临时。养气为诗之体，炼气为诗之用。”①将养气所成就之气与炼气所成就之气纳入体用关系体系，既说明了二者之间的关系，也讲清了彼此的差异。近代有学者认为，养气可为二途：一为“养义理之气”，一为“养文词之气”，义理之气存乎主体，文词之气显于作品。本来，义理之气也能够显于作品而呈示文词之气，但二者细微的差异在于，义理之气培养于平时，文词之气的涵养，尽管可以通过多读古人理明词达之文、矫除华丽虚浮之习的手段获得，但更主要的必须涵养成就于具体创作之际。② 因此，这种文词之气，其中包含着一般意义的“炼气”之后所获得的文气。

古人论及炼气者颇多，纪昀评杜甫《送韩十四江东省觐》：“纯以气胜，而复极沉郁顿挫，不比莽莽直行。”③许印芳以为“此评尤当”，原因是“观前段可悟炼气之法，观后段可悟炼句之法”，由于炼气，才使得作品在以气盛的同时又沉郁顿挫而不直遂。他认为王安石《双庙》一诗也是如此，其佳处

① 朱庭珍：《筱园诗话》卷一，见《清诗话续编》，第 2332 页。

② 参见胡蕴玉：《与同学诸君论国文书》，见《中国近代文论类编》，第 684 页。

③ 李庆甲：《瀛奎律髓汇评》卷二十四，第 1070 页。

在于“无板排直泻之病”，而能如此的关键在于作者“善炼气”。[①] 文学创作重视“炼”，历代有炼字、炼句、炼意、炼局等诸多讲究，但在古代文学理论中，只有炼气才是最重要的，厉志云：“古人诗多炼，今人诗每不解炼。炼之为诀，炼字、炼句、炼局、炼意，尽之矣。而最上者，莫善于炼气，气炼则四者皆得。”[②]乔亿则云：“诗有似率而实炼者，盖炼在意在气在篇，不在字句。”[③]气炼则意义字句往往顺理成章。《筱园诗话》对炼气的基本状态有比较全面的总结，作者认为：炼气的过程是对才、意、理、法、趣、笔的纯熟运用：“及其用之之际，则又镇之以理，主之以意，行之以才，达之以笔，辅之以理趣，益之以法度。”

炼气所要达到的状态是自然与人工的和谐统一：“使畅流于神骨之间，潜贯于筋骨之内，随诗之抑扬断续，曲折纵横，奔放充满于中，而首尾蓬勃如一。敛之欲其深且醇，纵之欲其雄而肆，扬之则高深，抑之则厚重，变化神明，存乎一心，此之谓炼气。”

炼气要炼就真气道气，其特质是：“气之为气，诚中形外，不可与物矣。然外虽浩然茫然，如天风海涛，有摇五岳、腾万里之势，内实渊渟岳峙，骨重神寒，有沉静致远之志。”又云：“此之谓醇而后肆，此之谓动而实静。故能层出不穷，不致一发莫收，一览易尽也。”这种气，“在识者谓之道气，诗家谓之真气。所云炼气者，即炼此真气也；养气者，即养此真气也”。

炼气所要成就之道气、真气的主要特点是以静涵动：“帅气于中，为暗枢宰，若北辰之系众星，以静主动。”[④]又以七古之炼气为例：“气则炼之又炼，务使浑沦沉潜，随笔势之抑扬高下，参伍错综，无不曲折奔赴，洋溢蓬勃，如意所指。而大气飞动之中，常伏有渊然寂然深静淡定之道气，隐为之根，以镇摄于神骨之间，驾驭于理法之内，俾之层出不竭。故往而能回，雄而能清，厚而能灵，高而能浑，忽而不促，畅耳不剽。所谓刚柔相调也，所谓醇而

① 李庆甲：《瀛奎律髓汇评》卷二十八，第 1229 页。
② 厉志：《白华山人诗说》卷一，见《清诗话续编》，第 2275 页。
③ 乔亿：《剑溪说诗》，见《清诗话续编》，第 1097 页。
④ 朱庭珍：《筱园诗话》卷一，见《清诗话续编》，第 2332 页。

后肆也。”①

可见创作之前的炼气，就是通过对才、笔、理、趣、法度等的游刃有余的掌握，实现气化赋形的自然表现与人工参与的和谐统一，实现文气的动静结合、变化协调。

养气、炼气在一些学者眼里不在一个价值级别上，如唐文治就说：“养气之功尚矣，诸生不能骤几也，则下而求之于炼气。炼气之法尚矣，诸生不能骤几也，则下而求之于运气。先儒论运气之法，有一笔数十行下，亦诸生所不能骤几也，则下而求之于一笔十数行下，或一笔数行下。”又云：“运与炼者，乃繁与简之别，纵与敛之别，粗与精之别。”运气层次最低，是生命之气直接鼓荡，较为庞杂难以统属，是在没有经过培养的情况下的实际应用，此时只能凭借一些技巧避免气过于梗阻。炼气则在生命之气的直接鼓荡之余兼有主体对文气的把控，从而使之表现为简约、敛束、精微。而最高境界在于养气，但难以“骤几”，需要长久的持守。② 因此炼气、运气接近文法文术，而养气则与人格修为融作一体。养气不可骤然而得，运气仅仅是一种技术手段，没有涵盖对气的甄选，而炼气为精，它是接引所养之气的手段，也是提升运气的基础。前期的养气、文机涵育与文机发动，必须以炼气为技术前提，否则难以形成有效的艺术创作。

以上炼气之论，关键在于强调当下的虚静陶冶。如果从普遍意义上说，道家系统的养气与儒家系统的养气是略有不同的，最大的不同是：道家主虚静，而儒家则动感十足，在这一点上，陆游的道途感兴、现实投入等养气手段是一个突出的代表。同时，这种动感还包括自然涵养累积之外的人工助兴，如明代唐顺之于半醉之际作文，“先高唱《西厢》惠明不诵《法华经》不礼《梁王忏》一出，手舞足蹈，纵笔伸纸，思九天，入九渊”，如此文章乃成，人不解起初豪唱纵情之故，他回答称：“所以壮吾气也。”③汤显祖《朱懋忠制义叙》又从动静两种不同的养气方法论述了儒道两种养气观的差异：

① 朱庭珍：《筱园诗话》卷二，见《清诗话续编》，第 2388 页。

② 参见唐文治：《国文大义》上卷“论文之气”。

③ 陈鉴：《操觚十六观》，见《历代文话》，第 4047 页。

养气有二,子曰:智者动,仁者静。仁者乐山,而智者乐水。故有以静养气者,规规环室之中,回回寸管之内,如所云胎息踵息云者,此其人心深而思完,机寂而转,发为文章,为山岳之凝正,虽川流必溶渻也,故曰仁者之见。

有以动养其气者,泠泠物化之间,亹亹事业之际,所谓鼓之舞之云者,此其人心炼而思精,机照而疾,发为文章,如水波之渊沛,虽山立必陂陁也,故曰智者之见。

静者由养气可"机寂而转","寂"是从静的涵养而言的,在静寂之中气充盈而获得机转,这是道家的本领;动者由养气可"机照而疾","照"是指鲜明,意为动中之养使得气机鲜明而迅捷,此为儒家的崇尚。

再者,尽管从文学创作的涵养论而言,儒家所养之气最终也必然要归结到个体的生命之气,但其宗旨仍多在于道德之气的涵育。而道家系统论虚静、论闲静、论入兴贵闲,其起点与归结点都是主体的生命之气,从宋钘、管子直到王充,所论养气基本上都是虚静以守其精气,守住了精气则耳聪目明、筋骨强壮,进而"通知天下,穷于四极"。刘勰论"入兴贵闲",批评创作之中的精思苦吟,劳心伐性,本旨也是对此精神的继承。正因为如此,后世论文学涵养,如果是从道家系统论述创作之前的准备,则往往也是从这个维度楔入,如清代恽敬《与来卿》云:"作文之法,不过理实气充。理实先须致知之功,气充先须寡欲之功。"明确提出了要养气就要寡欲,尽管他说"寡欲非扫净斩绝为之,不过其心超然于万物之攻取,一一不粘著",但从淡化欲望入手养气的道家本质还是鲜明的。另如前面所引孙武卿论文,以为"神完则精固,精固则气充,气充则志强",虽然在理解神、气、志等关系上未必与其他文人一致,但其论涵养则也是从精气神入手的,是典型的生命本体之气的涵育。

清静和平虚无的心态之所以便于创造,"闲"里之所以便于"入兴",其艺术发生原理便是玄学中的"无中生有"。王僧虔《书赋》中讲的是书法从无之中产生;陆机《文赋》也称"课虚无以责有,扣寂寞而求音",通过"伫中区以玄览",最终实现"抚四海于一瞬"、"函绵邈于尺素,吐滂沛乎寸心";其

《演连珠》中以镜子为例，认为“镜无蓄影，故能触形则照”，镜子之中因为空无一物，才有了触形则照的优势，主体与物之间的关系也是如此：“虚己应物，必究千变之容。”能够实现心灵的虚静，则会如同心镜一样，可以究查物之不同姿容。无的状态就是气存在的浑融状态。晚唐文人黄滔有专门的《课虚责有赋》，他讨论虚无对创作的影响便是将虚无回复到了气进行说明，他认为虚无生有的关键就是“寂虑澄神”，心态回复到拙朴的本色，这时的气因纯而静达到势能的积蓄，作者把这个过程称之为“摆扬恬淡，剖判虚空”，其目的在于“冀其神觋”，即获得神的帮助。而实际的效果也恰是在虚静之中专一之气积而神盛，从而“逮彼幽通”——实现了气的流通，并获得流动的方向，因而可以随意塑造，毫无障碍，这个过程就是“散朴成形”，即是一个气化的过程。从气的阴阳矛盾统一特征来论述，这无非体现了气阴阳矛盾转化的本质：“夫阴者，阳之基也；静者，动之代也。阴不极，则阳不生；静不极，不能以致动。”①

从另一个角度解释，所谓的虚空静闲之中能够形成创作的心态，实际上就是在心灵闲静的状态中，才能实现主体观照客体的洞察与敏感。对主体本质力量开挖的深度与广度，决定了对审美对象观照的广度与深度，而闲静之中的主体正是实现自我审美省察最深刻的时机。东晋之际庐山诸道人在《游石门诗》序中从玄学、佛理的融会入手，阐述了这一问题：“夫崖谷之间，会物无主，应不以情开兴，引人深致若此，岂不以虚明朗其照，闲邃笃其情耶？”道人们在讲到外物兴情之际，深刻地发现所谓外物之兴情只是表象，深层的原因乃是主体本质力量的对象化。而要唤醒、激活这种本质力量，只有使心灵虚朗、闲邃——如此，才可以有崖谷间物之开人之兴，引人深致。明人黄汝亨将这种由闲静空虚向文思兴会转化的因果关系纳入主体因虚静而发动才思的解释路径，其《歙庵集序》中云：

夫人具天地之心，虚而已，虚跃而为灵，灵通而为道，道演而为经，经散而为文，而诗赋传记序述之篇溢矣。故文者道之器，而虚灵者才之

① 赵孟頫：《赵孟頫集》卷七《默斋记》，浙江古籍出版社1986年版。

钥也。文不明道,不发乎虚灵之源,即镌金石,烂云霞,垂不朽之业,声施后世,亦才子之文而已。

这是一个创造性的发现,以前论闲静为创作涵养者往往作为一个常识反复吐纳,即使有对闲静与创作之间具体关系的分析,但以无中生有的泛化解释为多,而黄汝亨却将虚静闲静与创作之间关系的机制明晰化了,而且所运用的不再是哲学的无中生有,而是文学理论之中的"才"。所谓"虚灵者才之钥",是说一切创作之前的涵养所获得的气的含蓄与闲静,最终使得气具备了灵动的势能,这种灵动势能对于创作最重要的影响在于它是激发主体创作所必须依赖的"才"、并使之运行无阻的动力源泉。陆云龙《翠娱阁评选皇明小品十六家》中通过对这个观点的评价表达了以下三个有关联的观点:其一,"惟寂故灵";其二,"灵活自不受掩,不为矜";其三,"灵活即才"。养气而气积蓄具备灵动之势力,灵动则具有了冲决掩蔽以及矜束的力量,如此之既灵又运动的气本身就是才的显现。

需要说明的是,进入文学理论的闲静或者入兴贵闲,其氤氲于胸中的不是道家或者禅宗空寂的宗教境界,而是具有审美意味的心灵境界,如同况周颐《蕙风词话》所提出的"词境":

人静帘垂,灯昏香直。窗外芙蓉残叶飒飒作声,与砌虫相和答。据梧冥坐,湛怀息机。每一念起,辄设理排遣之。乃至万缘俱寂,吾心忽莹然开朗如满月,肌肉清凉,不知斯世何世也。斯时若有无端哀怨枨触于万不得已,即而察之,一切境象全失,唯有小窗虚幌笔床砚匣,一一在吾目前。此词境也。

词境,实则是文机涵育、入兴贵闲之际的"闲"的逍遥与适意,它是敏感文人艺术化生命状态的显现。当于此时,绮情、遐思与闲愁无奈交融,与美好的自然物色交融。此时的境从内到外都是静、是柔,即环境静谧,心灵静谧。这是呈现于内心的精神境界与艺术趣味,是前词境。有了这个前词境,才可能具备创作的动力——"词心":"无词境,即无词心;矫揉而强为之,非合作也。”①

三

养气对更多的文人而言是一种兼综儒道、内外兼修的综合形态。以陆游为例，他是一位深受传统儒家思想影响的文人，其一生都努力践行着“达则兼济天下，穷则独善其身”的儒家信条，因而呈现出强烈的爱国有为情怀与闲适隐逸情趣相统一的特性。其养气论便也兼宗诸法，《夜坐示桑甥十韵》一诗云：

好诗如灵丹，不杂羶荤肠。子诚欲得之，洁斋祓不祥。
食饮屑白玉，沐浴春兰芳。蛟龙起久蛰，鸿鹄参高翔。
纵横开武库，浩荡发太仓。大巧谢雕琢，至刚反摧藏。
一技均道妙，佻心讵能当。结缨与易箦，至今犹自强。②

诗中以炼丹为喻，指出作诗要涵养。既然好诗如灵丹，必然是丹炉之中炼造出来的，这个炼造的过程属于文学创作之前养气的过程，其中又分两个方面：养心和养学。

养心 所谓不杂荤腥、斋戒而祓除不祥，以白玉为食以春兰沐浴，都是讲通过养心而戒除杂心杂念，使心思清静而芬芳，不沾染尘埃，由此达到净、静、专、一的空明境界。《岁晚》也云：“闭门养气渊源在，未敢摧伤学楚骚。”是说养心是一个过程，而且要培育正气，不能轻易为骚赋之艳丽沾染而功败垂成。前面出于道，后面出于儒。

养学 “纵横开武库，浩荡发太仓”是就博学而言的，腹笥厚重才能有纵横、浩荡的快意，不然，诗人难为无米之炊。《寄题吴斗南玩芳亭》中云：“读书不放一字过，闭户忽惊双鬓秋。”养学就要读书，而且是苦读。

其著名的“工夫在诗外”理论是养气说的另外一种表达，而且诗外的功

① 况周颐：《蕙风词话》，第9、4页。
② 陆游：《剑南诗稿》，《陆放翁全集》，中国书店1986年据世界书局1936年版影印，下同。

夫几乎是难以彻底厘清边界的，兼包了儒道诸多养气之法。其《示子遹》中云：

> 我初学诗日，但欲工藻绘。中年始少悟，渐若窥宏大。
> 怪奇亦间出，如石漱湍濑。数仞李杜墙，常恨欠领会。
> 元白才倚门，温李真自郐。正令笔扛鼎，亦未造三昧。
> 诗为六艺一，岂用资狡狯。汝果欲学诗，工夫在诗外。

"工夫在诗外"，这是陆游影响最为深远的一个诗学观点。在这首诗中，他自述学诗历程，早期的藻绘，中年以后的宏大与怪奇，都未达乎至境；就连元白温李等诗人，也认为是未窥三昧。笔可扛鼎不行，但求工也不可，《何君墓表》中已言："大抵诗欲工，而工亦非诗之极也。"①只有积蓄了诗外的功夫，才可以与诗神相遇，那么其"诗外"指什么呢？

一指道德的培植。《上辛给事书》中认为，君子之文，"必有其实，乃有其文"，其理路是："心之所养，发而为言；言之所发，比而成文。"读者通过文章观人，其邪正便不可隐蔽了。所以，君子所养，应该"充实洋溢"然后再发之于外，"岂可容一毫之伪于其间哉"？《方德亨诗集序》将这个不伪具体化了："诗岂易言哉？才得之天，而气者我之自养。有才矣，气不足以御之，淫于富贵，移于贫贱，得不偿失，荣不盖愧，诗由此出，而欲追古人之逸驾，讵可得哉？"富贵不淫贫贱不移，是孟子所欣赏的大丈夫，要不伪就不能随意放弃持守，毫无气节，《答陆伯政上舍书》中专门举了一个事例：

> 仆绍兴末在朝路，偶与同舍二三君至太一宫中，闻中有高士斋，皆名山高逸之士，欣然访之，则皆扃户矣。裴回老松流水之间，久之，一丫髻童负琴引鹤而来，风致甚高。吾辈相与言曰："不得见高士，得见此童足矣。"及揖而问之，则曰："今日董御药生日，高士皆相率往献香矣。"吾辈一笑而去。

① 陆游：《渭南文集》，《陆放翁全集》，中国书店 1986 年据世界书局 1936 年版影印，下同。

这是一个讽刺伪高逸之士的故事，高逸的本质就是离俗，不事权贵，高尚其事。而此中的高士徒有鸣琴引鹤、山栖水宿的高逸外表，骨子里却尽是趋炎附势。陆游意在说明，不重内在之德，仅仅有外在的形式，无论什么都是没有价值的。讲这个故事之前，陆游首先发了如下的感慨："古声不作久矣，所谓诗者遂成小技。诗者果可谓之小技乎？学不通天人，行不能无愧于俯仰，果可以言诗乎？"有才而无道德节气，其诗便无可观；就像这些徒有其表的高士，他们的行为只能供天下人耻笑。由于诗人们不讲究内在的修养，于是陆游说："今世之以诗自许者，大抵皆太一高士之流也。"

二指学问积累。《何君墓表》云："诗岂易言哉？一书之不见，一物之不识，一理之不穷，皆有憾焉。"为什么要读书识物穷理呢？因为作诗不易："同此世也，而盛衰异；同此人也，而壮老殊。一卷之诗有醇漓，一篇之诗有善恶，至于一联一句，而有可玩者，有可疵者，有一读再读至十百读乃见其妙者；有初味可人意，熟味之使人不满者。"影响诗的因素很多，作者少老之异、读者嗜好不同。诗之鉴赏标准也难以统一。要想取得成功，唯一的办法就是凭借读书、明理、识物而弥补这些遗憾，使得作品尽量圆满。

三则得于现实人生的投入。具体有三个方面：

其一是沉浸闲适静摄之中。陆游心仪陶渊明，对谢灵运也表示过钦佩，因而他心中弥漫着很浓的江湖隐逸情怀，所以认为沉迷在如此的情境里，就容易有诗的灵感，《即事》云："组绣纷纷炫女工，诗家于此欲途穷。语君百日飞升处，正在焚香听雨中。"《夜雨》一首又重申对这种听雨之境的痴迷："吾诗满箧笥，最多夜雨篇。"雨在农业文明中是一种引人遐想的意象，空灵阻隔、静谧自足，不仅仅是诗歌的催化剂，也是艺术的一种境界。

其二是对现实人生的热情投入。《九月一日夜读诗稿有感走笔作歌》记述自己早期学诗未有心得，难免乞人残余，力孱气馁，心有愧色。随后记载这种诗思窘涩的转移之路：

四十从戎驻南郑，酣宴军中夜连日；
打球筑场一千步，阅马列厩三万匹；
华灯纵博声满楼，宝钗艳舞光照席；

琵琶弦急冰雹乱，羯鼓手匀风雨疾。

这样火热丰满又多姿多彩的军营生活，最终激发出了作者创作的灵感："诗家三昧忽见前，屈贾在眼元历历。天机云锦用在我，剪裁妙处非刀尺。"陆游一生重视实行，这是一种朴素的实践精神，与新兴的浙东学派的思想很接近，有"纸上得来终觉浅，绝知此事要躬行"的传世名言。他读《诗经》中的《豳风》，看到了《七月》等诗中日常的劳作、家国的体制、渔猎祭祀等，处处实际而不务虚，很受启发，强化了他的知行合一精神。由于《豳风》对他的影响很大，所以诗中屡屡道及："少学诗三百，豳风最力行"；"豳诗有七月，字字要躬行"；"君看八百年基业，尽在东山七月篇"；"读诗读七月，治书治无逸"；"我读豳风七月篇，圣贤事事在陈编"。实行的理念转化为投身现实的热情，从而成为诗的源泉；所以有人说：陆游是以入世的姿态寻求超世的艺术灵感。

其三是在道途中兴会神悟。诗在道途的说法，是对唐人诗在风雪灞桥蹇驴背上的拓展，陆游于此颇有心得，《送客城西》："客思不堪闻断雁，诗情强半在邮亭。"《病中绝句》："诗思出门何处无？"与此对应者，《我梦》："百日京尘中，诗料颇阙供。"《题庐陵萧彦毓秀才诗卷后》："法不孤生自古同，痴人乃欲镂虚空。君诗妙处吾能识，正在山程水驿中。"另如《与杜思恭书》："大抵此业在道途则愈工，虽前辈负大名者，往往如此。愿舟楫鞍马间加意勿辍，他日绝尘迈往之作，必得之此时为多。"①诗在行途，尤其强调了在山程水驿，这个理论探讨的是诗与兴会的关系，山水路途之所以成为诗歌源泉，关键在于：路途之中可以见真景观，可以因为优美壮美的物色而兴发在在不同的情怀，这就是江山助人，发人性灵，所以他才说："挥毫当得江山助，不到潇湘岂有诗？"陆游生长于江南，对明山秀水有着细微深切的体察，因而《入蜀记》才成为早期山水小品的翘楚，甚至发出了"江山壮丽诗难敌"的感慨，这种对山水的爱恋最终被他内化为诗歌创作理论。江山助人说在中国文学理论中传承久远，但仔细分析会发现，这个理论的倡导与播布，多

① 陆游：《陆游佚著辑存》丙，中华书局1976年版。

在江南，这和江南的地理有着直接的关系；而北方粗犷陡峻的高山以及开阔的江河平原，留下的艺术理论更多地集中在对以山水比德的接纳与转化上。

与陆游生活的时代相近的楼钥，在《答杜仲高旃书》中论杜诗，对功夫在诗外也有过阐述，只不过名之为“别是一种肺肝”。其中称道杜诗，引王安石之说，以为“与元气侔”；引王安石“所以拜公象，再拜涕泗流”之诗，赞茅屋秋风之诗“用意之大”；引东坡之评语：“自是稷契等辈口中语”，认为其诗“似稷契辈”，不愧唐史之赞：“诗人以来未有如子美者。”又论杜诗如王羲之的书法，虽可临摹却学不来。其中所称道的三点，皆在诗艺之外：与元气相侔、与浩气贯通；用意广大，爱念天下；忧人之忧，圣人心肠。由此，楼钥认为杜诗之所以成为杜诗，关键在于这些非诗艺的成分：

> 工部之诗真有参造化之妙，别是一种肺肝，兼备众体，间见层出，不可端倪；忠义感慨，忧世愤激，一饭不忘君：此其所以为诗人冠冕。

兼备众体，是指其学究天人而极造化；忧世感愤，一饭不忘君，是指其道德之修养，忠义过人。这一切都是诗外功夫，属于“别是一种肺肝”。不能具备这种诗外的修养功夫，而仅仅“著意形似”，即使杂在杜诗之中以假乱真，也学不到这种奔逸绝尘的真正“肺肝”。没有这种肺肝，便是一具傀儡，即使是名公之作，“恐未免瞠乎其后”。①

功夫在诗外所关涉的养气方式兼容着儒道的修养，但这种于体外寻觅本体的思维形式应该与禅学提倡的不沾不滞有关，苏轼曾有一首禅诗：“若言弦上有琴声，放在匣中何不鸣？若言声在指头上，何不与君指上听？”此诗影响很大，成了解读很多问题的钥匙。清代薛雪《一瓢诗话》继承乃师叶燮的思想，认为学诗不当仅凭读古人之诗，“就诗以求诗”不可取：“学诗读诗，学文读文，此古今一定之法，余独以为不然，诗不必在古人诗上，文不必在古人文上。”并引用了以上苏轼的禅诗，认为“斯言虽浅，可以喻诸”。②

---

① 楼钥：《攻媿集》卷六十六《答杜仲高旃书》，丛书集成本。

② 薛雪：《一瓢诗话》，人民文学出版社 1979 年版，第 112 页。

养气方法的综合一般称为内外兼养或者动静兼养，内养主要就道德学问而言，儒士论文几乎人人都要涉及，如柳贯就从道在群经、学经以致道入手提倡涵养："求之群圣人之经以端其本，而参之以孟扬韩之书以博其趣，又翼之以周程张邵朱陆诸儒先之论以要其归；涵养益密，识察益精，则发之文章，自然极夫义理之真；形之歌咏，自然适夫性情之正矣。"①对经典的涵泳，于文可得其义理，于诗可适我性情，最终转化为自我内在的道德涵养。黄溍《陈生诗》也叮嘱陈生要努力耕耘于六经，溯百圣之源，"源长流自远，根大枝乃蕃"②，如此之作为有根有本。在内养之余，外养必不可缺，《致用斋诗集序》中黄溍则将这种外养的效用细化了，他首先称道诗集中的作品笔势翩翩，纵横驰骋莫不如意，无艰辛龃龉之态，随后分析之所以能达到这种境界的缘由：

> 盖自伯温之少也，涉江愈淮，溯大河而上，徘徊齐鲁燕赵之郊，以达于天子之都，博习乎朝廷之故事，台阁之旧仪，而周览乎古昔君臣废兴之遗迹，有以资其见闻；蒙被乐章而翱翔乎英俊之林，有心养其性情。逮其壮而仕也，随牒远方，崎岖岭海万里之外，长风怒滔，鱼龙变化，岩奇穴怪，殊言异服，宏大卓绝瓌诡之观，又以开廓其心目。今方载笔属车之后，度居庸，陟龙门，息驾云阳，入则与闻国家之命令，出则睹夫山溪之固，士马之雄，志愈充而气愈夷。

外养之用，分别被概括为资其见闻、养其性情、开廓其心目，最终归结到志愈充而气愈夷，有了这样的涵养，创作便进入了一个崭新的境界。

养气论兼容儒道，最终体现在动静兼养上。所谓动静兼养，是指养气过程中，既要涵养以致生气洋溢，又要由动而涵静，以主持气的运动，朱庭珍就说："气以雄放为贵，若长江、大河，波翻云涌，滔滔奔奔，是天下之至动也。""然非有至静者宰乎其中，以为之根，则或放而易尽，或刚而不调，气虽盛，

① 柳贯：《柳待制文集》卷十三《答临川危太朴手书》，文渊阁四库全书本。

② 黄溍：《金华黄先生文集》卷一《陈生诗》，四部丛刊初编本。

而是客气，非真气也。”一任气之奔放，容易陷入放肆不归之境；一任平和，又恐僵化没有生机。阴阳之道，交融和会，怀阴而抱阳，因此“气须以至动涵至静”，以至静者主宰至动者。①

从《庄子》的心斋到《孟子》的养气，是养气说的初始阶段，二者都是从人格性情陶冶而言的。至《文心雕龙》则将其实现了文学理论转移，创立了“入兴贵闲”的新说，随后韩愈论气盛言宜、苏辙论壮游养气，都是围绕文学来谈养气。到了元代，陈绎曾将养气具体化为可操作的步骤，形成了一个养气的系统理论，也就是说，以往的养气说，即使是就文学而言，也多是观念的标举，或者对读书、壮游、凝神等具体手段的强调；但陈绎曾的养气论则从养气的具体手段出发，将整个养气的过程实现了理论化系统化的提升，这个工作是前所未有的。而到了清代，桐城派文人戴名世《答张伍两生书》将养气说与文学关系的研究进一步推进，其主要贡献就是将一般笼统的养气具体化为养精、养气、养神。

养精：“蔡邕曰：‘炼余心兮浸太清’，夫惟雅且清且精，精则糟粕、煨烬、尘垢、渣滓与凡邪伪剽贼，皆刊削而靡存。夫如是之为精也。”精得养则纯一，无邪晦，且力量足以自行，从而避免剽窃与糟粕。这个“精”表面是作为生命基础的血气，但实际上戴名世是将审美之气中的“清”而不浊与“精”进行了融合，侧重于指气的不芜杂、无尘垢。

养气：“……有物焉，阴驱而潜率之，出入浩渺之区，跌宕于杳霭之际，动如风雨，静如山岳，无穷如天地，不竭如山河。是物也，杰然有以充塞乎两间，而盖冒乎万有。呜呼，此气之大过人者，岂非然哉？”此处的养气之气，实则是将审美之气中的弥漫性作了单独的强化，意在强调主体因为养气所具有的充盈伸展、包罗万象、富有变化的潜能。

养神：“今夫言语文字，文也，而非所以文也；行墨蹊径，文也，而非所以文也。文之为文，必有出乎语言文字之外，而居乎行墨蹊径之先。盖昔有千里马牝而黄，伯乐使九方皋视之，九方皋曰：牡而骊。伯乐也，此真知马者

① 参见朱庭珍：《筱园诗话》卷一，见《清诗话续编》，第 2332 页。

矣。夫非有声色臭味足以娱悦人之耳目口鼻,而其致悠然以深,油然以感,寻之无端,而出之无迹者,吾不得而言之也。夫惟不可得而言,此其所以为神也。”养神是行气能够达到最高境界的手段,养神而获得气的引导势能,使得作品将种种蹊径化于无迹。

养精养气养神三者是统一的一个“养气”过程,三者一体,气在这个过程之中实现了从基本的生成到最高形态的转化,作品则由此在精气神的涵养之下从外在形貌的锻炼进而完成内在力量的振作鼓荡,最后实现没有蹊径与人工的最高境界。

第二节　气感:文机发动

文机涵育的成败是以气之涵养得盈亏滞畅为标志的,因此古代文论所言的文学创作之机,本质上就是气机。天机、气机或者机在文学理论批评中与文机是一体的。气盛则机开,兴至则机至——又常被称为“兴酣机到”。纪昀认为,《文心雕龙》中的“养气”篇,核心就是提倡涵养文机,他说:“此非惟养气,实亦涵养文机,《神思》篇虚静之说,可以参观。”“养气”篇论修身兼言文机涵养,“神思”篇论虚静实际上也是兼养生与文机而言。这样,从文机涵养,到兴感触发,继而文机发动,便成为艺术发生的必由路径,所以谢榛《四溟诗话》卷二论诗称:“诗有天机,待时而发,触物而成,虽幽寻苦索,不易得也。”文机的发动,可见关乎时间的适宜与否,也关乎与外物的关系。所谓“待时而发”取决于主体养气所成就的基础,所谓“触物而成”则强调了必待感而文机气机方通,这个感就是气感。

感是人最基本的生理现象,是人引发一切情志欲念的起点。早期的感分为两类:一是源自生理的主体对外在刺激的反应;二是源自古代宇宙观的气笼罩下的主客交感。我们讨论的作为文学理论内容的气感以主客交感为主,主要指向精神性的审美活动。气感论在两汉之际通过阴阳五行相关学说的包装逐步成熟,在当时具有打通天人的阔大与神秘。气类感应、天人合一的思想深刻影响了中国文学理论中的文学发生论。魏晋六朝时期,文人们言及感往往与物色相关,说明当时作为“天”之一部分的自然依然是影响“人”之感的主体力量。随后有关感的文学理论中广泛引入现实感慨,因此我们所要讨论的气感的主要内容就是:物色招人、发愤而著述与不得已而为文,三者是对自然物色、现实社会于主体之感的集中概括。如果说养气说一般情况下是就主体长久素养的准备、是就创作之前审美心境涵养而言的话,那么气感则是涵养达到一定势能之际对文机直接的发动。气养而盛,气感而通,感通之际的机键被称为“气机”,而从感至通的临界点则往往被命名为“神”;神出现意味着气机的开启,随后才有神通气行的气化。

一

主客交感属于原始思维或者早期宇宙观的产物,认为宇宙由气所构成,万物同处于气的交通之中而彼此感应互相关联,这就是天人感应理论,其较早的论述是《易》中的《咸卦》,“彖曰:咸,感也;柔上而刚下,二气感应以相与。止而说,男下女,是以亨,利贞,取女吉也,天地感而万物化生,圣人感人心而天下和平:观其所感,而天地万物之情可见矣。”这是较早的阴阳学说,认为阴阳而可以交感,交感则生物;天地交感已经化生了万物,圣人也可以通过对天下人心的感作出相应的反应,从而实现和平。

汉代以后人们对感延续了早期的认识,同时也经过了阴阳五行天人感应说的容饰,在宿命的色彩之外,使其主体与客体的对应关系更为广泛,也更为密切。以董仲舒为代表的学者,将感纳入主体情感变化的动力之源,并将能感、善感视为主体人格的构成,但同时又以天人之间系统而规范的感应将《易》中的交感政治化,将《诗经》之中表现的感神秘化了。在《春秋繁露·为人者天》中,董仲舒表达了对这种思想的理解:“人生有喜怒哀乐之答,春秋冬夏之类也。喜,春之答也;怒,秋之答也;乐,夏之答也;哀,冬之答也。天之副在乎人,人之性情有由天者矣。”《王道通三》篇对此又有详解:“夫喜怒哀乐之发,与清暖寒暑,其实一贯也。喜气为暖而当春,怒气为清而当秋,乐气为太阳而当夏,哀气为太阴而当冬。”答,即是应,以人生喜怒之情,与时序四季对应,使得早期主体对季节变化所引发的经验性反应上升为物感中的伤春悲秋现象,并对此作了理论上的阐释。又如孔安国《古文孝经训传序》:“夫云集而龙兴,虎啸而风起,物之相感,有自然者。”东方朔《七谏哀命》:“同音相和兮,同类相似。”而这一切用《春秋繁露·同类相动》的理论解释便可迎刃而解:“故气同则会,声比则应……阴阳之气因可以类相益损也。”对于这种纳入天人哲学与气论的感应,有学者名之为“气感取象”,他认为:气感取象是源自气一元论的一种把握外在物象与世界的手段,它强调气为人与物的连接物。所谓的心物相感,在汉代文人的观念里就是气类相感,它具体延伸表现为由此推及彼、由此推知彼等手段。① 当然,气感取象之外,古人还有气感成象之说,所要说明的都是物我之间之所以能够形成某种关系的内在机制。

至中古时期,当时文人论感,将物我关系之中的“物”锁定在了自然山水为核心的物色上,当时文人论及诗文创作的动力,一般多要强调物色对人的感激作用,如陆机《文赋》:“遵四时以叹逝,瞻万物而思纷。”钟嵘《诗品序》:“气之动物,物之感人,故摇荡性情,形诸舞咏。”《文心雕龙·物色》:“春秋代序,阴阳惨舒,物色之动,心亦摇焉。”这是从文章的发生讲的,但其中又进一步表达了这样一种状态:

> 物色之动,心亦摇焉:盖阳气萌而玄驹步,阴律凝而丹鸟羞,微虫犹或入感,四时之动物深矣。若夫珪璋挺其惠心,英华秀其清气,物色相召,人谁获安?是以献岁发春,悦豫之情畅;滔滔孟夏,郁陶之心凝;天高气清,阴沉之志远;霰雪无垠,矜肃之虑深。岁有其物,物有其容,情以物迁,辞以情发,一叶且或迎意,虫声有足引心。况清风与明月同夜,白日与春林共朝哉。是以诗人感物,联类不穷,流连万象之际,沉吟视听之区。写气图貌,既随物以宛转;属采附声,亦与心而徘徊。

这节文字先从阴阳之变必然引发人的感动入手,在天人感应的前提下建构起人与物色自然的关系,随后将春夏秋冬的递嬗以及其间物色演变对人情感的影响视为“物色招人”,除了春夏秋冬,能够引动情怀的招人物色还有

① 参见饶龙隼:《两汉气感取象论》,《文学评论》2006 年第 4 期。

“清风与明月同夜，白日与春林共朝”等不同节候的物象组合；而物色之招给主体带来的是悦豫、郁陶、疏朗、矜肃的具体情感。所谓“物色相招”，虽然延伸了前面“物感”的基本内涵，却并非仅仅是一个“物感”的拟人化表达，它是一个信号，一个主体与物色之间关系深化的信号；深化的表现就是“诗人感物，联类不穷”，主体在外感之下，没有止息于基本的感动，而是将感向外扩展，向更幽微之处延伸，将自我的情怀弥漫在物我所形成的空间，形成的恰是“流连万象”的情态，视野“既随物以宛转”，物色“亦与心而徘徊”，纪晓岚认为：“随物婉转与心徘徊八字，极尽流连之趣。”①也正说明物色招人之中流连光景的特征：心随物而受招远扬，物招人而与心共舞，物我一体，心与物游，二者怀有默契，彼此缱绻，难以割舍。

后世所谓感慨、感动、感喟、感悟、感知、感怀、感激、感兴等都是以感为契机而产生的进一步的情感方式或行为方式。在这个审美情感的展开过程里，感尽管与最终情的具体内涵有着必然关系，但不具备明晰的关系。也就是说，感作为一切物我关系的起点，它是承担构建物我关系的范畴——不是所有的物我在任何状态之下都能建立关系，也只有能够建立起关系的物我结构才能进入主体的审美视野，实现主体的审美专注。而能否建立物我关系的关键在于主体能否“感”。感在后世文艺美学之中有时又被称为“感兴”或者“兴”。

引发感或者感兴、兴的直接对象是物，所以才有“物感”以及“情以物兴”等说法，但感或者感兴、兴本质上都是气的起伏激荡，而从物到审美主体之间能够打通二者隔阂引发共振的实则依然是气，王夫之《俟解》中就说：“能兴者谓之豪杰。兴者，性之生乎气者也。”性因为气动而产生的情感之波动就是兴，因此我们更倾向于将这种审美现象称为“气感”。

二

在气感之源出于自然之外，气感的另一个源泉就是现实社会。从《诗经》的饥者歌其食、劳者歌其事开始，至汉乐府的缘事而发，中国文学很早

① 纪晓岚评《文心雕龙》，江苏广陵古籍刻印社 1997 年版。

就与有感而发结下了不解之缘，在中国古代文论当中，有感而发还有一个很著名的具体表现：发愤著书，它是有关文学创作动力的一个重要观点。创作和忧郁、怨嗟、愤懑等情绪的关系，最早在《论语・阳货》之中就有反映，孔子说："诗可以兴，可以观，可以群，可以怨。"其中的怨是从作者表达何种情感着眼的。对怨嗟之情的接纳和表达，在历代的文学作品中都远远超过了欢娱之情，具体的创作中如屈原《九章・惜诵》云："惜诵以致愍矣，发愤以抒情。"其意就是发愤而为诗篇。《公羊传・宣公十五年》谈到初税亩时说："什一行而颂声作矣。"其中仅提到颂，而汉代何休《解诂》却解释说："太平歌颂之声，帝王之高致也……独言颂声作者，民以食为本，……男女有所怨恨，相从而歌：饥者歌其食，劳者歌其事。"将怨恨加了进去，尽管钱钟书先生在《诗可以怨》一文中以为是"节外生枝"，但也可见出怨这种情感在文人心目中的地位，而这一点，正是变风变雅传统的具体表现。最著名的总结始于司马迁，在《报任少卿书》中他首次提出了"诗三百篇大抵贤圣发愤之所为作"的观点。司马迁一生创作也是以怨思统摄：

> 秦汉以来，士有抱奇怀能，流落不遇，往往燥心汗笔，有怨悱恢恢沉郁之思，气候急刻，不能闲退，古之词人皆是也。太史公作贾谊传，盖以屈原配之，又裁录其二赋焉。至贾谊论三代之陶世振俗，固结天下之具，与夫秦之所以暴兴棘亡，斩艾天下之术，则迁有所不录。岂谓谊一不平于中，遂哀怨悒郁，泣涕以死？①

对贾谊的叙述，取其怨思悱恻之遭际，略其春风得意的事迹，好写文人"穷饿酸辛之态"，可见怨思之情在司马迁的意识里已经成为寄托的主要情感。而在南朝，钱钟书先生认为钟嵘《诗品》将发愤著书的道理在诗歌领域给予了具体发挥，《诗品序》序中有下面一段话：

> 若乃春风春鸟，秋月秋蝉，夏云暑雨，冬月祁寒，斯四时之感诸诗者

① 刘克庄：《江西诗派序》。

> 也。嘉会寄诗以亲，离群托诗以怨。至于楚臣去境，汉妾辞宫，或骨横朔野，或魂逐飞蓬；或负戈外戍，杀气雄边，塞客衣单，孀闺泪尽。文士有解佩出朝，一去忘返；女有扬娥入宠，再盼倾国：凡斯种种，感荡心灵，非陈诗何以展其义？非长歌何以骋其情？故曰：诗可以群，可以怨，使穷贱易安，幽居靡闷，莫尚于诗矣。

钱先生认为，这是一段我们没有好好留心的话，如果结合序结尾列举的篇章半数为怨诗的事实，结合《诗品》评李陵"生命不谐，声颓身丧，使陵不遭辛苦，其文亦何能至此"的评语，可以说，怨、穷、愤这些情感："同一件东西，司马迁当作死人的防腐溶液，钟嵘却认为是活人的止痛药和安神剂。"①放弃著书的目的不论，著书的动机却多出于发愤。后世承此说者蔚为大观，韩愈的"不平则鸣"说虽包含愤懑之外诸如兴奋激动的"不平"，但仍有对发愤为文的继承。欧阳修《梅圣俞诗集序》云："盖世之所传诗者，多出于古穷人之辞也。"穷人者，乃是"士之蕴其所有而不得施于世"者之谓，英雄无用武之地，郁积而怨刺，发之于诗篇，且托羁臣寡妇以道哀怨，更易于曲折细腻。陆游《澹斋居士诗序》中说得更为绝对："盖人之情，悲愤积于中而无言，始发为诗，不然，无诗矣。"不悲不愤则无诗，其间很明显夹带着自我的牢骚，是意气之语。另如蒲松龄《聊斋自志》云："盖有漏根因，未结天人之果；而随风荡堕，竟结藩溷之花。茫茫六道，何可谓其无理哉！独是子夜荧荧，灯昏欲蕊；萧斋瑟瑟，案冷凝冰；寄托如此，亦足悲矣！嗟乎，惊霜寒雀，抱树无温；吊月秋虫，偎栏自热。知我者，其在青林黑塞间乎！"作者在此是心有孤愤而无法明言，故"寄托"于狐仙鬼怪，青林黑塞，其迂曲含蓄也因"寄托"而见，而创作之中由此也更增添了实实在在的现实之痛。清代天花藏主人《天花藏合刻七才子书序》则以文学为自我的歌哭之场："凡纸上之可喜可惊，皆胸中之欲歌欲哭。"

综合以上的例证可以看出，诱发这种发愤之"愤"的原因并不一样，大致可以分为两类：一是自我愿望的破灭、人生的落魄带来的内心压抑与不

① 钱钟书：《诗可以怨》，见《钱钟书散文》，浙江文艺出版社 1997 年版。

满——当然,这些心理感觉都离不开整个社会的影响,不过我们强调的是自我的功利性诉求的不能满足。《沧浪诗话》称"唐代好诗多是征戍、迁谪、行旅、离别之作",这些都是有感而发的代表,也是一己幽怨的代表。二则是家国之变,沧桑之变,给文人带来的超乎一己利益之外的具有一定崇高意味的情怀。二者相比,清人归庄《吴余常诗稿序》以为:"一身之遭逢,其小者也,盖亦视国家之运焉……使七子不当建安之多难,杜陵不遭天宝以后之乱……未必其能寄托深远,感动人心,使读者留恋不已如此也。然则士虽才,必小不幸而身处厄穷,大不幸而际危乱之世,然后其诗乃工也。"其意就是,一己遭逢带来的失意远没有国家之运的变迁给人心灵带来的冲击更有价值,不过他也并未否定自我不幸对文学的影响。其中意旨师承了韩愈"愁思之声要妙,穷苦之言易好"以及欧阳修"诗穷而后工"的思想,也近于清人所谓的"国家不幸诗家幸",而这一点又从更具体的视点上对发愤著书给予了响应。具体分析,一般于主体能够引发感动的现实内容主要包含以下几端:

首先是忧生伤怀之情。这属于人在自觉以后心中勃发的一种共性情怀,汉魏六朝之际曾成为时代的强音。长生之梦的幻灭,使人们把视野投射到今生今世,忧生哀逝,即在这样的思想背景里成了中古文人感慨的主旋律。另外,建立在勃发生命意识之中两性情感的贪、恋、嗔、痴,也是诱发伤怀的一项重要内容。

其次为穷愁落寞之情。受儒家思想的熏陶,修齐治平、出将入相的入世思想在中国文人中影响深远,即使充满了道家超世情绪的士人们,也往往以完成儒家之业作为遗世独立的先决条件,即功成身退,先追求"致君尧舜上,再使风俗醇"的盖世功业,再享受"振衣千仞岗,濯足万里流"的逍遥。有这样的情绪与志趣,加以文人自我的矜夸自恃,因此每逢人生挫折,便多有怀才不遇之叹,所谓穷愁落寞之情主要指这种现实失落、怀才不遇之情。事实上,失落悒郁之情多和忧生伤逝之情附着纠缠在一起,忧生伤逝之怀深化着无所作为的压抑,无所作为的现实又时时鼓噪起人生短暂的焦灼,所以文人们多称之为"忧生失路之情"。

第三为忧世之情。这类情感非因一己而发,也非为一己而发,乃是出于现实的关注而生发出的忧国忧民之心，其中有揭露，有谴责，有期望，有劝谏，都希图通过一种适当的形式将其表达出来。

第四为故国乡关之情。这种情感一般发生于游子身上，《诗经》之中的行役作品，已经开启了这种情怀在文学之中的表达。作为中国文学史上抒情小赋开辟之作的《登楼赋》，就是王粲因客居荆州思念故园而作。故国乡关之情的另一种表现就是国破家亡之际的亡国之痛，尤其以易代时候的表现最为突出。

最后是百无聊赖之情。陆云致书其兄陆机，专门谈论诗文，时时也偶发感慨，抒写心得，其中就不乏诗文解愁之说："愁邑忽复欲作文，……为以解愁而作文，临时辄自云佳，小久报不能视，为此故息意耳。""久不复作文，又不复视文章，都自无次第。文章既自可羡，且解愁忘忧。"①枯坐度日，愁思缠积，寻觅因由，又难以厘清辨明，这个愁，当属于无聊之情，欲要排遣，陆云选择的是作文章。徐陵《玉台新咏序》绘写宫中嫔妃"优游少托，寂寞多闲"，最终只有"属意于新诗"，从而达到"怡神于暇景"。到了唐代，诗的这种遣发特性得到极大发挥，杜甫有的诗作，标题径曰"遣兴"、"释闷"、"拨闷"、"解闷"，等等。《释闷》中所谓"排闷强裁诗"、"遣兴莫过诗"等，《解闷》中所谓"陶冶性灵存底物？新诗改罢自长吟"等，所道的闷皆是此类无聊之情绪。

三

因气感而发动气机进入创作的另一种著名表达方式为"不得已为文"。不得已论起源于孟子，他曾自我解嘲说："吾岂好辩哉，吾不得已也。"其意思是，自己并非喜欢和人家争论不休，而是当时礼乐崩坏，为了恢复先王之道的不得已之举。不得已为文与文论中所常说的"有感而发"是一致的，《诗大序》所谓情动于中而形于言、言之不足故嗟叹咏歌的观点就是最早的有感而发的总结。随后玄学继承道家思想解释"自然"就是"后物而动"，也有不得已之意。朱熹敷衍《诗大序》之义云："人生而静，天之性也；感于物

---

① 陆云：《与兄平原书》，见《全上古三代秦汉三国六朝文》，中华书局影印本。

而动，性之欲矣，则不能无思；既有思矣，则不能无言；既有言矣，则言之所不能尽而发于咨嗟咏叹之余者，必有自然之音响节奏，而不能已焉：此诗之所以作也。”①其中从感动到不能无思、不能无言，再至音响节奏之不能已，皆是不得已而为文的意思。

就创作动力而言，不得已为文表示创作势能的充沛积蓄。明代庄元臣《文诀》泛论诗文有云：“须其含意怀情，郁积充发，如水满而欲决，如抱冤而欲诉”，以“抱冤欲诉”论不得已为文，揭示的正是其不得不发的内涵。明代贝琼从传统的言志立论，认为有志郁结心中而有发抒之愿望，有是志则有是诗，譬如天地之间的“形气相轧而声出焉”②，这是一种自然的力量。明人凌义渠也曾对这种状态进行描述：

> 行文无别法，要必使通体间血足荣肤，肉足冒骨，足乎内以及乎外，抒于所不自知而动于所不容已。故方其持之也，象为屯云，为久阴，为谷之初圻，笋之初箨，花之初萼，泉之初落，黯黯默默，乃不自得；而既其纵之也，无之而不喷薄焉，无之而不拖沓焉，无之而不焕炫焉，惊雷无以拟其迅，渴骥无以方其健，万花无以俪其绚，怒涛无以遏其漩。③

不轻易下笔，要养就机键，如同气郁结而不发不止；如云聚屯而阴则不雨不快。而所谓谷之坼、笋之箨、花之萼、泉之落等，则尽为雨泄之后万物的响应，意在说明这种不得已而进行的创作是因涵养之厚宣泄而出，自然而然又无可阻挡。

从创作动力而言，不得已的创作包容了艺术的感兴发动。六朝之际的《刘子》中专辟一节即名为《激通》，文中云：“登峭岭者则欲望远，临峻谷者必欲窥虚。墟墓之间使情哀，清庙之中使心敬。此处无心，而情为之发者，地势使之然也。”④情因境遇、契机激发则可被唤醒。梅尧臣《答三韩兄见赠

① 朱熹：《诗集传序》。
② 贝琼：《清江贝先生文集》卷一《唐宋六家文衡序》，四部丛刊初编本。
③ 凌义渠：《凌忠介公集》卷五《剑华章序》，文渊阁四库全书本。
④ 刘昼著、傅亚庶校释：《刘子》，中华书局1998年版，第498页。

述诗》称自己作诗乃是“因事有所激”。南宋包恢《答曾子华论诗》自称“未尝为诗而不能不为诗”,其关键在于“顾其所遇如何”:“或遇感触,或遇扣击,而后诗出焉”。就如同草木无声,有所触而后鸣,金石本无声,有所扣而后有声。后世的现实批判和写实主义文人对此多有继承与发挥,如钱谦益屡次声言诗赋为气之所寄,并论及了气如何实现畅行而寄:“天地变化与人心之精华交相击发,而文章之变不可胜穷。”①“文章者,天地英淑之气与人之灵心结辖而成者也。”这两条资料主要是讲自然、社会的变化对人心(情性、精神持守)的刺激,使得气郁积而成“结辖”——由皮革等蒙覆而需要宣畅,于是:“物与性相摩,感与欲相荡,四轮三劫,促迫于外;七情八苦,煎煮于内:身世轧戛,心口交蹠,萌于志,发于气,冲击于音声,而诗兴也。”②从刘昼到梅尧臣、钱谦益,所论都是创作的动力属于自然与社会激发下的感兴而动,气在这种状态下积蓄之势能充分,转移与寄托成为主体难以把控的被动行为,属于不得已为文。

以上是就不得已为文于文学创作发生之影响而言的。此外,不得已为文又体现出以下意义:

其一,以言辞有着表达局限,而不得已的文字可以弥补这个不足。北宋刘弇《上知府曾内翰书》中云:“盖尝以谓使真理不言而喻,妙道无迹而行,则世复何赖于言,而言亦无以应世矣。惟其形容之不能写,精微之不能尽,中有以类万物之情,外有以贯万物之变,旁有以发其耳目之聪明,而截然自造于性命道德之际,此言之所以不可已而文章所为作也。”精妙之理依靠语言难以表达,只得倾注于文字。朱熹《答朱长文书》也认为:“圣贤之言,不得已也。盖有是言则理明,无是言则天下理阙焉。”两个人的着眼点都放在了言辞不如文字更能够明道言理上。清代方宗诚《古文简要序》则提出:“且夫人生而静者,天之性也;感于物而动,而情生焉。君臣、父子、夫妇、昆弟、朋友之交,违顺、苦乐之境,存亡、聚散、盛衰之遇,操心虑患、怨慕离忧、呼天向隅之郁积:非抒之以文,则又何以发愤宣悲,写人情之所难言,而泣鬼

① 钱谦益:《牧斋有学集》卷三十九《复李叔则书》,四部丛刊初编本。

② 钱谦益:《牧斋初学集》卷三十一《李君实恬致堂集序》,四部丛刊初编本。

神动天地?”人生总有很多情感,不寄于一定的艺术形式则无以宣达,从而实现心平气和,这是从文字更能够宣达情感而论。

其二,不得已为文则创作出于自然,诗文面目也呈现自然。宋代傅钦之对邵雍说:“诗似多吟不如少吟,诗欲少吟,不如不吟。”邵雍在《答傅钦之》一书中回道:“亦不多吟,亦不少吟,亦不不吟,亦不必吟。”那么该以什么态度对待作诗呢?“芝兰在室,不能无臭;金石振地,不能无声。恶则哀之,哀则伤之,善则乐之”①,即有感则发,随兴所至,自然而然。苏轼《江行唱和集叙》自称创作“未尝敢有作文之意”,其原因是自己恪守父亲论文之旨,以圣人“有所不能自已而作”为楷模,只有当“山川之秀美,风俗之朴陋,贤人君子之遗迹,与凡耳目之所接者,杂然有触于中”之际才“发于咏叹”。这种创作如同《诗经》之中小夫贱妇的创作,幽忧无赖之际猝然而感,满心而发,肆口而成,无意于工拙,也不论短长,所呈露的恰是其本然面目。这种面貌未必都是朴拙,它也可以是工美,而且工美得于天然,如苏轼自道:“昔之为文者,非能为之为工,乃不能不为之为工也。山川之有云雾,草木之有华实,充满勃郁而见于外,夫虽欲无有,其可得耶?”它也可以是如云舒卷,如胡寅《于湖词序》之评张孝祥:“其词之体,如张乐洞庭之野,无首无尾,不主故常;又如春云浮空,舒卷起灭,随所变态,无非可观。”而造就如此形貌的原因则是:“意不在于作词,而其气之所充,蓄之所发,词自不能不尔也。”不得不然的创作,其面目也便不得不如此。钱谦益亦有诗“不能不发”、“不得不工”之论:

> 古之为诗者,必有深情蓄积于内,奇遇薄射于外,轮囷结轖,朦胧萌坼,如所谓惊澜奔湍,郁闭而不得流;长鲸苍虬,偃蹇而不得伸;浑金璞玉,泥沙掩匿而不得用;明星皓月,云阴蔽蒙而不得出。于是乎不能不发之为诗,而其诗亦不得不工。②

① 邵雍:《击壤集》卷十二,文渊阁四库全书本。

② 钱谦益:《虞山诗约》。

以上文人所论，主要在于内心当有切实而深刻的感受，有自然动人的情思，如此创作，才能天机自动，天籁自鸣，此为诗之至境。不然的话，会如包恢所称之"文妖"："本无情而牵强以起其情，本无意而妄想以立其意；初非彼有所触而此乘之，彼有所击而此应之，故言愈多而愈浮，词愈工而愈拙。"他将草木金石无所扣击而自鸣称之为"草木金石之妖"，而无所激发勉强所作之诗在他看来与这些草木金石之妖没有什么两样。① 钱谦益则从如此创作的价值评量，认为其"不乐而笑，不哀而哭"，即使再文饰雕绘，也"行之不远"。

其三，不得已为文则可以祛除积弊而勇于创新。钱谦益屡次表示作诗文当以不得已而为之的态度为前提，《瑞芝山房初集序》重申在"境会相感，情伪相逼，郁陶骀荡"之际再执笔，此为"无意于文而文生焉，此所谓不能不为者也"。只有这样作诗，才能摆脱世俗文坛之中的"一字一句出于安排而成于补缀"的风气。如果不能做到这一点，"而以能为之工，则为剽贼，为涂抹，为捃拾补缀"，他称此类人物的此类创作行为是"穷子乞儿，沾人之残膏冷炙"。其矛头之一指向了明代文坛巨子杨慎。魏际瑞则从不得已为文才可以与古人抗衡的角度讨论了不得已为文的创造价值，《学文堂文集序》中他以古作者为标尺，认为必须"有所大不得已"方能创作，为什么呢？"文章之道，自体格以至章节、字句，古人之法已全，而吾或欲与古人争衡，慨然发吾志之所欲发，则非有识与议者，必将灭没沉锢于古人之中而不能或出。"既然章节句法之类无所开拓，于是便只有从发于自我的真知灼见真性情之中寻找突破，而这恰是作品艺术价值的根本，这个根本只有在作者不吐不快的时候才能出现。魏禧则更为明确地宣称，艺术创作之中"元气所鼓动，性情所发"的"不能自主"的创作是突破旧的法式藩篱的巨大动力："古人法度，犹工师规矩，不可叛也；而兴会所至，感慨悲愤愉乐之激发，得意疾书，浩然自快其志。此一时也，虽劝以爵禄不肯移，惧以斧钺不肯止，又安有左氏、司马迁、班固、韩、柳、欧阳、苏在其意中哉！"②

---

① 参见包恢：《答曾子华论诗》。

② 魏禧：《答计甫草书》。

其四,不得已而为文才能有现实批评的勇气。刘基《项伯高诗序》以自己身经战乱的切身感受,领悟到了杜甫诗歌中何以有那么多忧愁怨抑:

> 言生于心而发为声,诗则其声之成章者也。故世有治乱,而声有哀乐,相随以变,皆出乎自然,非有能强之者。是故春禽之音悦以豫,秋虫之音凄以切,物之无情者然也,而况于人哉?予少时读杜少陵诗,颇怪其多忧愁怨抑之气,而说者谓其遭时之乱,而以其怨恨悲愁发为言辞,乌得而和且乐也?然而闻见异情,犹未能尽喻焉。比五年来,兵戈迭起,民物凋耗,伤心满目,每一形容,则不自觉其凄怆愤惋,虽欲止之而不可,然后知少陵之发于性情真不得已,而予所怪者不异夏虫之疑冰矣。

悲天悯人的情怀因乱世而激发为诗篇,不得已为文,经过与现实苦难忧患联系,赋予诗歌表现内容的重要提升。关注民生,关注现实世界实实在在的兴衰,刘基的不得已论,较之当时其他人仅仅从有志不行而垂之文的角度论不得已要切实而深刻。

明人陈仁锡《宛陵游草序》称:“文士不得已而用笔,犹画家不得已而用墨,长岸不得已而用篙。”作文的最高的境界是“法之不得已”,如此才是言之有物,才可以“神生”。

第三节　机流神通气畅:文机发动的标志

通过养气过程,有了充分蓄养的主体通过气感发动文机,那么气感而开启文机的标志是什么呢?气最根本的特征之一就是运动流行以求和平,无论养气还是气感,其指向都很明确,就是必须保证主体之气与审美对象之间的气实现交流畅通,必须保证主体自我之气没有封堵,能够畅行无阻。气经过蓄养而盛,因为外感而动,这个气动就是气的运行,而主体之能够感、气之所以畅流是有一个临界点的,这个临界点,对养气而言是长期培育陶冶的一个成果结晶；对气感而言又是气因感而通之后得以畅行无阻的标志。也就是说，即使此前的准备、蓄养已经很充分，外在对象也屡屡现身，但达不到这个临界点的话，不仅气难以被感发，而且文机也会阻塞不通，文思艰涩。古代文学理论之中，一般把“机”“神”的出现视为这个临界点的出现，机流气畅与神通气行也因此成为气机开启进而文机开启的标志。可见，机与神是养气与气感综合效用之下的产物，正是谢榛所谓的“待时而发，触物而成”。机流神通意味着机与神从隐身无形中现身，从被掩蔽制约的状态中展示出其灵动的运动，古典美学上将这种状态命名为“畅”，所以六朝之际就出现了宗炳“畅神”的说法，畅和通是一致的。通过气的蓄养实现气盛，由于气感而实现机流神通，通过机流神通而完成在机神指引下的气的运动与赋形，文学作品至此而诞生。

一

主客之间，只有完成了彼此之间各种情理障碍的清除，气才能实现在对象之间的交流，实现生命之气对彼此的笼罩与弥漫。这个时候，对气之流行形成阻隔就是“滞”，于气的通行无所阻隔就是“通”、是“畅”，所以破拘滞的努力就是获得通会、畅神的前提。玄学之所以倡导通、宣扬畅、反对滞，其理论逻辑也在于此。“通”或者“畅”是后行为性的状态术语，隐含的就是所通所畅者乃为可通可畅之气这样一个前提。

对文学创作而言，气不通是几乎所有文人都有过切身经历的，因而无论《文心雕龙》还是皎然《诗式》等，都描绘过神疲气衰、文思阻塞、拈管腐毫之际的状态，因此《文心雕龙》在强调入兴贵闲的涵养之外，《诠赋》篇又专门提出“抑滞必扬，言旷无隘”，提倡发扬与开豁，避免压抑阻滞。魏学洢《易有功稿序》也描述过这种文思滞涩状态：

> 一日气窒，识如故，法如故，辞藻如故，而笔墨艰涩，蹜蹜不得展，纵有精思存焉，亦且如寻丈滞鱼，偃蹇横踬于干沙涸砾中，腾跃无策，此则智勇俱困之秋也。作者亦莫测其所以然。

他对文思滞涩原因的概括十分直接,就是"气窒",见识法式与辞藻依然如故,笔墨却难以施展。而与此相反,存在一种兴会状态,作者能够体会到创作的快意:"自行自止,自来自去,宛然豪杰踞将相之位,舒卷惟意,而作者莫测其所以然。"①陈龙正则将这种兴会快意归结为"天机",其《举业素语》论时文创作在"深心"陶冶之余,强调存在一种在养气基础上方能现身的"天机",他说:"天机者,偶也。才高而心专功熟,时或得之,一气呵成,无容点窜,妙思奇局名言逸调具在其内,百炼不能及。此日既过,至明日未必然;此题既毕,易一题未必然,故曰天也。"同样是见识法式辞藻如故,但天机已逝则不能维持那样的创作境界。陈龙正将这个现象称之为"文机熟,出之自易"。②

以上文人们纷纷描绘到的气得以运行的机键就是古人所说的"气机"。就创作而言,在气的培养积蓄达到一定程度之际,关键在于打开阻塞气的机键,使得气机开启,气感此时便成为打通梗阻、开启气机的重要机缘。因此这个机键便常为画家诗人热切地呼唤,如华琳《南宗抉秘》就称,如果创作之际一时端详不妥,则干脆将其空置,一笔不落,迟之数日之后,"俟全神相足,顿生机轴时,振笔疾追,不蔓不支,不即不离,不隔绝不填塞,于恰当其可之中,定有十种意外巧妙"。这就是诗家所谓的"句缺须留来日补"。③ 布颜图《画学心法问答》也云:"悬缣楮于壁上,神会之,默思之,思之思之,鬼神通之,峰峦旋转,云影飞动,斯天机到也。"而超离烦苦与艰涩的忽撞天机之乐,也被文人们视为艺术创作中的一大快事。

气机就是气的机键,又称为枢机,《国语·周语》:"耳目,心之枢机也。"

---

① 魏学洢:《茅檐集》卷五,文渊阁四库全书本。

② 陈龙正《举业素语》中对此又有一些补充说明:"文机熟,出之自易,但常才熟后止常境,异才熟后转生异绪,一以熟成套,一以熟愈新,此中光景全别。所以熟后落笔,仍须用力凝神,勿以天然自喜。每拈一题,每就一文,跃跃新趣,匪夷所思,出人意外,亦出吾意外。若笔端无复变幻鬼神、日异月不同处,情想结构只与近来相似,即套也,非熟也。"文机熟则往往形成创作的冲动,但文机忽至有可能仅仅是通套的偶然展现,并不一定有新异之处。因此对一般的常才而言,不能以为机动则神到,要对这个动吾天机的诱发点进行分析,凝神于此,直到能够断定其不是通套的凑合而是真正的新意,方能动笔。这个提醒是具体创作的经验之谈。

③ 华琳:《南宗抉秘》,见《中国古典文艺学丛编》,第208页。

《说文》云:"机,主发谓之机。"简称为"机"。茅坤又称之为"天解"①。也就是说,机是发动的阈阀,机不至,机不开启,则气被拥窒,其相关势能难以发挥,因而不能形成气顺畅的运行。气不能畅行则文思不至,文机也便难以发动,形成创作的梗阻、文思的艰涩。因此,相对于文学创作而言,气机实际上就是文机。

气机往往被称为天机。天机一词出自《庄子·秋水》:"今予动吾天机,而不知其所以然。"成玄英疏云:"天机,自然之枢机。"以之论文以陆机《文赋》最早,其中说:"方天机之骏利,夫何纷而不理。思风发于胸臆,言泉流于唇齿。"《文选》李善注引司马彪云:"天机,自然也。"五臣注云:"天机,自然之性也。"从自然理解天机,强调的是气发动的自然而然,所以徐复观解释称:"写作时,想象、思考之始,乃由内向外发动之始,谓之机。不知其然而然的发动,谓之天机。"②随着文学研究的深化,六朝之际,对才、气等决定文学创作的本体性因素有了很深的认知,对天机的推崇也渐多起来,沈约《答陆厥书》中也说:"以《洛神》比陈思他赋,有似异手之作,故知天机启则律吕自调,六情滞则音律顿舛也。"皎然《诗式序》中也以天机论文,且称自己撰著《诗式》的原因在于"使无天机者坐致天机",这里讲假如没有天机可以通过对《诗式》之中法式的了解而"致天机",可见天机是可以培养而得的。当然,天机的发动问题不仅仅是气的蓄积、运动问题,还包含有才对气的限定。但天机发动本身却是只有气的积蓄达到一定阶段才能实现的。

"气机"是"气"和"机"的关系统一体,汤显祖《朱懋忠制义叙》中说:"通天地之化者在气机,夺天地之化者亦在气机。化之所至,气必至焉;气之所至,机必至焉。"在总论自然之气机以后归结到文章:"天下文章有类乎是。莽莽者气乎,旋旋者机乎?庄子曰:'万物出乎机,入乎机。'……气与机相辅相轧以出,天下事举可得议也。"气与机相辅而行一句有两个重要内涵:其一,气无机而难以畅行;其二,机无气难以培育而出:机不是什么神秘

① 茅坤《茅鹿门先生文集》卷十四《白坪先生诗》中云:"诗三百篇,其所列之为国风、雅、颂者,非特后王君公卿大夫士所歌之阙庭,奏之宗庙,可以征天地、感鬼神;即其田野里巷妇人女子,并本之性情心术之间,发诸咏叹淫佚之际,神动天解而何其至者也。"

② 张少康:《文赋集释》,第244页。

的实体或者虚化存在,它本身也是气,只不过是气在蓄积之中所达到的足以使得气畅行的某种暂时状态。所谓“天下事举可得而议”,就是指有了气与机,则可以完成气化,生成万物,文章自然在其中了。因此,无论释机或者天机为发动还是自然,其实都隐含着一个默认的含义:发动或者自然都是对气的后行为性的描述,也就是说,机或者天机指的就是气的发动或者气的自然而然运动。所以纪昀评苏轼作品有“气机一片”、“气机自畅”、“气机健”等说法①,此皆直接以气机和气混用了。松年《颐园画论》谈文章云:“文章之道,须从左史入门,百读烂熟,自然文思泉涌,头头是道,气机充畅,字句浏亮。”②气机充畅,也是机与气的混用。《梘斋诗谈》卷七评清代诗人施愚山诗,言其《将进酒》“声调逼真,却是假货”;而其《病儿行》“意由己运,乃有真机”,真机对应假货,也是指真气。气与机因此也具有一致的内涵,类似用法诸如“机理淹畅”、“气机浩瀚”、“气机洋溢”等皆是如此。

总结以上以及其他古代文学理论批评中的相关论述,所谓机、气机、天机、文机实际上是统一的,在文学理论批评中它表达了这样一种状态:它是气之数值积聚达到一定阶段所凝定的气的一个升华形态。明代谭浚曾论文有“五守”:精、神、气、数、意。他具体解释此五守的内涵及关系云:“生生所自谓之精,精者,真也。生物之精,妙合纯正,纯一不杂依乎精。精之所薄谓之神,神者,伸也。凡物之屈伸动静有变,变化不测依乎气,并精出入谓之气,气者,持也。凡物之开合主持者有机,出入不废依乎数,随神往来谓之数,数者,致也。凡物之远迩致之有期,往来不息依乎意,衷有意度谓之意,意者,制也。”③其大致思想是:精生神,神衍气,气有数,数因意。精所成就的极致为神,有神则需要伸展、延伸、变化,如此就依靠气,精气神一体。而气的开合主持者就是气机,气之数则是“随神往来”的,随着神之往来,所以能够“出入不废”——具有自己的规律。对数的这个解释,其本义在于:气机开合之际,气随神行,能够遵循其规律,出入不废;因此气之数与气之机二

① 参见纪昀评《苏文忠公诗集》卷十四《和文与可洋川园池三十首》、卷三十九《追饯正辅表兄至博罗赋诗为别》评语;李庆甲《瀛奎律髓汇评》卷十七杜甫《雨不绝》评语。

② 松年:《颐园画论》,见《中国古典文艺学丛编》,第177页。

③ 谭浚:《言文序》,见《历代文话》,第2325页。

者是密切相关的，气机的开合，最终取决于气之数，训“数”为“致”，意即数至则机至。因此可以说：气机或者文机，就是气之数发生运动变化的一个临界点。机既是一种状态，又有着不同的面目，如近人来裕恂《汉文典·文章典》卷三论机：“机者，无心遇之，偶然相触而发见者也。有虚玄之机，有洒落之机，有浑灏之机，有流丽之机，有轻快之机。机者动之微，思想之所触，意识之先见者也。”将机分为虚玄、洒落、浑灏、流丽、轻快五类。唐彪也以“其机也，松爽俊快如哀梨，温雅润泽如蜀锦”论述苏轼之气机。[①] 这种对机的划分主要是一种对气的运动形貌的划分，它对类型化的风格有一定的规定性，故此叶矫然云：“盖诗非无故而作，忽一感触，偶拈四语，机到神流，有含蓄为工者，亦有透彻为快者；有寄托遥深者，亦有刻画目前者。”[②]

如上所述，文机是一个时间的适宜点，也是气蓄积的一个临界点，诗文创作都期待着这样一个点，正所谓“境界曲折，匠心可能，笔墨可取，然情景入妙，必俟天机所到”[③]。达到了这个点，气机发动则文机开启，意味着主体对气可以实现自由的把控，并获得创作的灵思，这主要体现在以下几点：

其一，文机生则气在文学创作中能够获得高度灵活的运动，文机开则变态生，宋代韩拙《山水纯全集》云：“机之一发，万变生焉。”

它首先体现为流转。机是气含蓄到一定程度自然而然发动的状态，相当于有一个机轴在势能所及之际油然开启，从而自由运动，气由此随之而行。因此，机或者天机、气机最突出的一个特征就是圆转、流走。以纪昀评点苏轼诗为例：

评《僧清顺新作垂云亭》：“力摹昌黎，而气机流走处仍是本色耳。”

评《城南县慰水亭得长字》：“东坡五言长律皆气机流动，由其一笔写出，不由堆砌而成。”

评《卧病弥月闻垂云花开顺阇黎以诗见招次韵答之》：“无甚佳处，气机好耳。东坡五言长律皆流走有气。”

---

① 参见唐彪：《读书作文谱》卷九。

② 叶矫然：《龙性堂诗话续编》，见《清诗话续编》，第1036页。

③ 布颜图：《画学心法问答》，见《中国古典文艺学丛编》，第51页。

评《与叶淳老侯敦夫张秉道相视新河秉道有诗歌次韵二首》:“二首皆气机骏利。”

评《与赵陈同过欧阳叔弼新治小斋戏作》:“气机舒畅,不觉其平衍。”①

又如《古文渊鉴》卷四十五引茅坤评欧阳修《五代史宦者传论》:“通篇如倾水银于地,而百孔千窍无所不入,其机圆而其情畅。”《刘海峰文集》卷七《翰林侍讲张君墓志铭》评语云:“神行于法度之中,故其机流而畅。”以上所论基本上是圆、转、畅、利、流。许印芳将这种气的运动形态视为诗文创作最终之所归依:

> 诗兴所发,不外哀乐两端,或抽“悲慨”之幽思,或骋“旷达”之远怀,伫兴而言,无容作伪。其作用有八:先从“实境”下手,次加“洗练”功夫,叙事要“精神”,写情要“形容”,意要“委曲”,法要“缜密”,而总归于气机“流动”。②

从实际境界兴发,然后经过人工甄别选择,辅以叙事、写情、绘意的相应艺术手法以及整体的法度布置,在自然与人工的结合之中完成一件作品的创作。尽管其中人工的努力占有相当的分量,但许印芳强调的依然是:要实现气机最终的流转,不能因为人工的参与而窒息气机,或者使之受到阻碍。

其次,文机通不是简单的气之机键的开合,而是在开合之间气的灵动自由的变化。明代文人左培《书文式》引左极论文云:

> 文之极无他,虚实死活之间辨之矣。苟悟其机,则实而未尝不虚,死而未尝不活;不悟其机,则实而已矣,死而已矣。欲开必先阖,欲抑必先扬,或上呼而下应,或设疑而后决。阖而言之,一阖一辟尽之矣。然非指一阖为机也,亦非指一辟为机也,又非指一阖一辟为机也。一阖一

---

① 纪昀评《苏文忠公诗集》卷九、卷十九、卷三十二、卷三十三、卷三十四。

② 许印芳:《二十四诗品跋》,见《诗法萃编》,张国庆辑《云南古代诗文论著辑要》,中华书局2001年版,第170页。

> 闢之间两在虚活者，此之谓机也。

所谓文机通，是一个大致的描绘，具体所指则非常微妙，它不是开，也不是合，也不是一开一合，这些具体的行为都是机械性的，只有气在开合之间实现"两间虚活"——何时开合、如何开合能够自由如意，才是真正的文机通畅。

文机的流转与幻化，给文艺作品带来的就是"天机若到，笔墨空灵，笔外有笔，墨外有墨，随意采取，无不入妙，此所谓天成"①的境界。

其二，文机开则乘势而下，有破竹之畅意。

首先，机、势关系密切。文机相对于具体的文学创作而言绝非仅仅只有一处，而是在在皆是。所以左极又以时文八股为例论曰："自其偏观之，非特两股中有阖辟，虽一股中亦有阖辟，两句中亦有阖辟；自其全观之，非特两股中有阖辟，虽四股中亦有阖辟，通篇中亦有阖辟也。"②时文之中随处有气的阖辟，也就随处需要文机气机的发动，以便随时掌控气的阖辟。可见气机的畅、流、转、利、圆是一个连续性的运动状态，不是一次性的单一的艺术情态，所以才有了"机势相生"的说法，何焯评张衡《西京赋》，因太液三山在建章殿北，武帝又好神仙，文下顺势接承露金茎，故云："看其一片机势相生也。"③"一片"是就气浑然一体而言；"机势相生"是讲气机开启，随之将气蓄积的势能导泻，但这也未必就是一泻无余，一泻而尽，在转折迂回之处，气的势能顺便冲开另外的机键，使气随之继续流行运动，整个作品便在机、势的这种互动之中连绵一体，故称为"一片机势相生"。

其次，机与势关系密切，在所谓"一片机势"等表达中实则包含机势一体的意思，如赵吉士认为：

> 机者，文之势也。如急来缓受，缓来急受，或欲抑而先扬，或欲扬而

---

① 布颜图：《画学心法问答》。

② 引自左培：《书文式·文式》，见《历代文话》，第3155页。

③ 心简斋重订：《昭明文选集评》卷一，乾隆戊戌夏刻本。

先抑。或前整矣,惧其板重,作数散行以疏之;或前散矣,惧其漫衍,作数整语以束之。或用正锋,而入有堂皇瓌璘之观;或用侧锋,而入有突兀龙炊之概。或一气奔放,忽然一语束住;或一路平衍,忽然一语突兴。或忽然掉转,或忽然放开,或旷然而来,或倏然而去。忽然起伏,忽纵忽擒,皆故作势以达其情。矢激则远,水挥则跃,此之谓也。然发机者迟不得,密不得,少一语不得,多一语不得,静如处女,动如脱兔,屋上建瓴,帆帆相转,妙哉。机也,其文章之大观乎?①

此处很重要的一个思想就是:气机并不仅仅意味着将蓄积的气释放出来,还包含将容易散逸的气收聚,包含着将气的疏密死活进行艺术把控的辩证法式的运用。其理想的样态在于气在变化中运动,在运动中还要维持对立统一之下的和谐。

再则,诗文创作,得文机则得势。气机能够对诗文之气的运行形成总体的规定或者引领,因为"开其机"能够"导其势"②,李渔《闲情偶寄》云:"开手笔机飞舞,墨势淋漓,有由由自得之妙,则把握在手,破竹之势已成,不忧此后不成完璧。"③这一点曾国藩有过很细致的思考,他说:

文之迈往莫御,如云驱飚驰,如马之行空,一往无前者,气也。其提振转折关锁飞渡处,以一语发动机牙,便发起下面数行、数十行一齐俱动,所谓"笔所未到气已吞"者,势也。气欲前而势欲逆,必处处取逆势而气乃盛,二者交相为用也。机得而后势胜,势胜而后气胜。④

气机不仅仅是气运动的阈阀,它同时还决定着释放出来的气的运动方向与轨迹,因此我们还可以说气机之机关乎内在的法,关乎气内在运行的趋向。得机则得势,得势则得气之运动的自由控御,而控御的目的则在于使得

① 赵吉士:《万青阁文训》,见《历代文话》,第3313页。
② 唐彪:《读书作文谱》卷九。
③ 李渔:《闲情偶寄》,见《李渔全集》,浙江古籍出版社1992年版。
④ 曾国藩:《曾文正公论文》,见《论文集要》下,文学津梁本。

创作之中的气能够时时维持充盈而不怯不亏的状态。

最后一点，机与势相关，还体现在作品中的机关正是作品情思意旨或者情节故事发展演绎趋势的总括。有此文机则直接能够影响作品通篇的气脉设置，文机对作品的整体有着潜在的预设功能，如哈斯宝评《红楼梦》第一回中的"玉在椟中求善价，钗于奁内待时飞"一联，认为此系全书的枢纽，"在平平常常的一句话里就藏有如此硕大的机关"①。意思是说，其中关合着宝玉、宝钗之间的关系框架，后面的气脉通过与此文机的照应，彰显出气的一体化。

其三，随法而生机，实现法的活用。机是强调自然的，但天机并不能随时而至，尤其一部作品的创作，其中有着众多文机需要打通，有的是兴会感遇而得，有的则是思之而得，这就有了机对法的认可，汤显祖便将二者之间的关系概括为法之极变就是机，其《汤许二会元制义点阅题辞》中论时文之法："文字，起伏离合断接而已，极其变，自熟而自知之，父不能得其子也。虽然，尽于法与机耳。法若止而机若行。"法是文章的法式，此处就是起伏离合之类的时文技巧，法与机都是文章不可或缺的，二者之间有一定的关系，法如果能够"极其变"，就算是尽其机了，也就是说，法熟练与变幻之极就是机。但最高的境界是不显露法，达到"法若止而机若行"。《与陆景邺书》又重申了整个法和机的关系："行其法而通其机。"他以宋代文章与汉代文章比较，认为就气骨而论则"代降"，但是假如能够通过修养实现"精气满劲"，同时又掌握汉代文章的突出法式，那么"行其法而通其机"——依照其法而创作，同样可以获得汉代文章的气机。清代郑绩论画曾说："夫画山水，守法固严，变法须活。要胸罗万象，浑涵天地造化之机，故或简或繁，或浓或淡，得心应手，随法生机。"②法之活用之中可以生出文机的变化。蒋和将这个思想表述为"理法相生，气机流畅"③，也将气机的发动与法的灵活运用建立起了联系。有人忽略了法熟法变而为机的"熟"与"变"，以为作为基

① 哈斯宝：《新译红楼梦》第一回批语，见《中国古典文艺学丛编》，第187页。

② 郑绩：《梦幻居画学简明》，见《中国古典文艺学丛编》，第184页。

③ 蒋和：《蒋氏游艺秘录·学画杂论》，见《中国古典文艺学丛编》，第184页。

本技法的“开合抑扬呼吸”等就是机，唐彪《读书作文谱》卷七引邵芝南之语驳云：

> 夫文有品有机。品，譬则圣也；机，譬则巧也。机存于手腕之中，行于意想之表。有耆宿不能得而初学得之者，有终日构思不成而仓猝立就者。机一得则诸妙悉来乎笔下，虚灵变化，无所不备矣。昔人云：“文入妙无过熟。”熟则气机自然流利，生则未有不涩不滞者也。机字正义，不过如此。

气机存于手腕，行于意表，实则指机是支配创作又可以直接贯彻入作品的最根本的源泉，它表现为下笔的熟稔不滞，如有大巧，但仅仅是法的支配者，它关乎法的安排布置但却不是法本身，所以他说那些视开合呼吸抑扬之类技巧为机者，“皆穿凿无稽之论”。[①]

二

“气机”一般认为就是“神”（也有人称为“精神”），因此气机的开通畅行就被古人名之为“神开”。这个功能性的状态描绘范畴一般处于隐蔽状态，它如果不能进入活跃又健旺的境界，气就会处于郁塞或者衰疲；而一旦神得以通达，也就是我们俗称的一旦“神通”，那么气就可以畅行。而探求神的本质，会发现它实则也属于气的范畴，进入文学艺术创作理论有时又称之为“神思”，或曰“神理”，或曰“精”或者“精神”。[②]

---

① 当然，文学理论批评中作为文学发生的文机气机和具体作品之中蝉联相生的机轴是有一定区别的。另外，具体创作之中，所谓机的涵育更鲜明地体现于非豪肆类情感。清代贺贻孙《与友人论文书》中将古今大家文章的过人之处分为四项：厚、秀、远、肆，而肆又分豪肆与醇肆。他认为，豪肆讲究力量，只要有较为激烈的刺激，气就可以肆行；而醇肆则讲究气机，必须心气和平，和平则无不贯通，所以叫做“醇以圆其机”，气醇则机圆，触类而旁通，无所不达。很明显，在贺贻孙看来，郁愤等激烈的情感一触即发，几乎令人感受不到中间有气机的发动；而闲适优雅等淳厚清和之气则必须要经过培养，慢慢才能涵养至醇厚，气机恰恰在这个涵养过程中逐步现身。可见气机更多表达的是这种幽微而至的特征，对激烈之气而言，由于其显著的感激关系，气机往往被遮蔽或者淡化。

② 陆机《文赋》云：“其始也，皆收视反听，耽思傍讯，精骛八极，心游万仞。”李善：“精，神爽也。”张少康《集释》引方廷珪云：“精，神思。”

神早期含义较为丰富，或指超现实的崇拜对象，这个对象或虚或实，是深藏于宇宙万物之中并支配万物的无始终无生灭的本体，或者是尚未被认知的规律；或指内化于生命个体又支配生命的精神力量以及思维运动；后来逐步演化为对相当高的境界或奇妙的描述。经过《庄子》、《管子》等道家思想的丰富，神之中虚灵的特征得到进一步发挥。① 张岱年先生对神有一番论述：

> 以神表示微妙的变化，始于《周易大传》。《系辞上》传云："阴阳不测之谓神。"又云："神无方而易无体。"又云："知变化之道者，其知神之所为乎！"《说卦》云："神也者妙万物而为言者也。"这就是说：神表示阴阳变化的不测、表示万物变化的妙。何谓不测？《系辞下》传云："易之为书也不可远，为道也屡迁，变动不居，周流六虚，上下无常，刚柔相易，不可为典要，唯变所适。"所谓不测即"不可为典要"、"唯变所适"之义，表示变化的极端复杂。妙，王肃本作"眇"，妙眇古通，即细微之意。"妙万物"即显示万物的细微变化。韩康伯《系辞》注云："神也者，变化之极，妙万物而为言，不可以形诘者也。故曰阴阳不测。尝试论之曰：原夫两仪之运，万物之动，岂有使之然哉？莫不独化于太虚……"韩氏以变化之极解释神，基本上是正确的，神表示变化的复杂性。②

神因为无以明确诠释，于是便以一些无以复加的形容词开示：阴阳不测、变化、妙，而其核心是变化灵动，阴阳不测与妙是对变之程度的描绘。王夫之《张子正蒙注·太和篇》也曾说过："万物之妙，神也；其形色，糟粕也，糟粕异而神用同，感之以神而神应矣。"神虽然比较玄虚，但不是不可琢磨，与精神性虚灵性相关的神一般都与主体之"心"相关，扬雄《法言·问神》中就有具体的论述：

---

① 参见涂光社《原创在气》（百花洲文艺出版社 2001 年版）第二章"'阴阳五行'说和'神形'论中的气"；成复旺、蔡钟翔、黄保真：《中国文学理论史》第 3 册，北京出版社 1987 年版，第 270—271 页。

② 张岱年：《中国古典哲学概念范畴要论》，中国社会科学出版社 1987 年版，第 97 页。

> 或问神,曰"心",……昔仲尼潜心于文王矣,达之;颜渊亦潜心于仲尼矣,未达一间耳。神在所潜而已矣。天神天明,照知四方;天精天粹,万物作类;人心其神乎?

明确视神为心,强调了神就沉潜在人的心中,只要向心的深处讨求,就可以寻到神的踪迹。后来《文心雕龙·神思》之中称"神居胸臆";秦观《浩气传》中也明确提出:"气之立在志,志之立在心,心者神之会也。"所以才有"心神",有心神也才有了"心灵",后世"性灵"之说等都是由此引申的。神归于心,将其纳入了主体枢机关键的位置。

神至汉魏时期成为人物品评的核心范畴,随后进入了文艺理论批评。较早以神论文者是扬雄,《西京杂记》卷三引其评司马相如之赋:"长卿赋不似从人间来,其神化所至邪?"六朝之际,通过玄学的沟通,不仅诞生了神思、神韵之类范畴,而且出现了最杰出的研究成果——《文心雕龙》之中的"神思"篇。但文学理论批评界始终也未有从文学角度正面对神给予的总结和概括,刘勰论神虽然成就卓著,却附丽上一个"思"字。对理性之思的重视与玄学的繁荣分不开,所以时人以神思论文者也不止刘勰,萧子显《南齐书·文学传论》中也说"属文之道,事出于神思"。思所具有的理性内涵对神之审美特性的独到性虽有着一定的遮蔽,但又避免了对神的以玄谈玄。神的灵机特性之中,的确主要以思的圆活为主。陈绎曾是继刘勰以后另一位在文学理论批评著述内全面论述神的学者。他在《文章欧冶》中首先论述了达到澄神所要做到的"屏欲、弃染、息虑"三个步骤。"欲"是指要好求胜,具体表现为求工、求丽、干名、谄媚之类;"染"是指如习韩习柳执一偏而不圆通者,也就是习气或者偏嗜的风格;"虑"是指身事家事国事不可拨置,因而创作之际心不在焉。以上三者或生于内,或染于外,因而惑乱心绪;而屏欲可以定志,弃染可以清识,息虑可以立本。通过对以上三种惑乱的括除,实现志定识清本立,如此才能养气而得神的澄清。随后他对神给予了论述:

> 妙万物而主吾心,须先识此,须令属我,须令我与之为一,须令不复

有我，而我即神，此第一工夫也。

其中强调了神的几个重要特征：

神是妙万物的称呼，妙万物有着至高至妙的意思，是审美至境的批评尺度。

神是我心之主宰，当然，神是我心的主宰这句话是和“妙万物”放在一起讲的，其意思应该是说：诗文之最高境界的神是一个内在精神范畴，是不能从外在世界获得的。

我与神一体而不分才是创作的状态，要一体首先要通过澄神，将淆乱的心神凝聚，不再无所归属、奔逸四出的神此时才是真正属于自己的神，所以讲“须令属我”；但神我一体在神即我我即神之外还有一个意思，就是“须令不复有我”——不能因主观的牵扯动摇神的本色，和神一体的我应该是自然状态的，不过施于人工的我。

澄神、得神是艺术创作的第一功夫。

随后陈绎曾又进一步论述了澄神之境界的艺术定位。以上对神的论述，从美学上确定了神的特性和价值。就澄神而言，其中所获得的境界并非一致，陈绎曾将其分成了以下几个层次：

静定莹彻，此心光明普遍，如青天白日，上也；虚明圆莹，如澄秋皎月，次也；清冷渊静，如万顷寒潭，又其次也；如清池，如明镜，则可小用而已。

四种境界，前三种是以是否温煦为准的，故而虽澄明而渐渐灰冷者则次之，可见陈绎曾对澄神的理解里，多了人间情怀与审美关怀，对清冷虚寂则是敬而远之。这主要是出于对宗教性质的澄神所保持的警惕，这一点很少为人注意，但却体现了陈绎曾的深刻，他将宗教清修的境界与艺术审美的境界作了区分，意在凸显自己养气说的艺术本质，它不同于道家一般意义的心斋。能够澄神，自然心镜烛照，无微不至，以此属辞，何辞不精？

中医学上的神与气是一体的，气为神之本，气在神在；神为气的浓缩与引导，有神则气才能有统摄而不涣散。回到文学理论之中，陆机《文赋》论创作之前的艺术联想：“其始也，皆收视反听，耽思傍讯，精骛八极，心游万仞。”又如“观古今于须臾，抚四海于一瞬”、“恢万里而无阂，通亿载而为津”，所论者都是刘勰神思的范围。《文心雕龙·神思》论神以及有神参与的神思：“古人云：形在江海之上，心存魏阙之下。神思之谓也。文之思也，其神远矣。故寂然凝虑，思接千载；悄焉动容，视通万里。吟咏之间，吐纳珠玉之声；眉睫之前，舒卷风云之色：其思理之致乎？”而以上所论及的神，能够瞬息之间完成不同时空的转换，打通彼此之间的隔阂，伸缩变幻，动静交错，实则体现了审美之气流行、弥漫、机变灵动的共同特征。因此王夫之明确指出：“气也者神之绪也。”[①]贺贻孙也称：“神者，吾身之生气也。”[②]可见神与气在文学理论上也是一体的范畴。在古代文学理论批评之中，神与气的一体化被从两个方面强化，其一是视神与气为两种不同类型的审美风格，二者往往被综合一体；其二是从文学创作的动力源泉而言，气的修养就是要培育出神，二者从本质上一体。

其一，神与气不分，但又视神与气为两种不同类型的审美风格。贺贻孙《诗筏》云：“作诗文者，以气以神，一涉增减，神与气索然矣。”神与气并列而为诗文的核心支撑。又论古诗：“其必不可朽者，神气生动，字字从肺肠中流出也。”[③]神与气强调的是作品的“生”与“活”，它来源于生命本体的根本素质，所以才说“字字从肺肠中流出”。清代莫秉清《瞿式耜诗草序》论诗：

> 诗之妙有二：一曰气，一曰神。气贵于静，静者凝朴而不佻；神贵于远，远者渊永而不肤。诗至气静神远，则思路之细，格律之纯，又不必言矣。此其理如山川然，断峰止泽，势无所属，而神气所涵，一望而知。

同样是神与气并举，而且气贵于静、神贵于远，又以“气静神远”为诗之极

---

① 王夫之：《诗广传》卷五，续修四库全书本。
② 贺贻孙：《诗筏》，《清诗话续编》，第136页。
③ 同上书，第138、139页。

致，没有区划二者之间的不同。黄子云《野鸿诗的》论杜甫诗歌："其意之精密，法之变化，句之沉雄，字之整练，气之浩汗，神之摇曳，非一时笔舌所能罄。"也是神气兼而言之却未有优劣。这都属于神气一体化的认识，尽管一体，但将神、气又视为两种审美风格。对于这两种审美风格，古代学者也持两种意见：

一种意见是：虽然二者一体，不分优劣，却显示出阴阳。黄子云继而论何者为有气、何者为有神："从摇飏而得者，其诗也神；从锤炼而得者，其诗也精；从鼓荡而得者，其诗也有气。"有神者美在其飘逸之姿，有气者美在其力量的鼓荡，一柔一刚，显然是有阴阳之别的。不过阴阳仅仅是审美形态的差异，而且这种区分也并不排斥二者的一体特色，虽然一般情况下，艺术创作或多或少地都有其阴阳不同的倾向，但同时兼容神、气两种特征更是常态。这不仅仅在于气为神的基础，还体现在一些具体的艺术手段安排上，如黄子云就认为："诗不难乎起而难乎气，不难乎结而难乎神。"①以气始，以神结。气始则振起有力，从而势如破竹；神结则可以神明恍惚，缠绵不尽：气的审美和神的审美被统一于一体的首尾。另如沈德潜《说诗晬语》卷上论古今诗何作堪为压卷云："李沧溟推王昌龄'秦时明月'为压卷，王凤洲推王翰'葡萄美酒'为压卷……沧溟、凤洲主气"；"本朝王阮亭则云：'必求压卷，王维之'渭城'、李白之'白帝'、王昌龄之'奉帚平明'、王之涣之'黄河远上'其庶几乎？而终唐之世，亦无出四章之右者矣。'……阮亭主神。"②主气者尚好风骨，主神者心仪韵味，沈德潜只是从不同的审美情趣着眼说明这种主气主神各有所好的现象，但没有优劣之分。

另一种意见是：神与气一体，但神与气所赋显的审美境界有高低层次之别。焦循《文章强弱辨》就说："文之强弱不在形而在骨，不在骨而在气，不在气而在神。"神显然居于最高的层次。清代李重华也持这种意见，《贞一斋诗说·论诗答问三则》内，他首先对学术界一般所说的"神与气互相为用"表示赞同，所谓互相为用就是指神、气二者之间神引领气、气承载神的

① 以上引文见黄子云：《野鸿诗的》，《清诗话》，第850、855、856页。

② 沈德潜：《说诗晬语》，第230页。

一体性；并引司空图《二十四诗品》“行神如空，行气如虹”之说，称道“神妙物于不知，气入物于无间，固各有当”，即二者各有千秋。并举李杜为例：“诗之宗莫若李杜。杜生气远出，而总以神行其间；李神彩飞动，而皆以浩气举之。是两人得之于天，各擅其长矣。惟夫杜之妙，神行而气亦行；李之妙，气到而神亦到，此其所以未易优劣尔。”意思是说：杜甫诗以神为主，李白诗以气为主，但作为杰出的诗人，有神者气旺，有气者神行，能够实现神气的一体化。这应该是诗歌的审美标尺，也是诗歌之中神与气关系的基本定位。但在探讨审美风格与意境时他依然将神与气分开，认为“诗有五长”：“以神运者一，以气运者二，以巧运者三，以词运者四，以事运者五。”其原因是李白、杜甫不世出，“若历代名家，或凝神以英发，或振气以舒秀，尤了然可指者”——其他众多诗人必然在诗风上体现出或卓发或阴柔的差异，而这种差异的价值与层次是不相同的：“诗尤贵神也，惟其意在言外也；若气，则凡为文无不贵之，岂独诗然乎哉？”气是诗歌文章等文体都强调的，只有神是对诗歌审美特质的独到把握，是更值得珍视与看重的，所以李重华说：“我之微分其等者此也。”其中显然具有标举神的意思。① 又如清代文人李畯说：“诗以道性情，格气声调，皆有假为皮毛，惟神韵直从性情中流出，不在语言字句，往往遇诸声色臭味之外，是知必得真诗人，方能有真诗也。”② 作为文气范围的格气声调之类，与神韵有着真伪之不同。

其二，从文学创作的动力源泉而言，气的修养就是要培育出神，神是气积蓄而后形成的气的特殊存在形式，神与气二者从本质上是一体的。前面所引张岱年论神而涉及的《周易》以及古人相关注疏之中所谓“阴阳不测者”、“周流六虚者”、“不可以形诘者”实际上就是气，而“妙”与“神”正是气周流变化至于极点的形态。只不过神是对气之特定状态以及运动特征的描绘，尤其强调了气的流动与变化的特征。评家也往往将“一气浑成、自然神到”之作视为标准。至于神表示气的何种极点的运动状态，古人早有总结：

神是气之精者　《管子·内业》：“神也者，气之精者也。”刘大櫆《论文

① 参见李重华：《贞一斋诗说》，见《清诗话》，第922页。

② 李畯辑：《诗筏橐说》按语，引自蒋寅《清诗话考》（中华书局2007年版）第352页。

偶记》："神只是气之精处。"①《昭昧詹言》云："气之精者为神。必至能神，方能不朽，而衣被后世。彼伪者，非气骨轻浮，即腐败臭秽而无灵气者也。"②

神是气之盛者　《日知录》："盈天地之间者气也，气之盛者为神。神者天地之气，而人之心也。"③

神是气之灵者　王夫之《张子正蒙注·太和篇》："神者气之灵，不离乎气而相与为体，则神犹是神也。"

神是气之华者　《昭昧詹言》："凡诗文书画，以精神为主。精神者，气之华也。"④

神为气之主　《淮南子·原道训》中早就说："夫形者，生之舍也；气者，生之充也；神者，生之制也。"以生为神之所制，此生又为气所充，因而间接地说明了以神制气的思想，又具体表述为"气为之充而神为之使"。刘大櫆《论文偶记》："行文之道，神为主，气辅之。曹子桓、苏子由论文以气为主，是矣。然气随神转，神浑则气灏，神远则气逸，神伟则气高，神变则气奇，神深则气静：故神为气之主。"又云："神者，文家之宝。文正最要气盛，然无神以主之，则气无所附，荡乎不知所归也。神者气之主，气者神之用。"⑤

神有着如此的价值与位置，因此能够"得神"、"传神"、"入神"、"神似"、"神解"、"神来"便成为文学创作的首要追求。最早的传神论出于绘画理论之中的"传神写照"，随后文学理论界便形成"形神"这对范畴，中国文学理论由此对神给予了高度的推扬。不仅仅文学高标、文学创新讲究神，明清之际古文理论在论述师法古人时同样提倡写神，如艾南英《与沈昆铜书》中称："古文一道其传于今者，贵传古人之神耳。"《四与周介生论文书》也说：

① 刘大櫆：《论文偶记》，第4页。
② 方东树：《昭昧詹言》卷一，第3页。
③ 顾炎武：《日知录》卷一"游魂为变"条，文渊阁四库全书本。
④ 方东树：《昭昧詹言》卷一，第3页。
⑤ 刘大櫆：《论文偶记》，第3、4页。

> 经籍而后必推秦汉，为其古雅质朴，典则高贵，序裁生动，使人如睹。然以其去古未远，名物方言不甚近人；必尽有之，则势必至节去语助，不可句读以为奥。疏枝大叶，离合隐现，寓法于无法之中；必尽有之，则必决裂体局，破坏绳墨，而至于无法。故韩、欧、苏、曾数大家，存其神而不袭其糟粕。

最早以“入神”论诗出于《沧浪诗话》，其“诗辨”中云：“诗之极致有一，曰入神，诗而入神，至矣，尽矣，蔑以加矣。惟李杜得之，他人得之盖寡也。”入神可以指叙事绘景，如苏轼《巫山》云：“遥观神如石，绰约诚有以。俯首见斜鬟，拖霞弄修帔。人心随物变，远觉含深意。”纪昀评云：“写景入神。”也可以指用字，如苏轼《九月二十日微雪怀子由弟》中有“冷官无事屋庐深”句，纪昀评云：“三字入神。”①入神可以分入我神与入人之神，如刘熙载《艺概·书概》云：“书贵入神。而神有我神他神之别。入他神者，我化为古也；入我神者，古化为我也。”②入他神当为学古而入微，入我神则为技及乎深幽。

“神解”论出于六朝，表示玄学思想影响下文人们对艺术以及哲理的理悟之幽微。后人则时时以之论诗，如：“诗歌之道，天动神解，本于情流，弗由人造。”③

“神来”出于殷璠《河岳英灵集序》论唐诗的“神来气来情来”，纪昀评苏轼《湖上夜归》“清吟杂梦寐，得句旋已忘”云“神来”。④

又有“神行”，陆时雍《诗镜总论》论晋人五言绝“愈俚愈趣，愈浅愈深”，齐梁文人得其髓，“愈藻愈真，愈华愈洁”：凡此皆“神情妙会，行乎其间”。又言谢灵运之作，“白云抱幽石”一联不琢而工；“皇心美阳泽”一联不淘而净；“杪秋寻远山”一联不修而妩；“猿鸣诚知曙”一联不绘而工。所以

① 纪昀评《苏文忠公诗集》卷一、卷三。

② 刘熙载：《艺概·书概》，见《刘熙载文集》，第187页。

③ 王世贞：《艺苑卮言》卷一，见《历代诗话续编》，第956页。

④ 纪昀评《苏文忠公诗集》卷九。

评曰："此皆有神行乎其间矣。"①

此外神又被称为"神气"，一般有两个含义：一则表示作品的生动鲜活，苏轼论陶、杜之诗说：

> 陶潜诗："采菊东篱下，悠然见南山。"采菊之次，偶然见山，初不用意，而景与意会，故可喜也。今皆作"望南山"。杜子美云："白鸥没浩荡，万里谁能驯？"盖灭没于烟波间耳，而宋敏求谓予云："鸥不解没，改作波字。"二诗改此两字，觉一篇神气索然也。②
>
> 东坡尝云：渊明诗，初视若散缓，熟视有奇趣。如曰："日暮巾柴车，路暗光已夕。归人望烟火，稚子候檐隙。"又曰："采菊东篱下，悠然见南山。"又曰："蔼蔼远人村，依依墟里烟。犬吠深巷中，鸡鸣桑树巅。"大率才高意远，则所寓得其妙，遂能如此。如大匠运斤无斧凿痕，不知者疲精力至死不悟。如曰："一千里色中秋月，十万军声半夜潮。"又曰："蝴蝶梦中家万里，子规枝上月三更。"又曰："深秋帘幕千家雨，落日楼台一笛风。"皆寒乞相，一览便尽，初如秀整，熟视无神气，以其字露也。③

气贯于作品之中，但往往见于首尾或者转换之处，集中于诗篇的眼目之处，甚至集中于一个字，如"见"与"望"、"没"与"波"中的"见"与"没"，一字而透露生意；另外，作品中贯穿气的运动，但又不能过于暴露，只有含而不露又游走鼓荡者才能激活诗歌的生命。以上所说的生意与活力就是神气。

神气的另一含义相当于一篇作品最精华、集约的审美特质。这一点经常被主张习古者提及，因为复古习古的相关论述中，通过师法古人经典之神气入手是一条必由之路。如艾南英《答陈人中论文书》："夫秦汉去今远矣，其名物器数、职官地理、方言俗语，皆与今殊。存其文以见于吾文，独能存其神气耳。役秦汉之神气而御之者，舍韩、欧奚由？"《子魏合刻稿序》中也说

---

① 陆时雍：《诗镜总论》，见《历代诗话续编》，第 1406 页。

② 胡仔：《笤溪渔隐丛话》前集卷三，人民文学出版社 1993 年版，第 15 页。

③ 胡仔：《笤溪渔隐丛话》前集卷四，第 22 页。

过“取古人之神气而合之于圣贤之理”的话。艾南英所反复阐述的是:学习古人要师法其根本,而非表面的典章名物风俗制度,也不是其剪裁法式。这个根本就是神或者神气,它通过作品之中的风姿显示。如他认为秦汉文章的神就是“古雅质朴,典则高贵,序裁生动,使人如睹”,是其“疏枝大叶,离合隐现,寓法于无法之中”。能够抓住这个神,学习这个神,则语言技巧其他法式等虽都可以创新,但依然是秦汉古文的神采。清代桐城刘大櫆更是这种思想的突出倡导者,他说:“神气者,文之最精处也;音节者,文之稍粗处也;字句者,文之最粗处也;然论文而至于字句,则文之能事尽矣。盖音节者,神气之迹也;字句者,音节之距也。神气不可见,于音节见之;音节无可准,以字句准之。”又云:“学者求神气而得之于音节,求音节而得之于字句,则思过半矣。其要只在读古人文字时,便设一此身代古人说话,一吞一吐,皆由彼而不由我。烂熟后,我之神气即古人之神气,古人之音节都在我喉吻间,合我喉吻便是与古人神气音节相似处,久之自然铿锵发金石声。”①要写好古文,必须首先学习前人之经典,学习经典则在于通过对音节字句的揣摩玩味,逐步把握经典的神气,最后,再通过音节字句将这种神气表现出来。

刘大櫆的论述是通过气的运动形式,体现出神之有无;不仅如此,通过音节字句等所显气的运动形式,还能体现出神的聚散,许印芳评陈与义《观江涨》:“凡结联固要收拾通篇,尤宜紧跟五六句来,或单跟第六句来。如此则气脉联贯,神不外散。”②意思是说,气畅行贯通,则神显为凝聚而不散;与此相反,整体断续支离,不仅呈现为有气无力,也往往表现为神散而不凝。

神既然为气之主、为气之精、气之华、气之灵,自然对气会产生相应的引领作用。在诗文诸般要素之中,只有神是隐乎各要素之中又超乎各要素之外的。南宋陈咨夔早就以形象的说法说明过神气关系:“神为骖騑气为车。”③尤其强调的是神之引领作用。清代赵吉士则从诗文入手,论述得更为全面:

---

① 刘大櫆:《论文偶记》,第6、12页。
② 李庆甲:《瀛奎律髓汇评》卷十七,第701页。
③ 陈咨夔:《平斋文集》卷六《题李杜苏黄像》,文渊阁四库全书本。

归宿者何？神是也。夫神者，贯乎理、气、骨、法之中，而又超乎理、气、骨、法之外。其理也，则为神解；其气也，则为神行；其骨也，则为神来；其法也，则为神化。其始也，凝神而求之；其既也，若有神助。久之，神而明之，不可思议。①

贯乎理、气、骨、法之中，说明神可以在所有的文学要素之中现身，故有神理、神气、神骨以及活法的存在；超乎理、气、骨、法之外，整个创作过程体现为有凝神、神解、神行、神来、神化、神助的境界，则说明神又可以君临以上诸项，引领以上诸项。张谦宜以为机运字句、气贯格调，字句格调为诗之要素，但同时也强调了“神之一字，不离四者，亦不滞于四者”的贯乎其中超乎其外的特征，因而神“发于不自觉，成于经营布置外”。② 并列的要素之间不存在引领问题，神贯穿其中，又超乎其外，则恰恰成为这个主宰，所以他对理、气、骨、法等有着统摄作用。神既然具有如此的地位与效用，它的出现自然代表着气最为鲜活、旺盛、顺畅状态的显形，文机也由此圆转流利。

三

神的显形依托两个条件，即谢榛所说的“待时而发，触物而成”，一则养气而不懈，培育出隐在的神；二则有待于气感而动，使神被激发出来。

从素养而言，它需要养气不懈，培育出隐在的神，也就是说，神的培育又得之于气的涵育。气和神的这种关系在《礼记·乐记》之中已经有了说明：“诗者，言其志也；歌，咏其声也；舞，动其容也：三者本于心，然后乐器从之，是故情深而文明，气盛而化神。”“气盛而化神”，实则已经指出了养气和得神之间的关系。这个思想引入文学创作，就是气涵育而得神。皎然《诗式》中称：“由先积精思，因神王而得。”指出积气而神旺盛活跃，方得诗思诗境。陈咨夔称“神为骖騑气为车”，但神又如何获得呢？只有凭借“气全而神

① 赵吉士：《万青阁文训》，见《历代文话》，第3314页。

② 张谦宜：《絸斋诗谈》卷三，见《清诗话续编》，第810页。

王"[①]。屠隆论诗也言神气,且对神极力颂扬,如《王茂大修竹亭稿序》:"夫诗者,神来","天下之物,何者非神所到;天下事,何者非神所办哉?"他描述当其"神来"之际,诗人的感受是"心旷气爽,凡骨立迁"[②],所谓"心旷气爽"就有神通气畅之意。因此他主张神气两全方可发为诗篇,《贝叶斋稿序》称:"其力倍故其气足,其气足故其神凝。"也是就气充则神显而言的。焦竑《陈石亭翰讲古律手抄序》中也讲过类似的观点,他称之为"神定者天驰,气完者材放",神定气完,也就是气完足之际所展示的状态,"神定"不是神僵化固定,而是气集中贯注于某一点之际形成的凝神。王夫之也曾对神与气与文之间的这种关系机制给予过较全面的论述:

> 天地之生莫贵于人矣;人之生也,莫贵于神矣。神者何也?天之所致美者也。百物之精,文章之色,休嘉之气,两间之美也。函美以生,天地之藏焉。天,致美于百物而为精,致美于人而为神,一而已矣。求之者以其类,发之者以其物。是故精生神,而神盛焉;神盛于躬,而神明通焉;神明通而鬼神交焉。匪养弗盛也,匪盛弗交也。君子所多取百物之精,以充其气,发其盛,而不惭焉。[③]

这段文字主要表达了以下几个观点:

首先,神是天地之所赋,是美的,是物之精,代表休嘉之气。由于神为天地所赋,实则是说神是与元气接通的,所以含有天地之美。就创作而言,得神就能获得天地之真美。

其次,"神盛于躬,而神明通焉,神明通而鬼神交焉",即神通则可以实现气化。神为气之灵,王夫之《张子正蒙注·太和篇》云:"神者非它,二气清通之理也,不可象者,即在象中。"即,神生于阴阳二气运行之中,是二气运动而不滞塞的内在规律,也就是说,神以阴阳二气运行之理的内在形式存在,它虽然不可图貌,但它就内化于象中。天地之间的规律是"阴与阳和,

① 陈咨夔:《平斋文集》卷十《豫章外集诗注序》。
② 屠隆:《白榆集》卷三《高以达少参选唐诗序》。
③ 王夫之:《诗广传》卷二。

气与神和，是谓太和”，所谓气与神和，就是气的运行和其运行规律相合。只有气积蓄达乎极其盛，才能出现“神明通”的效果，神明通实际上就是我们平常所说的神通；神通于是“鬼神交焉”，即气畅行而可赋形，随自然而赋，且非人工之所及。

再次，养气是神盛之途，故云“匪养弗盛也”，培养之途就是多取百物之精以充其气，气充而神盛，神盛而气通，神明见，于是主体与审美对象之间才能建立交流，主体的灵动机能、禀赋才能被打通，凡庸平俗也由此被超越。

神与气这种气盛神通的关系，早在《文心雕龙·神思》之中就以对“神思”这一范畴的分析给予了揭示，只不过由于刘勰表述得比较含蓄，因而容易造成误解：

> 故思理为妙，神与物游。神居胸臆，而志气统其关键；物沿耳目，而辞令管其枢机。

依照前面的论述，神本为气机，气盛则神通，神通则气行；而此处却说“志气统其（神）关键”，似乎有些矛盾，实则不然：神为气之盛者，与气一体，二者属于功能性的结构统一体，言说可以分，实际则不能拆解。此处所谓“神居胸臆，志气统其关键”，是说神隐藏在胸臆之中不可见，它的本质则是由气来决定的，即神气是一体的；而要使得神得以显现，就要通过气的陶冶、修养而获得积蓄，这个过程是神明的过程、神盛的过程，也是神通过气最终得以自我显现的过程。志气可以成为神的关键，实则也是就气盛则神健而言的。

从具体创作而言，养气而得之神处于隐蔽状态，有待于一定的机缘将其激活，这个机缘就是气感，文学理论批评中常名之曰“感兴”。

感而能通的道理在“气感”一节已经有过论述，这种思想的最早表达就是《易》传之中的“感而遂通天下之故”。《张子正蒙》中屡屡称“感”，如：“无所不感者虚也，感即合也，咸也。以万物本一，故一能合异；以其能合异，故谓之感；若非有异则无合。”自然之中万物，本始是一体的，都源自气，所以称“合”；能够合异关键在于“万物本一”一句。这个本一者就是气：“太和所谓道，中涵浮沉、升降、动静、相感之性，是生絪缊、相荡、胜负、屈伸之始。”宇宙间一切都是对立或者矛盾双方相感而生，而相感者的本质就在于阴阳二气之间的感激。万物相感，从相异而回归合一，相当于通过相感实现了在本原之气下面的统一。这个过程又称之为“感而后有通”，感而后通，意味着相感的双方最终实现了一气交流，“感通”由此成为艺术创作之中主体依靠感兴启动气的机键实现与物融合的机制。

汤显祖则结合文章创作，将一个养气、感兴而神通的过程详细描摹下来，他在《序丘毛伯稿》中说：“天下文章所以有生气者，全在奇士；士奇则心灵，心灵则能飞动，能飞动则下上天地，来去古今，可以屈伸长短生灭如意，如意则可以无所不如。”文中以“有生气”为天下文章之极，而此类文章的产生乃在于奇士的灵心；灵正是物我交融、善于兴感、妙于识理。有灵则感兴敏锐，性情之气与物交流、通畅，才能有动，“灵动”由此而来。如此，气畅行无阻而随意所如。“彼言天地古今之义而不能皆如者，不能自如其意者也；不能如其意者，意有所滞，常人也”，常人不灵，主要原因是气不得与物相通，形成滞碍，难以交流，去承接生命本原的启迪。这可以称之为灵动而气行，也就是神通而气行。但是汤显祖认识到，即使是奇士圣贤，其心也不一定常“灵”，他称这种不灵的状态为“蛾”：“蛾，伏也。”伏是一种气的积蓄和准备的阶段，是酝酿的过程，一旦准备就绪，蓄积达到一定阶段，则“伏而飞焉，可以无所不至”。那么如何实现这个从伏到飞的积累过程呢？汤显祖认为主要在于获得感兴：

> 当其蠕蠕时，不知其能至此极也。是故善画者观猛士舞剑，善书者观担夫争道，善琴者听淋雨崩山。彼其诚欲愤积决裂，挐戾关接，尽其意势之所必极，以开发于一时。

通过同类相感则心神兴起，神随之振奋，打通气机，实现神通，将积蓄的气发泄而出。

谢肇淛则从《诗经》六义而兴居其首出发，论述了由兴而入神：“《诗》有六义，兴居其首，四始之音，风为之冠。诚能深于物感之旨，远追风人之致，倏然寄兴，由形入神，其于诗道无余蕴矣。”①诗人能兴，则能与物融会，物我一体之际深得对象之神，此时神相通而气流行，赋形为诗自然无余蕴矣。杜甫论诗，动辄言“神”，获得“神”的路径之一他认为就是感兴，《上韦左相二十韵》“感激时将晚，苍茫兴有神”就是这个意思。

气感神通，神通气行，对文学创作而言，此处所谓气的畅行本质上就是个体之气与元气的接通，但具体表现为生命之气的运动。王夫之认为：“情者，阴阳之几也；物者，天地之产也。阴阳之几动于心，天地之产膺于外。故外有其物，内可有其情矣；内有其情，外必有其物矣。”阴阳二气相交则生情，二气相交就是主客的相感，因此，所谓“情者阴阳之几”的含义，是指感兴等是气得以流行的源泉。由于人与物皆为阴阳二气所气化，天地是阴阳的另一种表达形式，在本原上主体与客体具有统一性，因此物我都可以因为气而联系起来，形成一个气运动交流的系统，所以才说：“阴阳之几动于心，天地之产膺于外。故外有其物，内可有其情矣；内有其情，外必有其物矣。”气感形态上是主客或物我，但最终是“天化人心之所为绍也”②——心与物既然都来源于气，气化的规律呈现于心、气化的形态赋形于外——那么，主体与物之间的关系即演变为一种主体所获得之情理和这种情理外在形态显象的关系。只要二者有感的机缘，就能为这本来一体的物我提供打通阻隔、回归一气的契机。王夫之《张子正蒙注·神化篇》也重申了这个思想：“天以神御气而时行物生，人以神感物而移风易俗。神者所以感物之神而类应者也。”主体感受到对象的精神实现类的感应，此时主体的神就可以显现，主体之神实则即是物之神的同类。既然物我呈示的是这样的关系，主客之间的审美因此成为“主体间性”。由此而言，诗歌文章之中的传神、得神，也无非是自我之神的绘写，贺贻孙《诗筏》中说：

> 诗文有神，方可行远。神者，吾身之生气也。老杜云：“读书破万卷，下笔如有神。”吾身之神，与神机通，吾神既来，如有神助，岂必湘灵

① 谢肇淛：《小草斋诗话》卷一内编，旧抄本。

② 王夫之：《诗广传》卷二。

鼓瑟，乃为神助乎？老杜之诗所以传神者，其神传也。

主体之神兴发之际，也就是诗文要描绘的对象之神、与创作所必需之神机显现之时。于是古代诗歌创作之中常说的所谓的“神助”也露出了庐山真面目①，它无非是自我之神——自我蓄养的生命之气从隐蔽与暗弱状态中自显。

养气而待文机，气感而见神，见神则神通气行，无所不利。这是养气、气感与文学创作的关系路径，在这个关系路径里，气机是否畅行，文机是否启动，便以“机”“神”是否显现为标志。“机神”在文学理论批评实践中有时被整合为一个范畴，由于是“机”“神”整合而成，因而具有二者所有的审美特征，尤其侧重于表达文气的顺畅流转，如“森然尺度之文，亦复机神流畅”②；“规矩尽而变化生，一旦机神凑会，发现于笔酣墨饱之余，非其时弗得也，过其时弗再也”③之类。皆以“机神”表示酣畅的创作状态的出现。

更多的时候，“机”与“神”往往并列而用，分而言之，并表现出机与神之间一定的因果关系。如韩愈《送高闲上人序》中云：“使机应于心，不挫于气，则神完而气固。”机不阻滞而畅行则神完。宋代黄休复论画：“大凡画艺，应物象形，其天机迥高，思与神合。”④天机高是思而得神的条件。韩拙《山水纯全集》所论更为细致：“人为万物之最灵者，故人之于画，造于理者，能尽物之妙，昧于理则失物之真，何哉？盖天性之机也。性者天所赋之本，机者至神之用。机之一发，万变生焉。”机为至神之用，意思是说，机的涵养激发，是使神显现的手段。机来神到，也就是机来神通，则创作主体可以达乎其性天，被摹写对象则可以见其妙理本然，主体则能“因性之自然，究物之微妙，心会神融，默契动静，挥一毫，显于万象”，如此境界，正是“形质动

---

① “神助”又称之为“神贶”，唐代黄滔《课虚责有赋》中云：“物居恍惚，牢笼而俟以真归；精匿杳冥，搜索而期乎实至。所谓摆扬恬澹，剖判虚空。冀其神贶，逮彼幽通。”

② 徐乾学编：《古文渊鉴》卷二十七御批北魏太武帝《颁制诏》，清刻本。

③ 沈宗骞：《芥舟学画编》卷一，见《中国古典文艺学丛编》，第51页。

④ 黄休复：《益州名画录》，明《王氏画苑》本。

荡，气运飘然”①，这恰是机开神通、神通气行的一个完整论述。

而机神同时出现，则标志着文学创作最高境界的到来。如《絸斋诗谈》云：“机到神流，乃造斯境。”②又云：“断续之妙，如晴丝袅树，落花点水，正于零零碎碎中有全体一气之妙。凡此数者，机到便应，若是先下安排，便不活不神。”③机到则应，仅凭苦思安排则不神。他如姚鼐《古文辞类纂》评语所云“机应于心，故物不胶于心；不挫于气，故神完守固”，则言机到神完。曾国藩借韩愈、姚鼐两段文字，将机到神来又演绎为机熟而有神，他说：“神者人功与天机相凑泊……古人所托讽，如阮嗣宗之类，故作神语以乱其神；唐人如太白之豪、少陵之雄、龙标之逸、昌谷之奇，及元白张王之乐府，亦往往多神到机到之语。即宋世名家之诗，亦皆人巧极而天工措，径路绝而风云通。盖必可与言机，可与言神，而后极诗之能事。”本节文字在其日记中便表述为“机应于心，熟极之候也”。姚永朴进一步总结这段文字的内涵：“文正于神之外，更及于机，盖水到而渠乃成，机熟而神乃旺也。”④其间标榜的文学创作极致包括机到神到、机熟神旺。

---

① 韩拙：《山水纯全集》，见《中国古典文艺学丛编》，第 39 页。

② 张谦宜：《絸斋诗谈》卷一，见《清诗话续编》，第 795 页。

③ 张谦宜：《絸斋诗谈》卷三，见《清诗话续编》，第 810 页。

④ 姚永朴：《文学研究法》，第 112 页。

第二章 气与文学创作:气化赋形

气因涵养而盛,因感激而动,神通而气行,就文学创作而言,气的运动必须寻找相应的形式对气进行转移。我们从文学表达的两类主要情感来看,都体现了这种对气之宣泄转移形式的热切呼唤。

愤郁之气 魏禧《王竹亭文集序》中云:"天下奇才志士,磅礴郁积于胸中,必有所发。"在他看来,气郁结于胸中,情萦回而不平,必须寻求发泄的途径,积而"必有所发",这是气运动的规律。如果得不到转移,这种精神将爆发为不可预知的破坏力,如黄宗羲《靳熊封诗序》云:"苟不得其所寓,则若龙挛虎跛,壮士囚缚,拥勇郁遏,忿愤激讦,溢而四出,天地为之动色,而况于其他乎?"张惠言《七十家赋钞目录序》论寄情作为创作的动力之源称:"夫民有感于心,有慨于事,有达于性,有郁于情,故不得已者,而假于言。"这些所谓的不得已包括天地日月之状貌,山川草木之变异,风云雷霆雨雪霜露之生杀与嬗变;又有草木鸟兽、陵谷变易;另如"人事老少,生死倾植;礼乐战斗,号令之纪;悲愁劳苦,忠臣孝子;羁士寡妇,愉佚愕骇"等等。有自然,有人事,有古有今,皆以壮烈不平为主。所有这一切,但凡"有动于中,久而不去",则必然的选择是"形而为之言",以创作寄寓、接引这种不得已之情。

感兴之气 兴是维持主体对于客观对象热情的动力。美有着难以长久这一特性,这种维持不可能凭期望、意志来完成,只能靠兴的转移,在转移的过程里使之与生活相融,由此得以驻留,这就是古代通常所说的"遣兴"。杜甫《可惜》之中所谓"宽心应是酒,遣兴莫过诗",《峡中览物》之"忆在潼关诗兴多",《至后》之"愁极本凭诗遣兴",《怀旧》之"道消诗发兴,心息酒为徒",《秋日夔府咏怀》之"登临多物色,陶冶赖诗篇",等等,无论心意情绪如何,基本上都是心中之情兴有赖于诗酒的排遣。

以上对愤郁之气与感兴之气转移的本质就是气有所寄,寄是气进入文学理论的审美中介。也就是说,哲学意义的气化强调了气的变化甚至幻化,有着从无到有的转变;而文艺美学或者文学理论所研究的气化则是一种转移,是气的形态的转移,要实现这个转移就需要气有一个可以依循的对象,以承接气的寄托或者托寄,而气之托寄的过程实则就是气需要待物而化的气化赋形过程。

文学为气化的产物,这个命题中首先兼容着文学本源于气这个内涵,属于文学起源论的范围,而这个问题在引论中已经论述,因此本章的重点集中在:具体的创作过程就是气化赋形的过程。这个气一般指向具体的生命之气、体性之气、道德之气的综合体。文学理论批评中的气化赋形,遵循的最高原则是完型赋形,即气化所形成的对象应该是整体的、完型的、一体化的,没有支离破碎也没有众多拼凑组缀痕迹的。在这个最高的原则之下,审美主体之气在创作过程中的运动主要依循"才"的引领,才与气一体而行,才能完成气的赋形。在气化赋形的过程中,气是以自然的运动为准则的,但作为审美创作,过于依赖气的本然容易造成粗露、劲直、率意等弊病,所形成的作品反而远离了审美之气婉曲含蓄的审美特征;因此创作之中气化也需要人工的干预,自然与人工的关系协调是气化赋形之中诞生的,后来这个关系便转化为"形神"关系的辨析。既然气化进入艺术创作是气的托寄,又不可能是纯粹自然的展示,它自然离不开一定的体式与方法,尤其气化赋形最终的落实,必须依靠相应的体为依托,并通过具体的音声辞句完成对气的接引,因而气与法也是相辅相成的。以完型整全为追求,气在才的引领下,通过形神的协调、气法关系的落实,最终完成文学创作的过程就是气化过程,所成就的作品便可以称之为气的赋形。当然,理论是就学理化状态作出的判断,从这个角度讲,只有实现了完型整全境界的作品才是真正的气化赋形。而在自然与人工的价值考量上,古今也是众口一词:"古人为诗,有语语琢磨者,有一气浑成者,语语琢磨者称工,一气浑成者为圣。"①即以自然

① 许学夷:《诗源辨体》卷十六,第165页。

之浑然胜过人工之琢炼。

第一节　气化:整全把握、自然天成与一气贯通

气化是阐释万物生成的根本思想,或如《庄子·至乐》曰万物为“气变而有形”;或如王符《潜夫论·本训》曰万物莫不因气之动:“(物)莫不气之所为也,以此观之,气运感动亦诚大矣,变化之为,何物不能,所变也神,气之所动也。”至于王廷相《慎言·道体》中所谓“有形亦是气,无形亦是气”,方以智《物理小识》所谓“气充一切虚,贯一切实”,则从无论有形无形、无论虚实皆为气的角度同样论述了物为气化的道理。

气化理论摆脱天人感应的神秘转型为文学理论资源,王充的《论衡》发挥了很大的作用。汉代初年,道家论气已经开始强化其物质性色彩,气的神秘性开始淡化。《淮南子·天文训》云:“宇宙生气,气有涯垠,清阳者薄靡而为天,重浊者凝滞而为地。清妙之合专易,重浊之凝竭难,故天先成而地后定。天地之袭精为阴阳,阴阳之专精为四时,四时之散精为万物,积阳之热气生火,火气之精者为日。”以气化解释天地四时的变化。张衡《灵宪》云:“元气剖判,刚柔始分,清浊异位,天成于外,地定于内。”表达了和《淮南子》近似的宇宙生成思想。及乎王充《论衡》,已经明确将气纳入了自然之气的范围,《谈天》中云:“天者,含气之自然”,宇宙之间“非物即气”。更主要的是,《自然》之中称此气:“气也,恬淡、无欲、无为、无事者也。”也就是说,这是一种自在的对象,不存在背后的宰制。天如此,人也是如此,《辨祟》云“气积而为人”,且“其禀气之元与物无异”,就是说,人与物以及天地一样,都是元气所化。这种思想的确立,既维持了天人关系的传统,但又确立了人的主体的地位,避免了传统天人关系中一种神秘力量的绝对统摄。所以于民先生说:“王充以元气将天人感应中天人相合的神秘链条切断,在分离旧的天人之合的认识中,同时从宇宙、人的生成高度以元气将天与人的关系重新组合起来。”继而论述这种思想的贡献:

就整个认识的进程来看,可以毫不夸大地说,没有以王充为代表的天人关系认识上的伟大进展,没有他对亘古以来特别是两汉中天人感应迷信思想的清扫,一种崭新的基本彻底清除了神秘色彩的审美创作上的天人、心物关系将难以建成,不仅曹魏之时文学创作欣赏中的文以气为主和作家作品的才性之论无法出现,两晋六朝许多重要的审美创作认识亦不可能产生。不论是陆机《文赋》中的应感通塞、笼天地、挫万物,还是宗炳的身所盘桓、应目会心;也不论是顾恺之的神与物游、情以物遇等等,都将不可能出现。因为这些天与人、物与心、神与物等之间平等自然而纯洁的交融,正是在清除了天人感应的神秘色彩的基础上实现的。①

在这样的基础上,魏晋六朝便出现了系统全面的气化文学理论,其核心思想就是:不仅一切生命源自气化,一切文艺创作也都因其与情、志、道、理的关系而同样源自气化,其集大成者为《文心雕龙》。此前有的学者将其中《养气》一篇置于《熔裁》之"裁"的范围,与《章句》、《练字》等论述文术的章节并列。实际上,《养气》、《神思》、《体性》、《风骨》、《情采》五章乃是一个由气—主体—气显形的由始至终的系统整体,它使得物、情、文由于气而融为一体。所以于民先生认为:"刘勰的贡献、《文心雕龙》的划时代意义,不仅在于它的体大思精,不仅在于它风骨、神思、隐秀等的提出,而主要在于它将古代养生、哲学上有关的气化论谐和论的基本内容,依据文艺创作本身的特点,移植、加工、改造和创新,使之成为系统完整的艺术创作规律的认识。在古代审美重点从人到艺术、从艺术功能到艺术创作的转变之时,从理论上完成了一个伟大的转变。"而其中的养气、才略、体性、风骨、神思诸篇,都可以视为这种气化认识论在文学理论中的延伸。②

① 于民:《气化谐和》,第213页。

② 参见同上书,第26页。关于王充对天人感应批判造成的影响,近来文学批评界也出现了一些反思,王充批判的核心集中在天与自然一维上,引发了后世从人这一维建构文学史而忽略自然的偏见。但从气论而言,王充依然是一个坚定的秉持者,而且后世中国文学理论批评中一直也坚守、贯彻着这一重要观念,只是学术研究中关注得不够。

他如《文心雕龙·物色》中云:"是以诗人感物,联类不穷;流连万象之际,沉吟视听之区。写气图貌,既随物以宛转;属采附声,亦与心而徘徊。"其中"写气图貌"一语,显然含有诗人对感物所动之气进行描绘的意思,而绘气自然是将作品视为气之赋形。又如钟嵘《诗品序》开篇即云:"气之动物,物之感人,故摇荡性情,形诸舞咏。欲以照烛三才,晖丽万有。灵祇待之以致飨,幽微藉之以昭告。动天地感鬼神,莫近于诗。"这段文字是说,气的运动变化,使得万物萌动,万物盛衰的变化又触发诗人情之起伏波动,气由此洋溢而欲有所托、有所遣、有所寄,诗因此而产生。《诗品》中气字共计出现了12次,大致分为三类:天地元气,作家气质之气,作品风格之气,此处所言"动物"之"气"就是元气。曹旭分析这段文字说:"仲伟以气、物、人三者萌动、触发,推演出诗歌发生论,其中气为根本,又以《诗品》全书劈头第一字道出。"①可谓抓住了钟嵘文学发生论气化说的本质。

气化在文学创作理论中主要体现为以下三个内涵:整全把握、自然天成与一气贯通。

一

因气化而赋形的创作呈现为整全、系统的自然形态,整全就是气的"完"之特征的审美体现。气化过程所呈现的审美状态是《文心雕龙·神思》中所说的"神与物游"的状态。《鹤林玉露》丙编卷六有一则故事:"曾云巢无疑,工画草虫,年迈愈精。余尝问其有所传乎。无疑笑曰:是岂有法可传哉?某自少时,取草虫笼而观之,穷昼夜不厌。又恐其神之不完也,复就草地之间观之,于是始得其天。方其落笔之际,不知我之为草虫耶?草虫之为我也?此与造化生物之机缄盖无以异,岂可以传之法哉!"成复旺先生对这段文字分析道:"从神与物交到身与物化,历历在目,了了分明。'不知我之为草虫'、'草虫之为我'的恍惚感,更生动地表现了那种非物非我、亦即物即我的心理状态。更值得注意的是'此与造化生物之机缄盖无以异'一句。草虫不是曾无疑画出来的,而是他生出来的;也不是他独自生出来

① 曹旭:《诗品集注》,上海古籍出版社1994年版,第2页。

的，而是他与草虫合而为一的生命从天地之间自然而然地生出来的，就像造化生物一样。把文艺创作比拟为造化生物，可谓轻巧而鲜明地揭示了中国古代文艺创作的精髓——这是自然生命的自然诞生。而这自然生命自然诞生的心理机缘，就是神与物交、神与物化，达到心物双方的自然契合，亦即自我生命与物之生命的自然统一。”①成先生此处强调的是艺术品的产生过程，这种将艺术发生归结于主客契合相交而生物，是受了《鹤林玉露》中“此与造化生物之机缄盖无以异”一句结论的启发，而《鹤林玉露》以此解释艺术的发生或者艺术美的发生的确显示了溯本探源的大智慧。

关于物我通过气之相交而分娩出艺术之宁馨儿的论述，最著名的代表是文与可的“胸有成竹”。苏轼《文与可画筼筜谷偃竹记》云：

> 竹之始生，一寸之萌耳，而节叶具焉。自蜩蝮蛇蚹，以至于剑拔十寻者，生而有之也。今画者，乃节节而为之，叶叶而累之，岂复有竹乎？故画竹必先得成竹于胸中，执笔熟视，乃见其所欲画者，急起从之，振笔直遂，以追其所见，如兔起鹘落，少纵则逝矣。

成先生分析称：“竹必须先在胸中完整地酝酿出来，就像婴儿必须在母腹中完整地孕育出来那样；而后又以最快的速度把已经酝酿成熟的形象‘一下子’捕捉下来，就像一个已经孕育成熟的婴儿从母腹中一下子降生出来那样。”“幻于无形、形于有声者，无中生有，即生命活物之创生也。造化生物，缘于自然之气机，非团搦而就，而吾欲象物，亦出于自然之意趣，非经营可得。经营即团搦，团搦出来的东西，岂有生气生机可言？”对于这一思想，古代画论中多有论述，明代董说《杂著》云：“元人传，客有身至清闷阁者，见倪迂方俯小池，注目青藻中，举头见客，客问画诀，迂曰：“仆于水角凉云影有个入处。”贺裳《皱水轩词筌》云：“稗史称：韩干画马，人入其斋，见干身作马形。”物我之间打通，彻底融合为一体，作品于是不是我创作的，而是在物我一气浑然的状态下化生的。郑燮从绘画入手也有一番精彩论述：

① 成复旺：《自然、生命与文艺之道》，见《文境与哲理》，中华书局 2003 年版，第 14—15 页。

"古之善画者,大都以造化为师。天之所生,即吾之所画,总要一块元气团结而成。此幅虽属小景,要是山脚下洞穴旁之兰,不是盆中垒石凑栽之兰,谓其气整故也。"①将艺术创作比为"一块元气团结而成",意在说明的正是画为气之赋形,而且此赋形是元气团结而成,气整而赋形完整不支离。

以上所论是从艺术作品应当如人之生儿育女,以整全的状态"出"之着眼的,所论的是艺术至境的获得源于自然之道。但我们更应该关注在艺术品产生之前那种"孕育"和"生产"的过程,它是物我交感,一如男女之相交,阴阳之会合:这是艺术创作过程中的审美情感状态,呈现为物我的冥和统一。诞育、生产这种概括的哲学根源是《易》中的相关论述,《咸卦》曰:"柔上而刚下,二气感应,以相与止而说,男下女是以亨,利贞,取女吉也,天地感而万物化生,圣人感人心而天下和平。"《系辞下》云:"天地氤氲,万物化醇,男女构精,万物化生。"以上关乎生物、造物的思想,实际上就是对男女性关系的概括,主体与外物统一的期待和努力,最终归结为这样一种生命激情本原力量的牵引和推动。物我相交孕育生产的过程,因为顺乎自然,所以没有痛苦,充满了物我相交所带来的快乐。清代满洲文人布颜图在其《画学心法》之中道出了这种具有原始生命色彩的艺术"生产"的感觉:"形既忘矣,则山川与我交相忘矣。山即我也,我即山也。"而艺术"生产"的过程同样充满了快乐:"惝乎恍乎,则入杳冥之门矣。杳冥之中无物无我,不障不碍,熙熙默默而宇泰定焉。天光发焉,喜悦生焉,乃极乐处也。此极乐吾将安往?故吾所谓不能已者也。"这种"生产"也是物我相交的延续,是对物我两忘之中实现气之合一的延续,物我所合而生产出的就是作品。这些资料虽然都是由艺术而生发,但正如贺裳所说,韩干画马身作马形是"凝思之极"而物我一体的产物,但这个审美规律不仅仅局限在绘画:"作诗文亦必如此始工。"②因此这种完整系统化生赋形的理论在书画等艺术领域之外,也被吸纳入文学创作的相关理论,其中以宋代《漫斋语录》的论述最早,其中云:

① 郑燮:《题兰竹石二十七则》,见《郑板桥全集》,中国书店依扫叶山房1924年版影印本。
② 贺裳:《皱水轩词筌》,词话丛编本。

诗吟涵到自有得处,如化工生物,千花万草,不名一物一态。若模勒前人,无自得,只如世间剪裁诸花,见一件样,只做得一件也。①

将诗歌直接比作"化工生物",而诗人则需要出于"自得",自得则如己生物,是鲜明的气化思想。古代诗、文、词、曲诸体理论批评中都出现过类似的论述。

诗歌　袁枚《书清江罗道士诗后》云:

往岁卜居城南,遇梓人焉,曰:筑室之制,崇广纤巨,必谨其规体,梗、楠、杞、梓若一而用之,则堂观亭室,各不相类。余于是悟作诗法,亦犹是也。②

以构筑屋宇喻创作。只有在构筑之前,胸中有了一套成熟的规体,筑屋才能一气呵成。所谓规体,不仅仅是指法则尺度,还强调对所有的建筑材料如何运用,都有自己成型的规划,"若一而用之",强调的就是将所有的材料都统一到胸中的"规体"中,不至于具体施工过程里用了楠而不知道如何用杞。这个比喻与苏轼论胸有成竹所蕴涵的是一个道理:创作要具有完型的统一构想与布局,保持作品之中气的贯通和气的统一性,而不能枝枝叶叶、一字一句、一节一段地堆砌。李重华云:"作诗从形迹处求工,便是巧匠镌雕,美人梳掠,绝非一块生气浩然从肝腑流出。"③此即金圣叹所谓"一字未构以前,胸中先有深成之一片",强调浑成一片。④ 这些论述是针对学诗只学习句法且"逐句作去"者而言的。薛雪《一瓢诗话》论诗,从绘画说起:

试看余写此一幅墨兰,汲水涤砚洗笔磨墨时,何事非兰?及至伸纸

① 魏庆之:《诗人玉屑》卷十,文渊阁四库全书本。

② 袁枚:《清容居士集》卷四十八《书清江罗道士诗后》。

③ 李重华:《贞一斋诗说》,见《清诗话》,第933页。

④ 参见金圣叹:《与许祈年来先》,见《金圣叹尺牍》,贯华堂选批唐才子诗甲集七卷附尺牍一卷,民国上海有正书局铅印本。

拂拭，未经落手，兰在何许？一经下笔，兰在纸上，间不容发。其风晴雨露之态，向背远近之情，无不一一具在。乃至添荆棘，缀白石，苍苔紫芝，绿竹芳草，随意点染，无不相宜。若汲水涤砚洗笔磨墨时无此兰，及至伸纸落笔时有此兰，欲其风晴雨露之态，向背远近之情，以至随意点染，无不相宜，必不得之数也。假饶用尽苦工，极力描写，不过如今之攒根倒插接叶小花之派，非不妩媚可人，直如女红墨绣而已。岂能有宋元之郑所南赵吴兴、有明之文待诏陈古白之流风余韵耶？

所论乃是要在下笔之先已经有兰在胸中，一如文与可画竹之前已经有全竹在胸中，如此作画薛雪认为属于“作画”，即作品是创作出来的；而下笔之际，苦思而得者，他认为属于“观画”，即仅仅可以看一下的画，但不是创作。虽然没有直接论诗，但他说：“作诗之诀，于此推求，思过半矣。”①

文章 以气化之整全论文章较早者为宋元之际李淦，其《文章精义》中先论述了创作之先对胸襟的淘洗与盛气的涵养：“做文字人须放胸襟如太虚始得。太虚何心哉？潜轻之气，旋转乎外，而山川之流峙，草木之荣华，禽兽昆虫之飞跃，游乎重浊渣滓之中，而莫觉其所以然之故。”这是一个化机流行的世界，“人放得此心，廓然与太虚相似”，而此时把笔为文：“凡世之治乱，人之善恶，事之是非，某字当如何书，某句当如何下，某段当先，某段当后，殆如妍媸之在鉴，如低昂之在衡，绝不知颠倒错乱，虽进而至圣经之文可也。”这种境界就是统揽全局，字、句、词、段等皆已经得以谙熟于胸中，不待冥想而得。与此相反的是当时一些时文，“动辄先立意”，所书写的便往往是私意与偏见；及至主意不通，又“勉强迁就，求以自伸”——这些都是文章陋态。② 庄元臣《文诀》中将这种与太虚相似状态的创作名之为“神解”：

神解者，于段落处，不用一字过接，而筋脉紧紧相连，如出一块生成，令人读之顺眼，寻之无端，真如人身元气，周流于荣卫百骸，但觉肢

① 薛雪：《一瓢诗话》，第 107 页。

② 参见李淦：《文章精义》，见《历代文话》，第 1184 页。

体和调,举动适意,而其妙有莫可寻觅者。

能够达到神解,已经超越方法技巧,神行其中,气贯其间,随意所如,无不自由了。这个阶段所形成的作品,看不出段落的刻意区分,看不出法度,只是"如出一块生成",这是庄元臣所认可的文章至境。这一点《文诀》中不止一次论及,他举文与可画竹,具成竹于胸,执笔熟视则见其竹恍然在目,奋笔以追所见而竹成;又提到蜀人孙知微欲于寺院壁间画山水,营度经构终不下笔,直到有一天势不可当而奋笔如风,其画水汹涌而欲崩屋。庄元臣认为:"文与可之竹、孙知微之水,非画也,皆胸中神识所结,如形立而影生耳。"所谓神识所结,神即气之精者灵者,识统一于气,所以也就是说作品乃气化而成,由于作品和气之间没有隔阂,看不出人工的痕迹,因而也就如形立而其影子立即出现一样是对应的,是高度自然的。"神识所结"、"形立影生"强调了三个含义:形先成于胸中;形成于胸中是完整如一的;作品表达了气的酝酿和孕育之际的情态,如同作品是"生"出的,是气所生产的婴儿一样。神识所结之"结"代表了气的会聚,并产生一种发泄的势能,没有这种气的会聚,缺乏神识的凝结,这样的创作,"其中本无结想欲流之势"——缺乏欲自然喷涌的势能,因此只能执笔"伊吾寻索"。这样的话,胸中无形而欲求笔下之影都不可得,更何谈影和形能够全面对应?

方东树《书望溪先生集后》则以房室构建为例论文章创作的系统性完整性:"作室者,卜里闬,量基址,程材用,庀工役,区、堂、庑、房、奥、墙、厕,一一营之意中,而后翼然有室之观。后人虽有丹垩之巧为密丽,至于不失黍铢,终不如虑始者精神开合于空虚杳冥之际,而与造物相往来也。"以建筑论作品结构,最早见于《文心雕龙·附会》:"何谓附会?谓总文理,统首尾,定与夺,合涯际,弥纶一篇,使杂而不越者也。若筑室之须基构,裁衣之待缝缉矣。"其中还涉及了以裁衣论文,后来李渔论曲对二者都有借鉴。而以屋室构筑论文,突出的就是建筑开工之前,大匠"虑始者精神开合于空虚杳冥之际,而与造物相往来",对堂、奥、厅、廊等进行完整的规划,位置的摆布、施工的先后、色彩的搭配等都要先成于胸中。

曲　曲论之中讲整全把握始于李渔,《闲情偶寄·词曲部》列《结构》为第一，包括戒讽刺、立主脑、脱窠臼、密针线、减头绪、戒荒唐、审虚实诸部分。如此摆布结构的位置，体现的是一种曲学思想的变化。以往学者多首论音律，他则将音律置于第三，称其原因是："音律有书可考"，尤其《中原音韵》等书出而词家可以依样画葫芦。而且，虽然音律也有着独到的神妙之处，但毕竟是"由勉强而臻自然"，是属于"守成法之化境"，全凭人工可得；而结构则是气化而成，属于化工，有着更高的艺术层次。所谓气化，李渔先以生育为喻论云："至于结构二字，则在引商刻羽之先，拈韵抽毫之始。如造物之赋形，当其精血初凝，胞胎未就，先为制定全形，使点血而具五官百骸之势。倘先无成局，而由顶及踵，逐段滋生，则人之一身，当有无数断续之痕，而血气为之中阻矣。"继而以建筑屋室为喻："工师之建宅亦然，基址初平，间架未立，先筹何处建厅，何方开户，栋需何木，梁用何材，必俟成局了然，始可挥斤运斧。"李渔鲜明地提出词曲之结构的诞生当如胎胞中孕育孩子，不是先有胳膊后有腿之类的逐渐养就，而是点血具百骸；当如大匠之筑室，不是门墙之后思量厅堂，厅堂之后思量居室，而是必须首先成局了然。

词　李渔论词也有类似的表达，他称之为"一气如话"。李渔的"一气如话"论与沈谦的自然浑脱论近似，都是从言说特征上对词之本色的概括，其《窥词管见》说：

> 一气如话四字，前辈以之赞诗，予谓各种之词，无一不当如是。如是即为好文词，不则好到绝顶处，亦是散金碎玉，此为一气而言也。如话之说，即谓使人易解。

又云："一气则无隔绝之痕，如话则无隐晦之弊。"李渔还将"一气"具体为方法论："总是认定开首一句为主，为二句之材料，不用别寻，即在开首一句中想出。如此相因而下，直至结尾，则不求一气而自成一气。"他将这种一气如话的效果也称之为"自然"，语言运用之际，不嫌"词语稍旧"，所谓"尤物衣敝衣，愈觉美好"，正因为其备有没有刻意装点的本色；如果用新奇之语，也要做到"一目了然，不烦思绎"，涉于追琢而出之，"恐稍稍不近自然"。而所谓的追琢，则包括诸如道学气、书本气、禅气等，以及辞藻的刻意堆垛，李渔讥讽这些词家“未尝放过古事，饶过古人”。自然或者一气如话，李渔最终又将其归结到情景关系，以为词就是“非对眼前写景，即据心上说情”，而且“情景都是现在事”，舍现在不求，而求于千里之外、百世之上，都是走错了“路头”。① 刘体仁《词绎》中也有近似的说法，只是他将“一气如话”改成了“一气呵成”，以为词能一气呵成，则“神味自足”。

古代的小说理论之中，也表达了同样的理念，金圣叹就说过：“有全书在胸而始下笔著书。”②清代佚名学者《儒林外史》第三十四回批语称：“凡作一部大书，如匠石之营宫室，必先具结构于胸中，孰为厅堂，孰为卧室，孰为书斋灶厩，一一布置停当，然后可以兴工。”③可见整全把握的确是文学创作之中气化的最高标准。

整全是文学创作首先考量的审美指标，能够完型一体，则虽有瑕疵也可以忽略，以杜甫为例，潘德舆认为：

> 杜诗一首之中，好丑杂陈，至天地悬隔者，莫如“四更山吐月”一首。此二起句，高深清浑，笔有化工。第三句则曰“尘匣元开镜”，直儿童语矣。第四句“风帘自上钩”，则又隽拔自如，即目得景，不可思议也。五六“兔应疑鹤发，蟾亦恋貂裘”，又系卑格。收云：“斟酌姮娥寡，天寒奈九秋。”夫姮娥之寡不奈寒，何斟酌之有？“斟酌”二字，下得痴重可笑。岂非好丑相悬不可以道里计耶？然杜之拙处正此，其高出千古处亦在此。非丑拙之不可及，盖题无巨细，句无妍媸，一派滚出，所以为江河力量也。若著意修饰，使之可人，则今人之作耳。④

恰恰是“题无巨细，句无妍媸，一派滚出”，所以才有了江河之力量。又如《白帝》一首，本系拗格，其中“惊江急峡雷霆斗，古木苍藤日月昏”，险怪夺

---

① 李渔：《窥词管见》，词话丛编本。

② 金圣叹：《读第五才子书法》。

③ 佚名：《儒林外史》第三十四回批语，见《中国古典文艺学丛编》，第 154 页。

④ 潘德舆：《养一斋诗话》卷一，见《清诗话续编》，第 2018 页。

人心魄，之所以没有堕入鬼窟伎俩，关键也在于能够实现“一气喷薄”的完整一体。①

追求创作诞育般的自然完型，是以气化赋形为造化的最高准则、为艺术创作的最高准则的必然产物，因为我们民族的美学，是典型的生命美学，因而艺术的至境就在于能否抵达生命本体、接近生命本体，阴阳相交而生物就是阴阳二气融合为元气后的赋形，元气就是生命的本体。这种完型与化生的创作，体现为两个入手之处：其一强调自然，淡化人工；其二强调气的前后贯通。

二

气化的整全，从艺术手段而言就是强调自然，淡化人工。对自然的推崇本源自文学乃是气化这个前提，因此历代文人申说者极多，《文心雕龙·原道》从天道、地道、人道再旁及万品而反复申说文学的本质：“夫岂外饰，盖自然耳。”《明诗》云：“感物吟志，莫非自然。”钟嵘《诗品》将其概括为“自然英旨”以及“直寻”之术。苏轼《答谢民师书》讲“文理自然”。直到近代，王国维论元曲拈出的也是自然。清代李重华云：“诗本空中之音，即庄生所云‘天籁’是已。籁有大有细，总各有其自然之节。故作诗曰吟曰哦，贵在叩寂寞而求之也。求之果得，此中或悲或喜，或激或平，一一随其音以出焉。如洞箫长笛各有窍，一一按律调之，其凄锵要眇，莫不感人之深。”寂寞是气的另样表述，叩寂寞而得即气化而得，无中生有；但这个过程的根本是“自然”，即诗直接与气接通，所以作者反复强调：“同一著述，文曰作文，诗曰吟诗，龙鸣曰吟，弹琴者弦指龃龉成音亦曰吟，盖从空中求音，与词妙会，陆士衡所谓叩寂寞是已。彼凑合为句，无乃弹之不成声乎？”意在说明与气最接近的形式是诗歌创作值得提倡的，一如诗之与吟，二者之间的关系要比辞藻事典之类更近于自然，因而他便极力推崇诗要“吟”，在他看来，“吟”最近“天籁”：“庄生所云天籁者，言为心声，人心中亦各具窍穴，借韵语发之。其能者自然五韵六律，与乐相合，此即‘吹万不同’之谓也。”诗是天籁自鸣，首

① 参见张谦宜：《絸斋诗谈》卷四，见《清诗话续编》，第838页。

先发于音声;诗是寂寞的化生,如同母体的诞育,自然而然;至于"凑合之句"乃是人工的勉强,他认为这种"不悟其音而惟吾所为"的人工打造,就像"断竹而妄吹之",是难以成佳音的。①

古代文学批评中但凡格外强调作品由气而成、因气而化者,基本上都是强调创作的自然。早在宋代,晁补之就明确提出了"文者气之形"的论断,以为诗文是气自然而然的显示,司马迁文章疏荡而有奇气,正是由于他周览四海名山大川,与燕赵豪杰交游,其气已然如此,作品由此生成,"未尝役意学为如此之文"。② 范仲淹《唐异诗序》认为:"诗之为意也,范围乎一气,出入于万物,卷舒变化,其体甚大。"将诗归拢到气的范围,而气在诗之中可以赋显出入舒卷的无穷变化之象:喜焉如春,悲焉如秋,徘徊如云,峥嵘如山,高乎如月星,远乎如神仙,森如武库,铿锵如乐府,此皆无意为之而然。以陆游的诗文理论为例,其著名的"自得"或"偶得"论之本质就是自然。《文章》一诗中作诗又被描述成妙手偶得,其中这样论诗:"文章本天成,妙手偶得之。粹然无瑕疵,岂复须人为? 君看古彝器,巧拙两无施。"其中的"妙手偶得"是对理想创作状态的概括。《颐庵居士集序》中也称:"文章之妙,在有自得处,而诗其尤者也。"自得说源自道家,经过魏晋玄学提升,用以表示当兴会突生之际文人所进入的一种脱俗的艺术化生命状态。陆游"妙手偶得"的"自得"体现了以下内涵:首先它是一种艺术化无为化的生命状态,依靠这样的状态才能获得诗歌的兴发。其次在天成自然的兴会之外,又格外突出了不拟不依循的独创性。再次表现为对妙悟的推崇,陆游《赠应秀才》中云:"我得茶山一转语,文章切忌参死句。"曾几是江西诗派的重要人物,陆游自称得其启示,所以后人论诗,将陆游列入江西派麾下,但此处曾茶山影响陆游的,恰非江西诗学要义,而是源出于禅学的参活句,实则就是妙悟。尚自然则不主苦吟。学习作诗要有艰苦的读书积累功夫,养气养德功夫,但具体的创作之中,陆游反对这种人工过分地投入,《和张功父见寄》中将"信笔题诗勿太工"当做送给对方的灵丹妙药,消遣怀抱之际,往往是"一首清

---

① 以上引文均引自李重华:《贞一斋诗说》,见《清诗话》,第921、935、934、921页。

② 王正德:《余师录》卷一引晁补之语。

诗取次成”(《秋雨》)。老年之后,依然以此标榜:“老来无复雕龙思,遇兴新诗取次成。”(《舟行过梅市》)“老人无日课,有兴即题诗。”(《闷极有作》)这种随意创作,和其老来愁闷渐多无以排遣有关,既然是以遣兴遣愁为主,所以也就格外强调作诗要适然寓意而不留于物,即情即景,也就更加要“亦莫雕肺肝,吟哦学郊岛”(《晨起》)了。苦吟有着锻炼、斫削、雕琢等具体表现,陆游一概表示反对,在他看来:“雕琢自是文章病,奇险尤伤气骨多。”(《读近人诗》)文章成于自然就是美的,根本无须再人为雕琢。

元代文人将“文者气之形”发挥为“神凝象滋”,如郝经论书法云:“心正则气定,气定则腕活,腕活则笔端,笔端则墨注,墨注则神凝,神凝则象滋。”明人杨慎以之论诗,且以为精当名言。① 明人彭时论述得更为周密:“天地以精英之气赋于人,而人钟是气也,养之全,充之盛,至于彪炳宏肆而不可遏,往往因感而发,以宣造化之机,述人情物理之宜,达礼乐行政之具,而文章兴焉。”②其论述的艺术发生的路径是:元气——人钟元气(禀赋)——养气、充气——感发(气机开)——文章。以上论述都没有给人工留下空间。

王思任《呆道人吹笛引》赞呆道人的诗篇为“自然境界,匪夷所思”。诗文法自然而重天籁,文中引呆道人之论称:“丝出于竹,竹生于肉,人心一块肉也。”意在说明渐近自然则入妙。又云无论何种演奏,虽然有声有律,但是:“总之不如牧竖之吹牛背,前村夕阳下,荷蓑荷笠,第五桥边划尔一声,天耳为之碧落;无端几弄,涧鹤可以破秋。”这样的声音之所以有压倒庙堂堂皇之乐的魅力,是因为“此子规最新一血,婴儿之堕地初啼”,属于天籁,而人籁不如地籁,地籁不如天籁,因天籁源于自然。

明代曲论中徐渭也提倡自然。首先是曲律的自然,其《南词叙录》并不反对曲律,但对其太多的规限表示了疑问,尤其对南九宫提出了批评,认为南曲起源于南宋永嘉杂剧,源于民间,没有很多条条框框:

> 永嘉杂剧兴,则又即村坊小曲而为之,本无宫调,亦罕节奏,徒取其

---

① 参见杨慎:《升庵诗话》卷六,见《历代诗话续编》,第763页。

② 彭时:《文章辨体序》,吴讷《文章辨体序说》附,人民文学出版社1998年版,第7页。

> 畸农市女顺口可歌而已。谚所谓“随心令”者，即其技欤？间有一二叶音律，终不可以例其余，乌有所谓九宫？必欲穷其宫调，则当自唐宋词中别出十二律、二十一调，方合古意。是九宫者，乌足以尽之？多见其无知妄作也。①

有人以高则诚《琵琶记》中自云“也不寻宫数调”的表白为其不明宫调的证据，徐渭称恰恰从此可以见出高则诚的见识，因为高则诚认识到了南曲本来为市俚之谈，如同后来的吴下山歌，自然天籁，何处寻宫调？

其次是曲文要自然。《题昆仑奴杂剧后》评论此剧虽然“于词家可立一脚”，但也存在明显的问题：“散白太整，未免秀才家文字语，及引传中语，都觉未入家常自然。”此处曲文主要指散白，散白属于人物的对话一类，“宜俗宜真，不可着一文字与扭捏一典故事，及截多补少，促作整句”。一着点缀，往往成“锦绣灯笼，玉镶刀口，非不好看，讨一毫明快，不知落在何处矣”。又如“要紧处”也要本色自然：“不可着一毫脂粉，越俗越家常越警醒，此才是好水碓，不杂一毫糠衣，真本色。”所谓要紧处，当就剧情而言，最紧要之际人人都会因为利害命运而露出本色面目，无暇自我装点，假如此时剧作尚且装模作样、刻意琢磨，便会背离常情，冲淡气氛，“不知减却多少悲欢”②。对散白与剧情紧要处要自然的强调，是对艺术与现实关系的一种态度，在徐渭看来，艺术和现实真实吻合的程度是一块艺术试金石，这种真实不是就事情的不虚而言，而是就符合现实逻辑讲的，因此也属于艺术真实的范围，有其重要的价值。

清代文人对气化自然论述得更为详细而深刻。如钱谦益就不止一次标举这个思想，他在《复李叔则书》中说：“夫文章者，天地变化之所为也。”《纯师集序》中又称：“夫文章者，天地之元气也。”文章、诗歌创作都是一个以自然为归依的气化过程。傅山《诗训》赞誉杜甫为“振古一老”，其原因就在于其诗歌“气化精微，极文士心手之妙”。刘大櫆相关论述很多，如“文章者，

---

① 徐渭：《南辞叙录》，见《中国古典戏曲论著集成》，中国戏剧出版社 1959 年版。下同。

② 徐渭：《徐文长佚草》卷二《题昆仑奴杂剧后》，中华书局 1983 年版。

古人之精神所蕴结也";"文章者,人之心气也,天偶以是气畀之其人以为心,则其为文也必有辉然之光";"天地之气默运于空虚莽渺之中……气之精者托于人以为言,而言有清浊刚柔短长高下进退疾徐之节,于是诗成而乐作焉"等。①

文学创作因气而行,顺其自然,至谭嗣同又将其名为"顺气成象",顺气成象不仅是艺术创作的标尺,也是养生的需要,如谭嗣同《致刘淞芙书》自道学习韵语的过程:

> 嗣同于韵语,初亦从长吉、飞卿入手,旋转而太白,又转而昌黎,又转而六朝,近又欲从事玉溪,特苦不能丰腴。大抵能浮而不能沉,能辟而不能翕。拔起千仞,高唱入云,瑕隙尚不易见。迨至转调旋宫,陡然入破,便绷弦欲绝,吹竹欲裂,卒迫下隘,不能自举其声,不得已而强之,则血涌筋粗,百脉腾沸,岌乎无以为继。

谭嗣同所说的正是违逆才性之气进行创作带来的弊病,他甚至以为这种非自然的创作不仅是"寡德之征",也是"薄福之象"。

气的赋形并非仅仅是正气、清气等健康之气的赋形,只要纳入主体的生命之气,便有这种赋形的可能,如钱谦益《书瞿有仲诗卷》就将那些"枵然无所以,而极其挦撦采撷之力以自命为诗"的创作,将那些"矫厉矜气,寄托感愤,不疾而呻,不哀而悲"的创作,都视为"余气"的赋形。此类作品矫饰不自然,不是正气与元气所化。而吴伟业《杂剧三集序》中则又认为,即使元气,同样因为阴阳之分所感各异而有贞淫等不同之表现:"造化氤氲之气,分阴分阳,贞淫各出。"于是不同之气便会有着不同的赋形:"其贞气所感,则为忠孝节烈之事;其淫气所感,则为放荡邪慝之事。"阴阳二气充实宇宙间,便会光怪百出,情状万殊,赋显出种种形态。

由于气与神之间一体化的关系,以及神为气之精等认识,所以古人又将

---

① 参见刘大櫆:《海峰文集》卷四《见吾轩诗集序》、《海门初集序》、《张秋浯诗序》,同治甲戌冬月刘继重刊本。

气赋形这种现象区划为气化神化两类。清代宋大樽《茗香诗论》就持这种思想。他分诗为三境：一为形化之境，作者与描述对象之间的关系如“泥之在钧”，从模子之中复制；二为气化之境，这个气在这里是个性之气，因此作者与描述对象的关系如“橘逾淮南之为枳”，虽然依旧是对象形貌的获得，却已经摆脱了模拟，各自不同；三为神化，如“声无哀乐”，如“萱草忘忧”，都在无声无臭之间，此为诗歌的最高境界，但其本质仍然是审美之气的赋形。

综上所述，凡文学而论气化，即是对自然的标举，具体到不同文体，莫不有这种“自然”的诉求。

气化之自然又名曰“天成”，《诗源辨体》卷十七云：“盛唐七言律，多造于自然，而崔颢《黄鹤》、《雁门》又皆出于天成。盖自然尚有功用可求，而天成则非人力可到也。”

又曰“天授”，王夫之《古诗评选》卷一评刘邦《大风歌》：“神韵所不得论，三句三意，不须承转，一比一赋，脱然有致，绝不入文士映带。岂非天授也哉？”

又曰“化境”，胡应麟《诗薮》中就有杜甫诗歌分字中化境、句中化境、篇中化境之说。潘德舆辩云，杜诗“变化无方，境与天会”，“既曰化境，则从心所欲，神动天随，何篇章字句之能辨哉”？①

气化所标示的自然一般有两种气的赋形形式，其一是气盛言宜，其二是潜气内转。气盛言宜往往以古文之论为多，潜气内转则侧重于诗词与骈文的审美尺度。但气盛言宜意在强调气的涵养至极而发抒，并非对暴露之气的提倡，只是相对于诗词的含蓄而言，古文的表达更明畅一些。但古文同样追求潜气内转，吴德旋论《史记》与韩愈文章就说：“其两三句一顿，似断不断之处极多；要有灏气潜行，虽陡峻，亦寓绵邈。”②司马迁与韩愈的文章正是由于灏气内转而风神绝世。气盛言宜比较容易理会，那么什么是潜气内转呢？林纾将“潜气”与“内转”视为两个并列概念，他说：“文笔之最难者即

① 潘德舆：《养一斋李杜诗话》卷二，见《清诗话续编》，第2197页。

② 吴德旋：《初月楼古文绪论》，人民文学出版社1998年版，第21页。

为内转,内转即潜气之谓,凡省闲言空调,承转曲折,不按常法是也。"①也就是说,诗文转折中不依赖闲言与常用的空调虚套,而是以力强转就属于潜气内转。俞平伯云:"何谓潜气内转?殊惝恍而不能谛,质言之,以不转折为转折也。即不须我转折得,他自然会转折也。……如七里泷行船也,不特文境相似也,风物正复依稀耳。"②周振甫以蔡琰《悲愤诗》为例也有潜气内转的说明。沈德潜《古诗源》评蔡琰《悲愤诗》云:"段落分明而脱卸转接痕迹,若断若续。"周振甫先生解释道:"这是讲这首诗的结构,分为三段,内容各不相同,极为分明,这是段落安排得好。就三段说,段和段之间,不用转接的词来表示一个段落的开头,是靠内容来构成段落,所以若断若续,好像另起一段,好像与上文衔接。就内容构成的三段说,是若断的,就叙事抒情的连贯说,是若续的。"又以唱歌为例申说:"歌唱家唱歌,唱时要吐气,气吐出了要吸气,吸了气才好再唱。要是吸气时停下来不唱,等吸了气再唱,那不成,因为音乐不能停下来吸气,……这就要潜气内转,即在暗中吸气,不是停下来吸气,唱还是不停,符合情节连贯的要求,这是一种艺术手段。"③总括以上所论:所谓潜气内转,就是以不转为转的行文,就是表面断而内在相连的体段。

气化自然则反对做作,元代郝经《文说送孟驾之》从"文可顺而不可作"立论:"天地有真实正大之理,变而顺,有通明纯粹不已之文,是其所以为之,非矫揉造作而然也。"顺乃是顺气之所动而不违逆,矫揉造作就是对气之顺的违逆。反对做作则当以兴会为主:"诗有不立意造句,以兴为主,漫然成篇,此诗之入化也。"④能因兴而作则不必苦思苦吟,辞前意既能显之,辞后意亦复透露,二者兼备,浑然而无痕迹。如此的艺术追求在创作实践与审美批评中便同时形成了对神思运动的推崇和对后天迹象的批判,潘德舆论云:

① 林纾:《文微》,见《历代文话》,第6531页。

② 俞平伯:《清真词释》,见《名家说宋词》,天津教育出版社2007年版,第229页。

③ 周振甫:《释蔡琰〈悲愤诗〉》,见《名家说古诗》,天津教育出版社2007年版,第210页。

④ 谢榛:《四溟诗话》卷一,见《历代诗话续编》,第1152页。

王龙标“烽火城西百尺楼,黄昏独坐海风秋。更吹羌笛关山月,无那金闺万里愁”。此诗前二句便全是笛声之神,不至“更吹羌笛”句矣。王摩诘“隔牖风惊竹,开门雪满山”,咏之妙,全在上句“隔牖”五字,不言雪而全是雪声之神,不至“开门”句矣。太白“风吹柳花满店香”,起句便全是劝酒之神,不至“吴姬劝酒”句矣。卢纶“林暗草惊风”,起句便全是黑夜射虎之神,不至“将军夜引弓”句矣。

由此得出结论:“诗之妙全以先天神运,不在后天迹象。”而劣手创作,遇到题目后只顾一心“写实迹”,虽然清脱,但“终欠浑成”,其根本原因就在于创作不是凭依神气运行,而是文字搬弄,因此只见人工迹象。①

三

气化的整全,又称“一块生成”,从作品的审美品质而言则是指作品呈现的气完整不间断,能够体现出一气贯通、浑成的气象。这是气之弥漫含蓄特征的审美体现。

前论完型之完侧重于气化对文艺作品整体架构的预设,此处以一气贯通而论完则侧重于表现对象的完美。如欧阳修评梅圣俞:“初喜为清丽闲肆平淡,久则涵演深远,间以琢刻以出怪巧,然气完力余,尤老以劲。”②“气完”即是强调梅圣俞作品出于浑厚之气而无补缀断续。气如果不完,则作品必然有缺陷:“诗犹造物,一句不工,则一篇不纯,是造物不完也。造物之妙,悟者得之。譬诸产一婴儿,形体虽具,不可无啼声也。赵王枕易曰:‘全篇工致而不流动,则神气索然。’亦造物不完也。”③气完则赋形必完,但赋形之完未必是赋形之尽露无余,清代有一个著名的以龙喻诗说,其发端者为洪昇,他针对世俗诗歌无章法批评道:“诗如龙然,首尾爪角鳞鬣一不具,非龙也。”王士祯则云:“诗如神龙,见其首不见其尾,或云中露一爪一鳞而已。

① 参见潘德舆:《养一斋诗话》卷二,见《清诗话续编》,第 2023 页。
② 朱弁:《风月堂诗话》卷上,文渊阁四库全书本。
③ 谢榛:《四溟诗话》卷一,见《历代诗话续编》,第 1139 页。

安得全龙？是雕塑绘画者耳。”洪昇以诗为真龙，却一鳞一爪不可缺；王士祯以诗为神龙，云遮雾绕为上，不当全部袒露。赵执信则针对二人之说又进一步发挥：“神龙者，屈伸变化，固无定体；恍惚望见者，第指其一鳞一爪，而龙之首尾完好，故宛然在也。若拘于所见，以为龙具在是，雕绘者反有辞矣。”诗无论隐显，要体现出变化屈伸之妙，龙之体妙就妙在没有定体却又不失全体，如此之变皆为完，并非仅仅是袒露全体或者隐蔽一鳞者方是。[①]这是从动态上对完的把握，更是从气之完整论诗之表现形式。

一气贯通，又称为“一气相生”、“一气萦拂”、“一气赶下”、“一气赴之”、“一气直下”、“笔通造化”等。[②] 宋元之际的李淦说：“唐人文字，多是界定段落做，所以死。惟退之一片作，所以活。”[③]气连贯表示生命鲜活，而段落分明，各有界定，气为之所阻，文中乏贯通一体之气，因而作品便肌体僵化。清代吴雷发论诗同样“贵一气贯注”[④]。贺贻孙论五言律诗，以“铿然悠然，无懈可击，有味可寻，一气浑成，波澜独老”者为化境。能够浑成一气则难以迹象求之，所以说：

> 诗家化境，为风雨驰骤，鬼神出没，满眼空幻，满耳飘忽，突然而来，倏然而去，不得以字句诠，不可以迹相求。

作者有一气之作，读者也当领会其中奥秘。唐人《登慈恩寺》诗，有人注释，将诗中“秋从西来”、“五陵”、“万古”等强为分解，贺贻孙认为，作者登高而诗兴充荡，兴会之所至，哪里能够辨析时空的逻辑？尤其“秋色从西

---

① 参见赵执信：《谈龙录》，人民文学出版社1998年版，第5页。

② 纪昀评《苏文忠公诗集》卷四《是日自磻溪将往阳平憩于麻田青峰寺》：“一气相生。”卷七《送岑著作》：“一气萦拂，转换不穷。”张谦宜《絸斋诗谈》卷五评孟浩然《闲园怀苏子》：“一气赶下。”冒春荣《葚原诗说》卷一：“李白‘五月天山雪，无花只有家，笛中闻折柳，春色未曾看’，一气直下，不就羁缚。王维‘万壑树参天，千山响杜鹃，山中一夜雨，树杪百重泉’，分顶上二语，而一气赴之，尤为龙跳虎卧之笔。”又方世举《方南堂先生辍锻录》：“诗人体物入微，真能笔通造化。”

③ 李淦：《文章精义》，见《历代文话》，第1171页。李淦多被写作“李涂”，实误，《历代文话》有辨析。

④ 吴雷发：《说诗菅蒯》，见《清诗话》，第899页。

来,苍然满关中,五陵北原上,万古清濛濛”数句,“不惟作者至此,奇气一往,即讽者亦把握不住,安得刻舟求剑,认影作真乎?”他称那些将一气浑成之诗拆解开寻觅寄托与意旨者的做法为“痴人说梦”。①

沈德潜《说诗晬语》卷上论唐人“天然入妙”之作皆为一气贯通。他提到了唐玄宗的“剑阁横云峻”一篇,王维的“风劲角弓鸣”一篇,认为二诗“神完气足”,所谓“神完气足”,包含有神气贯通于作品之意。又举李白的“五月天山雪,无花只有寒,笛中闻折柳,春色未曾看”为“一气直下,不就羁缚”。而王维“万壑树参天,千山响杜鹃,山中一夜雨,树杪百重泉”则是“分顶上二语而一气赴之,尤为龙跳虎卧之笔”。其中“一气直下”、“一气赴之”等都是从气的贯通着眼的。当然,此处所言之气不仅仅属于个体之气,它是时代与个人体性之气的融合,所以说欲求神完气足之作于唐大历之后便不易得,其原因是:“大历后渐近收敛,选言取胜,元气未完,辞意新而风格自降矣。”②

施补华《岘傭说诗》论五言,所重者同样是一气浑成:“今人作律诗,往往先作中二联,然后装成首尾,故即有名句可摘,而首尾平弱草率,劣不成章。”又云:“五律有清空一气,不可以炼句炼字求者,最为高格。”讲一气则不能拘泥于一些规矩与法式,如五言律诗中有二语不对者:“倚杖柴门外,临风听暮蝉”;也有全首不对者,如“挂席几千里”、“牛渚西江月”等。但这些诗篇或者诗句却偏偏能够流传,究其原因,正在其“一气挥洒,妙极自然”、“一气浑成,神完力足”,没有被一些规条局限。③

对作品而言,所谓的“一气贯彻”必须落实在具体艺术表现手段上,综合历代所论,实现一气贯彻的艺术手段主要包括次第相生与绾合无痕。

次第相生　所谓次第相生就是庞垲《诗义固说》所说的“字随字转,句随句转,一意顺行以成篇”,其主要特点在于意通过“相生相续”而成整体,如气血周行于人之体内无间无断,没有舛错支离。他以苏武别李陵诗为例:

① 贺贻孙:《诗筏》,见《清诗话续编》,第165页。

② 沈德潜:《说诗晬语》卷上,第215页。

③ 参见施补华:《岘傭说诗》,见《清诗话》,第973页。

苏武别李陵诗第二首,“黄鹤一远别”四句兴而比,下二句比而赋,言羽翼常乖,何以遣怀,唯歌可喻,故云“幸有弦歌曲,可以喻中怀”也,此言歌而极歌也。歌辞甚多,宜唱何曲,故云“请为游子吟”。《游子吟》亦为分别之词,其词既泠泠然悲,比之以丝竹,更有余哀也。听此歌至激烈处,引动己怀,故怆然凄然,欲尽展此曲,而念吾友之不得归。伤心泪下,不能双飞俱远也。原是浅深次第相生,何尝重复。

又以曹植《吁嗟篇》为例:

其首句点明“蓬”字,三四虚点“飞”字;下接“无休闲”,入“东西”、“南北”,纵横处说;“云间”、“沉泉”,从直处说;当东反西,忽亡忽存,从不完处说;“八泽”、“五山”,从广远处说。无一闲字,无一闲句,章法次序,一丝不乱,真三百篇之遗也。又妙在“回风”、“惊飚”二句,不然方东西南北横行,何以上下也?“无恒处”激“无休闲”,“根荄连”缴“本根逝”,周旋回互,其妙如此。

苏武别李陵为“浅深次第相生”,曹植《吁嗟篇》为“周旋回互”,或“一句赶一句,如高山转石欲住不能”,或“无字不活,无句不稳,句意相生,缠绵不断,而章法次第井然有章”。① 一气贯通是在这样的艺术形式下得以保障的。

绾合无痕 次第相生更多地强调了篇章之气的自然连贯性,绾合无痕则侧重于通过一定的艺术手段、技法实现作品的浑然完整。如刘禹锡《金陵怀古》:“潮落冶城渚,日斜征虏亭。蔡洲新草绿,暮府旧烟青。兴废由人事,山川空地形。后庭花一曲,幽怨不堪听。”冯舒评云:“丝缕俨然,却自无缝。”何焯评云:“潮落、日斜、烟青、草绿,画出‘废’字。落日即陈亡,具五国之意。第五起后二句,第六收前四句,变化不测。”言其前后关合于呼应。纪昀评云:“起四句似乎平对,实则以三句‘新草’,剔出四句‘旧烟’,即从四

① 庞垲:《诗义固说》,见《清诗话续编》,第 730、731、733 页。

句转出下半首。运法最密,毫无起承转合之痕。”纪昀此处拈出的起承转合即为法式、技巧,但刘禹锡妙在既能做到通过这些技法达到冯舒所说的整体机体“无缝”,又能不露起承转合的痕迹。许印芳针对纪昀评语又作了进一步说明:“文章一道,总不能离起承转合之法,用之无痕者,作用在内,暗起暗承,暗转暗合,暗中消息相通,外貌筋骨不露。盛唐诗气格高浑,意味深厚,其妙在此。愚人但以形貌求盛唐,谓其无甚作用,谬矣。晚唐及宋人诗,作用在外,往往露骨,故少浑厚之作。惟中唐刘中山、刘随州,犹有盛唐遗意耳。”①此处强调的“作用”,出于皎然《诗式》,即指充分又恰到好处的酝酿。以“作用”作为基本的法式,起承转合冥于消息暗通,并因此不袒露痕迹。这种作用之功虽然出于人力,但必须依赖深厚的才气。又如苏轼《用前韵作雪诗留景文》,先写友人们相聚于雪中的欢乐:“东斋夜坐搜雪句,两手龟坼霜须折。无情岂亦畏嘲弄,穿帘入户吹灯灭。纷纷儿女争所似,碧海长鲸君未掣。”继而言第二日晴霁雪融:“朝来云汉接天流,顾我小诗如点缬。欧阳赵陈在户外,急扫中庭铺木屑。”随之转到客欲行而挽留,却又不直言:“交游虽似雪柏坚,聚散行作风花瞥。晴光融作一尺泥,归有何事真无说。”纪昀评作品这种变化:“随手绾合,入得无痕。”②“无痕”是最终的效果,“绾合”二字则是最主要的手段。

“绾合”就是禅学中所谓的“打成一片”,作诗亦然:“诗有宾有主,有景有情,须如四肢百骸,连合具体。若泛填滥写,牛头马身,参错支离,成得甚物?”所以“亦须打成一片乃得”。③ 绾合而求一体一气的具体手段,主要包括以下几种:

其一,从诗文之题入手而抟结一片前后贯通。方世举《兰丛诗话》引友人论刘禹锡《西塞山怀古》诗云:

前半专叙孙吴,五句以七字总括东晋、宋、齐、梁、陈五代,而陈开

---

① 李庆甲:《瀛奎律髓汇评》卷二,第80页。
② 纪昀评《苏文忠公诗集》卷三十四。
③ 庞垲:《诗义固说》,见《清诗话续编》,第739页。

拓,乃不紧迫。六句始落到西塞山,“依旧”二字有高峰堕石之捷速。七句落到怀古,“今逢”二字有居安思危之遥深。八句“芦荻”是即时景,仍用“故垒”,终不脱题。此抟结一片之法也。至于前半一气呵成,具有山川形势,制胜谋略,因前验后,兴废皆然,下只以“几回”二字兜满,何其神妙?

通篇不脱题,而能抟结完固,婉转玲珑,否则,脱题则成散碎,即使不脱题却不婉转不玲珑又成“死板货”。①

其二,以韵完成绾合。诗词之韵,从产生之日就承担着保障潜在意蕴蝉联不断之作用,以前有呼而后有应形成一个整体。浦江清先生说:“诗词的组织与散文的组织,根本上不同。诗词是有韵的语言,这韵的本身即有粘合的力量,有联接的能力。这些散漫的句子,论它们的内容和意义,诚然是各自成立的单位,中间没有思想的贯串,但是有一个一韵到底的韵脚在那里联络贯串。这韵脚便是合订本的针线。诗词有韵,可以使散漫的句子粘合,正如花之有蒂,正如一盘散珠可以用一条金线来穿住。”就是说,“韵的力量可以使不连者为连,因为韵有共鸣作用”。可见韵的这种共鸣作用就是诗词的隐约因素在关联全诗时发生的作用,如李白《忆秦娥》,“箫声咽”唤起“秦娥梦断秦楼月”,其间有意义情思上的联想。但“秦楼月”随之再重复一句,在意义上已无必要,只有音调上的需要,既完成对上面的和声,又唤出下面的韵脚。②

其三,以比兴与对偶完成绾合。从艺术形态而言,诗与词不同于文章,其句子与句子之间的距离是比较远的,存在着思想甚至情感、意旨的跳跃性。这种跳跃如果不使之成为隔离,就要有使之沟通联结的纽带,浦江清先生认为,比兴与对偶的艺术形式,便是可以将诗句有机关联起来的手段。先是比兴:

---

① 方世举:《兰丛诗话》,见《清诗话续编》,第784页。

② 参见浦江清:《词的讲解》,见《名家说宋词》,第63、64页。

从“关关雎鸠,在河之洲”跳到“窈窕淑女,君子好逑”,其间不是逻辑而是比兴。比兴也是思想的一个跳跃,是根据类似或联想以为飞渡的凭借,这是属于思想因素本身的,不关于语言的。比兴在诗词的语言里有代替逻辑的作用,比兴是诗词的思想的一种逻辑。

又如对偶:

从“潜虬媚幽姿”跳到“飞鸿响远音”,一句说天空,一句说池水,这是对偶。从“画省香炉违伏枕”跳到“山楼粉蝶隐悲笳”,一句说京华说过去,一句说夔府说现今,这也是对偶。对偶也可以说是一种联想,但这是思想因素与语言文字的因素双方交融而成。用对偶的句法,两个思想单位可以距离得很远,但我们不觉其脱节,因为有了字面和音律的对仗,给人以密接比并的感觉。①

兴以生命感受的贯通维持了作品的一体,对偶通过字面与音律的错落维系了从意义到声韵延伸的一体。

其四,以虚字呼应绾合。古代文章中多有以虚字为呼应,也有视虚字为诗中线索者。但作为一般的方法可以,至于“多用虚字,线索毕露,使人一览无余味”则成了弊病,因此这个方法并不甚被推崇,“线索在诗外者胜,在诗内者劣”。② 如同书法之中的空中运笔,精神顾盼而意态飞动,虽不见牵连却又有联带之妙。

气完或者一气贯通、一气浑成,对主体而言是气的涵养境界,而对此气之赋形——文学作品而言,气化所获得的则是一种“整一”的艺术效果。朱光潜先生曾以唐代两首著名诗篇为例,对此给予了论述:

君家何处住,妾住在横塘。停船暂借问,或恐是同乡。

---

① 浦江清:《词的讲解》,见《名家说宋词》,第 65 页。

② 冒春荣:《葚原诗说》卷一,见《清诗话续编》,第 1582 页。

——崔颢《长干行》

空山不见人,但闻人语声。返景入深林,复照青苔上。

——王维《鹿柴》

朱光潜先生说:

这两首诗都俨然是戏景,是画境。它们都是从混整的悠久而流动的人生世相中撷取来的一刹那,一片段。本是一刹那,艺术灌注了生命给它,它便成为终古,诗人在一刹那中所心领神会的,便获得一种超时间性的生命,使天下后世人能不断地去心领神会。本是一片段,艺术予以完整的形象,它便成为一种独立自足的小天地,超出空间性而同时在无数心领神会者的心中显现形象。囿于时空的现象……它是有限的,常变的,转瞬即化为陈腐的。诗的境界是理想境界,是从时间与空间中执著一微点而加以永恒化与普遍化。它可以在无数心灵中继续复现,虽复现而却不落于陈腐,因为它能够在每个欣赏者的当时当境的特殊性格与情趣中吸取新鲜生命。诗的境界在刹那中见终古,在微尘中显大千,在有限中寓无限。

从前诗话家常拈出一两个字来称呼诗的这种独立自足的小天地。严沧浪所说的"兴趣",王渔洋所说的"神韵",袁简斋所说的"性灵",都只能得其片面。王静安标举"境界"二字,似较概括,这里采用它。①

朱光潜先生将这一个独立而自足、有限寓无限的天地称之为自足境界,而这个自足境界最大的特点就是"整一",他说:"一个境界如果不能在直觉中成为一个独立自足的意象,那就还没有完整的形象,就还不成为诗的境界。一首诗如果不能令人当做一个独立自足的意象看,那还有芜杂凑塞或空虚的毛病,不能算是好诗。古典派学者向来主张艺术须有'整一'(unity),实在有一个深埋在里面,就是要使在读者心中能成为一种完整的

① 朱光潜:《诗论》,三联书店1984年版,第50页。

独立自足的境界。”①作品的境界来源于作品的“整一”,所谓“整一”实则就是气化赋形、一气浑成又一气贯彻。只有实现这种一气、完型、浑成、贯彻,才能完成个体生命琐碎情感信息向艺术审美信息的转化,完成其向永恒、完整的转型。由此来说,气化也是文学艺术作品境界诞生的动力源头。

第二节　才与气:才因气而显与气循才而行

才是文学创作的根本素养,是文学自觉的标尺。《说文》云:“才,草木之初也。”段注称:“引申为凡始之称。”可见才(常又写作材)的本意是一个时间概念,由于它代表着初始、方将,蕴涵了未来的走向,因而也就成为本然蕴涵、出于天赋的代名词。要全面了解才,就要从才性论说起。才性论是中国哲学中很古老的一个话题,早期多呈现出一定的才、性一体倾向,主要代表是孟子。他认为,才就是材质,性乃是人的普遍本性,材质是性在个体上的体现,因此才和性本质上应当一致。《孟子·告子上》认为人皆具有仁义,这是性的部分,是属于善的。但性体现于个体显示为才则未必人人可以尽善,不过“为不善非才之罪也”,“不能尽其才者也”,不能尽其才,实际上就是说个体之才没有完全达到性的要求,而达到这种要求,才与性能实现吻合,善的本质就能实现于每个主体。其中,性是最终的皈依。可见早期的才性问题,主要还是侧重于对性的关注,侧重于对道德至境的关怀。真正确立起才之地位的是玄学中的“才性之辨”。

“才性之辨”是魏晋玄学的著名命题,相关材料很少,一般研究都以《世说新语·文学》中有关“四本论”的注释为依据,陈寅恪先生结合曹操的求贤才三令以及随后的曹氏与司马氏集团的斗争,认为四本论中的才为治国用兵之术,性为儒家的仁孝道德,这当然是才性在特定时代被赋予的内涵。而其哲学意蕴可通过刘劭《人物志》和袁准的《才性论》一窥端倪。《人物志·九征》认为:性出于元一之气,气又因分阴阳而见性之不同。性不是一

① 朱光潜:《诗论》,第53页。

个笼统的概念，它被具体设定于阴阳五行的宇宙观中，性的具体构成分别对应于五行，如刘昞所注："五性不同，各有所禀，禀性多者则偏性生也。"于是偏于木者弘毅，偏于火者文理，偏于土者贞固，偏于金者勇敢，偏于水者通微。弘毅、文理、贞固、勇敢、通微等五行所对应者刘劭称之为"五常"，"五常"在具体行事之中的显现就是才。当时姚信《士纬新书》（已佚，《意林》残存）中论孔融就是以此为主："孔文举金性太多，木性不足，背阴向阳，雄倬孤立。"金多木少为性，雄倬孤立为才。袁准与钟会同时，其对才与性的理解是："性言其资，才言其用"①，寻味其意，性乃出于气之所赋，故而为天赋天资；才则为性之所表于外并发挥作用者，这种解释和刘劭的解释大体近似。刘劭、袁准等人对才性的解释，表面上和孟子为代表的儒家对才性的理解并无太大不同，但通过这种解释所要彰显的对象变了。从九品中正的体制到《人物志》、《士纬新书》、《形声论》、《士操》等的理论总结，主旨都不在于通过对人之行为才能的评议确定其道德水准，而在于通过从音声、面目、声誉等所体现的性之所属，来确定其才之所宜，以便于选拔人才。因此这种论辩所指向的不是性、德，而是才。

才性之辨的兴起脱胎于名教人伦识鉴的需要，陈寅恪先生认为，东汉士大夫多出身世家大族，秉承儒家修身齐家治国之道，由内而外，故而讲究本末兼备，体用必合，才归之于性，行求之于德。曹操以"唯才是举"为核心的求贤三令打破了这种体制，陈寅恪先生说："孟德三令，大旨以为有德者未必有才，有才者或负不仁不孝贪诈之污名，则是明白宣示士大夫自来所遵守之金科玉律，已完全破产也。"②这种变化对当时文化界最大的影响是：才性之辨从古代的重德转而重才，"才"从此被推上了一个前所未有的高度。

另外，名教虽然十分强调性，但其形式化的讲求对才的地位提升同样起到了重要作用，钱穆先生在《略述刘劭〈人物志〉》一文称：

① 欧阳询等：《艺文类聚》卷二十引。

② 陈寅恪：《书〈世说新语〉文学类钟会撰四本论始毕条后》，见《金明馆丛稿初编》，三联书店2001年版。

> 当三国时，才性问题成为一大家爱讨论的问题。因在东汉时，社会极重名教，当时选举孝廉，孝廉固是一种德行，但亦成了一种名色。当时人注重道德，教人定要作成这样名色的人，教人应立身于此名色上而再不动摇，如此则成为名节了。惟如此推演，德行转成从外面讲，人之道德，受德目之规定，从性讲成了行。①

内在的性通过外在的才行来讲，影响了随后才性之辨的兴起，更主要的是促成了整个社会对性与德的认识不侧重从修养论而从外在形态进行讨论的倾向，才性之辨由此被突出出来。

就“才性之辨”而言，虽然兼有才、性两造，实际上问题的提出却皆因才之地位的提升，所以辩论的焦点是如何理解才，“才”才是其核心。随着玄学的发展变化，其主要的讨论对象逐步定型为老、庄、易三玄，后来又纳入了佛学思想，其思辨的方式是纯粹的哲学演绎与逻辑推演，其向往的境界是要妙深幽，所以能彻、能通、能洞览无间烛照纤微成为推崇的本领，而这一切不是性与德可以承担的，它需要与道德规条不同的天赋性的素养，需要才能卓著，因而玄学的自身特征又从内部成为重才尚才的动力。

伴随着对才认知的提高，魏晋之际掀起了一个崇拜天才、标榜神鉴的高潮，以《世说新语》为例，其中门类如言语、政事、文学、识鉴、赏誉、品藻等都是因才而设，而捷悟、夙惠、术解等则表达了对颖悟智慧神思的推崇。至于具体内容及注释之中，动辄以才品人，如俊才、长才、大才、清才、才能、才用、才致、才力、才器、才略、才艺、才悟、才辩、才数、才具、才理、才锋，等等，可谓触目皆是。以至于梁代的山中宰相陶宏景在《上梁武帝论书启》中公然宣称：“得作才鬼，亦当胜于顽仙。”

这样的舆论背景为才与文学艺术之间关系的确立奠定了坚实基础。文学开始崇尚才的时代与崇尚气的时代是大致同时起步于魏晋之际，这不是一种偶然，它显示出才与气之间的某些必然关系：文学要获得文字的艺术转化，完成气化赋形，就必须依靠才；而才与气之间的关系是：才因气而显，气

---

① 钱穆：《略述刘劭〈人物志〉》，见《人物志》附录，长春出版社 2001 年版。

循才而行。

一

东汉之前言才,多与文艺之事无关,往往指向经济与政治军事之能力。如《尚书·金縢》中云:“乃元孙不若旦多材多艺。”孔疏“材艺”为“材力艺能”,艺能,侧重于后天培养形成的技艺本领;“材力”,则更多地指向禀赋之中所具有的掌握艺能的素养。二者并言,是就早期的生产能力、治生智慧以及作为部族首领的领导能力而言的。《盐铁论》中有“若伊尹、周召二公之才”的话,这个才是指“和阴阳、调四时、安众庶、育群生”的经世济世之能。东汉曹魏时期,才的外延扩大,呈现出政治、经济、军事、运筹的实际之能与著述、文艺等务虚之能浑融的状态,且相对于西汉之前,才指向文章、著述的频率明显增加,密度也越来越高,如《人物志·流业》篇中将人才分为清节家、法家、术家、文章等十二类别,刘劭总称之为“十二材”。这十二材很明显是对现实之中各种人才的汇总,其中涉及文章著述的是文章之才,但这里的文章尚属于文史混融之际的文章,不尽指后代的艺术创作,所以作者说“文章之才,国史之任也”,呈现出了一定的过渡特征。至魏晋玄学兴盛,对才的推崇发展为成熟的才性理论,而才则在一般意义的著述、文章之能外,最终融会进了艺术赏悟、审美感知等属于天赋灵感范畴的内涵,并普遍与清谈、诗歌以及琴棋书画等艺术建立了关系。于是从魏晋开始,才的应用在各种语境里往往都与文学艺术创作紧密联系起来。

如曹植《与杨德祖书》:“刘季绪才不逮于作者,而好诋呵文章。”宋无名氏《释常谈》卷中引谢灵运言:“天下才有一石,曹子建独占八斗,我得一斗,天下共分一斗。”张华评陆机:“人之作文,患其不才;至子为文,乃患太多也。”①他如《文心雕龙·才略》言“左思奇才,业精覃思”、《世说新语·文学》注引《文士传》言夏侯湛“有盛才,文章巧思”等,不胜枚举。以至于僧人传法也讲文才,慧皎《唱导论》中就说:“夫唱导所贵,其事有四:谓声、辩、才、博。”所谓“才”就是指宣道之际“绮制雕华,文藻横逸”。而在中国历史

① 刘义庆著、徐震堮校笺:《世说新语·文学》注引《文章志》,中华书局1999年版,下同。

上专门用来表示文学艺术能力卓越的“才子”之目,也出现在这个时期:王僧孺《太常敬子任府君传》云“辞人才子,辩圃学林”;萧统《文选序》有“词人才子,则名溢于缥囊”;沈约《宋书·谢灵运传论》则称:“自汉至魏,四百余年,辞人才子,文体三变。”有才者以才子、天才称誉,而才能衰退文思迟钝者当时则又名之为“才尽”。《诗品》云:“于时谢朓未遒,江淹才尽。”《南史·江淹传》对江郎才尽有详细记载:

> 淹少以文章显,晚节才思微退。云为宣城太守时罢归,始泊禅灵寺,夜梦一人自称张景阳,谓曰:前以一匹锦相寄,今可见还。淹探怀中得数尺与之。此人大恚曰:那得割截都尽。顾见丘迟,谓曰:余此数尺,既无所用,以遗君。自尔淹文章踬矣。又尝宿于冶亭,梦一丈夫自称郭璞,谓淹曰:吾有笔在卿处多年,可以见还。淹乃探怀中得五色笔一以授之。尔后诗绝无美句。时人谓之才尽。

这是一个极为人熟知却又常被忽视的典故。历史上很多人给江淹辩解,认为他入齐之后身居高位,致力于事务,未能专心创作,故而少佳作;有人说江淹为人传诵的篇章多书写牢骚,一旦得志反而无可下笔;又有人认为江淹作品不大讲究声律且富古气,与后来流行的讲究声律的永明诗风不谐,所以言其才尽。这些解读各自有理,但都忽略了典故的核心旨意:类似的传说之所以恰恰在文学重才的魏晋六朝之际产生,它隐含了文学创作关乎才、决定于才、才乃天赋不可勉强的思潮。这个典故是对才与文学关系的一个形象说明。

才与文学艺术关系理论的确立从当时理论著作有意识区分才与学的关系、凸显才在文学创作中的核心地位也能得到说明。汉代以大赋为代表的文学作为文字型作品具有以学为文的倾向;魏晋之际论及文人或作品,往往才、学兼举,曹丕《与元城令吴质书》:“其才学足以著书”,吴质《答魏太子笺》:“陈徐应刘,才学所著”,另如《魏志》言及卫凯、刘劭等也俱以有“才学”评价。起初论才学,往往并言,不甚细致分别,但后来则逐步开始了对二者之间关系的探讨,至《诗品》与《文心雕龙》,对才与学关系的认识已经上升到相当的理论高度，《文心雕龙·神思》中有“积学以储宝，酌理以富才”之论，以学为累积资源的方法，以才为资源无形的统帅；《事类》中云：“才自内发，学以外成”，强调了才的天赋性与学和习的后天性；最终的结论是：“才为盟主，学为辅佐”，明确了才学的主次关系，事实上也明确了才对文学创作的决定性地位。《诗品序》中钟嵘表达了近似观念：“至乎吟咏性情，亦何贵于用事？”其主要思想是反对诗歌创作中过分用事，而用事之风之所以兴起，炫耀学问是很重要的一个原因。因此钟嵘对宋以来文章殆同书抄的现象给予了很不客气的批评，并以讥讽的笔调称：“词既失高，则宜加事义，虽谢天才，且表学问，亦一理乎！”——自然英旨之诗作不出来，那就多加一些典事，虽然这样做算不上天才，姑且炫耀一下学问，也是一个理由吧。其主旨正是视用事为学问之展示，力加排斥，且把文学之才与学问之学划为两途，以为凭借学问不足以写出佳作，文学创作需要属于自己范畴的才来支撑。

创作上自觉推崇，理论上努力标榜，也就是从这个时代开始，中国文学尤其是诗所关注的对象从辞、事、义，慢慢演化为兴象、趣味等与学无关而与才思密切的范畴。

在以才论文的思想启蒙之际，也是以气论文初步繁荣的时期。曹丕《典论·论文》、《与吴质书》等对文人的评价，开始各于其所长之文体而道之，如仲宣娴于辞，阮、陈长于书，伟长长于论，于刘桢称其五言，等等。文人创作也可以分类，说明文学之士是一个有着鲜明自我个性的集团，这个集团之中的文人在创作之中表现出不同的嗜好与对不同体裁的尚好，则鲜明地触及了作家风格的形成问题。曹丕以气为依据对这个问题的论述，揭示了中国文学人格论的根源。曹丕在《典论·论文》中称：“文以气为主，气之清浊有体，不可力强而致。譬诸音乐，曲度虽均，节奏同检，至于引气不齐，巧拙有素，虽在父兄，不能以移子弟。”文的核心是气，这个气，乃是体性之气，它来源于作家禀赋之中的性，这个性不是道德，而是生理气质与地理环境长期浸淫给主体留下的与他人可以区分的特征。

文气说与以才论文出现后二者有一个整合的过程。按照罗庸先生的分析，文气说事实上也是从古代才性说之中引申而出的，他认为：

> 《大戴礼记·文王官人》一篇,为中国最古之"才性论",……至刘邵《人物志》出,则才性论正式成立。至魏晋之间,一部分化为魏文"文气说",一部分成为清谈家之哲学问题。①

文气说本源于才性之论,才作为文学批评范畴的确立也与"才性之辨"有着密切的关系,如此看来,无论才的问题还是气的问题,都在魏晋之际同时接受了才性论的资源,成为这个话题所衍生出的论题。作为二者整合的标志,"才气"也在魏晋六朝之际成为一个兼包才与气的重要批评范畴。"才气"之目,细体味近似才性,性与气的区别在于:性是哲学抽象的概念,气虽然也属于这个范畴,但却可以从物理上阐释性为何物,它是更加接近本原的语码。同时,气又综合了所寄托对象主体生理之气的特征,因而形成了比性包容更具体的对主体的确定性,而才就是这种气的外在显现形式。起初"才气"主要出现在人伦识鉴的语境里,因而其时言"才气"多指向主体对象,以《世说新语》及其注释为例,其中便有对才气相当密集的运用:

《言语》类注引《晋阳秋》:"(周)颉有风流才气。"

《言语》类注引《中兴书》:"(谢万)才气高俊,早知名。"

《言语》:"毛伯成既负有才气。"

《文学》:"张凭举孝廉,出都,负其才气,谓必参时彦。"

《文学》注引《裴氏家传》:"(裴荣期)少有风姿才气。"

《文学》注引《中兴书》:"(顾)恺之博学有才气。"

《方正》注引邓粲《晋纪》:"(周嵩)每以才气陵物。"

《赏誉》注引《续晋阳秋》:"超少有才气。"

《贤媛》:"彼刚介有才气。"

以上"才气"的意义主要是表达内在丰沛又发挥于外的智能与才华。而"才气"这一批评范畴对以才论文和以气论文整合的完成应当以《文心雕龙》中同时举才和气作为文学本体观照的重要尺度为标志。《体性》篇中,刘勰将文学风格分为八体:典雅、远奥、精约、显附、繁缛、新奇、壮丽、轻靡,

① 郑临川整理:《笳吹弦诵传薪录》,第204页。

且云：

> 然才有庸儁，气有刚柔，学有浅深，习有雅郑，并情性所铄，陶染所凝，是以笔区云谲，文苑波诡者矣。故辞理庸儁，莫能翻其才；风趣刚柔，宁或改其气；事义浅深，未闻乖其学；体式雅郑，鲜有反其习：各师成心，其异如面。

分别从才、气、学、习四个方面论述了影响文学的因素。郭绍虞先生对八体与这四因素的关系有一段分析，他说："刘氏所说的八体，可以归纳为四类：雅与奇一组，奥与显一组，繁与约一组，壮与轻一组。"这四组之中，雅与奇指体式言，视其所模拟临习；奥与显指事义言，视其所学；繁与约指辞理言，构成之因视其才；壮与轻由风趣言，构成之因视其气。而才、气、学、习又可以根据"情性所铄，陶染所凝"综为二纲：情性出于先天，所以才和气可以合为一组，所谓"才由天资"；陶染出于后天，所以学和习又可以合为一组，所谓"学慎始习"。①

这段文字，将文学创作的八体与才、气、学、习的关系分析得很透彻，他提示我们，文学创作的八体作为文学创作所有面目的一个概括，其形成的核心力量来源于学、习、才、气，一为天资，一为人工。中国文学在进入意识形态领域之后，经历了重德重教化的阶段，这个阶段格外关注体式的雅郑问题。至汉代，作为文学主要形式的大赋则以"文+学"的体式出现。无论雅郑问题还是赋的体式问题，主要和学与习这一人工相关，即通过学问的积累与对经典的模拟获得形式与资源；至于教化，则更属于客观效果，无关本体。文与学影响的是文学的形式和效用，形式资源取于外，效果指向于外，因此都并未触及文学的本体。只有才和气，乃由天资，且通过庸隽、刚柔彰显美恶，涉及文学创作的内在动力与源泉，是观照文学本体的尺度。通观《文心雕龙》，对才、气给予了相当的重视，《体性》之中才、气、学、习的总结，另有"仲宣躁锐，故颖出而才果；公干气褊，故言壮而情骇"，以才气为标尺。它

① 郭绍虞：《中国文学批评史》，上海古籍出版社1982年版，第72页。

如《才略》篇侧重以才论文、《风骨》篇侧重以气论文，而以才以气和谐地兼容于一部著作之中，也可见刘勰是兼才气而论文。他如《明诗》论建安文学"慷慨以任气，磊落以使才"；《乐府》篇论魏之三祖"气爽才丽"，皆并才气为统一的标准。而同样的标准在《诗品》中也得到体现，《诗品序》论玄言诗之动摇："郭景纯用隽上之才，变创其体；刘越石仗清刚之气，赞成厥美。"以此为基础，自我之气通过才之表达显示于文学艺术作品之中便成为古代文论重点探讨的话题，它构成了古代文学创作论的主要形态，也为文学自我身份的确定寻到了尺度。

可见"才气"作为文学批评尺度的整合大致发端于汉魏，成就于齐梁，其间的轨迹比较鲜明：曹丕以气论文，而同时曹植以才论文，《与杨德祖书》中就说："以孔融之才，不闲于辞赋。"又云："昔丁敬礼常作小文，使代润饰之，仆自以为才不过若人，辞不为也。"又云："刘季绪才不能逮于作者，而好诋诃文章。"而到了刘勰，其《文心雕龙》之《才略》、《风骨》、《体性》等则统一纳入自我的理论系统，兼才气而论文，才气之论很明显在南北朝时期已经成型。

二

文学理论批评史的梳理展示了才气整合的理论史路径与二者之间的基本关系。就具体而言，才与气整合之后所成就的"一体"表现在：其一，"才气"作为一个基本的文学理论批评术语，形成了较为稳定的审美内涵；其二，气与才之间交互影响；其三，才与气不可偏废。

其一，"才气"成为一个基本的文学理论批评术语，而且"有才气"还成为对文人及其作品的极高评价。从魏晋时期开始，在才气整合的过程之中，"才气"已经逐步成为批评文人或者其作品的重要术语。在对文人主体素养的批评之外，至《文心雕龙》则往往兼文人与文章而言才气，如《体性》篇中论贾谊："贾生俊发，故文洁而体清。"这种性情与文风的对应刘勰称之为"自然之恒资，才气之大略"。后世论文才气并举便更为普遍。作为一个整合在一起的批评术语，才和气除了各自的内涵之外，它们也在文学批评实践当中逐步形成了约定俗成的一些审美趋向，这主要表现在三个方面：

首先,才与气有着近似的同出于禀赋的特性。刘勰以才气为情性所铄及"才为天资"等说已申明了这一特性。周密《浩然斋雅谈·评文》引周子充之语:"文章有天分,有人力,而诗为甚。才高者语新,气和者韵胜,此天分也。"从诗文创作入手,将才与气纳入天分的范围,也就是出于禀赋。不仅如此,二者本质形态上也多近似,晋代葛洪《抱朴子外篇》论气与才,便体现了二者的这种共性面目,如《尚博》论气:

若夫翰迹韵略之宏促,属辞比事之疏密,源流至到之修短,蕴藉汲引之深浅,其悬绝也,虽天外毫内不足以喻其辽邈;其相须也,虽三光熠耀不足以方其巨细,龙渊铅铤未足譬其锐钝,鸿羽积金未足比其轻重。清浊参差,所禀有主,朗昧不同科,强弱各殊气。而俗士唯见能染毫画纸者,便概之一例。斯伯牙所以永思钟子,郢人所以搁斤不运也。①

将作为艺术面目的韵之宏促、辞事之疏密、源流之修短、蕴藉之深浅等产生的原因,归于"清浊参差,所禀有主"的天赋之气,而禀赋之中的气在此有着清浊、强弱等基本特征。《辞义》之中又论才:

夫才有清浊,思有修短,虽并属文,参差万品。或浩漾而不渊潭,或得事情而辞钝,违物理而文工。盖偏长之一致,非兼通之才也。②

本文中的才也有清浊,且人有参差,也影响到文章的面目。和前面所论之气的特征与对文学的影响是一致的,这是才气并出于性的必然结果。

其次,由于文气说本身是才性说的产物,才是不同个性气质的审美主体之气的外显形式,因而言才则可以兼气。在后世的文学批评之中,由于儒家与道家思想的强势,文气说便沿依了两条谱系:一是儒家谱系,孟子的养气——韩愈的气盛言宜——苏辙的外养之途,气之体性意义淡化,几乎被气

① 葛洪著、杨明照校笺:《抱朴子外篇》,中华书局1997年版,第109页。
② 同上书,第394页。

势说所替代;二是道家谱系,老子的涤除玄览——庄子的心斋——刘勰的入兴贵闲,反映于艺术创作上,强调文机涵育,气定神闲,讲的是与气势近似的生命之气,不过更强调心灵之安静和适。曹丕的文气说除了被文如其人说部分接引外,理论上从此基本无所发明。即使文如其人,也因为儒家思想的干预而多被道德评价与作品关系所置换,混淆了其本原的个性意义。于是产生于魏晋之际的文气说在完成了其解放自我以及与才整合的使命之后,其特定的理论内涵(而非所有的理论内涵)也基本上被以才论文的理论体系替代。才既表现为个性化、个体化,也表现为将个性个体固态化文字化的能力。在这样的形势下,才与气的内涵基本上被统一于才之中了。这是整合的一个成果。后世言才气,基本上将其作为一个偏向才的偏义词来理解,便是这种结果影响的产物,如方东树评王士祯:"阮亭标举神韵,固为雅音,然亦由才气局拘,不能包罗,故不喜《中州集》。"①这个"才气"即就其才之所偏而言。才的标准因此也具有不可替代性与约定俗成性。

第三,才气之中表现了充沛的力量与纵恣不羁的特征。这一点从日常批评之中常见的所谓"才气横溢"、"才气纵横"等说法之中便能体察。又如王士祯曾论五言"议论不得,用才气驰骋不得"②,言外之意,"才气"的特征就在于驰骋而无羁绊。另一个例证是学者们往往将才气与属于阴柔审美范围的气韵对举,如近人孙德谦《六朝丽指》云:"六朝文之可贵,盖以气韵胜,不必主才气立说也。《南齐书·文学传论》曰:放言落纸,气韵天成。若取才气横溢,则非六朝真诀也。"既然视阴柔的气韵天成为六朝文的特点,在他看来与气韵对应的才气便不能成为六朝文学批评的标尺,因为它的"横溢"是与阴柔不相能的。这一点清代汪琬在《答陈霭公论文书一》中也有揭示:

仆尝遍读诸子百氏大家名流与夫神仙浮屠之书矣,其文或简练而精丽,或舒畅而明白,或汪洋纵恣,逶迤曲折,沛然四出而不可御,盖莫

① 方东树:《昭昧詹言》卷一,第45页。
② 刘大勤问、渔洋老人答:《诗问》卷四。

不有才与气者在焉。惟其才雄而气厚,故其力之所注,能令读之者动心骇魄,改观易听,忧为之解颐,泣为之破涕,行坐为之忘寝与食,斯已奇矣。而及其求之以道,则小者多支离破碎而不合,大者乃敢于披猖磔裂,尽决去圣人之畔岸,而剪拔其藩篱,虽小人无忌惮之言,亦常杂见于中,有能如周张诸书者,固仅仅矣。然后知读者之惊骇改易,类皆震于其才,慑于其气而然也,非为其于道有得也。吾不识足下爱其文,将遂信其道乎?抑以其不合于道,遂并排黜其文而不录之乎?夫文之所以有寄托者,意为之也;其所以有力者,才与气举之也,于道果何与哉?

古人文章之所以能够流传并感动后人,关键非是其是否载道明道,而是其中有情意,而情意必须凭借才气方能托举,才气因此与力量有了内在的关系。才气这种内涵是后起的,其变异大致始于宋代,张戒《岁寒堂诗话》以"才气有余"论韩愈,而韩愈诗作所表现的才气有余的状态是:"能擒能纵,颠倒崛奇,无施不可。放之则如长江大河,澜翻汹涌,滚滚不穷;收之则藏形匿影,乍出乍没,姿态横生,变态百出,可喜可愕,可畏可服也。"此处才气表现为一定的力度之美以及开合变化的能力。他又通过比较王维与李杜云:"虽才气不若李杜之雄杰,而意味工夫,是其匹亚也。"①将"才气"与"意味"视为对立范畴。所以吴汝纶曾专门批评:"夫才由气见者也。今之所谓才,非古之所谓才也,好驰骋之为才。今之所谓气,非古之所谓气也,能纵横之为气。"②早期才气所具有的兼容性已经被这种驰骋纵横的内涵所掩盖。

才气这种审美特征在后世逐步形成诗歌的一种体式,但这种体式并非适用所有文体,仅仅适应于部分体裁,如七言古诗,便以挥洒才气为主,体现为纵横变化、雄奇浑灏的风貌,因而有"诗莫难于七古"的说法。③ 而五言律诗限于字句,"虽有才气,无从施展",其佳作仍以虽极纵横变化之能而"不许溢于绳墨之外"为准。④ 就文章而言,一般不限其纵横之才气,但古人常

① 张戒:《岁寒堂诗话》,见《历代诗话续编》,第458、460页。

② 吴汝纶:《与杨伯衡论方刘二集书》,见《桐城吴先生全书》,吴氏家刻本。

③ 参见方东树:《昭昧詹言》卷十一,第232页。

④ 参见延君寿:《老生常谈》,见《清诗话续编》,第1791页。

用之碑版文字则并不主张过多地见才气,因为“以纵横之才气入碑版文字,终患少温纯古穆之气”①。

才气是讨论文学发生与体式变化的尺度,也是衡量作者与其作品价值水平的一个重要尺度,近人钱振鍠就曾说:“俗人论诗,以不矜才气为高。殊不知有才气方成大家,无才气不过清才而已。试思韦、柳、王、孟之诗,无才气矣。今欲置之韩、杜之上得乎?须知韦、柳、王、孟皆无才气可使耳,非有心抛却才气两字也。”又论陶渊明:“渊明之诗,既不足登大家之堂,又不足入奇才之座,乃千古清才之冠也,高于韦、柳则有之矣。”②对陶渊明的评价是否得体且不论,其以无才气则不能成大家论文,则是抓住了文学的精神所在。

其二,气与才之间交互影响。这种彼此之间的影响表现为两种说法:

才气一体而才可以影响气。此论发端于唐代柳冕,在《答杨中丞书》中他首论养才可以增作者之气:

> 来书论文,尽养才之道,增作者之气。推而行之,可以复圣人之教,见天地之心,甚善。嗟乎,天地养才,而万物生焉;圣人养才,而文章生焉;风俗养才,而志气生焉。故才多而养之,可以鼓天下之气;天下之气生,则君子之风盛。

与此相反,“天下之才少”则“文章之气衰”,风俗不养则“才病”,这也是“才少而气衰使然”。才的盛衰多寡决定了气的盛衰与文章的成败。《答郑使君论文书》中也有同论:“文之无穷,而人之才有限。苟力不足者,强而为文则蹶,强而为气则竭。”以上所言之“才”是指“才性”,养才也就是养性,性定性静而气可以涵养至极盛。宋代吕南公《与王梦锡书》论才气,以为“才卑则气弱,气弱则辞蹇”;方回则云:“才大则气盛”③,傅山《文训》也言“才挚

① 林纾:《春觉斋论文》,第56页。

② 钱振鍠:《诗话》,见《中国近代文论类编》,第700页。

③ 李庆甲:《瀛奎律髓汇评》卷二十四杜甫《送段功曹归广州》评语,第1025页。

而气盈,气取盛而才见奇”,“挚”与“鸷”相通,表示勇猛,意思为才力勇猛则气能盛扬。屠隆也认为才之多寡影响到文中之气的状态:“材多则情赡而思溢,光景无尽;材少则境迫而气窘。”①以上才影响气,包含了才影响创作主体之气与作品之气。另外,才还能影响养气的效能,谢榛就说:“非才无以充其气。”②一般所谓矜才使气,便是才在运用之中的有失中和而带来的客气。

才气一体而气影响才。气影响才是从气和才的本末、体用关系说的,一般而言,气为本为体,才为末为用,即才是本体之气的外在显现,《文心雕龙·体性》中说:“才力居中,肇自血气。”就源流论才气,气为源头,才为流脉。方孝孺也曾说过:“善观人者,不以其材(通才——引者注)而以其气。”又云:“材可强也,气不可强也。”③就体用论才气,气凝于中而才显于外。《文史通义·文德》中也有才出于气的说法。即使曾主张才影响气的柳冕在《答杨中丞书》中也表达过“无病则气生,气生则才勇,才勇则文壮”的思想,并以为这个过程就是“养才”之道。吴汝纶则提出了一个“才由气显”的论断:

> 夫文章以气为主,才由气见者也;而要必由其学之浅深以觇其才之厚薄。学邃者其气深静,使人餍饫之久,如与中正有德者处,故其文常醇以厚,而学掩才。学之未至,至其气亦稍自矜纵,骤而见之,即如珍馐好色罗列目前,故其文常闳以肆,而才掩学。④

这里的气,兼容了主体之体气以及后天陶冶钻研所养之气,吴汝纶认为,此气深邃则才掩蔽其中而不张扬,此气浅薄则才显露驰骤于外,由此则作品中呈示的气貌就能表现每个主体才之不同。此处的气倾向于所养之气,此处的才则也倾向于吴汝纶所批评的“好驰骤”之才。

---

① 屠隆:《冯咸甫诗草序》,《白榆集》卷一。

② 谢榛:《四溟诗话》卷三,见《历代诗话续编》,第1190页。

③ 方孝孺:《逊志斋集》卷十四《送李生序》,宁波出版社2000年版。

④ 吴汝纶:《与杨伯衡论方刘二集书》。

尽管表面论述上存在着才影响气与气影响才两种观点，但二者实际上仍然是一体，并没有矛盾：才影响气一般是就具体创作过程以及才气和作品关系而言的，气影响才则是就创作之前的文机涵养而说的。从总体路径来看，应该是以养气而激活才，进而形成作品之中不同又与创作主体对应的气的面目。

其三，才与气不可偏废。所谓偏废，是指将才气拆分开来，以之为单独的两种不同审美质素，并根据自我的嗜好作出不同的强调，而遗落其中之一。事实上，在古代文学批评的不同语境之下，单独的对才和气的强调是很多的，但正如前面所论，即使单独分析，实则也往往有着对另外一方默证式的包纳。而不同审美范畴以集群姿态出现时，二者都是一起被列举的，如皎然《诗式》卷一有"诗有四不"一条，其中云："气高而不怒，怒则失于风流；力劲而不露，露则伤于斤斧；情多而不暗，暗则蹶于拙钝；才赡而不疏，疏则损于筋脉。"作为诗歌批评的主要范畴，皎然列举了气力才情，才气兼有，且未论优劣。苏轼《上刘侍读书》中言"天下之所少者非才也，气也"，这仅仅涉及了时人欠缺什么而未有才与气的抑扬与优劣，宋代黄震以为公论；但东坡随之又云"凡所以成者其气也，其所以败者其才也"，此时黄震就明确表示："此主论之过，几于偏矣。"并分析道：

> 气者人之所以生，才者足以有为之名。人皆可与为善，是为天之降才，亦以其有为，故谓之气。推此以为天下国家，皆以才名之。气养以直，则所发刚大，故人才以气为主。其实成天下之事者才也，遂吾身之才者气也。才气虽异名，二之亦不可。①

黄震此处辨明了才与气的源流关系，气生人，人有才，气决定才；人需养气见才，成才方可有为。其核心思想是才气虽然内外有别但却不可"二之"。黄震的分析是就普遍的哲学之才气而言的，而明人胡震亨则从诗歌创作不能偏废才气等任何一方入手，将才气不可偏废纳入了文学批评。

① 黄震：《黄氏日抄·读文集四》，见《历代文话》，第709页。

《唐音癸签》卷二云：

> 情实窈渺，必因思以穷其奥；气有粗弱，必因力以夺其偏；词虽安贴，必因才以致其极；才易飘扬，必因质以定其侈。

情窈渺幽微，不尽其奥则于读者无所指引，以思理可以穷尽之；气源自体，本即各有或粗或弱之偏，所以要以力振之，使之凝定又不偏失；辞藻运用需要才的左右，当然，才具有畅而不受羁束的特征，所以要以质实给予限制。以上所论，才、气、力、质各有因本体特征带来的限定，故被拈出以为补救，任何放弃其他因素辅助而一任其一单行的创作便都会出现偏失，因此才有了以思济情、以力济气、以才济词、以质济才的兼容，这也是才情、才气、才力之所以并列的原因。

三

才与气在文学批评史上的整合、才气的一体化凝定，都说明这样一个事实：气化赋形是不能离开才的，二者之间的这种关系主要体现在以下方面：其一，养气而盛的过程之所以可以和创作直接关联，关键在于气盛则作为文学创作本质性要素的才可以被激活；其二，养气是尽才的唯一手段；其三，文学创作的气化过程实际上就是以气御才、以气循才、以气称才、以气破才之局限的过程。

1. 养气而盛的过程之所以可以和创作直接关联，关键在于气盛则作为文学创作本质性要素的才可以被激活

《文心雕龙》在论述养气之际提到了“入兴贵闲”、“内视”等道家手段，很多古人的诗文论之中又提到很多儒家色彩的陶冶养气之说，就养气而言，这些手段获得的是气的蓄积，并因气盛而神通，打开气运动的机键。但这仅仅是从具备了创作的可能性而言的，最终气能否赋形，还要取决于作者是否具备创作的素养，其中最核心的要素就是是否具备“文才”——也就是严羽所说的“诗有别才”的那个“别才”，我们对文学的讨论都是以我们所研究的对象具备这个素养为前提的。在这个前提之下，气盛神通与文学创作又有

什么更为具体的关系呢？这主要体现在只有气养而盛之际，创作所必需的才方能被真正激活。这一点古人多有论述。

宋代张耒《贺方回乐府序》称道贺铸乐府："满心而发，肆口而成，虽欲已焉而不得者。若其粉泽之工，则其才之所至，亦不自知也。""满心"之意是就积蓄充分盈溢而言的，气养而至此，则其才自至而不自知。才作为禀赋，是有限量又稳定的，但不一定什么时候都能够如利刃出锋，只有养气盛极它才会显现。因此有人说鲍照、江淹晚年才尽，刘克庄《刘圻父诗序》却反驳道："气有惰而才无尽。"不是才变化了，而是年老气衰，没有了盛气，假如似杜甫夔州以后、王安石钟山之后，能够磨砺志节、涵养生气，岂有此老惰之象？方孝孺《送李生序》云：

> 古之育才者，不求其多才，而惟养其气。增之以道德，而使之纯；厉之以行义，而使之高；节之以礼，而使之不乱；薰之以乐，而使之成化。及其气充而才达，惟其所用而无不能。

以增益道德、磨砺行义、节守礼仪、陶冶艺术等养气，最终气充则才可以"达"——"达"的意思表达非常准确：它并非没有，而是当时未必在场，只有气盛了，给它铺就了从隐身到现身的通途，它方始能够到达。清代唐彪继承了以上气充才达的思想，但又将其更准确化了。他首先征引了古人对虚静养气的倡导："《易》云：君子以洗心退藏于密。又曰：收敛归藏，乃见性情之实。《诗》云：夙夜基命宥密。诸葛武侯曰：宁静以致远。司马迁曰：内视之谓明，反听之谓聪。诚以静坐不视，则目光内照；不听，则耳灵内彻；不言，则舌华内蕴。"随后得出结论：

> 三光返照于内，则万化生焉，全才出焉。①

所有的内照、内视、宁静等皆是指的养气，气养而才出。其不同于他人

① 唐彪：《读书作文谱》卷一，"基学"。

的地方在于，他认识到一般情况下，才或者隐身，但未必全部隐匿不见；而养气之效果在于使得"全才"得以被激活。

2. 既然气至才方现身，因此，从修养而言养气也便成为尽才的唯一手段

关于这一点，我们可以从屠隆论以才为核心编织的一个充满主体性的理论结构中获得较为全面的了解。屠隆论才大约有以下几个方面：

其一，文学之才是创作的根本，文人有文学之才，方具有创作的基本素质，所以，"（文学）虽小道亦有不可强而能者"。不同时代的文人只要具有其才，就可以实现文学的繁荣，未必后就不如昔、今不如古。

其二，才是禀赋，不可改变。尽管学和作品的精工有关，但作品之所以精工的根本不在于学，而是才。也就是说，对才不足者而言，力学也难以提高作品的水准。这是对才与学关系的论述。屠隆对这一点立场极其鲜明：

> 古今之人，才智不甚已绝，殚精竭神，终其身而为之。而格以代降，体缘才限，流英硕彦，逞其雄心于此道，浅者欲其深，深者欲其畅，蹇者欲其疏，疏者欲其实，弱者欲其劲，劲者欲其和，俗者欲其秀，秀者欲其治，狭者欲其博，博者欲其洁，以并驾前人，夸美后世，其心盖人人有之。而赋材既定，骨骼已成，即终身力争而卒莫能改其本色、越其故步。

才是既定的，所以又叫天赋——在中国古代，这个词本身并无夸诩高人一等的含义，只是表明各自所有、本然如此，彼此之间各不相同。才既定而不可更改，其意有二：首先，各自之才各自不同，不可能改变原先的本色，成为另外一种形态。其次，才的量是固定的，不会因为其他后天的手段而有所增减，其中主要指不会因为"学"而增加。所以说："以精工存乎力学，而其所以工者非学也；以超妙存乎苦思，而其所以妙者非思也。"①

其三，才性一体，因才而进行的创作所传作者的神，是个性化的内容，作品与作者之间能够实现文如其人。《王茂大修竹亭稿序》云："夫诗者，神

① 屠隆：《白榆集》卷二《范太仆集序》。

来,故诗可以窥神。士之寥廓者语远,端亮者语庄,宽舒者语和,偏急者语峭,浮华者语绮,清枯者语幽,疏朗者语畅,沉着者语深,谲荡者语荒,阴鸷者语险。读其诗,千载而下,如见其人。"①

才与文学本体、才与学、才与传神和主体面目等问题的论述,是屠隆以才为核心、从不同维度对复古思潮进行的批判。在高度重视才的同时,屠隆提出了"诗不论才而论性情"的观点。既然屡屡称道才的重要,何以这里又称论诗不当论才而当论性情呢?从论才转而论性情的关键在于:才为禀赋,不因为着以外力人工而改变,对于创作主体而言,无法通过人工努力获得提升;而且这种对才在现实之中绝对的提倡又会鼓励文人放弃必要的道德底线而进入纵恣,于世道人心并非美事,论才而不论德的尺度历史上以曹操坚持得最为彻底,但却是乱世的尺度。于是对才的提倡出现了两个前提:既要保证主体有着力的地方,以便于在才为定量的前提下可以通过努力提高或者改观自我的创作修养;又要强调主体之才与作品之间真诚的对应,拒斥伪饰虚娇的炫才耀才。于是,一个既能将才包容在内,同时又能够接纳人工努力与人格修养的尺度进入了屠隆的视野,这就是"性情"。因此《李山人诗集序》中他提出了下面的观点:

故诗不论才而论性情,亦存乎养已。

意思是说:尽管才对于文学本体而言具有决定性的作用,但由于其具有禀赋不可变异的性质,由于它和道德难以全面统一,因此论诗歌主要还是论性情,因为性情可以通过人工培养,也能够在作品之中体现这种涵养之所得。为此他专门列举了历代能够切实做到文如其人的一批文人:仲长统、梁鸿、郑子真、陶渊明、王绩、孟浩然等,认为历代文人如过江之鲫,而后人却对以上文人情有独钟,其根本原因在于这些文人能够"抱幽贞之操,达柔澹之趣,寥廓散朗,以气韵胜"。所谓"气韵胜"之"气韵"即得益于养,其才虽然各有定分,但气得养而有韵,所以作品彰显气韵,这是孟子养气思想的发挥。

① 屠隆:《白榆集》卷三《王茂大修竹亭稿序》。

又称道李山人："所居有林皋之胜，灌园垂钓，与禽鱼亲。发为诗歌，力去雕饰，天然冲夷，语必与情冥，意必与境会，音必与格调，文必与质比。"能够达到这样的艺术境界，"非独其材过人，盖根之性情者深哉，则其得于丘壑之助不小也"。[①] 也就是说，丘壑的滋养，培育了冲夷之性情，而同时又强调了其本身才能过人，有这种本然的禀赋，通过性情在江山之中的培养，更能够获得非同一般的艺术成就。论诗不论才而论性情，使得不可变化的才因为以性情培养为目的的养气说之引入而有了滋养培育的着力点，也印证了养气可以激发才。

叶燮《原诗》中的"以识充才"说也体现了这个思想。就主体素养而言，叶燮提出了四项要求：才、胆、识、力，并形成了一个以才为中心的关于主体素养的理论体系。他将诗文的"质"归结到了诗之性情、诗之才调、诗之胸怀、诗之见解。有如此的质，再依靠体格、声调、苍老、波澜等诗文技术，能实现文质结合，诗便可以诞生。而在论及如何获得诗之质的时候，叶燮说了这样一番话：

> 吾故告善学诗者，必先从事于"格物"，而以识充其才，则质具而骨立，而以诸家之论优游以文之，则无不得，而免于皮相之讥矣。

通过格物——接物、待物，与外在世界联系，认知感知外在世界，可以得"识"，以识充实才，就可以做到"质具而骨立"。关于"必先从事于格物，而以识充其才，则质具而骨立"这个理论，多数学者研究认为是叶燮强调"识"在诗歌创作之中的地位，但恰恰忽视了叶燮论识的落脚点在于"才"，识的获得不是为了理性的反思与逻辑的演绎，而是要"以识充才"，能够使得才"充"，则诗文就可以做到"质具骨立"，主体就有了创作的资本与能力。所谓的诗之性情、诗之才调、诗之胸怀、诗之见解，最终具体到了"才"上，也可以说，才对性情、才调、胸怀、见解有着统摄性，独特的诗之才，与艺术创作的关系最为抵近。

① 屠隆：《白榆集》卷三《李山人诗集序》。

这里有一个问题需要澄清，由于才出于禀赋，所以是有限量的，不可以改变。那么叶燮为什么还说“以识充才”呢？才为天资既然不可增减变化，不可移异。诗人们如果不满足于或者不甘心于自己的天赋之所限定，只有通过人工来弥补天然。才虽然不能改变，但可以涵养、培育，以便于更全面地使之获得激发——因为即使是限量的才赋，多数人也不可能尽其用，才的发挥要受到主客观多方面的影响，因此人工的作用，就在于完善才获得激发的主客观条件以实现“尽才”。古人一般所谓的学与识，都是促使才可发挥的主观条件，它们能够使得才获得更为广泛的神思空间，获得更为丰富的可以支配的材料。叶燮以识充才之论不意味着才可以改变，乃是在固定之才赋下，由识这个人工可以着力的点入手，使得才可以最大限度地焕发。而养识的过程就是儒家养气的过程。

将气视为一种可以对才产生影响的中介，而且是唯一的又是直接的中介，在宋代，苏辙已有涉及：“文不可学而能，气可以养而至。”①不可学而能，但却可以通过养气弥补这种缺陷，但苏辙没有明确将才揭出。《二程遗书》卷七论才、性、气之关系：“性无不善，其所以不善者才也。受于天之谓性，禀于气之谓才。才之善不善由气之有偏正也。……然而才之不善，亦可以变之，在养其气以复其善尔。”明确提出了养气复性而改变“才之表现”的思想（不是改变才），但仅是论人之修养而未及论诗文。因此屠隆从养性情为主的养气来弥补才、规限才的文学理论便有着重要的意义。关于这一点，纪昀也有一段说明，他以对晚唐诗的学习为例说：“晚唐诗但知点缀景物，故宋人矫之，以本色为工。然此非有气力，则才薄者浅弱，才大者粗野，初学者易成油滑，老手亦致颓唐，不可不慎也。”②有才，无论薄者大者，自然可以有所作为，虽然造诣各不相同；但有才而无气以支撑运动之，则无论才之大小，无论新手老手，都容易生出病弊。所以养气是尽才之力的唯一手段。

① 苏辙：《上韩太尉书》。

② 李庆甲：《瀛奎律髓汇评》卷十杜甫《曲江陪郑八丈南史饮》评语，第360页。

3. 文学创作的气化过程实际上就是以气御才、以气循才、以气称才的过程

气经过涵养而才被激发,神通气行的气化赋形过程之中,气与才之间又体现了以下关系:

其一,气是才得以运动的动力,此为以气御才。陆游《方德亨诗集序》云:“诗岂易言哉,才得之天,而气者我之所养。有才矣,气不足以御之,淫于富贵,移于贫贱,得不偿失,荣不盖愧,诗由此出,而欲追古人之逸驾,讵可得哉?”陆游这里所说的御才之气侧重于孟子所说的浩然之气,是配义与道又融合了生命之气的产物。毛先舒则云:“作者,揽群材,通正变,以才裁物,以气命才,以法驭气,以不测用法。”①同样是以气来驾驭才,但他所说的气淡化了儒家的道义内涵。

以气御才还有一个意思,它与前面屠隆、叶燮等寻找影响才的中介对接:气是能够影响才的最直接因素。章学诚《文史通义·质性》篇云:

> 夫情本于性也,才率于气也。累于阴阳之间者,不能无盈虚消息之机。才情不离乎血气,无学以持之,不能不受阴阳之移也。一身之内,环转无端,而不自知。苟尽其性,虽夫子愤乐相寻,不过是也。

才情本于血气,受禀赋的影响,人处于阴阳二气的变幻之中,不可能没有盈虚消息等幻化带来的情感上、血气上的波动。此变化之气发见于情则成种种形态,往往不能自控,悲欢无端,循环不止。要控制这种自然的宣泄,就应该有“学”,通过学可以把持人的血气,即调整才情、性情,抑制其无节制的放纵。之所以要以学持血气,章学诚以五行阴阳的形式给予了阐释:“易曰:一阴一阳之谓道。阴变阳合,循环而不穷者,天地之气化也。人禀中和之气以生,则为聪明睿智;毗阴毗阳,是宜刚克柔克,所以贵学问也。”意为:中正平和之气最佳,不得已而偏于阴或者偏于阳,如果得学问的修养,可以成就刚克或者柔克二德。这是指以学调整主体性情之中被后日习染而

---

① 毛先舒:《诗辩坻》卷一,见《清诗话续编》,第10页。

成者，主要可以体现在对道德的修养、对生理之气的状态调整上；但是："骄阳沴阴，中于气质，学者不能自克。"①过于阳或者阴者，二者深入于才性气质之中，凭借学也是很难改变的。不过，以学持血气，在一般情态下，虽然不能改变才性，却可以凭借气而影响才的发抒状态。这里所说的学即是养气。

其二，气的运动需要依循，气化赋形之中气所依循的是才。气运动而需要依循，是审美活动中的气区别于漫无节制、随意漫卷的自然之气的重要特征。这个依循有两个内涵：

首先，气运动而依循于才，相当于才实现了对气运动方向、运动方式、运动轨迹的引领。神完气足，气才能有充沛的运动势能，而气运动之际要因依自己的才，这样就可以生成艺术独到之格调，魏禧《论世堂文集叙》称：

> 气之静也，必资于理，理不寔则气馁；其动也，挟才以行，才不大则气狭隘。然而才与理者，气之所凭，而不可以言气。才于气为尤近，能知乎才与气者之为异者，则知文矣。

其中有以气御才、才可以影响气等观念，但核心在于"才与理者，气之所凭"，才与理是气运动所要依托的。

其次，是就才之限量而言，气无论如何自养，都最终要受制于才的局限，所谓气依循于才，也是指主体很难做到超越才的限定而纵恣其气，这就叫做气行而称其才。方苞《四书文选凡例》以理、辞、气三者论时文云："依理以达乎其词者，则存乎气。气也者，各称其资材（通才——引者注）而视所学之浅深以为充歉者也。"要想词达理明，关键在于气；气是才性禀赋又经过学养而培育出的一种结构布置、联想寄托、命意造词的生命能量，气的运动是和其主体天资之才相协和相对应的。气化赋形所依循的才在后世被纳入了性灵或者性情，对性情与性灵的逼肖便是气依循才的赋形。

① 章学诚著、叶瑛校注：《文史通义·质性》，人民文学出版社 1994 年版，第 418 页。

第三节 形与神:自然与人工的艺术协调

文学创作论气化,本质上就是强调自然生化超乎人工,但对于创作实践而言,问题并不如此简单,自然生化与人工的关系一直以来就是文学理论界讨论的重要内容,并形成了以下三个意见:

其一,文艺创作以气化为极致,人工见则成色减。王夫之论《陌上桑》,拈出"笔墨气尽"①,"笔墨气"的意思是笔墨的痕迹过重,即人工造作修饰的痕迹显露。纪昀论苏轼《书晁说之考牧图后》之佳:"自在流行,曲折无不如意,长短无不中节,殆无复笔墨之痕。"②也是由此而言。笔墨气重则掉弄笔锋的兴趣远过于吟咏情兴的自然发抒,而过多地刻镂会使得作品缺乏浑厚之气。③ 方宗诚则继承李贽的化工、画工之区分,将文章分为化工之文与画工之文二类:"化工之文,义理充足于胸中,触处洞然,随感而见。未尝有意,为文自然,不蔓不支。如天地之元气充周,四时行,百物生,何尝有意安排?自然物各有物,无不得所。""画工之文,义理未能充积于中,惟于古人之文,摹其意,会其神,以能自成一家,终非从义理源头上流出。如画家之山水花卉,以能神似,终不免参以人为之功。"④画工之所以不及化工,关键在于人为之功的参与。

其二,文艺创作必待人工而极其至。《三家诗话》云:"鸟之飞也,必回翔而后下;水之流也,每渟蓄而后行。袁蒋多一气直下,而不耐纡徐,皆少韩昌黎迎而距之一段工夫也。"⑤顺气而行为自然,迎而距之为人工;直遂为自然,纡徐为人工。而文以曲为高,也就是说,必须出于必要的人工努力,以改变自然的直遂,才能达到创作的佳境。对于有的文体,一些学者在这个问题

① 王夫之:《古诗评选》卷一评《陌上桑》,文化艺术出版社 1997 年版。
② 纪昀评《苏文忠公诗集》卷三十六。
③ 吴讷《文章辨体序说》:"元嘉以后,三谢颜鲍又为之冠。其余则伤镂刻,遂乏浑厚之气。"
④ 方宗诚:《读文杂记》,见《历代文话》,第 5716 页。
⑤ 尚镕:《三家诗话》,见《清诗话续编》,第 1922 页。

上说得更为直接,如王士祯曾言律诗之中非常喜爱李白的“牛渚西江夜”、孟浩然的“挂席几千里”诸篇,并经常模拟,董玉虬则规劝道:“律诗须句句做,未可但骋逸气。”王士祯也自称“余亦深服之”。① 律诗句句做,则与一气而成恰成矛盾。

其三为调和之论,由人工而极乎自然。历代文学创作中的苦吟论者基本都是这个思想的信守者。苦吟而及于自然,宋代江西诗派的诗学思想已经极力提倡,又如明代皇甫汸曾言:“或谓诗不应苦思,苦思则丧其天真,殆不然。方其收视反听,研精殚思,寸心几呕,修髯尽枯,深湛守默,鬼神将通之。”②清代词人彭孙遹也说:“词以自然为宗,但自然不从追琢中来,便率易无味。”由追琢而至自然,也便是苦吟而至自然,谢章铤极为赏叹此论,以为“词中中肯之论”③。

以上三种观点,第一种气化虽然为创作的极致,但并未否认人工,而是强调人工的不露痕迹;第二、第三个观点也都没有否认人工,只是侧重点有所差异:一个强调的是气化对人工的依赖,一个着重在以人工为手段,而以最终的自然为效果。

由此可以得出以下结论:气化自然是文学创作的最高尺度,而实现自然的手段之中并不排斥人工的参与。从文学理论对气化的论述而言,气化赋形以作品之中获得并表现了气最为集约、最为精华的神为成功的标志。但神的获得却不能仅仅凭依气的肆意宣泄,肆意宣泄容易带来气的直露,反而不利于展示作为气之精华的神特有的幽渺,因此它需要人工辅助,实现艺术创作之中的天人合一。于是探索表现神的艺术手段便成为题中应有之义,形与神的关系问题在天人合一思想的指引下由此便纳入了以气为核心的文学理论建构。作为文学发端之际的思想观念,“形似”之中有着对神似、气化之本质最本原的解释。随着文学及其相关理论的发展,形似与神似的关系统由天人合一的文学系统转化为道艺关系,神与道成为自然的极境,形与

① 张宗楠辑录:《带经堂诗话》卷三,人民文学出版社1998年版,第80页。

② 王世贞:《艺苑卮言》卷一,见《历代诗话续编》,第957页。

③ 谢章铤:《赌棋山庄词话》卷一,词话丛编本。

艺则代表了诸般人工的呈露；形神合进而实现天人合、道艺合亦成为文学的追求。

一

文学起初的经验在于形似的摹写。南宋包恢《答傅当可论诗》从气化入手论诗，中云：

> 诗家者流以汪洋淡泊为高，其体有似造化之未发者，有似造化之已发者。而皆归于自然，不知所以然而然也。

他所谓"造化已发"者，是"冲漠有迹，冥会无迹，空中之音，相中之色，欲有执著曾不可得；而自有尸居而龙见，渊默而雷声者焉"，一气浑融，情景如一，是从神似上对审美对象的把握。而"造化未发"者，是"真景见前，生意呈露，混然天成，无补天之缝隙；物各副物，无刻栋之痕迹：盖自有纯真而非影，全是而非似者焉"，刻画逼真，虽出于人工却难睹痕迹，这是典型的形似。他认为，这两种形式，"皆归于自然"，是诗家中的射雕手，不分高下。如此定位形似，说明形似是艺术的元问题，并非因为有了神似、气化它便毫无价值。即使从气化论艺术创作实则也离不开形似问题，气化就是气的外显赋形，气与形之间是体用关系，"用"尽可能符合"体"的特征，即艺术形式尽可能呈露气的本来面目，这是气化的规律，是生命美学的本质。因此对所要表达对象的模拟，就成为早期艺术创作的必然选择，模拟就离不开形似。中国诗歌创作在魏晋六朝"文贵形似"的实践已经说明了这点。

韩经太先生认为，在诗言志、诗缘情等基本的诗学思想之外，如果从诗学史的角度考察诗学创作的实际，绝非是从诗言志到诗缘情的变化所能概括，其中值得关注的就有一个从魏晋时期兴起的讲求诗"称物"的思想，它是赋体文学发展、体物特征成熟扩散的结果，是在魏晋文学分体的趋势下出现的一种文学思想的整合倾向。正是这一倾向的实际存在，"导致了中国古典诗歌艺术在审美倾向上并不偏执于主观表现的历史性格，导致了中国古典诗歌艺术的技艺自觉每与穷情写物而曲尽其妙的审美讲求相契合的艺术传统”。此处的物，不仅指客观事物，而且指所有文章写作所要表达的内容。其代表的言论如陆机《文赋》下面一段话：“每自属文，尤见其情。恒患意不称物，文不逮意。盖非知之难，能之难也。”结合《文心雕龙·诠赋》中的“赋者，铺也，铺采摛文，体物写志”以及“情以物兴，故意必明雅，物以情观，故词必巧丽”等观点，其言志言情融于体物，且追求称物的思想是相贯穿的，不仅如此，“由于体物之物实际上包括着情与物两个方面，所以，称物这一最高目的就意味着一种诗艺讲求的历史新高度。作品的成败，不必看其是否有兴讽效果或教化功能，只看其能否曲尽题内应有之情感、情景、情事之妙”。在这个基础之上，韩先生对古人如何实现称物的路径进行了分析：

> 诗而称物的理想境界，在魏晋六朝人士心目中，无他，就是钟嵘言下“详切”二字。钟嵘《诗品》总序云：“五言居文词之要，是众作之有滋味者也，故云会于流俗。岂不以指事造形，穷情写物，最为详切者耶！”在关于滋味的阐释中，只要将陆机《文赋》序中“恒患意不称物，文不逮意，盖非知之难，能之难也”的艺术实践诉求，与这里钟嵘所言“会于流俗”之“指事造形，穷情写物，最为详切”的大众化品味标准联系起来，那兴起并成熟于魏晋六朝之际的诗学思想及诗艺讲求的主流导向，本来是异常清晰的。“详”者，非“略”，自然有详细、详明、详备之义；切者，不“隔”，自然有切近、切实、真切之义。①

形似作为本原的艺术手段，从早期“象”的含义定位中已经透出端倪，《易·系辞》中云：“圣人有以见天下之赜而拟诸形容，象其物宜，是故谓之象。”《易》传中对“象”的解释是：“象也者，像也。”“象也者，像此者也。”其中的“此”是泛指的“物”，“像此”故此就是“像物”，即从主体视角出发由物所获得的主观性的形貌整体。魏晋六朝论切物、称物，正是“像物”的延续继承。但随着艺术实践的深入，文人们普遍发现，要复原审美对象的原态，

---

① 韩经太：《诗艺与体物》，《文学遗产》2005 年第 2 期。

形似的手段就要实现更新,心与物之间的多维对应需要承载多维信息的载体加入,仅仅依靠"象"本身难以实现对审美对象全面真切的把握,所以追求复原"物"的努力便又发展为在把握象的同时,将视野投向"象外"的空间,中古之际,这种探索达到一个前所未有的高度。谢赫《古画品录》云:"若拘以体物,则未见精粹;若取之象外,方厌膏腴,可谓微妙也。"宗炳《画山水序》:"旨微于言象之外者,可心求于书策之内。"释僧卫《十注经合注序》:"抚玄节于希音,畅微言于象外。"僧肇《般若无知论》:"穷心尽智,极象外之谈。"艺术上的宣扬在唐代诗人那里结出了理论硕果,皎然《诗议》云:"采奇于象外。"司空图《二十四诗品》:"超以象外,得其环中。"另如司空图"象外之象"说以及刘禹锡著名的"境生象外"说等,已经将超越形似的表现手段理论化了。在这样的审美观念指导下,能兼容象和象外空间的新的表现手段在创作之中得到推扬,意象兴象由此进入视域,气韵神韵的范畴也于此时诞生,神似便作为形似的补充被文人们关注起来。

形似在神似确立之后遭到一些文人的贬抑,于是出现了"形似"与"神似"之争,在一般舆论里,神似逐步确立了其高于形似的审美地位。唐代荆浩《笔法记》中就说:"似者,得其形,遗其气;真者,气、质俱盛。"所谓"真"是指超越形似的真切,实则就是神似,神似并非遗落了所有的形的特征,而是形与形外的最佳结合,如此的话就能达到"气质俱盛"。苏轼《书鄢陵王主簿所画折枝》云:"论画以形似,见与儿童邻。赋诗必此诗,定非知诗人。"《又跋汉杰画山》:"观士人画如阅天下马,取其意气所到。乃若画工,往往只取鞭策、皮毛、槽枥、刍秣,无一点俊发。"东坡论诗画皆不主张形似,而是要"取其意气所到",意思就是"神",取意思实则为传其神,所以他又有《传神记》专论神就是"意思",神或者"意思"又各有所在:"凡人意思,各有所在。或在眉目,或在鼻口。虎头云'颊上加三毛,觉精采殊胜',则此人意思盖在须颊间也。优孟学孙叔敖抵掌谈笑,至使人谓死者复生。此其举体皆似,亦得其意思所在而已。"可见东坡的确有重神而略形的倾向,所以早在宋代就有晁补之出来纠偏,其《和书鄢陵王主簿所画折枝》云:"画写物形外,要物形不改;诗传画外意,贵有画中态。"意在强调:传神也要从形似入手。后世理论界虽然总体上论传神者多,论形似的声音微弱,但在形似与神

似关系的问题上,基本上有两个倾向:

其一,形似与神似是文学表现的两种基本手法,不可或缺。范温《潜溪诗眼》分文学表现手法为“形似”与“激昂”二类,且云:

> 形似之语,盖若诗之赋,“萧萧马鸣,悠悠旆旌”是也。激昂之语,盖若诗之兴,“周余黎民,靡有孑遗”是也。古人形似之语,必实录是事,决不可易。故老杜所题诗,往往亲到其处,益知其工。激昂之语,孟子所谓“不以文害辞,不以辞害意”,初不可以形迹考,然如此乃见一时之意。如《古柏诗》“柯如青桐根如石”,视之信然,虽圣人复生,不可改。此形似之语。“霜皮溜雨四十围,黛色参天二千尺。云来气接巫峡长,月出寒通雪山白。”此激昂之语,不如此则不见古柏之大也。文章固多端,然警策处往往此两体尔。①

其中“激昂”之语的作用是“初不可以形迹考,然如此乃见一时之意”,即与形似有出入,但又是作者对审美对象一时兴会之下的一种观照,实则就是神似。在范温看来,文学表现手段虽然可以多种多样,但最能写出审美对象之风貌、使读者亮眼的手段主要是这二体。

其二,神似不能彻底脱离形似,此论主要代表之一是金代王若虚,他在《滹南诗话》中详细对此进行了分析:

> 夫所贵于画者,为其似耳,而不似,则如勿画;命题赋诗,不必此诗,果为何语?然则坡之论非欤?曰:论妙于形似之外,而非遗其形似;不窘于题,而要不失其题:如是而已耳。世之人不本其实,无得于心,而借此论以为高。画山水者,未能正作一木一石,而托云烟杳霭,谓之气象。赋诗者茫昧僻远,按题而索之,不知所谓,乃曰格律贵尔。一有不然,则必相嗤点,以为浅易而寻常。不求是而求奇,真伪未知,而先论高下,亦

① 引自李颀:《古今诗话》,见郭绍虞《宋诗话辑佚》,第260页。

自欺而已矣。岂坡公之本意也哉?①

王若虚并未否定苏轼的神似观,但他认为神似要以形似为积累、为依托,最终由形而获得形外的韵味。方孝孺《苏太史文集序》中也说:

> 天下之事,出于智巧之所及者,皆其浅者也。寂然无为,沛然无穷,发于智之所不及知,成于巧之所不能为,非几乎神者,其孰能与于斯乎?故工可学而致也,神非学所能致也。惟心通乎神者能之。神诚会于心,犹龙之与雨,所取者涓滴之微,而可以被八荒,泽万物;无所得者,譬之抱瓮而灌,机械而注,为之不胜其劳,而所及仅至乎寻丈之间。②

本文意在论述如何能够写好文章,最高境界是神会而为之,是无所用其巧的自然而非有意而为。巧即艺,神为道:神则见道,是以气为之;巧而得艺,以技为之。巧神关系可见就是古典文学理论之中常说的道艺关系,这个道不再是道学之道,而是艺术的至高境界和至高法式。方孝孺认为,巧和神不同,但二者之间并非毫无关系:

> 文非至工,则不可以为神,然神非工之所至也。

神之至境的抵达,必须经过工的阶段磨砺积累,但又并非经过了工的磨砺积累就能抵达神,神是具有禀赋性限定和因缘际会要求的,是最终实现神以气行而不见人工的,所以说“神非工之所至也”。又云:“智巧之于文不能无也,而不能用也;虽未尝用也,而亦未尝无也。”神就是超越了技巧,但起初又不可能离开技巧的磨炼,只有技巧达到高度纯熟,运用自如又不陷入诗文的套路,神境才能降临。

清代大诗人赵翼《论诗》中持同样的观点,认为东坡之说“意取象外

① 王若虚:《滹南诗话》卷二,《历代诗话续编》,第515页。

② 方孝孺:《逊志斋集》卷十二《苏太史文集序》。

神”,以“羚羊眠挂角,天马奔绝尘”为境界,论境界之高妙未可厚非,只是有两个问题:一是“其实论过高,后学未易遵”,从学习作诗的人考虑,这种思想没有实际操作的基础,不如江西诗派的点铁成金、脱胎换骨之类便于初学者学习;二是“诗文随世运,无日不趋新;古疏后渐密,不切者为陈”:时代变化,诗风也变,今日的诗风就是先要“切”,切即形似,而且价值不下于神思,故云:“是知兴会超,亦贵肌理亲。”不废神,不废形;欲得神,必依形。所以最终断言:“作诗必此诗,乃是真诗人。”

方东树则进一步将形神关系调和为“魂魄匀停说”,他评杜甫《登余干古县城》云:“以情有余味不尽,所谓兴在象外也。言外句句有登城人,句句有作诗人在,所以称为作者,是谓魂魄停匀。”与此相反,李商隐之诗多使故事,装贴藻饰,掩盖了性情面目,他称之为“但见魄气而无魂气”。魂气,是诗见己意,言内言外有诗中之人在、有诗人在,因为有鲜活的人在,因此有兴象有意味;魄气,则仅仅是文辞事典,“如应试之作,代圣贤立言,于自己没涉,公家众口,人人皆可承当,不见有我真性情面目”。① 只有魂魄匀停,作为形似勾勒描绘的文辞、事典、兴象既准确,同时又融入自我情意,才会有佳作。当然,在魂魄二者之间还是有审美层级之分的,方东树就认为“魂气多则成生活相”,而“魄气多则为死滞”。事实上,魂气多也容易陷入顽空,作品会显得飘忽不切;但之所以在同是“多”的情况下“魂气”之多会优于“魄气”之多,原因便在于以神以魂为高。

以上的观点和论争说明了这样两个问题:首先,形似与神似,在审美价值上也许存在着高下的差异,但在审美发展史上它们具有同等的意义,都是复原物的本来面目过程之中的手段;其次,神似以形似为起点,恰恰说明作为文学创作的气化赋形,是不可能脱离技巧法式的。

二

与神似相呼应的是文学创作的得神与传神。二者首倡于艺术领域,《淮南子·说山训》论画术之优劣:“画西施之面,美而不可悦;规孟贲之目,

① 方东树:《昭昧詹言》卷十八,第420页。

大而不可危:君形者亡焉。”高诱注:“生气者,人形之君,规画人形无有生气,故曰君形亡。”以“生气”释“君形者”,而生气和神是一体的,清代翁方纲《神韵论上》曾云“神韵者,是乃所以君形者也”,直接将神与“君形者”联系起来。东晋绘画界提倡“传神写照”,更多吸纳的是玄学的成果,而文学也就在此时与神开始联系起来,刘勰的“神思”之论是其集大成之研究。到了宋代,严羽《沧浪诗话·诗辨》中第一次明确提出:“诗之极致有一,曰入神。诗而入神,至矣,尽矣,蔑以加矣。”入神、传神从此成为文学创作的巅峰诉求,几乎所有的文体都提出过类似的要求:

诗文 李重华《贞一斋诗说》分诗为五长:以神运者一,以气运者二,以巧运者三,以词运者四,以事运者五,神运居于第一位。但有人问“神与气互相为用,何以离而二之”的时候,作者回答:“诗之尤贵者神也,惟其意在言外也。”①

词 词中论传神,尤其集中在写景、摹态、咏物、抒情之作中。如《词衷》论咏物:“咏物固不可不似,尤忌刻意太似。取形不如取神,用事不如用意。”②如《词筌》论咏物:“程村咏物词,……如落花云:‘五更风,三更雨,惯作伤心别’……不独传神写照,殆欲追魂摄魄矣。”又论写景:“写景之工者,如尹鹗‘尽日醉寻春,归来月满身’;李重光‘酒恶时拈花蕊嗅’、李易安‘独抱浓愁无好梦,夜阑犹剪灯花弄’,……皆入神之句。”③一般理解,传神或者入神,是指生动鲜明地描绘出了审美对象或者特定人生境遇最突出的特征。本节文字则重点强调了一种抓住特征并将其物化——意象化的能力。

曲 如果说传神论明清之前主要体现在诗文等领域,那么明清之后,这个理论观点则更多地向叙事文学延伸。如传奇,汤显祖《合奇序》云:

> 予谓文章之妙,不在步趋形似之间,自然灵气,恍惚而来,不思而至。怪怪奇奇,莫可名状,非物寻常得以合之。苏子瞻画枯株竹石,绝

---

① 李重华:《贞一斋诗说》,见《清诗话》,第922页。

② 邹祇谟:《远志斋词衷》,词话丛编本。

③ 贺裳:《皱水轩词筌》,词话丛编本。

异古今画格，乃愈奇妙；若以画格程之，几不入格。米家山水人物，不多用意，略施数笔，形象宛然，正使有意为之，亦复不佳。故夫笔墨小技，可以入神证圣。

与入神之作对立者，皆因“浮沉习气为之魔”。孟称舜“化身为曲中人”的理论是传神的另一种表达。《古今名剧合选序》云：

至于曲，则忽为之男女焉，忽为之苦乐焉，忽为之郡主、仆妾、佥夫、端士焉。其说如画马者之画马也，当其画马也，所见无非马者。人视其学为马之状，筋骸骨节，宛然马也。而后所画为马者，乃真马也。学戏者不置身于场上，则不能为戏；而撰曲者不化身为曲中之人，则不能为曲。此曲之所以难于诗与词也。

这个思想实际上就是刘勰所说的“神与物游”，达到这种境界，则曲中人与作者难分彼此，也代表着作者对曲中人实现了深刻的领会与把握，因此才能将其身份苦乐一一摹出。王思任人物塑造理论中的“神君气母”说也是得神传神之论的一个变体。这些思想体现在王思任《批点玉茗堂牡丹亭叙》一文系统的人物塑造理论中：

其一，他分析了戏剧人物塑造的本质在于模仿，他称之为“像”：“火可画，风不可描；冰可镂，空不可斡。盖神君气母，别有追似之手，庸工不与耳。古今高才，莫高于《易》，易者，象也；象也者，像也。”所谓神君气母，即以神为主导，以气化为创作的根本。神为取神，取神求其像，这就是戏剧人物塑造的目的。王思任认为，能够达到“像”并非是一件简单的事，所以“能言其所像者人亦不多”，古今数人而已。这个“像”字又建立了艺术和现实之间的关系，说明戏曲是对现实的反映与表现。

其二，人物塑造要生动、鲜活，《牡丹亭》中：“其款置数人，笑者真笑，笑即有声；啼者真啼，啼即有泪；叹者真叹，叹即有气。”能够达到这种活灵活现，需要的也是孟称舜所说的“化身为曲中人”的神与物游。

其三，人物的形象要通过具体的人物言行在剧情的展开中显现。

杜丽娘之妖:"杜丽娘隽过言鸟,触似羚羊,月可沉,天可瘦,泉台可瞑,獠牙判发可狎而处,而梅柳二字,一灵咬住,必不肯使劫灰烧失。"柳梦梅之痴:"柳生见鬼见神,痛叫顽纸,满心满意,只要插花。"老夫人之软:"老夫人智是血描,肠邻断草,拾得珠还,蔗不陪蘖。"杜安抚之古执:"杜安抚摇头山屹,强笑河清,一味做官,半言难入。"陈最良之雾:"陈教授满口塾书,一身襶气,小要便益,大经险怪。"春香之贼牢:"春香眨眼即知,锥心必尽,亦文亦史,亦败亦成。"在具体的故事情节之中展开人物的个性,同时还要彼此各有面目、各有性情:"杜丽娘之妖也,柳梦梅之痴也,老夫人之软也,杜安抚之古执也,陈最良之雾也,春香之贼牢也,无不从筋节窍髓以探其七情生动之微也。"这样就保证了人物形象的丰富性,避免了雷同,其核心在于传神。

小说 以张竹坡批评《金瓶梅》为例:

第一回:"描写伯爵处,纯是白描追魂摄影之笔。"第三十回评李瓶儿生子潘金莲嫉妒只一句话、一个动作:"白描入骨"、"白描入化"。第七十三回:"以上凡写金莲淫处与其轻贱之态处,已极","作者偏能描魂捉影,真是神功鬼斧"。评语之中涉及的追魂摄影、入化、神功鬼斧之类,都是将笔锋指向了虚灵之气,指向了传神,有此手段,才能将人物性情形态化、情绪动作化,就如同气被赋形。

与入神、传神等评语相近的,还有"神来之笔"等品目,或用来指艺术价值极高,或指兴到机流"即作者亦不能有再"的创造,或指"冲口而出,不待思索"的婉妙敏捷。①

三

入神、传神、得神、入化或者出神入化等审美效果的获得,是气化的必然结果。一般认为,要想使得创作真正成为气的赋形,就应该以气的自然表现

① 管世铭《读雪山房唐诗序例》:"或谓王之涣'黄河远上'一篇之外,何不多见?余应之曰:'神来之作,即作者亦不能有再。'"张谦宜《絸斋诗谈》卷八:"明人吴宽《过临清与榷税主政》诗曰:'献策金门苦未休,归心日夜水东流。扁舟载得愁千斛,闻说君王不说愁。'如此婉妙敏捷,何减中晚?此等诗冲口而出,不待思索,所谓神来不可多得。"

为追求，这便是前面所论气化赋形而重自然，也正因为如此，历代文人论创作异口同声地标榜自然。

文学自然之论，一则侧重于一种抒发姿态的真实而不造作，二则也倾向于对人工技巧的一些抵触，但不是绝对反技巧。事实上，正如神似无法弃形似而不顾一样，气化赋形的过程如果离开必要的人工，是难以达到自然之境界，并将所见之神准确表现的，形神之间不可离析的关系正说明艺术创作恰恰是自然与人工的统一，是天人的相合。如杜甫七言古诗浑厚有力，以《茅屋为秋风所破歌》和《楠树为风雨所拔歌》最为代表，所以陆时雍说“气大力厚，故多局面可观”；但又认为：“力厚澄之使清，气大束之使峻，斯尽善矣。”①浑厚气大本来就是主体之气的自然体现，但陆时雍却认为通过澄之使清、束之使峻的人工，则更加尽善尽美。继而又评刘长卿《赠元容州》一诗，认为也可以纳入浑厚之类，但是：“浑厚之病，临于模糊，精琢则体瘦神清。”②明确提出对浑厚要有精琢，才能入神。可见起初的浑厚与气化是有距离的，并非纵恣一气而无所琢磨就能够实现气化赋形。李兆洛《骈体文钞序》从禀赋、学问、体格、义理多关乎天人，并非仅仅依靠自然可以完备入手，认为文章必须做到天人相合方可：

> 夫气有厚薄，天为之也；学有纯驳，人为之也；体格有变迁，人与天参焉者也；义理无殊途，天与人合焉者也。得气厚薄纯杂之故，则于体格之变，可以知世焉；于其义理之无殊，可以知文焉。

人与天参，天与人合，体格有变而义理无殊，这是对文学创作的总概括。其中人天相参者为体格（作品的体势、风骨、气质），天人相合者为义理（作品中反映的规律、情理）。天与人之互动，体格义理的融合，才能形成好的文章。其中的“人”虽然不尽是人工之意，但体格之所包含的内容则必须有人工的参与。他如唐代李德裕《文章论》中的“气不可以不息，不息则流荡

① 陆时雍：《唐诗镜》卷二十四。
② 陆时雍：《唐诗镜》卷二十九。

而妄返”、清人吴增祺“用气如用力,有十分者只可用到八九分,须在在留其有余”等论①,实则都是以人工避免气的自然性发抒,以实现更接近入神的效果。

人工介入气化赋形的创作过程有一个基本的标准:不过“甚”。陆游《何君墓表》:“锻炼之久,乃失本旨;斫削之甚,反伤正气。”陆时雍《诗镜总论》评中唐创作:“其病在雕刻太甚,元气不完。”都是从可以锻炼但不能伤于正气、元气的“气”而言的。

人工介入或者锻炼的基本法式就是“炼气”。柳宗元《答韦中立书》自道为文之法:

> 故吾每为文章,未尝敢以轻心掉之,惧其剽而不留也;未尝敢以怠心易之,惧其弛而不严也;未尝敢以昏气出之,惧其昧没而杂也;未尝敢以矜气作之,惧其偃蹇而骄也。抑之欲其奥,扬之欲其明,疏之欲其通,廉之欲其节,激而发之欲其清,固而存之欲其重,此吾所以翼夫道也。

文章中涉及的抑、扬、疏、廉、激、固等,都是就昏气、矜气之影响与规避而言,如此而达到奥、明、通、节、清、重的效果,这个过程属于炼气的过程。炼气是针对一般锻炼手段之中所谓炼句、炼字之弊而言的,有的诗法或者文法十分琐碎,如诗歌之中就有炼第三字、第五字的说法,针对此类锻炼,贺贻孙给予批评:类似杜诗“飞星过白水,落月动沙虚”等句中的“过”和“动”,并非是心中先有了“飞星白水”、“落月沙虚”,而后才炼出“过”“动”二字的。又举其“天清木叶闻”与孟浩然“荷枯雨滴闻”,这两个“闻”字,“亦真亦幻,皆以落韵自然为奇,即作者亦不自知,何暇炼乎”? 又列举“池塘生春草”,“生”字现成却灵幻;“枫落吴江冷”、“空梁落燕泥”、“雨中山果落”、“叶里松果僧前落”,四个“落”字,“俱以现成语”写出,明白而灵幻,似脱口而出。他认为这是一种真本领,学诗当学习这种本领,而非是一般的字句之炼,它得之于诗人的“炼气”:

① 吴增祺:《涵芬楼文谈》“养气”第九,商务印书馆 1911 年本。

> 诗家固不能废炼,但以炼骨炼气为上,炼句次之,炼字斯下矣。①

炼气在具体创作之中,主要表现为对气的纵恣姿态的改变。魏学洢将这种对气运动形势的干预名之为“勿使善气”与“忍力”。

从体气而言,它出于血性,感于遭际,为文之际往往有所奋发,气充而宣泄似乎没有什么问题,但魏学洢《制义自序》中却引广东知非和尚之告诫:“勿使善气,善气恶气两者并行世间,无有差别。”②善气就是自以为是的自负之气,它无所保留,不事收敛,莽荡而少蓄养。气为文章的魂灵,但魏学洢从世故人情中感悟,以为使气为文章下品。所以《易曦侯居业序》中倡导“忍力”:

> 夫文贱顺贵逆,非徒数行内入一二恻调之为逆也,又非徒尺幅中首尾掉拨能蜿蜒夭娇之为逆也。心汹汹欲奔诸笔,笔汹汹欲奔诸纸,巨力者,逆挽而进,两息交屏,万响都寂。当此之时,心径寸尔,窅然入万丈之底,逆而胜,如百神遇神禹留,徒惟命;或不及胜,而决以出,则沸然成荡天之湍,不过汹汹时一加鼓铸尔,而文之奇乃百倍。豪杰所以重忍力也。③

心会意到之际,盛气发泄的冲动强烈,但这样的抒发容易一泄而尽。此时作者应该逆势而行,抵御这种冲口而出的欲望,积之愈久,则气势能越盛,一朝释放,力道自然遒劲。

近人林纾《书黄生札记后》一文对文章诗歌与词都提出了应该干之以人工而改变气之直白的要求。其言文章:“顾但用其声,其中无波折停蓄之态,则声亦近枵,读之索然。故每句须用顿笔。用顿笔,则断不流利,故有拗字、蹇字、涩字之诀。”言词:以宋人大家如白石、草窗等其词“皆沉哑”然而播以声律又悠扬动听,如“暗香”、“疏影”二首,“字字沉哑,亦字字皆圆”。

---

① 贺贻孙:《诗筏》,见《清诗话续编》,第164页。

② 魏学洢:《茅檐集》卷五《制义自序》。

③ 魏学洢:《茅檐集》卷五《易曦侯居业序》。

之所以字尚沉哑，乃是适应词委婉的体制，防止一气而出，一览无余，显示出油滑之相。又云《诗经》之中也多用顿笔：

> 若云三百篇无顿笔，则诗无七言，何由得顿？实则于四字中停顿而读，亦无不可。如"我徂东山"篇曰："我（顿）徂东山，滔滔不归。我（顿）来自东，零雨其濛。我（顿）东（顿）曰归，我（顿）心（顿）伤悲。"果作如此读法，亦何尝非顿？昌黎铭词，七言中必作数顿者，盖深防其油滑，使读者易尽，亦非有意作蹇涩之体也。

这些顿的思想，延续了古文"提顿"的法式，意在防止气的油滑。林纾总结以上所论，得出一个结论："不运以巧思，则气不完固。"它恰恰说明，作品之中的一览无余虽是气的一泻而出，但却非是气化赋形的完美状态，要真正实现气的赋形，需要必要的人工，实现天人之合。

于是人工介入创作与创作所崇尚的自然之间达成了默契，并形成一个兼容了手段与效果的理论：锻炼而归于自然。这个思想最早的倡导者应该是皎然。《诗式》在卷一"明势"之后他就提出了具有方法论意义的"明作用"："作者措意，虽有声律，不妨作用，如壶公瓢中自有天地日月。时时抛针掷线，似断而复续，此为诗中之仙。"此处意在揭示作用不当为声律所阻，而且其核心在于诗歌断与续之关系的组织。卷二又专门列有《作用事第二格》，从用事论作用，并通过对谢灵运"池塘生春草"、"明月照积雪"优劣品目以及何以优劣的分析，再次对作用以及其要旨作了论述：

> 客有问予，谢公此二句优劣奚若？予因引梁征远将军记室钟嵘评为"隐""秀"之语，且钟生既非诗人，安可辄议？徒欲聋瞽后来耳目。且如"池塘生春草"，情在言外；"明月照积雪"，旨冥句中。风力虽齐，取兴各别。古今诗中，或一句见意，或多句显情。王昌龄云："日出而作，日入而息。"谓一句见意为上，事殊不尔。夫诗人作用，势有通塞，意有盘礴。势有通塞者，谓一篇之中，后势特起，前势似断，如惊鸿背飞，却顾俦侣，即曹植诗云"浮沉各异势，会合何时谐？愿因西南风，长

逝入君怀"是也。意有盘礴者,谓一篇之中,虽词归一旨而兴乃多端,用识与才,蹂践理窟,如卞子采玉,徘徊荆岑,恐有遗璞。

谢灵运"池塘生春草"、"明月照积雪"等名句何以历来为人激赏?钟嵘认为是由于诗句有"隐秀"之美,而皎然认为,这种说法并未搔到痒处。他认为,古今诗歌,有的一句见意,有的多句见意,如果是以一句见意为上,那么诗歌之中有了秀句,对于其他诗句便都可不必过于在意了,这种看法他认为不过是"聋瞽后来耳目"。以谢灵运名句的评赏为例,他认为其成功在于诗句融入了诗的整体,是多句见意,而在多句的映衬下,"池塘生春草"、"明月照积雪"这些很一般的诗句才展示出"情在言外"、"旨冥句中"的特征。由于皎然并不主张秀句而是推崇诗歌整体的完美统一浑然一体,因而理论重点便不是锻炼秀句,而是如何使得诗歌整体能够浑融,如何能够做到多句显情显意,因此才有了他对"作用"的重视,这也初步显示了作用的内涵,它是对诗歌整体的谋划。作用计有两端:势有通塞和意有盘礴。

势有通塞 这个势就是我们常言的气势,因为气的推动贯彻,维持了气的前后一体而不间断,是一种文学统筹、全局把控。

意有盘礴 意有盘礴按照皎然的解释就是"虽词归一旨而兴乃多端",即同样的基本义旨,却可以因为不同的兴感对象写出,读者也因此可以获得多维度的启示,这样的结果源于作者用识与才进行的酝酿,所谓"蹂践理窟",意在说明这种酝酿理性的成分更重;"如卞子采玉,徘徊荆岑,恐有遗璞",则是说这种酝酿精心、专注,要考虑周全。无论是势的作用还是意(情事)的作用,皎然都是就诗歌的整体而言的,所以他不同意王昌龄一句见意为高的观点,欣赏多句见意。

皎然论作用,无论情事,都有一个最终衡量效果的尺度,这就是自然,由作用而达于自然,是他重要的理论观点。《诗式序》云:"其作用也,放意须险,定句须难。虽取由我衷,而得若神授。"以放意、定句来作用,而最终要达到的效果是"虽取由我衷,而得若神授":诗是经过诗人自我放意、定句呕心沥血而得,但看起来却如同天造地设,犹如神授,这就是从作用之中而得自然。这其间有两个要素:其一,诗以自然为高;其二,获得自然的途径是作用。尤其获得自然的途径是皎然《诗式》作用说关注的重点，他所提出的法式不同于儒家道家养气而得的入兴贵闲或者气盛言宜，而是从道家“既雕且琢，与造化争衡”的理路创生了一条格外强调人工的作用之路：强调锻炼，突出苦吟。

所谓锻炼之路，从《诗式》之中提出的诸如“四不”、“四深”、“三讲”、“二废”、“四离”、“六迷”、“六至”等的具体要求以及这种要求所要达到的效果就可以看出。如此繁琐细致的要求，包罗全面，无微不至，如同一块玉石，横切竖割，旁敲侧击，左顾右盼，精打细磨，唯恐有所遗憾。罗根泽先生认为，皎然如此众多的作诗条款，皆“扣其两端”，以希望“恰到好处”，这种理想就是“惨淡经营，出于自然”①，即经过严格的锻炼而最终展示出自然的体貌。锻炼又被称之为苦吟，也是皎然所提倡的，因此当有人称不必苦吟，苦思则丧自然之质的时候，《诗式·取境》中回答：“夫不入虎穴，焉得虎子？取境之时，须至难至险，始见奇句。”《文镜秘府论》南卷引皎然论诗也云：

固须绎虑于险中，采奇于象外，状飞动之句，写冥奥之思。夫稀世之珠，必出骊龙之颔，况通幽含变之(文)哉？

即使人们常说的兴会纵横的状态，他认为也出于苦思，《取境》云：“有时意静神王，佳句纵横，若不可遏，宛若神助。不然。盖由先积精思，因神王而得乎！”而苦思苦吟并不是目的，是达到自然的手段：“成篇之后，观其气貌，有似等闲，不思而得，此高手也。”“但贵成章以后，有其易貌，若不思而得也。”②从苦思而抵达神会，由苦吟而成于自然，这个过程是一个地道的由人而及天的过程，是究天人之际的艺术表达。

皎然锻炼而至自然的理论在后世影响巨大，宋代江西诗派所追求的也是这样一个过程。如黄庭坚在其《与王观复书》中云：“所寄诗多佳句，犹恨雕琢功多耳。但熟观杜子美到夔州后古律诗，便得句法简易，而大巧出焉，

① 罗根泽：《中国文学批评史》，第44页。
② [日]遍照金刚著、王利器校注：《文镜秘府论》南卷引，中国社会科学出版社1983年版。

平淡而山高水深，似欲不可及。”山高水深这个境界的获得需要一个相应的手段，这就是人工之努力，《赠高子勉》中他称“拾遗句中有眼，彭泽意在无弦”，其意中就有通过如杜甫的法度与人工达到陶潜的自然与平淡，这也就是刘熙载《艺概》中所说的“江西名家好处，在锻炼而归于自然”。尽管黄庭坚认为王观复所寄诗犹恨雕琢功多，这并不表明他反对雕琢，因为脱胎换骨与点铁成金都是雕琢的工夫，他所遗憾的恰恰是觉得这种雕琢太露痕迹，火候不到。朱熹对山谷这个特点认识很深刻：“苏才豪，然一滚说尽无余意；黄费安排。”表面的平淡自然，得益于刻意的琢磨安排。① 吴雷发《说诗菅蒯》分析了这种由人及天形式建构的内部缘由：

> 诗须镵入，尤贵自然。但讲镵入而不求自然，恐雕琢易于伤气；但讲自然而不求镵入，恐流入于空腔熟调，且便于枵腹者流。宜先从事于镵入，然后求其自然，则得矣。②

诗须镵入，是论诗当有人工的锻炼介入，但又以自然为最高境界。讲雕琢而不讲自然伤于气的基本审美，讲自然而不雕饰又容易平板而过于率意，只能在一些常用的熟悉腔调之中流连，且成为无学者自逞的借口。最好的手段应该是从雕饰入手，最终归于自然。

词学也承续了这个思想，彭孙遹《金粟词话》就曾言：“词以自然为宗，但自然不从追琢中来，便率易无味。”刘熙载《艺概·词曲概》中也说过“极炼如不炼”。况周颐《蕙风词话》中则多有阐释：

> 词过经意，其蔽也斧琢。过不经意，其蔽也褦襶。不经意而经意，易；经意而不经意，难。
>
> 欲造平淡，当自组丽中来，即倚声家言“自然从追琢中出也”。

① 参见朱熹：《朱子语类》卷一百四十。

② 吴雷发：《说诗菅蒯》，见《清诗话》，第897页。

依照况周颐的分析,如此创作的难度比表面的自然所得要难。而其最终归依的自然,虽未尝不炼,然所炼处,却无炉火之迹,虽巧而不见刻削之痕,这种自然因此也是浑成。达到了这种境界,便是在人工辅助之下实现了气化赋形,实现传神。

第四节 气与法:气化具体的落实手段

自然与人工关系的协调,最终要寻找具体的落实手段,这个气具体的落实手段就是法。诗法文法之论可以说是中国文学理论史建构之中的绝对核心,从唐代的诗格到宋元明清的文法、文式,讨论法式者占很大一宗。与此对应的就是受道家思想影响而确立的师法自然思想,主张引气为法,反对依附各种法式,如王夫之就很鄙视所谓"起承转合",他说:"起承转合,一法也。试取初盛唐律诗验之,谁必株守此法者?法莫要于成章,立此四法,则不成章矣。"又举唐诗之中"火树银花合"、"亦知戍不返"等各自"浑然一气"、"曲折无端"的作品,称这些作品"起不必起,吸不必吸",却都能够"生气灵通,成章而达",何尝有什么起承转合?① 陈廷焯《白雨斋词话》中以周邦彦与姜夔对比,气与法并作推举,称周邦彦"顿挫之妙,理法之精,千古词宗,自属美成";又称姜夔"气体超妙"。但若论二人高下,他认为姜夔气体超妙所以"独有千古,美成亦不能至"。

有的学者认为法一般仅堪入门,若依扶持而不能自立,则难以有所造就;有的法式虽然具有一定的时代意义,但时过境迁,法立弊生。为了弥缝彼此的论争,从宋代开始理论界又提出了"活法",其意虽然得禅家法门,但除了具有对一些死法的反拨意义之外,却又往往难以触摸,所以还是遭到叶燮的抨击。叶燮主张诗中有我之神明,强调自我对诗的把控。他认为,作为客观世界,"理"、"事"、"情"三者就可以彻底概括,诗就是对这三者的表现。但三者又共同有一个"总而持之,条而贯之"的支配者,这就是"气"。

① 王夫之:《姜斋诗话》卷二,见《清诗话》,第12页。

气与理事情的关系是:“事理情之所为用,气为之用也。”即情事理是依靠气的贯穿来表现自己的,没有气贯其中,三者“俱无从施”,所以《原诗·内篇》中说:

> 三者藉气而行者也。得是三者,而气鼓行于其间,絪緼磅礴,随其自然,所至即为法,此天地万象之至文也。岂先有法以驭是气者哉!不然,天地之生万物,舍其自然流行之气,一切以法绳之,夭矫飞走,纷纷于形体之万殊,不敢过于法,不敢不及于法,将不胜其劳,乾坤亦几息矣。

以气运文字而行,则得于自然,避免了过求于法的结束补缀,所以他屡次称法不足恃,无论死法还是活法:

> 乃称诗者,不能言法所以然之故,而哓哓曰法,吾不知其离一切以为法乎?将有所缘以为法乎?离一切以为法,则法不能凭虚而立。有所缘以为法,则法仍托他物以见矣。吾不知统提法者之于何属也?彼曰:“凡事凡物皆有法,何独诗而不然?”是也。然法有死法,有活法。若以死法论,今誉一人之美,当问之曰:“若固眉在眼上乎?鼻口居中乎?若固手操作而足循履乎?”夫妍媸万态,而此数者必不渝,此死法也。彼美之绝世独立,不在是也。……然则彼美之绝世独立,果有法乎?不过即耳目口鼻之常而神明之。而神明之法,果可言乎?……死法,则执途之人能言之;若曰活法,法即活而不可执矣,又焉得泥于法?

死法活法都不可依靠,他称死法为“定位”,活法为“虚名”:“虚名不可以为有,定位不可以为无。不可为无者,初学者能言之;不可为有者,作者之匠心变化,不可言也。”两端之外,所谓诗法,无非是“法在神明之中,巧力之外,是谓变化生心”,虽然这个说法仍然接近活法的内涵,但他却在努力强调活法的虚无,目的就在于确立诗之中气的主导地位,确立由气而产生的主体之神明,文章之神明。神明于主体是自我的生意,于作品是其气韵,有神明则可以自我做主,而不为法所转移。

元代袁桷则提出了诗以法度为本的思想,其《跋吴子高诗》中云:

> 诗本性情,能知之矣;本于法度,知之不能详矣。风雅颂,体有三焉,释雅颂,复有异焉。夫子之别明矣。黄初而降,能知风之为风,若雅颂则杂然不知其要领。至于盛唐,犹守其遗法而不变,而雅颂之作得之者十无一二焉。故夫绮心者流丽而莫反,抗志者豪宕而莫拘,卒至天其天年,而世之年盛意漫者犹不悟,何也?杨刘弊绝,欧梅兴焉,于六义经纬得之而有遗者也。江西大行,诗之法度益不能振,陵夷渡南,糜烂而不可救,入于浮屠、老氏证道之言,弊孰能以救哉?①

诗本性情,是被普遍认可的观念,但袁桷此处却又提出诗本于法度。法度虽然是我国文学理论批评之中的核心内容,但以法度为本的理论观点这还是首次提出。在他看来,创作而论及法式,将其理解为创作论中价值最为低下者的认识是一种误解。

无论重视气化之自然,还是论法度之不可废,都不能说法与气化之间水火不容,对于文学创作而言,有了气的涵养,实现了神通才见,而要实现最终的气化赋形,必须回到具体的法式与文学基本的质素中去,这个过程最后具化为气与法的关系。就总体而言,在古代文学理论中,气与法之间以"气完法密"为其基本追求,即以法之绵密隐蔽实现气的浑然一体;具体来说,文学创作主要依赖的是可以使得气运动而达到和谐的法式,而气落实的基本质素则为字辞、声律、意象。

一

气化而言法,是神似不能脱离形似、道不可离开艺、自然不能没有人工的延续。气化的发生由天而至人,但创作的落实必须从形而至神、从人而至天至自然,因此气最终贯注于作品必须有其落脚点和贯彻手段。这是论气

① 袁桷:《清容居士集》卷四十九《跋吴子高诗》。

化而言法的基本依据。早在宋代，诗论之中已经将诗歌的气化与法式并列而言了，《临汉隐居诗话》引杜甫“美名人不及，佳句法如何”云：“盖诗欲气格完邃，终篇如一，然造句之法亦贵峻洁不凡也。”①从诗歌整体论气格之完邃，而于诗句则言当格外讲究法度，虽然没有提到整体之气格与句法之关系，但如此并论显然意味着二者并不矛盾。具体分析，则隐约体现出二者之间如下的关系：其一，气完密则法度自然体现于其中；其二，法度是实现气之完密的手段。

气完密则法度自然体现于其中。正如唐顺之《文编序》所说：“所谓法者，神明之变也。”即法是历代文学创作之中神明变化规律的总结，是创作之神气在作品之中最集约的表现，它往往以显示神气的变化为指归，因此它是气与气的赋形之间重要的中介形式。所以王世贞论诗，言有篇法、句法、字法，但是：“篇法之妙，有不见句法者；句法之妙，有不见字法者。此是法极无迹，人能之至，境与天会，未易求也。”又云：“有俱属象而妙者，有俱属意而妙者，有俱作高调而妙者，有直下不对偶而妙者，皆兴与境诣，神合气完使之然。”②达到“境与天会”，则篇法中融句法、句法中融字法，法自然在其中；达到“兴与境诣，神合气完”，则触处皆妙，此非无法，正是诸法如意而不择法的具体表现。《絸斋诗谈》论杜甫《观曹将军画马图》，既云其“气完”，又言其“先叙二马，次叙七马，兼及画中厮养，落落历历，甚有章法”，故总论之曰“气完法密”③，气完与法密之间互为因果。

更多的论述集中在法度是气化的落实手段上。泛而言之，虽然有“诗不可无法，又不可执定死法，盖以无法失体，执法失神，总要先从法入去，再从法出来，神明变化于法之中为法，方为佳章”之类的两可之说④，但仍有不少学者强调法式作为气化赋形落脚点的不可或缺作用，如纪昀所说：“功深则兴象超妙，痕迹自融耳。酝酿不及古人，而剽其空调以自托，犹禅家所谓

① 魏泰：《临汉隐居诗话》，见《历代诗话》，第 333 页。

② 王世贞：《艺苑卮言》卷一，见《历代诗话续编》，第 961 页。

③ 张谦宜：《絸斋诗谈》卷四，见《清诗话续编》，第 831 页。

④ 参见李畯：《诗筏汇说》按语，转引蒋寅《清诗话考》。

顽空也。"①"功"就是人工努力的程度,体现在平日的积累,"酝酿"则指对作品的把玩吟味与苦吟。二者能达到深厚而执著,则作品自然兴象超妙,而一味宣泄的任气直行反成空调。此正所谓"藏拙即巧,用短即长,有可施人工之资,知善施人工之法,亦即天分"②。具体而言:一团元气之作,即出于法密。陈子昂《度荆门望楚》一诗云:"遥遥去巫峡,望望下章台。巴国山川尽,荆门烟雾开。城分巷野外,树断白云隈。今日狂歌客,谁知入楚来。"冯班云:"如此方是'度荆门望楚',一团元气成文。"但陆贻典却评云:"'遥遥'二字即带'望'字,'下'字回顾'度'字,古人法律之细如此。"将一团元气以细密之法作了阐释。

气象深浑也表现于法之细密。杜甫《登岳阳楼》云:"昔闻洞庭水,今上岳阳楼。吴楚东南坼,乾坤日夜浮。亲朋无一字,老病有孤舟。戎马关山北,凭轩涕泗流。"此诗收入《瀛奎律髓》"暮夜类",历来为人称道,且多言其气象雄浑,但许印芳却云:"一二点题,三四承'闻水'写景,'乾坤'句已为五六伏脉。五六承'上楼'言情,与'乾坤'句消息相通,神不外散。七句申明五六伤感之故,亦倒点法。八句扣住登楼,总收上文。法律精细如此,学者宜细心研究,勿徒夸其气象雄浑也。"以精密的法律最终实现了气象雄浑。

佳在神骨气脉,貌似且难以逐句拆看者实则也未脱离字句之法。如陈子昂《晚次乐乡县》云:"故乡杳无际,日暮且孤征。川原迷旧国,道路入边城。野戍荒烟断,深山古木平。如何此时恨,嗷嗷夜猿鸣。"纪昀认为,本诗是那种一气浑然之作,因此欣赏之际当循以下原则:"此种诗当于神骨气脉之间,得其雄厚之味。若逐句拆看,即不得其佳处。"但许印芳却反驳道:

> "暮夜类"评是合看法。至逐句拆看,起联点题,峭拔而有神。三承首句,"迷"字应"杳"字。四承次句,"入"字应"征"字。五六承"边城"说,"深山"句景真语新,"平"字妙在浑老。七八回应起联,结归旅况,用"如何"字,便不平直。如此拆开细讲,方见句法、字法,以及起伏

① 纪昀评梅圣俞《春寒》,李庆甲《瀛奎律髓汇评》卷十,第344页。

② 钱钟书:《谈艺录》,中华书局1984年版,第87页。

照应诸法。而章法之妙,因此可见。气体神骨,亦不落空矣。凡古人好文字,大者含元气,小者入无间,合看大处见好,拆看细处又见好,方是真正妙手。若不耐入细,便是粗材,本领必多欠缺处……后人学诗,果能如古人细针密缕,丝丝入扣,必有自出精神,逼肖古人处,断不至徒摹声调,堕落空腔。①

一味宣扬空灵、浑然、一气呵成,很容易使初学者摈弃法度,肆意而为,不是摹绘前人声调而无自己,就是徒有空腔而无实体。细密的字法、句法、篇法,是一气浑然的具体落实形式;从另一个角度说,必要的法式,可以保障气的一气贯通,作为艺术作品的所谓气化,与自然之气的运动是两种形态,神思中一贯的气形之于语言,没有必要的形式法式是难以表现气之本然形态的。这种表现法式的不可或缺性以及对自然佳境的保障作用,钱钟书先生又作出了这样的解释:任何文艺作品都有一定的章法,不可因为艺术创作提倡自由、一气浑然就对此毫不顾惜,创作的某些顺序是不可移易的,一定的篇法正是要保证这种自然顺序与相应形态能够准确表现出来。钱钟书先生由此专门拈出了"行布"说,并通过对黄山谷诗歌的讨论引申出以下论述:

《次韵高子勉第二首》:"行布佺期近。"天社注谓"行布"字本释氏华严之旨,解《楞伽经》者曰:"名者是次第行列,句者是次第安布",而山谷论书画数用之。按释志磐《佛祖统纪》卷三上曰:"华严所说,有圆融行布二门,行布谓行列布措。"《豫章黄先生文集》第二十七《题明皇真妃图》曰:"故人物虽有佳处,而行布无韵,此画之沉疴也";即用以论画之例。范元实《潜溪诗眼》记山谷言"文章必谨布置",正谓"行布"。曾季貍《艇斋诗话》记人问苏子由,何以比韩子苍于储光羲,子由答曰:"见其行针布线似之。"著语酷类,用意倘亦似耶。窃谓"行布"之称,虽创自山谷,假诸释典,实与《文心雕龙》所谓"宅位"及"附会",三者同

① 以上引文引自李庆甲:《瀛奎律髓汇评》卷一,第2、7页;卷十五,第529页。

出而异名耳。《章句》篇曰："夫设情有宅，置言有位。章句在篇，如茧之抽绪。原始要终，体必鳞次，跗萼相衔，首尾一体。锼句忌于颠倒，裁章贵于顺序"；《附会》篇曰："附辞会意，务总纲领。众理虽繁，而无倒置之乖，群言虽多，而无棼丝之乱。"《文镜秘府论》南卷《定位》篇亦曰："凡制于文，先布其位，犹行阵之有次，阶梯之有依也。"范元实亲炙山谷，《笤溪渔隐丛话》前集卷十载其《潜溪诗眼》发挥山谷"文章必谨布置"之旨，举少陵《赠韦见素》诗作例，谓："有如官府甲第，厅堂房室，各有定处不乱。最得正体，为布置之本。其他变体，夺乎天造，不可以形器矣。"夫"宅位"、"附会"、"布位"、"布置"，皆"行布"之别名。

钱先生非常首肯文学创作中"行布"的价值，也对《文心雕龙》与《诗眼》的理论总结给予了赞誉，但他认为，二者所言，包括行布之常体，也含行布之变体，但二书对此理论"仅以无物之空言了事"，缺乏具体的申说，因此他征引古籍详加阐释：

何汶《竹庄诗话》卷九引《诗事》曰："荆公送人至清凉寺，题诗壁间曰：'断芦洲渚荠华繁，看上征鞍立寺门；投老难堪与公别，倚岗从此望回辕。''看上征鞍立寺门'之句为一篇警策。若使置之断句尤佳，惜乎在第二语耳。譬犹金玉，天下贵宝，制以为器，须是安顿得宜，尤增其光辉。"《古诗归》卷八陆云《谷风》结句："天地则尔，户庭已悠"，钟伯敬评："此二语若在当中，便不见高手，不可不知"；又谢混《游西池》起句："悟彼蟋蟀唱，信此劳者歌"，钟评："此中二句常语，移作起便妙"。他如卷十一谢灵运《登池上楼》、谢惠连《西陵遇风献康乐》、卷十四刘孝威《望隔墙花》，《唐诗归》卷六《玄宗送贺知章归四明》等篇评语不具举。贺子翼《诗筏》曰："诗有极寻常语，以作发句无味，倒用作结方妙者。如郑谷《淮上别故人》诗云：'扬子江头杨柳春，杨花愁杀渡江人；数声羌笛离亭晚，君向潇湘我向秦。'盖题中正意，只'君向潇湘我向秦'七字而已。若开头便说，则浅直无味；此却倒用作结，悠然情深，令读者低徊流连，觉尚有数十句在后未竟者。"纪晓岚《唐人试律说》曰：

“陈季《湘灵鼓瑟》：‘一弹新月白，数曲暮山青。’略同仲文‘曲终人不见，江上数峰青’。然要置于篇末，故有远神，此置于联中，不过寻常好句。西河调度（入声）之说，诚至论也。此如：‘大江流日夜，客心悲未央’，‘怅矣秋风时，余临石头濑’，作发端则超妙，设在篇中则凡语。‘客鬓行如此，沧波坐渺然’，‘问我何所适，天台访石桥’，作领联则挺拔，在结句则索然。”《瀛奎律髓》十九陈简斋《醉中》起句：“醉中今古兴亡事，诗里江山摇落时”，纪晓岚批：“十四字之意，妙于作起，若作对句便不及。”试就数例论之，倘简斋以十四字作中联，或都官以“君向”七字作起句，犹夫荆公以“看上”七字作第二句，皆未尝不顺理成章，有当于刘彦和所谓“顺序”、“无倒置”，范元实所谓“正体”。然而“光辉”、“超妙”、“挺拔”之致，荡然无存，不复见高手矣。即如山谷自作《和答元明黔南留别》曰：“万里相看忘逆旅，三声清泪落离觞。朝云往日攀天梦，夜雨何时对榻凉。急雪脊令相并影，惊风鸿雁不成行。归舟天际常回首，从此频书慰断肠。”一、二、三、四、七、八句皆直陈，五、六句则比兴，安插其间，调剂衬映。苟五、六与一、二易地而处，未为序倒而体乖也。然三、四而下，直陈至竟，中无疏宕转换；且云、雨、雪、风四事，分置前后半之起处，全诗判成两截，调度失方矣。

诗中之句之联有着不可移易的位置，就是说诗歌语言的组织是有一定顺序的，依照这种最佳的顺序布置文词，就是合乎自然，便能够达到最佳效果，此为气化。不仅篇章顺序，设词造句也是如此，钱钟书先生又云：

（山谷）《荆南签判向和卿用予六言见惠次韵奉酬》第三首：“安排一字有神。”天社注：“前辈诗曰：‘吟安一个字。’”按卢延让《苦吟》云：“吟安一个字，拈断数茎须”；又《全唐诗》载无名氏句云：“一个字未稳，数宵心不闲。”前者“行布”，句在篇中也；此之“安排”，字在句内也。《文心雕龙·练字》篇曰：“善为文者，富于万篇，贫于一字。一字非少，相避为难也”；避重免复，卑无高论。《风骨》篇曰：“捶字坚而难移”，则可为安稳之的诠矣。昌黎《纪梦》曰：“壮非少者哦七言，六字常语一字难”，其亦谓一字之难安稳欤。夫曰“安排”，曰“安”，曰“稳”，则“难”不尽在于字面之选择新警，而复在于句中之位置贴适，俾此一字与句中乃至篇中他字相处无间，相得益彰。倘用某字，固足以见巧出奇，而入句不能适馆如归，却似生客闯坐，或金屑入眼，于是乎虽爱必捐，别求朋合。盖非就字以选字，乃就章句而选字。……江西派中人侈说炼字，如范元实言“句法以一字为工”，方虚谷言“句眼”，皆主好句须好字。其说易堕一边。山谷言“安排一字”，乃示字而出位失所，虽好非宝，以其不成好句也。足矫末派之偏宕矣。强行父《唐子西文录》曰：“等闲一字放过则不可。作诗自有稳当字，第思之未至也。”《朱子语类》卷一百三十九曰：“苏子由有一段，论人做文章，自有合用底字，只是不下著。又如郑齐叔云：做文字自有稳底字，只是人思量不著。横渠云：发明道理，惟命字难。要之做文字，下字实是难。因改谢表曰：作文自有稳字，古之能文者，才用便用著这样字，如今不免去搜索修改。”钱澄之尤有味乎言之，《田间文集》卷八《诗说赠魏丹石》曰：“造句心欲细而句欲苦，是一字确矣而不典，典矣而不顾显，显矣而不响，皆非吾之所许也。”

字之安稳，正是要如钱澄之所云之“必确、必典、必显”，其意是通过一个字的安排，既激活全篇，又切合眼前。激活全篇，所以“策勋于一字者，初非只字偏善，孤标翘出，而须安排具美，配合协同”；切合眼前，所以“兹字状物如睹，匪仅义切，并须音和”。① 这样的字方是那个最贴切的字，有这样稳妥贴切的字，有这样顺乎其必然顺序的句式篇法，作品就可以达乎自然，近于气化。而字、句、篇之贴切吻合，如此贴切吻合之字、句、篇要合乎必然的顺序，并非恃气之一味宣泄所必得，亦有待于法度的冥搜苦索。

二

关于气与法的基本关系，虽然表达上有一些差异，但基本的取向都是通

① 以上引文引自钱钟书：《谈艺录》，第323—327页。

过法的神妙运用，最终彰显气的形态、引领气的形势、赋显主体审美之气，使得作品有法而又能无形无迹。因此王世贞将二者之间的关系概括为“法不累气”①；所谓法累乎气是指过于倚重于法就会影响气的本然状态，一如《五岳山房文稿序》所说：“尚法则为法用，裁而伤乎气。”法的运用是一个人工裁度的过程，裁度过多而伤于气之自然，也会影响才的发挥。理想的手段是遵守“才生思，思生调，调生格”的原则，其中的调就是“气之规”②：以才为文学创作之源泉，又以格调为气的规范，防止过于放逸，这样就能够实现《艺苑卮言》中所设定的：“篇法之妙有不见句法者，句法之妙有不见字法者，此是法极无迹，人能之至，境与天会，未易求至，皆兴与境谐，神合气完使之然。”将格调之论与气贯通，又在神完气足之中消弭其运用的痕迹。吕留良主张“气贵横”而“法贵细”③，“横”意为有力，既主张运旋有力，又讲法式入微，而入微无非也是要使得法不显露。同样的意思，毛先舒表达为“法老则气静”④，以法的老到实现作品之中的气静，言外之意彰显的是气而不是法，且非粗直之气，而是内敛之气。

具体而言，气化赋形的法式是依据气的运动规律而辅助以相应的人工锻炼而成，既然核心就是气的运动，因此最本初的法式无外乎是气“接”与气“转”的手段：“文字之道，极之千变万化，而蔽之一二言，不过曰接曰转而已。一意相承曰接，两意相承曰转。”一气顺行为接，可以表现为深浅虚实；气曲折变化为转，可以表现为开合宾主。其中“转”又是展示气的舒卷变幻最贴近的法式，所以古人极为重视：“文字之妙，只一转字尽之。韩慕庐云：‘笔笔转则笔笔灵，笔笔透矣。’‘文章胜处全在于转。’”⑤文以能转为工，笔以夭矫为贵。近人孙德谦《六朝丽指》引《无邪堂答问》中“上抗下坠，潜气内转”二语论六朝骈体，以为确实是“六朝真诀”，并举例称：

---

① 王世贞：《艺苑卮言》卷七，见《历代诗话续编》，第1069页。

② 王世贞《沈嘉则诗选序》云：“夫格者才之御也，调者气之规也。”

③ 吕留良：《吕晚村先生论文汇钞》，清康熙刊本。

④ 毛先舒：《诗辨坻》卷四，见《清诗话续编》，第78页。

⑤ 王元启：《惺斋论文》，清乾隆刊本。

盖余初读六朝文,往往见其上下文气似不相接,而又若作转,不解其故,得此说乃恍然也。试取刘柳之《荐周续之表》为证:"虽汾阳之举,辍驾于时艰,明扬之旨,潜感于穷谷矣。"上用"虽"字,而于"明扬"句上,并无"而"字为转笔,一若此四语中,下二语仍接上二语而言,不知其气已转也。①

从顺、转二字入手,历代文人研磨出诸多于诗文之中行气以保持气的畅通并接近气之本然的方法,最具代表性的包括:关锁、遥接、抑扬、顿挫。以唐彪《读书作文谱》卷七的解释为例:

关锁 引柴虎臣之言:"锁者,文势至此极流,须用关锁。……文章若无关锁,则随笔所之,难免散漫之患。"意在防止气的散漫熟滑。

遥接 "如一段文章,意虽发挥未尽,而有不得不暂住之势,若复加阐发,气必懈弛,神必散漫矣。惟将他意插发一段,则神气始振动华赡也。"意在防止意思一下发挥殆尽。

关锁与遥接都是指要把行进之中的气在尚未发泄殆尽之际有意识收拢、阻截,在文章之中再行积蓄涵养,待到盛极之时再启动机键,重新敷衍。二者虽然一从文势一从文意着眼,但都是为了防止气的率意发抒。

抑扬 "凡文欲发扬,先以数语束抑,令其气收敛,笔情屈曲,故谓之抑。抑后随以数语振发,乃谓之扬,使文章有气有势,光焰逼人。"抑扬也是气的收放,目的在于为气的显著发抒积蓄势能。

顿挫 "文章无一气直行之理,一气直行则不但无飞动之致,而且难生发。故必用一二语顿之,以作起势;或用一二语挫之,以作止势,而后可施开拓转折之意,此文章所以贵乎顿挫也。"顿为气之收聚,挫为气的停顿,二者皆为气重新爆发的必然起点;顿挫尚不同于抑扬在意义表达上的目的性,它纯粹属于文气的经营,关乎音声之美,就是为了避免一气直行而无变化。

以上四条行气法式,很明显都是从创造气蜿蜒曲折、抑扬起伏的效果入手,意在避免气的顺行而下,可见都是对"转"一原则的发扬。而文章批评

---

① 孙德谦:《六朝丽指》,见《历代文话》,第 8432 页。

经常提到的忽见忽伏、忽断忽续、辞断意属，都是在这种方法作用下产生的。当然，行气的方式不止这些，它如起伏、呼应、联络、宾主、伸缩，另如应用极广的"波澜"等都是，不过很多依然是这四项方法的变体。

以上论气行之法，主要是就作品之中气的运动而言的，清代周容的避钝离三法则兼容了主体的志气与诗文的体气。在《复许有介书》中，他评价许某的诗作："如清溪竹屋，斜月照霜，孤雁一声，小桥独立，岂不令人心闲尘远？"但是，数十首之后，面目雷同，于是读一首便如同读数十首，因而与之论为诗之道，认为古人著述足以传久而不朽者大约有三，分别是避、钝、离。

避　"读数首而不得其所守之字，读数十首而不得其所守之律，读数十百首而不得其所守之体，始称大家；所守者谓其昵于胸中滑于腕下者也。"避就摹袭依循者而言，动辄附于体派，于体于家数各有局限又陈陈相因，套路习熟，如果不避，则昵于胸滑于腕，脱口而出者便难免雷同了。规避之法在于取径宽，心胸阔，师法古人而不以今人近人为师。其中首要者为自我道德人格的修养，培育成自立的气魄，避的实现需要"气力"。

钝　"凡诗而欲轻俊者，为下乘人言耳……轻则必薄，俊则必佻，故仆以为欲钝。钝者沉其气，抑其力而出之，以迟廻惨淡者也。钝则必厚，钝则必老，钝则必重。"钝是就诗歌气调而言，过于甜熟，过于快畅，不陷于轻薄，则见其浅露，没有回味。钝则将这种快、畅、熟、甜的体格声调分别予以矫正：化快为慢，化畅为迂回，化熟为生，化甜为涩。钝的实现需要"沉其气"。

离　"离者如月在水，捉月于水而不得月；如风御香，觅香于风而不得香。"离实则是诗与题之关系的阐发，是古文法式之中"离合"论的延伸。周容所主持的意见，主要是不为题牢笼，又不能离题而与题无涉，在离不离之间，如镜花水月，是为佳境。离的实现需要气的抑制，防其过畅。

关于避、钝、离三说，本来是就诗而言的，但周容则格外提出："此三说者，不但于诗也，文亦然矣。"①于是它便不单纯属于诗学，而是文学理论的升华。就避、钝、离的本质而言，也是对气之过于顺畅接续的规避，属于"转"的范围。

① 周容：《春酒堂文存》，见《春酒堂遗书》卷三，四明丛书本。

文学行气之相关法式，虽然不乏针对诗歌而发者，但后世应用的主体是古文以及时文，古文与时文比较鲜明地以气论文，以法式而言气的作用，而且形成了繁多的具体法式，如离合之法、浅奥之转换、舍正位而举偏、炼句炼调炼格之法，等等。庄元臣《文诀》云："凡句之警策者，其意必高下相倾，不平敷而蔓衍。凡作文之法，意脉显而句脉隐则色苍；多其意而短其节则气敛；括其端而合其竟则味厚；约其精而超其粗则趣长；截其流而束其会则筋固；高其源而扬其波则势猛。"其中涉及色苍、气敛、味厚、趣长、筋固、势猛等法则，皆可操作。另如他认为文章当意紧词宽，"意紧则腠理实，词宽则体貌闲"。如何实现体貌的安闲呢？《文诀》以"转"为依托，从以下三点给予了具体的论述：

其一，转折衔接处不迫切："顶接转折之间，最忌造次迫切，使其安详舒缓，若断若续，有意无意，斯为贵品矣。"此论气的自然舒缓。

其二，得机不能尽展而无余："夫文方其得机得势之时，流如建瓴，骤如风雨，当其时，须使蓄不尽展之气，而后不伤于驰骤，此有风不可尽使之说也。"得机得势近似于文机开启，兴会突发，逢这样的机会，要以古谚"有风不可尽使，有钱不可尽用"为戒，过于发泄而无余，则使文气过于驰骤，显示出紧张感，不好保证后面的情势能够与之平衡，如此的话很容易形成瑕瑜互现、狗尾续貂的局面。此就气的"忍力"而言。

其三，词不能尽铺："方其得词得意之时，溢若泉涌，勃若蒸云，当其时，须使留不尽之料而后不伤于狼藉。"此就气不放肆而言。

总而言之，文当于意、辞太尽之际，下笔快意，初读也觉得能够动人，但反复玩味，则使人容易厌饫，甚至面目可憎。所以："意多则以偏裁之，词多则以调镌之，势顺则以法勒之。"这样的话就能够有"雍雍之风"，即和美安闲之貌。他将这种风貌称之为"佳文气象"，且以鹤相比云："佳文气象，要如鹤然。夫鹤轩翔行立，意思闲雅，虽近之不惊，逐之不骤，处危急而神自安，禽中之君子也。大雅之文，正当如是。"体貌安闲之文，后世受到闲情审美的浸染而提倡，但本根之中，这种安闲之文也是文人对雅需求的产物。

总括以上所论，法式千变万化，其核心在于一个"转"字；而法式千变万化，最高的境界是无论"接"、"转"，法都要融入气运动的审美规律，从而最大限度地抵近气的本然审美特征，实现气的赋形，这一点唐顺之《董中峰侍郎文集序》论之甚详：

> 喉中以转气，管中以转声。气有湮而复畅，声有歇而复宣。合之以助开，尾之以引首，此皆发于天机之自然，而凡为乐者，莫不能然也。最善为乐者则不然，其妙常在于喉管之交，而其用常潜乎声气之表。气转于气之未湮，是以湮畅百变而常若一气；声转于声之未歇，是以歇宣万殊而常若一声。使喉管声气融而为一，而莫可以窥，盖其机微矣。然而其声与气之必有所转，而所谓开合首尾之节，凡为乐者，莫不皆然者，则不容异也。使不转气与声则何以为乐？使其转气与声而可以窥也，则乐何以为神？

唐顺之讲求的是：不待一个意旨一段文字一气而下近乎一览无余之际再行转换文气的运动方向，改变文章的意旨，如果那样的话，给人的生理感受是先畅达而很快宣泄殆尽，没有接续的力量，而且于气殆尽之际转换气的运动方向，使神思不仅奔竞，而且于疲沓中再行振作也会显得生硬。这样的话，所运用的法式全都裸露在外。最佳的法式则是：在前面气的运动展开过程之中，随着气运动的趋势自然转移气调、调换意旨、重构句段，而此时气仍未衰，后来的变化仿佛就从前面气的运动之中生成。这就是百变而如一的几乎神之作。这就是唐顺之所宣扬的法而融乎气，也只有达到这个境界，气才能得到最真切的赋形。

三

气通过最基本的文字辞句完成赋形沿依了以下路径：

其一，气依循于“体”。这个体是指创作之际所择定的文体，包容着体类的限定，以及气化之初完整生成并被作者所完型把握的体。有人以为，文以气为主，只要作品之中贯注了主体鲜活的生命之气就算是实现了这个标准，但王猷定《与友论文书》却认为此仅知其一未知其二，关键是未曾涉及“体”，他说：“辞固有体，而气乃行于体之中者也。”文以气为主自然没错，但气必须有它依循的体，诗歌、骈体、词、赋等各自为文体；而诗文之中又分为诏诰、箴铭、陈事，分为五言、七言以及歌行绝句，此为具体之文体；又分为军旅、庙堂、感怀、赠答、赋物、言情、游览，等等，此为体类。气的运行必须以对文体以及体类的基本选择为前提，没有文体、体类的选择，就如同刚刚下型之剑与铜镜，既不能断菜蔬，更谈不上鉴人形；既不能映日影，更论不到鉴须眉。其原因恰恰在于二者未经砥砺或研磨这道程序。初下型者是一个模糊混沌的形态，只有经过砥砺研磨的工序，才能确定其剑与镜的形质。体的选择就是这一道确定自我基本形态的程序，有了它的设定，才能进行具体的磨砺，就作文而言，气的运行才能摆脱无所依循的肆意。曾国藩把创作之初对体的选择视做气运动之中的归宿："夫古文，亦自有气焉，有体焉，……为文者，或无所专注，无所归宿，蔓延而不知所裁，气不能举其体，则谓之不成文。"文由气与体构成，气有体而有所专注，有所归依，避免了漫衍放肆，才能最终形成形质。这个气所归依的体，曾国藩又称之为"精神意趣之所在"，有如水有干流，山有主峰，画龙者之有睛。有此一点，气向其归拢，"专重一处，而四体停匀"①。

体之中还包括创作者的基本思理，所以王猷定又称"体何自出，理而已矣"，这个理不是纯粹理性的义理道理，而是作者蓄养、感激之际彻悟之思理，因此才说"故气之充，充于立体，而体之所急，急于明理"。有了思理，可以确立文之大体，这是赋形的首要任务，气得以贯入体，体则可以"立"，形的基本轮廓算是初定。

体之中包容着风格的取向。《一瓢诗话》中引时人之论，以为诗体有六：雄浑、悲壮、平淡、苍古、沉着痛快、优游不迫，如此六体自然有着不同的审美面目。但对此六体的择定不是"拗笔就体，落荒从事"，即不是勉强迁就，随意安排。薛雪认为："此六者乃诗之气魄，若无此气魄，虽有佳篇，亦如庙堂中人耳。"体不是形貌的涂抹或者随意的模套借取，它是与主体生命一体化的，是诗人魂魄之气的凝结与显现，所以才称之为诗之气魄，意在防止那些形影模写：

① 曾国藩：《鸣原堂论文》。

诗重蕴藉，然要有气魄。无气魄，决非真蕴藉。诗重清真，尤要有寄托，无寄托，便是假清真。有寄托者，必有气魄；无气魄者，漫言寄托。①

这里又超越于体，直接论诗要有气魄，即存一个真字，意在表明体是生命之气指示而出、体现在作品之外的整体性审美情感约定。清末学者吴汝纶《答张廉卿》书中云："才无刚柔，苟其气之既昌，则所为抗坠、曲折、断续、敛侈、缓急、长短、伸缩、抑扬、顿挫之节，一皆循乎机势之自然，非必有意于其间，而故无之而不合；其不合者，必气之未充者也。"所谓的抗坠、长短、抑扬等体现的抗、长、扬与坠、短、抑等的外在形态差异，都是内在之气差异的赋形，这也属于既定之体，统摄了主体与作品风调。

其二，气集中体现于段落或者需要有文字警策之处。王元启《惺斋论文》中认为，气的运动现身最集中的地方在"出落"之处：出落处即要害处、转移流行的关键之处，更多的时候集中在段落的转移、承接之处。段落是构成文章的主要部分，文章由什么样的段落组合、段落之间的关联如何，相对于"体"而言这些是其中更具体的生命格局，所以如何组织段落，如何关联段落便成为气化赋形的重要内容。清代文人徐枋《与杨明远书》中有详细论述：

夫作文贵有筋节，筋节者，段落也。于文则为段落，于人则为骨骼。夫人之骨，有长者，有短者，有巨者，有细者，有横者，有竖者，有圆者，有锐者，有合用者，有独用者，有接续以为用者，体类不同，各适其款。然后贯之以筋脉，而运之以气血，则为人矣。文犹是也。其段落者，骨骼也；其意与气者，筋脉也；而辞藻则血肉也。

文章不同的段落起着各自不同的作用，但组缀到一起需要勾连这些段落的内在力量，就像联系人体骨骼的筋节，没有这种内在的联系，则骨骼涣

① 薛雪：《一瓢诗话》，第115、116页。

散，遂成零骨碎肉，而文章没有这内在联系的意与气则是一堆僵死之字而已。所以血气贯注则人体生活，意气贯注则文章振作，不至于各段落节目成为散简零札。出落之处是气化赋形的重点，创作之中应该高度重视，其间奥妙曾国藩《鸣原堂论文》也曾论述："为文全在气盛，欲气盛全在段落清。每段分束之际，似断不断，似咽非咽，似吞非吞，似吐非吐。古人无限妙境，难于领取。每段张起之际，似承非承，似提非提，似突非突，似纾非纾，古人无限妙用，亦难领取。"曾国藩所要表明的是，气在作品之中的落实，于段落相接之处最易形成张力，从而振荡出盛气。

其三，气最终体现于辞、句。辞之中显示气是气与文字关系之中最早被关注的，《论语·泰伯》："出辞气，斯远鄙倍矣。"《韩子外传》卷九："辞气甚隘"、"辞气鄙俗"。表示出言之际主体所彰显的风姿态度。《大戴礼记·文王官人》作为最早的才性理论政治化的文字，从"心气华诞者其声流散，心气顺信者其声顺节，心气鄙戾者其声斯丑，心气宽柔者其声温好"等逻辑认定入手，由辞中之气透视主体的性情。《文心雕龙·杂文》首次明确将辞气与文学建立了关系："藻溢于辞，辞盈乎气。"辞是气的产物。宋代理学家对这一点格外关注，因为辞气关乎心志性情，影响或者反映着主体的修养，如魏了翁《攻媿楼宣献公文集序》云："盖辞根于气，气命于志，志立于学，气志薄厚，志之大小，学之粹驳，则辞之险易正邪从之。"《杨少义不欺集序》："辞虽末技，然根于性，受于气，发于情，止于道，非无本者能之。"都是从"性—学—志—气—辞"的理路论文的。

气最终落实于辞句的法式，古文与骈文相关理论的论述最多。以骈体为例，气赋形于骈体是通过辞句不同的变化体现的，这一点近代学者刘麟生在其《中国骈文史》中有论述：

先是骈散结合以行气势，即以辞句的伸缩变化迎合气的伸缩变化之势。刘麟生说："古代文章，骈散互用，故毋损于气势。六朝号称骈文极盛时期，然潜气内转之处，亦往往用散句，不全用骈句也。"又提到宋代文人，鉴于骈偶极重之弊，遂以古文之气势，行之于偶句之中。如苏轼《上陆宣公奏议札子》："窃谓人臣之纳忠，譬如医者之用药；药虽进于医手，方多传于古人；若已经效于世间，不必皆从于己出。"杨万里《贺大谏李义学启》："孰知天理之好还,殆匪人情之可料。导谀者未必获福,咎徒塞于两仪;守正者未必罹殃,各自流于百世。”刘麟生认为,这些创作“均一气呵成,几与散文无别”①。散与骈的融合,能够实现“潜气内转”,尤其以散文之句来破除骈文的拘泥不变所形成的定势,以适应气的飞动不拘势态。所以清代刘开《与王子卿太守论骈体书》就说:“骈中无散,则气壅而难疏;散中无骈,则辞孤而易瘠。”因此两者只可相成,不可偏废。

其次是虚实结合以行气。刘麟生举了宋代骈体名家汪藻的两篇作品,《张邦昌责授昭化军节度副使潭州安置制》:“虽天夺其衷,坐愚至此;然君异于器,代匮可乎?”又《宋齐愈罢谏议大夫送御史台根勘制》:“畦孟五行之说,岂所宜言?袁宏九锡之文,兹焉安忍?”文中以“然”、“乎”、“岂”、“安”等虚辞点缀,保障了特定情绪下生命之气的婉曲而有力。

再者是句子长短的错综运用。这样有利于涵育之气的陶写和延伸,尽管长句于骈体文中多表现为长联,而其运用多出于时文,因此往往评价不高,但由于其对特定气势的模拟因而也不可尽废,只是要做到与短句之间互相错综,不能单纯炫耀长句,如楼钥《攻媿集北海先生文集序》论骈体云:“习为长句,全用古语,以为奇崛,反累正气。况本以文从字顺、便于宣读,而一联或至数十言,识者不以为善也。”反对长句的堆砌,正是从累于正气、累于宣读之际声气之畅通而言的。而矫正之法就在于以短句错综,做到单、复错杂,则文章回转之中有疏宕之气势,物杂而成文,尤其气势得以在杂错之中实现貌神相变。

辞句与气之间关系在桐城派的古文理论中得到了更为明晰深刻的探索。发端者为姚鼐,其《答翁学士书》云:“文字者,犹人之言语也,有气以充之,则观其文也,虽百世而后,如立其人而与言于此。无气,则积字而已矣。”要使得文字不成为积字,关键在于“意与气相御而为辞”:意为思想、义理,气则已经具体为生命气质之气,二者融会而动,最终落实在辞上;在辞的运用之中,表现出“声音节奏、高下抗坠之度、反复进退之态、采色之华”,所有这一切,则为气化所赋之形态的具象。及至刘大櫆《论文偶记》,则将这

① 刘麟生:《中国骈文史》,第81页。

个道理更加明了化了：

> 神气者，文之最精处也；音节者，文之稍粗处也；字句者，文之最粗处也。然论文而至于字句，则文之能事尽矣。盖音节者，神气之迹也；字句者，音节之矩也。神气不可见，于音节见之；音节无可准，以字句准之。

从最粗之处而见最精微处，字句是基础，“字句—音节—神气”这一体系的构建，说明通过文字完成气化赋形已经有了鲜明的创作理论依据。

四

正如刘大櫆所说的：“神气不可见，于音节见之。”在神气和文字之间，音节是沟通彼此的津梁，气最直观的显形就是作品之中的音节声律，无论诗文都是如此。即使诗歌吟唱的功能退化，但作者生命之气依然可以通过音节赋显于诗篇，因为声本身就具有成象的特征，如《礼记·乐记》云：“乐者，心之动也；声者，乐之象也。”《文心雕龙·乐府》也说：“诗为乐心，声为乐体，乐体在声。”以上两种说法，以声分别为乐象、乐体，二者实际上又是一致的。孔颖达《礼记》疏曰：“声者乐之象也者，乐本无体，由声而见，是声为乐之形象也。”乐无可触摸，但以声为其体，并以声之高下疾徐哀乐等为其显象。而声之发必因乎气，所以徐祯卿《谈艺录》云：

> 情者，心之精也。情无定位，触感而兴，既动于中，必形于声。故喜则为笑哑，忧则为吁戏，怒则为叱咤。然引而成音，气实为佐；引音成词，文实与功。盖因情以发气，因气以成声，因声而绘词，因词而定韵。此诗之源也。①

从其中的“情—气—声—词—韵”结构中可以看出，诗之声必出于气，

① 徐祯卿：《谈艺录》，见《历代诗话》，第765页。

同时诗之声又影响到文辞、韵律的选择。朱鹤龄也说过：“诗以传声，节奏成焉；声以命气，底滞通焉。”①一般文学消遣说中艺术对主体郁陶的导达而至于通畅，从基本内涵理解，就是声来源于气，通过声的宣读，对气产生导引作用。所以声是文学创作过程中最感性最直观的气的赋形。

气在诗文声律音节上的反映很广泛，最核心的体现就是声律理论。声律说是保证诗歌圆美的文学规范，遵循这种规范，作品就能取得基本的成功，其所依托的诸如平、仄、清、浊、飞、沉等，皆是就音声之气而发。关于这种规范，沈约在《宋书·谢灵运传论》中曾和诗写情志、文学史论等一同推出：

> 夫五色相宣，八音协畅，由乎玄黄律吕，各适物宜。欲使宫羽相变，低昂互节，若前有浮声，则后须切响。一简之内，音韵尽殊；两句之中，轻重悉异。妙达此旨，始可言文。

一般认为，这种规范，就是永明体诗歌总的创作原则，也是沈约声律说的“新义”，具体包括②：

第一，“若前有浮声，则后须切响”。这个观点与《文心雕龙·声律》中的“声有飞沉”近似。汉语语音在古代分平仄清浊，一般飞指平清，即浮声；浊指仄浊，即切响。诗歌的一句之中，如果纯用平清或者纯用仄浊，于阅读不便利，“沉则响发而断，飞则声扬不还”。因此要浮声与切响前后交错。

第二，“一简之内，音韵尽殊”。音指字的发声，韵为字的收声，罗根泽引邹汉勋《五韵论》：“音目同纽，韵谓同类。言五字诗一句之中，非正用重言连语，不得复用同韵同音之字。”也就是《文心雕龙·声律》中所说的：“双声隔字而每舛，叠韵杂句而必睽。”简略说，是要求诗歌一句之中不得出现同音字或者同一韵部的字，也就是一句之中不得出现双声字或者叠韵字。

第三，“两句之中，轻重悉异”。强调诗歌一联两句之中，要讲求变异，

① 朱鹤龄：《辑注杜工部集序》。

② 以下三条分析采用罗根泽先生的说法，参见《中国文学批评史》，第171页。

不仅平仄要区分，而且也要注意字的音声效果的清浊。

这三条都贯彻着一个总的原则，这就是“宫羽相变，低昂互节”，而这些原则具体的落实，就是以声病理论为指导，沈约的音律说主要的贡献就是声病论，声为四声，病一般认为就是八病。

四声 四声的发现并不是沈约，在他之前，周颙就创作了《四声切韵》，而沈约作《四声谱》，也明确承认起自周颙①，但沈约的贡献在于将其纳入到了诗歌创作之中。所谓四声，就是平上去入，这一点当时史籍是有记载的，《南齐书·陆厥传》云：

> 永明末，盛为文章。吴兴沈约、陈郡谢朓、琅琊王融以气类相推毂。汝南周颙善识声韵。约等文皆用宫商，以平上去入为四声，以此制韵，不可增减，世呼为“永明体”。

沈约在其《答甄公论》中也提到四声：

> 春为阳中，德泽不偏，即平声之象；夏草木茂盛，炎炽如火，即上声之象；秋霜凝木落，去根离本，即去声之象；冬天地闭藏，万物尽收，即入声之象。

四声在诗歌之中的运用，就是强调“同声相应”，《文心雕龙·声律》之中称：“同声相应谓之韵。”可见四声主要的艺术作用是指导诗人们从自然之韵走入自觉之韵，有了四声指导，寻求诗歌各句结尾处的和谐实非难事，所以刘勰才说：“韵气一定故余声易遣”，“缀文难精而作韵甚易”。四声之设归之于韵气的和谐。而最难的则是前面所罗列的诸如浮声切响的呼应、轻清重浊的相异，这就需要规避许多病累，于是便引入了八病。

八病 四声强调了同声的相应，而八病对浮声切响呼应、轻清重浊相异

---

① 《文镜秘府论·天卷》引隋人刘善经《四声指归》云：“宋末以来，始有四声之目，沈氏著其谱论，云起自周颙。”

的要求,实则就体现为异音的相和。这一点沈约实际上有过说明,只不过,他没有明言异音相和,而是在《宋书·谢灵运传论》之中阐释总的声律原则时有隐约的揭示。对于沈约所列举的这几条声律要求(“夫五色相宣,八音协畅,由乎玄黄律吕,各适物宜。欲使宫羽相变,低昂互节,若前有浮声,则后须切响。一简之内,音韵尽殊;两句之中,轻重悉异。妙达此旨,始可言文。”),梁代萧子显已经明确表示,其意不是讨论同声相应的四声,所以其《南齐书·陆厥传》在引“永明末,盛为文章,吴兴沈约、陈郡谢朓、琅琊王融以气类相推毂;汝南周颙善识声韵:约等文皆用宫商,以平上去入为四声,以此制韵,不可增减,世呼为‘永明体’”之后还有一句:“沈约《宋书·谢灵运传论》后又论宫商。”历代有关沈约声律学说的研究者在引用这段文字时往往将这句话省略,间或引上,在具体分析的时候又往往有意无意将其略而不言。事实上,《南齐书》在论完四声之后单言沈约“又论宫商”,其意思很明显,那就是四声与宫商不是一个内涵。即使唐人修《南史》,于《陆厥传》称:“约等文皆用宫商,将平上去入四声,以此制韵,有平头、上尾、蜂腰、鹤膝。”也是宫商、四声分而言之的。作为音乐术语,宫商当然与字的四声不同,但由于古人宫商之论附会了一些神秘因素,加上文人们在使用这些术语时逐步普泛化,所以研究者往往将其作为声音抑扬的一个代名词,不甚追究其不同语境下的独特内涵。萧子显《南齐书·陆厥传》中将四声、宫商分列,事实上体现的是沈约那个时代大致观点,即四声之外,诗歌还要讲究宫商。四声解决同声相应问题,而宫商作为“和”这种审美精神最形象且具代表性的一个音乐术语,解决的就是“和”的问题,即不同的相异因素的和谐相处,也就是《文心雕龙·声律》中所说的“异音相从谓之和”。

但在具体的创作之中,做到“和”是相当不容易的,《文心雕龙·声律》就说:“属笔易巧,选和至难。”因此,具体的“和”的法则技巧也就成为诗坛迫切的需要,八病说的应运而出也因此具有了重要的意义。

综合《文镜秘府论》西卷“文二十八种病”的论述,八病的大致内涵如下:第一,平头;第二,上尾;第三,蜂腰;第四,鹤膝;第五,大韵;第六,小韵;第七,旁纽;第八,正纽。以上八病,学者们已经基本明晰了其相关内涵,其中平头、上尾、蜂腰、鹤膝四病是声调之病,著者认为这当即是所谓“宫商”

方面的要求，属于“宫羽相变，低昂互节”、“前有浮声，后须切响”、“两句之中，轻重悉异”。大韵、小韵、旁纽、正纽为声母、韵母方面的要求，属于“一简之内，音韵尽殊”。合调与声，依循四声与八病，就可以避免病犯，使得诗歌流靡、圆美，而流靡与圆美最终只有通过音声感知，因此四声八病以及相关的声律规范正是气在诗中赋形的必然产物。

诗歌的声律音节并未止步于四声八病，随着诗歌创作的繁荣，文人们对诗歌之中声音韵律节奏的探索也日益精微，而其中众多的关注点都是因气而发，如王士祯所论的“一片宫商”，乃是就通过平仄清浊之字的运用，形成“抑扬抗坠”的气的状态而言。从《文心雕龙·声律》篇开始，诗歌用字就论飞沉，至吕本中《童蒙诗训》、严羽《沧浪诗话》等又论字之“响”，何谓“响”？响对于哑而言，何谓哑？专求对偶之典丽，篇幅之停匀，而中无气息，无哀怨清激之声即为哑。用响字则是为了显示气的生动，关注也在气。所以清代张实居论诗歌炼句炼字，最终以格力雅健雄豪者为胜，正是因为这样的字能够振作起诗歌中的生命之气。具体的声律探究，基本都集中在通过何种声律和其他手段来实现诗歌整体之气的“和”。我们可以通过翁方纲《七言诗平仄举隅》集中给予说明：

苏文忠《游径山》：“众峰来自天目山，势若骏马奔平川。中途勒破千里足。”评云：“此‘千’字所以不遽用仄者，以第一句‘山’字之势高起也，此所以和其气。”又“雪眉老人朝扣门”一句，评云：“此句末字平，以伸其气，方不是呆板声调。”

苏文忠《和蒋夔寄茶》：“临风饱食甘寝罢。”评云：“第五字用平以舒和其气，此在前段也。”又“人生所遇无不可”，评云：“此第五字用平以舒和其气，此在末篇也。”

评杜甫《冬狩行》结尾“得不哀痛尘再蒙！呜呼得不哀痛尘再蒙”：“虽有一直放出三平之正调处，而无垂不缩，无往不收。全以五六之抽掣变转与上句之提空挺起相为乘承。”垂与缩、往与收，也是通过平仄的运用达到气和。

气和主要是就整首诗之中阴阳对立协调统一而言的，它无关乎诗歌风格的刚柔，所以翁方纲论诗歌收束有两种方法，一为和平，二则为雄健。这个收束一般是指诗歌之中的一句、两句或者数句的结束之处。和平者超然和畅，有远神；而雄健者则戛然而止。如杜甫《韦讽录事宅观曹将军画马图》一诗，翁方纲评其平仄运用：

> "内府殷红玛瑙盘，婕妤传诏才人索"，双律句也。"盘赐将军拜舞归"，以单句律句承接之。"霜蹄蹴踏长楸间，马官厮养森成列"，此二句亦以"可怜九马争神骏"单句律句承接之。而"霜蹄"句却已换一"长"字，盖正当中间劲气横空而来，风利不得泊也。至于"金粟堆前"二句，则"新丰宫"句以下堂堂之阵，壁垒精劲之极，势不得不和以收之矣。

前有健举者，因此气势涌起，不得止泊，所以后面当舒缓而收束，得体气之和。本书中还涉及诗歌如何蝉联而延展或者转移声韵思致，法式之一就是用平字，平字便于气的宕开。如杜甫《观公孙大娘弟子舞剑器行》中云："玳筵急管曲复终，乐极哀来月东出。老夫不知其所往，足茧荒山转愁疾。"翁方纲评："结处一气不可收转之音也。"因为四句结尾都是平字，气便延展而下，没有仄字，所以"更无节拍之可焉"，于是难以节制之，气便缠缓而下。又如韩愈《八月十五夜赠张功曹》中："纤云四卷无天河，清风吹空月舒波。沙平水息声影绝"，评云："第五字（声字）平，为转韵也。"即平字之铺垫，可以积蓄转换韵所需要的势能。①

翁方纲《赵秋谷所传声调谱》中又为拗律句、古句正名："凡为古诗，必无有意与律体相拗之理。其目为似拗者，皆其极和谐处也。"非常规的形式，是诗歌体气运行转换的自然现象。《王文简古诗平仄论》又论粘："粘为补不粘之人工，求变而适气。"②都是从气在诗歌声律之中的表现以及寻求气在诗歌整体之中的协和着眼的。而诗歌之中寻求气的呼应、相和的手段，就是实现气化的法式。

---

① 参见翁方纲：《七言诗平仄举隅》，见《清诗话》，第271—281页。

② 翁方纲：《赵秋谷所传声调谱》，见《清诗话》，第246页。

第三章　气化与文学审美品格

气化赋形是从主体到作品的创生机制，气通过文学作品的文辞、声律、段落、结构以及整体所构筑的艺术空间，贯注于作品之中。气贯注于作品于是从文辞、声律、段落、整体架构之中显现，而气在这些不同部分的显现都能够带来一定的由于气的充盈而彰显的状态，而且这些状态又都是气本身所具有的审美特征的体现：

气充盈于诗文的自始至终，于转接段落之处一体化游走，形成了“气脉”，气脉是气贯穿性、生动性特征的显现。

气充盈于诗文的整体架构，使得诗文完型而有机，形成了“气局”，气局是气的“完足”为高之特征的显现。而作品本然的气局在鉴赏者眼中赋显的整体就是“气象”，气象有可能和作者起初的布置吻合，也可能出现错位。

气充盈于诗文发端、转折、顿挫之处，蓄积而具备发抒的能量，形成了“气势”，气势是气的生机运动特性的显现。

气充盈于文辞、声律所表现出的主体性人格，昂扬而刚大，形成了气骨、气格、气概，气骨、气格、气概是气分阴阳而以阳刚为尊特征的显现。

气充盈于作品之中，流连延伸至鉴赏者，而且又通过鉴赏者将其向着当下之外的时空延伸，这就形成了“气韵”，气韵是气的含蓄弥漫性特征的显现。

以上所涉及的气脉、气象、气骨、气概、气格、气局、气韵、气势是气的审美特征在作品之中的“气化”。这个过程之中，以上范畴可以视为作者在气的审美特征引领下的有意识追求；而一旦作品成型，以上范畴便转移为鉴赏者对作品进行品鉴批评的审美标尺。文学的审美范畴体系基本上是通过气的这个气化途径建构起来的。因此这个范畴体系有着一个共同的特征，即以气为动力源泉。气本身就有力量的含义，王充《论衡·儒增》中就说过："人之精，乃气也，气乃力也。""气力"这个范畴也是因此而形成的。这些以气为核心的审美范畴体系大致可以分为三类：一是属于体态描述性范畴，如气局、气象，侧重于作品成型之后所表现的整体面貌，是中性的审美批评范畴；二是属于气动力归依性的范畴，如气骨、气格、气势、气脉等，作为审美批评的依据，这些范畴在强调了气的运动与力量之际，也包容了对这种力量程度差异的描述，但从明清以后便侧重于表达主体创作与审美鉴赏之际对阳刚力量的推崇；三是属于审美境界范畴，它本身没有贬抑性的价值评判，代表了众多文人创作共同的追寻，是文学创作追求的重要审美境界，也是鉴赏之中读者所向往的审美境界，这类范畴以气韵为代表，气韵的发现意味着意境的诞生。

第一节 体态之美：气局、气象与气脉

体态之美基本上是就文艺作品外在形态的整体而言的，它有时虽然也会因为作品中的一句话、一段文字或者某一个意象、某一个段落甚至诗歌的某一联而显现，但所显现的往往是一些局部征象，未必是这部作品整体的特征。其完整的体态之美最终需要从语言的整体关联、段落的整体衔接、意象以及意象群的整体呈示中现身。其内在构架强调统一，此架构的肌理强调贯通，其有限体态之外又孕育着对无限的期待。气化赋形的作品，自身便具备这种体态之美的潜质，对这些潜质描述的范畴以气局、气象、气脉为主，我们姑且称之为体态描述性批评范畴。

一

气局是气之所化或者气之赋形的作品所呈现的一个完整局面，它侧重于作品体制构架之完整的描述，它是与气化赋形之整全完足、一块生成特性相对应的。气局体现于所有文体，文体不同，气局不同，以词为例，蒋兆兰

《词说》论曰："词之为文，气局较小，篇不过百许字。"词一般格律森严，字数稳定而精练，因此是文学中的小品，没有大的篇体。又如排律，《葚原诗说》云："排律所尚，在气局严整，属对工巧，段落分明，而其要在开合相生，不露铺叙、转折、过接之迹，使语排而忘其为排，斯能事矣。"①强调了排律之气局主要体现在属对与段落的组织安排上，作为一个整体，要段落分明，但又需一本气化而不显露，在开合相生中避免生硬的拼凑。具体创作皆具气局，但并非皆成整全与完足，而是更多地与主体的才学情性对应。

后世应用中，也有视气局为气象或者局面的，如《白雨斋词话》称张子野为古今词学一大转移，此前晏欧温韦"体段虽具，声色未开"，而至秦柳苏辛以及美成白石则发扬蹈厉，此为"气局一新"。② 这个气局便指文学发展前后气象的变化和局面的不同。气局又有不少异称，以《尊经课艺》与《古文渊鉴》等的评语为例：

局度："整齐划一，不蔓不支，以局度胜。"

局势："议论笔力兼擅其胜，局势亦极堂皇。"

局："立局亦极大方，不落小家蹊径。"

局阵："于大处发论，局阵展舒，波澜空阔。"

机局："局紧机圆，光明俊伟。"

局法："节缩上林、京都之局法，以为短篇，见脱胎之妙。"③

气局以浑、紧、活为审美追求。浑即浑成，《尊经课艺》评语："直出直入，独往独来，上下两章，决不打成两橛，笔锋犀利，气局浑成，视填写感慨泛话者奚啻霄壤。"又如："前不突后不竭，气局浑成。"④要浑成则不能如《葚原诗说》所论露铺叙、转折、过接之迹，而要做到一气相生，开合相生。活即整体布局灵活不僵化，能够达到随意而行，如《尊经课艺三刻》评语有"机圆

---

① 冒春荣：《葚原诗说》卷二，见《清诗话续编》，第1601页。

② 陈廷焯：《白雨斋词话》卷一，人民文学出版社1998年版，第11页。

③ 以上引文见《尊经课艺三刻》，第158、204、76、193页；《古文渊鉴》卷三十八；《文选集评》卷三张衡《思玄赋》何焯评语。

④ 《尊经课艺》，第132、292页评语。

局活，冰雪聪明"[①]之语，气局的灵活与气机的圆活是一体的。

浑与紧就是沈德潜所说的"严整"，他论长律云："长律所尚，在气局严整。"[②]"严"为严密，技法上表现为属对要工切，段落要分明，首尾一开一阖，不能有诗体的懈怠之处；"整"为整全、浑融，不支离。既要成为一个完整的体系，又不能够露出痕迹，一切转折变换以及语言形式都能够融于其中，不能作为局部的美被彰显出来，也不能因为某种特定的安排而过显其巧。

气局之"严整"有时又被表达为"深"。由于创作者气的涵养与人工投入不同，因此形成了贯注于作品中的气或丰满或薄弱的差异，由此造成作品最终有的地方表现不深透、赋显不准确鲜明，气局于是出现了浅露之处。浅露则易松懈，因而算不得是气局严整的作品。如陆时雍《诗镜总论》批评高适的创作，表面看来"调响气佚，颇得纵横，勾角廉折，立见涯涘"，也算得是名手，但这种气调与用笔处处裸露，在陆时雍看来就属于气局浅薄，相比之下："李杜之气局深矣。"这个"深"是相对于高适诗歌气调用笔以及其他创作手段所显示的诗"体"之直露、不严密隐蔽而言的，所以是对"严整"的另一种表达。

气局的严整，是与情意理的贯通不易、呼应连绵不可分的，一如林纾论《左传·楚武王侵随》篇："此篇制局极紧，前半竖一'张'字，正面决策，对面料敌，均就'张'字着想，无句无意不是'张'字作用。下半竖一'惧'字，与'张'字反对，见得'张'则必败，'惧'则获全。"[③]此篇气局的严紧，正在于通篇围绕"张"与"惧"两个关键词作用，从而意理贯穿，前后呼应，彰显出一体的局面。

与气局严密、严紧、严整相反者即是气局宽泛，如张衡《思玄赋》，其中模仿班固《幽通赋》，摹写《离骚》中巫咸告灵均之体，一袭再袭，缺乏主体之气的贯彻，所以辞赋整体便出现了"漫衍"与"精神不甚紧凑"之弊，何焯即

---

① 《尊经课艺三刻》，第 58 页。

② 沈德潜：《说诗晬语》卷上，第 218 页。

③ 林纾：《左孟庄骚精华录》卷上，商务印书馆民国二年版。

评之曰“仿古太似则不新，立局太宽则不紧”①。漫衍即局宽，即精神散缓。

气局论活，是指整个局面的宽促变化。一般讲气局要严密而反对宽泛松懈，但并非反对气局的阔大，只要能够不松懈、不浅露，则宽、促皆可成就严密。如陆时雍《唐诗镜》卷二十二就以“气局最宽，语致最简”评诗。清代钱木庵论律诗和绝句：“四韵（律诗）气局舒展，以整严为先；绝句气局单促，以警拔为上。”②其中根据不同之体，对舒展与单促都给予了肯定，只是提出诗人要根据不同的气局特征，适当加以人工雕琢。应注意的是，这里的气局是前面所论的文体定型之后所具有的体的大致特征，而加以人工雕琢之后所形成的作品则会形成具有个性意义的气局。在才思学力允许的条件下，人们更多强调的是“气局宽然有余”③。

气局有高下之分。如陆时雍《唐诗镜》卷二十云：

> 李白七言绝句《苏台览古》，意转愈深，格转愈老，“只今惟有西江月，曾照吴王宫里人。”意想转入无已，所以见气局之高。

气局高是指诗篇构思而就的体式使人回味不已。此外又分老嫩，如《尊经课艺》评时文习作：“直起直落，立局既老，一切拖泥带水话头无从犯其笔端，映合亦极大雅。”④气局之老是就“直起直落”的篇章而言的，没有刻意扭结、神魔鬼怪，返璞归真，此为老。

气局是气贯彻于文体而形成的局面，既然是气赋形的产物，它是追求自然的；但只要是创作，尽管作者读者都标榜元气归依，纯任自然，却不可能离开人工的锻炼。历史上有的文人将创作分为“主气局”与“尚烹炼”二类，主气局者尊奉自然，尚烹炼者法于人工，二者相比较，往往是“主气局者烹炼以为嗤”，即主张气局的鄙视烹炼论者。张祥龄认为，这无非是“好尚各殊”

---

① 心简斋重订本：《文选集评》卷三孙月峰、何焯评语。

② 钱木庵：《唐音审体》，见《清诗话》，第784页。

③ 纪昀：《苏文忠公诗集》卷一，《入峡》评语。

④ 《尊经课艺三刻》，第144页。

“出主入奴”的门户习气。① 清代陈仪也认为，作诗需要诗人首先“惨淡经营，落笔之先，已定全局”，即先经过严密的构思，实现布局了然于胸中；有人问“炼意或谓安顿章法，惨淡经营处耳”（王士祯语）这句话的意思，陈仪回答：“渔洋之言，乃炼局之法。”②以上“定全局”与“炼局”之说，正是对气局人工性的一种肯定。

由于气局是对一部作品整体气之形态的概括，因而很接近文艺美学中的意境，但二者是不同的，林纾曾区分之，他说：“意境中有海阔天空气象，有清风明月胸襟。须讲究在未临文之先，心胸朗彻，名理充备，偶一着想，文字自出正宗；不是每构一文，立时即虚构一境。盖临时之构，局势也；一篇有一篇之局势，意境即寓局势之中。”③也就是说，意境需要主体长期的养气陶冶，才能于临时创作之际显现；而局势或者气局则是但凡创作都会即时体现在作品中的。意境最终是通过寓托在气局之中显现的。

二

气象早期是一个对于自然物象进行概括的语汇，涂光社先生说：“气象的本义是大自然的景观和现象，它与四时朝暮的气候和山川风貌相关。”而纳入文学艺术的气象则发展成一种“虚实、神形兼具”，可以指向“时代、作家、作品意象的气概风貌的概念”。④ 明代文人谭浚对文学之中所言之气象有一个直观的定义：

> 夫诗言志，志克持者养其气，气不馁者慊其心。心有裁制，理乃自然。是集而生于中，则形而象于外，是谓气象。⑤

诗以言志，而要做到言志需要通过持其志而养其气，至于气不馁而盛而

① 参见张祥龄：《半箧秋词序录》，见《近代文论选》，舒芜等选编，人民文学出版社 1999 年版。下文近代单篇文论不注者出此。

② 陈仪：《竹林答问》。

③ 林纾：《春觉斋论文》，第 73 页。

④ 涂光社：《原创在气》，第 129、135 页。

⑤ 谭浚：《说诗》卷上“总辨”，吴文治主编《明诗话全编》第 4 册，江苏古籍出版社 1997 年版。

充盈,此时心便有了裁制物象义理的动力,于是理可以显现,言行事业都可以显象于外,这个因气集于中而形象于诗文之外者就是气象。《小清华园诗谈》在回答"何谓气象"时举了两个例子:

何谓气象?曰"绛帻鸡人报晓筹,尚衣初进翠云裘。九天阊阖开宫殿,万国衣冠拜冕旒。日色才临仙掌动,香烟欲傍衮龙浮。朝罢须裁五色诏,珮声归到凤池头。"(王维《和贾至舍人早朝大明宫之作》)不谓之"诗中天子"不可也。(昔人评王摩诘为"诗中天子")

"讼堂寂寂对烟霞,五柳门前聚晓鸦。流水声中视公事,寒山影里见人家。观风竞美新为政,计日还知旧触邪。可惜陶潜无限酒,不逢篱菊正开花。"(崔峒《桐庐李明府官舍》)不谓之穷陬县令不可也。[①]

诗中体现的作者积蓄涵养之气,具现为两个具体的形象:一为天朝的声势与威仪,一为穷县的清冷与闲适。威仪与清冷,二者皆是不具实形者,但经作者妙笔点化,却能够使人恍然如睹,这种恍然如睹者就是气象。

气象是文学艺术作品呈现的风貌,它是读者通过文学作品意象所传递的情态,并由此展开联想悬拟获得的审美空间。佳作首先必须得物之气象,如古人《秋雨》诗云:"白藕作花风已秋,不堪残梦更回头。暮云带雨归飞急,只在西窗一夜愁。"吴沆评曰:"甚得秋雨气象。"又有"时令诗须作得一时气象真"之论。因此,相对于表现对象而言,气象属于以气取象,不是貌似;一般作品所表现之面貌上的特征未必就与其气象统一,这才有了古人对一些作品"其容清明,其象萧条"[②]的批评。是否有"气象"也由此成为对一个文人艺术成就的评判尺度,也就是说,很多文人由于造诣才气不足,尽管著作等身,但仍然难以称其已经成就了气象,如吴沆《环溪诗话》以诗句中所包纳的意象多寡论诗之深浅,其中云"五言诗中,每句用上两物即成气

---

① 王寿昌:《小清华园诗谈》卷上,见《清诗话续编》,第1864页。
② 刘大櫆:《刘海峰稿》"楚狂接舆"篇评语,见《海峰文集》。

象”,用三物则“稍工”;七言诗“每句用上三物即成气象”,“用四物即愈工”。[①] 成就气象,就可以说渐成规模,渐有头角,才可以说是一个基本成熟的诗人。

气象纳入文学批评始于唐代,其时无论诗论还是文论中都出现了以气象批评的现象。如皎然《诗式》“诗有四深”条其一就是“气象氤氲”;李汉《昌黎先生集序》论秦汉以前文章“其气浑然”,而至后汉曹魏之际则“气象萎尔”。直接以气象二字论诗文之外,又有司空图《二十四诗品》等以气象的描绘论诗者,其时以物色、情事比拟文体,皆属于气象论文。至宋代,以气象论诗文逐渐流行开来,其中很多论述都是文学批评史上的经典之论,如:

周紫芝《竹坡诗话》引苏轼论文:“大凡为文,当使气象峥嵘,五色绚烂,渐老渐熟,乃造平淡。”

姜夔《白石道人诗说》论诗:“大凡诗,自有气象、体面、血脉、韵度。”

严羽《沧浪诗话》论诗:“唐人与本朝人诗,未论工拙,直是气象不同。”又云:“虽谢康乐拟邺中诸子之诗,亦气象不类。”

陈模《怀古录》论文则有:“全得迁《史》气象”、“却少脱洒气象”、“欧公《昼锦堂记》略有退之《盘谷序》气象”、“气象虽老苍而又有滋润可爱者方好”、“六经者各自一般气象”、“尝谓一经之中亦自有气象不同”、“诗之风雅颂亦气象不同”[②]等论。

而后世文学批评界熟稔的“盛唐气象”、“晚唐气象”等,也都是宋代流行开来者。

它一般指向一个文人创作的整体特点,如《áo斋诗谈》论明末诗人丘柯村诗“气象雄伟”,李大村诗“局面高大,气象浑雅”。[③] 也可以指具体诗篇,甚至具体诗篇中的一联,如范德机《诗学禁脔》言唐诗,《上裴晋公》第四联“惆怅旧堂扃绿野,夕阳无限鸟飞迟”,云其“下句见唐衰气象”。《感事》第二联“十亩野塘留客钓,一轩风雨共僧棋”,评曰“气象闲杂”。《送源中丞赴

① 吴沆:《环溪诗话》,学海类编本。
② 陈模:《怀古录》,见《历代文话》,第 520 页。
③ 张谦宜:《áo斋诗谈》卷七,见《清诗话续编》,第 889 页。

新罗国》落联“谁得似君将雨露，海东万里洒扶桑”为“气象宏丽，节奏高古”。[①] 对创作主体而言，具体创作中所呈示的气象不是一对一的，而是一多对应，一个主体可以对应诸多气象，气象的形态实际上是综合的。如《覞斋诗谈》论丘柯村曰：“思路巉刻，笔力俊爽，自尔踔厉无前。尤爱其胸中眼底奇气森罗，往往触绪飞扬，纡郁迸露。面貌不脱文人，精神已多霸气，自与弄笔舐墨者不同。”[②]同为主体之气，在创作中可以显示为笔力的巉刻，此为一气象；于作品中又能显示为一种奇气森罗的风范，此为一气象；于作品中又彰显其人格上的霸气，此亦一气象。

气象的展示需要意象，但气象与意象又有着本然的区别：气象是主体之气于诗文中所呈现的形态，具有高度的集约性与概括性；意象是主体情思所摄取的审美对象，形之于作品后所成就的集约而概括的艺术符号。气象源自主体长期的涵养，见于作品，呈示于艺术鉴赏者的审美视线；意象源自主客交融，具有独立的审美性，同时彼此之间的关系又能组构成意境。意象组合形成意境，而气象就呈现于意象个体之中、联系之中，无处不可体现。

作为一个与创作主体对应的范畴，影响作品气象的因素比较复杂，包容的面目也比较综合，大致可以从以下几个方面把握：

气象关乎主体的身份地位。范德机《木天禁语》将创作分为翰苑、辇毂、山林、出世、神仙、儒先、江湖、闾阎等类别，且云：“以上气象，各随人之资禀高下而发。”这一点有一定的调整余地，所以又说：“学者以变化气质，须仗师友所习所读，以开导佐助，然后脱去俗近，以游高明。”调整的方式在学习，所依赖者为师友。[③] 以上对气象的影响是后天之气，其中都涉及对气的培养。

以上身份地位与作品气象之间不是直接的对应，其间有一个因身份地位而形成的个体生命征象，如苏轼称“郊寒岛瘦”，便是对孟郊、贾岛清苦峭急生命状态的提炼，呈现于作品，正是在论气象。

气象关乎主体天分性情。《木天禁语》又说：“诗之气象，犹字画然，长

① 范德机：《诗学禁脔》，见《历代诗话》，第757、759、761页。

② 张谦宜：《覞斋诗谈》卷七，见《清诗话续编》，第889页。

③ 参见范德机：《木天禁语》内篇，见《历代诗话》，第751页，下同。

短肥瘦，清浊雅俗，皆在人性中流出。”又引储欣论诗曰：“性情偏隘者，其词躁；宽裕者，其词平；端靖者，其词雅；疏旷者，其词逸；雄伟者，其词工；蕴藉者，其词婉。”天赋之性情与作品之间的对应，是气象成就的重要基础，所以论诗要“涵养情性，发于气，形于言”，这才是“诗之本源”。明代许学夷将诗歌分为“天赋”、“造诣”两类，且以为汉魏诗为天赋，故不可学，而唐诗出于造诣，因此可以模拟且可融化无迹，论其原因则为：“融化无迹得于造诣，故学者犹可为；气象风格得于天授，故学者不易为也。”①曾国藩《鸣原堂论文》推崇光明俊伟之气象，但他认为，这种气象大抵得于天授，不尽关乎学术。

气象关乎时代。严羽《沧浪诗话》云：“汉魏古诗，气象混沌，难以句摘。晋以还有佳句。……唐人与宋人诗，未论工拙，直是气象不同。”明人高琦《文章一贯》专列“气象”一目，且引《后山诗话》将诗文分为三等：周为上，七国次之，汉为下；这个等级划分依据的是气象的不同：周之文雅，七国之文壮伟但失于驰骋，汉之文华赡但失于缓。

气象关乎体裁题材的规定性。如《文章一贯》引《文筌》曰：朝廷宗庙圣贤题宜肃，山河军旅宜壮，山林仙隐宜清，宴乐欢娱通达宜和，神怪豪侠幽险宜奇，宫苑台榭佳丽宜丽，登临志士功业宜远。又如七律宜放，五律宜曲，典诰表策宜雅正，等等。②

气象被纳入文学鉴赏领域，是指作品成形之后，在鉴赏者观照之下所呈现的总体性的审美取向，它侧重于鉴赏者通过文学之“体”所感受到的审美特征。

（一）气象所蕴涵的核心审美内涵就是“浑然一体”

叶梦得《石林诗话》言七律“难于气象雄浑”，姜夔《白石道人诗说》直言“气象欲其浑厚”，胡应麟《诗薮》卷五论唐诗“气象浑成，神韵轩举”，都表达了对气象与“浑”关系的认同。严羽有关气象的论述更是鲜明地体现了这种倾向，他推崇汉魏建安以及唐人创作，推崇的根本原因在于其已经达

---

① 许学夷：《诗源辨体》卷十五，第154页。

② 参见高琦：《文章一贯》，见《历代文话》，第2154页。

到了“气象混沌，难以句摘”的境界，将判断的标尺落在了“气象混沌”上。所谓气象混沌，在严羽的诗学体系里表现为以下内涵：

其一，讲究作品的整体艺术风貌，不以字、词、事典等的过分琢饰为美。如《沧浪诗话·诗评》提出：“最忌骨董，最忌衬贴”；“押韵不必有出处，用字不必拘来历”；“不必太着题，不可多使事”。《沧浪诗话·诗辨》抨击当时诗风云：“近代诸公作奇特解会，遂以文字为诗，以才学为诗，以议论为诗。夫岂不工，终非古人之诗也。盖于一唱三叹之音有所歉焉。且其作多务使事，不问兴致；用字必有来历，押韵必有出处，读之反覆终篇，不知着到何在。”以上都是对不从整体着眼而炫耀才学议论、醉心事典声韵现象的批评。

其二，讲究作品的整体意境，不过于追求佳句秀句律句。严羽赞誉汉魏、建安诗歌，或道其“难以句摘”，或道其“不可寻枝摘叶”，而谢灵运之作虽然佳妙，但“已有彻首尾成对句”的现象，所以不及建安。

其三，讲究诗歌的深厚雄浑而不发露于外。严羽《答出继叔临安吴景仙书》云：

> 又谓盛唐之诗，雄浑雅健。仆谓此四字但可评文，于诗则用健字不得。不若《诗辨》“雄深悲壮”之语为得诗之体也。毫厘之差，不可不辨。坡谷诸公之诗，如米元璋之字，虽笔力劲健，终有子路事夫子时气象。盛唐诸公之诗，如颜鲁公书，既笔力雄壮，又气象浑厚，其不同如此。

严羽之所以反对以“雄浑雅健”四字评诗，主要因为雄健之内涵中有着向外发露的张扬，其代表诗人如苏轼等的创作，劲健的力度凸显了，但“终有子路事夫子时气象”：粗莽而无所收敛。所以他认为还是自己诗话之中所提出的“雄深悲壮”更加符合诗歌的审美，因为“雄”一字能够代表诗由气化的气之力量，“深”则与“浑”一致，但更倾向于其气的不张扬发露，这就是气象浑厚，接近了盛唐诸子。

宋末戴复古论诗也主张气象雄浑。其《论诗十绝》中云：“诗家气象贵雄浑，雕镂太过伤于巧。”雕镂，有学者认为是对江西诗派而言，这一点不能排除,但也同样是对学唐体者而言,不仅仅指使事求奇,补缉奇字,而且也指刻镂意象。对诗句形式的过分琢饰,容易影响到诗的气象,如魏泰《临汉隐居诗话》以为,作诗往往有"句虽新奇,而气乏浑厚"的现象,即于语句上过分追琢,容易造成气的孱弱而不浑厚,不浑厚则易单薄,薄而易露易透,所以姜夔《白石诗说》说:"雕刻伤气,敷衍露骨。"不过戴复古此处的"雄浑"要全面理解,从其诗歌创作与其他言论来看,其雄的成分少,浑的成分多,即他更重视诗歌的浑成一气,吴子良《石屏诗后集序》中引戴复古论诗之言:"诗之意义贵雅正,气象贵和平,标韵贵高逸,趣味贵深远,才力贵雄浑,音节贵婉畅。"将雄浑定位在才力上,而不是外在风格体貌之中体现出的气象、韵度、趣味,甚至也不是最直观的音节。所谓才力的雄浑是就诗歌诸要素的统驭力量而言的,诗人之才力胜任甚至有余,能够使情、物、意、音、韵、趣等融会一体。这样,才不至于和他主张的气象和平、标韵高逸、趣味深远、音节婉畅等矛盾。由此也可以看出他的雄浑是偏于浑之一义的。

(二)气象另外一个重要特征就是它体现了一定的"规模"

《人间词话》中有一些涉及气象的内容,如:

> "自是人生长恨水长东"、"流水落花春去也,天上人间"。《金荃》、《浣花》,能有此气象耶?
>
> "树树皆秋色,山山尽落晖","可堪孤馆闭春寒,杜鹃声里斜阳暮",气象皆相似。

叶嘉莹先生分析王国维所用气象的内涵说:

> "风雨如晦,鸡鸣不已"与"可堪孤馆闭春寒,杜鹃声里斜阳暮"诸句之所以被称为气象皆相似,便正是这些句子中所表现的精神的压抑困苦和意象的凄凉晦暗,都极为相似的缘故。而东坡词及白石词与渊明诗及薛收赋的气象之所以相近,被称为略得一二,便也正是因为东坡词中所表现得精神与意象之开朗洒脱,与昭明太子所称述得渊明诗之"抑扬爽丽"、"跌宕昭彰"之气象相近,而白石词中所表现的精神与意

象之峭拔孤寒,也正与王无功所称述的薛收赋之"韵趣奇高"、"嵯峨萧瑟"之气象相接通的缘故。至于太白词与后主词,则静安先生但称其气象而并未对其为何种之气象加以说明,则是因为气象二字如前所言,除了指作品中不同之精神与意象以外,原来还有兼指规模之意。太白之所以被称为"纯以气象胜",便正因为其"西风残照,汉家陵阙"二句,所表现的精神与意象既都极为寥阔,高远,而其时间感与空间感所呈现的规模也极为宏大的缘故。

根据以上的分析,叶先生对气象的结论是:"作者之精神透过作品之意象与规模所呈现出来的一个整体的精神风貌。"①叶先生这里对气象关乎"规模"的论述是非常精辟的,也就是说,气象与艺术所创造的艺术空间有关。正因为如此,历代有关气象的论述,才格外关注其阔大或者雄浑。这主要表现在:

第一,气象的书写以雄浑宏阔为指归。宋代《休斋诗话》有"诗写气象"条,而此气象文中又明显指向宏阔之气象:

予初喜杜紫微"南山与秋色,气势两相高"语,已乃知出于老杜"千崖秋气高",盖一语领略尽秋色也。然二家言嵓崖间秋气耳,犹未及江天水国气象宏阔处。一日雨后,过太湖,泊舟洞庭山下,乃得句云:"木落洞庭秋",或云此蹈袭"枫落吴江冷"语,第变"冷"为"秋"则气象自不同,彼记时耳,是安知秋色之高尽在洞庭里许乎?此渊源自《楚辞》中来。九歌云:"洞庭波兮木叶下",其陶写物象,宏放如此,诗可以易言哉!②

其中言气象就是江南江天水国的宏阔,能够将此宏放纳入笔端则气象自成。

---

① 叶嘉莹:《王国维及其文学批评》,河北教育出版社1997年版,第252页。

② 郭绍虞:《宋诗话辑佚》卷下,第485页。

第二,佳句对比以气象雄浑者胜。谢榛《四溟诗话》卷二:“韩退之称贾岛‘鸟宿池边树,僧敲月下门’为佳句,未若‘秋风吹渭水,落叶满长安’气象雄浑,大类盛唐。”又称誉陈后主“日月光天德,山河壮帝居”辞语精确,“气象宏阔”,为杜甫五言句法之祖。① 显然有着对雄浑的推崇。

第三,明确表示对气象狭小的批判。方回评姚合《游春》兼论宋代四灵曰:“予谓诗家有大判断,有小结裹。姚之诗专在小结裹,故四灵学之。五言八句,皆得其趣,七言律及古体则衰落不振。又所用料,不过花、竹、鹤、僧、琴、药、茶、酒,于此几物,一步不可离,而气象小矣。”②以气象小为病而又极力表彰雄浑,则气象对雄浑审美的倾向性可见一斑。

(三)从其对审美风貌的概括而言,气象早先是一个包容性的范畴

气象可以兼指各种审美风貌。如宋代黄震《黄氏日钞》论读欧阳修诗文的感受:

《水谷夜行诗》:“威风动凉襟,晓气清余睡。”评云:“见平旦气象。”系指自然之中平旦之时的景况之逼真。

《暮春诗》:“游丝最无事,百尺拖晴光。”评云:“有太平气象。”③是通过自然景况而引发的内心的和平之象。

又如读王安石古诗的感受:

《寄育王诗》:“入夜天寒最静便。”评云:“士大夫或自号‘静便’,若其取此,果何等气象耶?”④此为贤者圣者的淳厚无扰无欲的人格形象。

又如《跋乐全先生归雁诗》:“乐全先生《归雁诗》,辞语老苍,笔画精健,前辈泰山,严严弹压浮薄气象,犹可想见。”⑤这里的气象又表示一种并不受人称赏的轻浮。

以上气象,虽然都源自诗文的阅读感受,但归结点都在于人格,这和黄震本身的儒士身份以及以读书明理陶冶人格的目的相关,而其中已经显示

---

① 谢榛:《四溟诗话》卷三,《历代诗话续编》,第1158页。
② 李庆甲:《瀛奎律髓》卷十,第340页。
③ 黄震:《黄氏日钞》卷六十一“读文集”。
④ 黄震:《黄氏日钞》卷九十一“题跋”。
⑤ 黄震:《黄氏日钞》卷十一“读文集”。

了对不同审美取向的含纳。谭浚《说诗》在对气象作出概括之后，随之列举了气象的不同类型："或辇毂不适山林，或里巷不达江海，或俗儒不通世途，稗语不趣翰苑，疏放不拘礼囿，末世不逮盛时也。"由于志不同，所养之气有别，于是气象各异，这各异审美气象的并存，也就说明气象对诸种审美风貌的包容。沈德潜《说诗晬语》卷上论大小雅：

> 大小雅皆丰、镐时诗也，何以分大小？曰：音体有大小，非政事有大小也。杂乎风之体者为小，纯乎雅之体者为大。试咏《鹿鸣》、《四牡》诸诗，与《文王》、《大明》诸诗，气象迥然各别。①

气象可言风，又可以言雅，既可以言纯乎雅体之大雅，也可以言杂合风体之小雅，气象因此又体现了中性表达的特点。

贺贻孙《诗筏》通过气象本色之辨析，将气象更是定位在体貌上，他说："作诗未论气象，先看本色。"原因是很多作品的气象与本色难以统一，病根在于创作之中存在着模拟现象，有些诗人模仿前人气象鲜明之作，如同"暴富儿效贵公子衣冠"，虽然表面气象有一二相似，但"村鄙本色自在"。② 与本色对应的外在体貌就是气象，这个气象既可能与本色统一，也存在与本色的龃龉。气象因此具有了更广泛的批评适用空间。

(四）由于气象从对美学风格的接纳而言是中性的，因而包容豪放与婉约，并非一味指向阳刚；气象也包容利弊双方，并非仅指审美风范

从包容豪放与婉约而言。首先，气象由于主要是对作品整体的审美感受，它又具有一定的"规模"要求，因此它自然要与广大、壮阔、浩瀚、阳刚等审美情趣有一定的对应，文人们把承载如此内容的诗句称为"气象语"，《唐诗归》钟惺评杜甫《同诸公登慈恩寺塔》中"旷士"、"冥搜"等诗句云："他人于此能作气象语，不能作此性情语。"王嗣奭继之云："余谓信手平平写去而

---

① 沈德潜：《说诗晬语》，第193页。
② 贺贻孙：《诗筏》，《清诗话续编》，第181页。

自然雄超，非力敌造化者不能。如‘高标’句，气象语也，谁能接以‘烈风无时休’？”①两个“气象语”都是针对所谓的“性情语”而言的，性情语温婉缠绵，而气象语恰恰雄旷豪逸。

但王嗣奭所论“气象语”又是指从诗文句子表面声情中透露出叫嚣之气者，他认为这不是好诗的境界，只有做到“信手平平写去而自然雄超”才是超越了气象之皮相的真正气象语。这实则说明了气象的刚柔，往往不能凭借气象语的有无多寡来定，诗歌的气象恰恰是讲究在幽静平和之中去体现雄伟，而不是靠声嘶力竭的呐喊与叫嚣来证明气象的存在。这一点贺贻孙和王嗣奭为同调，《诗筏》中推扬王维的“草枯鹰眼疾，雪尽马蹄轻”、“苜蓿随天马，葡萄还汉朝”、“日落江湖白，潮来天地青”、“暮云空碛时驱马，秋日平原好射雕”等诗句，认为“其气象似在‘九天阊阖开金殿，万国衣冠拜冕旒’之上”。所有这些诗句，都不是表面的豪放，但却有着内在的阔大，所以说“如但以气象语求之，便失右丞远矣”。

气象在通过气象语或者幽静之语展示其雄浑这一风范之外，还与婉约阴柔恬适淡泊一类的审美风格有着呼应。黄子云《野鸿诗的》评张茂先之诗：“茂先失于气馁而不健；然其雍和温雅，中规中矩，颇有儒者气象。”②因为气馁，所以气不雄健，但却恰得温雅雍和之气象。胡震亨引徐献忠之语论孟浩然：“襄阳气象清远，心悰孤寂，故其出语洒落，洗脱凡近，读之浑然省净。”③清远之类也是非豪放性的面目。李日华《六研斋二笔》卷四：“唐周繇《送人尉默中》诗句云：‘公堂飞白鸟，官俸请朱砂。’不徒见彼土风物，而官贫事简之意，亦翛然自见，且气象悠邈，绝无刻索之迹，所以为五言佳境。”④悠邈颇有隐逸高蹈者的淡泊适意，是陶渊明的风范，而没有金刚怒目一类的震撼。《说诗晬语》卷上论《诗经》“二南”：“二南，美文王之化也。然不著一修、齐、治、化字，冲淡愉夷，随兴而发，有知如妇人，无知如物类，同

---

① 王嗣奭：《杜臆》卷一，中华书局1963年版。

② 黄子云：《野鸿诗的》，《清诗话》，第861页。

③ 胡震亨：《唐音癸签》卷五引，上海古籍出版社周本淳校注本，吴文治主编《明诗话全编》，第6866页。

④ 李日华：《六研斋笔记》，文渊阁四库全书本。

际太和之盛,而相忘其所以然,是王风皞皞气象。”①是以冲淡愉夷为气象。而毛先舒品评唐人早朝唱和之作,以为“沉婉秾丽气象冲逸”者当推第一②,也是以冲淡为气象。

温雅雍和、清远、冲淡悠邈等作为气象的审美风格取向,都是偏于阴柔的。即使从《蔡宽夫诗史》中就开始流传的所谓“帝王诗气象可见”之“帝王气象”,也无非是一种中性内涵,试体味其中意思:“唐宣宗《瀑布诗》曰:‘溪涧岂能留得住?终归大海作波涛。’王霸之意可见也。河中府逍遥楼有唐太宗诗曰:‘昔乘匹马去,今驱万乘来。’气象尤可见。”是由于其中一些帝王的诗歌体现了一定的昂扬壮大的境界,因此所体现的气象也便具有了这种盛大充盈的奋发之精神,但不是说气象本体就一定具有这种精神。

就兼容利弊而言,一般批评,诸如气象宏伟、气象非凡、气象俊伟、气象冲逸、儒者气象、帝王气象等,都是对气象的正面褒扬;诸如“文之要,本领气象而已,本领欲其大而深,气象欲其纯而懿”③之气象,又如“通体紧调最不易学,其声色气象齐到处,正是养得足”④之气象,也是直接以之为一种审美要素与审美境界。但黄山谷论诗却说过:“太白如富贵人,终不作寒乞之语,他人则自露小家气象耳。”⑤明代徐献忠《唐诗品》论唐诗人也云:“襄阳气象清远,苏州诗气象清华,储诗更多直致,而锁尾感叹,气象卑促。”⑥以上气象又被用作对诗中弊病的批判。

气象尽管包纳着种种形态,也兼容着刚柔利弊,但就一件作品所成就的气象审美而言,古代文学批评界有着比较一致的审美认同,那就是气象当以光明俊伟为追求,曾国藩就说:“文章之道,以气象光明俊伟为最难而可贵。”何谓光明俊伟呢?他列举了三个景象:“如久雨初晴,登高山而望旷野;如楼俯大江,独坐明窗净几之下,而可以远眺;如英雄侠士,裼裘而来,绝

① 沈德潜:《说诗晬语》,第190页。
② 参见毛先舒:《诗辨坻》卷三,见《清诗话续编》,第55页。
③ 刘熙载:《艺概·文概》,见《历代文话》,第5576页。
④ 张谦宜:《絸斋诗谈》卷四,见《清诗话续编》,第839页。
⑤ 引自赵翼:《瓯北诗话》卷一,第7页。
⑥ 徐献忠:《唐诗品》,明嘉靖十九年刻唐百家诗本。

无龌龊猥鄙之态。”[1]这三者都有着疏朗阔大、雄健飒爽、高远不尽的特点，既兼具了规模，又格外强调了光明而不龌龊猥鄙。

（五）文学论气象，是对凝聚、蕴藉特征的强化

所谓凝聚，如《复斋漫录》论杜甫《赠韦八处士》的问答之辞：

> 凡人作诗，中间多起问答之辞，往往至数十言，收拾不得，便觉气象委帖。子美《赠韦八处士诗》略云：“焉知二十载，重上君子堂。昔别君未婚，儿女忽成行。怡然敬父执，问我来何方。”若使他人道此，下须更有数十句，而甫便云：“问答未及已，儿女罗酒浆。”此有抔土障黄流气象。[2]

敷衍对话问答之辞，则全诗必然“气象委帖”，因为文气散漫；而杜甫高明之处在于其运气成风，把握全局，使文气收而不散，故此才有“抔土障黄流气象”。吴沆《环溪诗话》论杜甫则云：“杜甫之诗，至二十韵三十韵则气象愈高，波澜愈阔，步骤驰骋愈严愈紧。”以壮阔为追求的气象，在铺展之际很容易粗直近而散逸，造成文气稀疏而难以聚拢成象。所以波澜愈阔，步骤驰骋就要愈严愈紧，如此才能造就气象，杜甫因此才成为学习的楷模。《梘斋诗谈》则直接以“精神沉著故气象凝定”作为经典的尺度，而视苏轼和陶诗为非当家之作，因为其“气象不紧直，声调太响亮”[3]，所谓“气象不紧直”，也恰是指文气不浓缩，由此所呈示之气象无力。

所谓蕴藉，就是含蓄而不露。吴沆《环溪诗话》评其兄之作“雨余寒气浅，园林作春媚，不知海棠花，新来著花未”时，认为“最为含蓄而有气象”，视气象与含蓄为一体。历代关于富贵气如何描写的讨论，其间便体现了对这种气象贵含蓄的倾向。最早的关于富贵气描写的讨论起源于宋代，《诗学规范》有“晏元献论富贵诗”一条：

---

① 曾国藩：《鸣原堂论文》卷下。

② 魏庆之：《诗人玉屑》卷十四引。

③ 张谦宜：《梘斋诗谈》卷五，《清诗话续编》，第855页。

晏元献公喜评诗,尝云:"老觉腰金重,慵便枕玉凉",未是富贵语;不如"笙歌归院落,灯火下楼台",此善言富贵者也。人皆以为知言。公虽起自田里,而文章富贵出于天然。尝览李庆《富贵曲》云:"轴装曲谱金书字,木记花名玉篆牌",公曰:"此乞儿相,未尝谙富贵者。"故公每吟咏富贵,不言金玉锦绣,而惟说其气象。若曰:"楼台侧畔杨花过,帘幕中间燕子飞。"又云:"梨花院落融融月,柳絮池塘澹澹风。"故公以此句语人曰:"穷儿家有此景致也无?"①

其时张文潜喜王平甫"小国燕坐换土出,水作夜窗风雨来",以为"此说宫殿富贵气象也"。② 清代洪亮吉也探讨过这个话题,并继承前人思想,提出"作富贵语,不必金玉珠宝",归结点也是要写出"气象",能写出气象,则可以避免暴露气焰奢华之态,达到"不必用八宝丹自尔不寒俭"③的境界。

词也是如此,明代陈霆以为,只有描绘气象,才能改变过于繁缛的堆砌。他也以如何描写富贵为例作了说明:"昔人谓:凡诗言富贵者,不必规规然语夫金玉锦绮。惟言气象而富贵自见,乃为真知富贵者。"他认为瞿山阳的《巫山一段云》是真知富贵者:"扇上乘鸾女,屏间跨鹤仙。博山香袅水沉烟。飞燕蹴筝弦。水簟波痕细,风车月晕圆。银瓶引绠汲新泉。培养并头莲。"④本词有贵族景象,没有物质的堆塞,也没有声色的刺激和豪华的享受,而是着重于从其厅堂院落环境、日常中细小镜头写贵族的优雅,因此显得不俗。又举杨孟载《花朝曲》"雕玉垒就鹦鹉架,泥金镌就牡丹牌"等,以为未必真知富贵;而温庭筠"笼中娇鸟暖犹睡,门外落花闲不扫",以及王随"一声啼鸟禁门寂,满地落花春昼长"可谓"真富贵"。⑤ 其原因都在于二词侧面敷衍,雍容不迫,映带出较直写奢华更为丰厚的贵族生活风神,雅逸超脱,无忧无虑:这属于使人见其光影而未必见其一鳞半爪的气象。

---

① 郭绍虞:《宋诗话辑佚》附录,第 615 页。
② 郭绍虞:《宋诗话辑佚》卷下引《诗事》,第 528 页。
③ 洪亮吉:《北江诗话》卷三,第 54 页。
④ 陈霆:《渚山堂词话》卷一,人民文学出版社 1960 年版,第 8 页。
⑤ 陈霆:《渚山堂词话》卷二,第 22 页。

另外,气象与作品是否具有深意没有必然关系,纪昀曾言“不必定有深意,直是气象不同”,此语是对苏轼《开先漱玉亭》一诗的评价。① 意思是说,该诗尽管毫无深意,但气象却与众不同。再者,气象佳者未必尽工,正如《剑溪诗说》云:“盛唐诗有极不工者,气象却好;晚唐诗有极工者,气象却不好。”②此说是以气象应该宏阔为出发点得出的结论,因此尊奉盛唐气象,虽然偏颇,却是古代文学批评史中的常见思想。

三

气脉论文也衍生于传统中医的脉络理论,人身体之中最细微的连接就是脉络,它伸展于身体的各个位置,甚至于末梢,形成一个纵横交织有机而内隐的结构,其中血气流行,既将肌体中的骨肉联结一体,又因其血气流行而赋予肌体生命的活力。因此,就作品而言的气脉可以这样概括:文气运行、串联所形成的隐蔽而生动的脉络就是气脉。气与脉之间的关系可以从两个方面理解:气是振作起脉络的力量源泉,脉则是疏导气之运动势能的依托。气脉在古代文学理论批评中体现了以下三个特点:笔致往复曲折而不直遂,情意理志贯通而蝉联,章法绾合而又隐蔽。

其一,笔致往复曲折而不直遂。林纾《文微》云:“文有道理曰切,有意境曰深,有气脉曰往复。”③气脉言往复,就是讲究气脉的灵动,如古人论文有称“灵心妙腕,清气往来,筋脉亦甚摇动”④者,清气往来是筋脉摇动的原因,筋脉摇动就是气脉灵动。有时即使已经气脉满足,评家仍然以能够进一步变动开合、笔下有余为极致,而以气脉局促为病。纪昀又将这种气脉的往复名之为“深厚”。苏轼《人日猎城南会者十人以身轻一鸟过枪急万人呼为韵得鸟字》诗最后云:“少年负奇志,蹭蹬百状忧。回首英雄人,老死已不少。青春还一梦,余年真过鸟。莫上呼鹰台,平生笑刘表。”纪昀评曰:“得

---

① 参见纪昀评《苏文忠公诗集》卷二十三。

② 乔亿:《剑溪说诗》卷下,见《清诗话续编》,第1096页。

③ 林纾:《文微》,见《历代文话》,第6530页。

④ 《尊经课艺》,第144页。

此一收,乃如画家山脚重重气脉,更加深厚。"①曲折往复而不直遂,则气郁而脉凝,不发露于外,所以往复变化又恰是深厚。

其二,情意理志贯通而蝉联。气脉又常称之为血脉,常言有血脉相连一说,正是强调脉的贯通相连。《蔡氏杂抄》以诗为例论血脉:"起联用一有意字,下皆此字行其中,谓之血脉。"且举例云:

> 老杜诗:"久雨巫山晴,新晴锦绣文。碧知湖外草,红见海东云。竟日莺相和,摩霄鹤数群。野花乾更落,风处急纷纷。"此一"晴"字为血脉。如崔珏鸳鸯之什:"翠鬣红衣舞夕晖,水禽情似此禽稀。暂分烟岛犹回首,只渡寒塘亦并飞。映雾昨迷朱殿瓦,逐梭齐上没人机。采莲无限兰桡女,笑指中流羡尔归。"此以一"情"字为血脉也。②

就诗文而言,脉络的贯通或者气的畅行,最终必须体现于情理意志的贯通上,因此,诗歌一意的关生连绵就是气脉的贯通。文学批评中常用的"绮交脉注"一词,所谓的"注"也是指的气脉贯注。

其三,章法绾合而又隐蔽。方东树《昭昧詹言》云:

> 有章法无气,则成死形木偶;有气无章法,则成粗俗莽夫。大约诗文以气脉为上,气所以行也,脉绾章法而隐焉者也。章法形骸也,脉所以细束形骸者也。章法在外可见,脉不可见。气脉之精妙,是为神至矣。③

气脉也强调在气的动力之下行走于章法之间,它内化入章法但又不是章法,而是将章法再行贯穿起来的隐蔽的脉络,因此那些视气脉为草蛇灰线,"多即用之以为章法者"实则是一种误解。④ 由于章法本身的预设性,在

---

① 纪昀评《苏文忠公诗集》卷十七。

② 传衷枚辑:《随园诗法丛话》卷二引,清末碧梧山庄印行本。

③ 方东树:《昭昧詹言》卷一,第30页。

④ 参见方东树:《昭昧詹言》卷八,第213页。

有章法的基础上讲气脉，显然使得气脉有了脉决定气的嫌疑，为了避免这种误解，方东树又专门提到“气脉之精妙，是为神至矣”，将神纳入了对气脉的观照。但这里所说的神与气脉的关系是：章法实现最精微的联络贯穿，当其自如自然之际，就达到了神至之境。

以上三点，都侧重于气脉的细致委曲，事实上，气脉也以“宏阔”为美，所以才有古人“峰峦高大，气脉洪远”，“篇幅不长，而气脉极阔”等批评术语的流行。苏轼《三月二十日都叶杏盛开》诗有一节云：“中山古战国，杀气浮高牙。丛台舍炫服，易水雄悲笳。自从此花开，玉肌洗尘沙。坐令游侠窟，化作温柔家。”纪昀评云：“有此排宕，气脉乃阔。”①其意思是说：行文中一段排宕，将意思所关合的空间拓开，诗文内涵由此也能敷衍开来，呈现为笔、意的流动，此为气脉宏阔。

由于气脉是气的运动与法式之绾合，因此便具有一定的可认知、可学习甚至可以部分传承的性质，于是便有了古今诗文气脉相近的评论。如苏轼《和子由闻子瞻将如终南太平宫谿堂读书》中云：“役名则已勤，荀身则已媮。我诚愚且拙，身名两无谋。始者学书判，近亦知问囚。但知当今为，敢问向所由。”纪昀评云：“此一段纯是陶诗气脉，但面目不同耳。世人学陶，乃专以面目求之；所谓形骸之外，去之愈远。”②刘大櫆时文《孟子齐宣王曰》一篇，杨黄在评曰：“咫尺之地，峰头参差，浑是《史记》气脉。”郭昂甫评曰：“起顶落脉都是太史公精神妙处。”郭昆甫又评《尧曰咨尔》一篇：“太史公胸有千古，于成败兴衰之故，瞭如指上，漩涡提笔，直从顶上说下，故其气脉洪远，峰峦高大，惟归震川知之最深。所谓自班孟坚已不能尽知之者也。此文正从《史记》气脉得来。”③三条评语都论及刘大櫆的文章得《史记》之气脉，意思是说，太史公的文章有着本源于其主体特征的独特气脉，这个气脉大致包括：咫尺寸幅之间能够兴起波澜的参差之美，能够从大处落笔而见细事之微的运思与知几。但凡后人创作，能够具此特征，便是得其气脉。

---

① 以上分见《刘海峰稿》“管仲之器”篇评语，《苏文忠公诗集》卷十四《登常山绝顶广丽亭》评语，及卷三十四《三月二十日都叶杏盛开》评语。

② 纪昀评《苏文忠公诗集》卷四。

③ 刘大櫆：《刘海峰稿》评语，见《海峰文集》。

气脉是古人诗文评点中格外关注的对象,具体的评点中常常以圈点的形式将其标示而出,以乾隆戊戌年夏心简斋重订的《昭明文选集评》为例,其凡例中说:“大段落用大画截住,小段落用句中逗圈别之。佳句用密圈,脉络用密点。逐段眼目用尖圈,或用密点。”我们取卷六谢朓《晚登三山还望京邑》一诗为例:

> 灞涘望长安,河阳视京县(以上十字加密点——引者注)。白日丽飞甍,参差皆可见。余霞散成绮,澄江静如练。喧鸟覆春洲,杂英满芳甸(以上十字加密点——引者注)。去矣方滞淫,怀哉罢欢宴。佳期怅何许,泪下如流霰。有情知望乡,谁能鬒不变(以上十字加密点——引者注)。

其中“灞涘望长安,河阳视京县”实写还望长安以及所要归去之地;“喧鸟覆春洲,杂英满芳甸”表面上仅仅是物色描绘,与“余霞散成绮,澄江静如练”近似,但集评引何焯评此语云:“‘喧鸟’‘杂英’以比当时得路之人。去过已可悲,况滞淫而佳期不可必乎?”于是这两句诗就成为因自己的失意而对得志得意者的怨刺,是其回望之际情思的异动。“有情知望乡,谁能鬒不变”,是对主旨的落实,还望之归结在于对京华的留恋。三联连接起来,便是作者赴任途中滞留还望京华之际的情思流动脉络,隐微而曲折,相关的用事、比喻以及整体的意旨展开法式都随着这种气脉延伸。

第二节　生机力量之美:气格、气骨、气势

体态之美引申出的体态描述性范畴主要是对外在审美认知与印象的概括,另外,作为气化的赋形,文艺作品内在之美则主要体现在其旺盛的生机与运动的力量上,我们可以称之为生机力量之美。生机力量之美的核心范畴是气格、气骨、气势。气格之格侧重于架构、气骨之骨侧重于架构的支撑、气势之势侧重于气执乎其一而蓄积;气格意在塑造作品不卑靡不气馁的品

质，气骨强化昂扬坚固的持守，气势则在气执乎其一而蓄积之际孕育着有力的冲决与发动。我们把这种体现力量与生机、强化文艺创作气动力直接本原的范畴称之为动力归依性范畴。

一

以气格论文艺始于唐代，如《述书赋》卷上："叔夜才高，心在幽愤，允文允武，令望令闻，精光照人，气格凌云。"张彦远《法书要录》卷五："道群闲慢，气格自充。"就诗文而言，皎然、裴度等都有涉及，又如于頔《杼山集序》论谢灵运对五言诗的贡献，以之为江表之文英，"五言之丽则"，而随后的谢朓则虽然得其辞调，但"涵于气格"，所以"不侔康乐矣"。二人之五言不相同的原因就在气格变异，五言形成了自己的更为严格的格式，"气格"在此与格式的大意相近。朱熹也曾以气格论文章："人之文章也，只是三十岁以前气格都定，但有精与未精耳。"①所谓"气格都定"，虽然是视气与格为二，但气格在此仍然是一个固定概念，其基本含义是：由于气质气血的禀赋性而形成固定的人格样态。文学批评中的气格实则就是"文气运动所形成的格式与格调"。朱熹所言三十岁以前人之文章气格都定，是就具有才气者而言的，其意思是说：具有这个先决条件的文人，其文学创作的基本格式与格调在三十岁以前基本就可以成型且稳定了，以后很难再有大的变化。在此，朱熹强调的是气格和每个主体的对应性。而从一个文人成熟的角度衡量，是否形成气格是一个重要的里程碑，因而是否成就气格与是否成气候一样成为文学批评关注的内容。如苏轼《犍为王氏书楼》诗云："树林幽翠满山谷，楼观突兀起江滨。云是昔人藏书处，磊落万卷今生尘。江边日出红雾散，绮窗画阁青氛氲。山猿悲啸谷泉响，野鸟嘐戛岩花香。借问主人今何在，被甲远戍长苦辛。先登搏战事斩级，区区何者为三坟。书生古亦有战阵，葛衣羽扇挥三军。古人不见悲世俗，回首苍山空白云。"此诗平平叙来，无秀语奇句；由书楼而至书生事乎戎行，转得虽然自然，但二者接得生硬，且有矜持之态。全诗缺乏浑然之致与内在的冲击感染力，整体呈现为浅弱，因

① 朱熹：《朱子语类》卷一百三十九。

此纪昀评此诗“亦颇浅弱，此时气格尚未成就也”。又评《过宜宾见夷牢乱山》：“清而未厚，峭而未坚，火候未足时虽东坡天才，不能强造也。”①清即清浅，浅则不深厚，由此骨骼未坚、火候不足，皆是气格尚未成型之意。孙月峰评扬雄《剧秦美新》，以为虽有转折波澜，但“间有率处弱处，读之不甚有深味”，如此的浅弱，便同时论断为“机格却显浅”②，机格即气格，言机格浅也正是气格未成之意。就苏轼之诗而言，纪昀在读了其《记所见开元寺吴道子佛灭度以答子由》后方始称誉：“笔笔圆劲，大抵东坡诗自是气格方成就。”③可见，是否成就了气格是纪昀重点关注的问题。

即使气格已成者，气格是否高妙则是创作成功与否的关键，如宋代学者认为，唐代诗人张籍、王建的乐府与宫词都很杰出，但却不能比肩李杜，其原因在“气不胜”。但王士祯认为并非如此，张籍、王建之所以难敌李杜，“正坐格不高耳”；又云：“不但李杜，盛唐诸诗人所以超出初唐中晚者，只是格韵高妙。”④成为优秀作者，都系气化人工的产物，不同文人之气分为清浊厚薄，每个时代都是如此，不能说盛唐诗人之气与中晚唐诗人之气有什么区别；但是，二者之间的确存在着气所成就之格调格式的差异，这个“格”就是由气成就之格，但气格并非仅仅凭依个体之气而成，也有着时代风气的影响。格调不高，因而作品难以高妙。

气与格是一体的，所以刘熙载说“言诗格者必及气”，论格而必及气，则意在强化创作之中由气而成的格式以及由气而见的格调，这样可以避免过于凸显作品的篇章结构。当然，强调气格避免篇章结构的显露并不意味着可以不讲结构，所以就有了“诗之道以气格为上，而结构亦不可遂轻”的纠偏之说。⑤ 修辞琢句也是如此，气格提倡浑然，不主张过于雕琢字句，但并非否定人工技术手段，所以又有“大家气格务在雄浑，不屑屑于句字之间”、

① 纪昀评《苏文忠公诗集》卷一。

② 心简斋重订本：《昭明文选集评》卷十二。

③ 纪昀评《苏文忠公诗集》卷四。

④ 张宗楠辑：《带经堂诗话》卷一引《分甘余话》，第42页。

⑤ 参见叶矫然：《龙性堂诗话初集》，见《清诗话续编》，第950页。

但如此而为则“美玉微瑕未为全宝”的纠偏之论。① 不过气与格也有着彼此的差异，刘熙载《艺概·诗概》即云气有清浊厚薄、格有高低雅俗之说，但如此立论的关键在于说明诗家不能“泛言气格”，而要注意这种气的清浊厚薄与格的高低雅俗之搭配作用所成就的气格的独到性。气格之“格”依照刘熙载的说法可以分为两类：一为品格之格，如人之有贤愚不肖，这类“格”因为接近品格，所以侧重于道德化评判，是有高低之分的；二为格式之格，如人之有贫富贵贱，这个格实际上近似于文学风格，它有多样性，但没有高低之水平差异和价值差异。② 气格具有以下基本的审美特征：

第一，强调了气对格形成的动力性，有着对气这种能够赋形造物成就格式之力量的肯定。如宋代张表臣主张炼字炼句而达意，最终形成诗歌的审美风格，而他认为诸格之中只有两种为正格：“以气韵清高深眇者绝，以格力雅健雄豪者胜。”其中气韵清高深眇与格力雅健雄豪都是气格有力的不同表现形态，或者力厚而飘逸，或者力劲而雄健。其他诸如元轻白俗、郊寒岛瘦之类皆是病格。③ 讲究气格之力度则对靡靡之音调辞藻有了排斥，梁简文帝诗歌纤词缛语堆叠成篇，流于轻靡之习，因此陆时雍称其诗“绝无气格”，并发出“以南面之尊效闺阁之体以是，如此位之不终”④的感慨。

明代文坛拟古风行，其时诗歌尤其七律宗仰盛唐，专主气格，所崇尚者就是浩荡昂扬，但往往径露，于是人们提出“风神”以救之，后人以为“气格以主之，风神以韵之”，虚实之间，二者融会，方为上乘。⑤ 而其中“气格”与“风神”便成为两个诗歌体式，气格便是力与阳刚的创作。

清代李沂也针对竟陵派的空虚提出：“学竟陵则蹈空虚而伤气格。”⑥气格恰与空虚相对，空虚则浮泛而乏力，难成气格。钱咏论七言古诗称：“七古以气格为主，非天姿之高妙，笔力之雄健，音节之铿锵，未易言也。尤须沉

① 参见谢榛：《四溟诗话》卷三，见《历代诗话续编》，第1181页。
② 参见刘熙载：《艺概·诗概》，见《清诗话续编》，第2445页。
③ 参见张表臣：《珊瑚钩诗话》卷一。
④ 陆时雍：《古诗镜》卷十八。
⑤ 参见冒春荣：《葚原诗说》卷一，见《清诗话续编》，第1582页。
⑥ 李沂：《秋星阁诗话》，见《清诗话》，第914页。

郁顿挫以出之。”①其中沉郁顿挫是雄健之笔力与铿锵之音节的集中体现，而气格一般是兼包笔力雄健与音声铿锵的。

第二，气格强调因为气的涵养而具备的自主自立信念。气格之中气之力量的强调，除了这种力量的本原性之外，还有对格本身所有的一种传承惰性的警惕。钱咏曾说：“余尝论诗无格律，视古人诗即为格。”②对于文学而言，凡是可以传承延续的因素，在泽被后人的同时都避免不了因为后人学习态度的差异而带来消极一面。就格式而言，后人无暇开拓难以开拓不愿开拓之际，沉湎拜服于古人的格调之下者时有人在，而类似于复古派中的一部分极端者，整日于古人残羹之中讨生活，文学便只有日渐式微了。有鉴于此，从明清之际开始，在反复古的思潮之中，主张自立者便纷纷发难，他们所拿出的武器在“性情”或者“性灵”之外就是“气格”，如朱仕琇《与石君书》云：

> 宋之南渡，作者率依附古籍，而不能自为辞，陈亮、叶适、陆游、文天祥，稍治气格，有二苏遗风，盖晁张之亚也。元姚燧始法韩氏，而于仁义霭如之旨远矣。虞集益求北宋大家之遗，而气格少阤，顾终元之世，论文未有先二家者也。

其中所论气格，是针对宋代南渡之后文人创作依附古籍而言的，随后的元代大家也有此病，所以朱仕琇将能够振作者称为“稍治气格”，而元人模拟宋代大家为“气格少阤”（阤为颓靡坍塌之意），其用心之处就在于以气格振作起后人自立的风骨，自立才能使得作品呈现自我气格。早在宋代出现的格韵之辨就已经表达了这种对自立不凡的推崇，《扪虱新话》曰：“诗有格有韵，渊明‘悠然见南山’之句，格高也；康乐‘池塘生春草’之句，韵胜也。”格高强调了诗与诗人之修养、品德的一致性，韵胜之中则包含了艺术作品所成就的客观效果。所以谢榛有“格高似梅花，韵胜似海棠，欲韵胜者易，欲

① 钱咏：《履园谈诗》，见《清诗话》，第872页。

② 同上书，第871页。

格高者难"①的论断。以梅花论气格,是就其高标而言的;以海棠言韵致,则寓有人多可近的意思,此一言品位,二言其通过艺术感悟的可抵达性。

由这种对气格之中道德持守的信念,便敷衍出对艺术创作中一些轻薄行为的批判,批判的原因也在于其对气格的影响上,如苏轼《次韵秦太虚见戏耳聋》,其中有对耳聋的戏谑,如此的戏言轻薄是不可提倡的,因此纪昀在首肯这首诗的时候,首要的任务便是先为苏轼这种戏言寻借口:"结还戏意,语虽佻薄,然题中原有戏字,故不碍格。"②既然是为了合题,一些戏言还是允许的。

气格所含的自立在强调摆脱前人束缚的同时,又强调冲破艺术规限的因气而动,如皎然《诗评》:"刘桢辞气,偏正得其中,不拘属对,偶或有之,语与兴驱,势逐情起,不由作意,气格自高。"裴度《寄李翱书》:"文之异,在气格之高下,思致之浅深,不在其磔裂章句,隳废声韵也。"徐师曾《文体明辨序说》引王鏊语:"杜子美'江汉思归客'对'乾坤一腐儒',气格超然,不为律所缚,自有余味也。"皎然论刘桢之作,气格高者乃因兴而情起,"不由作意"而得,不是凭借刻意的苦吟涂抹;裴度论文章也是说气格之高下与过分的寻章摘句、摆布声律无关;王鏊所论杜诗,正是由于在属对上不为章法所束缚,反而气格高妙,耐人寻味。所以涂光社先生认为:"重气格者多强调主观精神的驱迈而不事雕琢,因而每每对规范、格律有所突破。"③其对气格具有破除束缚取向的概括很有见地,不过认为言气格则多讲不事雕琢则略有不察,这就涉及了气格的另外一个特征。

第三,气格不仅仅强调气的动力性,也强调格对自然之气的限定,从而使得气纳入一个价值体系,在对创作主体形成道德性塑造、对作品形成特定审美风范塑造的同时,对具体的艺术人工手段既有制约也有需要。一般认为,论气格则对人工会有所警惕,所以欧阳修矫昆体之弊,采取的手段就是"专以气格为主",因此其诗多平易流畅,有的甚至"意所到处,虽语有不伦,

---

① 谢榛:《四溟诗话》卷一,见《历代诗话续编》,第1157页。

② 纪昀评《苏文忠公诗集》卷十八。

③ 涂光社:《原创在气》,第110页。

亦复不问”①。这主要是针对西昆体务积故实而语意轻浅所采取的纠偏之策。② 而具体创作之中，为了塑造出气格，艺术人工不仅没有被排斥，而且必不可少，没有作为艺术人工的手段，则作品气质径露，往往质木无文，贺裳称这种径露的创作为“气质”，他说：“作诗宜有气格，不宜有气质。宋人误以气质为气格，遂以生硬为高，鄙俚为朴。”③与气格对立的是宋诗为代表的生硬甚至俚俗，所谓以“气质”为高，气格对这种不事雕饰的气质是回避的。又如杜牧的《清明》一诗虽然情景如画千古传颂，但谢榛以为“气格不高”，在他看来本诗仅仅凭依作者主体之气的自然抒发，直白显露，虽有气而恰恰无格。有人将最后两句易为：“酒家何处是，江上杏花村”，他以为有盛唐之格调。④ 其所持的衡量标准，就是诗不应该过于板实。要实现这一点，必须有人工锻炼的介入。

可见，气格虽然强调自然，但不落于无文；气格强调气的表现，但又重视必要的人工手段对径露之气给予规范，而规范气的手段就是锻炼。魏际瑞《与甘健斋论诗书》云：“文莫重于气格。语伤于气，虽甚美，必删。夫美小而所伤者大，亦奚贵焉？愚故曰：字之炼不如句之炼，章之奇不如格之老，词之灏瀚不如气之有余也。”从炼字炼句逐渐推及格老气充，文重气格，且格主乎“老”。而气充得于蓄养，格老必经锻炼，这就是古人所谓的“炼格”，《续金针格》：“炼句不如炼字，炼字不如炼意，炼意不如炼格。”要做到炼格则离不开对字辞句段以及其他法式的关注，即炼格离不开人工法式。刘熙载很重视诗格，因而主张炼格，有人疑心炼格过甚则伤气，他说“非也”，之所以有人意在炼格却最终伤于气，他认为原因在于其“炼辞不炼气”，即只是着眼于辞藻的锤炼，而没有锤炼本体之气。这个说法并不排斥辞藻锤炼，只是增加了一个重要的前提：气格不可拆分，言气而有格，“言诗格者必及气”⑤，也就是说，所谓炼格实则就是对气与辞藻段落法式的共同锻炼。必

---

① 叶梦得：《石林诗话》卷上。

② 张綖《刊西昆诗集序》云：“六一翁恐其（西昆体——引者注）流靡不返，故以优游坦夷之辞矫而变之。”

③ 贺裳：《载酒园诗话》卷一，《清诗话续编》，第236页。

④ 参见谢榛：《四溟诗话》卷一，见《历代诗话续编》，第1138、1152页。

⑤ 刘熙载：《艺概·诗概》，见《清诗话续编》，第2445页。

须重视本然之气的修养，不然，辞藻锤炼得再精，依然不能说作品有气格。

第四，气格由于以气见格因而对不同的文学形态是开放的。如有人以为只有简约才见气格，谢榛回答："诗文以气格为主，繁简勿论。或以用字简约为古，未达权变。善用助语字，若孔鸾之尾，不可少也。太白深得此法。"用字简约，从文体上不易散漫，一般是容易见出气格的，但并非尽皆如此，李白如《蜀道难》等古诗，伸缩驰骋之中，助语助词用得很多，却正能体现出气格之高。又有人说用事多则流于议论，也伤气格，谢榛回答："子美虽为诗史，气格自高。"用事多则典故纠缠，甚至行文晦涩，的确容易影响气格，《甚原诗说》卷一就有"用事不化则伤气格"的话；但杜甫用事而能融化，不留痕迹，同样气格不俗。

当然，后世文人关于气格的理解也有一些其他认识，从体用上考察，魏礼认为气格属于用的范畴，《李云田豫章草序》中云："诗所以道性情，大而君父，次而朋友，细至闺房、宴好、赠答之辞，莫不有性情行其中。是故性情者，诗之主也；气与格，诗之用也；韵者，诗之情也。"既然性情为主，韵为情，气格为用，那么就是说气格是在性情主宰之下为情韵来服务的，因此气格不能成为情的约束。明代沈逢春《玉台新咏序》也说："夫诗之情通于气之化，游于格之外，以气格范情，非其至情"，气格不能影响情的发抒不是说诗不论气格，关键是要做到"不为气格役而妙乎气格"。这种将气格与情性等对立的思想，主要来自对气格的把握之中将作为其力量源泉的气工具化、阳刚化了。沈逢春同时还表达了对气格运用的一种思考，即在他看来，气格是考量文章的标尺，并非适合于诗歌，只有性情才是诗歌创作的依据，他以此批评萧统的《文选》不选性情之作——沈逢春所谓的性情之作主要指《玉台新咏》之中所录的情诗；而《文选》所选者"大都以气格胜"，所以他视之为"狭"，如此批评的依据就是认为萧统"以选文之法选诗"。

二

气骨论是气论与骨法论的综合产物。骨法是古代相术中常用的术语，魏晋之际因为人伦识鉴而得以广泛传播，并很快运用于艺术批评，如《笔阵图》："善笔者多骨，不善笔者多肉。"又如顾恺之《论画》多有"有骨法"、"有奇骨"、"有天骨"、"有隽骨"等论。以骨法论人在南朝之际就已经被称为"气骨",如丘灵鞠称其儿子丘迟:"气骨似我。"①而"骨"的本意就是指向神与气,正如臧旭晖先生所说:

> 所谓骨法,不仅指形象结构,因为从骨法中能看出人的身份气质,实际上就是神。所以顾恺之所说的骨和骨法,实为谢赫所云的气韵的气。②

如此看来,气和骨是有着本然一致性的。而以气骨论文的先河当属《文心雕龙·风骨》篇,其中云:"怊怅述情,必始乎风;沉吟铺辞,莫先于骨。"尽管本篇文字以"风骨"为论,但正如历代研究者指出的,此篇论风,实则与气相通,风无非是气之运动。明确以"气骨"二字直接论诗文,则出现在宋代,如《藏海诗话》以"有气骨而又意脉连贯"论诗。《唐诗纪事》卷二十三论高适:"适诗多胸臆,兼有气骨,故朝野通赏。"另如《后村诗话》、《竹庄诗话》、《诗人玉屑》、《诗林广记》等宋代诗学著作之中也多见以气骨评诗的范例,于此可见宋代文人在文学批评范畴上的开拓之功。气骨具有以下审美内涵:

(一)气骨就其审美内涵而言,所强调的是和主体体气接通、与主体血气相连的一种生命活力

气骨或者骨本来是一个中性的范畴,所以古有"气有厚薄,骨有重轻,并入高品"③的说法;但如同与气相关的众多其他范畴一样,气骨最终却也与阳刚性的审美有了更多的关联。《文心雕龙·风骨》篇在对创作与风骨关系较早的认识里,就确立了这种审美取向:"若丰藻克赡,风骨不飞,则振采失鲜,负声无力。是以缀虑裁篇,务盈守气,刚健既实,辉光乃新。"对飞动、振作、有力与刚健都表示了向往,所以学者们认为,"风骨"二字的主旨

① 李延寿等:《南史》卷七十二。
② 赵宪章主编:《美学精论》第7卷,中国青年出版社2000年版,第96页。
③ 乔亿:《剑溪说诗》卷下,见《清诗话续编》,第1093页。

就是鲜明、生动、凝练、雄健。另如《潜溪诗眼》通过诗宗建安的思想，也表达了对气骨力量的推崇："建安诗辩而不华，质而不俚，风调高雅，格力遒壮。其言直致而少对偶，指事情而绮丽，得风雅骚人之气骨，最为近古者也。"①其中作为诗歌典范的"风雅骚人之气骨"，包容着很多具体内涵，但核心则是风调高与格力遒。

气骨可以通过文辞体现。一般认为，嗜好文辞雕琢者往往玩物丧志，难有振作的气概。文辞对气骨是否形成如此的阻碍，是从宋代就被文人们关注的一个话题，魏了翁《杨少逸不欺集序》引时人之言曰："尚辞章者乏风骨，尚气节者窘辞令。"意思是气骨与辞章是矛盾的，玩弄辞令者往往耽溺情志而无劲直之气，而崇尚气节风骨者由于珍爱名节不屑于钻研文藻所以不擅长辞令的修饰。《西清诗话》也说："大抵屑屑较量属句平匀，不免气骨寒局。殊不知诗家要当有致，抑扬高下，使气宏拔，快字凌纸；又用事皆破觚为圜，刓刚成柔，始为有功者，昔人所谓缚虎手也。"②诗论气骨，不屑于字句的经营，而是要敢于破除这些孜孜而为的庸套，追求抑扬变化，追求宏拔与飞动。这些要求都强调了快、凌、宏拔等刚性的审美特征。

魏了翁认为此类以气骨尚刚健而排斥文辞的说法并不正确，他说："辞虽末技，然根于性，命于气，发于情，止于道，非无本者能之。"作品之言辞，源自作者之性情，因气而发，而且又能够"发于情，止于道"，体现出儒者的风度，因此是可以体现出主体风骨的。性情、文辞、风骨之间这种统一的关系，说明风骨有着与主体之体性的关联，而这种体性，又以生命活力的雄健遒劲为上乘。

气骨还可以通过音节的响亮体现。宋代吴可曾题《十体书》卷末一绝："游戏墨池传十体，纵横笔阵扫千军。谁知气压唐元度，一段风流自不辞。"随后则以为：当改"游"为"漫"，改"传"为"追"，以"纵横"为"真成"，于是便成"漫戏墨池追十体，真成笔阵扫千军"，他以为这样修改"便觉两句有气

① 郭绍虞：《宋诗话辑佚》卷上，第 315 页。
② 胡仔：《笤溪渔隐丛话》卷三十二引，第 227 页。

骨而又意脉联贯”。[1] 所置换的字，“真成”之外，“漫”为仄声，较“游”响亮；“追”虽与“传”都是平声，但“传”有鼻音，发音较浊，而“追”之气最后归于喉咙，音色较轻亮。二句气骨正是赖此响亮清亮之音声成就。而《药栏诗话》则明确提出：“诗以气骨为主，有句无章者气弱，有格无调者骨弱。”[2]以调论骨，将气骨在一定的道义之格以外，归结于声调之亮。陆时雍《诗镜总论》结合不同诗人的创作，也从体骨与诗的关系入手论曰：

> 孟浩然材虽浅窘，然语气清亮，诵之有泉流石上风来松下之音。常建音韵已卑，恐非律之所贵。凡骨峭者音清，骨劲者音越，骨弱者音庳，骨微者音细，骨粗者音豪，骨秀者音冽，声音出于风格间矣。

文中所言之骨就是气骨，陆时雍认为它与诗歌最后的风貌直接相关，彰显了在鉴赏者眼中通过作品所审视出的作者的体性或者体气。而这种体气最后之所以会彰显于作品，关键就在“音”能够传递不同个体的生命信息。

（二）气骨又表示一种近似于气格的力量与自立精神

通过文辞、音声而塑造的主体之风骨就是创作主体与作品得以自我确立的根本审美品质之一，因此李重华将风骨直接阐释为“神气”：“诗以风骨为要，何以不论？曰：风含于神，骨备于气，知神气即风骨在其中。”[3]神气是生命体最本质的主宰，风骨（气骨）寓于神气，自然更是将气骨与创作主体的核心精神气质关联起来。吴乔则以诗中寄托的诗人主体精神为“气骨”，将气骨与主体核心精神的关系进一步明确。没有这种主体的神气，即使再漂亮的诗篇在他看来也“全无风骨”，其著名的“诗中有人”论正是对气骨这个包容主体寄托与主体精神范畴的延伸：

> 如少陵《黑鹰》、曹唐《病马》，其中有人。袁凯《白燕诗》，脍炙人口，其中无人，谁不可作？画也，非诗也。空同云：“此诗最著最下。”盖

① 吴可：《藏海诗话》，见《历代诗话续编》，第 329 页。
② 严廷中：《药栏诗话》，见《云南古代诗文论著辑要》，第 123 页。
③ 李重华：《贞一斋诗说》，见《清诗话》，第 922 页。

嫌其唯有丰致，全无气骨耳。安知诗中无人，则气骨丰致，同是皮毛耶？①

丰致不由气骨而得，则如纸上之画，缺乏真气；吴乔所说的诗中要有的“人”，正是气骨的一个具象：一个生命元神淋漓的主体。至于他所说的“诗中无人，则气骨丰致，同是皮毛”，并非否认气骨，只是否认没有神气的假气骨，而从文学批评理论而言，这样的假气骨被称之为“气泽”，明代董斯张云：“诗，有声之文也。气泽无不可假，惟骨不容伪似。不凡而非者三：曰浅之伪清，曰薄之伪灵，曰窘边幅之伪精。真解人则不然。”②气骨本不会伪，能够伪且似是而非者就是“气泽”——是临摹学习装点出的体貌。气泽之外，类似那些诗稿之中尽是祝颂之词者，便只见其谄谀之态，而气骨全不可见；那些创作之中充满模拟趋奉者，也无真正的气骨。因为这种谄谀与趋奉中恰恰没有了自我。所以明代邵经邦曾说：“诗与文贵有气骨，无气骨，杀青染素人耳。今人多被旧题、旧事、旧话所厌，故胸次不高，胸次不高，则气骨委靡。”要摆脱这种境况，除了人格要高之外，“必欲发其隽迈英爽之气，临文须将古人蹊径放在一边，不问先秦、西汉、初盛中晚，且只畅我胸中一段议论”③。不为他人之奴，也不为古人之奴，才能创作出属于自我的作品，才算是有气骨。

欲诗中有人，必先诗人有骨，因而古人多从无软媚低俗着眼论骨气，毛奇龄又称之为“丈夫气”。其《偶存序》宣称：“高山大河，不磷而不渫，以质具也；含齿戴发，昂然自立于天地之间，以体全也。”为自立鼓吹呐喊。而当时文坛却有这样一批文人：“体质俱微，才气亦尽，上之为口脂面药熨衣胶鬓之态，而下之竟如门摊货郎勾栏子弟之不可名状。”如此谄媚于人，何以立人立品？所以他呼吁文人应该唾弃奴性：“历诸迁变之时而不为所动，阅江河之下而傲然得以自立”，能够独存本性者，就是真正的“疾风劲草”。《陆孝山诗集序》中也表达了类似立场：“今夫生世为丈夫，必当有昂藏七尺

① 吴乔：《答万季野诗问》，见《清诗话》，第 26 页。

② 董斯张：《静啸斋遗文》卷一《题沈稚弢俪影轩草》，文渊阁四库全书本。

③ 邵经邦：《艺苑玄机》，见吴文治主编《明诗话全编》，第 2945 页。

之概行乎其间。故相如追琢，扬雄纂组，犹以为壮夫不为，而况研衣胶鬓，收货郎把玩以为宝秘，似非士君子所宜为者。"因而盛赞陆孝山："当累变之际，乃独堂堂坦坦直抒其所言，而不诡不随，皇然为正始之音。其调之高而气之博，雄沉广大，词虽简而意甚长，其浩然自得为何如者？夫不为时移夫也。自抒所言，而高明爽闿昂然自立于天地之间。"因为能够独立而不依附，不为时风所转移，所以成就了其"文章政事大丈夫"的气概。《西河诗话》中明确标举"二气说"："盖文人有士气，有丈夫气，旧人论诗极忌庸俗，以其无士气也；且又恶纤弱，以其无丈夫气也。"①以士气和丈夫气论诗，实则是兼优雅与刚健而言的，但无论优雅与刚健，无论士气与丈夫气，独立而不依附投靠都是其核心内涵。

气骨或者骨气所包含的自立的崇尚，在具体创作中还能转化为一种对作品全面把控、对资料实现熔裁的魄力。以词为例，气骨就是词能够清空而又不空疏的保证。自从南宋张炎以清空论词，得到后世很多词人的响应，近人郑文焯是其中之一，但他对如何实现清空又作了深入的辨析："务为典博，则伤于质实；多著才语，又近猖狂。至一切隐僻怪诞缠缚穷苦，放浪通脱之言，皆不得著一字。"可见务为典博、多著才语以及隐僻怪诞、缠缚穷苦、放浪通脱之言都是作词的弊病，有碍清空，应该避免。但是，假如将诸弊尽行屏除，又"易失之空疏，动辄局蹐"，有时不能美化声调，有时语句又会过于庸俗。如何处理这个关系呢？郑文焯提出的方法是："所贵清空者，曰骨气而已。"②不从外在审视什么才是所谓的清空，而是从人格、从气度的根本修养出发，培育出自我之骨气，这样一来，即使经史百家也能掉臂而行，无所障碍，只要能够"熔裁"，便能出以高澹清空。

（三）在后世文学批评的具体语境之中，气和骨又形成一个互动系统

气和骨共同构建了作品的艺术生命空间，其中的骨被赋予了无形之骨架、气的依托与支撑等含义，表现出卓然而立的未被"赘肉"壅塞的内在神气。气与骨的这种关系建构于《文心雕龙·风骨》，其中云：

---

① 毛奇龄：《西河诗话》，宣统三年石印本。

② 郑文焯：《鹤道人论词书》。

> 怊怅述情，必始乎风；沉吟铺辞，莫先于骨。是以辞之待骨，如体之树骸；情之含风，犹形之包气。结言端直，则文骨成焉；意气骏爽，则文风清焉。

文学本于气感，感而情动，才引发创作，所以说“怊怅述情，必始乎风”，风乃是气；而操笔之际，必须先有一个能够将文辞附丽并将全诗全文伸展而起的大体，这就是骨架，因此说“沉吟铺辞，莫先于骨”。气与骨完备方能成就创作。但树立诗文之骨并非仅仅是指确立文章架构，那气骨就与气局等没有了区别，而主要是指融会了主体意理的昂扬气势，因此要造就文骨，需要“结言端直”；要振起文气，需要“意气骏爽”：只有端直骏爽的风格才能称得上是有风骨，有风骨所对应的审美风范是“风清骨骏”，是“气豪骨老”。

侯方域将气、骨二者之间的互动关系升华为“敛气于骨”和“运骨于气”两种经典艺术表现手段。其《与任王谷论文书》云：

> 秦以前之文主骨，汉以后之文主气。秦以前之文，若六经，非可以文论也。其他如老、韩诸子，《左传》、《战国策》、《国语》，皆敛气入骨者也。汉以后之文，若《史》、若《汉》、若八家，最擅其胜，皆运骨于气者也。

文章中的骨基本就是前面所说之文辞气力的依托支撑，当然也可以具化为诗文的意旨内容与体式的统一；气则为行文的气势力量，它蕴涵于作品的艺术构架、文字技巧之中。所谓的“敛气于骨”是说形式体势不纵恣，以简洁朴实的形式自然而然地抵达思想的深湛与情感的饱满。“敛气于骨者，如泰华三峰，直与天接，层岚危嶝，非仙灵变化未易攀陟”，能够做到敛气于骨，则诗文高度浓缩，不留痕迹，出于神理而行，所以难以“寻步计里”。“运骨于气”就是将内敛的体势纷纷方法化、风格化、技巧化，使得内涵体现于比较鲜明的人工操作技术，将内敛的神理也张扬开来，放任自我的个体之气奔逸，所以说：“运骨于气者，如纵舟长江大海间，其中烟屿星岛，往往可自成一都会，即飓风忽起，波涛万状，东泊西往，未知所底，苟能操柁觇星，立意不乱，亦自可免漂溺之失。”其意思正是说：性情发散，不自检束，则往往过于奔放不羁。敛气入骨，强调了气之自然、浑然而超人工，以骨收摄放逸之气；运骨于气，则如文中所说：“行文之旨，全在裁制。”是人工的产物。

气骨又被称为“骨气”，它首先是更加道义化人格化的一个标尺。吕留良论文便很重视骨气：

> 文之贵贱，分于骨气，不可以形模求也，近人辄以夸大之词，重浊之调，粗俗之论充之，比乞儿赞富贵，非当身富贵也。骨气之贱，至此为极，然则何以救之也？无他法，只是多读古文，不急求必得之道，如此则心正，心正则骨气亦转矣。

吕留良是从文有谶的功利角度入手讨论文章当有骨气的：“文字足以观人性，学亦足以卜其平生，故以贵重为难。”有骨气则文能脱轻贱而入贵重，文贵重才能有态度，有韵味，也才能有功名。他又称之为“骨相”：

> 然则贵重者，初不在奇正浓淡间论也，奇正浓淡，止是服饰者，不关骨相。骨相贵重者，缊褐衮舄，其仪一也。惟骨相轻贱，而后讲服饰。试看世间讲服饰者，必市井倡优与不学之纨绔，其轻贱可知矣。

因此学者当求骨相，并随其宜而为服饰，即文字贵重应当得于自然。又称之为“骨性”：“老手作文无他奇，随他装束入时，只是骨性不改耳。”骨气、骨相、骨性之外，又称之为“筋骨”，故云：“文必以筋骨为主。”吕留良首肯骨气一体，而论及“骨”与“气”之所以一体，他认为是由于它们存在着内在的关系：“筋骨之深脱处，即是气度，其流利处即是风神。无筋骨而讲风神气度，皆刍狗之文绣也。”筋骨深脱，即文章含蓄矜重而又灵动；筋骨流利，即文章的轩举飘逸。气度与风神兼举，是为了保持一种矜重又灵活的姿态，所以称：“文之典丽者，必须流动之致，矜庄过甚而无风神行乎其间，如读初唐笺启，使人闷塞。”①

从论骨气而至于讲文章的风神气度，矜重灵动兼容，正是分别取法骨与气的结果：从骨之中吸纳其贵重而无软媚低俗，见文之气度；从气那里吸收了其婉曲灵动的特征，见文之风神；骨气之合，也便是气度风神的结合，求其源头于作者体性之气，显其形态于文章。这种结合体现的恰是气与骨在互动关系中形成艺术生命空间这一理念。

三

势是先民认识物理总结物理的一个范畴，《老子》五十一章云：“道生之，德蓄之，物形之，势成之。”势又是兵书之中的常用术语，如《孙子》之中便专门有“兵势”一篇，而全书涉及“势”的地方很多：

> 计利以听，乃为之势，以佐其外。势者，因利而制权也。
>
> 战势不过奇正，奇正之变，不可胜穷也。
>
> 激水之疾至于漂石者，势也。鸷鸟之疾至于毁折者，节也。故善战者其势险，其节短。
>
> 以本待之，故善战者求之于势不责之于人，故能择人而任势，任势者其战人也。
>
> 兵无常势，水无常形。

至汉代以势论艺术渐渐流行，如蔡邕论书有《九势》，卫桓有《四体书势》，索靖有《草书势》、王羲之有《笔势论》等；顾恺之《论画》有“置阵布势”、“奔胜大势”、“于马势尽善”、“情势”、“险绝之势”等语，另如宗炳《画山水序》中有“自然之势”、王微《叙画》有“竞求容势”等。

较早的“气势”之论源自哲学，如汉魏之际学者杨泉在《物理论》中说：“夫土地皆有形而人莫察焉。……有弓弩式，有斗石形，有张舒状，有塞闭

① 吕留良：《吕晚村先生论文汇钞》。

容……此皆气势之始终,阴阳之所极也。"①以势论文最早当属《文心雕龙·定势》,尽管本篇论势没有直言"气势",但所言者就是"气势"。对于气和很多范畴关系的表达,魏晋以后文人们所用以表达的文词往往不是"显码",即以明确的对气之存在的说明来表达气以及与气相关的范畴;也不是有意回避气的存在而运用什么"隐码",而是气的相关理论已经深入民族文化心理之后所采用的以气的相关理论为基础演绎延伸出来的概念或者范畴。刘勰于《定势》篇所论之"势",便是这样一个文艺美学范畴,而其底蕴所显示的是气运动的状态性存在。所以沈宗骞论何谓"笔势"曰:"所谓笔势者,言以笔之气势,貌物之体势。"②言"势"即"气势"。而明确以"气势"论文学出现在唐代,如皇甫湜《谕业》云:"权文公之文如朱门大第,气势宏敞。"但其中"气势"不是直接论文,而是出于廊庑门庭的比喻。司空图《题柳柳州集后》论韩愈:"愚尝览韩吏部歌诗累百首,其驱驾气势若掀雷抉电。"③已经是明确以气势论文。

气势是气与势力共同构成的范畴,二者之间以气为本,"势从气出,气充则势自足"④,因此势或者气势就是气之饱满欲动状态的描述,如沈宗骞所云:

> 天下之物本气之所积而成,即如山水自重岗复岭以至一木一石,无不有生气贯乎其间,是以繁而不乱,少而不枯,合之则统相联属,分之又各自成形。万物不一状,万变不一物,总之统乎气以呈其动之趣者,是即所谓势也。
>
> 山形树态,受天地之生气而成;墨滓笔痕,托心腕之灵气以出,则气之在是亦即势之在是也。气以成势,势以御气,势可见而气不可见。故欲得势必先培养其气。⑤

① 李昉等:《太平御览·礼仪部》引。
② 沈宗骞:《芥舟学画编》卷一,见《中国古典文艺学丛编》,第244页。
③ 计有功:《唐诗记事》卷三十四引,上海古籍出版社2008年版。
④ 郑由熙:《晚学斋文集》卷二《与白湘浦论文书》,光绪戊戌刊本。
⑤ 沈宗骞:《芥舟学画编》卷一,见《中国古典文艺学丛编》,第245页。

势或者气势是气化之自然且不可移易状态的呈现,气为体而势为用,气在内而势在外。因此“气与势原是一孔所出”①。气必有其运动的趋向,此趋向潜在却又有着必然性,此即为势;待势成则如郭璞《葬经》所云又“气因势来”,即气又循依着势所指定的路径运行。由于文学作品之势是气运动的轨迹,因此在古代文学理论批评中,气势便有断续,也有开拓文势之说。尤为突出的是,势往往产生或者见于错落之中,所以“用笔如刲犀截象”者往往“崭然有势”;用笔不直遂则易振作气势,所谓“笔愈转则势愈紧”。②翁方纲从用韵入手论曰:“平韵与仄韵相参错乃见其势。”③也是讲在错落与斩截的差异中才能彰显气势。

气势有三个审美内涵:其一,体气不同、情势相异以及文体相异引发作品气势之差异;其二,气势是气盛极欲发的呈示,并对气随后的运行方向、形式具有规定性;其三,气势表示一种力量的统摄。黄侃《文心雕龙札记》论“定势”之“势”有三个含义:一为文章之专标慷慨者;二指急徐刚柔阴阳之变化;三为执一而不通,既受成形,不可变革。其中慷慨一项对应气势之力量阳刚,刚柔变化对应体气情势引发的风格差异,既受成形而不变革则与气势的统摄性有关。

其一,体气不同、情势相异以及文体相异引发作品气势差异。《文心雕龙·定势》篇对气势的这个特点有很详细的论述。《定势》中云:“情致异区,文变殊术,莫不因情立体,即体成势也。势者,乘利而为制也。”关于势或者定势,学者们有很多不同的认识,如黄侃《文心雕龙札记》以为势即法度气势,明确了势与气势的关系,但又将其与法度相联;范文澜《文心雕龙注》释为“标准”;此外还有姿态说、风格说以及融风格趋势及慕习于一体之说,还有文术性质说等。詹锳《文心雕龙义证》认为:

> 在定势篇里,势和体联系起来,指的是作品的风格倾向,这种趋势

① 沈宗骞:《芥舟学画编》卷一,见《中国古典文艺学丛编》,第245页。

② 徐乾学编:《古文渊鉴》卷四十四司马光《知人论》评语,卷四十五欧阳修《五代史宦者传论》评语。

③ 翁方纲:《石洲诗话》卷三,第103页。

本来是变化无定的。《通变》篇说:"变文之数无方。"势就属于《通变》篇所谓文辞气力这一类的。这种趋势是顺乎自然的,但又有一定的规律性,势虽无定而有定,所以叫作定势。①

此说较得其宜。势出于体,但又有别于体:"定势"当与"通变"合看,定就是通,表示源自体而具有的风格的稳定性;势就是变,表示因为"情致异区"以及"文变殊术"而兴发的具体变化以及由此决定的气的运动轨迹与方向的变化。但《定势》篇探讨的核心集中在影响势基本运动规律的体上,而"情致异区"以及"文变殊术"引起的变化,主要是文辞气力的抑扬,但不会背离体的基本规定。"定势"与"体性"二篇也是关系很密切的,二者都是探讨对文学作品风格趋向造成影响的因素,只不过,"体性"研究的是作者个性与文章风格之关系,属于主观因素;"定势"研究的是文学之文体、体类等对作品风貌风格的影响,属于客观因素。主体的体性属于"体",文体体类等也属于"体",因此所谓"定势"与"定体"实则一致。但对《文心雕龙》而言,刘勰为了与"体性"篇中的"体"有所区分,更为了避免使读者与纯粹体裁之体混淆,所以最终选择了以"势"论体。当然,刘勰也赋予体与势一些具体的差异:体对于诗文创作的规定性就是势,如他在说明何谓"势者,乘利而为制"时说:

如机发矢直,涧曲湍回,自然之趣也。圆者规体,其势也自转;方者矩形,其势也自安。文章体势,如斯而已。

也就是说,"即体成势"——依循体而形成创作的形势轨迹,有了这个指引,创作便"乘利而为制",如弩机发动而箭矢直,如水入曲涧而曲折潆洄,如圆可以旋转,如方可以安定,一切都是自然的趋势,都是由于体的设定。这里强调了艺术创作之际,体对势有着基本的艺术限定。这种限定形成的就是作品之中体的基本稳定:"是以模经为式者,自入典雅之懿;效骚

① 詹锳:《文心雕龙义证》,上海古籍出版社1989年版,第1113页。

命篇者，必归艳逸之华。综意浅切者，类乏蕴藉；断辞辨约者，卒乖繁缛。”此处列举了一般意义的两类“体”，一为文体，从经体入手者，自然有典雅之基本风貌；从骚体入手者，自然有艳逸的风貌。二为体性，理趣缺乏而综理文意浅显的人，一般作品不会蕴藉含蓄；言辞简约拙质的人，作品一般不会繁缛。但以上仅仅是就大体、体要而言，由于创作主体的才气各自不同，尽管类型近似，但具体仍有差异，加以境遇遭际等影响，学习深浅的影响，所形成的某体即使相近但其形态也未必一致，就如虽同为阳刚，但放逸不同于纵恣，同属于阴柔，秀美不同于纤弱。如此看来，一体往往是由众多的势所综合而成，所以：“渊乎文者，并总群势；奇正虽反，必兼解以俱通；刚柔虽殊，必随时而适用。”其意为：衍生于一体的势乃多样性的统一，不过这个多样性是指奇正刚柔等虽对应而能成统一体者，而非矛盾对立而不能统一者，所以说“若雅郑而共篇，则总一之势离”。

其二，气势是气盛极欲发的呈示，并对气随后的运行方向、形式具有规定性。势的这个特征用苏轼《王维吴道子画》一诗中的“当其下手风雨快，笔所未到气已吞”最能概括。文论中常见的所谓“尺幅有千里之势”、“滩起涡旋之势”、“龙跳虎跃之势”等说法，都是讲气在眼前目下情态之中对遥远与随后趋向的含摄。如《蜀都赋》先言蜀地之民：“舆辇杂沓，冠带混并”、“喧哗鼎沸”、“嚣尘张天”，“伎巧之家，百室离房，机杼相和”，随后便道蜀中风俗：“若其旧俗，终冬始春，吉日良辰，置酒高会，以御嘉宾”云云。评云：“既说居人，遂及风俗好尚，文势一片。”①对居民之总括，便形成下一步道其风俗的条件与基础，随后所欲言者，即使不见下文，也在意料之中，文章因此关联一体。就文学理论批评史而言，从《文心雕龙·定势》无论“势者乘利而为制也”对待势而发的描述，还是“机发矢直涧曲湍回”具有力度感的比喻，已经体现出了势待气的蓄养而显现的基本特征，并且也体现了势的包容笼罩与前瞻的特性。势因此是气沿着固有惯性、规律变化发展时表现出的趋势，它是一种对内在能量运动指向的隐蔽性暗示，可以显示为趋势、理势、意势。王夫之将这种合趋势性称之为“顺”：“凡言势者皆顺而不逆之

① 心简斋重订本：《昭明文选集评》卷一。

谓也,从高趋卑,……不容违阻之谓也。”①顺即合乎趋势。南宋唐仲友说:“(圣人)一念之中,万物无不包覆者,理也;一气不顿进,一形不顿亏者,理之寓于势也。”②势之中包含有理,这是它有着对运动的方向形式进行规定的理论依据,我们可以称之为“理势”。王夫之则从文学批评的立场上又提出了“意势”,《姜斋诗话》认为,意和势是诗歌创作的两个核心要素,二者的地位当“以意为主,势次之”。而对势的定义则是:“势者,意中之神理也。”有了意和势之间这种关系定位,诗歌便可以通过必要的艺术手段,实现两个审美延伸:

诗的“意”从始至终的延伸。这里所说的“意”不是纯粹理性的概念,王夫之又称之为“理”或者“神理”,有时又称为“悟”,属于和兴会比较近似的启发与自得,源自神机的启示酝酿而成。意、理、神、悟所运行的动力以及由此确定的轨迹就是势,所以王夫之才说“势者,意中之神理也”:势之中包蕴了神理,神理是势运动所以能够具有规定性和暗示性的理论依据。一些人作诗,“把定一题、一人、一事、一物,于其上求形模,求比似,求词采,求故实”,意被凝定在一题一人一事一物上,不能循依神理显示出流动的气势,使作品自然而充盈,所以作品“如钝斧子劈栎柞,皮屑纷霏,何尝动一丝纹理”。③

诗的“意”从内向外,从近向远延伸。既然势承担了对意的动力性引领,诗歌创作就要采取相应的手段将势表现出来,王夫之把这个过程称为“取势”,他以谢康乐为例说:“惟谢康乐能取势,宛转屈伸以求尽其意,意已尽则止,殆无剩语:夭矫连蜷,烟云缭绕,乃真龙,非画龙也。”“取势”就是求取气循神理运行之际的宛转屈伸之必然轨迹,从而实现作品与气之运行状态的吻合,而不是对客观对象的全方位临摹。《絸斋诗谈》论《白头吟》古词:“突然而起,忽然而收,此即是法,须知其取势留味之妙。”④正是从取气势之大概入手论诗,以为如此便不拖沓,且有诸多未尽之意味。能够取势,

① 王夫之:《读四书大全说》卷九,续修四库全书本。
② 唐仲友:《诗解钞》,续金华丛书本。
③ 王夫之:《姜斋诗话》,见《清诗话》,第8页。
④ 张谦宜:《絸斋诗谈》卷八,见《清诗话续编》,第899页。

则能达到“咫尺有万里之势”、“墨气四射”的效果，所以《姜斋诗话》又云：

> 论画者曰：咫尺有万里之势。一势字宜着眼。若不论势，则缩万里于咫尺，直是《广舆记》前一天下图耳。五言绝句，以此为落想时第一义。惟盛唐人能得其妙，如“君家住何处？妾住在横塘。停船暂借问，或恐是同乡”，墨气四射，四表无穷，无字处皆其意也。①

一个势字，意在区分的是凿实的临摹与复制，临摹与复制在巨大的时空以及其与作者情思所构成的宇宙中往往无所适从，即使殚精竭虑也是徒劳。而依循神理写气运行之轨迹方向，尤其抓住能够决定气运行方向与轨迹的、提前含纳了气运行轨迹方向的势则可以实现乘一总万：通过文字、意象、声律的运用和艺术境界的营造，达到由一个意象而显示此意象之外与此关联的更广大的情理空间；由一场景浓缩场景内外充分的情境。入笔的是象，而使读者意会到的则是象外的必然延伸。正如有的学者所说：

> 诗歌有势，便能超越审美客体的现实结构，在审美意识的主宰下创造出咫尺万里的意象结构，有着巨大的艺术表现力：刹那见永恒、滴水识沧海，有限的生活景象展现无限的宇宙人生。诗歌有势，意象结构就能摆脱客体现实结构的束缚和主体逻辑结构的制约，形成动态的、开放性的整体，具有强烈的召唤力，故墨气所射，四表无穷。诗歌取势，为意象结构留下诸多空间和时间上的空白点，可以触发鉴赏主体无穷无尽的想象、联想，“无字处皆其意”。鉴赏主体在开放性的意象结构的召唤下，加入了这种结构的运动之中，成为诗歌意境之实现的有机组成部分。②

既延伸有方向，又舒展有力量，这是气势主要的特征，气势对诗文运动

① 王夫之：《姜斋诗话》，见《清诗话》，第19页。

② 赵宪章主编：《美学精论》第7卷，第80页。

趋向的含容兼蓄性，不仅是一种创作主体的能力体现，同时也为诗文鉴赏提供了言有尽而意无穷的联想空间，如翁方纲称苏轼《王维吴道子画》一篇，由“亭亭双林间”直到“头入鼋”，一气六句，正是“笔所未到气已吞”，如此气势所造就的效果是：“其神彩，固非一字一句之所能盖。”①但成就作品之气势并非易事，尤其短小文体，所以杨际昌认为“短章易于有趣，难于有势”②，只有设有余地，才能为势提供伸展的空间；而短篇本身所具备的伸缩变化余地较小，在小舞台上既要含蓄有力，又要延伸，自然更难。

势不仅有着对情、气、理、意的引领作用，而且也对表现情、气、理、意的方法以及诗文整体的架构有着预设功能。纪昀评点苏轼诗多涉及这一点：

对意的预设 如《真兴寺阁》开篇云：“山川与城郭，漠漠同一形。市人与鸦雀，浩浩同一声。此阁几何高，何人之所营。侧身送落日，引手攀飞星。当年王中令，斫木南山赪。写真留阁下，铁面眼有棱。身强八九尺，与阁两峥嵘。”纪昀称“奇恣纵横，不可控制”。全诗行于此，如何收结？必须与这种不可控制之气势相配，苏轼随后忽发奇论：“古人虽暴恣，作事今世惊。登者尚呀喘，作者何以胜。何不观此阁，其人勇且英。”纪昀因评云：“势须此奇论作收，否则不称。”

对文字法度的预设 《秦少游梦发殡而葬诸云是刘发之柩是岁发首荐秦以诗贺之刘泾亦作因次其韵》，全诗时时发论，纪昀评云：“纯入论宗，然此种题不入论宗如何下语？既入论宗，不透快发泄如何能畅达其旨？此皆势之不得不然，不能复以含蓄不露绳之者。”势之所至，以论为诗也无可厚非，这种诗法是诗之必然选择。

对内容的预设 《巫山》一诗，前极杳渺，至结尾则云：“忽闻来人说，终日为叹喟。神仙固有之，难在忘势利。贫贱尔何爱，弃去如脱屣。嗟尔若无还，绝粮应不死。”最终以野老诉说为结，纪昀评云：“一篇大文，如何收束？趁势以野老作结，极完密，又极脱洒。”结束的内容乃趁势而来。

对文中架构的预设 苏轼《竹枝歌》前列八章，分言帝子远游苍梧之潇

---

① 翁方纲：《石洲诗话》卷三，第91页。

② 杨际昌：《国朝诗话》卷一，见《清诗话续编》，第1680页。

湘,其地祭祀屈原之俗,长鲸无情魂不得招,又悼屈原之枉死而楚未得救;继而言楚人复仇之奋争如楚虽三户亡秦必楚之类,随后则写道:“富贵荣华岂足多,至今惟有冢嵯峨。故国凄凉人事改,楚乡千古为悲歌。”纪昀评云:“势须有一总收。”意思是说,从前面分书至此而有一总收之结构,不是布置而得,乃属于势之所至,不得不然。《与客游道场何山得鸟字》一诗,前为山景之远近描绘,继而忽然宕开:“我友自杭来,尚叹所历少。归途风雨作,一洗红日燎。俄惊万窍号,黑雾卷蓬蓼。舟人纷变色,坐羡轻鸥矫。”此处风云突变,为一波之起。诗随之却又云:“我独唤酒杯,醉死胜流殍。书生例强很,造物空烦扰。更将掀舞势,把竹画风条。美人为破颜,正似腰肢嫋。”纪昀评云:“又生一波,势更满足。”前面一路写来,已经风云变色,但势止于此则通篇单弱,因此作者再生波澜,写自我之达观镇定,与风急浪高之境况恰成对比。《春菜》前云春日蔓菁之美,继而忽转入对北方荒寒的描写,纪昀评云:“势须生一波作结,不然即可不作。”此亦势对诗文中间之结构的预设。

对整体架构的预设 苏轼《行琼儋间肩舆坐睡梦中得句云千山动鳞甲厅谷酣笙钟觉而遇清风急雨戏作此数句》,前面龙飞凤舞,壮其声势,至诗之结尾则云:“急雨岂无意,催诗走群龙。梦云忽变色,笑电亦改容。应怪东坡老,颜衰语徒工。久矣此妙声,不闻蓬莱宫。”纪昀评云:“结处兀傲得好。一路来势既大,非此则收裹不住。”以结之兀傲对应来势之浩大,两相抵住,是其势之必然。前引之《与客游道场何山得鸟字》,在远近山景、舟中遇险、诗人淡定之后收尾:“明朝便陈迹,清景堕空杳。作诗记余欢,顾固一昏晓。”纪昀评:“势须如此作收。”势涉及全篇如何收结,也是就整体架构而言。①

正是有了这种预设,才有了茅坤“势者,一篇之起伏呼应,虚实开合”的论断②,即势就是一篇作品的起伏、开合、呼应、虚实的总体格局。

① 以上引自纪昀评《苏文忠公诗集》卷一、卷四、卷六、卷十九、卷二十四、卷四十一。

② 参见茅坤:《茅鹿门先生文集》卷三十二《文诀五条训缙儿辈》,见《茅坤集》,浙江古籍出版社1993年版。

其三，气势表示一种力量的统摄。通过以上对气势基本特征的分析可以看出，由于势对诗文后面的气之运动具有把控的力量，因而气势强调力量雄壮、表现为阳刚的审美特质。《淮南子·兵略训》中言气势："三军之众，百万之师，志厉青云，气如飘风，声如雷霆，诚积逾而威加敌人，此谓气势。"强调了其刚健。唐代徐寅《雅道机要》则明确说："势者，诗之力也。如物有势，即无往不克。"[①]势即是力，所以才有了势力之说。李德裕《文章论》则直接鼓吹"鼓气以势壮为美"；叶适诗文理论之中最突出的"文欲肆"说便是气势而求刚健的代表性理论。这个观点首见于《观文殿学士知枢密院事陈公文集序》："经欲精，史欲博，文欲肆，政欲通。"[②]"肆"是相对于拘而言的，因此不肆而拘的四六骈俪之体成为叶适破除的对象，肆还体现在对义理的开拓创新上，更为主要的肆是指一种审美体式，《龙川集书后》赞陈亮文章："海涵泽聚，天霁风止，无狂浪暴流，而回旋起伏，萦映妙巧，极天下之险。"不仅道其文章风貌阔大不拘，也赞其内容极天下之险。险这个范畴在儒家文学观念中有悖于中和，历代多被抨击，鲍照操调险急已经成为反面教材，但叶适对此反而接纳，《题陈寿老文集后》也论到诗歌之险，只是说要"险而不怪，巧不入浮"[③]。对险的接纳，一则是对肆的敷衍，二则表达了对一种力度和反传统审美经验的倾心。林纾则以为，"文之雄健全在气势"，只有气势雄方有文章之健，而且直接关系到阅读审美的效果："气不旺，则读者固索然；势不蓄，则读之亦易尽。"[④]杜讷评王安石《度支副使厅壁题名记》云："总挈数语，如高屋建瓴，喷薄而下，遂极腾掀激荡，有不可止遏势。盖由笔性矫健，故尺幅之中文澜亦自迴阔。"[⑤]也是以雄健之语绘气势之象。后世论诗文，但凡言称"具……之势"，皆是对力度之不可控御的描述，如"平实中皆具不可控御之势"、"文气发皇形映，有云兴飚起之势"，"文气灏衍宽

---

① 徐寅：《雅道机要·明势合升降》，吟窗杂录本。
② 叶适：《水心先生文集》卷十二，文渊阁四库全书本。
③ 叶适：《水心先生文集》卷二十九。
④ 林纾：《春觉斋论文》，第76、77页。
⑤ 徐乾学：《古文渊鉴》卷四十七。

平，有长江千里之势”等。①

从气势之获得途径而言，势是培养而得的，气不充沛，不能作势，朱庭珍便是从养气论势：“养之云者，斋吾心，息吾虑，游之以道德之途，润之以诗书之泽，植之在性情之天，培之以理趣之府，优游而休息焉，酝酿而含蓄焉，使方寸中怡然涣然，常有郁勃欲吐畅不可遏之势，此之谓养气。”②势的获得，为文学创作提供了这样的势态：心中之气郁勃而欲吐、欲宣畅而不可遏阻，有“发不可御”的能量③，此不可遏阻者就是一种蓄积的力量。

尽管对气势之力度感的运用可以有调剂，如有人就说，七言歌行，虽主气势，然须间出秀语，不得全豪；尽管有人提示类似陶渊明的恬淡之中也有着他人难以企及的气势力量④，但气势指向气动力本原并强调这种动力的力量性、刚健性特质是统一的。

鉴于气势的以上特征，文学艺术创作便有了审势、得势、作势的相关理论。

审势是创作之初与具体润色修改之际首要的工作，所以包世臣说“文家关键，必在审势”。但审势并非意味着为了顺势则处处遵循韩愈所说的“文从字顺各识职”，有时恰恰相反，“得逆以济顺，而字乃健；得违以犯从，而文乃峻”。⑤ 诗文循势是就大体与气势不抵牾而言的，但总的趋势之外，并不否定局部的变异；有时必要的变异不是对大趋势的违逆，恰是对此势的振作。不仅于诗文整体的把握要审势，具体的炼句也要审势，而且“其紧要尤在审势”。《梘斋诗谈》发挥这个论断说：“如通体壮丽，忽著清淡句不得，余可类推。上文气紧，须用缓句；上文气重，须用劲句。下文向里，则上句放

---

① 见《刘海峰稿》“道在迩而”徐笠山评语、《古文渊鉴》卷五十一苏辙《臣事策》陈廷敬评语及苏辙《隋论》张英评语。

② 朱庭珍：《筱园诗话》卷一，见《清诗话续编》，第 2332 页。

③ 魏际瑞《与甘健斋论诗书》：“大抵作诗作文，非神气洋溢，有发不可御之势，则必不能信手信口，遽成妙绪。”

④ 宋濂《宋学士文集·朝京稿》卷二《题张泐和陶诗》：“陶靖节诗如展禽仕鲁，三仕三止，处之冲然，出言制行，不求甚异于俗而动合于道。盖和而节，质而文，风雅之亚也。他人欲效之者虽众，然乐澹泊则荡而弛，慕平易则野而秽，惟苏子瞻兄弟以雄迈之材，气势可与之相敌。”以为苏、陶气势相敌，自然是以气势论陶。

⑤ 包世臣：《书韩文后》上篇，见《艺舟双楫》，万有文库本。

开;下句拖漾,则上句卷收。”作为古人之成法,炼句而论审势,则是为了维系诗文整体气势的贯通、保证前后气势的呼应、实现气势在诗文中的阴阳起伏之谐和,因此必明全篇之势,从贯通、呼应、谐和三方面着手炼句,方能避免“推句掩意”、“爱句伤气”①。

创作开端要争取得势。得势往往是就诗文开篇而言的,以诗为例,王世贞论五言律诗:“五言律首句用韵,宜突兀而起,势不可遏,若子美‘落日在帘钩’是也;若许浑‘天晚日沉沉’,便无力矣。”七言律诗也是如此,他宣称“起句当如爆竹,骤响而易彻;结句当如撞钟,清音有余”。类似郑谷《淮上别友》“君向潇湘我向秦”之作,恰恰是结尾处如爆竹而无余音了。他又举自己的《侠客行》为例,初稿为:“笑上胡姬买酒楼,赌场赢得锦貂裘。酒酣更欲呼鹰去,掷下黄金不掉头。”王世贞认为如此写来与郑谷同病,结如爆竹而无余音,遂更之为:“天寒饮罢酒家楼,掷下黄金不掉头。走马西山射猛虎,晚来风雪满貂裘。”②

《筱园诗话》则举曹植“惊风飘白日,忽然归西山”,杜甫“细草微风岸,危樯独夜舟”,“带甲满天地,胡为君远行”,“四更山吐月,残夜水明楼”等开篇诗句,以为虽然其体式各自不同,或雄厚、或紧遒、或生峭、或恣逸、或高老、或沉着、或飘脱、或秀拔,但都有着共同之处:“皆高格响调,起句之极有力,最得势者。”所以作者论诗首论得势:

> 凡五七律诗,最争起处,凡起处最宜经营,贵用料峭之笔,洒然而来,突然涌出,若天外奇峰,壁立千仞,则入乎势便紧健,气自雄壮,格自高,意自奇,不但取调之响也。③

诗歌开篇论得势,既有气雄、格高、意奇之利,同时“起笔得势,入手即不同人,以下迎刃而解矣”。所谓得势则迎刃而解,查慎行称之为“发端悲壮,得

---

① 张谦宜:《䌹斋诗谈》卷三,见《清诗话续编》,第812页。
② 谢榛:《四溟诗话》卷一,见《历代诗话续编》,第1154页。
③ 朱庭珍:《筱园诗话》卷四,见《清诗话续编》,第2399页。

笼罩之势”,一如杜甫《登楼》一诗,有“花近高楼伤客心,万方多难此登临”之首联,尤其第二句“万方多难此登临”一句得势,因此冯舒认为“后六句皆从第二句生出”①,这便是迎刃而解,便是“笼罩”。杨际昌《国朝诗话》卷一论王士祯《燕子矶》诗“岷涛万里望中收”为“先喝大势”,喝大势则占全局之要,高屋建瓴,气得以笼罩而弥漫,所取也是得其势则行气有力。明清时期,时文八股以气势论文极为流行,也颇有一些心得,其中有一个时常提到的法式也是“得势”,得势则得气势,由此可以获得对气进行把控的内在力量和居高临下行气的最佳位置。而一般气势之积聚点则以开篇为主,开篇又核心落脚于首段,首段又落实于首句,如清代王元启《惺斋论文》中说,要使文章波澜汹涌而无一句澶漫,关键在于“要在落墨处一句得力得势”。王元启举《史记・李广传》为例,其开端“广家世善射”,后面便处处在善射上生波。可见所谓“落墨处”正是开篇之意。这些说法虽然因时文而发,但也通于文学之道。其他具体的法式非常繁琐,如第环宁先生在《气势论》一书中将其概括为八种:转折多变之势、抑扬擒纵之势、详略疏密之势、脉络贯通之势、预伏照应之势、过渡衔接之势、顺逆振彰之势、起笔先兴之势、收笔后推之势。②

当然,诗文论得势而言开篇者较多,并非意味着气势仅仅着眼在开端,实际上,诗文之势寓乎诗文整体之中,中间也同样需要气势,如明末诗人王天竟《对子羽》诗五六句曰:“世有如吾常落魄,愁才对尔一开颜。”《蜆斋诗话》便评曰:“笔力挥霍,极有好势。”③诗句论势力之外,韵、字等皆可论势,又举清初诗人谢皆人《启山诗》:“小雨松径寒,人归夜深火。宿鸟栖未安,惊飞落山果。”以为“火”字振起机势。④ 可见,凡能引领下文、下意之处,皆需要振起机势。

诗文顺大趋势中要善于作势。古代诗文评点多论及作势,如“激昂顿

① 李庆甲:《瀛奎律髓汇评》卷一,第 29 页。

② 参见第环宁:《气势论》(民族出版社 2003 年版),该书第五章即为“构势”。

③ 张谦宜:《蜆斋诗谈》卷六,见《清诗话续编》,第 874 页。

④ 参见张谦宜:《蜆斋诗谈》卷七,见《清诗话续编》,第 896 页。

挫,善于作势之文";如"写秋处愀然动人,此正为转关处作势耳"。[①] 气势本源动力性的定位确立了其与"自然"的关系,但具体创作过程中,气势需要人工的调剂,为什么要着以人工呢?

从气势力度感十足的特征而言,进入文学创作之后它需要必要的收抑。气势虽然有着放肆不羁的特征,但文学创作对气势的要求并非都是依势就可以放纵的,而是在不违背势能的前提下讲究"敛气蓄势"。唐代李翰论文曾说:"文章如千军万马,风恬雨霁,寂无人声。"刘大櫆认为"此语最形容得气好",刘大櫆此处强调的是气要收敛。但诗文不仅论气,还要论法,不过"不得其神而徒得其法"无非"死法"。如何因气之盛而得法之活呢?他认为关键在于因势利导,"论气不论势,文法总不备"[②]。不能按照那些人人耳熟能详的死法去套模子,而是要根据气所蓄积所成之势而施法,如此法融于势的草蛇灰线之中,便是不得不如此的活法,势在此也就是一种需要隐蔽而不发露的轨迹。而由此也可以看出,刘大櫆眼中的势本身就是与气之发露对应的内敛范畴。厉志也主张文要有气势,而且视气势为生机饱满的象征,但更需要内敛:"作诗原要有气势,但不可嗔目短舌,剑拔弩张;又不可如曹蜍、李志之为人,虽活在世上,亦自奄奄无生气。其要总在精神内敛,光响和发,斯为上乘。"[③]林纾则将"敛气而蓄势"视为"深于文者"的必要条件。他引《颜氏家训·文章》中一段文字:"凡为文章,犹人乘骐骥,虽有逸气,当以御勒制之,勿使流乱轨躅,放意填坑也。"他对这段文字的解读就是:"解得颜氏之语,即知敛气蓄势之妙用。"[④]而从具体的文学创作而言,气势需要人工又有以下三个原因:

首先,诗文创作顺其势并不意味着文辞的顺衍铺排。比如一些短篇作品,方东树认为如果一味铺陈,"则相承一片,直滚顺放",譬如乘马下坡,前面无多余地,如此一来,通篇便"迫促蹋步,无驻足分"[⑤]了。又称因乎气势

---

① 见《古文渊鉴》卷五十三,曾巩《抚州颜鲁公祠堂记》批语;《文选集评》卷三,潘岳《秋兴赋》评语。

② 刘大櫆:《论文偶记》,第 4 页。

③ 厉志:《白华山人诗说》卷一,见《清诗话续编》,第 2275 页。

④ 林纾:《春觉斋论文》,第 77 页。

⑤ 方东树:《昭昧詹言》卷八,第 215 页。

而高屋建瓴、悬河泄海，则嫌其“太尽”，容易一览无余，所以“当济以顿挫之法”①。朱庭珍又称这种“迫促蹋步”为“促紧”之弊，他以开篇得势之作为例论律诗道：“起笔既得势，首联峭拔警策，则三四宜展宽一步，稍放和平，以舒其气而养其度，所谓急脉缓受也。不然，恐太促太紧矣。”三四句不能顺衍首联，五六句同样不能顺衍三四：“三四和平，则五六宜振拓，切忌平拖，顺流放过去。一平顺，后半即浡弱不称，须用提笔振起，方为得手。要著力凝炼，必使成杰句警语，镇得住，撑得起，拓得开，勒得转，以为上下关键，乃一篇树骨之要害处也。”五六至结尾同样如此，“或推开一步，或追入一层，或反掉以顾言，或纡徐以取姿，或从旁点而正意不露，或翻余波而远韵悠然”，都是避免敷衍而下的策略，所以又云：“切无忽略草率，就势行之。”②《剑溪说诗》论李杜之诗，其佳处正在“当折落不折落，不当折落忽然折落”的操弄，而元白诸公则“但顺势而已”。③ 从是否一味顺势宣泄，就分出了成就高下。

其次，顺衍平铺的作品，最易入平熟。如李远《听人话丛台》云：“有客新从赵地回，自言曾上古丛台。云遮襄国天边尽，树绕漳河地里来。弦管变成山鸟弄，绮罗留作野花开。金舆玉辇无踪迹，风雨惟知长碧苔。”方回给此诗下的评语就是“平熟”；纪昀进一步解释：“此评最确，其平熟处在首句，顺笔叙入失势，故以下再振拔不起。”④此诗开篇并未得势，如此情境下依然顺意敷衍，气势单弱，所以纪昀称之为“失势”；即使开篇得势，如此铺陈，同样会使得其后的篇体懈怠，造成失势。

再次，开篇不得势之作品，势必要凭借人工以求挽回。《筱园诗话》论曰：“若起势非峭健，系属平起，则三四不得不著力凝炼，以求警策。而以五六为筋节血脉，放缓一步，舒上下之气，通前后之息。结句又用提笔振作，以为归宿可也。”⑤这是对五七律而言的挽救之策。

① 方东树：《昭昧詹言》卷一，第 24 页。
② 朱庭珍：《筱园诗话》卷四，见《清诗话续编》，第 2399 页。
③ 乔亿：《剑溪说诗》卷下，见《清诗话续编》，第 1092 页。
④ 李庆甲：《瀛奎律髓汇评》卷二，第 115 页。
⑤ 朱庭珍：《筱园诗话》卷四，见《清诗话续编》，第 2399 页。

由此可见,气势并不完全排斥人工,人工的参与可以创造出气势,此即作势。如李德裕就倡导以自然为标尺,且自为《文箴》云:“文之为物,自然灵气,恍惚而来,不思而至。杼轴得之,淡而无味;琢刻藻绘,弥不足贵。”但自然并不废人工,其《文章论》又宣称“鼓气以势力壮为美”,但随后就说:“势不可以不息,不息则流宕而忘反。”这里的“息”不是静止,而是指对气势的自然宣畅进行必要的节制:“犹丝竹繁奏,必有希声窈眇,听之者悦闻;如川流迅激,必有洄洑逶迤,观之者不厌。”这种以“息”调节盛行之气势的做法可以达到两个效果:一则使其从显而化为隐,避免直遂径露,得抑扬起伏回环之妙;二则敛气入势入骨,实现“文章如千兵万马,风恬雨霁,寂无人声”的韵味。而王夫之的“取势”说更是鲜明的以人工得势之论,他称道谢灵运善于取势,取势之本意表现为谢灵运的善于取象而言意,这个取象言意的过程就是他所说的“以显函微”,《诗广传》之中论《清庙》一诗云:

> 《清庙》之瑟,朱弦疏越,一唱三叹,有遗音也。非其澹也,为八音函也。《清庙》之诗,盛德无所扬诩,至敬无所申誓,壹人之志,平人之气,纳之于灵承,函德之量备矣。故以微函显,不若以显而函微也;以理函事,不若以事而函理也。用俄顷之性情,而古今宙合,四时万物,赅而存焉,非拟诸天,其何以俟之哉!①

以显而函盖幽微,则可以表现“笔未到而气已吞”的气势,增加作品的悠远意味。除此之外,作势还有很多具体手段,如关锁、顿挫、抑扬、跌宕等。

关锁是就气势不宜过于宣泄而言的,来裕恂论关锁云:“文势至极流动,极快利时,须用关锁,如山绕水走,不得关锁,则气不得聚,文何足观?”气结聚则气厚有力,避免气的快意抒写而虎头蛇尾。②

以顿挫作势为创作中的常法,方东树阐释顿挫曰:“顿挫之说,如所云‘有往必收,无垂不缩’,‘将军欲以巧示人,盘马弯弓惜不发’。此惟杜韩最

① 王夫之:《诗广传》卷五。

② 参见来裕恂:《汉文典·文章典》卷二“文诀”。

绝，太史公之文如此，六经周秦皆如此。”①如方东树评陶渊明《和刘柴桑》：“‘栖栖’二句顿挫，以宽文势，若无此则气促。”此以意思顿挫。② 司马相如《封禅文》：“伊上古之初肇，自昊穹生民，历选列辟，以迄于秦，率迩踵武，逖听者风声。纷纶葳蕤，湮灭而不称者，不可胜数。继韶夏，崇号谥，略可道者七十有二君，罔若淑而不昌，畴逆失而能存。”《文选集评》引孙鑛评曰：“插此两偶语，文势稍松，却用单语紧承，是节奏之妙，不然，恐太急迫。复又插偶语，正是开合顿挫法。”③此以语言表现形式之变化论顿挫。

顿挫之外还有抑扬，来裕恂论二者区别云：“顿挫与抑扬，同类而稍异。文之抑扬，就一人一事言之；若顿挫，则于一语一句中见之。有顿，则文不逸轨，盖文至势急时，宜用顿以凝之；有挫，则文不横决，盖文至气盛时，宜用挫以敛之。”又论“跌宕”：“乐之感人，非以声，乃音也节也。文之有跌，合乎乐之有节；文之有宕，合乎乐之有音。失蹄蹎蹶，而忽然跃起，是跌之姿势也；舟在水中，遇风荡漾，而逸趣横生，是宕之妙用也。”④跌宕就是就文之音声节奏的设计变化论作势。

第三节　最高审美标尺：气韵

气韵出现在气说盛行之后，文人们经常简化为韵，由于神、气一体，又被称为神韵，一般语境下，韵、气韵、神韵三者大致统一。受玄学与人伦识鉴的影响，韵在魏晋之际首先被用来品评人物、艺术，偶尔也有人以韵论文，其中以陆机《文赋》“收百世之阙文，采千载之遗韵”最早，尽管在此“韵”到底是指向“音韵”还是“气韵”上存在争论。他如：

《宋书·谢灵运传论》：“缀平台之遗响，采南皮之高韵。”

《雕虫论》：“高才遗韵，颇谢前哲。”

---

① 方东树：《昭昧詹言》卷四，第122页。

② 参见方东树：《昭昧詹言》卷一，第24页。

③ 心简斋重订：《昭明文选集评》卷十二。

④ 来裕恂：《汉文典·文章典》卷二“文诀”。

《文心雕龙·体性》:“安仁轻敏,故锋发而韵流。”

《劝医文》:“又若为诗,则多须见意,或古或今,或雅或俗,皆须寓目,评其志趣,然后丽词方吐,逸韵方生。”

气与韵联系在一起进入美学领域,首先是批评绘画的,南朝谢赫《古画品录》中论画有六法,第一就是“气韵生动”;至南齐萧子显《南齐书·文学传论》则正式提出了“放言落纸,气韵天成”。后世言气韵,往往以韵相称。值得注意的是,中古时期的“韵”与运动之“运”一度相通,正如于民先生所说:“犹如上古现实中的‘武’与艺术中的‘舞’,二者在文字上的相通,表现了二者的联系一样;中古时人之审美中气运生动的‘运’字,和文艺审美中气韵生动的‘韵’字曾一度相通,也反映了从哲学、养生和人的审美到文艺审美中气化认识的联系与延伸。”①因此,“韵”产生之初,便显示了其与气之运动变化特性深刻的内在关联。

到了唐代,以韵论诗文逐步发展,“韵外之致”等说法出现,气韵、神韵等随后在诗论之中逐步流行开来。而宋代文人则将对气韵的研讨发展到了前所未有的高度,相关文学批评著述中涉及气韵者也很多,诸如《珊瑚钩诗话》云:“诗以意为主,又须篇中炼句,句中炼字,乃得工耳。以气韵清高深眇者绝,以格力雅健雄豪者胜。”②《诗史》论晚唐诗,称其虽然诗句切对,“然气韵甚卑”③等。后世文学理论著述延续了这种思想,尤其明代一些著述,对此进行了较为全面的研究,《诗薮》中有对兴象神韵的论述,而研究最为细致、系统的当属陆时雍《诗镜》,可以说,《诗镜》最突出的贡献当属对韵的研究。全书之中以韵批评诗文的范例极为丰富,如《总论》:“元白之韵平以和,张王之韵庳以急”,“李商隐七言律气韵香甘”,“五言古非神韵绵绵,定当捉襟露肘”。又云:“何逊以本色自佳,后之采真者,欲摹之而不及。陶之难摹,难其神也;何之难摹,难其韵也。何逊之后继有阴铿,阴何气韵相邻,而风华自布。”其中涉及韵、神韵、气韵。《古诗镜》卷二十六有“风韵洒

① 于民:《气化谐和》,第27页。

② 张表臣:《珊瑚钩诗话》卷一,见《历代诗话》,第455页。

③ 郭绍虞:《宋诗话辑佚》卷下,中华书局1980年版,第449页。

落”,《唐诗镜》卷十有“韵气冷甚”,又涉及风韵与韵气。韵、气韵、神韵基本上是同质的。

气在文学批评中的深化,使得对文学审美的把握最终落实到这些与气相关、充满变动虚灵色彩的范畴中,在这些范畴之中,具有最高审美品格的就是气韵。张法先生说:

> 先秦哲学创造了中国文化气的宇宙,它必然要扩展到中国美学;而中国美学要达到文化的高度,也一定要上升到哲学。于是,当中国美学的主体——士人美学在魏晋南北朝产生成形之时,“气韵生动”成了中国美学的最高标准。因此,中国美学的成形,意味着中国文化的气论从哲学扩展到了美学。①

尽管与气相关的范畴各自表达一种彼此有所侧重的内涵,如气骨强调内容、气势强调力量或者变化、气象侧重外形姿彩、气韵接近意味的延伸,但气韵依然是诸多气的范畴之中的最高范畴。因此,在中国古代文学理论批评之中,对诗歌等(以诗歌为主)的批评,既不以句胜为高,亦不以意胜为高,而是落实在了气韵生动上。而气韵的获得与发现,就是意境的生成。

一

气韵之所以能够演化入文学批评和文学理论建构,并在六朝发端而于唐代逐步繁多起来,与六朝诗文讲究“写送之致”以及隋唐之际音乐体制和欣赏习惯的变化有关。

“写送”是六朝时期文坛批评的习见之语,在其时的《世说新语》、《晋阳秋》、《文心雕龙》、《高僧传》等著述之中都曾出现,《世说新语》中将其上升为“写送之致”,视为一种重要的文学境界;《文心雕龙》则完成了它的文学理论身份确认。关于“写送”以及由此升华而来的“写送之致”,除了一些学者在校勘相关著作时对其字义及简单内涵略有涉及之外,至今尚没有进一

① 张法:《中国美学史》,第 90 页。

步的关注。事实上,“写送之致”是六朝之际产生的重要文学思想,它是对当时文学审美旨趣的高度总结,体现了那个时代特有的审美风尚,也预示了中国文学向虚灵化的转型,并通过音乐与文学之间的互动,构建了“韵”这一审美范畴的本初内涵。

“写送之致”是对“写送”所呈示审美效果的概括,而“写送”则与乐府“送声”有着一定的源流关系。

(一)“写送”之“送”与乐府的关系

“写送”之“送”最初在乐府之中得到强化,当与祭祀礼仪之中迎神送神的仪式有关,如《九歌》之中11篇作品,闻一多先生就将首章《东皇太一》视为迎神曲,而尾章《礼魂》为送神曲,送神时候有特定的吟唱,由此可见很早就形成了一种迎送体制。秦汉之际,雅乐沉沦,楚声繁荣,罗庸认为,“楚诗楚声至东汉中叶已衰,已变入郊祀歌及汉赋”①,“郊祀歌”就是古乐府之中的“郊庙歌辞”一类。罗庸先生这里所说的楚声向郊祀歌的转化强调的是音声,除此之外,楚辞之中迎神送神的乐舞程序在这种转化中也必然得到强化,郭茂倩说:“郊祀明堂,自汉以来,有夕牲、迎神、登歌等曲。”②其中虽然未言送神,但有迎必有送,汉代之后,这种体制是一直延续的,晋郊祀歌、宋南郊登歌中都有《迎送神歌》,“迎”与“送”被置于一起,说明迎神送神所歌是同一作品;宋明堂歌也以《迎神歌》始,以《送神歌》结。《南齐书》卷十一《乐志》载有王俭所造“南郊乐”之规模体制:群臣出入奏《肃成之乐》,牲出入奏《引牲之乐》……迎神奏《昭夏之乐》,皇帝入坛东门奏《永至之乐》,升坛奏《登歌》,初献奏《文德宣烈之乐》,次奏《武德宣烈之乐》,太祖高皇帝配飨奏《高德宣烈之乐》,饮福酒奏《嘉胙之乐》,送神奏《昭夏之乐》。《南齐书》卷十一《乐志》中所载齐《北郊乐歌》,其迎神送神也同样都奏《昭夏之乐》。可见迎神送神的延续性与一致性。这种迎、送制度不仅从礼制上很早就凸显了“迎送”的程序,而且汉代乐府大曲最初的结构意识与对开端、结尾的刻意经营,也有着这种与楚声密切相关的迎神送神礼仪形态的某

① 郑临川记录:《笳吹弦颂传薪录》,第227页。

② 郭茂倩:《乐府诗集》第1册,第1卷,郊庙歌辞一,中华书局1979年排印本,第2页。

种投射。王小逋先生曾提出,汉代乐府大曲的结构形式,直接受到了楚歌的影响。① 这种影响的表现有很多,笔者认为,其中较重要的影响之一就是强化了对乐府开端与结尾的塑造意识。

对乐府开端结尾的重视在汉乐府大曲中最终形成了前有“艳”后有“趋、乱”的完整体制,其影响波及魏晋六朝。依据《乐府诗集》的考察,这种体制主要集中在相和歌辞,相和歌辞本是汉代旧曲,晋代荀勖采旧辞配合旧曲施用于世,当时被称为清商三调。郭茂倩论清商诸调云:“诸调曲有辞、有声,而大曲又有艳、有趋、有乱。辞者其歌诗也,声者若羊吾伊那何之类也,艳在曲之前,趋与乱在曲之后。”②当然,这个体制并非固定的套式,《乐府诗集》中共涉及大曲 15 篇,但分散在不同曲调之下,卷四十三“大曲”目下仅录了为诸调所遗落的《满歌行》,郭茂倩“大曲”解题云:“《宋书》‘乐志’云大曲十五曲:一曰《东门》,二曰《西山》,三曰《罗敷》,四曰《西门》,五曰《默默》,六曰《园桃》,七曰《白鹄》,八曰《碣石》,九曰《何尝》,十曰《置酒》,十一曰《为乐》,十二曰《夏门》,十三曰《王者布大化》,十四曰《洛阳令》,十五曰《白头吟》……其《罗敷》、《何尝》、《夏门》三曲,前有艳,后有趋。《碣石》一篇,有艳。《白鹄》、《为乐》、《王者布大化》三曲,有趋。《白头吟》一曲有乱。”即 15 首大曲中,有趋的占到 6 篇,可见大曲根据具体的需要,或者有艳无趋,或者有趋无艳,或者无趋无艳,或者前有艳后有趋。

关于“艳”过去有误解,以为属于古代的艳歌,余冠英先生在注释乐府《艳歌何尝行》时早就矫正称:“艳是音乐名辞,是正曲之前的一段。有人以为‘艳歌’必有关于男女夫妇,是误解。”③“趋”成为乐章结尾之际的称谓,与“趋”的古音以及在古代礼仪中的运用可能相关。《经典释文》卷二十四《论语音义》解释“没阶,趋,翼翼如也”道:“鲁读下为趋,今从古。”“下”读为“趋”,“趋”自然具有“下”的含义,这个“下”是指从朝堂之上下来之“下”,《论语》为代表的儒家经典在汉代得到空前的重视,这种发音习惯也有因之传布的可能。而从本意来讲,“趋”是快步走,是卑者见尊者之际的

① 参见王小逋:《论〈宋书·乐志〉所载十五大曲》,《中国文化》1990 年第 2 期。
② 郭茂倩:《乐府诗集》第 2 册,第 26 卷,相和歌辞一,第 377 页。
③ 余冠英:《乐府诗选》,人民文学出版社 1954 年第二版,第 42 页。

礼仪，因此《论语·子罕》中云："出降一等，逞颜色，恰恰如也；没阶，趋，翼翼如也。"但"趋"对尊者而言，则是一种需要调节的举动，《仪礼》中云："教乐仪，行以肆夏，趋以采荠。"朱熹注云："教乐仪，教王以乐出入于大寝、朝廷之仪……肆夏、采荠皆乐名，或曰逸诗。人君行步以肆夏为节，趋疾于步则以采荠为节。"①无论见尊者的"趋"还是尊者需要调节的"趋"，二者都指向"趋"的规范：见尊者"趋"，然而要"翼翼如也"，如鸟翼之舒展而不拘束；尊者以《采荠》之乐节制其"趋"，目的在于通过音乐，使得尊者展示出和适、舒展、优雅，这些都是朝堂之上的讲究。乐府是朝堂上的演出，其结尾之际意味着乐工、舞者要下堂离殿，此"下"即为"趋"；但这种下堂不能没有相应的礼仪，于是下堂之际还要舒展、优雅、和适，使得整个过程成为乐章与演出的一部分，于是"趋"成为乐府的结尾。与"趋"相近者还有"乱"。"乱"是汉代乐歌卒章之称，较为人所熟悉的《孤儿行》最后即有"乱曰"；汉代大赋也受到这种体式的影响，如班彪《北征赋》后面就有"乱"，因此《文心雕龙·诠赋》总结汉大赋体制也称："既履端于倡序，亦归余于总乱。"

作为大曲，前"艳"后"趋"早期主要是就音乐而言的，"艳""趋"作为乐章往往难以保留下来，加以有的乐府作品对二者略而不用，因而《乐府诗集》中类似晋代所奏之乐府有很多便仅仅有"解"而并无"艳""趋"②；一些文人、乐工将"艳"或"趋"皆填为词，这才有了《乐府诗集》中一些作品明显标注"艳""趋"的现象；更有一些文人或乐工依照"艳"或者"趋"的音乐形式单独填词，演唱之际可以单独摘出，所以乐府诗中便出现了《艳歌何尝行》、《艳歌罗敷行》、《三妇艳》、《墙上难为趋》等篇章③。为了对"趋"有一个较为深入的了解，我们以《乐府诗集》晋乐演奏的乐府为例加以说明，如卷三十九《艳歌何尝行四解》云：

飞来双白鹄，乃从西北来。十十五五，罗列成行。（一解）妻卒被

---

① 朱熹：《仪礼经传通解》卷二十七，文渊阁四库全书本。

② 参见萧涤非：《汉魏六朝乐府文学史》，人民文学出版社1984年版，第52—53页。

③ 参见郑临川记录：《笳吹弦颂传薪录》，第227页。

病，行不能相随。五里一返顾，六里一徘徊。（二解）吾欲衔汝去，口噤不能开。吾欲负汝去，毛羽何摧颓。（三解）乐哉新相知，忧来生别离。踌躇顾群侣，泪下不自知。（四解）念与君离别，气结不能言。各各重自爱，远道归还难。妾当守空房，闭门下重关。若生当相见，亡者会黄泉。今日乐相乐，延年万岁期。

诗歌最后标曰："'念与'下为趋。"《宋书》卷二十一《志》第十一"乐三"也载此乐府，并有沈约标注云："'念与'下为趋，曲前为艳。"即"念与君离别"后面的内容属于乐章中"趋"这一部分所填之词。余冠英分析本篇说："这篇晋辞应分做三部分：从开端到'泪下不自知'，是原歌主要部分，写白鹄的别离。'念与'以下八句写人的生别离，似晋代所增加。'今日乐相乐'两句是乐府套语，乐工所加，和正文意义本不相连。这十句在音乐上也是自成节段，不算正曲，叫做'趋'，'趋'是照例在正曲之后的。"①可见填词于"趋"，其文字一般由两部分构成：一为歌辞主要内容的一种引申延续，一为乐府套语。

又如卷二十八魏晋乐所奏《陌上桑》（又曰《艳歌罗敷行》）三解后标注："前有艳歌，曲后有趋。"卷三十七魏晋乐所奏《步出夏门行二解》标注结尾"蹙迫日暮"等18句："蹙迫下为趋。"卷三十九晋乐所奏魏文帝《艳歌何尝行五解》最后标注"少小相触抵"等10句："'少小'下为趋。"卷四十晋乐所奏魏明帝《櫂歌行五解》标注五解后"将抗旄与钺"等3句："'将抗'下为趋。"卷四十三晋乐所奏《满歌行》，在四解之后，结尾的"饮酒歌舞"等14句也标为"趋"。

就单独的乐章而言，前"艳"后"趋"使得音乐不仅更加完整，而且也增加了悠远婉曲的意味，避免了直遂。那么从文字而言，乐府而有"趋"具有什么样的意义和价值呢？萧涤非先生曾通过批驳刘履、吴乾等将《艳歌何尝行》的"趋"纳入诗的整体进行内容解读，表达了这样的意见："汉魏乐府，结尾多作祝颂语，往往与上文略不相属，此盖为当时听乐者设，与古诗不同，

① 余冠英：《乐府诗选》，第40页。

不可连上文串讲也。"①《艳歌何尝行》虽然是汉代乐府,但前面已经说过,它是晋乐演奏而传下的作品,可见,晋代乐府依然继承了汉魏乐府结尾与听众互动的特点,不过此时已经将其纳入"趋"的范围,并在面向听众的简单颂祝之外又有了新的意义开拓,这就是通过对乐府结尾乐章的文字转化,通过文字对音乐最大程度的表现,增加篇章的和谐婉转,增加其韵味。以卷四十三《满歌行》为例,其本辞的结尾云:

> 饮酒歌舞,乐复何须?照视日月,日月驰驱。轗轲人间,何有何无?贪财惜费,此一何愚!凿石见火,居代几时?为当欢乐,心得所喜。安神养性,得保遐期。

晋乐所奏的《满歌行》则将以上一段文字纳入了乐章"趋"的部分②,并且为了和这个乐章的音乐配合,所填入的文字也有了很大变化:

> 饮酒歌舞,不乐何须?善哉!照观日月,日月驰驱。轗轲世间,何有何无?贪财惜费,此何一愚!命如凿石见火,居世竟能几时?但当欢乐自娱,尽心极所嬉怡。安善养君德性,百年保此期颐。

对比前后两段文字,晋乐所奏《满歌行》的"趋"主要是将原先的四言改造成了四言与六言,将简短的文字一部分拉长,单一的句式由此实现了错落,合乐之际通过实现声气前后的放收变化,防止急骤停止或者直接收束造成的仓猝与直露,在模拟音乐起伏伸缩变化的同时,使得音律和文字具有了抑扬与变化。

而晋代乐府结尾的"趋"到了南朝则转化为清商曲辞中吴歌西曲的"送声",郭茂倩曾明确说过,乐府相和歌中的清商诸调:"艳在曲之前,趋与乱

① 萧涤非:《汉魏六朝乐府文学史》,第86页。

② 中华书局排印本、文渊阁四库全书本、四部丛刊初编本《乐府诗集》结尾皆标注为:"饮酒上为趋。"但《宋书》卷二十一《乐志》所收《满歌行》下则标注为"饮酒下为趋",当以"下"为是。

在曲之后，亦犹吴声西曲前有和后有送也。”①意思是说，吴歌西曲（属于清商曲辞）作为南朝乐府的主要代表，其基本的体制就是前有“和”后有“送”，这个体制相当于此前汉乐府大曲的前“艳”后“趋”；一个“犹”字，表明了“送”与“趋”的继承关系。其转化的具体时间很难考证，但包含“送声”的吴歌杂曲滥觞于东晋，因此可以说这个乐府沿革史上的重要变迁是从南朝初开始的。检点《乐府诗集》清商曲辞诸卷，多引有相关著述对吴歌西曲重“送声”的记述：

卷四十四《子夜歌》解题引《古今乐录》云：“凡歌曲终，皆有送声。《子夜》以‘持子’送曲，《凤将雏》以‘泽雉’送曲。”

卷四十五《子夜变歌》解题引《古今乐录》云：“《子夜变歌》前作‘持子’送，后作‘欢娱我’送。《子夜警歌》无送声，仍作变，故呼为变头。”“前作‘持子’送，后作‘欢娱我’送”的意思是说诗的前面用“持子”为“送声”，后面用“欢娱我”为“送声”。

卷四十五《欢闻歌》解题引《古今乐录》云：“《欢闻歌》者，晋穆帝升平初歌，毕辄呼‘欢闻不’以为送声。”

卷四十九《杨叛儿》解题引《古今乐录》云：“《杨叛儿》送声云：‘叛儿教侬不复相思。’”

卷四十九《西乌夜飞》解题引《古今乐录》云：“《西乌夜飞》……和云：‘白日落西山，还去来。’送声云：‘折翅乌，飞何处，被弹归。’”

当然，吴歌西曲虽然同属乐府清商曲辞，但具体的“送”“和”仍然有差异，《乐府诗集》卷四十七引《古今乐录》云：“西曲歌出于荆郢樊邓之间，而其声节送和与吴歌亦异。”但又从另一个方面强调了吴歌西曲都有“送声”的显著特征。从“送声”的形态而言，有每句之“送”，有每章之“送”，也有篇尾之“送”，如清商曲辞《孟珠》、《清阳》度为倚曲《采莲》，每句以“举棹”与“年少”为送；《欢闻歌》每章以“欢闻否”相送。

六朝之际乐府对“送声”的关注，不仅仅是一个发挥音乐特征的乐章技巧问题，由于乐府本身诗、乐、舞一体的表现形态，因而对诗歌审美产生了重

① 郭茂倩：《乐府诗集》第2册，第26卷，相和歌辞一，第377页。

要影响，这主要体现在以“送声”为代表的乐章处理技巧对乐府歌辞繁复、曼衍的余韵生成产生了重要影响。

作为清商曲辞主要构成部分的吴歌西曲，其发端与其他乐府一样，都是徒歌，正如《乐府诗集》卷四十四综合《晋书》“乐志”等著述所说：“吴歌杂曲，并出江南，东晋以来，稍有增广。其始皆徒歌，既而被之管弦。盖自永嘉渡江之后，下及梁陈，咸都建业，吴声歌曲，起于此也。”从徒歌到后来的吴歌西曲等乐府形态，其间经历了一个演化过程，罗庸先生概括这个过程说：“乐府其始皆民间徒歌，进而为相和歌，先用管乐，无泛声，后用弦乐，有泛声，齐梁清商三调(清、平、侧或瑟调)之所以出也。”①徒歌进入相和，此时倚声而歌，便出现了合乐的乐器，罗庸先生以为相和先用管乐后用弦乐，这一点尚没有明确的资料验证，因为《古今乐录》中明确记载：“吴声歌旧器有篪、箜篌、琵琶，今有笙、筝。”②所谓旧器中，除了篪为管乐，箜篌与琵琶皆为弦乐，但有一点罗庸先生并没有说错，那就是由于相和中弦类乐器的增加，便造成了泛声的扩散，清代学者江永曾说：“五声之有参差也，验于琴徽之泛声；而律管之无参差也，应乎黄道之宫度。”③所道正是管乐无泛声而弦乐有泛声并使得五声参差。泛声因为弦乐加盟乐府而出现，因此，汉代相和歌辞中便有泛声，“艳”、“趋”等乐章形态的成型，在其他原因之外，应该与这种泛声带来的曼衍特性也有关系。清商曲辞从相和歌辞中来，前“和”后“送”，也应该与迎合泛声相关。泛声是将整齐的诗句配成歌曲时，依照弦乐容易洋溢出余音的特性增加虚声，“艳”和“趋”正是将泛溢于本辞之外的音声纳入音乐秩序的一种技术手段。其效果自然以“泛逸”为主，表现为婉转悠长，加以江南山温水软，源自民间的吴歌杂曲本自缠绵，因此，吴歌西曲“送声”所成就的艺术效果便以婉转悠扬、韵味不尽为主了。《南齐书》卷三十三《王僧虔传》载有其申饬此类清商艳曲辞的表章，其中说：

---

① 郑临川记录：《笳吹弦颂传薪录》，第227页。

② 郭茂倩：《乐府诗集》第2册，第44卷，清商曲辞一，第640页。

③ 江永：《礼书纲目附录》卷上，文渊阁四库全书本。

自顷家竞新哇，人尚谣俗，务在焦杀，不顾音纪，流宕无涯，未知所极，排斥正曲，崇长烦淫。……故喧丑之制，日盛于廛里，风味之响，独尽于衣冠。

其中总结清商曲辞最突出的特征有两个：其一为“烦淫”，即繁复曼衍；其二为风味，即婉转悠扬。这样的崇尚与当时世家大族、贵戚达宦的优雅奢华之风合流，才有了“风味之响，独尽于衣冠”的现象，也加速了这两个特征在文学艺术之中的扩散。若究其因由，与“送声”的繁荣息息相关。

“送声”在乐章中所起到的这种曼衍成韵的特征，强调的就是一种韵外之致、画外之音、言外之意的效果，清代学者毛奇龄便称这种“送声”为：“曲调之中有倚歌，曲调之外有送声和声”①，从“之中”与“之外”的角度考量乐府本曲本辞与送声的关系，也恰是对送声美学效用的定位。而这种美学定位所指向的审美理论建设，不仅对诗文之“韵”的审美内涵有了简洁的构建，而且直接影响到六朝之际“写送之致”理论的诞生。

（二）“写送之致”说的出现及其美学意义

和乐府清商曲辞开始重视“送声”的时代大致相同，南朝文学批评之中出现了一个与“送声”相关的术语——“写送”，并成为讨论诗文创作的习语。

文学中的“写送”说就是在乐府“乱”、“趋”、“送声”的强化中建立起来的，这一点最早的关注者是齐梁时期的刘勰，《文心雕龙·诠赋》论赋的特征云：“夫京殿苑猎，述行序志，并体国经野，义尚光大。既履端于倡序，亦归余于总乱。序以建言，首引情本，辞以理篇，写送文势。”所谓“写送文势”之下刘勰随即阐释云：“《那》之卒章，闵马称‘乱’，故知殷人辑颂，楚人理赋，斯並鸿裁之寰域，雅文之枢辖也。”《诗经》颂诗之中《那》一篇的卒章被称为“乱”，而从《商颂》到楚辞，都有乱辞，《国语》卷五韦昭注：“凡作篇章，义既成，撮其大要以为乱辞。诗者，歌也，所以节舞者也，如今三节舞矣，曲终乃更变章乱节，故谓之乱也。”“乱”之为意，于乐为变幻章节，于意为撮其

① 毛奇龄：《历代乐章配音乐议》，见《皇清文颖》卷二十七，文渊阁四库全书本。

大要。刘勰在提出“写送文势”之后随即追溯到“乱”，其意正是“写送”为对古代诗乐之“乱”的继承，是作品结尾部分的艺术处理。而乐府之中，“乱”与“趋”大致近似，皆居于乐府最后。刘勰以诗乐之“乱”论“写送”，正含有文学“写送”说是对乐府“乱”、“趋”及“送声”之继承的基本思想。

当代学者中牟世金先生更明确地注意到了这种关系，其《文心雕龙的范注补正》①一文针对日本学者斯波六郎释“写送”为“收束”提出了以下佐证与看法：

> 案写，尽也；送，毕也。……《古今乐录》：《欢闻歌》者，晋穆帝升平初歌，毕辄呼“欢闻不”以为送声，后因此为曲名。又曰：“《子夜变歌》前作‘持子’送，后作‘欢娱我’送。”……此外，《唐书·乐志》有关于“送声”的记载。送声为乐曲之终了，此可为斯波“收束”说明证。

牟世金先生虽然意在通过“送声”与“写送”关系的确立说明斯波六郎以“送声”为“收束”之解的正确，而且没有阐释其间的流变；但将“写送”的源头追溯到乐府“送声”，的确是重要的学术贡献。

从能够发现的资料看，文学创作论“写送”较早出现在《世说新语·文学》篇刘孝标注文中，其正文云：“桓宣武命袁彦伯作《北征赋》，既成，公与时贤共看，咸嗟叹之。时王珣在坐云：‘恨少一句，得写字足韵当佳。’袁即于坐揽笔益云：‘感不绝于余心，泝流风而独写。’公谓王曰：‘当今不得不以此事推袁。’”注引《袁宏集》中《北征赋》云：“诞灵物以瑞德，奚授体于虞者。悲尼父之恸泣，似实痛而非假。岂一物之足伤，实致伤于天下。感不绝于余心，遡流风而独写。”其中包括《世说新语》中“感不绝于余心，泝流风而独写”两句，可见《世说新语》的记载是符合历史的。这段文字通过王珣之口强调的是以增加与“写”字相关的句子来足韵，从而形成一个更加韵律优美意味深长的结尾。刘孝标注文所引《晋阳秋》对这件事的记载与《世说新语》正文略有出入，但更加明确地说明了之所以如此修改的理论依据，其

① 詹锳：《文心雕龙义证》引，第286页。

文曰：

宏尝与王珣伏滔同侍温坐，温令滔读其赋，至“致伤于天下”，于此改韵，云：“此韵所咏慨深千载，今于‘天下’之后便移韵，于写送之致如为未尽。”滔乃云：“得益写一句或当小胜。”

根据这段叙述可以看出，袁宏《北征赋》在写至“实致伤于天下”之后便开始转移韵脚，桓温认为这么仓促地就转移韵脚，前面蕴积的气势被戛然阻塞，显得不太畅美，应该给予这种气势以充分的疏导引领，才算得上美，桓温将这种美概括为“写送之致”。

《文心雕龙》对“写送”的论述，是对“写送”的文学理论总结与理论认定。全书共计三次涉及“写送”或者“送”：

《诠赋》篇：“既履端于倡序，亦归余于总乱。序以建言，首引情本，辞以理篇，写送文势。”“写送文势”清代黄叔琳注《文心雕龙》作“迭至文契”，杨明照《文心雕龙校注拾遗》称：“唐写本作‘写送文势’；钞本、倪本、活字本、鲍本《御览》引同。……按作‘写送文势’是也。……今本‘迭’‘契’二字，乃‘送’‘势’之形误，致文不成义。”①《太平御览》所引见卷五百八十七，正作“写送文势”。

《附会》篇：“会词切理，如引辔以挥鞭；克终底绩，寄在写以远送。”“寄在写以远送”明代梅庆生六次本改作“寄深写远”，黄叔琳注本从之。杨明照校注拾遗云：“元本、活字本作‘寄在写远’，《喻林》八八引同；弘治本、汪本、佘本作‘寄在写远送’；张本、何本、万历梅本、凌本、合刻本、梁本、秘书本、谢钞本、尚古本、冈本作‘寄在写以送远’，《文通》引同；两京本、王批本、胡本作‘寄深写远送’。……按诸本皆误。疑当作‘寄在写送’。‘写送’，六朝常语。”②詹锳《文心雕龙义证》引各类资料辨析：王利器先生《文心雕

① 黄叔琳注、李详补注、杨明照校注拾遗：《增订文心雕龙校注》，中华书局2000年版，第101页。

② 同上书，第528页。

龙校证》以为当是"寄在写以远送",但又认为此句中可能有讹误;徐复《文心雕龙证字》云:"疑此'写远'亦为'写送'之误,皆指文势矣。"李曰刚《文心雕龙斠诠》径改作"寄深写送"。郭晋稀《文心雕龙注译》也作"寄深写送"①。以上校注虽然说法上略有区别,但在"写远"当为"写送"或者"寄深写远"中当含"写""送"二字这一点上是没有异议的。

《哀吊》篇:"千载可伤,寓言以送。"此"送"兼有文学要求与日常礼仪,如《礼记·祭义》中就有"哀以送往"、《问丧》中有"哀以送之"。

关于此"写送"内涵的解释大致有以下三种:

第一,王利器先生在《文镜秘府论校注》南卷《定位》篇注中认为"写送"即是"输写"、"陶写"之意。《定位》篇有云:"附体立辞,势宜然也。细而推之,开发端绪,写送文势,则六言、七言之功也。"王利器注云:"《诗经·小雅·蓼萧》:'既见君子,我心写兮。'毛传:'输写其心也。'郑笺:'我心写者,输其情意无留恨也。'《汉书·赵广汉传》:'输写心腹。'《文选》五五刘孝标《广绝交论》注引冯衍《与邓禹书》:'写神输意。'《后汉书·蔡邕传》:'其诚输写肝胆亡命之秋。'《吕氏春秋·知接》篇注:'输写所知。'写送与输写义同。"②郭晋稀《文心雕龙注译》释"写送"为"泻送",也与"输写"近似。将"写送"释为"输写""倾泻",虽然解释了"写",却对"送"的独到理论价值有些遮掩。

第二,《文心雕龙义证·诠赋》引日本学者户田浩晓《作为校勘资料的文心雕龙敦煌本》所介绍的斯波六郎的观点:"写送,可能有收束之意。"牟世金先生赞成此说。③ 但"收束"仅仅强调了"写送"的位置与作用,而为何以"写送"为收束的审美追求也被忽略。

第三,《文心雕龙义证·诠赋》引赵万里《文心雕龙》唐写本校记曰:"'写送'是六朝人常语,意谓充足也。《附会》篇'克终底绩,寄深写送。'亦谓一篇之终,当文势充足也。"以文势充足解释。又引王利器《文心雕龙校

① 詹锳:《文心雕龙义证》,第1614页。

② 王利器:《文镜秘府论校注》,第345页。

③ 参见詹锳:《文心雕龙义证》,第1614页。

证》："意俱谓收笔有不尽之势也。"又引李曰刚《文心雕龙斠诠》云："《玉篇》：'写，尽也，除也。'……此处'写送'联词，有'尽情送足'之意。"分析以上解释，无论从"不尽"着眼论"写送"还是从"充足"着眼论"写送"，二者都注意到了从"送"的内涵发掘"写送"的意义，且二者基本上都是从审美感受立论，因此这些解释触及了"写送"的审美旨趣。

可见"写送"以及由此衍生出的"写送之致"并非仅仅是个一般语汇，而是六朝时期产生的非常值得关注的审美范畴，仅仅训释文字意义很容易忽略其在当时独特的审美指向及其独到审美价值。对于"写送"与"写送之致"的审美价值与文艺理论价值，主要可以从"写送"所着眼的审美维度、"致"对"写送"的定位有两点理解：

其一，"写送"的审美维度。从以上所引用的《世说新语》注文中就能发现："此韵所咏慨深千载，今于'天下'之后便移韵，于写送之致如为未尽"，表明"写送"的着眼点是文字声韵，而且要求声韵应该保持前后的连贯，不能违背这种声韵的运动规律随意转移。"写送"和"送声"一样，当时主要是保障文字声韵之美的一种技艺和审美标尺。它不仅表现于文学审美批评，也表现于佛经转读。出于感化愚蒙的需要，六朝僧人在佛经转读中也很重视音声之美，《高僧传》卷十三《齐东安寺释昙智》传称释昙智："既有高亮之声，雅好转读，虽依拟前宗，而独拔新异，高调清澈，写送有余。"又同卷《齐北多宝寺释慧忍》附《慧调》传云："写送清雅，恨功夫未足。"都是就音声而言。以上佛教资料中的"写送"之论虽然出现在梁代僧人慧皎对南齐僧人转读的评价中，但佛家重视转读却远比这个时间要早，学术界在对四声产生问题的讨论中已经涉及这个问题，甚至有一些难以确定的资料（如《异苑》卷五）将其上限推溯至曹魏时期，将四声的发现与曹植聆听佛经转读建立起联系。陈寅恪先生《四声三问》①中便征引了一批从晋宋至齐梁善于佛经转读的实例，以《高僧传》卷十三为例，如：

晋代：支昙籥"特禀妙声，善于转读"；释法平"响韵清雅，运转无方"。

宋代：释僧饶以音声著称，"响调优游，和雅哀亮"。释道惠："特禀自然

① 参见《金明馆丛稿初编》，三联书店2001年版。

之声，故偏好转读。”释智宗“尤长转读”，特点是“丰声而高调”。

齐代：释昙迁：“巧于转读，有无穷声韵。”释昙智：“既有高亮之声，雅好转读。”释僧辩少好读经，“哀婉折衷，独步齐初”；释昙凭少学转读，音调甚工，“每梵音一吐，辄鸟马悲鸣，行途驻足”。又如释法邻“平调牒句，殊有宫商”，释昙辩“弥久弥胜”，释慧念“殊有细美”等皆是。释僧辩传中还附记有齐竟陵王萧子良一段转读故事：“永明七年二月十九日，司徒竟陵文宣王梦于佛前咏维摩一契，因声发而觉，即起至佛堂中，还如梦中法，更咏维摩一契，便觉韵声流好，著工恒日。明旦即集京师善声沙门龙光普智、新安道兴、多宝慧忍、天保超胜及僧辩等，集作新声。”这应该就是历史上著名的竟陵王齐集名士名僧，造梵呗新声，主要是指对佛经转读音声的商榷与转读方法的研讨。

《高僧传》如此密集地表彰转读，自然也说明编著者对此的高度关注。尽管如此，将这种转读纳入审美考察，并赋予其特定的审美标准——“写送”，却是齐梁之际的事，因为在以上《高僧传》众多善于佛经转读的记载中，除了齐代释昙智、慧调两条资料，尚未发现以“写送”论转读的例证，也就是说，以“写送”论佛经转读是齐以后兴起的。当然，这里还有一种疑问，那就是著者慧皎在用词上有着自己的随意性，不足以作为“写送”出现于齐以后的证据；但事实上，《高僧传》是一部编录性质的著作，慧皎在卷十四《序录》中明确提到，自己著《高僧转》曾博览群书，所依据者据统计达八十多种，在直接引用之外，类似“记曰”也是征引，而未表明者难以记数，这是他决正法门当博寻众典而不能“断以胸衿”思想的外在表现。因此，同样的转读，至齐才出现“写送”之论不是偶然的，应该与当时佛家传述方始关注这个范畴相关。它说明以“写送”讨论佛经转读之美的时间要晚于乐府“送声”的出现，说明佛家“写送”之说也是对乐府篇章讲究“送声”的继承或者借鉴。这种继承或者借鉴，最终落实于对音韵悠扬的侧重。

其二，“致”对“写送”的定位。桓温首倡“写送之致”，将“写送”所达到的审美境界定位在“致”，是对“写送”的美学升华。前面提到佛经转读而言“写送”，目的在于美化音声，佛家为了达到通过诵经动人的目的，借鉴咏歌之作“言味流靡，辞韵相属”而能动人的特征，以悠扬顿挫之音吟诵佛经，设赞于管弦称之为"呗",相当于配乐歌辞,而"诸天梵呗,皆以韵入管弦",所以"宜以声曲为妙"。[①] 而"写送"正是实现这个"妙"的手段,佛经转读中"写送有余"或者"写送清雅",强调的是文字所吟诵出来的音声之美与这种美的和谐与延续"有余"——即充足或者不尽,不尽则妙。这种心灵感受的概括,就是"写送之致"中"致"的范围。

就文学创作而言,"写送之致"是希望在作品的结尾部分或者章节后面,通过声韵的运用,使得作品阅读至终篇之际能够给读者带来充裕、深远而连绵不断的意味和情致。其审美效果《文心雕龙·附会》篇中又明确为"寄在写以远送":"会词切理,如引辔以挥鞭;克终底绩,寄在写以远送。"其审美指向是实现作品意旨的深远,只不过,寄深写送更倾向于文字意旨的蕴藉,是在声韵悠长的基础上又发展起来的,是"写送"从一个声韵标尺拓展为作品整体的美学标尺的体现。

这种悠远不尽的情致作为一种审美感受与后世所论之"韵"是一致的。"不尽"是韵所具有的核心内涵,顾随先生曾评价以神韵论诗的意义:"论中国诗,神韵一句终为可取而不可废,盖神者何？不灭是;韵者何？不尽是。"[②]而美学上讲求"不尽"的"韵"与"写送之致"的"致"有着明显的同构性,陈书良则将"写送"直接解释为"文章结尾的韵味"[③]。这种"致"或"韵"的获得手段,在六朝时期,文学界关注最为集中的是声韵,即通过声韵营造出作品整体之韵致。而与声韵关系最密切的就是作品之中流动的生命之气与阅读之际因为作品声韵抑扬、长短、平仄所发动的生理之气,因此我们可以说,后世所谓韵、气韵、神韵等作为审美境界的范畴,其本原并不玄虚,就来自与气相关的声韵及其在诗文结尾之处对声韵的艺术处理形式;也就是说,韵的审美理论的本初内涵是声韵之美。

与这个观点相印证的是,当六朝"写送"之说流行之际,有关诗歌文章声韵的相关研究也恰恰开始走向成熟,刘勰论声律,周颙等论四声,沈约总

---

① 以上引自梁慧皎撰、汤用彤校点《高僧传》卷十三"论",《汤用彤全集》第6卷,河北人民出版社1999年版,第398、401、402页。

② 顾随:《稼轩词说》,见《顾随全集·著述卷》,河北教育出版社2001年版。

③ 陈书良:《听涛馆文心雕龙释名》,湖南人民出版社2007年版,第113页。

结声病等，都为声韵理论奠定了基础。而韵、气韵、神韵等范畴则恰恰是在声韵学说成型之后方始大行于世。诗歌之中的声韵是作者的生命之气赋形于作品之际维系气之运行一贯的标志与手段，就诗的一般形态而言，韵处在诗句之间，逐步形成一定的位置设定规律，诗歌创作隔一定的距离使韵（指韵脚）出现一次，正是提示这不同文字组合之诗文句子还存在着一体性、相关性，表示前、中、后之间内在的呼应。就诗文发生的民族根源而论，诗文作为气的赋形，要维系并证明此作品中气的统一性鲜活性，就要由一定的、能够呼应的标志提醒，韵脚间隔一定距离的出现，用其彼此相关的特性显示的正是气自始至终的贯穿（无论换韵还是不换韵，韵都能在“同声相应，异音相和”的原则下实现呼应贯穿），表示气一直隐身于作品之中运动，流行而不断。诗文的结尾如果要做到深远绵长，则需要将这凭依声韵维系的完整而统一的气向外延伸，这样可以避免气的阻塞或者浅露，以声韵为审美维度的“写送”便正是塑造这种艺术效果的手段。“写送”所塑造的艺术效果本身，包含了原有声韵的延续，也包含了这种声韵对作品整体悠远意味的塑造。以此为基础，文学批评将对韵的观照从声韵“写送”向诗歌整体审美延伸，也就塑造出了超越于声韵之上的审美之“气韵”这一范畴。用以表示在具体的审美对象之中显示出来的，被鉴赏者感知并萦绕于对象之外的更丰沛、更细微不尽的审美感受。

声韵之说或者韵脚之论，都是从诗文的音乐性这一维度探讨文学的，关于文学虚灵审美范畴之“韵”与音乐音声的关系，陆时雍《诗镜总论》中曾明确说过：“韵生于声”，“闻丝竹而幽者，声之韵也”。韵不是直击于耳的音声，乃是声音后面留给听者的绵邈不绝的余音与回味，是地道的弦外之音，韵是主体客体共同营造而出的。《古诗镜》卷十四又对声与韵作出了辨析：“凡铿然而鸣，矻然而止者，声耳；韵气悠然有余，韵则神行乎间矣。”①从音声“有余”的角度阐释韵，类似瓦缶一类乐器，敲击之下，戛然而止，没有尾响余音；而钲磬一类则恰恰相反，一击而余音绵绵不绝，这种悠然长逝且不属于声又非声，可以淹留的绵延者就是韵。对诗来说，由于早期诗、乐、舞的

① 陆时雍：《古诗镜》，文渊阁四库全书本。

一体形态，主体对诗的审美之中，便包括了音乐性这种不绝余音的感官欣悦，只是早期欣赏者尚未对此有理论的发明。《诗镜总论》则具体涉及了诗、乐声、韵的关系："诗被乎乐，声之也；声徽而韵，悠然长逝者，声之所不得留也。一击而尽，瓦缶也；诗之饶韵者，其钲磬乎？"①这不是一种言说需要的比附，而是对诗、韵与音声关系的概括。韵即乐声之外的弦外之音，它是主客共同营造的审美范畴：首先，客观对象要提供一种超越于限量的感知中介；其次，欣赏者要具有这种话外辨音的能力。韵从音声而出，音声起先指音乐，后世指声韵之美，这是从韵的本原上考察的。经过魏晋玄学言意之辨，文人们对意义不尽、难尽的现象在体认之后逐步演化为有意的追求，韵从声音不尽衍为意之难尽，韵于是便成为诗学关注的话题，并在唐代终于形成了成熟的韵的理论。

另外，送声至隋唐之际又与乐府"解曲"有了一定的演革关系，《唐音癸笺》卷十五引遁叟论云：

> 自古奏乐，曲终更无他变。隋炀帝以清乐雅淡，曲终复加解音，至唐遂多解曲，如《火凤》用《移都师》解；《柘枝》用《浑脱》解；《甘州》用《吉了》解；《耶婆娑鸡》用《屈柘急遍》解之类。

何谓"解"呢？胡震亨引《古今乐录》云："伧歌以一句为一解，中国以一章为一解。王僧虔云：'古曰章，今曰解。'作诗有丰约，制解有多少。是解本章什通名，非仅言其卒章之乱耶。自隋唐曲终解曲盛行，遂将解字当卒章字用，而章解之解，别称叠、称遍，不复更称解矣。"可见解曲之解在隋唐已经基本演化为音乐结尾之处的终曲。

这里可关注的是以下两点：其一，隋炀帝要求曲终要加解曲的原因在于"清乐雅淡"，这个淡实则有滋味寡薄之意，而加以解曲所达到的效果便是对雅淡的解构。其二，解曲不同于以往乐府结尾的乱，乱是结合乐府本身的一个概括，除了简单的咏叹以及提示听众音乐已经结束之外，没有更为深长

① 陆时雍：《诗镜总论》，见《历代诗话续编》，第1406页。

的意味;而解曲则选取了与正曲一样的另一套曲子为收束,使得终结之际的乐曲不仅没有匆忙仓猝之感,而且因为其一如前面创作般地精心设置更增加了悠远的余味。

这种艺术于结尾的精心处理手段对诗文创作以及欣赏由此产生了一定影响,诗文尤其诗歌从此对余味、悠远绵长的追求和六朝延续下来的写送之致的实践探索在唐代实现了有机的融合,因此气韵理论以及与气韵相关的"境生象外"、"韵外之致"等理论也便从唐代开始正式确立并繁荣起来。

由"送声"延续而出的"写送"至唐代分别在以下两个方面得到发扬:

其一,就"写送"的纯粹音声讲求而言,唐代佛教界佛经转读等对"写送"表现了更高的热情。如唐释道宣《续高僧传》卷十五有"流连言晤,写送无绝",或讲客"写送文义",卷二十有"答对若云雨,写送等悬河",卷二十四有"词辨无滞,文义俱扬,写送若流",卷二十六有"辩章言令,写送有法";唐释道宣《集古今佛道论衡》卷三有"说如指掌,写送无遗",卷四有"声辩包富,写送云行"等。以上所及"写送",包容佛经转读,但范围已经扩大到讲法、论辩等方方面面。

其二,就"写送之致"的以"写送"求"致"而言,至唐代已经完成了"写送之致"与"韵"的转换。刘禹锡《董氏武陵集纪》云:"诗者,其文章之蕴邪。义得而言丧,故微而难能;境生于象外,故精而寡和。""境生于象外",继承的是六朝文人以"事外"的雅人深致、文外独绝等论诗赋之美的传统,这种思想的成就,在玄学影响之外,还有来自与文学本身审美规律探索的对接,这就是"写送之致"。至晚唐司空图,则又对这种情致意味给予了更为形象具体的演绎,《与李生论诗书》云:"近而不浮,远而不尽,然后可以言韵外之致耳。"《与极浦书》云:"戴容州云:诗家之景,如蓝田日暖,良玉生烟,可望而不可置于眉睫之前也。象外之象,景外之景,岂容易可谈哉?"至此,"韵"作为一个审美范畴,便已经完成了其审美内涵的建构,"写送之致"的用法从此便很难再见。

虽然"写送之致"因为实现了范畴转移而从此少见,但"写送"在后世作为一种艺术手法依然为诗学著述所沿用。如元代陈绎曾《文章欧冶》论起承转合的具体手段,其中就有"送"之一法:"辞意未断,送之即止。"送和粘相对，粘的用处是："辞意断处，略粘缀之。"而送的目的则恰是为了止，因为文意一转而下，不送不止。[①] 但送是有讲究的，其《古文矜式》中又云送："篇尾欲点缀丁宁，发送轻快。"[②]即送的时候要有点缀，这样就不会单薄透露；丁宁就是叮咛，如彼此悠悠而语，依依不舍，不率意收场。这些都是说送虽然是为了诗文结束，但要达到的效果则在有所含蓄与延伸；"轻快"也不是说收得如何无韵，而是说不要在文字上过多纠缠。元代范德机《木天禁语》将七言长古的篇法分为分段、过段、突兀、字贯、赞叹、再起、归题，而最终就是"送尾"。明代周履靖《骚坛秘语》卷下抄录本条，并又引相关解释云："'送尾'则生一段余意，结末或反用，或比喻用，如《坠马歌》：'君不见嵇康养生被杀戮？'又曰：'如何不饮令心哀。'"[③]如此送尾，使得诗中意旨引申，有反身回顾临去而秋波一转之意，使诗中意味悠远而缭绕不尽。《唐音癸签》卷十引《诗薮》："中唐淘洗清空，写送浏亮，七言律至是殆于无指摘，而体格渐卑。""写送浏亮"一说在意蕴悠扬之外，又提供了一种通过"写送"所能达到的鲜明爽朗风范。清代毛先舒《诗辨坻》卷三也云："王维'商山包楚邓'篇十二句，凡十二见地形，虽全叙行色，而写送流利，不觉烦，终是诗律未细处。"[④]此处的"流利"也有爽朗明快之意。

综合以上所述，"写送"作为诗文的一种审美追求，后世有关诗学论述也主要体现在对诗文结尾之处的关注，谢榛论诗称"结句当如撞钟，清音有余"[⑤]；而薛雪则从整个结构布局出发论结尾之处的重要性："起要平直，戒陡顿；承要从容，戒迫促；转要变化，戒落魄；合要渊永，戒断送。"[⑥]"断送"显然是对"写送"的反向应用，意在说明结尾的"写送"非常重要，达不到渊永之旨，则前面的成就便被断送了。

当然，"写送"的书写也是有一定局限的，并非适用于所有诗文的结尾。

---

① 参见陈绎曾：《文章欧冶 · 古文谱》"体制"，见《历代文话》，第 1245 页。

② 陈绎曾：《文章欧冶 · 古文矜式》"识体"，见《历代文话》，第 1297 页。

③ 周履靖：《骚坛秘语》引，案：周履靖本书所引文字皆辑录唐宋元诗论。丛书集成初编本。

④ 毛先舒：《诗辨坻》，《清诗话续编》，第 54 页。

⑤ 谢榛：《四溟诗话》卷一，见《历代诗话续编》，第 1154 页。

⑥ 薛雪：《一瓢诗话》，第 114 页。

沈德潜对此有较细致的论述。他总结诗歌结尾为三个类型:放开一步,本位收住,宕出远神。如杜甫“何当击凡马,毛血洒平芜”,就画鹰说到真鹰,为放开一步;张燕公“不作边城将,谁知恩遇深”,就夜饮收住,即为本位收住;王维“君问穷通理,渔歌入浦深”,则从“解带弹琴,宕出远神”。三种结尾之中,只有王维的作品宕出远神,可以纳入“写送”。而且这三种不同的结尾不是可以随意安排的,而要根据诗文整体运动节奏决定,沈德潜以歌行为例说:

> 歌行起步,宜高唱而入,有“黄河落天走东海”之势,以下随手波折,随步换形,苍苍莽莽,自有灰线蛇踪,蛛丝马迹,使人眩其奇变,仍服其警严。至收结处,纡徐而来者,防其平衍,须作斗健语以止之;一往峭折者,防其气促,不妨作悠扬摇曳语以送之,不可以一格论。

起步高唱而入,随后变异而波折,虽然讲其如草蛇灰线,但摇曳变化,法式没有固定。于是整个诗文之气流衍至结尾,则会出现峭直与纡徐两种不同情形。假如文气纡徐而来,结尾之处则当宕起声势,防止文气过于平衍乏力,他认为这种安排也是属于“天机自到,人工不能勉强”;假如“前路层波叠浪而来”,而结尾之处延续其势,“略无收应”,则此类创作不仅不成章法,而且“支离其辞,亦嫌琐碎”①,这样的文势之下,应该“作摇曳语以送之”,如此在结尾之处方能成就“神龙掉尾之势”。

作为一个概念,“韵”从六朝之际就开始进入文学理论批评;但作为一个审美范畴,它的内涵至唐代才真正丰富圆满起来。在其发展过程中,有玄学的影响,有源自山水审美而发展起来的情景关系理论的渗透,更有乐府“趋”“送”以及由此形成的“写送”理论在音乐、声韵系统内外传播的影响。其中六朝之际“写送之致”说的出现,在中国美学史与文学理论史上有着不可忽视的重要意义。

以上是对气韵理论范畴诞生的一个论述。

---

① 沈德潜:《说诗晬语》卷上,第208页。

在对气韵的理解上,古人往往是将其分为气和韵单独进行解读,宋代李廌《答赵士舞德茂宣义论宏词书》论文章写作不可缺者为四:体、志、气、韵,以气为始,以韵为终;而且其论气云:"充其体于立意之始,从其志于造语之际,生之于心,应之于言,心在和平则温厚尔雅,心在安静则矜庄威重,大焉可使如雷霆之奋,鼓舞万物,小焉可使如脉络之行,出入无间者,气也。"无处不在,无不贯通,虽有安静之时,但往往奋发为雷霆。又言韵:

> 如金石之有声,而玉之声清越;如草木之有华,而兰之臭芬芳;如鸡鹜之间而有鹤,清而不鲜;如犬羊之间而有麟,仁而不猛;如登培塿之丘以观崇山峻岭之秀色,涉潢汙之泽以观寒溪澄泽之清流;如朱弦之有余音,太羹之有遗味者,韵也。

陆时雍《古诗镜》卷八论晋诗:"韵沉而不发,气塞而不畅。"《诗筏》比较储光羲与王维五言古诗:"储韵远而王韵隽,储气恬而王气洁。"[①]《一瓢诗话》中也有"韦苏州韵高气静"之语。清代方东树《昭昧詹言》卷一中也是气韵分言:"读古人诗,须观其气韵。气者,气味也;韵者,态度风格也。"[②]厉志《白华山人诗说》也是气与韵分言,如卷一云:"意、味、气、韵,古人有专长,少陵实能兼之。常将此四者并聚胸中,偶一感触,遂并起而应之,故其诗独胜人一地。后人不能具此四美在胸,如何能学步也。"气韵并列,相当于意味并言,味是意的延长所得,韵为气的延伸所得。意与气人皆有之,但创作之中的差异导致了作品之中的味与韵一则未必都有,二则未必尽佳。不过,从四者本身而言,厉志此处没有区分四者孰高孰低的意思,而是视之为四种审美特征,如称"少陵能兼综其意与气,太白能兼综其情与韵",但并不能就此判定李杜优劣,因为"情韵中有意气在,意气中亦有情韵在",只不过有些偏胜而已。[③]

以上这些资料,体现了古代理论家们对气和韵之间区分的关注。这种

---

① 贺贻孙:《诗筏》,《清诗话续编》,第 184 页。

② 方东树:《昭昧詹言》卷一,第 29 页。

③ 厉志:《白华山人诗说》,《清诗话续编》,第 2273 页。

区分的核心,是以气为始以韵为终,以气为动力以韵为效果,以气为粗者以韵为入微者。虽然以分言的形式表达了这些内涵,但同时又以气韵紧密联系、前后因果的形态体现了对二者关系的关注。以上的论述,涉及气和韵这两个范畴,二者基本上是处于相邻的位置。既重视彼此的特殊性,又注意到了相互的联系,可见在气韵这一个整合范畴的认识上,古人已经达到一个相当的高度。

二

气韵相对于文辞、声律、典事等有些神秘,所以陆时雍认为词、调是“诗之可知者”,而所不可知者,是“韵也神也”。① 这种略带神秘色彩的神与韵对诗来说是不可缺少的:“文章有言无韵即是死语。”诗可以兴发读者的根本有两条,“以其情也,以其言之韵也”,因此诗歌要做到“情欲其真而韵欲其长”,它是决定诗之成败的绝对关键:“有韵则生,无韵则死;有韵则雅,无韵则俗;有韵则响,无韵则沉;有韵则远,无韵则局。”②从审美价值上衡量,气韵胜过形似,唐代张彦远《历代名画记》云:“若气韵不周,空陈形似;笔力未遒,空善赋彩:谓非妙也。”从气韵的本质来看,气韵与天赋相关,宋代郭若虚将气韵明确提到了至高无上的位置:“凡画必周气韵,方号世珍。”但随即表示:“六法精论,万古不移,然骨法用笔以下,五法可学;如其气韵,必在生知。”③气韵是和天赋相关的。而从气韵应用的范围考察,气韵是兼容创作与鉴赏的,它以作者为起点,经过作品,达于鉴赏者,体现了中国传统的生命美学的根本特征,体现了气的交流与弥漫。对气韵的理解可以从其基本的特征入手:

(一)气与韵之间是一个互动性的整体

从其力量的本原流脉考察,气韵就是气与韵的整合。气为首为动力,韵居气后,荆浩《笔法记》提出绘画的“六要”:“气、韵、思、景、笔、墨。”这种气

① 陆时雍:《古诗镜》卷二十八。

② 陆时雍:《唐诗镜》卷三。

③ 郭若虚:《图画见闻志》,见王伯敏、任道斌主编《画学集成》,河北美术出版社2002年版。

韵的前后顺序是历代美学理论一致认可的。如宋代王正德《余师录》论文不可无者有四:“有体、有志、有气、有韵,夫是谓成,四者或全,然后于其间各因天资才品,以见其情状。”①谢榛敷衍《余师录》中的思想,提出“体贵正大,志贵高远,气归雄浑,韵贵隽永”②。厉志《白华山人诗说》则云:“意、味、气、韵,古人各有专长。”③皆是气韵并言,但次序固定,气在韵前;不止如此,气又在气与韵之间为主导,如方薰论气韵:“气韵生动为第一义。然必认气为主,气盛则纵横挥洒,机无滞碍,其间韵自生动矣。老杜云‘元气淋漓障犹湿’,是即气韵生动。”④以气为主,气对韵有着统领作用。

韵对气又有着过滤和提纯的作用。荆浩《笔法记》中分言气、韵:“气者,心随笔运,取象不惑;韵者,隐迹立形,备仪不俗。”⑤其意为:气乃是贯注于行笔取象之际的生气运动;韵则是隐蔽的、象后面的形迹,其仪态超逸不俗,正是从不俗论韵对气的作用及影响。宋代李廌《答赵士舞德茂宣义论宏词书》以体、志、气、韵论文,在论及气与韵于创作之中的作用时他说:“文章之无气,虽知视听臭味,而血气不充于内,手足不卫于外,若奄奄病人,支离憔悴,生意消削。文章之无韵,譬之壮夫,其躯干枵然,骨强气盛,而神色昏懵,言动凡浊,则庸俗鄙人而已。”⑥没有韵对气实现升华,则气容易凡浊。后世有人以书卷气为韵产生的基础,虽然有些偏颇,却正是韵对一般粗鄙之气具有过滤、升华功能的产物。

据此,我们可以对气韵作出如下概括:气是贯注于行笔取象之际的原动力,韵是隐蔽在意象后面的内在影迹与关联于外在艺术空间的情感辐射,于是“气韵”则可以理解为气在运行之中通过艺术作品而隐现的超越于文本局限的形迹。

---

① 王正德:《余师录》。

② 谢榛:《四溟诗话》卷一,《历代诗话续编》,第1141页。

③ 厉志:《白华山人诗说》卷一,见《清诗话续编》,第2273页。

④ 方薰:《山静居画论》,见《中国古典文艺学丛编》,第250页。

⑤ 《佩文斋书画谱》引为“备遗不俗”。

⑥ 王正德:《余师录》。

（二）气韵以"生动"为本，与生命主体鲜活的面目一体，因而具有不可复制性

"气韵生动"，是历代论气韵者的共识，最早见于南朝谢赫《古画品录》："六法者何？一气韵，生动是也。"对气韵的解释就是生动。唐志契《绘事微言》对"气韵生动"也有一个解释："生者生生不穷，深远难尽；动者动而不板，活泼迎人。"论生则必有气，所以气韵之气言生；但生而有气并非生命力的最美，还需要气的运行而不滞，所以又有了韵，即"运"，气还要运动起来，活泼起来。气韵就是生与动的结合，是生命机体运动的状态。清人唐岱论画中气韵也申此意："画山水贵乎气韵，气韵者非云烟雾霭也，是天地间之真气。凡物无气不生；山气从石内发出，以晴明时望山，其苍茫润泽之气，腾腾欲动，故画山水以气韵为先也。"①论气韵先言无气不生，气所主者为生；而所谓"山气从石内发出，以晴明时望山，其苍茫润泽之气，腾腾欲动"则是论气之运动，实则为韵。二者的一体化即成生动，作品由此而具气韵。所以方薰《山静居画论》说："气韵生动，须将生动二字省悟，能会生动，则气韵自在。"气韵与生动，如此看来已经被视为一体化的概念了。

这种生动被陆时雍表述为气韵的可流动，《古诗镜》中有着众多此类描述：

卷四魏文帝乐府《大墙上蒿行》："一往生韵流注其间。"

卷七阮籍《咏怀》："首尾圆紧，气韵流动矣。"

卷八傅玄《杂诗》："风味不减魏文，但魏文气韵流美。"

卷九陆机乐府《门有车马客行》："惊心事，刻意语，所长者气韵流动。"

卷九谢惠连《秋怀》："灵运诗虽对偶，然一往生韵行乎其间。"

气韵的生动、流行正是作品这一生命体具备生机的象征。

气韵与主体面目具备一致性，气韵因此就是审美主体在艺术创作之中自我实现的形式，这一点在宋代文学理论界就已确立了。如范温《诗眼》中论黄山谷书法：

---

① 唐岱：《绘事发微》，见《中国古典文艺学丛编》，第242页。

> 自苏子美以及数子，皆于韵为未优也。至于山谷书，气骨法度皆有可议，惟偏得《兰亭》之韵。

韵要兼备众善不易得，偏得一韵往往是常态，不过此偏得又是独到之处，所以黄山谷可议论者很多，但由于得兰亭之韵，接晋人风流，因而成为与他人不同的大家。又从识与韵的关系入手而论：

> 盖古人之学，各有所得，如禅宗之悟入也……宜乎取捷径而径造也。如释氏所谓直入如来地者，考其戒、定、神通，容有未至，而知见高妙，自有超然神会，冥然吻合者矣。是以识有余者，无往而不韵也。

识本来就是高出时流、不同一般的称谓，识与韵通，勘透机关即为抵达韵的捷径，这种关系的建立，格外强调的也是韵的个性化特色，甚至是以一己之见为韵、一家之言为韵。

又如宋代李廌《答赵士舞德茂宣义论宏词书》中也早已论述过这个问题："故其言迂疏矫厉，不切事情，此山林之文也；其人不必居薮泽，其间不必论岩谷也，其气与韵则然也。其言鄙俚猥近，不离尘垢，此市井之文也；其人不必坐廛肆，其间不必论财利也，其气与韵则然也。其言丰容安裕不俭不陋，此朝廷卿士之文也；其人不必立官寺，其间不必论职业也，其气与韵则然也。其言宽仁忠厚，有任重容天下之风，此朝廷公辅之文也；其人不必位台鼎，其间不必论相业也，其气与韵则然也。"人形之于作品之面目，不依据其位置职业而定，而是依据其气韵而成。这个韵所对应的面目无论雅俗，皆是生机勃勃的，正如陆时雍所说："诗之佳，拂拂如风，洋洋如水，一往神韵，行乎其间。"如果没有这种神韵，则"质而鬼矣"，所谓的鬼，"无生气之谓也"。①

而代表具体面目的韵又是多样态的。陆时雍认为，对诗而言，韵有多种形态，《古诗镜》卷十五："汤惠休秀色未诏，绮情未艳，良由衷浅，以故韵

---

① 陆时雍：《诗镜总论》，见《历代诗话续编》，第1403页。

微。”衷浅,心思不厚情意浅薄,所以韵微弱甚至不显,是以韵有显微。“梁武帝乐府《上云乐七曲》,不叶于歌,不发于雅,清音远韵,世外奇赏,绝不类步虚词所为。”韵言远近。卷十九“七言得此,反觉韵饶”,韵言饶薄。卷二十三:“萧子显乐府《乌栖曲应令三首》,梁人制为此曲,淫丽相高,声音哀怨,……唐李白曾制此曲,语致虽工,而神情未韵,以其多挺拔之气而少优柔之情也。”韵偏于优柔。“徐陵气韵高迥,不烦组练,文采自成。”气韵有高迥与浅近。《唐诗镜》卷三:“意境最老,结语矜重,韵亦沉老。”韵有沉老与轻浮。卷二十六:“唐人避实击虚,弃常求异,往往气韵不全。”韵有全、残。《诗镜总论》又云:

“相去日以远,衣带日以缓”,其韵古;“携手上河梁,游子暮何之”,其韵悠;“高台多悲风,朝日照高林”,其韵亮;“晨风飘歧路,零雨被秋草”,其韵矫;“采菊东篱下,悠然见南山”,其韵幽;“皇心美阳泽,万象咸光召”,其韵韶;“扣枻新秋月,临流别友生”,其韵清;“野旷沙岸净,天高秋月明”,其韵洌;“天际识归舟,云中辨江树”,其韵远。①

韵还有古、悠、亮、矫、幽、韶、清、洌等多种样态,皆与主体面目能够对应。

(三)气韵表示物我为气统一而交融之际的状态,但它隐而不露,非发露无遗

依照中国文字的基本规律,同音字内涵往往具有一定的相似之处,因此,“韵”与“蕴”则在含蓄不发露上可以互训,这样,气韵,就是气在其所赋形的作品之中所呈示的隐而不暴露的运动轨迹。关于这一点,古人也有近似的概括,荆浩《笔法记》云:“气者,心随笔运,取象不惑;韵者,隐迹立形,备仪不俗。”气强调运笔取象的自由不拘,这是从气动力的根源而言的;韵则强调了“隐迹立形”:迹象是隐蔽的,所以说气韵作为气所赋显于作品的是气运动而不尽的隐蔽轨迹。范温《诗眼》中云:

① 陆时雍:《诗镜总论》,见《历代诗话续编》,第1406页。

且以文章言之,有巧丽,有雄伟,有奇有巧,有典有富有深有稳有清有古,有此一者,则可以立于世而成名矣。然而一不备焉,不足以为韵;众善皆备而露才用长,亦不足以为韵。必也备众善而自韬晦,行于简易闲淡之中,而有深远无穷之味。观于世俗,若出寻常;至于识者遇之,则暗然心服,油然神会,测之而益深,究之而益来,其是之谓也。

这里虽然讲到了兼备众善,但主要还是强调韵是含而不露的;兼备众善只是为含而不露增加信息的蕴涵。他以此为尺度批评魏晋六朝诗人,以为曹刘沈谢等的创作多非兼备众善,而是“割据一奇,臻于极至,尽发其美,无复含蕴”,因而虽然造诣很高却“难以韵与之”,即不能以气韵评价其创作。只有陶渊明“体兼众妙,不露锋芒”,其诗才具有气韵。

(四)气韵表示在具体的审美对象之中显示出来的、被鉴赏者感知并萦绕于对象之外的更丰沛、更细微的审美感受

气韵的这个特点首先显现为“气长”,宋代惠洪《冷斋夜话》引郑谷诗“自缘今日人心别,未必秋香一夜衰”,以为意思甚佳,“而病在气不长”;而西汉文章雄深雅健,其佳处正在“气长”。这个“气长”,他又具体化为曾巩所云的“诗当使人一览语尽而意有余”①。气长则意味绵长,生气缠绵不尽,气不长则气短而易枯竭,《诗源辨体》中将郑谷为代表的中晚唐诗歌这种气不长现象就明确概括为“气韵衰飒”,其中云:

郑谷七言绝,较之开成,句亦不甚殊,而声韵益卑,唐人绝句,至此不可复振矣。要亦正变也。中如“紫云重叠”、“尘压鸳鸯”、“花落江堤”、“半烟半雨”、“移舟水溅”等篇,皆声韵益卑者也。胡元瑞云:“数声风笛离亭晚,君向潇湘我向秦”,岂不一唱三叹,而气韵衰飒殊甚。“渭城朝雨”,自是口语,而千载如新。

唐人之诗虽主乎情,而盛衰则在气韵,如中唐律诗、晚唐绝句,亦未

① 胡仔:《苕溪渔隐丛话》卷三十五引,第243页。另外,《诗话总龟》卷九,《古今诗话》、《休斋诗话》(皆见《宋诗话辑佚》卷下)等都引用并阐发过这则资料。

尝无情，而终不得与初盛相较，正是其气韵衰飒耳。

开成许浑七言律，再流而为唐末李山甫、罗隐诸子。罗李才力益小，风气日衰，而造诣愈卑。故于鄙俗村陋之中，间有一二可采，然声尽轻浮，语尽纤巧，而气韵衰飒殊甚。①

气不长，则气没有足够的力量振作、伸展，自然气韵衰飒了。如此论文，都是从气关乎"生"且关乎生之鲜活的角度入手的，是典型的对生命诗学的根本追溯。

陆时雍《诗镜总论》从韵的音乐本源入手说明这种"气长"的审美状态："闻金鼓而壮，闻丝竹而幽者，声之韵也。"此谓"韵生于声"。韵不是直击于耳的音声，乃是声音后面留给听者的绵邈不绝的余音与回味，是地道的弦外之音，韵是主体客体共同营造而出的。邓云霄在回答"诗至盛唐，试一高吟，辄觉音韵妥适、清响遏云，中晚皆不及"的原因时说：

惟虚故响。钟鼓也，笙箫也，琴瑟也，皆中虚者也。盛唐用事点化，中不填实，全是神情丰韵，故可舞可歌。中晚事胜于韵，词胜于情，如打檀板、撞石钟，虽响不扬。至宋人则槌干牛皮一片耳，全是故实。②

将优劣问题归结到虚实，音声以虚为高，不是以无物为高，而是以气的虚灵为高。

《古诗镜》卷十四又从声与韵的差异对韵的这个特点作出了辨析："凡铿然而鸣，矻然而止者，声耳；韵气悠然有余，韵则神行乎间矣。"从"有余"的角度阐释气韵，恰又是演示"韵"不尽的特征。

（五）气韵是"全美"与"尽美"的完美艺术表现

司空图《与李生论诗书》中提出："近而不浮，远而不尽，然后可以言韵外之致。"又云："倘复以全美为工，即知味外之旨。"韵外之致、味外之旨都

① 许学夷：《诗源辨体》卷三十二，第303页。

② 邓云霄：《冷邸小言》。

是气韵所呈现的作品之外的风致，“近而不浮”是意象真实；“远而不尽”是能引发人之联想。在他看来，只有兼意象真实与所引发的联想，才能获得韵外之旨，也就是说，兼有二者就是能够获得“全美”。这个思想在《二十四诗品》开篇“大用外腓，真体内充”之中也有说明，在他看来，艺术的赋形兼有内充与外腓，即兼有端与符、体与用。对审美对象的艺术表达能够兼此体用才是最大的真实，才能获得“全美”。而兼体用、兼象外与环中者便有气韵，所以得气韵则得全美。

范温《诗眼》则直呼韵为“尽美”。为了说明这个特点，他还首先批驳了几个似是而非的观点：

> 定观曰：不俗之谓韵。余曰：夫俗者，恶之先；韵者，美之极。书画之不俗，譬如人之不为恶。自不为恶至于圣贤，其间等级固多，则不俗之去韵远矣。定观曰：潇洒之谓韵。余曰：夫潇洒者，清也，清乃一长，安得为尽美之韵乎？定观曰：古人谓气韵生动，若吴生笔势飞动，可以谓之韵乎？夫生动者，是得其神，曰神则尽之，不必谓之韵也。

作者先后破除了以不俗为韵，以潇洒为韵，以生动为韵，认为不俗仅仅是一个基本素养，潇洒只是韵之中众多包容的一面，生动则是就神而言不甚关乎韵。如此否定了这些思想之后，他提出：“有余意之谓韵。”何谓“有余意”呢？范温也通过音乐作了说明：“盖尝闻之撞钟，大声已去，余音复来，悠然宛转，声外之音，其是之谓也。”可见他所说的韵就是象外之景、味外之味、言外之意。而要做到象外、言外、味外有景、味、言，关键是要使得象、味、言“有余”，这个有余，范温又表达为“凡事既尽其美”的“尽”。在理解这个“尽”字上，过去常有误解，以为尽就是全面而直白；事实上，这个“尽”字有着其独到的含义：“尽”是从和有余的关系上讲的，凡象、味、言或者事物对象，作为艺术表现的客体，能够被表现得无以复加，达到充分穷尽了其形质的限量——这当然是以心理感受为标准的——美的摹绘才能表现出漫溢的状态，表现出有余；不能穷尽限量，就是不足，不足则缺失，有余便无从谈起。因此，穷尽了才可能有余，而做到了有余才能做到穷形尽相，“尽”和“有余”，二者实际上是一体的。

由于“有余”是无法用具体尺度衡量限定的，因此它便指向了意味无穷，所以有学者在分析范温对韵作的“有余”的理解时说：“有余正是对穷尽之态的生动描绘。而这样一来，穷尽就成为一个不能有终结点的无限的过程了。在理论上确认尽其美者必有其余，实在是很精彩的。”①由此，我们对“有余”可以得出以下两个结论：其一，限量之内的美质容易被审美常识与经验遮蔽，形成美的偏见与成见，只有摹绘有余，才能最终说明审美对象的形质，可见对气韵的推崇并非有意追求客体以“外”的效果，只是因为只有“外”的效果诞生了，对客体的模拟才算尽，才算满，这一点与六朝诗文切物，仅仅靠表面模拟难以实现真实的再现，而最终将得于情景交融的“神”纳入是一致的，追求韵无非也是实现模拟真实化最大化的一种手段。其二，只有圆满自足地完善了对客体的表现，才能实现创作的有余。如果做不到这种模拟之真与足，仅仅是摇荡笔端以求生姿，则反而难以创作出作品的生动气韵，如苏轼《过庐山下》一诗，结尾收得很仓促，本意是怕说多了有损含蓄，但恰恰因此造成了败笔，纪昀曾评云：“结处应再有数语，文意文气方足。以不欲说破，难于著笔，故草草竟住。然须于难著笔处著笔，方见本领，故此诗不为完美。”②可见欲求气能有余，必须先求气能够在作品中完足，完足又经常称之为“深厚”或者“浑稳”。这一点，对促进艺术手段的探索起到了推动作用。

此外，范温认为，即使是“一长有余，亦足以为韵”，意思是说，哪怕如前面所提到的潇洒等，虽然仅仅是一己之长，单独作为一种风范，难以成为韵，但只要能“有余”，就可以称得上是韵，“故巧丽者发之于平淡，奇伟有余者行之于简易”；又举陶渊明诗为例称：“陶彭泽体兼众妙，不露锋芒。故曰：质而实绮，臞而实腴，初若散缓不收，反复观之，乃得其奇处。夫绮而腴与其奇处，韵之所从生；行乎质与臞，而又若散缓不收者，韵于是乎成……是以古今诗人，惟渊明最高，所谓出于有余者如此。”韩经太先生解释这种气韵观

① 韩经太：《徜徉两端》，河南人民出版社2000年版，第298页。

② 纪昀评《苏文忠公诗集》卷三十八。

云:“实质上都有涵盖、包容兼言审美判断之对立一极的意思。且就巧丽者而言,只有那种巧丽中缚不住的巧丽美,才是巧丽而有余者。”①一如陶诗,在貌似散缓不收、质朴而清癯之中,令人感觉出超乎这种感受与印象的绮丽丰腴,气韵由此显现。可见,不枯窘、不匮乏是韵的重要内涵;而保持充盈不匮乏的“有余”需要其源泉是不竭不枯的。事实上,气韵一体,气因为其周行于天地,连接于彼此,不竭如缕,盈盈不息,恰恰充当了韵的源泉,二者的结合便是艺术创作之中“有余”的根源。

综上所述,气韵实则是这样一个美的创生过程:以气始之,以韵终之;以不竭之气为源,以不尽之韵为流。气、韵一体,源、流一体,尽为气之呈象。

三

气韵因气之运行而生,因此它本来也是以自然为主的,所以《南齐书·文学传论》称“气韵天成”。陆时雍批评颜延之“雕绘满肠,荆棘满手,以故意致虽密,神韵不生”②;而谢灵运“池塘生春草”、“杪秋寻远山”、“山远行不近”等作“非力非意,自然神韵”③。但讲究气韵的天然是就鉴赏之中气韵所呈现的审美效果而言的,具体的创作要有气韵,则需要有相应的艺术手段。关于气韵的创造,陆时雍《诗镜总论》提出了“四要”:

> 乃韵生于声,声出于格,故标格欲其高也;韵出为风,风感为事,故风味欲其美也;有韵必有色,故色欲其韶也;韵动而气行,故气欲其清也。此四者,诗之要也。

气韵最初产生于音声,音声又被“格”所规定,“格”是就人的格调而言的,也包含其禀赋之中的气格,禀赋难变,但格调可以修养,所以才称标格欲其高;韵因音声流露成为风格,并见乎人之情事以及创作中所关注之情事,

① 韩经太:《徜徉两端》,第298页。
② 陆时雍:《古诗镜》卷十二。
③ 陆时雍:《古诗镜》卷十三。

由此能反映其品位风味，故云风味欲其美；韵蕴涵于意象以及意象的组合，意象皆成于物色之感，表于诗也要求其美求其鲜明，故云色欲其韶；韵贯之于作品依靠气，气浊乱则难以蓄积成势，无盛气则难以宣泄，诗于是无以成，所以气欲其清，清才能闲静涵养，进而成气势，韵方能因气而行。标格、风味、色、气这"四要"是兼主体与作品而言的，即从这四点入手修养，作者可以创造出诗歌的气韵，读者可以体察品味出诗歌的气韵或神韵。

而具体到作品之韵的艺术创作手段，则是以四要为依托，被具体化为以下具有可操作性的方法："物色在于点染，意态在于转折，情事在于夷犹，风致在于绰约，语气在于吞吐，体势在于游行。"其中物色对应四要之色；意态由于也是本体性的外在反映，出于禀赋，因此对应四要之中与禀赋相关的标格；情事对应四要之风味，因为四要的风味是通过情事而显的；语气对应四要之气。具体手段的论述较四要增加了体势，而体势又是气的显现，因此体势也可以对应四要之中的气。可见创造韵的这些手法的核心仍然是四要，只是对四要进行了技术性的、人工化的加工，陆时雍认为："此则韵之所由生矣。"①物色点染在于求色泽不单一，意态转折在于求宛转而不僵化，情事夷犹在于求流连不定，风致绰约在于求迷离朦胧，语气吞吐在于求含蓄，体势游行在于求运动。所有这一切，就是韵的若即若离、变化莫测、时隐时现的一种审美状态。

而所有这些具化的艺术手法，最终依靠的是"转意象于虚圆"的能力。韵关乎意象，对于这一点，陆时雍有过说明，他评价谢朓"余霞散成绮，澄江净如练"为"得象最深处"，因而景色最佳；又称"花谢杂为锦，月池皎如练"为"象浅而韵钝"，意思是说，取"练"这一意象难绘月池之美，所以称"练不足以言之"②；也就是说，"月池"二字内尚有很多美的余味没有得到表达，对读者而言也难以从"练"中获得这些余味，所以称"韵钝"，有些拙笨，乏灵气，可见意象的摄取与韵关系的密切。

何谓"转意象于虚圆"而铸韵呢？主要就是塑造出鲜活而含蓄不凿实

① 陆时雍：《诗镜总论》，见《历代诗话续编》，第1423页。
② 陆时雍：《古诗镜》卷十六。

的意象，陆时雍认为：诗之所贵者，色与韵而已。又云："诗贵真。"色是艺术表现对象的外在特征，仅仅有色不够，所以要加上韵，使之具备超逸于物色之外的特征；"真"，他认为就是诗要有"真趣"："诗之真趣又在意似之间"。因此，作诗忌讳不塑造意象的"死作"与无艺术联想空间的"认真"。他认为："三百篇赋物陈情，皆其然而不必然之词，所以意广象圆，机灵而感捷也。"意广象圆是对"转意象于虚圆"的说明，即意象涉及的内涵广泛，意象应用得玲珑而贴切，似有似无，若有若无，能到达"实际内，欲其意象玲珑；虚涵中，欲其神色毕著"的效果，可化实为虚，又能化虚为实。① 一切不能凿实，不能限定，应当如三百篇那样通过选用意似之间的意象，不可凑泊，不落痕迹。要达到这个效果，不可能凭借直白的语言实现，因为直白本身就是一览无余；应当以意象出之，意中渗透有主体的情志，象中涵育宇宙的奥妙，如此结合，会实现意象内涵的无限扩张，可令读者获得知其然又未必尽其然的审美趣味。就像古人"不应有恨无人识，月白风清欲堕时"的诗句，恨无可表述，在月白风清月又欲坠落的意象之中，却包蕴无限情怀，可怜惜，有无奈，且美得让人心痛，让人不忍放弃。论韵的绘写由此最终也归结到了意象的创造与运用上。

胡应麟也对气韵的创造有一套较为完整的理论，在更多的语境下，他多以"神韵"代之：

> 孟五言不甚拘偶者，自是六朝短古，加以声律，便觉神韵超然。
>
> 唐初惟文皇《帝京篇》藻赡精华，最为杰出。视梁陈神韵少减，而富丽过之。②
>
> 大率唐人诗主神韵，不主气格，故结句率弱者多。惟老杜不尔，如"醉把茱萸仔细看"之类，极为深厚雄深。
>
> 盛唐气象浑成，神韵轩举。
>
> 若神韵干云，绝无烟火，深衷隐貌，妙谐箫韶。

---

① 参见陆时雍：《诗镜总论》，见《历代诗话续编》，第1420页。

② 胡应麟：《诗薮》内编卷二。

昌黎有大家之具，而神韵全乖。故纷呶叫噪之途开，蕴藉陶熔之义缺。①

胡应麟的神韵说出现在王士祯神韵说之前，二者之间明显存在因袭，如彼此都受到禅学的影响，王士祯的神韵说接近于顿悟，胡应麟的神韵说更接近于渐悟，在通过悟触动天机上，顿、渐是一致的。但《诗薮》内编卷二认为："禅必深造而后能悟，诗虽悟后仍须深造。"禅以悟为终极，而诗则悟才是创作的起点，仍需要人工的投入。他格外重视从格调到神韵之间所要经历的学习揣摩的过程：

作诗大要不过二端，体格声调、兴象风神而已。体格声调有则可循，兴象风神无方可执。故作者则求体正格高、声雄调畅，积习之久，矜持尽化，形迹俱融，兴象风神，自尔超迈。②

从体格声调的学习到"积习之久"后矜持尽化，这是创作之前的学习与人工；而"诗虽悟后仍须深造"则是兴象风神获得之后的人工。对人工的强调，最终要落实在体格声调上，因此胡应麟的神韵论实则属于以悟为中介的格调神韵统一论，也可以称之为广义的格调论，即使后世王士祯的神韵说，沈德潜也认为其本质仍然是格调，因为风神最终要在格调中象形。

关于神韵气韵的创造问题，胡应麟论述了以下几点具体法式：

其一，不能粘皮带骨。他推崇苏长公"作诗必此诗，定知非诗人"二语，认为："登临、宴集、寄忆、赠送，惟以神韵为主，使句格可传乃为上乘。"而其时诗界，作诗如纪事书史，登临则必记录泉石之名、宴集则纪园林、寄赠则传姓名，如同田庄牙人、点鬼簿，被具体所粘缚，难以见空灵，正犯了东坡所谓"作诗必此诗"的呆板之病。

其二，就题而言，主张略点题面，但没必要局限于题："崔颢《黄鹤楼》、

① 胡应麟：《诗薮》内编卷五。

② 同上。

李白《凤凰台》，但略点题面，未尝题黄鹤、凤凰也。杜赠李但云庾开府、鲍参军、阴子铿，未尝远引李陵、近攀李峤也。二谢题戏马台，则并题面不拈，但写所见之景。故古人之作，往往神韵超然，绝去斧凿。”不为题目所限定，才有超逸于题目之外的余韵。

其三，在求切与求工的问题上，宁工而不切：

> “清晖能娱人，游子澹忘归”，凡登览皆可用。“微云淡河汉，疏雨滴梧桐”，凡宴集皆可书。“海日生残夜，江春入旧年”，北固之名奚与？“天阙象纬逼，云卧衣裳冷”，奉先之义奚存？而皆妙绝千古，则诗文之所尚可知。今题金山而必曰金玉之金，咏赤城而必云赤白之赤，皆逐末忘本之过也。

传世的名句，多书写超越于题目之外的情怀物色，由此他坚定了这样的信念——不切则可，不工则不可：“工而不切，何害其工？切而不工，何取于切？”进而又提出“不切而切，切而不觉其切”，并云此关从无人拈破。切是指切题，对切的戒备是为旨趣不僵化作铺垫，更为韵的有余特性作铺垫。

在关注气韵创造以外，清代文人还关注到了与气韵相关的范畴。如施补华《岘傭说诗》论诗也重视韵，如论七律：“以元气浑成为上，以神韵悠扬为次。”又如杜甫《登高》：“有顿挫神韵耳。”云晚唐之七律：“句外并无神韵。”评王昌龄“彼此名言绝，空中闻异香”等句：“句中有禅理，句外有神韵。”与韵相对应，他还拈出了“致”，而且细致区分了二者的细微差异：

> 东坡七绝可爱，然趣多致多，而神韵却少。“水枕能令山俯仰，风船解与月徘徊”，致也；“小儿误喜朱颜在，一笑那知是酒红”，趣也。独“余生欲老海南村，帝遣巫阳招我魂，杳杳天低鹘没处，青山一发是中原”则气韵两到，语带沉雄，不可及也。

“致”为不直遂、曲达；“趣”多表现为题材或者情事之真；韵则体现在余味之不尽。施补华的概括是:“用刚笔则见魄力,用柔笔则出神韵。柔而含蓄之为神韵,柔而摇曳之为风致。”韵主无尽且不露,致主抑扬,趣主真率,在这种毫厘之辨中,深化了对气韵本质的理解。

四

《潜溪诗眼》有专门论韵一条:“自三代秦汉,非声不言韵;舍声言韵,自晋人始;唐人言韵者,亦不多见,惟论书画者颇及之。至近代先达,始推尊之,以为极致。”①其中至可注意的是“始推尊之,以为极致”,意思是说,气韵在宋代的文学理论中开始被视为文学创作的“极致”范畴。刘海粟先生也说过:“在创作方面,气韵生动是他的极致或止境;在批评方面,气韵生动是最高准则。”②钱钟书先生对此有过详细阐释,他先引清代郑朝宗论渔洋文字云:渔洋提倡神韵未可厚非,神韵乃诗中最高境界。神为气之精,神韵气韵,本质上区别不大。钱钟书先生在此基础上又进一步论述了神韵并非诗之一品一体,乃是诗之极境、至境。他认为这个思想从《沧浪诗话·诗辨》中已经体现:“诗之品有九:高、古、深、远、长、雄浑、飘逸、悲壮、凄婉。其大概有二:优游不迫,沉著痛快。诗之极致有一,曰入神。诗而入神,至矣尽矣,蔑以加矣。”入神即是显示出神韵,因此钱先生以为,神韵为诗之各品之恰到好处者,诗歌至此,至善尽矣。③ 可见气韵或神韵这个因气而建构起的美学范畴正是文学审美之中的最高范畴。

气韵或神韵之所以能够成为以气为核心的相关审美范畴甚至整个文学审美范畴的最高范畴,其原因有四:

其一,因为气韵本源自“气运”,是气运从哲学向文艺审美延伸中的变体,它以阴阳谐和为准的。气、韵整合的依据是阴阳气化理论,气为动力,为贯注者、充盈者、运掉者,贵雄浑有力,主乎刚;韵则为气运行中气的延伸、回响,贵柔、贵细、贵隽永,主乎阴柔。二者的整合,则恰可以实现文艺作品中

① 郭绍虞:《宋诗话辑佚》卷上,第372页。
② 刘海粟:《中国绘画的六法论》,“谢赫的六法论”节,上海人民出版社1957年版。
③ 参见钱钟书:《谈艺录》,第40页。

气之运化节奏的和谐，即实现刚柔、阴阳的协和。① 气韵是一个寻求阴阳二气平衡的审美范畴，而平衡与和谐正是中国文化的根本诉求。气韵这种动力效果组合的结构是乾坤宇宙结构的具象，《易·乾》彖辞："大哉乾元，万物资始，乃统天。"乾主万物发生。而《易·坤》彖辞："至哉坤元，万物资生，乃顺天。"坤主万物成长。乾坤之别即气韵之别，气主肇始发生，重动力；韵主成长延伸的过程，重不息不尽不竭。二者结合，不是一强一弱，而是一高昂，一悠远。二者结合而成的整体尽管都是谐和不尽，但并非都指向一般想象的婉约阴柔，而是兼容了雄浑，即在阴阳谐和之中既呈现婉约之美，也呈现雄浑之美。宋代敖器之《诗评》早就有对曹操"气韵沉雄"的批评，《方南堂先生辍锻录》也以"气韵沉雄"评论高适、李颀；清代张实居评淮南小山之赋为"气韵峻绝"②。兼总刚柔，是气韵的本来面目，只是后来逐渐被阴柔化，气的动力特色淡化，而韵缠绵不尽特性凸显。

在所有以气为核心的范畴中，无论体态描述范畴还是动力归依范畴，在文学批评的实践中基本上都有其较为稳定的审美指向，尤其动力归依范畴，多数都呈现为对刚健的追求。但气韵之美却与此不同，它是一个典型的阴阳和合、刚柔相融的产物，其不偏不倚又能兼包豪放与婉约等众体式，符合儒家审美中的中和，因此是艺术创作的最高境界。

其二，气韵是众多艺术描述性范畴、气动力归依范畴共同作用之后的产物。谢赫《古画品录》列举绘画六法："一气韵，生动是也；二骨法，用笔是也；三应物，象形是也；四随类，赋彩是也；五经营，布置是也；六传移，模写是也。"关于六法之间的关系，宋代郭若虚曾表示："六法精论，万古不移，然骨法用笔以下五法可学；如其气韵，必在生知。"③刘海粟先生认为，尽管气韵不可学，但气韵却可以通过其他形式显形，他认为："气韵生动是各要素的复合。"④各要素就是前面五法，即气韵是五法综合作用之后所彰显的最后

---

① 关于"气韵"，方东树《昭昧詹言》卷一有一个解释："读古人诗，须观其气韵。气者，气味也；韵者，态度风致也。如对名花，其可爱处，必在形色之外。"这个解释比较与众不同，但不符合历代从"气韵生动"的一体性与力量感上考察气韵的理论传统，因此未见有附和者。

② 郎廷槐问、张实居答：《诗问》卷三。

③ 郭若虚：《图画见闻志》"论气韵非师"条。

④ 刘海粟：《中国绘画的六法论》，"谢赫的六法论"节。

审美特质。

同时，气韵或者神韵又兼容着审美诸体，钱钟书论称：

> 沧浪独以神韵许李杜，渔洋号为师法沧浪，乃仅知王韦；选《唐贤三昧集》，不取李杜，盖尽失沧浪之意矣。故《居易录》自记闻王原祁论南宗画，不解"闲远"中何以有"沉著痛快"；至《蚕尾文》为王芝廛作诗序，始敷衍其说，以为"沉著痛快"，非特李杜、昌黎有之，陶谢王孟莫不有。……翁覃溪《复初斋文集》卷八有《神韵论》三首，胸中未尽豁云霾，故笔下尚多泥水。然谓诗"有于高古浑朴见神韵者，有于风致见神韵者，有在实际见神韵者，亦有虚处见神韵者，神韵实无不该之所"云云，可以矫渔洋之误解。①

神韵之中包刚柔，备众体，即婉约与豪放之中都有包蕴神韵或者气韵生动之美；或者说，神韵或者气韵无论在婉约之风还是豪放之格中都能得到充分体现。

其三，气韵可以实现作品的审美升华。陆时雍曾列举古代一些名句，或者言离别，或者言登临，或者言兴会，或者言物色，或者言风光，情无奇而景也平常，但往往使人难以释怀，流连不已，千秋如新，为什么呢？就在于其诗中运动着气韵，所以他说："凡情无奇而自佳，景不丽而自妙者，韵使之也。"陆时雍又对比庾肩吾、张正见与陶渊明的创作，认为类似庾肩吾、张正见的诗歌"声色臭味俱备"，只能属于诗中佳者；但陶渊明"声色臭味俱亡"，因此才是"诗之妙者"，因为它具有超越了声色之外的韵味，所以诗有韵则自佳：

> 贪肉者，不贵味而贵臭；闻乐者，不闻响而闻音。凡一掇而有物者，非其至者也。诗之所贵者，色与韵而已矣。韦苏州诗，有色有韵，吐秀含芳，不必渊明之深情，康乐之灵悟，而已自佳矣。②

---

① 钱钟书：《谈艺录》，第 40 页。

② 陆时雍：《诗镜总论》，见《历代诗话续编》，第 1406、1420 页。

诗有深情者，有灵悟者，但深情灵悟以外，尚有韦苏州“有色有韵”之作，这一类作品余味曲苞又见声色，虽不似深情者与灵悟者之作，但却因为有韵而美，因为有色有韵而极美。以性情论诗，一般着眼于诗的情是否真而不欺，意是否活泼而不僵化；而以韵论诗则更加侧重于审美感受，并由此检验诗的品位。因此以韵论诗又弥补了情性批评的不足，气韵的引进使得诗学批评更加贴近艺术尺度。

其四，气韵所具有的“不尽”的特征使它最鲜明地体现了元气归依的特征。前面曾引顾随先生评价以神韵论诗的意义：“论中国诗，神韵一句终为可取而不可废，盖神者何？不灭是；韵者何？不尽是。”如前所述，气与神是一体概念，神韵与气韵在古代文论之中大致吻合。气韵之韵在顾随先生这里被解释为“不尽”，而不尽者正是生就韵本身的气，对文学的批评最后回归到了生生不息的生命源头。只要气不尽，则作品就是鲜活的，这种思想体现了气韵这个范畴对元气的归依。一种审美的境界最终实现了与生命的对接，实现了元气的循环，这个批评尺度自然便具有了终极的意义和无上的审美价值。

对文学欣赏而言，欣赏的路径，就是通过对作品中生动气韵的把握感知作品的审美境界，气韵和境界实则是一体的。

通过以上对气韵的论述，可以清楚地发现，气韵绵长不尽的审美特征与作为审美范畴的意境所追求的弥漫而无所局限是一致的；不仅如此，韵的表现手段就是塑造意境的手段，这主要表现在：其一，兼体用形神而尽全美；其二，意象的运用。而这两个手段实则又是一体的，即要兼体用而描绘审美对象则要依靠意象的塑造。

如前面所述，气韵、神韵的创造只有兼审美对象与所引发的联想，才能获得韵外之旨，即司空图诗学思想之中的兼有内充与外腓，即兼有端与符、体与用。对审美对象的艺术表达能够兼此体用才是最大的真实，才能所得“全美”。而中国古典文学理论之中意境的创造是在对审美对象的模拟之中实现的，模拟之中具体的操作手段就是意象的塑造。之所以从“意象”入手论模拟，是对审美对象实现真实表现的必然选择：任何的“对象”、“现象”都是一个时空统一体，兼包着形式与本源、兼包着体和用，不能将这两端反映出来，就是失败的表达。作为审美对象而言，它又置身于主客的观照之中,艺术创作摄取的内容就是主客观照之际所形成的"感物造端"。"感物造端"最先见于《汉书·艺文志》:"传曰:不歌而诵谓之赋,登高能赋可以为大夫。言感物造端,材知深美,可与图事,故可以列为大夫也。"班固本意是以其说明辞赋的产生与传统的选拔官吏方法相关,这个方法就是考量其感物而引发思索联想的能力。后世文人将其引申,经常用来表达诗歌的发生,如李梦阳《秦君饯送诗序》就曾说:"盖诗者感物造端者也,故曰言不直遂,比兴以彰,假物讽喻,诗之上者也。故古人之欲感人也,举之以似,不直说也;托之以物,无遂辞也。然皆始造于诗,故曰诗者感物造端者也。"《缶音序》中也提到:"夫诗比兴杂错,假物以神变者也。难言不测之妙,感物突发,流动情思。"事实上,诗与"感物造端"的关系,由于对"感物造端"理解不全面,一直没有得到明确的揭示。所谓"感物造端",并不仅仅是情感发端发起,它同时强调了感发而起者实则就是气感,强调了感发之情志对物象的依赖:

主体感物而生情,情非是物,也不是主体,而是主客气感而动之际因为气相互交融的产物,情感发端,就是情在主客之遇合下发生,这样的情感,兼有主客;而要表达这种情感,也只有以"物、情"不可分离的手段才能实现艺术创作与当下感物所发情感之端的全面吻合——这也是二者气感之下实现"气感而通"的必然表现。而情物的不可分离,并非最终以情的单独绘写与物的单独绘写进行机械的相加,而是体现为客观之物在与主体相感之后,焕发为主体情感观照之下的审美对象,这个对象已经不再是客观实体,而是融合有其与主体初遇之际情的判断与选择,至此,普通的物象便演化为意象或者兴象。

文学的创作,便以这些意象兴象的创造、描绘展开,加以引申,引发联想,效果因而可以达到"假物以神变"——表达出一般言词不能表达的内蕴,表达出感物之初情感发端时言说不清的内涵,如元代郝经所云:

诗,文之至精者也。所以歌咏性情,以为风雅。故摅写襟素,托物寓怀,有言外之意,意外之味,味外之韵。凡喜怒哀乐蕴而不尽发,托于江花野草风云月露之中,莫非仁义礼智,喜怒哀乐之理。①

① 郝经:《与撖彦举论诗书》。

襟怀性情不是直接书写，而是托物而寓，假江花野草风云月露之象表达，这样的效果是在言外之意、意外之味、味外之韵中呈现物我相遭之际形成的宇宙，让人品味自我情感的绵绵不尽之处。另外，在司空图的诗学理论里，在"感物造端"之后，具体的创作之中，意象是以"超以象外，得其环中"的形式塑造而成的，"得其环中"为不离形似，"超以象外"是得其神似，形神兼备才见全美。这样，审美意象一则含有形式，二则又接通了显示这种形式的内在气动力，由形而见神气，正是所谓神来气来情来，这样的意象运用就实现了创作与审美对象最大限度地接近。对于作品而言，形色之外有意味萦绕，意境也就得以完成。

从气感至情有所寄，进入自我与客体的交融，回复到生命本原的激情与忘我状态，表现出的状态有两个层次：其一是主客交融之际创生出来的悬浮于主体审美意识里的心物相契的生命情调；其二是经过主体的艺术创造，将这种情调表现为意象或者艺术形象，形成作品，成为作品中的审美内涵，它寓托在形象意象之中，需要鉴赏者的回味才能发现。第一个生命情调阶段就是《文赋》所云的"精骛八极，心游万仞"，也即《文心雕龙》概括的"神与物游"，气的交感实现了情景的交融："必须神与物游，然后方能构成意象，并进一步'窥意象而运斤'。"①意象是这样形之于构思之中的。第二个具体创作阶段以气为动力，将这种情景融合的情调转移到作品之中，完成意象以及意象关系的表现，达到作品在气的统一下的完型自然、前后贯通，并因气韵的生动而塑造出形色之外的有余和不尽。这样，情景融合、心物一体以及言外之意、象外之色、味外之味都在气的统一下得以实现，在对气韵的创造中，一个完型、有余的气化赋形——意境同时诞生在欣赏者的视野之中。关于意境的论述可以说是汗牛充栋，但追索到我们民族美学本原，它实际上与气的关系最为密切，正如袁济喜先生所说：

从本原来说，天地之气与人身之气存在着同一性，由于阴阳二气的交感，推动宇宙间事物的发展变化，宇宙间的事物是以元气为中介的，

① 张少康：《文赋集释》，第58页。

而气通过阴阳两极来化生交感，因此，从大的方面来说，人与宇宙间的其他事物也就存在着一种同类感应，即互相作用，互相联系，这种思维方式在《周易》中的哲学与美学中显现得很清楚，八卦的变化与感应是遵循阴阳发散、变动相和的原理进行的。而这种变化与运动，体现着某种超验而合规律的宇宙精神，《周易》中所说的"阴阳不测之谓神"，便是此种认识的概念化。神并不是指某种人格神，而是指充盈于宇宙万物之间的运动变化的内在精神和韵律，当然也包含人与自然相对应的生命互动和精神现象，所以《周易》中有所谓"神也者，妙万物而为言"的说法。"神"这一概念后来也成为中国古代文论"下笔如有神"等贯通人的生命精神与艺术精神的上品概念，与能、妙、逸相列。这一概念实际包含着古代的天人感应，生命互振的精神蕴涵。中国古代的文艺理论崇尚生命的体验，将其视为文艺创作最高境界的来源。所谓境界不外乎是建立在物我无际、主客不分的生命交融与互动的体验基础之上的，而关于境界的理论先人是基于这种气论思想的，以往研究者多从佛教学说中去加以讨论，这是很不够的。①

从气的阴阳变化而至于神，由神而沟通生命精神与艺术精神，最终将物我交融的状态形之于作品，意境也由此生成；由于神是气之盛者灵者，是阴阳二气所不测者，所以神与气本是一体概念，气、气韵与意境的关系由此全面得以确立。而所谓"交感"实则就是"气感"。

意境和气韵是一体的范畴，只不过意境以意象关联之形态隐蔽于作品，呈现于读者与作品的互动；气韵则纯粹属于审美鉴赏之际的审美感受。因此可以说，气韵是读者在作品意境之中获得的审美感受，如果说意境范畴在艺术审美之中的确立体现了作为审美主体的文人对狭隘的现实拘束的突破，那么气韵作为审美范畴在艺术品鉴之中的确立则表现了审美主体对人生短暂的抗争与弥补。

① 袁济喜：《从古代文论的气感说看文艺的生命激活》，《中国人民大学学报》2004 年第 5 期。

第四章　气感、气貌与文学鉴赏批评

上一章论述了气化所赋予的文学作品审美品格，具体的文学鉴赏就是对气化过程中所赋形之文本审美品格的涵味，通过对气势、气象、气局、气格、气骨、气脉的涵味，从它们的综合状态与意蕴内获得气韵之美，而在古代文学理论之中，气韵、意境基本上是一体化的，也就是说，鉴赏的审美行为最终以获得作品所营造的气韵或者意境为追求和享受。而以气为核心的这批审美品格范畴之所以成为文学鉴赏的主体，关键在于文学鉴赏本身也是气之运动的表现，鉴赏的源泉动力与创作的源泉动力一样，就是“气感”。

气在完成了对文学创作与作品审美品质的构建之后，又从创作主体、文本转移到读者，从创作论、文本论引入到具体的批评鉴赏论。首先，气是批评者审视作品的重要尺度与审美感受表达的主体资源，从元气到体气，从直接的气的描述到隐性的气的观照，从面貌到审美境界，从具体范畴到泛化的运用，从积极意义的总结到反面形态的剖析，气在文学批评实践之中可以说无处不在。从鉴赏维度考察，气对文学艺术为什么能够感染人、感动人、实现跨越时空的心息相通起到了根本性的作用。可以说，在中国文学鉴赏的语境里，气才是读者获得陶冶与感动的直接动力之源泉，我们经常提到的“气感”，既属于创作发生机制，也是审美鉴赏的发生机制。

文学作品既然是气化的产物，作品的审美品格既然为以气为核心的审美范畴所涵盖，作品对创作主体的个体之气自然存在着承接与转移，这也是气化完型特征与一气呵成要求的必然体现。由此作品便都具有自己作为身份辨析的独特体貌，这种体貌以各种审美品格的综合体态为表征，我们称之为“气貌”，而中国古代文学批评则恰恰以对气貌的概括、描述为重要内容。

此外,影响深远又具有中华民族特色的“文如其人”审美认知标准,也是以气为中介而构建的;文如其人是作者创作的根本原则,是读者认识作品价值的标准,更是读者通过作品了解作者并通过对作者的了解实现“知人论世”的依据。它是一个被伦理化的审美尺度,但却是将艺术与人生打通、寻求艺术与人生在真善美层面上互动的一条可行路径。从本质而言,文如其人所彰显的也是一种与主体之气统一的气貌,而作为文病范畴的客气、习气等,皆属气貌的范围。

第一节　因气感人的鉴赏

在中国文学史上,文学鉴赏与文学批评严格讲是有区分的,文学鉴赏主要指对既定经典的审美,从中获得艺术的感染与陶冶;文学批评主要是对文学作品艺术价值、创作法式、意义取向的分析。文学鉴赏或者欣赏是无功利目的的,但文学批评则以获得价值评判为追求,尤其文学研究成为一项自觉的事业以后,对文学创作规律的探寻逐步定型为一门学问,传统意义的“文学理论批评”由此诞生。但二者都是读者范畴内的事情,具备鉴赏的能力,批评才能精微;有了批评的识鉴,鉴赏才可深入;所以二者往往是一体化的艺术行为。

对于文学鉴赏而言,根本的一个问题就是:文学为什么能够感人动人。答案与文学发生的源泉动力相一致:因为气感。

感作为一种生命现象,在《易》中就有了很全面的总结。《易》的整体义理结构实则就是因感应而建构:古人分《易》为上经与下经,上经开篇是乾坤二卦,下经则始于咸卦,乾坤为阴阳而异类相感,咸卦依彖辞之解,即“咸者,感也,柔上而刚下,二气感应以相与”。再者,《易》之卦象皆阴阳二爻交错而成,也是取异类相感而和合之意。所以孔颖达论曰:“咸道之广,大则包天地,小则该万物。感物而动谓之情也,天地万物,皆以气类共相感应,故观其所感,而天地万物之情可见矣。”①阴阳交感就是气感,气感为万物生成

① 孔颖达:《周易正义》,见《十三经注疏》,中华书局1979年影印阮元校刻本,第34页。

之本，也是万物和合融通之源。

感进入文学理论批评领域始于汉代，汉人对《诗经》中风雅颂之风为“风人”的阐释，对比兴之兴激发读者情意的研究与推广，无不体现了对文学感人问题的关注以及将文学艺术与政治教化通过感建立联系的诉求。后世包世臣论风便称“一气相感谓之风”①。

文学能够感人，是一个常识，也是艺术创作与鉴赏者都会有的感受，欧阳修《书梅圣俞稿后》曾描绘这种神奇：“动荡血脉，流通精神，使人可以喜，可以悲，或歌或泣，不知手足鼓舞之所以然。”但虽然感动，“问其何以感之者，则虽有善工，犹不知其所以然焉”。而这个不知所以然者的关键在于包世臣所说的“一气相感”，即从气感而言，作者因气感而为文，读者因感气而心动。从“一气”而言，无论作为主体创作本原的气还是读者感通之气，都是同一气，二者最终实现的是气的交流共振。甚至可以说，读者的感动，最终源自其气与创作主体于作品中寓托之气的接通。这是一种极为鲜明的中华民族文学精神，所以有学者称：“中国文学基本上是由‘感’形成的：作者感物而动，应物斯感，故有吟咏；作品希望亦能感人。这与西方文学重视‘模仿’的传统，在‘文’始发端之际，可说即已分道扬镳了。”②

关于文学艺术与受众因“感”而接通，先秦两汉代文人阐释艺术的相关原理时就有了研究，《吕氏春秋·季夏纪》云：“凡音者生乎人心者也，感于心则荡乎音，音成于外而化乎内。”论感而生音。《礼记·乐记》首先也从作品诞生的路径分析：

乐者，音之所由生也；其本在人心感于物也。

凡音之起，由人心生也。人心之动，物使之然也。感于物而动，故形于声也。

人生而静，天之性也；感于物而动，性之欲也。

---

① 包世臣：《王海楼诗序》，见《艺舟双楫》。

② 龚鹏程：《中国文学批评史论》，北京大学出版社 2008 年版，第 8 页。

此言音乐产生于感物而心动。心动实际上就是情生，这种感动不是物有这样的力量从而强加给主体，乃是主体本然之中就有这样的欲求，物只是一个触发之媒。以上的感都已不止于七窍的各种感应，而是讲到心之动，即讲到了感觉之上的知觉，有了综合诸方信息的意思。至《诗大序》，总结这种因物而感的物我关系，形成了中国诗歌理论最基本的规律总结："情动于中而形于言，言之不足故嗟叹之，嗟叹之不足故永歌之，永歌之不足，不知手之舞之，足之蹈之也。"所道都是外物之感引发出内在情的不同反应，在对情的表达进行形式选择的过程中，诗诞生了。

以上所论，集中在由于外感而主体情动并形诸咏歌或者音声，而咏歌或音声的动力之源泉就是气。《国语·周语》单穆公论乐云："口内味而耳内声，声味生气。气在口为言，在目为明。"所谓"气在口为言"就是指语言与音声是通过气发出的，艺术是气的产物，这个气虽然是主体的生命之气，但也本源自元气的禀赋。对欣赏者而言则存在一个气"唱和有应"的交流，《荀子·乐论》中说：

> 凡奸声感人而逆气应之，逆气成象而乱生焉；正声感人而顺气应之，顺气成象而治生焉。唱和有应，善恶相象，故君子慎其所去就也。

这段文字后来被《礼记·乐论》沿用：

> 凡奸声感人而逆气应之，逆气成象而淫乐兴焉；正声感人而顺气应之，顺气成象而和乐兴焉。唱和有应，回邪曲直，各归其分，而万物之理各以类相动也。

无论奸声还是正声都能够感人，而感动人的机制在于：艺术成于气，与欣赏者建立关系之际，欣赏者根据作品之气的特点会有相应之气与它呼应，作品为奸声则以逆气呼应；作品为正声则以顺气呼应。这种呼应能够达到"回邪曲直，各归其分"。这一点古人多有论述，又如《吕氏春秋·季夏纪》："流辟诽越慆滥之音出，则滔荡之气、邪慢之心感矣。"有流辟诽越慆滥之音，则必有与这类音声相对应的“慆荡之气”与之感应。气感人而成象，则侧重于指通过欣赏者对作品之气的感应，于其思想情感之中会形成基本的情感态度和倾向，这是气感的效果，这种不同的情感态度又继续实现同类相感，进而影响到整个社会的治乱，所以奸声和正声就有了“逆气成象而乱生焉”与“顺气成象而治生焉”的影响力。

以上是从艺术上进行的论述，文学也是如此，只不过这种气在作者与读者之间的沟通与传递往往被表述为情。文学理论中陆机《文赋》第一次论及这个话题：“信情貌之不差，故每变而在颜。思涉乐其必笑，方言哀而已叹。”钱钟书先生对这段文字有这样的阐释：

> 情动而形于言，感生而发为文，乃乐而后思涉，哀而后方言，然当其涉也、言也，哀乐油然复从中来，故“必笑”、“已叹”。既兴感而写心作文，却因作文而心又生感；其事如鲍照《东门行》：“长歌欲自慰，弥起长恨端。”杜甫《至后》：“愁极本凭诗遣兴，诗成吟咏转凄凉。”杨万里《己丑上元后晚望》：“遣愁聊觅句，得句却愁生。”此一解也。哀乐虽为私情，文章则是公器，作者独居深念，下笔时“必笑”、“已叹”，庶几成章问世，读者齐心共感，亲切宛如身受。《世说·文学》门尝记孙楚悼亡赋诗，作者之“文生于情”也，王济“读之凄然”，读者之“情生于文”也。古罗马诗家所谓“欲人之笑，须已嗑然；欲人之泣，须已先泫然。”此进一解也。①

钱钟书从两个方面论述了《文赋》之言：一是自感而成文，文又引发情思摇曳；二是从作者与读者着眼，作者文生于情，读者情生于文。情之所以能够在作者与读者之间实现传递，关键就在于二者是因气实现的“共感”，作者因气感而生情，读者感气而见情，将影响作者的气一路传递。正因为气感遵循的是作者—作品—读者的路径，关涉到受众，因此古人才有以文艺作品“风人”的传统，即实现其教化之用，这就是包世臣所说的风为“一气相感”。

① 张少康：《文赋集释》，第80页。

另如钟嵘《诗品序》云:“气之动物,物之感人,故摇荡性情,形诸舞咏”,而这其间的逻辑建构依据就是气的相关理论:万物都是气运动变化的产物,所以气的运行就促使万物随之迁化,从而时时赋显不同的形态面貌与姿采。人生而性静,因物之变化而心为之摇曳,这就是所谓的“气之动物,物之感人”。物的变化之所以能感动人,关键在于人也是气运动的产物,也处在变易不居之中,是同样的气的运动引发了物我共同的变异,只不过主体不易感知这种变异,而物之变化是主体变化的外在形象化显现,观物化而知道自己的迁变,使得主体在气运动中的变化直观而近切。这段文字虽然是用来论述文学是如何发生的,但恰恰也是对同为气化之作品所以能够感人的一个说明。

章学诚《文史通义 · 史德》也说:“凡文不足以动人,所以动人者气也;凡文不足以入人,所以入人者,情也。”对作品之中是非得失的考量,对其中沉浮抑扬、盛衰消息的同情,激发起主体的反思、辨析、爱恶等情绪,以及唏嘘流连与凭吊,萦绕不去便搅动人的心气,使之难以平静,其根本原因正是气的作用。

古人总结这种现象,将是非流连等动人之气最终也落实到表现手段上:“夫声有清浊,音有缓急,此天籁也。清浊相和,缓急相错,而调生焉。感人动物,即在乎此。”①文学作品在古代文学理论之中最根本的因素是文辞,而文辞又是通过音声实现其与创作主体生命本体的关系,这是气化赋形的基本特征所决定的;读者在鉴赏之中能够感知这种气清浊相和、缓急相错的运动轨迹,则能够与作品中的作者之气接通,文学的感染力由此而来。当然,作者之气与读者之气的接通,并不意味着作者之旨趣与读者旨趣能够彻底统一,恰恰因为所接通的是气,因此读者对作品之兴感才避免了划一,可以是与此气相通的丰富意蕴之中的种种。所以王世贞说:“王武子读孙子荆诗而云:‘未知文生于情,情生于文’,此语极有致。文生于情,世所恒晓。情生于文,则未易论。盖有出之者偶然,而览之者实际也。吾平生时遇此

① 来裕恂:《汉文典 · 文章典》卷二,“文诀”。

境，亦见同调中有此。”①能够因作者一气呵成而使读者从作品中获得开放的意蕴，这是从气感成文至感气生情的更高艺术境界。

文学鉴赏与气关系密切，但就文学诸体而言，文体不同，其能够感人动人的难易程度是略有区别的，有的学者认为，词是各种文体中最易感的文体。陈廷焯《白雨斋词话自序》首先论述了气感从作者到读者的传递：“夫人心不能无所感，有感不能无所寄，寄托不厚，感人不深，厚而不郁，感其所感，不能感其所不感。”作者之感与读者之感是通过“寄”的审美行为实现的传递。随后他指出：“后人之感，感于文不若感于诗，感于诗不若感于词。诗有韵，文无韵，词可按节寻声，诗不能尽被弦管。飞卿、端己，首发其端，周秦姜史张王，曲竟其诣；而要皆发源于风雅，推本于骚辩，故其情长，其味永，其为言也哀以思，其感人也深以婉。”词易感在其能够被之管弦吟唱，而音声之本则是生命之气，也就是说，词通过管弦吟唱，与气可以更为直接地接通，所以陈廷焯又说：“声音之道，关乎性情，通乎造化”，造化即气。

文学感人之本在气，在于作者通过对自我情感之寄实现与读者的沟通，而能够沟通的具体原因在于“同情共感”四字。“同情共感”包含两个含义：

其一为“同情”。即人同此心，情同此理，主体因为气感而动之情真切真诚而不欺，所以成为类所共有之情，在读者那里才能获得共鸣回应；这就对作者所寄之情、所赋之气要有一定的限定，要求作者情感的诚实性，刘熙载说：“‘圣人之情见乎辞’，为作《易》言也。作者情生文，斯读者文生情。《易》教之神，神以此也。使情不称文，岂惟人之难感，在己先‘不诚无物’矣。”②这就是古人反复强调的自感而后感人、自动而后动人，近人杨翰芳则概括为：自读之而泪下者方能下人泪，气壮而后壮人气。③

其二为“共感”，共感强调的是气类相同因而成感。气能够实现从作者到读者的传递，必须以二者之间气类相同为前提，所谓气类，本义就是在阴阳、清浊等性质上相近的气，《文选》任昉《王文宪集序》有“弘长风流，许与气类”之说，五臣刘良注云：“气类，谓同气相求，方以类聚也。”气类同方能

① 王世贞：《艺苑卮言》卷三，见《历代诗话续编》，第990页。
② 刘熙载：《艺概·文概》，见《历代文话》，第5570页。
③ 参见杨翰芳：《西园笔记》，见《杨雩园先生遗文续集》，钞本。

形成共感,如《吕氏春秋·有始览》云:"类固相召,气同则合,声比则应。鼓宫而宫动,鼓角而角动。"气类同而易相感,因而气类同也容易形成传承,这就是所谓的同声相应,同气相求,古人通过家学、交游往往形成一些共性的文学特质,其原因就在于此。如《潜溪诗眼》论杜甫诗歌与其祖杜审言及其他交游等的传承及影响关系云:

> 古人学问必有师友渊源,汉杨恽一书,迥出流辈,则司马迁外孙故也。自杜审言已自工诗,当时沈佺期、宋之问等,同在儒馆为交游,故老杜律诗布置法度,全学沈佺期,更推广集大成耳。沈云:"雪白山青千万里,几时重谒圣明君?"杜云:"云白山青万余里,愁看直北是长安。"沈云:"人如天上坐,鱼似镜中悬。"杜云:"春水船如天上坐,老年花似雾中看。"是皆不免蹈袭前辈,然前后杰句,亦未易优劣也。①

在这种家学、交游之中,彼此耳濡目染、朝夕切磋,很容易声气相通,彼此因气感而浸染渐深,于是便有了一种气质上的相近。

不仅文学鉴赏要着眼于作品之气的接通,一种风体的延续、传递也依赖对作品之气的辨析与承接。历来论学习文学创作者多谓要学习经典,而学习的方法核心在于得古人之神气(又称精神、魂魄、臭味等),一般理解,这仅仅是一种法古模拟之术,往往评价不高;事实上,这种学习之中含有一个人们忽略的内涵:即文学因气而赋形,作品因为气而感动读者,如果能够寻觅到古人作品曾经感动自己也能够感动人心的气之所在,自然也便把握了创作的法门。大家名篇,其所成就不乏由此法入手者。如《木天禁语》论乐府,以汉代作品诸如《孔雀东南飞》、《木兰辞》、《羽林郎》、《霍家奴》、《三妇艳》等为绝唱,而李白乐府,"气、语皆自此中来"②。意思是说,李白乐府诗从汉代的经典乐府作品中学习到了语和气,气在此就是经典作品中可以被学习描摹的一种审美特性。又如《雨村诗话》认为,李白诗学习陶渊明,杜

① 范温:《潜溪诗眼》,见《宋诗话辑佚》,第316页。
② 范德机:《木天禁语》内篇,见《历代诗话》,第746页。

甫诗本自庾信，很多人以为根本不相近，李调元辨析道："不知善读古人书，在观其神与气之间，不在区区形迹也。如'问余何事栖碧山，笑而不答心自闲。桃花流水杳然去，别有天地非人间'，岂非《桃源记》拓本乎？"①也是由神与气勘透彼此之间的关联。而李白此诗虽然神契《桃源记》，并没有人批评他模拟，也不影响其在诗史上的地位，恰是从《桃源记》中获得了缥缈杳然之气，所以才成就了本诗的意境。正因为如此，这种学习古人要得其神气的法门才得以风行：

黄子云《野鸿诗的》云："学古人诗，不在字句，而在乎臭味。字句，魄也，可记诵而得；臭味，魂也，不可以言宣。"如何能够获得古人之臭味或者古人之魂呢？黄子云提供的方法是："当于吟咏时，先揣知作者当日所处境遇，然后以我之心求无象于窅冥惚恍之间，或得或丧，若存若亡，始也茫焉无所遇，终焉元珠垂曜，灼然毕现我目中矣。"这个方法的要义在于设身处地揣摩古人创作之心与情思发动之机键，这个机键就是精魂臭味之所在，有了切身的感悟体会，则可以纵笔挥洒，而同时"却语语有古人面目"。②

谢榛《四溟诗话》推重诗歌"神气"，以为"诗无神气，犹绘日月而无光彩"。诗有了神采，方能起到应有的审美效果，以学习李杜为例："学李杜者，勿执于句字之间，当率意熟读，久而得之，此提魂摄魄法也。"③卷一之中他又将这样的学习过程概括为："熟读之以夺神气，歌咏之以求声调，玩味之以裒精华。"④夺神、摄魄、提魂，都是从经典与古人那里接通潜在之气的意思，屠隆则将这样的学习过程概括为"审气存神"⑤。

后来清代文人总结学习古人经典获得其神气的经验，将这种方法多命名为"涵咏"。王夫之说，古今文人创作，无非运用着相同的汉字，而且常用者不过数千，但熟绎上下文，涵咏以求其立言之旨，则差别毕见。涵咏之中

---

① 李调元：《雨村诗话》，见《清诗话续编》，第1525页。

② 黄子云：《野鸿诗的》，见《清诗话》，第847页。

③ 谢榛：《四溟诗话》卷二，见《历代诗话续编》，第1164。

④ 谢榛：《四溟诗话》卷三，见《历代诗话续编》，第1189页。

⑤ 屠隆《董扬明制义序》："所为博士家言，则又埏埴大化，师摹圣哲，审气存神，久之而透入灵壳，达于化境。"

所见古人“立言之旨”的细微差别，这就是神气之异。薛雪《一瓢诗话》将这种涵咏又称之为“游咏”：“有志学诗，不必定取某人终日刻画，只将古人诗游咏，久之，动笔便合。”①清代桐城派诸家、曾国藩等都曾从这个角度讨论过如何得古人神气。

而涵咏古人经典可得其神气之所在的直接依据是：神气就寓乎文辞音声。钟嵘《诗品序》中云：“余谓文制，本须讽读，不可蹇碍，但令清浊通流，口吻调利，斯为足矣。”萧子显《金楼子》论文也主“唇吻遒会”，都是从音声入手而得气之自然的意思，此气之自然，也就是寓于作品中的神气。又如沈德潜论诗动人之处的获得：

> 诗以声为用者也，其微妙在抑扬抗坠之间，读者静气按节，密咏恬吟，觉前人之声中难写、响外别传之妙，一齐俱出。朱子云：“讽咏以唱之，涵濡以体之。”真得读诗趣味。②

诗歌的吟咏涵味可以获得诗中“响外别传”，此即一篇作品中最为核心的神气。另如张裕钊《答吴挚甫》论文章感人之处的获得：

> 古之论文者曰：文以意为主，而辞欲能副其意，气欲能举其辞。譬之车然，意之为御，辞之为载，而气则所以行也。欲学古人之文，其始在因声以求气，得其气则意与辞往往因之并显，而法之不外是矣。

文章的因声求气，也就是在吟咏之中寻找古人神思游走的脉络，进而获得文章的意以及理会其运辞的依据，如此一来，有了对气的把握，意、辞、法便都有了。

就对创作主体的学习而言，学习者将涵咏、游咏、揣摩集中在设身处地理解发生创作的机键；就对作品的学习而言，学习者再将揣摩集中于文辞的

---

① 薛雪：《一瓢诗话》，第98页。
② 沈德潜：《说诗晬语》卷上，第187页。

音声：二者结合，便能够获得古人的神气。

学习古人的涵咏之术从文辞音声所显示的生命之气入手，以获得作品之中所蕴含的作者的神气为目的，因此从根本上也就可以说，对古人的学习实则是学习其以气感人、获得感染力这个基本原则。这样的学习方式是对作品因气感染人的间接印证。

气感是文学作品之所以能够风人、化人的动力源泉，是文学作品在作者之外能够被他人欣赏从而使得文学欣赏可以确立的根本。读者通过对作品体貌之美与动力之美的感受，在对气象、气脉、气格、气势、气局、气骨等把握的基础上获得气韵的审美体验。依照顾随先生的阐释，气者生动而不灭，韵者绵绵而不息，因此气韵之本意实则就是无尽无止无休无歇的元气。这样一来，审美鉴赏通过对气韵的体验，实则宣告了审美流程又最终回归到了元气这一起点。当然，这里有一个前提，即鉴赏者是具备鉴赏能力的，鉴赏者的鉴赏活动本身也同样有着前期养气的准备。

第二节　气貌批评

文学鉴赏从审美感受落实到具体的鉴赏批评文字，主要表现为气貌描摹。对于文学批评的具体实践而言，前面所论及的气感与文学发生论、气与文机涵养文机发动、气化赋形与创作、气与文学作品审美品格等的论述，是隐性的气与文学理论体系建构关系的梳理，这些关系没有明确而具体的理论表达，而是分散贯穿于文学创作实践与具体文学批评实践之中；而气与具体批评实践操作的关系则是古代文学批评对气最为直观、也是最为普遍的应用。

以气进行具体的文学批评体现为两个方面：其一，强调元气对作品的贯注与影响，这其中有着作品审美风貌对气之本原的呼应和作者对这种呼应的追求；其二，侧重于作品所呈现的风格体貌的描述。

强调元气对作品的贯注与影响，如第一章所论的"元气归依"中一些论述。又如厉志《白华山人诗说》主张的"真气"，所谓"真气"就是浑浑穆穆之气，这种状态表示气的积累蓄养处于接近元气的状态。元气论文主要目的在于建构文学创作的最高标准，更多的批评是从具体的功能之气着眼的，从其有无入手，对其强弱、舒拘、完促、清浊等面貌给予描述，这就是气貌批评。如李梦阳《潜虬山人记》："诗有七难，格古、调逸、气舒、句浑、思冲，情以为主。"有舒展则有窘迫。王世贞《徐汝思诗集序》："盛唐之于诗也，其气完。"有完整则有支离。洪亮吉《庄达甫征君春觉轩诗序》："气之不盛，则无以举其辞。"有盛举则有衰微。陈绎曾《诗谱》以"气清虚"评张华，以"气差缓"评陶渊明，以"气骨苶然"评沈约，又涉及清浊、缓急、刚柔。又如邵长蘅《与魏叔子论文书》云："其气盛者，其文畅以醇；其气舒者，其文疏以达；其气矜者，其文砺以纰；其气恧者，其文諄以邧；其气挠者，其文剽以瑕。"涉及了盛、舒两种完美状态和矜、砺、恧、挠等病气。施补华《岘傭说诗》也重视以气论诗，而且形成了自己的一套理论，他评论诗人多以气的形貌展示，如评太白："一种清灵秀逸之气，不可不学。"评王杨卢骆："苍深浑厚之气，固未有也。"评柳宗元："怡旷气少，沉至语少也。"评韩愈："韩公七古，殊有雄强奇杰之气，微嫌少变化耳。"评李贺："李长吉七古，虽幽僻多鬼气，其源实自离骚来。"另如"突兀气势壮"、"苍劲之气时流楮墨"等。

在以上批评的操作之中，为了准确概括和表达这些气的特征，文字形态上则运用了相当数量的以气为核心的范畴，如前面诸章论述之中已经基本涉及的气骨、气势、气脉、气象、气韵、气体、气格、元气、气调、气力、神气等；此外，还运用了很多与以上范畴同质性的范畴，如"精神"、"神骨"、"神理"、"气味"，其他如韵、神、神韵、精、血脉等也都属于气的范畴。以这些范畴之描述为主的文学批评，都可以视为气貌批评。

一

气貌就是作品通过文辞体式表现出来的基本风格倾向，它是作品之中诸如气骨、气势等审美品质的一个综合形象呈现，它近似于古人所论之"体"。《颜氏家训·文章》中已经开始以"饶贫寒之气"批评何逊之诗，钟嵘《诗品》对诗文风格的概括皆属于气貌范围。至唐代皎然《诗式》论诗，提出"辨体有一十九字"，此"体"就是气貌的概括：

高：风韵朗畅曰高。逸，体格闲放曰逸。贞：放词正直曰贞。忠：临危不变曰忠。节：持操不改曰节。志：立性不改曰志。气：风情耿介曰气。情：缘境不尽曰情。思：气多含蓄曰思。德：词温而正曰德。诫：检束防闲曰诫。闲：情性疏野曰闲。达：心迹旷诞曰达。悲：伤甚曰悲。怨：词调凄切曰怨。意：立言盘泊曰意。力：体裁劲健曰力。静：非如松风不动、林狖未鸣，乃谓意中之静。远：非如渺渺望水，杳杳看山，乃谓意中之远。

这 19 个字用来概括诗歌的外在审美风格类型，从形式来看显然有些零乱，不如《文心雕龙》论文章八体那么规整，甚至区分标准也不尽统一，有的从艺术手法着眼，如意；有的从思想情志境界着眼，如高、逸；有的从道德修为着眼，如忠、节；有的从情感状态着眼，如悲、怨；有的从风格体态着眼，如闲、力。但由于其在中国文学理论批评史上是第一次如此全面地从审美感觉入手对审美风格进行区划，因此有着独到的意义。分析这 19 种风格，大致分二类：一为修养所得，即只有经过道德修为、实践锻炼和人格涵养才能造就，如忠、贞等；一类当属于才性所具，即这种体本身是所有人体性之中所应有的本然特征，如悲、怨等。

更多的批评是从功能入手，以“气”直接标示。如李淦《文章精义》云：“《论语》气平，《孟子》气激，《庄子》气乐，《楚辞》气悲，《史记》气勇，《汉书》气怯。”①又如《小澥草堂杂论诗》论唐代诗人：“王昌龄气傲，宗元气惨”；“韦苏州气太幽……极用力，毕竟不免文士气”；又引王士祯论云：“储诗带丹铅气”；“韩退之诗有论气，风雅二字都用不着”。② 在古人的文论文字中，常见以下一类评介文字：浩气、豪气、逸气、清气、蔼然之气、粗俗之气、蔬笋气、酸馅气、头巾气、脂粉气、精悍之气、禅偈气、偈颂气、腐气、狂气、霸气、暴气、野气、秏气③；另如“粗气”、“妖气”、“老气”；再者如“学者气”、

① 李淦：《文章精义》，见《历代文话》，第 1179 页。

② 牟相愿：《小澥草堂杂论诗》，见《清诗话续编》，第 919 页。

③ “秏气”的说法较为少见，刘熙载《艺概·文概》：“柳州自言：‘为文章未尝敢以昏气出之，未尝敢以矜气作之。’余尝以一语断之曰：柳文无秏气。凡昏气、矜气，皆秏气也。”

"名士气"、"和尚气"、"村教师气"、"市井气",等等。其中"气"前面的词语是我们关注的焦点,而对"气"字似乎缺乏足够的重视。事实上,这恰是古人以气之流行、赋形评介诗文的一个显著代表,作者限量的气,赋予其各自不同的面目,这个面目假气的流行而赋形于作品,体现出与本我一致的精神风貌,所以才以某某气相称。

作为气化的产物,作品的体貌很难背离与主体面目的对应,但出于一种含蓄审美理想的追求,古代文学批评中又不提倡气过于显露本色,所以李东阳说:"秀才作诗不脱俗,谓之头巾气;和尚作诗不脱俗,谓之酸馅气;咏闺阁过于华艳,谓之脂粉气。"①纪昀也说:"作僧家诗不可有偈颂气,作道家诗不可有章咒气。"②要达到这个标准,关键是在气的表现上保持一个中和之度,就如古人论画所说:"画不可无骨气,不可有骨气;无骨气便是粉本,纯骨气便是北宗。不可无颠气,不可有颠气;无颠气便少纵横自如之态,纯颠气便少轻重浓淡之姿。不可无作家气,不可有作家气;无作家气便嫩,纯作家气便俗。不可无英雄气,不可有英雄气;无英雄气便似妇女描绣,纯英雄气便似酒店账簿。"③其有和无之间的权衡措置,是人工的入手之处,这种观念也鲜明地体现了儒家思想在文气论中的影响。

古人在运用气进行文学批评之际,或如王慎中云:"沉着顿挫,光采自露。且序人奏议,发明直气切谏,而能形容盛朝气象,治世之精华,真大家数手段。如苏长公序田锡奏议,亦有此意,然其文词过于隽爽,而气轻味促。"④此为直接以气批评。或如《昭昧詹言》云杜甫、韩愈之妙:"其秘妙尤在于声响不肯驰骤,故用顿挫以回旋之;不肯全使气势,故用截止,以笔力斩截之;不肯平顺说尽,故用离合、横截、逆提、倒补、插、遥接。"⑤其中顿挫、隽爽、伸缩、回旋、驰骤等都是气的隐约表达。更多的是于气的诸般形态往往

① 李东阳:《麓堂诗话》,见《历代诗话续编》,第 1384 页。

② 纪昀评《苏文忠诗集》卷四,见《读道藏》评语。

③ 唐志契:《绘事微言·鉴藏名人图画语录》,见《中国古典文艺学丛编》,第 236 页。

④ 茅坤:《唐宋八大家文钞·曾文定公文钞》评《范贯之奏议集序》语引,见《历代文话》,第 1937 页。

⑤ 方东树:《昭昧詹言》卷八,第 213 页。

兼用，最基本的就是兼用直观范畴与隐性范畴，对气运用极为丰富而且成系统的明清八股文评点，更为鲜明地体现了这种综合性以气评文的特点，以《清代硃卷集成》所收录的科举文章评点为例：

其一，是直接言气。一般加批、眉批："一往清灏之气，溢于毫楮"；"气局雄伟，可式浮靡"；"气象光昌，词意磅礴"；"气体高华，声实并茂"；"精气洞达，积健为雄"；"融一节为一句，融一篇为一气"；"既典既雅，亦清亦快，绝无芜音累气犯其笔端"；"气静神恬"；"理脉清真，机神动荡，其一种英迈之气，尤足辟易于人"；"气充词沛，局紧机圆"。

另如总批："其理则精微广大，其词则坚卓昌明，其气则懿茂渊厚，其度则深沉宽博，浑含元识，高抱群言。""入理精微，铸词雄伟，而中间运轮辖，又复恢恢浩浩，一气流贯，初无排偶藻绘之迹，是具才情气魄之绝大者。"

其二，是运用具有气之特征的隐性词汇。如："爽秀恬雅，词理醇畅"；"淋漓生动，养到机流"；"昌明博大，中饶有流转之致"；"端庄流丽，自饶回韵"；"破便打通消息"；"只写一边，而两边俱到，浑身骨节都灵，前半关窍已通，故此处直落，毫无窒碍，转关夺隘，留中二比转身地步"。①

以上评点或直接运用或者隐蔽运用与气相关的概念范畴，而一般情形下往往是综合运用于一体，如康熙戊戌科第十名谢光纪的试卷：

大总裁王批："淋漓生动，养到机流。"

大总裁赵批："气局雄伟，可式浮靡。"

大总裁张批："气象光昌，词意磅礴。"

本房崔总批："文以气为主，然必理精法老，笔健词赡，其气乃郁勃而不可御，知此卷之擅胜大有在矣。"

其中有气象、气局、文以气为主等直接与气相关者，有淋漓、郁勃、生动等气的隐性语码的运用。一张试卷的批评包容了诸多对气的批评方式。

综合历代与气相关的文学批评语汇，在效用的隐显之外，从性质上大约可以区分为气的同质性语码与气的状态性语码两大部分。

---

① 参见龚延明、高明扬：《清代科举八股文的衡文标准》，《中国社会科学》2005 年第 4 期。

（一）气的同质性语码

1. 从气直接延伸出的效果描绘语码

大凡被纳入以气为核心的审美范畴者，诸如气势、气象、气局、气骨、气韵中的势、象、局、骨、韵等，皆属于气的同质性语码或者同质性范畴。又如味这一范畴，发生于饮食审美，进入文学批评之后，往往与诗文表面的形式讲求形成对比，沈昌植《报唐湛声书》云："夫曰色曰声，为文之表，当矣。若夫味，则寻之无端，即之无迹，别出于行墨蹊径之外者也。长于此者，古惟司马子长，后世则欧阳永叔、归震川，骤阅之若无所有焉，迨乎熟读深玩，久之又久，乃有一种若隐若现之旨趣，悠然以长，穆然以远，津津焉流连于齿颊间，足以耐人咀嚼，使之历久不得忘者，此则刘彦和所谓'余味曲包'者也。"①这个味就是气味，作者又称之为"神味"，且云："味与神相去，实希微之间，故或有以神味并称者。"气味或者神味，强调的是表面形态之外的内在审美感受，如《筱园诗话》论杜甫诗歌"沉郁顿挫之奇，妙在气味"，而欲求此气味之所在，"须体验于字句之外"。② 另外，味是可以学习而得的，故有"古诗读得多，下笔自有一种气味"③之说。多读同一类型的作品，便受到同一气息的熏染浸淫，时日一长，气类相感，便有对味的领会。与味近似者还有一个趣，苏轼曾说："诗以奇趣为宗，反常合道为趣。"《围炉诗话》以为"此语最善"，只有富于奇趣者才可称之为诗，"反常而不合道，是谓乱谈；不反常而合道，则文章也"。④ 清代史震林也说："诗文之道有四：理事情景而已。理有理趣，事有事趣，情由情趣，景有景趣。"而对趣之本质的定位则是："趣者，生气与灵机也。"⑤将趣也纳入了气的范围，趣于是便成为气在运动中所呈现的一种灵动风貌。

2. 与气之功能相关的语码

比如脉，一般称为血脉，《词源辨体》引何元朗云："古诗有托讽者，其词

① 沈昌植：《报唐湛声书》，见《中国近代文论类编》，第177页。
② 朱庭珍：《筱园诗话》卷三，见《清诗话续编》，第3388页。
③ 张谦宜：《絸斋诗谈》卷七，见《清诗话续编》，第886页。
④ 吴乔：《围炉诗话》卷一，见《清诗话续编》，第476页。
⑤ 史震林：《华阳散稿序》。

曲而婉,然始终只一事而首尾照应,血脉连属。今人模仿古人词句,饾饤成篇,血脉不相接续,复不辨有首尾,读之终篇,不知其安身立命在于何处。"①由于脉出于生命肌体,因此在中医理论的影响下,与脉一样的肌体元素诸如筋骨皮肉等也是气的代名词,如清代布颜图《画学心法问答》在回答"笔有筋骨皮肉四势,筋骨在内,皮肉在外,一笔之中何能全此四势"时说:

> 筋骨皮肉者,气之谓也。物有死活,笔亦有死活。物有气谓之活物,无气谓之死物。笔有气谓之活笔,无气谓之死笔。峰峦葱翠,林麓蓊郁,气使之然也,皆不外乎笔,笔亦不离乎墨。笔墨相为表里,笔为墨之经,墨为笔之纬,经纬联络,则皮燥肉闰,筋缊骨健,而笔之四势备矣。操笔时须有挥斥八极,凌厉九霄之意,注于毫端,一笔直下即成四势,不可复也。一笔之中,初则润泽,渐次干涩。润泽者皮肉也,干涩者筋骨也。有此四者谓之有气,有气谓之活笔,活笔画成时亦成活画。②

筋骨皮肉等肌体元素之外,心、神、志、情、意等精神元素也是气的同质性语码,其中情为气感而动,神为气之精华等已经为人所熟知,而黄宗羲《孟子师说》卷二云:"心即气之灵处。"又云:"心即气也。"方以智《东西均》言心:"本一气耳,缘气生生,所以为气,呼之曰心。"又云:"言心言情,言天言理,俱必在气上说,若无气处则俱无也。"此以心为气。近人邓绎论志云:"天地之大也,万物之赜也,与人以相生相养相感而悦者,惟气为至。而志者,气之英华也。故志得而气盛,志正而气定。"③此以志为气。刘永济则云:"文帝所谓气,即彦和所谓风。风者文中所述之情思,所运行流畅之力者也;亦即文家所谓意,意者志也。志亦兼情思为言,故在人则为情思,为气质,为意志。在文则为气,为风,为力。"④如此而言,意自然也是气的范围。以上思想,引论已有论述。

① 许学夷:《诗源辨体》卷三,第 50 页。

② 布颜图:《画学心法问答》,见《中国古典文艺学丛编》,第 246 页。

③ 邓绎:《藻川堂谭艺 · 日月篇》,光绪刻本。

④ 刘永济:《十四朝文学要略》,中华书局 2007 年版,第 155 页。

3. 可与气之特征比附的同态物,此类主要是指水

水与气之所以能够比附,在于二者都具有“自然”的特征,《易》中所谓“风行水上”,便是对水的这一特征的最早概括。水纳入到文学批评之中,是古代审美致知“近取诸身,远取诸物”的必然结果,其表现也有两个方面:

首先是以水的姿态与运动比附文学作品的审美体貌,以诸家评点《苏文忠公诗集》为例:

卷四《次韵子由论书》,此诗先云自己虽不善书法,然而大致率意为之,不以为非,忽接云:“尔来又学射,力薄愁官笴。多好竟无成,不精安用夥。何当尽屏去,万事付懒惰。”自道见异思迁。纪昀评云:“插入一波,便意境生动。”

卷四《石鼓歌》,先详细序石鼓字难识,意难辨,时难定,忽然又写道:“自从周衰更七国,竟使秦人有九有。扫除诗书诵法律,投弃俎豆陈鞭杻。当年何人佐祖龙,上蔡公子牵黄狗。”纪昀评云:“看似顺次写下,却是随手生出波澜,展开境界。文情如风水之相遭。”诗中言李斯为秦皇刻石,随后忽然云:“传闻九鼎沦泗上,欲使万夫沉水取。”纪昀评云:“传闻数语又起一波,更为满足深厚。”

另如波澜壮阔、波澜跌宕等皆是。又如“用笔浑灏流转,天风浪浪,海山苍苍,此大方家数也”;“滔滔汩汩,其源长也;蓬蓬勃勃,其气热也”①等,已然难分水、气,其中融合了二者的特征。

其次则直接以水的运动变化以及境界比附文学思想。最著名者就是苏轼《论文》中的以下文字:“吾文如万斛泉源,不择地皆可出。在平地滔滔汩汩,虽一日千里无难;及其与石山曲折随物赋形而不可知也。所可知者,常行于所当行,常止于不可不止,如是而已矣。”这里苏轼取水伸缩变化之自然论文,与气舒卷自如的自然也是一致的。

(二)气的同质性语码之外,还有气的状态性语码

气的状态性语码包括动态描绘与静态体貌总结二类。

其一,动态描绘者大致包括:

---

① 《尊经书院课艺》洪锡畴、朱绍亭评语,第269、288页。

流动、充满，如《尊经课艺三刻》张恒培评语："流动充满，如歌应弦，如舞赴节。后二偶绮交脉注，化板为活，尤见心思。"①

起伏、开阖，如《古文渊鉴》欧阳修《代人上王枢密求先集序书》，御批云："有起伏，有开阖，气雄而笔宕。"

跌宕，同上，臣英评云："其文情复跌宕可喜，真磊落英多。"

潆洄，同上，欧阳修《五代史伶官传》，臣英评云："虽尺幅短章，而有潆洄无尽之意。"

千回百折、纡折或者曲折蜿蜒等，同上，苏辙《民政策》，臣廷敬评云："千回百折，意味无穷，文极纡折而畅。"②

抑扬或顿挫，同上，司马迁《诸侯年表序》，臣杜讷评云："抑扬顿挫，尽态极妍，孟坚虽有其沉郁而风韵少减。"③

其中尤其是"开阖"，是气机发动与气运动把握的关键，所谓天地之道，一辟一翕，气开阖乃是万物生产的本然运动规律，因此被文学批评纳入后古人论者颇多，也极为重视，如庞垲论七言古便认为"要须一气开阖"，如果平铺直叙，"便平衍无气"；又云："诗文之道，一开一阖。"④而历代批评在对这些动态语词运用之际也往往综而言之，不局于一端，如《絸斋诗谈》论《文选》："选体凝而不流，全在精神收敛，意思深沉，不然亦是死胚。"⑤其中凝而不流、收敛等皆是气之运动描绘语。

其二，静态性的气貌总结。这类术语应该极为广泛，粗举其大概，如：

雄浑，《古文渊鉴》卷五十二曾巩《先大夫集后序》评语："鹿门茅坤曰：子固阐扬先世所不得志处，有大体，而文章措注处极浑雄。"卷五十三曾巩《读贾传》评语："借意贾生，自抒所学，雄浑可以吞吐一切。"

醇厚，《古文渊鉴》卷五十二曾巩《熙宁转对疏》评语："若论结构法则，汉犹有所未备；而其气厚质醇，曾远不逮刘矣。"

---

① 《尊经课艺三刻》，第168页。
② 徐乾学编：《古文渊鉴》卷四十五。
③ 同上书，卷十三。
④ 庞垲：《诗义固始》，见《清诗话续编》，第729页。
⑤ 张谦宜：《絸斋诗谈》，见《清诗话续编》，第812页。

高古或古奥,《古文渊鉴》卷七《公羊传·癸未葬宋缪公》评语:“妙在迂处、复处,郁然高古之色。”卷七《穀梁传·秋蒐于红》评语:“古奥典赡,可补周礼所未备。”

清空,《覞斋诗谈》卷五言元诗人葛易之:“易之诗离其色相,追至清空一气处,便证元次山境界。”

沉郁,《白雨斋词话》卷一:“作词之法,首贵沉郁,沉则不浮,郁则不薄,顾沉郁未易强和,不根柢于风骚,乌能沉郁?”又云:“顿挫则有姿态,沉郁则极深厚。”

无论动态描述还是静态总结,一般都没有明确的与气相关的表述,这也属于对气的隐性表达。

以气批评不仅仅体现在作品的体貌特征上,还应用于一般法式的概括,古代诗文常见的法式术语,很多都是对气之运动方法的概括,以林纾《春觉斋论文》为例:

伏笔:又称伏脉,“猝观之实不见有形迹,故吕东莱论文,谓有形者纲目,无形者血脉”。血脉就是气脉。

顿笔:“凡读大家之文,不但学其行气,须学其行气时有止息处。犹之走长道者,惜马力,惜仆力,惜自己之脚力,必少驻道左,进糗加秣,然后人马之力皆复。文之用顿笔,即所以息养其行气之力也。丽泽文说曰:‘鼓气以势壮为美,势不可以不息,不息则流宕而忘返。’”以顿笔为行气之中的息养之法。

绕笔:“大凡长篇文字,行气浩瀚,然每处必须结小团阵作一小顿,文气方凝聚不散。若篇幅不长,地步逼仄,焉能数句便作一顿?若一气泻尽,亦患读过即了。此非有移步换形之妙,即不能耐人寻味。犹之园亭者,数亩之地,而廊榭树石,能位置错迕,缭曲往复,若不知所穷,方称善于营构。”绕笔即防止文气一泻而尽的手段。

收笔:“为人重晚节,行文看结穴。文气文势,趋到结穴,往往敝懈。其敝也非有意,其懈也非无力,以为前路经营,费几许大力,区区收束,不过令人知其终局而已,或已有为敝懈之气所中者,即读者亦不甚注意,大抵注意多在中间,于精神团结处击节称赏,过后尚有余思;及看到末路,以为事已前提,此特言其究竟,因而不复留意。”“乃不知古人用心,正能于人不留意处偏自留意。故大家之文,于文之去路,不惟能发异光,而且长留余味。”收笔系文气延续而不尽的关键之所在。①

其他诸如得势、作势、转接、逆挽、伸缩、顿挫等,莫不如是。

二

文学批评之中往往还有一类批评语汇,它没有直接将气纳入,但这些没有纳入气的语汇却有着鲜明的气的特征;它属于气貌批评的隐性运用,但又不是一般状态性的描摹。从发生时间先后区分,这类语汇也可以分为两种类型,其一是行为性的语汇,其二是后行为性的状态表述语汇。

其一,行为性语汇。气运行的动力是气的不平,不平则鸣,由此形成了文艺创作的动力,而主体借助气的赋形所要达到的目的,是宣导、遣散,使气得以实现平和、安定。因此,文学艺术理论的相关论述里,涉及创作目的效果的行为性言论便往往和气相关:

或言抒。东汉傅毅《雅琴赋》:“尽声变之奥妙,抒心志之郁滞。”以气之抒发去心志之郁滞。

或言宣导。嵇康《声无哀乐论》:“故歌以叙志,舞以宣情。然后文之以采章,照之以风雅,播之以八音,感之以太和。导其神气,养而就之;迎其情性,致而明之;使心与理相顺,气与声相应,合乎会通,以济其美。”以琴导达内在之气,实现和顺于中,其《琴赋序》也称:“可以导养神气,宣和情志。”陶渊明《感士不遇赋序》:“导达意气,其惟文乎?”导气使之畅,从而得到和美,达到养性的目的。

或言散。这是六朝文人习语,如萧纲《秀林山铭》:“捐愤荡累,散赏娱襟。”此为赏会之际的兴发,兴发之气鼓动,心绪难平,分散它分流它才能“娱襟”。

或言释。《颜氏家训·勉学》:“至乃倦剧愁愤,辄以讲自释。”以讲论或清谈发抒心中愁愤之气。

① 参见林纾:《春觉斋论文》,第118页。

或言泄。白居易《读谢灵运诗》称:“壮志郁不用,须有所泄处。泄为山水诗,逸韵谐奇趣。大必笼天海,细不遗草树。岂惟玩景物,亦欲摅心素。”心通物,物通玄,如此心回到道和玄的状态,就是进入了广、深、远、大、幽的境界,扩大了与心对应的外在世界的空间,自然就使得心原先负载的郁积被稀释、转移。

或言平。刘基《郭子明诗集序》介绍郭子明,称其好作诗,有所交游无不形之于诗篇,“其忧愁抑郁,放旷愤发,欢愉游佚,凡气有所不平,皆于诗中平之”。所谓平,当然是针对作诗前心气之不平而言,气平则原先欲倾泻的块垒得以倾泻殆尽,如此才能心安理得。

其二是后行为性的状态表述语汇,以通、畅、快为代表,这些语汇包含着所通、所畅、所快者是气这个前提。畅即是通,气和畅快的关系最初是通过饮食建立的。

饮食的审美早期表现为一个“和”字。早在《诗经》里,《商颂·那》篇中就开始言“和羹”:“亦有和羹,既戒既平。”《左传·昭公二十年》引晏子称:“和如羹焉,水火醯醢盐梅以烹鱼肉,燀之以薪。宰夫和之,齐之以味,济其不及,以泻其过。君子食之,以平其心。”当时多以此比喻政治。饮食之和所起到的核心作用是可以饮食养气,《左传·昭公九年》引膳宰的话称:“味以行气,气以实志。”《国语·周语》对此有一个详细解释:“口内味而耳内声,声味生气,气在口为言,在目为明,言以信名,明以时动,名以成政,动以殖生,政成生殖,乐之至也。若视听不和,而有震眩,则味入不精,不精则气佚,气佚则不和,于是乎有狂悖之言,有眩惑之明,有转易之名,有过慝之度。”这节文字将饮食何以影响气,气何以影响言,言何以影响政的过程讲得明明白白。

饮食在果腹之外的审美意味的出现,是其功能的又一次拓展,这种拓展也是以饮食与气之间的关系为基础的,集中体现于对饮食气味、滋味的审美之上。

汉代以后,饮食开始被当做一种文学描述对象,以一种美的姿态出现在文学作品里,但仍侧重在属于官能赏悦范围的表面之美上。以汉赋为例,早期其对饮食的相关描述以枚举物类为主,如《七发》中所谓“熊蹯之臑,芍药之酱，薄耆之炙，鲜鲤之鲙，秋黄之苏，白露之茹，兰英之酒……山梁之餐，豢豹之胎”等，延续着汉赋囊括包举、细大无余的特征。而后汉文人则开始了包括刀工在内的细致描绘，傅毅《七激》：“涔养之鱼，脍其鲤鲂。分毫之割，纤如发芒。散如绝谷，积如委红。殊芳异味，厥和不同。”曹植《七启》云：“蝉翼之割，剖纤析微。累如叠谷，离若散雪。轻随风飞，刃不转切。”张协《七命》云：“命支离，飞霜锷，红肌绮散，素肤雪落。娄子之毫不能厕其细，秋蝉之翼不足拟其薄。”以上描写，采用的多是赋体的铺排，但不止夸饰品类、炫耀珍异，而是以比喻等修辞手法进行外观的精雕细刻，侧重于视觉的美感与诱惑。所以《文心雕龙·杂文》中称七体：“高谈宫馆，壮语田猎，穷瑰奇之服馔，极蛊媚之声色；甘意摇骨髓，艳词动魂识。”强调了其以文字追求官能刺激的特征，正是因为其对官能过于关注，所以这些文学作品中的饮食描写，只能算作饮食“性”外功能开拓的起步，尚谈不上参悟并描绘出了“性”外的滋味。“性”外滋味的真正获得应当归功于魏晋玄学精神的渗透，以及由此对饮食“调神畅情”功能的深刻体味。

玄学讲究会通而无窒碍，通畅于是成为当时玄思玄神的情态化术语，饮食之美最终也落实到这种“调神畅情”的状态上。南朝徐爰《食箴》云：“悠悠遂古，民之初生。……资生顺性，甘是黍稷。炎皇俶载，后叶茂植。一食三饱，圣贤通执。三谷既翳，五味亦宜。洁爨丰盛，滋芬美肥。奉君养亲，靡不加精。充肤润气，调神畅情。”这是一个与魏晋玄学相伴而生的观念，故其调、畅以及其所调所畅的对象神、情，处处都是玄学的语码与玄意的感觉，《世说新语·文学》中云：“裴冀州释二家之义，通彼我之怀，常使两情相得，彼此俱畅。”“言约旨远，足畅彼我之怀。”《赏誉》云：“友人王眉子清通简畅。”“王（东亭）神意闲畅。”谢（公）曰：“身正自调畅。”此条注引《续晋阳秋》曰：“（谢）安雅有气，风神调畅也。”南朝宋宗炳《画山水序》中也云：“于是闲居理气，拂觞鸣琴，披图幽对，坐究四荒，不违天励之丛，独应无人之野，峰岫峣嶷，云林森眇，圣贤映于绝代，万趣融其神思，余复何为哉？畅神而已。神之所赐，孰有先焉。”又如《庐山诸道人游石门诗并序》中有“神以之畅”，孙绰《游天台山赋》云“畅超然之高情”，江总《入摄山栖霞寺并序》：“登岸极峭，颇畅怀抱。”以上资料皆是有关六朝文人风度、清谈以及艺术追求的,所关的是神与情,所得者与所追求者是调与通畅。神情属于脱开世俗功利与官能的精神性因素;调就是和适,是情感的自得;通畅就是自由而无所窒碍的贯通。这一切不属于审美对象基本功用的范围,而是一种主客交关之际主体的心灵感受。

在这样的背景下,畅进入了文学批评,《文心雕龙·养气》:"是以吐纳文艺,务在节宣,清和其心,条畅其气。"所谓"宣"本意就是通、散,与条畅近似。《书记》篇又云:"故宜条畅以任气。"李商隐《献相国京兆公启》:"人禀五行之秀,备七情之动,必有咏叹,以通性灵。"所谓"通性灵"就是"畅性灵",通与畅一体。由于从通畅言气,因此凡是表示非通畅的描述性语汇也是就气而言,《文心雕龙·养气》中有"烦而即舍,勿使壅塞",《文心雕龙·诠赋》篇有"抑滞必扬,言旷无碍",诸如窒、碍、壅、塞等所言皆是气。施补华《岘傭说诗》以气论诗之中,提出了一个"能走能守"说,如言东坡:"东坡能行气不能炼句,故七律每走而不守。"又评太白"朝辞白帝彩云间,千里江陵一日还":"如此迅捷,则轻舟之过万山不待言矣。中间却咏'两岸猿声啼不住'一句垫之;无此句,则直而无味;有此句,走处仍留,急语仍缓。可悟用笔之妙。"走为气的畅流,守即以人工实现气的顿挫,防止诗歌过于熟滑,于是"走"、"守"也属于气的范畴。

当然,以通畅为对气的描述是一种经验性的体会与默证,事实上,古人对此也有理论上的印证,如王世贞评李白云:"五言古及七言歌行,太白以气为主,以自然为宗,以俊逸高畅为贵。"明代学者许学夷对这个评价有一个矫正,他说:"以'兴'字易'气'字,更为妥帖。且'高畅'二字,气在其中矣。"①意思是太白诗乃以兴为主,"高畅"之中包含了气,因而前面单列太白以气为主就重复了,实际上就是说畅与气是一体的概念。

与畅、通相近者还有一个"快"字,同样属于这种后行为性的气的表现语码。快作为一种直接的生理感受,很早就进入了文献描述,其内涵与指涉大致经历了三个阶段:

其一是早期指向官能感觉阶段。《吕氏春秋·恃君览》言君主之德:

① 许学夷:《诗源辨体》卷十八,第194页。

"人主之行与布衣异，势不便，时不利，事仇以求存，执民之命。执民之命，重任也，不得以快志为故。"这里的"快志"颇近似于《国语·周语》下所云的"匮财用，罢民力，以逞淫心"的"逞"，韦昭注曰："逞，快也。"相当于欲望得到充分满足，心志如愿顺遂而无障碍，属于官能的满足感，与物质的享受相关，所以涉及财用民力。

第二个阶段是汉魏时期，其时已将快的适用范围扩大到主体更广泛更细微的感受，虽然仍有官能享受的痕迹，但已经超越了一般的物质层面，如东方朔《非有先生论》中有"说于目，顺于耳，快于心"以及"务快耳目之欲"之说。曹魏之际"快意""快心"之说已经较为普及，如曹丕《芙蓉池作》云"遨游快心意"，《晋书·周处传》云："人生几时，但当快意耳。"嵇康《与山巨源绝交书》称"若以俗皆喜荣华，独能离之，以此为快，此最近之"，其中之"快"也是快心快意，不违本志。陶渊明《饮酒》诗中所谓"若复不快饮，空负头上巾"之快，也被历代注家解为"称意"。与此相呼应，这一时期以快品人也成为风气，如《后汉书·盖勋传》云："欲得快司隶校尉。"《蜀志》卷四十三引司马懿与诸葛亮书："黄公衡，快士也。每坐起叹过足下，不去口实。"《世说新语·政事》"山公以器重相望"条注引虞预《晋书》曰："卿小族，那得此快人邪?"结合这些事例，所谓快人，是指那些爽利诚挚、不遮遮掩掩的人。

第三个阶段即在魏晋之后，快从物欲和一般官能层面出离，成为一种审美境界的代言。如嵇康《答难养生论》言志："耕而为食，蚕而为衣，衣食周身则余天下之财，犹渴者饮河，快然以足，不羡洪流，岂待积敛然后乃富哉?"这个快不以物质的丰足豪奢为基础，而是以内心感受为尺度，是一种自足自得的精神境界，所以嵇康又专门将其与物欲之快作了区分："此与夫耽欲而快意者何殊间哉！"意思是说心灵自得之快与物质之快是何等不同。这种以精神满足为追求的快与物、意、心等基本官能疏离，而与道家所强调的本初之性情接近。至王羲之将这种审美感受与境界纳入了主体与自然物色的关系之中，其《杂帖》云：

六日告姜，复雨始晴，快晴，汝母子平安。

卿者便西者，良不可言也。晴快，足下各佳不？

羲之死罪，累白想至。雨快。想比安和。

向来快雨，想君佳，方得此雨为佳，深为欣佳。

羲之顿首，快雪时晴，佳，想安善。

夏节近，感思深。惟穷号崩绝，不可忍处。晴快，不审体中何似。

其中的快晴、快雨、快雪，皆是自然节候、时令物色，以此为快，表达的是主体对自然对象的审美感受以及自然对象在主体审美经验中的地位与影响之深入，已经呈现出主客一体的情势。至何逊将其名曰“快性”，其《答高博士》言志云：“北窗凉夏首，幽居多卉木。飞蝶弄晚花，清池映疏竹。为宴得快性，安闲聊鼓腹。归子厌嚣尘，就予开耳目。”所谓“为宴得快性”，是指在如此悠闲安宁的情景下心安理得，性情得以快慰。其中无一笔涉及官能物欲，纯粹是一种对自然审美境界的皈依。快作为审美境界的最高代表，就是将主体的心灵感受与外在的审美对象统一，外在对象不是供我役使、饕餮的供奉，而是与我悠然一体的审美对象。从此，快不仅全面地进入了审美经验，也进入了文学批评，明清文人评点诗文小说戏剧，动辄言“快哉”，所指的就是读者与作品融为一体之后随着艺术展开所获得的情感激活。其本质就在于艺术通过不同的形式与内容，疏通了读者内心情感的积郁，使之气畅神遂，并因此获得生命肌体的欣欣生意。

以上所论气貌批评是对历史上已有的批评实践所作出的总结，而就具体的批评者而言，其批评者身份资格的获得也与气相关，舒岳祥将其总结为具有真识正气才能进行批评。其《俞宜民诗序》云：“作诗难，评诗尤难也。必具真识而后评之当，必全正气而后评之公。”所列举的鉴赏批评最高标准有二：一为当，一为公；而要做到这两点，必须具备两个条件：真识与正气。有真识批评才能得当，有正气鉴赏才会公允。有鉴于此，舒岳祥认为以下人等皆不适合从事文学批评，即“富贵者不能评，贫贱者不足评，少锐者不可评，衰老者不敢评。”究其原因：

盖富贵者真识懵然，夫以科举寸晷之长，躐取显仕，一生学问不出是矣，安能剂量诗人之铢两也。贫贱者正气索然，酤边炊畔，毁誉失实，安能为人轩轾乎？……少锐者真识未定，新涉笔墨行间，安知古人要妙？雏鸟习飞，自谓已冥鸿举矣，肆口谈论，固先生长者之所羞也。衰老者正气已耗，方畏人之议己，而求所以自媚于后生者，故立论多恕，而拟人非伦。①

综上所述，富贵者无此性灵，贫贱者挟意气或卑媚而毁誉失实，少壮者肆口谈论，衰老者为乡愿而立论多恕，奖诩失伦。之所以如此，关键在于这四类人或无真识，或乏正气，所以，“非有真识不能以知人，非有正气易至于失已”，无真识容易失人于目睫之前，因为缺乏基本的审美鉴别能力；无正气，则在抑扬失当之中，失去自我应该有的道德操守。

第三节　气貌批评与文如其人

在中国古典文学批评语境下，文学欣赏批评在作为艺术魅力的气韵生动之外，还有一条属于气貌批评范围的最高衡量准则，即从秉持修辞立其诚之信念出发，要求主体之气与作品之气实现统一，达到文如其人的境界。

从文学理论批评而言，文如其人的理论依据就是曹丕《典论·论文》中提出的“文以气为主”，此论在当时以及在中国文论历史上最大的贡献就是强调作品能真实反映出主体的个性面目。文如其人，西方称之为风格即人，尽管这个观点经常受到质疑，但从气化流行、气之赋形的角度理解艺术创作以及创作过程中主体在作品中对自我的寓托，我们可以说，文如其人不仅是我们民族重要的文学遗产，其间有着道德的崇尚和对善的关怀，而且它也有着自己特定的合理性。对此较早给予深刻理性关注的是魏晋六朝之际的理论家们，《文心雕龙·体性》篇中称：“夫情动而言形，理发而文见，盖沿隐以

① 舒岳祥：《阆风集》卷十《俞宜民诗序》，文渊阁四库全书本。

至显，因内而符外者也。”其逻辑起点就是气的运行：“气以实志，志以定言，吐纳英华，莫非情性。”各自的体性之气显示为隐而未发的情志，而诗又是言志的，作者根据这些情志依靠自我的才华来选定表示情志的言词，形之于文章之中，于是最终的文章与起初的情志便是一种隐和显的对应关系。当然，这里的气作为个性之气是各有所偏的，所谓“气之清浊有体，不可力强而致”也是这个意思。刘勰不同于曹丕的是：曹丕仅仅关注到了文学创作之中存在着因彼此气之不同带来的风格规定性，而刘勰不仅认同不同人的作品可以体现出不同的面目，并承认其产生的合理性，而且有意提倡这种不同，使人之生理状态向着审美的品质转化。

尽管如此，在古代文学的语境下，文如其人众多内涵中仍然以人格之真诚为主导，这也是中国古代文论之中较为浓烈的伦理观照的表现之一。但仔细分析会发现，我们民族文学理论之中的道德社会等伦理观照并非凭借对个体的挤压排挤而实现，而是以个体生命之气的修养为发端，在正心诚意修身之中实现立言以至于天下治平，是个体与社会和谐路径的一个理想设定。反映到文学理论之中，作品之中的社会价值、伦理意义必须依靠一个生机饱满的生命体，所以潘德舆在《与吴生大田书》中论文之关键在“诚”，“诚”则作品足以省世、感人，“诚”来自哪里呢？他说：“诚非一朝夕所积也，其积之之方曰积理、曰积气。理不积则所言浮诞不中节，气不积则萎靡散乱，不克宣扬礼义之极致。”气之积累在维系了主体生命力之外，振作起作品的生命，才可以实现其社会伦理价值。文如其人由于其本于生命健康之气，又养孟子所谓载道与义的浩然之气，且与儒家思想中“修辞立其诚”、“诗言志”、“有德者必有言，有言者不必有德”等重要诗学思想贯通，因此在中国文学批评中被视为诗歌的最高境界之一，明末清初文人杜濬《与范仲暗》云：

世所谓真诗，不过篇无格套，语切人情耳。弟以为此佳诗，尚非真诗也。何也？人与诗犹为二物故也。古来佳诗不少，然其人要不可定于诗中。即诗至少陵，诗中之人，亦仅有六七分可以想见。独有陶渊明，片语脱口，便如自写小像，其人又恺悌风流，闲靖旷远，千载而上，如在目前。人即是诗，诗即是人，古今真诗，一人而已。①

诗分佳诗与真诗两类，佳仅仅是一个技术标准，而真的境界却古今无两，只有能够实现文如其人的诗人才能达到，而这样的诗人，在杜浚看来古今只有一个陶渊明。

一

在对风格与主体关系的辨析中，古代文学理论关注的核心因素是气。李梦阳《张生诗序》中云："夫诗言志，志有通塞，则悲欢以之，二者小大之共由也。"诗是因为志有通塞造成的，志有通塞则悲欢由此引发，成为创作的动力，在这一点上，所有的诗人都一样；至其为声，则刚柔异而抑扬殊，为什么呢？"气使之然也"，气的不同造成了诗歌在声音刚柔抑扬上的细微差异，所以才有了"秦魏不共调，齐卫各擅节"的现象。不同地域形成了诗歌风格的差异，恰是风土之气不同进而影响诗人体气造成的。体气与诗风的对应更为鲜明，《一瓢诗话》列举诗与人对应的现象：

> 畅快人诗必潇洒，敦厚人诗必庄重，倜傥人诗必飘逸，疏爽人诗必流丽，寒涩人诗必枯瘠，丰腴人诗必华赡，拂郁人诗必凄怨，磊落人诗必悲壮，豪迈人诗必不羁，清修人诗必峻洁，谨勑人诗必严整，猥鄙人诗必萎靡。

而之所以有着如此对应统一，薛雪明确称："此天之所赋，气之所禀，非学之所至也。"②归结点在于气，不过薛雪所言之气是主体禀赋中所有之气。邵长蘅也从气的前后对应，论述过人与文的统一："其气盛者，其文畅以醇；其气舒者，其文疏以达；其气矜者，其文砺以纰；其气恧者，其文诐以刓；其气挠者，其文剽以露。"其中的盛、畅、舒、矜、恧、挠诸气，都是就主体之气而言，

① 周亮工：《尺牍新钞》一集，上海杂志公司本。
② 薛雪：《一瓢诗话》，第143页。

不过，这里的气，如盛气，得于“涵咏道德之途，菑畬六艺之圃”；舒展之气，得于“泊乎寡营，浩乎自得”；矜气得于“植声气，急标榜”；恧气得于“投贽干谒，蝇附蚁营”；挠人之气得于应酬俗务，谀墓攫金①——以上之气皆出自后天的涵养，是修养之气，它同样可以体现在作品之中。方东树所云“诗人养气，蕴乎内，著乎外”，诸如初唐盛唐诗家雄浑如大海奔涛、秀拔如孤峰峭壁、壮丽如层楼叠阁、古雅如瑶琴朱弦、老健如朔漠横雕、清逸如九皋鸣鹤、明净如泰山积雪、高远如长空片云、芳润如露蕙春兰、奇彩如鲸波蜃气等，都能够通过作品的气度“见诸家所养之不同”②。此说与邵长蘅相近，也侧重在作品显作者涵养之气。

人与文的统一是气的统一，那么气的统一为什么能在创作中实现呢？原因在于创作的过程实际上就是主体所依托的才气在作品之中的贯彻过程，能够反映作者才气的作品必然要彰显作者的面目。

首先是创作对才气有着根本的依托。《文心雕龙·体性》篇中，将文章分为典雅、远奥、精约等八体，又将其与才、气、学、习分别建立了关系：

> 夫情动而言形，理发而文见，盖沿隐以至显，因内而符外者也。然才有庸儁，气有刚柔，学有浅深，习有雅郑，并情性所铄，陶染所凝，是以笔区云谲，文苑波诡者矣。故辞理庸儁，莫能翻其才；风趣刚柔，宁或改其气；事义浅深，未闻乖其学；体式雅郑，鲜有反其习：各师成心，其异如面。若总其归途，则数穷八体：一曰典雅，二曰远奥，三曰精约，四曰显附，五曰繁缛，六曰壮丽，七曰新奇，八曰轻靡。典雅者，镕式经诰，方轨儒门者也；远奥者，馥采典文，经理玄宗者也；精约者，核字省句，剖析毫厘者也；显附者，辞直义畅，切理厌心者也；繁缛者，博喻酿采，炜烨枝派者也；壮丽者，高论宏裁，卓烁异采者也；新奇者，摈古竞今，危侧趣诡者也；轻靡者，浮文弱植，缥缈附俗者也。故雅与奇反，奥与显殊，繁与约舛，壮与轻乖，文辞根叶，苑囿其中矣……是以贾生俊发，故文洁而体

① 参见邵长蘅：《与魏叔子论文书》，终南山馆校刊《国朝文录》本。

② 方东树：《昭昧詹言》卷二十一，第478页。

清；长卿傲诞，故理侈而辞溢；子云沉寂，故志隐而味深；子政简易，故趣昭而事博；孟坚雅懿，故裁密而思靡；平子淹通，故虑周而藻密；仲宣躁锐，故颖出而才果；公幹气褊，故言壮而情骇；嗣宗俶傥，故响逸而调远；叔夜儁侠，故兴高而采烈；安仁轻敏，故锋发而韵流；士衡矜重，故情繁而辞隐。触类以推，表里必符，岂非自然之恒资，才气之大略哉。

郭绍虞先生说："刘氏所说的八体，可以归纳为四组：雅与奇一组，奥与显一组，繁与约一组，壮与轻一组。"这四组之中，雅与奇指体式，视其所模拟临习；奥与显指事义，视其所学；繁与约指辞理，构成之因视其才；壮与轻由风趣言，构成之因视其气。而才、气、学、习又可以根据"情性所铄，陶染所凝"综为二纲：情性出于先天，所以才和气可以合为一组，所谓"才由天资"；陶染出于后天，所以学和习又可以合为一组，所谓"学慎始习"。① 这段文字，将文学创作的八体与才、性、学、习的关系分析得很透彻，他提示我们，文学创作的八体作为文学创作所有面目的一个概括，其形成的核心力量来源于学、习、才、气。明代王廷相也云："诸家所谓雄浑冲淡、典雅沉著、绮丽含蓄、飘逸清俊、高古旷逸等类，则由夫资性学力、好尚致然。"②"资性学力好尚"影响诗文风格，便是"才气学习"说的翻版。其中学习出于后天之培养，是可变因素，才气则是先天的禀赋，属于稳定因素；即使学习所获得的体式也必须通过才气表现出来，并从中体现出主体的体性，可见才气是形成文学创作个体面目的决定因素。才气出于天成，是各具面目的。

其次是才气最终必然要贯彻于作品之中，这才是气化赋形。这一点前面"气化"一章已经论述，本节粗略梳理其纲目。才气贯彻的基本逻辑是："才力居中，肇自血气；气以实志，志以定言，吐纳英华，莫非情性。"③这个逻辑的实现路径是：气—志—才—言，其中从才到言是气得以落实的最后环节，这个环节的关键在于要做到以气循才，使得气最终贯通于作品之中，这

① 郭绍虞：《中国文学批评史》，第75页。
② 王廷相：《王氏家藏集》卷二十八《与郭价夫学士论诗书》，文渊阁四库全书本。
③ 刘勰：《文心雕龙·体性》。

个过程古人称之为“贯”，李德裕《文章论》论之曰：“气不可以不贯，不贯则虽有英辞丽藻，如编珠缀玉，不得为全璞之宝矣。”所谓的“贯”，首先要贯穿于和作家、作品能够沟通的中介之中，这个中介，包括情、事、理等。叶燮《原诗》就认为，情事理构成了文学的主体，而这三者要想有机融会并形成作品，要有贯彻始终的气将其条贯：“得是三者而气鼓行于其间，氤氲磅礴，随其自然所至即为法，此即天地之至文也。”气贯乎情事理之间，就是气行于章法、结构、命意、言辞、意象之间，气虽是无形质的，但却能通过具体的路径在诗文之中体现出来，韵律、章法等都属于气显象的形式，对韵律、章法的精细入微把握过程就是气贯于文的过程。姚鼐《答翁学士书》中也说：“文字者，犹人之言语也。有气以充之，则观其文也，虽百世而后，如立其人而与言于此；无气则积字焉而已。”如何实现这种气贯而充的状态？“意与气相御而为辞，然后有声音节奏高下抗坠之度，反复进退之态，彩色之华，故声色之美，因乎意与气而时变者也。”以意统摄，气即与其一体，以声音、章法、辞采来显意，气即在其中。刘大櫆《论文偶记》所论则更为具体，他说，行文以神统气，而“求神气而得之音节，求音节而得之字句”，以具体的字句等显音节，以音节显神气。由这些气所附丽者形成的架构，就凸显出气整体的赋形，这就是成形的作品，气也就得以贯彻其中。

才气既然贯于情事理，贯于诗文之调、思、词、法、势，那么读者也就可以通过这些有形的可以捕捉到的形式追溯气的本原，搜求作者在作品之中性情的脉动，并以此为依据揣摩并感知作者的人格气质：“是故端言者未必端心，健言者未必健气，平言者未必平调，冲言者未必冲思，隐言者未必隐情：谛情、探调、研思、察气，以是观心，无廋人矣。故曰：诗者，人之鉴也。”①李梦阳的意思是：诗文在显示于外的语言内容以及措辞等随意性很大的信息之外，尚有情调、思理、气势等与主体之气相通的范畴，它们赋形于作品之中，保持着与作者气的统一，所以经过“谛情、探调、研思、察气”的过程，就能复原作者的人格本态，而不被表面现象所遮蔽。毛先舒则从气与言辞法势的必然对应入手，说明文与人的一致性：

① 李梦阳：《林公诗序》。

> 是故词夸者其心骄，采溢者其心浮，法佚者其心佻，势腾者其心驰，往而不返者其心荡，更端数者其心诡，不待势足而辄尽者其心偷，故曼衍者其心荒，像拟失类者其心狂，强缀者其心溺，强盈者其心馁，按义错指求其故而不克自理者其心亡。①

将诗文创作之中具体的操作特点、语法倾向与风格尚好与作者性情的不同形态进行了对应，虽然失之于比附，但的确反映了不同性情之作者在创作上的不同细微差别，并由此可以对作者的性情做到一定的把握。关于主体之气与文的对应，至姚鼐则作出了更为理论化的阐释，其《复鲁絜非书》中说：

> 天地之道，阴阳刚柔而已。文者，天地之精英，而阴阳刚柔之发也。惟圣人之言，统二气之会而弗偏，然而《易》《诗》《书》《论语》所载，亦间有可以刚柔分矣。……自诸子而降，其为文无有弗偏者。其得于阳与刚之美者，则其文如霆，如电，如长风之出谷，如崇山峻崖，如决大川，如奔骐骥；其光也，如杲日，如火，如金镠铁；其于人也，如凭高视远，如君而朝万众，如鼓万勇士而战之。其得于阴与柔之美者，则其文如升初日，如清风，如云，如霞，如烟，如幽林曲涧，如沦，如漾，如珠玉之辉，如鸿鹄之鸣而入寥廓；其于人也，漻乎其如叹，缈乎其如有思。

阴阳本是气的两种表现形式，由元气而至于阴阳，由阴阳而至于性气，由性气而发之于文章——作为气化赋形的作品便自然会展示与其性相近的风格。

通过主体之体气赋形的作品所呈现的这种与其体气相近的风貌往往被称为“气体”，在《文赋》中属于“信情貌之不差”的“情貌”，《文心雕龙》名之为“体貌”。钟嵘《诗品》之中，或清怨、或遥深、或绮丽等，皆是就气体而言。殷璠《河岳英灵集》评点诗人，也从气体入手，如言储光羲：“储公诗，格高调逸，趣远情深，削尽常言，挟风雅之道，得浩然之气。”气体有时又被称为“气

---

① 毛先舒：《诗辩坻》卷四，见《清诗话续编》，第78页。

候”，如钟嵘《诗品》言谢庄：“希逸诗，气候清雅。”[①]气体或者气候不是但凡创作都能形成的，也不是每一个作者都能具备的，它需要在具备才气之基础上的长期磨砺，如此才能使得体气的表现呈现出较为稳态的气体或者气候。不具备以上基础与磨砺，便会难以成体，或者“难成气候”、“不成气候”，如《白雨斋词话》言洪亮吉虽然经术湛深，但诗多魔道，词虽稍佳，“然亦不成气候”。[②] 不成气候，也被称之为气体未成就。[③] 由于气体是创作主体体气的表现，主体体气的差异便决定了作品气体各具面目。《文赋》中“体有万殊，物无一量”便是这个意思，其中“体有万殊”就是说诗文所形成之气体变化无穷，徐复观分析称：“体是作者所创造，是主观的；物是写作的材料，是客观的。体之所以有万殊，不仅如下文所说的来自体裁题材的不同，更主要的是来自作者的性情（个性）的不同；而性情则受有时代、家庭、教育、思想、遭遇等不同的影响，是以在同一体裁、同一题材之下，依然是体有万殊。”[④]但这种差异与各自主体又能一一对应。这种同一体裁同一题材之下气体的差异具体创作中表现非常广泛，如苏轼《初秋寄子由》与王维《赠祖三咏》二诗，苏轼诗云：

百川日夜逝，物我相随去。惟有宿昔心，依然守故处。
忆在怀远驿，闭门秋暑中。藜羹对书史，挥汗与子同。
西风忽凄厉，落叶穿户牖。子起寻裌衣，感叹执我手。
朱颜不可恃，此语君莫疑。别离恐不免，功名定难期。
当时已凄断，况此两衰老。失途既难追，学道恨不早。
买田秋已议，筑室春当成。雪堂风雨夜，已作对床声。

---

① 立命馆疏《诗品》云：“气候，当指诗所显露之氛围也。其用例，如《历代名画记》卷八评张孝师画云：‘气候幽默’，又《古画品录》张墨、荀勖条云‘风范气候，极妙参神’等。其习见于画论者也。由是观之，则气候者，近乎气韵之意。”（曹旭《诗品集注》第410页引）这种解释不确切，气候实则就是“气体”，是气所呈现的体征。

② 陈廷焯：《白雨斋词话》卷五，第107页。

③ 纪昀评《苏文忠公诗集》卷二：“以上二卷，大抵少作，气体未能成就。”

④ 张少康：《文赋集释》，第126页。

王维诗云：

蟏蛸挂虚牖，蟋蟀鸣前除。岁晏凉风至，君子复何如。
高馆阒无人，离居不可道。闲门寂已闭，落日照秋草。
虽有近音信，千里阻河关。中复客汝颍，去年归旧山。
结交二十载，不得一日展。贫病子既深，契阔余不浅。
仲秋虽未归，暮秋以为期。良会讵几日，终日长相思。

二诗同为五言，题材又同为思念兄弟朋友，皆因节候物色起兴。中写思念，后约共归，体法严谨。展开法式也近似，所以纪昀评云"发端深警"。但是，同写思念，东坡以回忆入诗，细节刻画入微；王维则铺陈自己的途程漂泊，以白描勾勒为主。东坡倾心于往日聚首，王维则反复于今日之流转，二诗一深情一淡然。因此纪昀说："（苏轼）音节似香山《桐花诗》，但收敛谨严耳。王摩诘寄祖三诗亦此格，而气体各别。"①即使同一气质风格的文人，其作品也往往气体有别，殷璠《河岳英灵集》认为，王昌龄与储光羲，都是从曹刘陆谢入手，标榜风骨，师法其迹，但"两贤气同而体别"：王昌龄声峻，储光羲调逸。②

作品气体与创作主体体气的对应，直接影响到创作主体对不同文体的适应，并产生各自的偏尚，因为文体对创作主体体气的传递有着各自的规定性，如《绲斋诗谈》论古诗与乐府之分界"只在动气与静气之交"，乐府动气，主痛快淋漓；古诗静气，以不尽言为上。③ 文体不同，其表现气的形态有别，因此不同体气的文人并非与所有的文体都相宜，苏轼性情豪爽，其创作婉转流利，因此他的诗歌便不长于转韵，转韵是七古的早期体格，过多地变化韵脚不利于纵横驰骤，于是他此类的创作便差强人意。

文如其人的思想与信念不仅影响到了文学创作，而且也促使文学鉴赏

① 纪昀评《苏文忠公诗集》卷二十二。

② 参见殷璠：《河岳英灵集》评语，见傅璇琮主编《唐人选唐诗新编》，陕西人民教育出版社1996年版，第178、182页。

③ 参见张谦宜：《绲斋诗谈》卷三，见《清诗话续编》，第802页。

脱开公共性的标准，寻找到了个性化审美与个性化创作相通的理论依据，这才有了《文心雕龙》中的《知音》篇：

夫缀文者情动而辞发，观文者披文以入情，沿波讨源，虽幽必显。世远莫见其面，觇文辄见其心。岂成篇之足深？患识照之自浅耳。夫志在山水，琴表其情，况形之笔端，理将焉匿？故心之照理，譬目之照形，目瞭则形无不分，心敏则理无不达。然而俗监之迷者，深废浅售，此庄周所以笑折杨，宋玉所以伤白雪也。昔屈平有言：文质疏内，众不知余之异采。见异唯知音耳。扬雄自称：心好沉博绝丽之文。其事浮浅，亦可知矣。夫唯深识监奥，必欢然内怿，譬春台之熙众人，乐饵之止过客。盖闻兰为国香，服媚弥芬；书亦国华，玩泽方美。知音君子，其垂意焉。

文如其面，风格即人，真正知音者，由文而能识人之情志、趣味，以文学的鉴赏实现心灵的交流。作家作品读者如此达到的统一，在中国古代文人的创作实践之中既是一种境界，也是他们的追求；作家、作品、读者之间这种关系的建立，其依据就是气的周行与赋形中维持着气的一体化，从而实现了主体之气在艺术创作与鉴赏之中的统一。有学者对王羲之和柳宗元的两篇作品进行了比较：王羲之《兰亭集序》写雅士风流聚会，但他下笔无声色之惑，无丝竹之噪，俯察仰观，触景兴怀，宇宙人生，沛然萃于胸中，洒落而苍凉，遗世而独立；柳宗元《江雪》，千山万径，鸟绝人杳，孤舟独钓，寒江雪飘，一片枯寂，但明人胡应麟却指出其心中“太闹”，因此才自怨自怜。二人各自代表了一种文人的类型，于是创作出的作品也自然而然地汇入了相应的文类，各自对应，毫厘不爽。

二

文如其人是中国传统文化之中道德持守诚信为本观念的体现。《易·文言》中明确提出：“修辞立其诚。”孔子讲究“文质彬彬”，虽然文质皆非就文章诗赋而言，但其确立的文采与质实相辅相成的原则却成为后世遵循的创作标准，其内涵就是要做到“文顾行，行顾文”：言行一致，作为人生的标准或者期许，得到舆论不厌其烦的强化，其激烈者最终将道德文章统一，且以德行统领文章，有德者必有言；有言者未必有德则其言可废。唐人李华甚至说：“有德之文信，无德之文诈。”①闻一多先生曾经分析人格修养在历史上的地位及其变革过程，认为人格修养、超人境界，为先秦士大夫所立，并由此形成理想化的完美人格概念与标准；汉末至东晋，这种追求内涵有所变化，但理想人格构建的目的未变；六朝有些堕落，至唐代复兴，从此延续至清。闻一多对比中西在人格与艺术创作关系上的差异说：西洋人不计较诗人的人格，如果他有好诗，反而可以掩护作者的弊病，使他获得社会的声誉与原谅。他们又有职业作家，认为一篇文学作品的创作可与科学发明相等。西洋人作诗往往借故事或者艺术技巧来表现作者的个性，而中国诗人则重在直接抒发作者自我的胸襟，所以人格修养问题便显得很重要。他本人也是一个文如其人的支持者，并以孟浩然为例说：“别人的诗都是他本人的精华结晶，故诗写成而人成了糟粕；独孟浩然人是诗的灵魂，有了人没有诗亦无不可。”②这种人格作品一致的理念，与先秦诗言志之风一脉相承，而孔子所谓的“思无邪”三字，无邪就是不绕弯子，是指表现真诚而不伪装，所表达的就是美学意义的“真”。能真，则作品之中体现的就是作者的人格。这是中国传统的诗教，这个诗教传统在后世分化为以下三种方向：

将文如其人的“人”从活生生的人格缩减为道德面目，整个观点也就转变为道德即文章，文章即道德，道德成为文的尺度；

将“诗言志”中诗与志的关系绝对化，以文章推究作者的心术，了解作者的情性面目，后人也常有人从作品入手，以带有占卜色彩的口吻，推测作者的志向；

将文章与人分开，以为二者既可以对应，也可以不对应，难以凭借文章认识人，也难以凭借人来衡量文章。

其一，将道德和文章直接对应。持此见者往往是儒家思想的继承者，他

---

① 李华：《赠礼部尚书清河孝公崔沔集序》。

② 闻一多：《说唐诗》，见《篇吹弦诵传薪录》，第114页。

们重视道统，严君子小人之辨，二者在时事多变之际那些操守严整的文人那里更是有着不可逾越的鸿沟。如隋唐之际王通《文中子·事君》便对魏晋六朝文人作了道德与文章的评判：

子谓文士之行可见。谢灵运小人哉，其文傲，君子则谨；沈休文小人哉，其文冶，君子则典。

或问孝绰兄弟，子曰：鄙人也，其文淫。

或问湘东王兄弟，子曰：贪人也，其文繁。

子谓颜延之、王俭、任昉有君子之心焉，其文约以则。

以君子小人对举，考量其人之道德与诗文风格的对应。另如明清易代之际，很多志士对文如其人都有道德文章统一的解释，如吕留良说："作文可想见其人之胸怀体段。韩子谓仁义之人，其言蔼如，有一分仁义，见一分英华。二者有偏胜，如其言有刚柔，不能借，不可掩也。庸人止流露浮伪、圆融、俗肠，畸行者又多傲岸、过高之思，惟端人正士，其光明俊伟洋溢纸墨间。虽圭角有未化，精微有未尽，所言不无粗处，则视所见之浅深，所养之厚薄，要非庸流所能望矣。"①庸、畸与端正皆从道德品行论人，吕留良以为其作品与这种品行是对应的。杜濬《与范仲阏》云："人即是诗，诗即是人。"归庄《天启崇祯两朝遗民诗序》云："夫诗既论其人，苟其人无足取，诗不必多存也。"刘熙载《艺概·诗概》则认为诗赋都与人品相关："诗品出于人品。"《赋概》云："赋尚才不如尚品，或竭尽雕饰以夸世媚俗，非才有余，乃品不足也。"尽管这里所谓"品"并非皆指道德修养，但核心不离道德修养。

其二，将"诗言志"的诗与志关系绝对化，以文章推究作者性情心术是文如其人思想继承者之中最普遍的。从晋代开始，周祗《祭梁鸿文》就曾说："后学抚牍，得人在文。"王通《中论》在君子小人之文的论述之外，也涉及这类文章与作者情性的直接对应问题："鲍照、江淹，古之狷者也，其文急

① 吕留良：《吕晚村先生论文汇钞》，见《历代文话》，第3329页。原文"俗肠畸行者"未顿开，句读有误。

以怨；吴筠、孔稚珪，古之狂人也，其文怪以怒；谢庄、王融，古之纤人也，其文碎；徐陵、庾信，古之夸人也，其文淫。”叶燮、薛雪师徒也基本上是文与个人情性对应说的继承者，叶燮在《原诗》之中首先亮出自己的观点：“作诗者在抒写性情。此语夫人能知之，夫人能言之；而未尽夫人能然之者矣。作诗有性情必有面目，此不但未尽夫人能然之，并未尽夫人能知之者也。”意思是诗要书写性情，而且性情的表现就是各自面目的表达：文如其人。随后列举了古代几个大家的表现：

> 如杜甫之诗，随举其一篇，篇举其一句，无处不可见其忧国爱君，悯时伤乱，遭颠沛而不苟，处穷约而不滥，崎岖兵戈盗贼之地，而以山川景物友朋杯酒抒愤陶情：此杜甫之面目也。我一读之，甫之面目跃然于前。读其诗一日，一日之对；读其诗终身，日日与之对也。故可慕可乐而可敬也。举韩愈之一篇一句，无处不可见其骨相崚嶒，俯视一切，进则不能容于朝，退又不肯独善于野，疾恶甚严，爱才若渴：此韩愈之面目也。举苏轼之一篇一句，无处不可见其凌空如天马，游戏如飞仙，风流儒雅，无入不得，好善而乐与，嬉笑怒骂，四时之气皆备：此苏轼之面目也。①

沈德潜也承此说：“性情面目，人人各具。读太白诗，如见其脱屣千乘；读少陵诗，如见其忧国伤时。其世不我容，爱才若渴者，昌黎之诗也；其嬉笑怒骂，风流儒雅者，东坡之诗也。”②至于以诗文为揣摩作者心术志趣者，如宋吴处厚《青箱杂记》卷八云：

> 文之神妙莫过于诗赋见人之志，非特诗也，而赋亦可以见焉。唐裴晋公作《铸剑戟为农器赋》云：“我皇帝嗣位三十载也，寰海镜清，方隅砥平，区域中尽归力穑，示天下弗复用兵。”则平淮西、一天下已见于此

① 叶燮：《原诗》，人民文学出版社 1998 年版，第 50 页。
② 沈德潜：《说诗晬语》，第 257 页。

> 赋矣。范文正公作《金在镕赋》云:"倘令区别妍媸,愿为轩鉴;若使削平祸乱,请就干将。"则公负将相器业,文武全才,亦见于此赋矣。公又为《水车赋》,其末云:"方今圣人在上,五日一风,十日一雨,则斯车也吾其不取。"意谓水车唯施于旱岁,岁不旱则无所施,则公之用舍进退亦见于此赋矣。盖公在宝元康定间遇边鄙震耸,则骤加进擢;及后晏静,则置而不用:斯亦与水车何异?王沂公《有物混成赋》云:"不缩不盈,赋象宁穷于广狭?匪雕匪斫,流形罔滞于盈虚。"则宰相陶钧运用之意已见于此赋矣。又云:"得我之小者散而为草木,得我之大者聚而为山川。"则宰相择任群材,使小大各得其所又见于此赋矣。

刘熙载《艺概·赋概》也认为,诗赋是古代文人寄寓自我情志的重要手段,《史记》、《汉书》之所以将赋载入列传,其原因就是"所以使读其赋者即知其人也"。清人徐增说得更加直截了当甚至更加绝对:"诗乃人之行略,人高则诗亦高,人俗则诗亦俗,一字不可掩饰,见其诗如见其人。"①

其三,将文章与人分开,以为二者既可以对应,也可以不对应,难以凭借文章认识人,也难以凭借人来衡量文章。持这种观点者是文如其人论的怀疑者,虽然他们也有条件地承认文章与作者道德、情性可以部分相通,但认为常态则是难以统一,尤其对道德与人品的对应不感兴趣。最早的驳论者是梁简文帝萧纲,在《诫当阳公大心书》中他明确提出:"立身之道与文章异;立身先须谨重,文章且须放荡。"将道德与文章截然分开,同时包含着性情也可以与文章不统一的观点。清代纪昀批判方回的《瀛奎律髓》,认为其主要弊病就是攀附:"元祐之正人,洛闽之道学,不论其诗之工拙,一概引之以自重。"本来是诗的选本,最终成了正人君子的大观,目的在于通过私淑这些享有美誉的君子,来掩饰自己道德上的缺陷,"本为诗品,置而论人",所以纪昀称之为"是依附名誉之私,非别裁伪体之道"。② 其意思就是:诗品与人品不同,二者未必能达到统一。

① 徐增:《而庵诗话》,见《清诗话》,第430页。

② 纪昀:《瀛奎律髓刊误序》,李庆甲《瀛奎律髓汇评》附录。

分析以上三种观点，前二类基本上从道德、性情与诗文的对应维护文如其人说；第三类虽然排除了道德与文章、文章和立身较为生硬的直接关系，但并未否定文和主体情性的关系。

在具体的文学艺术批评当中，文人们尽管也遵循以上具体的研讨原则，但一般不是将道德、情性等分开以后来单独论列作者与文章的关系，而是将道德、情性、学养融为一体之气来定义"人"的面目，并借此说明文和人关系的对应，方孝孺的《张彦辉文集序》便是这样一篇文章，作者不是对一些作者的泛论，而是从历代文学史演变的史实入手，论证文如其人是文学史之中一直鲜明存在的特征：

昔称文章与政相通，举其概而言耳。要而求之，实与其人类。战国以下，自其著者言之：庄周为人，有壶视天地、囊括万物之态，故其文宏博而放肆，飘飘然若云游龙骞不可守；荀卿恭敬好礼，故其文敦厚而严正，如大儒老师，衣冠伟然，揖让进退，具有法度；韩非李斯，峭刻酷虐，故其文缴绕深切，排捭纠缠，比辞连类，如法吏议狱，务尽其意，使人无所措手；司马迁豪迈不羁，宽大易直，故其文崒乎如恒华，浩乎如江河，曲尽周密，如家人夫子语，不尚藻饰，而终不可学；司马相如有侠客美丈夫之容，故其文绮曼姱都，如清歌绕梁，中节可听；贾谊少年意气慷慨，思建事功而不得遂，故其文深笃有谋，悲壮矫讦；扬雄龊龊自信，木讷少风节，故其文拘束悫愿，模拟窥窃，蹇涩不畅，用心虽劳，而去道实远。

下此魏晋至隋，流丽淫靡，浮急促数，殆欲无文。惟陶元亮以冲旷天然之质，发自肺腑，不为雕刻，其道意也达，其状物也核，稍为近古。韩退之起中唐，始大振之。退之俊杰，善辩说，故其文开阳合阴，奇绝变化，震动如雷霆，淡泊如韶濩，卓矣为一家言。其同时则有柳子厚、李元宾、李习之之流。子厚为人精致警敏，习之志大识远，元宾激烈善持论，故其文皆类之。……宋兴，至欧阳永叔、苏子瞻、王介甫、曾子固而文始备。永叔厚重渊洁，故其文委曲平和，不为斩绝诡怪之状，而穆穆有余韵；子瞻魁梧宏博，气高力雄，故其文常惊绝一世，不为婉昵细语；介甫狭中少容，简默有裁制，故其文能以约胜；子固俨而儒者，故其文粹白纯正,出入礼乐法度中。南渡以后,真希元、魏华甫以典章文物为文,陈同甫以纵横之学为文,其他各以其文显者甚众,至于末流,而文章弊矣。

元兴,以文自名者,相望于百年之间。为世所珍者,号姚宽甫、虞伯生、黄晋卿、欧阳原功。宽甫敦庞有威仪,左右佩玉,故其文沉郁而隆厚;泊生颀嶷巨人,谈故事遗法竟日不竭,故其文敷赡无涯,不可准则;晋卿谨慎有礼,故其文守局遵度,考据切当,不放而密;原功博学多识,故其文繁多而不迫。至于今,则潜溪先生出焉。先生以诚笃和毅之质,宏奥玄深之识,发而为文,原功称其如淮阴将兵百万,百战百胜,志不少慑;如列子御风,翩然骞举,不沾尘土,用鸣一代之盛,追古作者与之齐,近代不足拟也。由此观之,自古至今,文之不同,类乎人者,岂不然乎?

方孝孺此文,分别从作者的个性、气质、学养等着手,论述了历代文人创作与这些因素的对应,认为不同的文章风格,是与这些文人不同的自我面目性情、气质学养相一致的,继承的正是刘勰的"才气学习"凝定文人性情与文章体式之说。最终的结论就是:"自古至今,文之不同,类乎人。"人与文是统一的。毛先舒论人与文的这种对应云:"神明秀练者其言芳以洁,意广识通者其言疏以远,凄激内含者其言抑以凌,不见歆趋者其言静以立,萦纡恬汰者其言微以长,光华隐曜者其言清以典。"①其中的"神明秀练"、"意广识通"、"凄激内含"、"不见歆趋"、"萦纡恬汰"等,皆是个体才赋、性情、学养等的综合体现,叶燮《原诗》便称这种综合而成者为"诗之基",他说:"我谓作诗者亦必先有诗之基焉。诗之基,其人之胸襟是也。有胸襟然后能载其性情、智慧、聪明、才辩以出,随遇发生,随生即盛。"而"诗之基"、"其人之胸襟",就是主体经过陶冶形成的本然之气,它对每一个自我都有着规定性,而其流行与赋形也因为这个基础而表现出气的统一性。钱钟书先生《谈艺录》中给予了辨析:

心画心声,本为成事之说,实鲜少见之明。然所言之物可以饰伪,

① 毛先舒:《诗辨坻》卷一,见《清诗话续编》,第11页。

> 巨奸为忧国语,热中人作冰雪文是也。其言之格调,则往往流露本相。狷疾人之作风,不能尽变为澄淡;豪迈人之笔性,不能尽变为谨严。文如其人,在此不在彼也。

不从道德与诗品立论,也不从性情与描写题材立论,而是同方孝孺一样,从气质体性与语言形式、笔性之气的对应出发,为文如其人寻找到了依据。他又举阮大铖为例:“阮圆海欲作山水清音,而其诗格矜涩纤仄,望可知为深心密虑,非真闲适人寄意于诗者。”事实上其《咏怀堂诗》的评价也大致如此:“钩棘其词,清羸其貌,隐情蹠理,鼠入牛角,车走羊肠。其法则叶石林所谓‘减字换字’,其格则皇甫持正所谓‘可惋在碎’。万历后诗有此饾心钉肝、拗嗓刺目之苦趣恶道。”而《文中子·事君》所云“谢庄王融纤人也,其文碎;徐陵庾信夸人也,其文诞”,《青箱杂记》卷五十一所谓“山林草野之文,其气枯碎;朝廷台阁之文,其气温缛;晏元献诗但说梨花院落柳絮池塘,自有富贵气象,李庆孙等每言金玉锦绣,仍乞儿相”等,皆以词气断其为人,或由其为人断其词气,所见者正是人与文最细微也是最根本的对应关系。① 田同之以词的创作为例说过,“性情豪放者强作婉约语,毕竟豪气未除;性情婉约者强作豪放语,不觉婉态自露”②,偶尔表面的矛盾抵消不了深层的对应。

但文学创作之中总有一些人在道德品行、人格情趣上与其作品的审美风格出现抵牾,如何理解这种现象呢?

首先,性情与心术不同,道德因心术见,但作品因性情气体见,所以道德品行与作品之间时有抵牾。陈仅就强调,以五言、七言等诗作定人之邪正“往往不验”,如宋之问、陈子昂,“人品卑不足道,其诗何尝不独步一时”?究其原因在于:“盖诗者,性情所寄托,非心术所见端也。性情同而心术异,故贤者不必皆工,工者不必皆贤。”③诗是言性情的,无论道德品行如何,性

---

① 参见钱钟书:《谈艺录》,第163页。
② 田同之:《西圃词话》,词话丛编本。
③ 诗香芸阁问、陈仅答:《修竹庐诗问答》。

情古今是没有善恶的;见人之品行道德的,是心术,而心术却不是诗歌发生的动力源泉。

再者,文如其人基本上是一个鉴赏标准,是以后人对作者熟稔程度为基础的,但一般来说,后人对前人的了解多有成见,这些成见或来于认知途径的局限,或来于舆论的塑造,或来于某种价值体系的限定,因而不客观不全面往往是识人的常态,所以比较容易造成对古人作品鉴赏之际的先入为主,从这种有局限的了解再去阅读古人的作品,往往有对文与人关系是否对应上的质疑。

而对作者而言,并不是自己所有的面目都能够示人,都可以见诸诗篇,其原因有二:明代陈龙正名之曰"变塞"与"精神不彻",并举当时两位著名的时文大家,一位文静细而性行淫险,一位文超逸而人近佻,二人之文与人不同的根由就在于变塞与精神不彻。①

变塞是指人非一隅,性情中有隐藏极深不轻易示人者,一旦隐现,而被视为矫情,实则恰也是其真面目的映射。《文心雕龙·体性》篇将"体性"联称,黄侃《文心雕龙札记》解释道:"体斥文章形状,性谓人性气有殊,缘性气之殊而所为之文异状。"以此为基础,黄侃分析刘勰的用心:须综合作者的文章、文章中反映的义理气韵以及作者的个性来考察其人格,因为人情万端,文体屡变,不应当执一文而定性,与主体为人表面相异的艺术风格未必就是文不如其人。宋代吴处厚《青箱杂记》卷八有一条:

> 文章纯古,不害其为邪;文章艳丽,亦不害其为正。然世或见人文章铺陈仁义道德,便谓之正人君子,及花草月露,便谓之邪人,兹亦不尽也。皮日休曰:"余尝慕宋璟之为相,疑其铁肠与石心,不解吐婉媚辞。及睹其文而有《梅花赋》,清便富艳,得南朝徐庾体。"然余观近世所谓正人端士者,亦皆有艳丽之词如前世宋璟之比,今并录之。乖崖张公咏席上赠官妓小英歌曰:"天教抟花作,小英明如花。住近桃花坊北面,门庭掩映如仙家,美人宜称言不得:龙脑薰衣香入骨,维扬软縠如云英,

① 参见陈龙正:《举业素语》,槜李丛书本。

亳郡轻纱似蝉翼，我疑天上婺女星之精，偷入筵中名小英；又疑王母侍儿初失意，谪向人间为饮妓，不然何得肤如红玉初碾成，眼似秋波双脸横，舞态因风欲飞去，歌声遏云长且清？有时歌罢下香砌，几人魂魄遥相惊。人看小英心已足，我见小英心未足。为我高歌送一杯，我今赠汝新翻曲。"韩魏公晚年镇北州，一日病起，作《点绛唇》小词曰："病起厌厌，画堂花谢添憔悴。乱红飘砌，滴尽胭脂泪。惆怅前春，谁向花前醉。愁无际。武陵回睇人远，波空翠。"司马温公亦尝作《阮郎归》小词曰："渔舟容易入春山，仙家日月闲。绮窗纱幌映朱颜，相逢醉梦间。松露冷，海霞殷，匆匆整棹还。落花寂寂水潺潺，重寻此路难。"又曾修古立朝，最号刚方蹇谔。常见池上有所似者，亦作小诗寓意曰："荷叶罩芙蓉，圆青映嫩红。佳人南陌上，翠盖立春风。"

此条资料中征引了一些文人立身行事与诗文之格调迥异的例子，尤其表现在方正傲岸者往往有香艳题材与缠绵情怀的作品。这一点无非是这些文人隐蔽的或受习染的某种面貌的当下性反映，或者是其某种情趣的偶然激发，如南宋牟巘就曾这样论友人缪淡圃诗："予交淡圃久，不观其诗，犹不能尽知淡圃，则不知淡圃者多矣，然徒观其诗，果能尽必其所未知乎？淡圃笑曰：是但见吾衡气机也。"①文如其人，可以见人之一部分，但未必皆能见诗人全部面目。缪淡圃所谓"是但见吾衡气机"，意思是说，作品之中所见者是诗人衡长之气，但非常之气则不可见，机不开而气郁结乎胸中，成无声之诗，读者因此仅仅凭借作品难以识其人之全。《一瓢诗话》也曾经称道杜诗："如日月，无幽不烛；如大圆镜，无物不现。"又引张表臣《珊瑚钩诗话》说明杜诗因所表达的题材不同，而同时兼有含蓄、清旷、华艳、发扬蹈厉、雄深雅健等多种风格。根据这个现象，对许彦周以为韩愈"银烛未销窗送曙，金钗欲醉坐添春"这样的诗句"殊不类其为人"的责难进行了辩解，他称："可知如来三十二相，八十种好，何所不现？大诗家正不妨如是。"这种与自我或者舆论定型不同的作品，不可动辄定性为文不如人，而是对此人的丰富性

① 牟巘：《牟氏陵阳集》卷十三《缪淡圃诗文序》，文渊阁四库全书本。

的补充。另如文天祥的形象以及其《过伶仃洋诗》已经成为文如其人的显证,但是文山词有“风雨如晦,鸡鸣不已”之意,不知者以为变声。文天祥这类带有悲观色彩的诗文,在其人生最后抗争的岁月并不少见,无论作为正声还是变声,都是其心态的真实写照,但与后人理想中的完美形象有区别,这种有别于传统的面貌,本来也是文天祥的“人”的一面,只是在不同的环境遭际之下,各自得以激发而已,所以刘熙载《艺概·词曲概》说:“词当合其人之境地以观之。”这样就将文如其人与审美鉴赏之际的要求作出了规定,防止了以理想化代替具体的分析。做不到这一点,率意地下定论,多会失于以固定的视角僵化地论人,忽视了人性的复杂。

夏承焘先生对作品与主体这种表面的难以对应给予了表彰:“在有些大作家大作品里,这些情貌不一致的地方,有时恰正是他们更深刻更伟大的地方。”①所谓的情貌不一,一是作者有我们难以把握的深层情怀,其体气涵容兼具;一是作者才思高超,体摹能力入微,可以随笔敷衍而象神,未必与自我之体气一致。

而“精神不御”乃指主体蓄养之气不盛,又率意敷衍,因而体性之气未能得到充分贯注于作品,作品因此不是地道的气化产物,难以显现主体之面貌。

尤其值得注意的是,文如其人讲的是“人”与“文”的关系,不是人与历史的关系,不是人与自我言谈的关系,不是人与其行事的关系,在言谈、行事与人的关系中,由于功利介入与目的的需要,言行不一是经常的事情,不结合历史语境,难以进行分析,更不宜直接进行价值评判。但人与文——文学创作之间的关系,却能够实现基本的对应,所以古代学者在与文如其人相关的话题中,往往特别强调与人建立关系的是文以及文的特殊性,如李梦阳读友人的诗,认为“予于是知诗之观人也”,有名陈石峰者反问:“夫邪也不端言乎?弱不健言乎?躁不冲言乎?显不隐言乎?人恶乎观?”李梦阳回答道:“是谓之言也,而非所谓诗也。夫诗者,人之鉴者也。夫人动之至必著之言,言斯永,永斯律,律和而应,声永而节。言弗睽志,发之以章,而后诗生

① 张少康:《文赋集释》,引夏承焘《关于陆机文赋的三个问题》,第79页。

焉。故诗者，非徒言者也。”①强调了言与诗是不同的；因言未必能够见人的真面目，但诗具备这个特性。另如毛先舒《诗辩坻》卷四云：“言者心声，而诗又言之至精者也。以此征心，善度者不能自匿矣。”蒋士铨也从诗具有传人神气的特点提出：“古今人多有性情，其所以藉见于天下后世者，于诗为最著。”②严现实与艺术之界限，这是对文如其人作为艺术命题的深刻认识。从这个角度衡量，文如其人是对艺术创作过程中主体之气寄于作品并维持作品与主体一体的准确概括，是对中国文学民族传统的精准把握。

三

强调气与文如其人的关系，核心就是强调文学要反映自我的体性、风格，做到诗中有人。金埴《不下带编》卷三云：

> 余姚黄征君太冲之称诗也，一以诗中有人为训。有执卷仰可者，征君初阅之曰：杜诗；再阅之连声曰：杜诗，杜诗。其人欣形于色，征君乃徐诏之曰：诗则杜矣，但不知子之诗安在？岂非诗中无人耶？

诗中有人的观点可以追溯到金代，《金史·文苑传》载有周德卿一段话：“文章徒工于外者，可以惊四筵，不可以适独坐，以其中无我故也。”晚明文人黄汝亨、清代赵执信等人也曾论及，袁枚《随园诗话》中云：“作诗不可以无我。”吴乔《围炉诗话》也有“诗中须有人”的说法。其基本内涵包括：

（一）强调个性化的风格，不能模仿古人与他人

文学的个性化主要体现为主体才气与作品体气的对应。体在古代文论之中有三义：一是文体；二是体类，侧重于指不同的风格；三是体派，以流派为主。先看文体。

中国古代文论，从曹丕的《典论·论文》到挚虞的《文章流别论》、李充的《翰林论》以及刘勰的《文心雕龙》，无不以文体论为主要内容，辨析文体

---

① 李梦阳：《林公诗序》。

② 蒋士铨：《钟叔梧秀才诗序》。

源流，提炼文体特征，标举各体名篇。从文体与才性之关系上看，这种鲜明的文体区分意识，恰恰也是与“才性之辨”同步，与魏晋六朝之际对才气的重视同步的，其目的正是为了使作者更加正确地运用才，更加充分地发挥才的潜力。对各体特征的概括，近乎对各体之性进行认定，而文人们依据此性进行创作之际，又融会了自我的才情，于是就表现出了与文体的大致特性不脱轨但又有鲜明自我风格的作品，这就是才所起到的作用。罗庸先生曾从文气说与才性说之间的源流关系论文学之体，他认为：

> 《大戴礼记·文王官人》一篇，为中国最古之“才性论”，主张观人之气性以定其官职，西汉已应用之于察举制，如孝悌力田，即是无形中训练乡里观人之风。……至刘劭《人物志》出，则才性论正式成立。至魏晋之间，一部分化为魏文“文气说”，一部分成为清谈家之哲学问题。①

文气说出于才性论，清谈家的哲学问题就是才性之辨以及由此形成的四本论，核心强调的是才。如此看来，无论才的问题还是气的问题，虽然都各有历史的沿革与传承，但在魏晋之际却都同时接受了才性论的资源，成为这个话题所衍生出的论题。罗先生进一步说：陆机《文赋》以一二字评文章之体，所谓诗缘情而绮靡、赋体物而浏亮等就是曹丕文气说的余脉。此处所谓诗赋之体与文气说之间的逻辑关系是这样的：曹丕论文体说“奏议宜雅，书论宜理，铭诔尚实，诗赋欲丽。此四科不同，故能之者偏也。唯通才能备其体。文以气为主，气之清浊有体，不可力强而致。”以人之体气才性不同因而影响到其对文体的选择。之所以会这样，关键在于文体作为一个“主体”，也具有自己的“性”，这就是其体之特性，也是这种文体的“体气”，如《诗经》之“诗”与《离骚》之“骚”二体：“骚之言扰也，劳役不宁之意。故其辞以屯结宛转为致，错而不乱，重复而不烦，绝而若续，往而若还，急而愈缓，坦慢而愈迫。”此种曼衍周折、鼓舞跌宕的形式，显然不同于以“静正”、“志

① 罗庸：《魏晋南北朝文学》，见《笳吹弦诵传薪录》，第204页。

诚”为标尺的“诗”的形式特征。[1] 这一“动荡”一“静正”，便是骚与诗的“体气”。

恰是这种体性或体气，决定了不同才性的文人们到底适合哪种文体。陆机拈出一二字，为不同文体确定其体性，从而为文人依据自我体性或体气选择不同的文学体裁提供依据，而体性或体气（即才性）与文的对应恰是文气说的主要内容。又如《文心雕龙·明诗》对四言、五言之体也作了具体的标定：“若夫四言正体，则雅润为本；五言流调，则清丽居宗。”但这仅仅是一般的要求，而无论四言五言，其格调的限定者是才，所以刘勰才说“华实异调，唯才所安”。将文体特征的创生源泉，最终归结于才。《文心雕龙·才略》论才，其重要观点之一就是：所谓才，首先是指文人们具有所长之体裁，如贾谊“议惬而赋清”，桓谭长于“著论”，潘勖“觉群公于锡命”，王朗“致美于序铭”。又如：“仲宣溢才，捷而能密，文多兼善，辞少瑕累，摘其诗赋，则七子之冠冕乎！琳、瑀以符檄擅声；徐幹以赋论标美；刘桢情高以会采；应瑒学优以得文；路粹杨修，颇怀笔记之工；丁仪邯郸，亦含论述之美。”各长不同体裁之外，还包含才与文体体制之大小的对应，如“张华短章，奕奕清畅”，而“左思奇才，业深覃思，尽锐于《三都》”，体物大赋与短篇小制所反映的才是不同的。当然，偏长于某体裁与偏长于某种风格不是毫无关系的，往往二者系为一体，如《才略》篇：“刘向之奏议，旨切而调缓；赵壹之辞赋，意繁而体疏；孔融气盛于为笔；祢衡思锐于为文：有偏美焉。”就是指某种才性在长于某种体裁之余，又兼而具有这种才性所独有的风格，如此体裁、如此风格与如此人物之才性体气是统一的。其次看体派。如建安体、正始体等，属于文学思想近似者的刻意追求，因而呈现出整体审美倾向的大致趋同，但并非统一，其中在共同的风气格调之外，仍然有着自我才性所偏的痕迹，刘勰在称正始体诗歌具有“正始明道，诗杂仙心”的共性之外，又格外强调了“何晏之徒，率多浮浅，唯嵇志清峻，阮旨遥深”的个性。又如明代屠隆对李白一体诗歌的论述：“人但知李青莲仙才，而不知王右丞、李长吉、白香山皆

① 参见郝敬：《艺圃伧谈》卷二，明郝洪范刊《山草堂集》本。

仙才也。青莲仙才而俊秀,右丞仙才而玄冲,长吉仙才而奇丽,香山仙才而闲澹。"①也是从才性体气有所偏来说明同一体中,虽然有大体近似的面目,但彼此不同之才气又造就了各自具体的深层特征。最后是体类,前面已经通过《文心雕龙·体性》的八体论述了诗文之体与主体体气的对应关系,因而自我做主也便成为文人共识。如袁枚《与沈归愚书》称:"今人诗有极工极宜学者,亦不徒汉晋唐宋也。……至于性情遭际,人人有我在焉,不可貌古人而袭之,畏古人而拘之也。"其意是作诗当讲求"自得之性情",在诗中不当拘于他人,也不当拘于时代古今。《与稚存论诗书》中,他以是否能够传世再申此意:"古之学杜者,无虑数千家,其传者皆其不似杜者也。"张问陶则云:"愧我性灵终是我,不成李杜不张王。""汉魏晋唐犹不学,谁能有意学随园?"②从体式格调上反对模拟,《论文八首》明确宣言:"诗中无我不如删。"

以上从文体、体派、体类强调的体性体气与作品气体的统一,正是诗中有我、有人的具体阐释。

(二)强调自我总体的"体气"在作品之中的体现

这个"体气"是兼先天与后天而言的。人有缓急刚柔之性,文有阴阳动静之殊,所谓缓急刚柔之性指的就是"体气",具体的阴阳动静之殊正是这种体气的赋形。这个"体气"包含着自我的禀赋与资历学识,真德秀认为:圣人之文为元气所化,但一般的非圣之人,在诗文创作之中,"则视其资之薄厚与所蓄之浅深,不得而遁焉"③,资之厚薄是才性,所蓄之浅深是学问的积累,沿袭了刘勰的"才气学习"说。"体气"还包容着作者的身份,陈衍认为:"语言文字,各人有各人身份,惟其称而已。"强调了身份与诗文面目的统一,因而:"寻常妇女,难得伟词;穷老书生,耻言抱负;至于身厕戎行,躬擐甲胄,则辛稼轩之金戈铁马,岳武穆之收拾山河,固不能绳以京兆之推敲、

---

① 屠隆:《鸿苞节录》卷六。

② 张问陶:《颇有谓予诗学随园者笑而赋此》。

③ 真德秀:《日湖文集序》。

饭颗之苦吟矣。"①二者之间虽然没有这么严密的对应,但从美学意义的"真"这面镜子下观照,二者的确统一的成分更多一些。

由此而言,文如其人之"人"并非仅仅指自然的"我",也包括经过陶冶锻炼而形成的"我"。陆游在其著名的《上辛给事书》中首先肯定了君子与其文之间的呼应:"君子之有文也,如日月之明,金石之声,江海之涛澜,虎豹之炳蔚,必有是实,乃有是文。"但在接下来的文字中,他专门对君子之德的来源给予了说明,以为君子之德源自"心之所养",有此心之所养,故发而为言,比而成文,于是"人之邪正至观其文则尽矣,决不可隐也"。清代诗人何绍基甚至认为,这个经过了陶冶的我才是诗中应该有的我,这个我的面目在诗中的体现,是"不俗"之我的艺术再现。他认为,诗文要成家,不能从诗内去寻求,应当先学"为人",那么所谓"为人"是什么呢?不是"规行矩步,儒言儒服"的表面文章,不是"孝悌谨信,出入有节"却言不由衷的应酬,而是讲的"立诚不欺",这是从道德修养而言;至于刚柔阴阳、禀赋各殊、或狂或狷的性情,则当就其性情,"充以古籍,阅历事物",而非舍己而就人。经过一个这样的学习陶冶的过程,则"真我自立,绝去模拟",虽然大小偏正各有材赋,但却地道是属于自己的,至此则"人可成矣"。以上两个过程,外在修养与内在修养同步双修,实际上即是孟子所谓养气的过程,经过以上器识、学问的修为,成就的我显然不是自然的本我,而是经过熏陶成就的我。诗歌创作中文如其人的过程未必能一蹴而就,因此也可以通过锻炼而渐渐获得,"移其所以为人者,发见于语言文字",随后,"日去其与人共者,渐扩其己所独得者,又刊其词义之美而与吾之为人不相肖者:始则少移焉,继则半至焉,终则全赴焉,是则人与文一;人与文一,是为人成,是为诗文之家成。"不过他对这个文如其人有一个鲜明的解释——"不俗",且以之为文如其人的核心内涵:庸恶陋劣不入时流自然是俗,"同流合污,胸无是非,或逐时好,或傍古人,是之谓俗";"泥途草莽,纠纷拖沓,沾滞不别"的混沌无奇也是俗。与此不同,能够"直起直落,独来独往,有感则道,见义则赴"就是

① 陈衍:《石遗室诗话》卷三,见张寅彭主编《民国诗话丛编》第1册,上海书店出版社2002年版。

“不俗”。[①] 由于强调的是陶冶之后的自我与文的呼应,因此不俗便是其文如其人说中“人”的必然面目。

(三)强调自我特定语境之下的情性在作品之中的表现

吴乔在解释为什么自己屡次申说诗中要有人时说:“人之境遇有穷通,而心之哀乐生焉。夫子言诗,亦不出于哀乐之情也。诗而有情有境,则自有人在其中。”他认为,诗就是以“人于顺逆境遇间所动情思”为“诗材”,言情言志的诗因此也就是表现境遇,所以他干脆称“情为境遇”。这样的话,诗所体现的情感中,便能鲜明地体现出作者的境遇、学问。[②] 在总的修养风范之外,也便体现出其特定境遇之下的情感变化的内心波澜。如纪昀评苏轼《南华寺》一诗:“触境寄慨,不同泛作禅语”,“此方是东坡游南华寺诗,不可移掇他人;是此时东坡游南华寺诗,不可移掇他时。此为诗中有人”。[③] 即诗当描写特定境地之下自我特定的与境地相应的性情,使得作品能展现出当下的自我。

(四)强调作诗要用自我之法

对此翁方纲有具体论述,其《诗法论》中对“诗中有我在”的解释是:

> 欧阳子援扬子制器有法以喻书法,则诗文之赖法以定也审矣。忘筌忘蹄,非无筌无蹄也。律之还宫,必起于审度,度即法也。顾其用之也无定方,而其所以用之,实有立乎法之先而运乎法之中者。故法非徒法也,法非板法也。且以诗言之,诗之作作于谁哉?则法之用用于谁哉?诗中有我在也,法中有我以运之也。即其同一诗也,同一法也,我与若俱用此法,而用之之理、用之之趣各有不同者,不能使子面如吾面也。同一时、同一境、同一事之作,而其用法之所以然,父不能得之于子,师不能传之于弟;即同一在我之作,而今岁不能仿佛昨岁语,今日不能用昨日之语,况其隔时地、分古今,而强我以就古人之法,强执古人以定我之法。

---

① 何绍基:《使黔草自序》。

② 参见吴乔:《围炉诗话》卷一,见《清诗话续编》,第490、480、474页。

③ 纪昀评《苏文忠公诗集》卷三十八。

文章中的法是就其肌理说而言的，不仅仅是一般的诗文方法，还包含着综理之法、经理之法、条理之法；此法因时势、地势、情境之别而有别，不尽同于古人的面目。《筱园诗话》则将“所谓诗中有我者”具体化为以下四点具体法式与原则：

一为“不依傍前人门户，不模仿前人形似，抒写性情，绝无成见，称心而言，自鸣其天”。

一为“勿论大篇短章，皆乘兴而作，意尽则止”。

一为“我有我之精神结构，我有我之意境寄托，我有我之气体面目，我有我之材力准绳”。

一为“词必己出，陈言务去”。

以上四点，除了强调因兴而发之外，皆就艺术形式的独到而言，只有达到“任举一篇一联，皆我之诗，非前人所已言之诗，亦非时人意中所有之诗”，这才是“诗中有我”。①

（五）以诗中有人实现在与古人辉煌艺术成就较量中获得自己的一席之地

陈子龙《仿佛楼诗稿序》认为：“既生于古人之后，其体格之雅，音调之美，此前哲之所已备，无可独造者也。”要想避开古人巨大的影像，除了可以在色彩、风姿上下工夫之外，他认为寄寓自我的动人之处也是非常有效的形式：“譬之美女焉，其托心于窈窕，流媚于盼倩者，虽南威不假于夷光，各有动人之处耳。”严复《说诗用琥韵》云：“每怀古作者，令我出背汗；光景随世开，不必唐宋判。大抵论诗功，天人各分半。诗中常有人，对卷若可唤。”黄遵宪《人境庐诗草自序》也说：“士生古人之后，古人之诗号称专门名家者，无虑百数十家，欲弃去古人之糟粕，而不为古人所束缚，诚戛戛乎其难。虽然，仆尝以为诗之外有事，诗之中有人；今之世异于古，今之人亦何必与古人同？”很显然，三人的着眼点都是打破传统与通套的束缚，开拓出属于自我的风格、性情甚至体式。在这一点上黄遵宪走得更远，且颇具开拓之功，他的诗界革命所倡导的复古人比兴之体、以单行之神运排偶之体、取离骚乐府

① 朱庭珍：《筱园诗话》卷一，见《清诗话续编》，第2324页。

之神入诗、以古文伸缩离合之法入诗等，以我的性情，运我之法度，都是为了别开天地。

（六）文如其人之“文”可以是每一篇具体的作品，但更侧重于指一个人总体的创作

文如其人更多的时候是指一个人的作品总体所呈现的特点与其人格的对应。宋代蔡居厚早有此论，他分别列举柳宗元、白居易、陶渊明为例说：

> 子厚之贬，其忧悲憔悴之叹，发于诗者，特为酸楚。闵己伤志，固君子所不免，然亦何至是，卒以愤死，未为达理也。
>
> 乐天既退闲，放浪物外，若真能脱屣轩冕者。然荣辱得失之际，铢铢校量，而自矜其达，每诗未尝不着此意，是岂真能忘之者哉！亦力胜之耳。
>
> 惟渊明则不然。观其《贫士》、《责子》与其他所作，当忧则忧，遇喜则喜，忽然忧乐两忘，则随所遇而皆适，未尝有择于其间，所谓超世遗物者，要当如是而后可也。

三人都是古代文人所说的达者，或者同属于喜爱闲适者，但由其作品中所透露出的人格状态并不一致，一个遣寄，一个力胜，一个随遇而安，所以蔡居厚说：“观三人之诗，以意逆志，人岂难见？以是论贤不肖之实，亦何可欺乎？”①用以观三人者，不是一文一诗，乃是三人的总体创作。

不仅如此，实际创作之中“文”所映照出的“人”以及要映照这样一个人所需要的“文”都不是单一对应，而是呈现为以文的全系统的因素与要求，对应人的全方位的面目，清代朱庭珍对此有一个全面的论述：

> 夫所谓诗中有我者，不依傍前人门户，不模仿前人形似，抒写性情，绝无成见，称心而言，自鸣其天。勿论大篇短章，皆乘兴而作，意尽则止。我有我之精神结构，我有我之意境寄托，我有我之气体面目，我有

① 蔡居厚：《蔡宽夫诗话》，见郭绍虞《宋诗话辑佚》，第393页。

我之材力准绳，绝不拾人牙慧，落寻常窠臼蹊径之中。任举一篇一联，皆我之诗，非前人所已言之诗，亦非时人意中所有之诗也。是为诗中有我，即退之所谓词必己出，陈言务去也。并非自占身份，不论是何题目，其诗中必写自家本身，或发牢骚，或鸣得意，或寓志愿，或矜生平，即为有我在也。果力能独造，生面别开，不肯步人后尘，寄人篱下，则无语不自出心裁，亦无诗不自有真我。后人读吾诗者，无不见我性情，知我心志，我之胸襟识力，学养才气，毕流传于诗矣。①

其中涉及了体式上不模仿、乘兴而为发抒性情、词必己出、有我之意境寄托、有我之才力准绳、有自我之识力胸襟，能够如此，尽属于文如其人。文如其人，也包含这一切的艺术表现，无论单独的呈示还是综合的体现。并非仅仅在诗中写自己的身世、遭际、牢骚、得意、志愿的才算文如其人。

文如其人是艺术创作的理想，是审美鉴赏的期望，是传统诗教的延伸，但它是以气之赋形为前提的，讲求自然而为，如果刻意打造这样一种自我，就演化为人力的强求，因此朱庭珍在“诗中有我”之外又专门提出“无我”论：“诗家工夫，始贵有我，以成一家精神气味。迨成一家言后，又须无我，上下古今，神而明之，众美兼备，变化自如，始无忝大家之目。”为矫刻求有我之弊，他提出无我，这一则说明艺术本质上是一种个性与共性的统一；另一方面，如他自己所云：“盖不执我，而自然无处不有真我在矣。”②不刻求有某一个定型的我就是成就诗中丰富全面的我。

文如其人同时也是一种创作能力，因而，深深理会这个思想的作者或者道德高尚情性卓著的作者，未必尽能达到这个标准，这不一定是其刻意伪饰，而是才之所限，所以叶燮《原诗》说诗人们创作虽所就各有差异，而面目无不于诗见之。但所见的程度是不同的，“其中有全见者，有半见者”，全见者如陶渊明、李白；而所谓“半见”，是指有的诗人在某种体裁上可见，而在其他体裁上难见，如王维，五言则面目见，七言则面目不见，这是就体有专长

① 朱庭珍：《筱园诗话》卷一，见《清诗话续编》，第 2343 页。
② 朱庭珍：《筱园诗话》卷四，见《清诗话续编》，第 2393 页。

而言的。虽然如此,并没有全不可见者。

才本于天赋,不可能于后天改变,欲求人力对天赋有所补益,则需要在学识、气势、经验上下工夫,以这些陶冶为养气之途,以期能够将有限的才全面激发。因而要实现文如其人首先要养气,这成为古代文人们的一个共识,如阎尔梅《泊水斋诗序》称道其友人:使读其诗者,如见其人;想其人者,又如见其诗。达到了文如其人的境界,这种境界体现的面貌是:"宁朴毋秾,宁拙毋巧,贵盛无淫艳之词,林泉无夸诞之语,居官无容容之诮,谪戍无戚戚之音,难进易退,生死不移。皆于经营惨淡处见之。"这样一种光风霁月的艺术面目是其人格的表现,而其人格则得自修为:"夫君子以清修稽古之品,积而为光明俊伟之气,气充于中,而采符于外。悲歌讽咏,有不知其所以然而然者。"蒋士铨也认为,要做到诗言各自性情,如唐宋诸贤不必相袭,寓目即书,直达所见,其人品学术隐然跃跃于其间,关键在于"多读书以养其气",所读者或为古人经邦致治之略,或为李杜韩欧苏黄诸集,从器识与艺术上进行全面熏陶。① 文如其人的目标与能力,最终归结于养气,是艺术为气之赋形、维持前后统一性这一特征的具体表现。

文如其人之类的传统文学观念以及为了探索其人之面目而进行的知人论世的学术工作,因为结构主义等在当下的影响有被文本解读遮掩的趋势,学术著述中以抛开时代的研究为时髦,但问题并非如此简单,文学与作家的人格问题实际上永远都会是一个重要的话题。一方面,这种理念甚至信念为艺术寻找到了感性生命的源头,从而为其丰富的面目与无限的创造性提供了依据,一如叶嘉莹在评论王国维的《人间词话》时说:"《人间词话》评李后主词称其'不失赤子之心'是'为人君所短处,亦即为词人所长处',又称'东坡词旷,稼轩之词豪',以为与二人之胸襟有关。像这些品评就并不是盲目地以人格之价值与作品之价值混为一谈,而只是就作者人格性情之某些特质与其风格之某些特质间的关系来立论的。即以后主之词论,其风格之自然真率的一面,与其为人之纯真便确实有着相通之处。而东坡为人之

① 参见蒋士铨:《钟叔梧秀才诗序》。

超旷与稼轩之豪健，与他们词中所表现的旷与豪的风格，当然也有着相当密切的关系。像这种品评如果用之得当，则往往可以自‘诗’与‘人’的浑然合一中，直探诗歌中感性之生命的源流与命脉之所在，这乃是中国文学批评中极可重视的一种宝贵的传统。”①另一方面，这个人格，“并非仅仅指作家的个人道德状况，实际上，作家的人格更主要表现在他对艺术的信念、他关于艺术与人类幸福的关系、以及他作为一个艺术家在现实面前应该采取何种态度等等艺术理性和精神层面当中”②。正因为如此，以文如其人为表征的气之赋形说才成为我们传统文学表达中留下的珍贵遗产。

文如其人的理论被后世众多文学思想所嫁接，晚明公安派文人的性灵、张岱的冰雪精神、王嗣奭的真、叶燮的神明、毛先舒的性情、袁枚的灵机等，可以说都是从文如其人角度出发对自我诗学思想的宣扬。

第四节　气貌与习气、客气：文病批评举例

源自气论的文如其人一般来说是作为文学批评的一个正面标尺确立的，在正面的标尺之外，文学批评之中还有一类以气构建的对文学病累的批判。发现病累与缺憾，是文学欣赏之中不可或缺的一项内容，只有明其所病，才能真正知其所美。文病的表现很多，其中较为常见的是习气和客气，二者是不良气貌的代表。

（一）习气

前面论述气貌之际曾涉及古人以气作为某种风格倾向的概括，此类批评包容广泛，古人也用之极多，比如忠义之气、湖海之气、袍笏气、山林气、台阁气，等等。无论是哪一种气貌，它的坚持与传播在形成一种独到风格的同时，也容易因为求之过分而形成一种病累。其弊有二：第一，对前人与时风过多地沿袭；第二，对自我的创新形成一种遮蔽。这就是“习气”。习气是

① 叶嘉莹：《王国维及其文学批评》，第265页。

② 李洁非：《艺术人格之于创作》，见《看得见风景的房间》，河北人民出版社1999年版。

"习"和"气"共同组成的,其本意在于主体所习练所熟习的内容对主体会产生很大的影响,并由此形成一种审美牵引或者惯性;这种牵引和因循又如气而传递,最终影响一批人,从而使得个人习气演化为群体习气甚至时代习气。古人强调"性相近习相远",可见作为文学创作,对经典的习练、对前人与时人风范的追摹是必不可少的,没有这种补充,便不会有鲜明文学个性化的出现。但是,当视"习"以为"常"之际,将所习而成的艺术形式、审美情趣作为稳定的自我创作进行批量的生产,此时"习气"便成为文学之病。习气分为二类:一是创作个体习以为常且屡屡重复中形成的一些艺术偏好,它包括对前人、时人临习而形成的趋奉,也包括自我的偏嗜;二是一个群体所形成的具有共性色彩的艺术偏嗜。

其一,创作个体习以为常且屡屡重复中形成的一些艺术偏好。它包括自我创作中形成的审美偏好,由于执之过甚而成习气。也可以指地域影响形成的偏好,《芷江诗话》评沈德潜:"其格律谨严,音调谐叶,虽描头画角,微带苏人习气,而模仿太过,反失性情。"①苏人习气,是一个地域性文学中流露出的大致特征,另如南人习气、北人习气等皆是。

更多的时候习气属于对前人、时人临习而形成的趋奉,养就了稳定的艺术抒发手段与审美偏执。其代表性者有"晚唐习气",如《龙性堂诗话续集》评司空图的诗歌:"清真高古,全无晚唐一点尖新涂泽习气。"②"晚唐习气"是指过求尖新而一味涂泽。"宋人习气",如《岁寒堂诗话》卷上论宋诗:"子瞻以议论作诗,鲁直又专以补缀奇字。学者未得其所长,而先得其所短,诗人之意扫地矣。"这就是宋人习气,它表现为稳定的一种艺术追求:好议论;也能形成较为一致的艺术表达手段:喜欢奇字。手段相同自然往往造就出近似的面目,欲创新反而不易,故《全闽诗话》卷三云:"又如岳阳楼长歌,宛然唐响,绝无宋人习气。"又有"元诗习气",如杨孟载《春草》诗,中有"六朝旧恨斜阳外,南浦新愁细雨中"、"平川十里人归晚,无数牛羊一笛风",诗歌

① 许嗣云:《芷江诗话》,嘉庆二十四年一卷楼刊本,蒋寅《清诗话考》第489页引。

② 叶矫然:《龙性堂诗话续集》,见《清诗话续编》,第1011页。

流传很广，但李东阳认为："绿迷歌扇，红衬舞裙，已不能脱元诗气习。"①"元诗习气"的特点就在于绮艳。又有"宋元习气"，如《全闽诗话》卷六："而公先忧之计验，归田后一意著述，时与文人韵士颉颃唱酬。其诗间杂俚语，虽未脱宋元习气，然清扬萧散，婉而多风，不作穷愁拂郁语。"此"宋元习气"强调了俚俗的特征。既然习气多为弊累，自然在应该戒除之列，所以《岁寒堂诗话》卷上针对习气提出了矫正之策略："段师教康昆仑琵琶，且遣不近乐器十余年，忘其故态，学诗亦然。苏黄习气净尽，始可以论唐人诗；唐人声律习气净尽始可以论六朝诗；镌刻之习气净尽始可以论曹刘李杜诗。"只有荡涤习气，才能得古人创作真谛所在。

其二，一个群体所形成的具有共性色彩的艺术偏嗜，其中包括文人作为一个阶层所共有的某些积习。《诗话总龟》前集卷三十四："吴蜀乃唇齿之国，不当相图。晋之所以能取蜀者以此。子美死已久，犹不忘其诗，区区自列其意，书生之习气也。"此指文人之矜夸。《诗话总龟》后集卷三："夫谥势熖熏灼如此，而机敢为廋词以狎侮之，真文人之习气哉。"此指文人自视清高蔑视权贵而又过于肆意轻薄。《全闽诗话》卷九："尹春字子春，姿态不甚丽，而举止风韵绰似大家。性格温和，谈词爽雅，无抹脂障袖习气。"这个习气是指文人喜欢矫揉造作的风气。《梘斋诗谈》评清初李大村《题松岚弟黄山图》云："此题若只摹状山水，非不居然成篇，然自古有此黄山，作者多人，何须饶舌。惟是用自家意思，鼓荡而行，并不作名士游山习气，此乃是我辈中语。"②此处的"名士游山习气"是指作品中成就蹊径，缺乏自我意思情致，从而成为装点门面的通套。以上都是从文人性情习性而言的。庄元臣《文诀》："凡文字所以不能妙入古人地位者，正为身处文章习气中。"所谓文章习气，此处是指将创作诗文视为一种职业或者不得不做的工作，有意做此事，"身便为此事所包裹，不能作事外规模"。

诗人群体所形成的共性审美风尚最终流于习气，较为著名者为僧人诗作所形成的"蔬笋气"与"酸馅气"。《诗人玉屑》卷二十引《石林诗话》"酸

---

① 李东阳：《麓堂诗话》，见《历代诗话续编》，第 1375 页。
② 张谦宜：《梘斋诗谈》卷七，见《清诗话续编》，第 893 页。

馅气”条云:“近世僧学诗者极多,皆无超然自得之气。往往反拾掇模做士大夫所残弃,又自作一种体格,律尤凡俗,世谓之酸馅气。子瞻赠惠通诗云:‘语带江霞从古少,气含蔬笋到公无。’尝语人曰:‘颇解蔬笋语否?’为无酸馅气也。闻者无不皆笑。”酸馅气之外,“蔬笋气”也在宋代成为一个颇受讥讽的现象,《诗人玉屑》卷二十又有“无蔬笋气”一条:“东坡言,僧诗要无蔬笋气,固诗人龟鉴。”“蔬笋气”与“酸馅气”主要的病症是气味单一,还有一种习气就是意象雷同,方回《瀛奎律髓》卷十论永嘉四灵云:“所用料不过花、竹、鹤、僧、琴、药、茶、酒,于此几物一步不可离,而气象小矣。”当然,对四灵而言这种习气是生活境遇以及视野的必然产物,并非仅仅得于习染。

习气是长期熏染逐步养就的,渐之者广,入之者深,不易轻易改观,如吴子良《荆溪林下偶谈》卷三云“词科习气”:“东坡言词科利害,构说得失,为制科习气。余谓近世词科亦有一般习气:意主于谄,辞主于夸,虎头鼠尾,外肥中枵,此词科习气也。能消磨尽者难耳。”词科习气是指当时文人因为科举考试而养就的根深蒂固的一些弊病:谄媚而浮夸,虎头蛇尾。但移此习气很难,他举吕东莱为例:东莱早年文章在词科中最号杰出,但依然染于时习,藻绘排比之习消磨不尽,至中年方就平实。而要摆脱习气,需要有意识地规避风气,如明代时文一度粘接响亮,步骤顺畅,发挥无余,一时冠冕堂皇、铿铿锵锵成为风习,庄元臣《文诀》认为,这就是时文习气,要写出超卓的文字,就要去除时文习气。如何去除呢?他提出了以下三条:“粘接不欲太亮,步骤不欲太顺,发挥不欲太尽。”皆反习气之道而行之。

形成习气的创作,有一个突出的特点,容易将一种情趣风尚过于发露。从气本然的特性而言,气是混沌而不尚浅薄的,凡是发露者都是由于气缺乏浑然深厚的本质,造成气体的轻扬;由于气浅薄,所以缺乏生机。文学创作因此对发露之气都是反对的,张岱《祭祁文载文》便表达了对这种浅陋之气的否定:

昔人谓香在未烟,茶在无味。盖以名香佳茗,一落气味,则其气味反觉无余味矣。人如知此,则可以悟道,可以参禅。祁文载少年博学宏文,以五经拔贡,取两榜如拾芥,而文载固一代之才子也,而无才子气;

> 庚辰释褐，合延平五年，而北变之后，遂解绂遄归，文载固三十余年之纱帽也，而无纱帽气；其居乡一循礼法，里中人有不公不法之事，刑罚甘受，而但求不使文载知之者，则文载又乡里中之道学人也，而无道学气。……文载一付法之和尚也，而无和尚气，……文载真绝世聪明智慧之人也，而无聪明智慧气。淘洗湔涤，一切气味，不著分毫。①

收敛泛滥的某种风貌，回归气的浑融与蕴藉，是诊治习气的良药。

（二）客气

气分阴阳清浊，依据其他一些标准，气还可以分为正气间气、浩气余气，我们一般意义上所称道的艺术创作是清气、正气、浩气的产物。但其他类型的气，如浩气之外的余气、馁气，主气之外的客气，另有累气、蒙气等同样也是能够赋形的。客气是相对于主体之气而言的，主客交往，客人缺乏与主人真诚相待的坦诚与实在，过自虚矫，是为客气。相关文献中，《左传·定公八年》有“猛追之，顾而无继，伪颠，虎曰尽客气也”之说，此客气就是对方的骄狂之气。《宋书·颜延之传》言其“客气虚张”，此客气指颜延之“心智薄劣而高自比拟”。客气是与“主气”对应的，古人倡导性灵，实为对“主气”——自我之本然之气的强调。

古代理学家心学家出于人格气质的修养多论及客气，如朱熹论文章说：“人之文章，也只是三十岁以前，气格都定，但有精与未精耳。”但他又说：“然而能用心于学问底，便会长进，若不学问，只纵其客气底，亦如何会长进，日见昏了。”②才性之气属于禀赋，学可以使之得以进一步发挥，但不会使之有大的改观；无此禀赋而又欲通过学问于文学上率意驰骋炫耀，便多是客气了。王阳明也多次提到客气，基本都是论述主体修养之道，《与杨仕鸣》云：“大抵吾党既知学问头脑，已不虑无下手处，只恐客气为患，不肯实致其良知耳。后世中如柯生辈亦颇有力量可进，只是客气为害，亦不小行。”《与黄勉之》引黄勉之的观点：“物之有生，皆得此和畅之气，故人之生

---

① 张岱：《瑯嬛文集》卷八《祭祁文载文》，见《张岱诗文集》。

② 朱熹：《朱子语类》卷一百三十九。

理本自和畅，本无不乐，观之鸢飞鱼跃、鸟鸣兽舞、草木欣欣向荣，皆同此乐。但为客气物欲搅此和畅之气，始有间断。”王阳明认为此论“是也”。① 这个客气的内涵指：它不是良知良能本然之气、先天之气，乃是人的物欲以及与社会发生关系时兴起的波动，充满了虚浮躁动与争强好胜之心。

客气都是能够赋形的，当然它们所形成的作品有着不同于正气浩气的风貌。《文心雕龙·时序》论及玄言诗，首次提出这种文体是余气的赋形：“自中朝贵玄，江左称盛，因谈余气，流成文体。是以世极迍邅，而辞意夷泰，诗必柱下之旨归，赋乃漆园之义疏。”杨炯《王勃集序》是较早以客气论文的资料：

> 后世之士，翕然景慕……妙异之徒，别为纵诞，专求怪说，争发大言；乾坤日月张其文，山河鬼神走其思。长句以增其滞，客气以广其灵。已愈江南之风，渐成河朔之制。

这个客气含有纵诞之才、怪异之思以及华而不实壮而不弱的大言壮语，且通过广大幽远、深广无际、奇崛瑰丽的意象进行演绎。表现在形式上也是多样化的：意象排布、思致纵横、长句抑扬，等等。

钱谦益《书瞿有仲诗卷》将创作分为两种形态：一种是“有诗”状态，“惟其志意偪塞，才力愤盈，如风之怒于土囊，如水之壅于息壤，傍魄结轖不能自喻，然后发作而为诗。凡天地之内恢诡谲怪，身世之间交互纬缅，千容万状，皆用以资为状。”这属于不得已而作，出于正气和浩气。此外有另一种创作：“其中枵然无所以，而极其挦撦采撷之力以自命为诗，剪彩不可以为花也，刻楮不可以为叶也。其或矫厉矜气，寄托感愤，不疾而呻，不哀而悲，皆象物也，皆余气也。则终谓之无诗而已矣。”将那种无病呻吟、为文造情的创作视为余气之所发，因而只有矫情与矜持，清代文人陈澹然将这种现象称之为“借古人之气，以换我之气”，而“以人换我，皆客气矣”。② 以上所谓

① 王阳明：《王文成公全书》卷五，四部丛刊初编本。

② 陈澹然：《晦堂文钥》，1923 年刊晦堂丛著本。

"余气"，皆指非是鲜活旺盛的主体之气，因此无以自立，难以传世。所以客气最核心的特点就是不真，是假象。其基本的外在形态有两个：其一是虚张声势而炫才，其二为浮辞连篇。

关于客气不真诚、显为假象的核心特点，历来众口一词，以《昭昧詹言》的相关论述为例，方东树在很多批评之中都涉及了这个观点：

卷一："奇伟出之自然乃妙，若有意如此，又入于客气矜张，伪体假象。"又云："谢鲍根柢虽不深，然皆自见真，不作客气假象，此所以能为一大宗。后来如宋代山谷、放翁，时不免客气假象，而放翁尤多。至明代空同辈，则全是客气假象。"

卷二："古人各道其胸臆，今人无其胸臆，而强学其词，所以为客气假象。"

卷三："自汉晋以来诗人，无其实而徒假其面目，以为门面，百家丑趣，乃所谓客气陈言，殊觉无谓。"

卷五："宋以后如陆放翁等学杜，喜为门面，客气矜张，以自占身份。无其实而自张不怍，最为客气假象，可憎厌。"

卷七评鲍照《吴兴黄浦亭庾中郎别》收尾二句："此收乃为亲切，不同泛意客气假象。"

以上言客气，皆涉及假象或者假面，其中还包含一种"泛意"：即不确切的情思意旨，可以普遍性地应用挂靠，没有属于自我的鲜明指向，此类也是假象。方东树曾以黄庭坚学杜与明人学唐辨析何者为客气，他说，山谷学杜，专取其苦涩惨淡、律脉严峭者师法，而于杜诗中"巨刃摩天，乾坤摆荡"者则不可企及。钱谦益等就因此讥讽山谷不善学杜，未得杜诗真气脉。但在方东树看来，山谷学杜，专著于苦涩惨淡一路，是有着"以易夫向来一切意浮功浅、皮傅无真意者"之纠偏目的的，诗虽然苦涩，却出于自我真气之所宜。而所谓意浮功浅、皮傅无真意者便是"泛意"，便是"不切"，便是客气，如同明代李空同等学唐诗，只是规模古人声音笑貌，落实到一套铿锵的格调上，却未得其气脉神韵，因而只能是客气，是假象。①

---

① 参见方东树：《昭昧詹言》，第22、36、52、95、97、114、210页。

就其基本特征而言，其一，虚张声势而炫才。客气的虚张声势是就小题大做不由自然而言的，尤其强调过于推波助澜的、调弄机锋。如宋代石介文风多是如此，《上范中丞书》开篇云：

惟主上英智神武，睿略雄断，能内修其德，外取贤杰，以自辅相。惟相国耆德宿望，忠诚正气，能耐久不变，终升大辅。惟中丞大节直道，危言敢谏，能守正不挠，自结明主，简在帝心，符于物望，人神上下，胥相协庆，穷天之垠，合亿万口并亿万心如一心、如一口，无一人异辞者。初成命出，士走诸朝，吏走诸府，商走诸市，农夫走诸野，皓首之老、三尺之童鼓舞欢欣腾跃道路曰：天地久不序，阴阳久不和，风雨久不时，寒暑久不节，其待吾天子、吾相国、吾中丞而调乎？

一个开篇，本意在于祝贺中丞升迁，却从皇帝入手，及乎相国，旁及吏民工商，漫野布阵，遍列旗鼓，所造声势与所言内容往往不协调；而用词夸饰，铺排过度，抑扬失节，称誉这位中丞，一下将其置于神明天人救星的地位。因此《四库全书总目》在评价石介《徂徕集》时就称"客气太深"；王士祯《池北偶谈》也道石介未脱草昧之气。虚张声势与诗文追求豪宕奇伟的审美风范有关，但如果不是真气主气的发扬，则容易落入"粗犷猛厉，骨节粗硬"的状态。

明代《骚坛秘语》引诗论称，造成虚张声势的根本在于作者创作不是澄心静虑之后气的"悠然自生"，只有"诗思自然流动，充沛而不可遏"才能进入创作状态，最忌讳的是"作气"。所谓作气，就是指违背自然发生的刻意苦吟造作："若强作其气，则昏而不可用，所出之言皆浮辞客气，非诗也。"①

虚张声势的目的一般是作者意在炫耀才华。宋代范浚《杂兴》有云："雉骄有擅泽，鸡雄亦专栖。乖人肆桀骜，未异雉与鸡。虚张尽客气，不知堕危机。"②雉与鸡骄傲自雄，是由于它们觉得自己有着其他所有动物不具

① 周履靖：《骚坛秘语》卷中。
② 范浚：《范香溪文集》卷八《杂兴》。

备的色彩与技能；一些有些才能的人喜欢放肆桀骜，在诗中毫无忌惮，这种虚张声势的行为就是炫耀自己的才华而已，与鸡雉炫耀自己的色彩与鸣唱没有区别。矛头所指正是耀才。钱谦益《书瞿有仲诗卷》中以“连章累韵，悦目偶俗”、“揽采烦则意象杂，伸写易则蕴蓄浅”为文章之弊，近似于陆机所说的“寡情鲜爱，浮漂不归”，属于“才多之通病”；《香观说书徐元叹诗后》则赞誉徐元叹摆落尘坌，“客情既尽，妙气来宅”，所谓的摆落尘坌，一指心境上摆脱俗扰，一则就诗洗濯浮华而言。两相对照，其中也寓有以客气为炫耀才华的意思。

虚张声势的另一个目的往往是作者有意“自占身份”。比如“诗中有人”、“诗中有我”是诗人们普遍的追求，但诗中有我未必就是作品之中句句时时不离自己的遭际与牢骚。但恰恰有一些诗人，为了强化自我的某种现实面目以博取声誉，动辄附会，不论是何题目，其诗中必写自家本身，“或发牢骚，或鸣得意，或寓志愿，或矜生平”，并以此为诗中有我在。《筱园诗话》认为，这不是什么诗中有我，恰恰是“自占身份”。① 由于这种自占身份着力渲染自我、塑造自我，反而成为客气。

其二为浮靡之词的铺展。较早将浮辞连篇定位为客气的是刘知几，其《史通·杂说》论《周书》之弊：“文而不实，雅而无检，真迹甚寡，客气尤烦。”从不真立论，指向《周书》之中不符合实际的文雅浮词，主要表现为两条：

首先，《周书》云：“宇文初习华风，事由苏绰，至于军国词令，皆准《尚书》，太祖敕朝廷他文，悉准于此。盖史臣所记，皆禀其规；柳虬之徒，从风而靡。”刘知几案：“绰文虽去彼淫丽，存兹典实，而陷于矫枉过正之失，乖失适俗随时之义。苟记言若是，则其谬愈多。”由此认为，苏绰尊奉上命发布文告，要求公文要依照《尚书》以为词令，事虽有根，但未必处处皆然、语语如此，将这种有乖典则的实际效果与影响动辄而言“从风而靡”，既违背了史实，也属于客气。

其次，《周书》记载宇文氏之言，多非本语，动辄有依据经典史汉之模拟

① 朱庭珍：《筱园诗话》卷一，见《清诗话续编》，第 2343 页。

润色,刘知几认为:“记宇文之言,而动遵经典,多依史汉,此何异《庄子》述鲋鱼之对,辩类苏张;贾生叙鹏鸟之辞,文同屈宋:施于寓言则可,施诸实录则不可矣。”宇文氏本系粗人,史书却对其言屡屡文饰,这当然也是客气。

浮靡之病缘自寡学,因此但凡寡学则易生客气。毛先舒论诗主淡,然而又专门对淡和寒瘠作了区分,认为如果不是通过学诣闳邃而至淡,则其寒瘠之形立见,“要与浮华客气厥病等耳”①,将客气与浮华并列,即寓有客气近于浮靡浮华之意。李重华也称:“诗家奥衍一派,开自昌黎;然昌黎全本经学。次则屈宋扬马亦雅意取裁,故得字字典雅。”后人学习昌黎屈宋,却达不到这种奥衍的境界,只有“满眼陆离”,这就是浮靡,原因就在于寡学。更有人以为四库书俱寻常见,于是专取说部,摭拾新奇,以此夸耀繁富,自然“全然客气”,也是将客气与陆离之类的摘文铺采视为同类。② 另如方宗诚《桐城文录序》评刘开“不免浮词客气”,方东树言谢灵运造句自具炉锤,“非若他人掇拾饾饤,苟以充给,客气假象为陈言”③,近人黄人《清文汇序》论唐宋以后古文“玩华绣者又耆于客气”,也都将客气视为浮靡。

客气又被称为“客慧”,本为佛家术语。苏轼《子由新修汝州龙兴寺吴画壁》中曾言之:“人间几处变西方,尽作波涛翻海势。细观手面分转侧,妙算毫厘得天契。始知真放本精微,不比狂花生客慧。”狂花客慧,其意是指缺乏自我真实感受,泛泛而言,好为迷离惝恍或者豪横之语,而此类语言恰恰是人皆可言、无处不可用的通套。

客气的产生主要有三个原因:

其一,作者意为气所使,放肆无羁,无所控勒。厉志论今人古人作诗之差异:“今人作诗,气在前,此意尾之。古人作诗,意在前,以气运之。”意在前为导引,气的运行有轨迹,自然不能泛滥,也无猛戾之病;相反,“气在前,必为气使”④。此类弊病根子在于一个“过求”,如同陆时雍所云:

① 毛先舒:《诗辨坻》卷一,见《清诗话续编》,第 7 页。

② 参见李重华:《贞一斋诗说》,见《清诗话》,第 932 页。

③ 方东树:《昭昧詹言》卷五,第 146 页。

④ 厉志:《白华山人诗说》卷二,见《清诗话续编》,第 2283 页。

诗之病在过求,“过求则真隐而伪行矣”①。方东树解释“过求”就是“太着意于一偏”,而过求的表现很多,“或为才使,或为气使,或为词使,或为典故使,或为意使”者皆是,而为气所使是其中尤为重要的一项,一入此道,则创作必然走上“有外藉以为使者”的歧路,于是“有所倚则客气乘而真意夺”。②

其二,作气。古人论诗文,先之以养气,澄心静虑,使得情事物象与自我融会,在彼此交流之中慢慢合二为一,气便油然而生,文思也便自然流动。这是养气的基本目的和基本情态。但如果没有经过这样陶冶涵养,则不能勉强掉弄,如此的勉强被称为“作气”。而创作切不可作气:“气不能养而作之,则昏而不可用。所出之皆浮词客气,非文也。”③历代诗人中作气为之者很多,六朝颜延之即是,方东树说他“特地有意”,即言其一味作气,刻意而为,因此形成其“装点客气”的可憎面目。④ 作气而为者行的是“客慧“,用的是“客辞”,自然只有虚饰,难得神气。当然,这里的作气侧重于文机涵养,与创作过程中人工适当介入的作气不尽相同。

其三,格物致知之功未尽。《筱园诗话》论创作与平素涵养云:

> 此须沉心入理,于经史诸子,推求研究;又于古大家集,尽力用一番设身处地反复体认工夫;又于物理人情,细心静验,始能消除客气,不执成见,以造精深微妙之诣,得渐近于自然。从古大才人,未有不由细入悟,而能深造自得者。近代名流,多自用聪明,客气主事,不能深究古人隐微,少细心会悟工夫,宜其造诣浅近,去古日远,正坡公所谓“狂花客慧”者也。⑤

客气之生,来自识见不深、研味不细、思虑不周,心未得沉深故而容易自作聪

① 陆时雍:《诗镜总论》,见《历代诗话续编》,第1417页。
② 方东树:《昭昧詹言》卷二十一,第476页。
③ 陈绎曾:《文说》,见《中国古典文艺学丛编》,第230页。
④ 参见方东树:《昭昧詹言》卷六,第177页。
⑤ 朱庭珍:《筱园诗话》卷四,见《清诗话续编》,第2405页。

明,易生偏见,客气也就由此而生。

综合以上所论,佳诗必须祛除客气,不为客气,则当以诗见主气,所以黄培芳论诗云:"神而明之,存乎其人,断不可有宗法而无主气也。"①只有他人的法式而无自我的主宰,必然流于客气。主气又称为"真气",也是与客气对应者,诗以有真气为主,有真气也能规避客气。

① 黄培芳:《香石诗说》,见《黄培芳诗话三种》,广东高等教育出版社 1995 年版,第 116 页。

第五章　气运与文学史论

“气运”是五行观念在气论哲学之中渗透以后的产物，其意就是气之运动中所体现的必然趋势性，如《世说新语·伤逝》记戴公见林法师墓而曰：“德音未远，而拱木已积，冀神理绵绵，不与气运俱尽耳。”气运和“气数”有相近之处，气数是气运所表达之必然性的一个衡量尺度与量化标准，出自《周易》的象、数哲学，所以颜延之《庭诰》说“气数生于形分”，有形者必然有其分，气数由此而生。因此气数是相对于太极状态而言，太极本原之态，混沌一片，无兴衰刚柔之变异；而一旦堕入气数，“则有阳必有阴，有善必有恶，有成必有坏，有生必有死，有治必有乱”①，其簸弄变化便成为常态。但凡纳入气数考量者，无不置身于气运的流行坎止，并体现出一定的必然性。气运或者气数历史上被高度政治化，成为家国兴亡、国运兴衰、王朝陵替的神秘依据。

气运是天人关系的一种阐释路径，天和人之间这种本原上的相合相通关系在宋代得到理学家们非常完备的研究。我们以朱熹的《斋后感兴诗二十首》为例略加说明。朱熹诗中开篇二首云：

昆仑大无外，旁薄下深广。阴阳无停机，寒暑互来往。
皇牺古神圣，妙契一俯仰。不待窥马图，人文已宣朗。
浑然一理贯，昭晰非象罔。珍重无极翁，为我重指掌。

① 屠隆：《藿语》，《鸿苞节录》卷上。

吾观阴阳化，升降八纮中。前瞻既无始，后顾哪有终？
至理谅斯存，万世与今同。谁言混沌死，幻语惊盲聋。

关于第一首诗的内涵，南宋何基认为，此诗当作三节看，“然首尾只一意，首四句言盈天地间无事，一阴一阳，流行其中”，所谓盈天地流行其中者便是气，气分阴阳，它是“天地之功用，品汇之根基”①，是天地展示自我本质与规律的具化体现，是万事万物生成的根本所在。第二首同样描述阴阳之气，只是变换了描述的角度，何基引黄勉斋之言：“两篇皆是言阴阳，但前篇是论横看底，此篇是说直看底。所谓横看者，是上下四方，远近小大，此气拍塞，无一处不同，无一物不到。所谓直看者，是上自开辟以来，下至千万世之后，只是这个物事流行不息。”也就是说，气分阴阳，充塞于天地之间，绵延于古今，它是万物的源头，具有充塞绵延的万古不变性。作为根本与源泉的气在上下四方与古今万世之中的充塞与流行就是气运，且气之运行直接影响到人文，一切人文的变化皆“浑然一理贯，昭晰非象罔”，即变化皆纳入数理规律，明晰非常。

以气运论文，最早者当见于《抱朴子·尚博》，其中征引一些人的观点：“今世所为，多不及古。文章著述，又亦如之。岂气运衰杀，自然之理乎？”以气运衡量文学嬗变，揭示了气与文学关系的建构存在着另一个维度。

气运论的核心是强调文学变化的必然性，所谓必然，一指气运变以文学之变为表象。扬雄曾云：虞夏之书浑浑，商书灏灏，周书噩噩，这是三代著述风体的迁变。而秦汉迄乎元明清，“盛衰升降，代有不齐，要各为一代之文章”，即时代变化，文章同样是各有其不同的变化，所以冯桂芬说：“自来一代之文章，恒与一代之气运相表里。”②一指人工的无能为力，表现为其参与范围以及所起作用的局限。如《筱园诗话》云：

夫言为心声，诗则言之尤精者，虽曰人声，有天籁焉。天不能历久

① 何基：《何北山先生遗集》。
② 冯桂芬：《显志堂稿》卷三《国朝古文汇钞序》，光绪刊本。

> 而不变，诗道亦然。其变之善与不善，恒视乎人力。力足以挽时趋，则人转移风气，其势逆以难，遂变而臻于上。力不足以挽时尚，则风气转移人，其势顺而易，遂变而趋于下。此理势之自然，亦天运之循环也。①

其中"天籁""天运"就是气运，有此气运在，则变为常道，气运世运这种必然的趋势性对时代风格体格有决定作用，个人才力无以挽回，如唐诗中的三唐之变："元和如刘禹锡，大中如杜牧之，才皆不下盛唐，而其诗迥别。故知气运使然，虽韩之雄奇，柳之古雅，不能挽也。"②

人力的效用虽然有限，但仍然可以参与时代精神的塑造，气运人事并不截然相分，而人力效用则在于其变的善与不善。也就是说，人力有其施为的余地，但这种人力仅仅决定了变化的形态，而决定不了是否变化，因为变是气运的必然，所以才有"天不能历久而不变，诗道亦然"之说。但人力要发挥作用必须依照气运世运的规律，《诗薮》论宋元诸子复古而不能，原因是"一则气运未开，一则鉴戒未备"；而明初沿袭元代习气，李、何等人振臂一呼而得以中兴，其原因在于："以人事则鉴戒大备，以天道则气运方隆。"③乘气运渐渐佳胜之际，尽戒前代病累，则能培育新风。

一般情况下，气运论文直接以"气运"相示，如李东阳《赤城诗集序》："诗之为物也，大则关气运，小则因土俗。"袁中道《寄曹大参尊生》："近日始细读盛唐人诗，稍悟古人盐味膠青之妙。然求一二语合者，终无有也。此亦气运才力所限。"如钟惺《诗归序》："诗文气运，不能不代趋而下。"又如纪昀《爱鼎堂遗集序》："三古以来文章日变，其间有气运焉，有风尚焉。史莫善于班马，而班马不能为《尚书》、《春秋》；诗莫善于李杜，而李杜不能为三百篇：此关乎气运者也。"更多的时候则以"气"言之，如晁补之《石远叔集序》："文章视其一时风声气俗所为，而巧拙则存乎人。""风声气俗"与"巧拙在人"相对，显然是指非人力可为可变的因素，这里就是指"天"，是时代气运。

① 朱庭珍：《筱园诗话》卷一，见《清诗话续编》，第2328页。

② 胡应麟：《诗薮》内编卷五，上海古籍出版社1979年版，第82页。

③ 胡应麟：《诗薮》外编卷五，第214页。

周必大《皇朝文鉴序》也有这样的对举:“文之盛衰主乎气,辞之工拙存乎理”,理主要是就人对事体理解烛照透悉的能力而言,有了这样幽微无所不通的明理能力,国家一有殊功异德卓绝之迹,则公卿大夫至于士民皆能“立其义,绂饰而彰大之”,这个美化装饰的过程即为“载于书、咏于诗”的过程,是人为可及的;而人明理能决定文辞工拙,却不能决定一个时代文章的盛衰,盛衰由乎气运,所以说“文之盛衰主乎气”,又是辞理工拙之无能为力的。也有很多时候,这种明显的气运、气一类的语码都没有,但其中将文学变化归因于神秘力量的论述,一般也是就气运而言,如刘熙载《艺概》之中便多有这种隐性的气运论痕迹,《文概》云:

文之道,时为大,《春秋》不同于《尚书》,无论矣;即以《左传》、《史记》言之,强左为史,则噍杀;强史为左,则啴缓。惟与时为消息,故不同正所以同也。

其中的“时”是时代,仅仅说时代尚不是气运论,刘熙载更主要的是注意到了文学“与时消息”的这一共性,则为典型的气运论。

具体文学创作实践论情志义理,概之为心术与气体,可以不论气运;但文学史沿革不能脱离气运,文学批评也不能脱离气运。所以《养一斋诗话》说:“大抵论诗有三要:一曰心术,二曰气体,三曰时运。”又称:“作文以心术为主,气体为辅,论文则心术、气体、时运三者兼焉。”且讥讽仅仅以气体论诗的宋大樽为“非知诗之本教者”①。何以有此批评呢?原因是气体本身有古有今,而所谓的古体今体与近体,都是时运变化造成的,脱离气运之变而言气体则为泛意浮说。现代学者瞿兑之甚至明确认为,讨论文学的盛衰及风格,可以不论政治等因素,但世运、气运的影响却不能忽略。他以王勃《滕王阁序》的形式色泽之出现为例论道:

讲到《滕王阁序》的形式色泽,这是另一个问题。当时的作风,都

① 潘德舆:《养一斋诗话》卷十,第2162页。

倾向于采用流丽的句法，以妆点成高华的气象。六朝的疏简凝重之美，不免牺牲。然而时代影响，有不得不如此的。在初唐四海承平之际，这人籁的节奏，不由得不趋于雍容华贵的一派。宋朝极盛的时候，有杨亿一派的骈文，晏殊一派的词；元朝极盛时代，有虞集一派的散文，揭奚斯一派的诗；明代极盛时代，有宋濂一派的散文；清朝极盛时代，有王士祯一派的诗。都是所谓盛世之音，他的色泽浓缛，他的音节舂容，他的骨干清正，他的韵味绵远，他的气象高华。这几点便是当时作风的特点。

有人说太平时代文学作风所以趋于这一路，是因为馆阁应制体的关系。其实不尽然。要知道政治制度的力量，几乎完全不能影响到文学作风。试看北周时期，政府用强制方法，改革当时应用文，以从苏氏《大诰》的文体。然而北周的文学作品，有几件是那样而流传至今的呢？明清两朝以制义取士，又试问两朝的第一流文学作品，何曾有多少受制义的影响呢？（应用文不免受一点影响，这是另一问题。）不但政治制度不见得能影响文学，文学倒许有时能影响政治制度。总而言之，王勃一派的文学，只能说受当时政治环境的改变，而绝不受政治制度的强迫。

与王勃同时的四杰中人形成的是同一风体，一如杜甫所说的“王杨卢骆当时体”之“当时体”，它是气运时运的产物，明了其为气运的必然，就没有必要“因为这个时代不适用而追加否认”；①气运由此不仅强化了文学批评的文学史眼光，也成为文学批评的必然考察因素。

气运论文涉及了文学的断代和整体历程，但其间始终有着一气的贯通；也涉及一个地域、某个具体文人，关乎文学的兴衰正变；又关系到文体演革。气运与文学史关系论中最核心的思想就是代变论以及从代变论延伸而出的代胜论。

① 瞿兑之：《中国骈文概论》，见《中国文学七论》，广西师范大学出版社2007年版，第149页。

第一节　气运与文学史的一气贯通

中国文学创作史上存在着一个从志思蓄愤到遣兴娱情的变化，而无论志思蓄愤还是遣兴娱情，都是从气的发抒而言的，因此在这个文学史演化的过程中，气的运动变化，促成了文学史形态的变革。

作为朱自清所说的中国文学的开山纲领，“诗言志”自先秦以来一直是文学的主流观念，尽管今人屡言情志合一，但早期的志仍然主要指向公共情志，诗歌承担了沉重的政治教化、社会风化功能。史载孔子删过诗，但缺少更确切的文献记载。但他在教学过程中整理过诗是有可能的。他说“吾自卫返鲁，然后乐正，雅颂各得其所”。正因为他整理过诗，所以对诗的功能与作用的认识比起其他人更为全面、深刻。他对诗的功能和作用的认识，完全是从社会作用方面着眼的，《论语·阳货》：“小子何莫学夫诗？诗可以兴，可以观，可以群，可以怨，迩之事父，远之事君，多识于鸟兽草木之名。”这就是著名的“兴观群怨”说。可以说，从一开始，人们对诗的认识，就主要集中在它的修身、治化功能上，但只有经过孔子，诗的政治教化功能和作用才得以确定下来，成为儒家诗学观的经典表述。把儒家这种文学观发挥到了极致的是汉代的《毛诗序》：“故正得失，动天地，感鬼神，莫近于诗。先王以是经夫妇，成孝敬，厚人伦，美教化，移风俗。”

“诗言志”强调的是文学对社会的反映、对社会的作用；而“诗缘情”着眼的是文学对个人情感的抒发、对个人情感的宣泄与排遣作用。

“诗缘情”的观念不是起自对《诗经》的认识，而是来自两位遭际不幸的文学家——屈原与司马迁，正是他们创造并提出了“发愤以抒情”的文学及文学观念。司马迁在《史记·屈原贾生列传》里总结屈原的诗歌创作，结合诗人的遭遇，作出了屈原“忧愁幽思而作《离骚》”、“屈平之作《离骚》，盖自怨生也”的判断。从表面看，是孔子“诗可以怨”的继承，而实则与孔子的文学观有了很大的不同。屈原、司马迁“发愤以抒情”的观念，是建立在个人与社会的矛盾冲突基础之上的，强调的是个人的遭际、个人的不公平待遇，这是文学作品之情产生的现实基础。而文人借作品以抒情,所要表达的就是个人的情感态度,所要达到的就是情感的宣泄与排遣。《文心雕龙·情采》总结早期诗歌创作:"风雅之兴,志思蓄愤。"所谓"志思蓄愤"就是内心情有郁陶,《孟子·万章上》:"郁陶思君尔。"《释文》释"郁陶":"思之甚而气不得伸也。"可见其含义就是气积郁而不得抒发。王逸注宋玉《九辩》"岂不郁陶而思君兮"之"郁陶":"愤念蓄积盈胸臆也。"可见刘勰之前的创作,的确存在着这样一个与一般言志不同的、通过创作以发抒郁结之气的漫长时代。这一点发展至汉末曹魏时期,有了集中的表现,孔融《荐祢衡疏》称其创作"或慷慨高厉","或溢气坌涌"。《文心雕龙·明诗》言建安文士:"慷慨以任气,磊落以使才。"《文心雕龙·时序》:"观其时文,雅好慷慨,良由世积乱离,风衰俗怨,并志深而笔长,故梗概而多气也。"这一切最终汇为后人仰慕的"建安风骨",其中是对生命的反思,对时代的呐喊,对战乱与民生凋敝的感慨。都是内心有郁积而思陶写,这就是"志思蓄愤"的时代,它提倡文学书写内心的幽愤之气。

而魏晋以后,一种遣兴娱情的观念逐步在发愤著书观之外发展起来,这种安适、悠闲、兴会的无功利书写,依然是一种气的赋形,只不过这种气经过了审美的洗礼,更属于一种闲适优雅之气的赋形托寄。

从汉代辞赋这种文体的兴起,人们对文学的认识发生了很大的变化。汉宣帝认为:"'不有博弈者乎?为之犹贤乎已。'辞赋,大者与《诗》同义,小者辩丽可喜。譬如女工有绮縠,音乐有郑卫,今世俗犹皆以娱悦耳目。辞赋比之,尚有仁义风谕,鸟兽草木多闻之观,贤于倡优博弈远矣。"①虽然认为辞赋优于倡优博弈,但基本上还是从辞赋的"辩丽可喜"、"娱悦耳目"的作用而肯定了它的价值。作为侍从文人,当时辞赋作家的创作必不可免地要受到主人好尚的影响,所以汉赋的丽靡文风,带着鲜明的观赏特点,既是自娱,又是娱人,在一定程度上带有投合帝王好尚的倾向。正因为具有这个特点,所以汉武帝读了司马相如辞赋才有了飘飘凌云之志的效果。在追求作品观赏性的前提下,辞人"枚皋好曼戏",东方朔亦喜戏谑,也就不足为奇。

① 班固:《汉书·王褒传》。

在汉代，主人出游、宴宾，常以写赋为娱。《后汉书·文苑列传》载，黄祖大会宾客，“人有献鹦鹉者，射举卮于(祢)衡曰：‘愿先生赋之，以娱嘉宾。’”祢衡于是写了《鹦鹉赋》。《三国志·魏书》裴注引《魏纪》载曹植赋：“从明后而嬉游兮，登层台而娱情。”可见在汉末建安时期，仍有出外游玩，而以写赋娱情之风。据李善注《文选》，傅咸《赠何劭王济》言曹植还写有《娱宾赋》，今收在曹植集中。这种风习一直沿袭到齐梁时期。

建安时期，文人关心现实，作品也最贴近现实。但是文学作品已经很少教化之义。鲁迅评曹丕《典论·论文》“诗赋欲丽”说：“这实际上是说诗赋不必寓教化，反对那些寓训勉于诗赋的见解。”①更为重要的是，曹操建都邺下，曹植、曹丕及七子多定居于此，有所谓的西园之游。这时候的创作，就带有了更明显的消遣、娱乐色彩。曹丕《又与吴质书》：“每至觞酌流行，丝竹并奏，酒酣耳热，仰而赋诗。”诗写于游乐之中，目的是为了给游乐助兴，如《文心雕龙·时序》所说：“傲雅觞豆之前，雍容衽席之上，洒笔以成酣歌，和墨以藉谈笑。”写诗是为了有助于谈笑。在此写作目的下，文学创作出现一些新的现象。首先，是出现了直接描写游戏活动的作品，如曹植、刘祯都写有《斗鸡诗》；其次是酬酢之风的盛行，曹丕、曹植、王粲、刘祯等都写有《公筵诗》，主要是写宴饮之乐。沈德潜《古诗源》卷六评应瑒《侍五官中郎将建章台集诗一首》云：“魏人公宴，俱极平庸，后人应酬从此开出。”再者文字游戏诗也最早出现在此时，如孔融有《离合作郡姓名字诗》，实为离合诗之祖。两晋时期是玄学大行于世的时期，一百年间，文人的思想、生活作风深受玄学的影响。这一时期以诗文消遣娱乐的思想，在文人中以更为优雅闲适的风度发抒出来。《晋书·郭象传》说郭象：“常闲居，以文论自娱。”《晋书·张载传》：“弃绝人事，屏居草泽，守道不竞，以属咏自娱，拟诸文士作《七命》。”陆云《与兄平原书》：“文章既自可羡，且解愁忘忧。”比较直接地反映了文章用来娱情的观点。另如陶渊明的《饮酒诗序》：“余闲居寡欢，兼比夜已长，偶有名酒，无夕不饮。顾影独尽，忽焉复醉。既醉之后，辄题数句自

① 鲁迅:《魏晋风度及文章与药及酒之关系》，见《鲁迅全集》第3卷，人民文学出版社1981年版。

娱。纸墨遂多,辞无诠次,辄命故人书之,以为欢乐耳。”这里的自娱,乃是自我排遣情怀,当然也有以之消遣娱乐的意思。

齐梁时期游戏娱乐的文学观念盛行。而这种文学观念,与永明体诗和宫体诗的兴起有着密切的关系。齐梁文人在政治上多无所作为,但是他们对文事却很有兴趣,对前人视为雕虫小技的文学艺术十分投入,确实把它看做是人生的一大乐趣。萧纲《诫当阳公大心书》中有一句名言:“立身之道与文章异,立身先须谨重,为文且须放荡。”实则是说文章不要拘于礼义和风教。那么写诗为文是为了什么呢?在很大程度上是为了排遣胸中的闲适无聊之气。江淹《自序》云:“放浪之际,颇著文章自娱。”写文章是为了自娱,自娱有排遣之意,也包含了消遣解闷儿的作用。萧统《文选序》在谈文章时也特别提到文章娱耳悦目的功能:“譬陶匏异器,并为入耳之娱;黼黻不同,俱为悦目之玩,作者之致,盖云备矣。”文章如同音乐和花纹,可以娱悦人的感官。徐陵编《玉台新咏》,其序中说得很清楚:“既而宫椒婉转,柘馆阴岑,绛鹤晨严,铜蠡昼静。三星未夕,不事怀衾,五日尤赊,谁能理曲。优游少托,寂寞多闲。厌长乐之疏钟,劳中宫之缓箭。纤腰无力,怯南阳之捣衣;生长深宫,笑扶风之织锦。虽复投壶玉女,为观尽于百骁,争博齐姬,心赏穷于六箸。无怡神于暇景,惟属意于新诗。庶得代彼皋苏,微蠲愁疾。”他编诗就是为了六宫粉黛在漫长的宫中生活里解闷之用。编诗如此,写诗也是为了谈笑怡情,消减疲劳,解除愁烦。同是写宫体诗的陈后主在其《与詹事江总书》中说:“吾监抚之暇,事隙之辰,颇用谭笑娱情。琴樽间作,雅篇艳什,迭互锋起。每清风朗月,美景良辰,对群山之参差,望巨波之混漾,或玩新花,时观落叶;既听春鸟,又聆秋雁,未尝不促膝举觞,连情发藻,且代琢磨,间以嘲谑,俱怡耳目,并留情致。”写诗已经成为他们谈笑戏谑的一种形式。六朝时期声病说的研磨、宫体的发皇、隶事之风、山水文学兴起、文人唱和,以及诸般游戏诗歌的泛滥等,多是贵族文人优雅又百无聊赖之气的寓托。

从志思蓄愤到遣兴娱情,作为创作主体最为核心的两种情怀的书写,事实上都是一种生命之气的郁积与陶写。① 气本质性的运动特征最终实现了

① 参见詹福瑞、赵树功:《从志思蓄愤到遣兴娱情》,《文艺研究》2006 年第 1 期。

文学创作书写内容的开拓，而气在运动之中建构起文学历史的事实，又见证了气对文学史的贯穿，由此形成了以下两个主要观念：其一，文学史是气运之下的一气相通之史，不能因为朝代更迭而随意割裂；其二，文学关乎气运，因此文学的批评也要通过实现“补苴气运”参与文学史建设。

其一，文学史是气运之下的一气相通之史，不能因为朝代更迭而随意割裂。这一点在陆机《文赋》之中已经有了体现，其中的“或袭故而弥新，或沿浊而更清”，已经是《文心雕龙》中的“通变”之意。“通”则古今不断，“变”则因机适会，正是《庄子·知北游》中的“万物一也，其所美者为神奇，其所恶者为臭腐，臭腐复化为神奇，神奇复化为臭腐”，此所谓“通天下一气耳”。通天下一气，古今一体，因此考察文学发展变化必须有文学史的一气一体的眼光。明代赵士喆《石室谈诗》论曰：

> 声音之道，在殷周则为雅颂，东迁以后则为风，楚则为骚，汉魏则为乐府、五言古，唐则为律，宋则为词，元则为曲。盖随气运为升降，而作者不知精气为物，游魂为变，虽改头换面，而性灵犹存。彼汉之骚，齐梁陈之五言古，唐之乐府，宋之诗，元之词，则菁华已竭，褰裳去之。正如丹青之妙，在古惟仕女、马牛、佛道、鬼神；至唐乃始有金碧山水，宋始有花草、禽虫，元始有泼墨山水，极文人之雅。致仕女鬼神及禽虫设色之精工者，不复留神，皆付俗工涂抹，顾陆张吴之遗迹，转转模拟，而神理之亡久矣。有欲取《西厢》继楚辞，而不取《九思》、《七谏》；以《水浒传》继《史记》，而不取陈寿《志》与范晔《书》。语虽不经，而有深旨，皮相者何以知之。①

文学因气运而变，但变化之中“精气为物，游魂为变，虽改头换面，而性灵犹存”，其意是说，在文学为气运所移之中，文学的精神性灵没有因为体式的改变而改变，而是一直传递延续的，只是有的时代的一些作品没有很好地体现这种精神，所以才有了以《西厢记》、《水浒传》等接续楚辞与《史记》

---

① 赵士喆：《石室谈诗》，东莱赵氏楹书丛刊，民国二十四年东莱赵氏永廓堂本。

的言论，这恰恰说明文学本然之气并没有磨灭，只是在其他文学形态之中继续延伸。清代吴之振从天人两端论诗，提出“两间之气运，屡迁而益新；人之心灵意匠，亦日出而不匮”的结论，继而论气运对文学的影响：

> 诗者，文之一也。律诗起于贞观、永徽，逮乎祥兴、景炎，盖阅六百余年矣。其间为初盛，为中晚，为西昆，为元祐，为江西，最后为江湖，为四灵。作者代生，各极其才而尽其变，于是诗之意境开展而不竭，诗之理趣发泄而无余。盖变而日新，人心与气运所必至之数也。其间或一人而数变，或一代而数变，或变之而上，或变之而下，则又视乎世运之盛衰，与人才之高下，而诗亦为之升降于其间，此亦文章自然之运也。由是言之，时代虽有唐宋之异，自诗观之，总一统绪，相条贯如四序之成岁功，虽寒暄殊致，要属一元之递嬗尔。而固者遂画为鸿沟，判作限断，或尊唐而黜宋，或宗宋而祧唐，此真方隅之见也。①

文学因气而运，因此是“总一统绪，相条贯如四序之成岁功”，历代沿革属于“一元之递嬗”。既然是一体，因此不同时代的不同创作仅仅是一气的不同显像，彼此判为鸿沟，或者尊仰与贬抑并举的思想是不正确的。《一瓢诗话》中也有类似论述，其中认为，“运会日移，诗亦随时而变”，但无论如何变化，“羲皇一画，未尝澌灭”，即一气递嬗，并无变异，只是形貌发生了变化。在这样的演化中，一些人“谈唐宋而下，诋若仇雠；以宋诗比拟其作，即佛然不悦”的现象，便令人百思不得其解了。②

其二，文学关乎关气运，因此文学的批评也要实现“补苴气运”。气运既然能够决定文学史的走向，以文学为中介，其教化与陶冶功能继而便间接能够影响现实社会，因此在古代文学理论批评实践之中，在气运影响文学的声音之外，还有另外一个声音——文学关乎气运。由此，气运与文学之间形成的是一种互动关系，在这个互动关系中，文学对现实有着能动的影响，可

① 吴之振：《瀛奎律髓序》，见李庆甲《瀛奎律髓汇评》附录。

② 参见薛雪：《一瓢诗话》，第 106 页。

以矫正气运带来的偏失。这主要包括两个内涵：

一则从文学创作可以透视时代的盛衰变异，这一点实则从孔子的“兴观群怨”之“观”的思想中已经有所体现。汉代《诗大序》中的“治世之音安以乐，其政和；乱世之音怨以怒，其政乖；亡国之音哀以思，其民困”等论断，最基本的内涵就是讲文学对时代气运的投射作用。五代晋时冯道出使契丹，及回程而道中赋诗云：“殿上一杯天子泣，门前双节过人嗟。”其时燕云十六州已经割属契丹，国势奄奄，如日垂暮，所以宰相作诗“气象衰飒如此”。到了宋太祖宋太宗之世，宇内削平，景物熙熙，若日之初煦，宰相李昉诗云：“一院有花春昼永，八方无事诏书稀。”人赞为“何等气象”！洪亮吉在慨叹“盖同一宰相也，而吐属不同如此，孰谓诗不随气运转移乎”的同时又强调：“诗虽小道，然实足以觇国家气运之衰旺。”①

一则文学创作甚至可以影响气运的变化。这里依然延续了“观”的功能，只不过“观”从现实政治目的而言是为了通过观中见得失，从而寻求补救；从文学批评鉴赏上强调文学作品可以观气运，则是为了强调文学的道义感与责任感。汉代《诗大序》讲“治世之音安以乐，其政和；乱世之音怨以怒，其政乖；亡国之音哀以思，其民困”，其宣言的目的也不在于强调文学的时代性，而是要统治者深谙细察文学之中所隐约透露的气运痕迹，从而采取补救，所以才有“正得失，动天地，感鬼神”之说。

明确提出“诗关气运”的是杭世骏，他在宣扬诗要有学的时候提出了这个思想。有人攻难：“鸿儒硕学，代不乏人，汉之服、郑，唐之贾、孔，未闻有名章秀句，流播儒林，度其初亦必执管而为之，蹇拙不悦于口耳，遂辍而不为，则学适足以为诗之累，诗人不尽由于学审矣。”学累于诗，袁枚也曾持此论。杭世骏恰恰从诗与国家兴衰的角度考虑这个问题，学的确有时影响诗歌创作，但无学之弊更大：“自沧浪有诗有别才不关学问之说，江西之派盛于南渡而宋弱，永嘉四灵之派行于宋末而宋社遂屋。”在他看来，诗与国家命运息息相关，所以“诗非一人一家之事”；只有“识微之士，善持其弊、担斯责者”方能为之，不然如江西如四灵者往往只能成为弱宗亡国的前兆。对

① 洪亮吉：《北江诗话》卷六，第106页。

诗“固非空疏不悦学之徒所能任”的坚持①，由此看来又的确有着家国担当的味道。晚清李慈铭也曾论曰：“国之将亡，江湖派出，故唐宋元明之际，皆各有一江湖派，为山林村野畸仄浮浅之人所托，而唐末最诡琐，故五代之乱最甚，文章征运会，岂不信哉！”②如此之江湖派文学出，浮浅而短狭，愤懑不平，议古论今，而“唐末最诡琐”，最终导致五代之乱。

有鉴于文学对气运的这种潜在的影响，所以古代文学批评界有针对性地提出了“补苴气运”的思想，清代夏力恕总结说：

> 前辈论文，大率以补苴气运为心。当平浅淡漠之时，有精劲新颖者赏心矣。及乎人争好异，渐以背注为高，有能遵注者，不必其文之高古，极力表彰之矣。此皆一时之药，初不为本无是病者概作针砭也，初不以是为止境为定式也。③

这段文字是论时文八股的，其中意思是说：论文不是仅仅以文章本身作为评判，还要考量到世风。当风习流行平浅淡漠而过甚之时，当对精劲新颖者给予褒扬；当文坛诡异，离经叛道或者不守经注之际，又当以遵守规矩者为崇尚。这种手段就是防止一种风气过于流行，最终至于熟滥而影响气运世风，因此说它仅仅是一时之药，是通过批评的平抑，实现文学风气的雍容和平而不乖戾，但不是针对没有这种弊病者下的针砭，更不是以此为准为止境。“补苴气运”，正是为了抵御气运一气贯注于文学史之际不可避免的偏执以及由此带来的世道人心之沉溺，其中有着浓烈的社会担当。

第二节 气运与风气之变

气运影响文学，是文学史形成自我规律的根本，也是一个时代形成自己

① 杭世骏：《马思山南垞诗稿序》。

② 李慈铭：《越缦堂读书记》八，见《中国近代文论类编》，第420页。

③ 夏力恕：《菜根堂论文》，见《历代诗话》，第4069页。

独到风范的力量源泉。气与文学普遍的关系往往被具体化为“时”与文的关系，变风变雅之说是这个关系进入文学理论批评的开端。对这个关系最早的系统总结出于《文心雕龙·时序》篇，其中有一些即使今天看来都很杰出的思想，如“文变染乎世情，兴废系乎时序”，从政治教化、学术风气、君主提倡、时代特征等着眼论文学变化之因由，已经涉及了文学生态的方方面面；而且刘勰没有过分强调气运，这在当时是难能可贵的。尽管如此，《时序》篇中对“时”与文学关系的建构仍然有着气运说循环论的深刻影响，开篇所谓“时运交移，质文代变”，赞语中所谓“枢中所动，环流无倦”以及“质文沿时，崇替在选”，都是在讲文学变化当中有着循环的规律，就如同纳入了一个枢机的总控，这个总控即是气运。文学与气运如此关系的确立源自文学作品是气化赋形这个前提，刘基《王师鲁尚书文集序》将这个关系又作了阐释：“言生于心而发于气，气之盛衰系乎时。”文学创作乃是因气而发，而创作者主体之气无不受到“时”的影响，个体之气与时代之气的关系因此确立，文学之风气便由此而每每不同。

（一）气运影响一朝一代文学的兴衰，决定着文学推移的必然趋势，这是气运影响文学的核心

首先，气运是一个时代文学繁荣的原因。刘基《王师鲁尚书文集序》论文云：“三代之文，浑浑灏灏，当是时也，王泽一施于天下，仁厚之气，钟于人而发为言，安得不硕大而宏博也哉？”又云：“汉之政令，南通夜郎邛筰，而被宛夏，东尽玄菟乐浪，北至阴山，涵泳四百余年，至今称文之雄者莫如汉，其气之盛使之然哉。”将三代、两汉文章之盛归结为时代气势之盛，无论“仁厚之气”还是“盛气”，都是由气而影响到了文学。魏了翁论宋代晚唐风气盛行，渐而形成西昆俗调，而后世欧阳修等宿儒硕学先后迭出，以真才实学尽扫其弊，究其原因则也在“元气之会”①——气运来了，才能保证人力发挥效用。钱泳《履园谈诗·总论》对历代诗歌繁荣有一个分析，他将诗的发展比喻为花的发育历程：

① 魏了翁：《裴梦得注欧阳公诗集序》。

> 诗之为道，如草木之花，逢时而开，全是天工，并非人力。溯所由来，萌芽于三百篇，生枝布叶于汉魏，结蕊含香于六朝，而盛开于有唐一代，至宋元则花谢香消，残红委地矣。间有一枝两枝晚发之花，率尔精神薄弱，叶影离披，无复盛时光景。若明之前后七子，则又为刮绒通草诸花，欲夺天工，颇由人力。迨本朝而枝条再荣，群花竞放；开到高、仁两朝，其花尤盛，实能发泄陶谢鲍庾王孟韦柳李杜韩白诸家之英华，而自出机杼者；然而亦断无有竟作陶谢鲍庾王孟韦柳李杜韩白诸家之集读者。

这个历程之中当然有盛衰，又有循环往复，钱泳所谓的清代文学中兴便是对六朝盛唐的回溯，是宋元衰微的剥极而复，其间道理关乎气运，所以他说："花之开谢，实由于时，虽烂漫盈园，无关世事。则人亦何苦作诗，亦何必刻集哉?"①诗歌之盛皆在气运，不由人工。气运而能致文学之兴的思想，在文学批评史上便演化为"盛世文学"的相关理论依据。清末蒋湘南以"气有厚薄，时代之所为"②为出发点，论述了盛世文学何以繁荣：

> 夫文章者，国运精华之所萃也。文章盛则人才盛，人才盛则儒术盛，儒术盛则治道盛。自古偏霸之世之文章，断不能盛于一统之世之文章，日星河岳之气钟之厚而毓之奇也。

盛世则日星河岳之气钟毓于天下人才，使其厚重而瑰奇，这些人才之中能够体受天道、润色鸿业者便是文人，他们创作的作品是一个国家繁盛之气的萃聚。所以盛世则文盛，而与此同时，文章盛又能够直接影响到时代，进而为盛世缔造根基。这种互动关系的认定也是盛世文学理论的内容之一。

其次，气运是一个时代文学衰微的根本，气运论诗文之衰多集中于末世或者偏安之世。如晚唐。宋代俞文豹《吹剑录》中论宋末文人宗法晚唐：

① 钱泳：《履园谈诗》，见《清诗话》，第 872 页。

② 蒋湘南：《与田叔子论古文第二书》。

“近世诗人好为晚唐体，不知唐祚至此，气脉浸微，士生斯时，无他事业，精神伎俩，悉见于诗，局促于一题，拘挛于律切，风容色泽，清浅纤微，无复浑涵气象，求如中叶之全盛，李杜元白之瑰奇，长章大篇之雄伟，或歌或行之豪放，则无此力量也。”时代气运钟毓于诗人，诗人无他事业而专意为诗，故而无盛唐诗人胸怀天下的胸襟气魄；整个时代文坛的气象又是由个体之气会聚而成，所以又造成了晚唐诗坛的不振作。宋末文人师法晚唐，自然更是等而下之。钱谦益论唐代古文之变：“可之之文出于退之，再传鲁望、表圣，托寄不一，要皆六经之苗裔，骚雅之儿孙也。其所以陷于促数噍杀，往而不返者，以其生于唐之季世，会逢末劫之运数，而发作于诗章。”①从韩愈到孙樵，再到司空图等，古文虽然同出于六经骚雅，但审美风格却大变，渐入噍杀促数之象，钱谦益认为这是运数——气数气运发展的必然结果。

又如南宋。刘基《王师鲁尚书文集序》论宋代文学变异称：“宋之文，盛于元丰、元祐时，天下犹未分也。南渡以来，其他萎弱纤靡，与晋宋齐梁无大相远，观其文，可以知其气之衰矣。”气运衰微而诗文显示出馁弱之象。《四库全书总目》对南宋末年文集多有类似之评，如言卫宗武《秋声集》：“其诗文根柢差薄，骨格亦未坚致。盖末造风会之所趋，其事与国运相随，非作者所能自至。”又如陈棣《蒙隐集》：“棣诗乃于南渡之初，已先导宋季江湖之派；盖其足迹游历，不过数郡，无名山大川以豁荡心胸；所与唱和者不过同官丞簿数人，相与怨老嗟卑；又鲜耆宿硕儒以开拓学识。其诗边幅稍狭，比兴稍浅，固势使之然。”风会与“势”包括特定国势之下的视野、心胸、见识、交游等。

再者，气运涵括着文学发展变化的必然趋势。赵士喆云：“声音之道，在殷周则为雅颂，东迁以后则为风，楚则为骚，汉魏则为乐府、五言古，唐则为律，宋则为词，元则为曲。”以宋代胜出之词与其诗比较，诗不及词；以元代胜出之曲与其诗比较，其诗也不如曲。所有这些文体的盛衰变革，皆“随气运为升降”，并不是其时文人之才有所偏至。②

---

① 钱谦益:《答杜苍略论文书》。

② 参见赵士喆:《石室谈诗》。

一般批评者经常说，古诗浑然一体，今体难续其能，“浑然不露者，元气也”；后世之作有句可摘，则“元气渐泄矣”。以上从浑然到可句摘的变化是一个必然的趋势，它所体现的正是“气运升降”，它的变化动力也是气运升降。① 又如尚镕论明末清初诗坛，明七子以后诸家多伪体僻体；钱谦益虽目空一代却动有诡气；清初知名者如吴梅村、施愚山、王士祯等虽各有擅场，其才力又不能大开生面。随后袁枚、蒋士铨、赵翼三家当于国家全盛之际，才情学力则能笼罩今古，自成一家。这种局面的形成亦经历了一个孕育过程，其变之势实则也是气运使然。② 就词学而言，南唐二主、冯延巳等为“勾萌”，其时枝叶未备；至宋代，晏殊、柳永等为词学之春；周邦彦、姜夔等出，则为夏；周密、王灼之际，已经进入词学之秋；“至白云，万宝告成，无可推徙”，这才有了元曲。以上变化，是词学在宋代的发展变异过程，由盛而极，至于无可延展，这也是一个必然的趋势，其根本也在气运。③

这种必然性趋势具体化为以下风气的必然变化：

音调的变化　《龙性堂诗话初集》引王象晋《诗余图谱序》：“元声本之天地，至情发之人心，音韵合之宫商，格调协之运会。运会一流，音响随易。”④

体格之变化　时代变化，作品的体态格调随之变化，胡应麟《诗薮》云：

> 盛唐句，如“海日生残夜，江春入旧年”；中唐句如“风兼残雪起，河带断水流”；晚唐句如“鸡声茅店月，人迹板桥霜”：皆形容景物，妙绝千古，而盛中晚界限斩然。固知文章关气运，非人力。⑤

又如《岘佣说诗》云：“七律至中唐而极秀，亦至中唐而渐薄。盛唐之浑厚，至中唐日散；晚唐之纤小，自中唐日开。故大历十子七律，在盛衰关头，

---

① 参见田同之：《西圃诗话》，见《清诗话续编》，第 750 页。
② 参见尚镕：《三家诗话》，见《清诗话续编》，第 1920 页。
③ 张祥龄：《词论》，词话丛编本。
④ 叶矫然：《龙性堂诗话初集》，见《清诗话续编》，第 948 页。
⑤ 胡应麟：《诗薮》内编卷四，第 59 页。

气运使然也。”[①]《萇原诗说》也云，唐代289年，分初盛中晚四唐，“然诗格随气运变迁，其间转移之处，亦非可以年岁限定。”[②]前者系指风骨，后者明言格调。《剑溪说诗》引方宜田之论：“汉魏鲜四言佳境，宋元鲜五言佳境，三代以下其言长，气使然也。”[③]则气运又关乎诗体。

诗之规模的变化　《麓堂诗话》：“《中州集》所载金诗，皆小家数，不过以片语只字为奇。求其浑雄正大，可追古作者，殆未之见。元诗大都胜之。……意者土宇有广狭，气运亦随之而升降耶？”[④]所谓规模，也就是诗所呈之气象。

以上资料论各种审美内容的具体变化，几乎都提到了“气运”，其意正说明这种变化的不可预知、不可阻碍。

（二）气运是一人一地文学盛衰变化的缘由

就一人而言，明代文人邵经邦在《艺苑玄机》中对此有论述，本书虽然没有明确标示出理论体系，但却是依照其一定的理论体系建构起来的。这个体系共包括三方面的内容：一是本体论，二是文机涵育论，三是批评论。其中本体论下分论三个内容：其一总论：诗教、诗体、诗运；其二作家论：才、思；其三作品论。

诗体之体不止是文体，主要是体貌。关于诗运，《艺苑玄机》云：“诗与文不可分古今，而其运有古今。”又总结一般情况下的诗文之运的规律：“骏惠之基厚，则宣朗之运昌；光岳之气完，则鸣盛之言至。”大致是说：国运昌盛则文运昌盛。但也有特例，正德嘉靖以来，国势盛于明初，但当时名士声名却“奄然捐弃”，其原因在于“运长而气短，身薄而才富”，属于命运的偶然。

诗运论居于“诗体”后，又恰在“诗之才”、“诗之思”条之前，这种摆布绝非偶然，它表达了社会时代大环境对个体才思发挥的决定性作用，将对文

① 施补华：《岘佣说诗》，见《清诗话》，第993页。
② 冒春荣：《萇原诗说》卷三，见《清诗话续编》，第1607页。
③ 乔亿：《剑溪说诗》卷下，见《清诗话续编》，第1091页。
④ 李东阳：《麓堂诗话》，见《历代诗话续编》，第1387页。

学家个体才思的认知置于时代环境之中观照，在文学理论上是一个深化。①以往文学理论批评中，文变染乎世情是对作品风格与时代关系的阐发，也是文学与时代关系研讨中的主要理论生发点，而邵经邦却将时代与文人才思的发挥联系起来探讨文学的兴衰，不仅有着思想的深刻性，也具有正确性。

气运对个人的影响，才力无以左右。袁宏道《答梅客生开府》论李杜与苏轼，称苏轼之诗："出世入世，粗言细语，总归玄奥，恍惚变怪，无非情实，盖其才力既高，而学问识见又迥出二公之上，故宜卓绝千古。"但是，"其遒不如杜，逸不如李"，这种缺憾非才之过，乃是"气运使然"。

而气运对个体的影响，学力难以挽回。陆贻典评王歧公《依韵和吴相公从驾至开宝寺庆寿崇因阁》："清华典雅，亦复堂皇，宋诗至歧公极矣。定远'下沈宋一格'，此世运为之，非关学力也。"②

既然不关才力、学力，因此尽管陆游有杜甫之心事、苏轼之才分，但不离平熟之径，归其缘由："气运使然，豪杰亦无如何耳！"③文章之士亦然，李慈铭认为：欧阳修、曾巩、王安石三家虽为宋文之极境，已经不能及唐之韩愈；苏氏中苏老泉文章最胜，东坡次之，但仅仅毗于杜牧，且笔力不逮；到了元代，元遗山、姚牧庵学韩愈而不得其意，虞道园学欧不得其神，"此固气运为之，虽豪杰之士，不能强也"。④

钱谦益也认为，一个诗人创作的面目，有自身才华的因素，但也不尽关乎自我的才华。其友胡致果自定诗集，"归其旨趣于'微'之一字"，大约集的名字中有"微"字。钱谦益随后针对诗文显著与微妙两种风体以及获得显著与微妙的途径进行了分析："传曰：春秋有变例，定、哀多微词。史之大义未尝不主于微也。二雅之变，至于'赫赫宗周，瞻乌爰止'，诗之立言未尝不著也。扬之而著，非著也；抑之而微，非微也。著与微，修辞之枝叶，而非作者之本原也。"著与微是诗歌的两种风格，可以凭借修辞而得，但这种凭借修辞获得著或者微的追求不是诗歌创作的本原。诗是著或者微，应该是

---

① 参见邵经邦：《艺苑玄机》，见吴文治主编《明诗话全编》第3册，第2942页。
② 李庆甲：《瀛奎律髓汇评》卷二，第56页。
③ 翁方纲：《石洲诗话》卷四，第141页。
④ 李慈铭：《越缦堂读书记》，见《中国近代文论类编》，第419页。

气运影响与自身才思共同作用的结果，所以他随后解释什么是作诗之本原说："学殖以致其根，养气以充其志，发皇乎忠孝恻怛之心，陶冶乎温柔敦厚之教。"但这些仅仅是人的因素，其根本因素并不在此："根柢则在乎天地运世，阴阳剥复之机微。"——这是天的因素，天就是气运，天人合一则诗成就，但人必须合于天顺乎天，而不是天俯就于人，气运对个体创作起着最终的影响。①

就一地而言，周亮工《南昌先生四部稿序》专门讨论了豫章一代文学盛衰之变，先有历史上的繁荣："文章风气，各有盛衰，而数十年以来，吾豫章之学独著于天下。溯其源流，自庐陵弘昌黎之教，而临川南丰继之，豫章文章之宗派遂定。至于声诗一道，晋之靖节，筮仕彭泽，流风被境内，后人相与崇尚，遂成风调。庐陵、临川之属亦既获有兼美。故豫章诗、古文之盛，其来已久。"后有凋零："而流为晚宋，乃至于庸沓榛芜，不可复诵。"这一盛一衰的原因："亦气运渐就衰减，有难为继者也。"最终归因于气运。刘大櫆《张荔亭诗集序》则对西北、东南之文风变异给予了论述：

> 古之人文盛于西北，而后之人文盛于东南。西北之地高厚广博，其气之所钟，生知神圣，勃然群起于一方。及其久也，西北之气尽泄无余，而英雄魁垒才技之士乃更丛植于东南之地。盖天地秀杰之气不能不钟之于人，拔地以怒生而各有其时，此其大较也。
>
> 若夫一郡一邑一乡里之间，其人物之生亦互为乘除消长：此盛而彼衰，彼兴则此覆，往往皆是，而造化之机缄倏忽迁移，时其聚也，而贤智才能遂毕萃于一门之中。汉之曹氏，宋之苏氏夫子兄弟，莫不能为文，而皆有以传于后世。②

此处的"气"就是气运，气运变化由此引起不同地域之气之厚薄，所谓钟灵毓秀，正是指秀杰之气的钟毓，于是影响到人才之多寡。

---

① 参见钱谦益：《胡致果诗序》。

② 刘大櫆：《海峰文集》卷四。

（三）受同一时代风气影响，相同气运之下，文人们往往形成共同的文学“风气”，呈现出近似的风格与审美趋向

《诗筏》从唐诗入手多次论及这个现象：“同时齐名者，往往同调。”贺贻孙举沈、宋、高、岑、王、孟、钱、刘、元、白、温、李之类，称其“不独习尚切劘使然，而气运所至，亦有不期同而同者。”又称：“严季鹰诗，世人未有推重者，余独爱其骨气近少陵，咏《楠木》篇尤似少陵《古柏行》诸作，盖亦朋友渐摩之力耳。”因此推出结论：“凡与王孟同时者，气韵亦往往相类。”随后列举诗句佐证：

> 如綦毋潜《灵隐寺》诗云：“塔影挂清汉，钟声和白云。”《题栖霞寺》云：“天花飞不着，水月白成路。”《送章彝下第》云：“黄莺啼就马，白日暗归林。”《泛若耶溪》云：“晚风吹行舟，花路入溪口。潭烟飞溶溶，林月低向后。”《若耶溪逢孔九》云：“人生上皇代，犬吠武陵家。”《题鹤林寺》云：“松覆山殿冷，花藏溪路遥。”又《过兰若》云：“黄昏半在下山路，却听钟声恋翠微。”裴迪《谒操禅师》云：“有法知不染，无言谁敢酬。鸟飞争向夕，蝉噪已先秋。”《游感化寺》云：“入门穿竹径，留客听山泉。鸟啭深林里，心闲落照前。”《华子冈》云：“落日松风起，还家草露晞。霞光侵履迹，山翠拂人衣。”祖咏《泊扬子津》：“林藏初过雨，风退欲归潮。”此等语置之摩诘、襄阳集中，殆不能复辨，岂独风气使然耶！①

贺贻孙在此强调了“凡与王孟同时者，气韵亦往往相类”这个文学现象，即诗人风气相近得于“朋友渐摩之力”。这种“朋友渐摩之力”在古代也被纳入气的理解，《礼记》之中就有气类感而得通之论述。《论衡·偶会篇》云：“同类通气，性相感动。”是说气之类别近似者可以相互感动，发生彼此的影响，俗语中所谓的“同声相应，同气相求”正是此意。《南齐书·陆厥传》早就提供了一个这样的实例：

---

① 贺贻孙：《诗筏》，见《清诗话续编》，第183页。

> 永明末，盛为文章。吴兴沈约、陈郡谢朓、琅琊王融以气类相推毂。汝南周颙，善识声韵。约等文皆用宫商，以平上去入为四声，以此制韵，不可增减，世呼为“永明体”。

“气类”的“类”表面意思为类别，本意为“相象”、“类似”。这段话所说的意思就是沈约、谢朓、王融等人因为气相类而彼此切磋促进，对永明体的产生起到了重要影响，这就是气运之下气类近似。另如贺贻孙在分析晚唐涩体产生原因时说：

> 开元、天宝诸公，诗中灵气发泄无余矣。中唐才子，思欲尽脱窠臼，超乘而上，自不能无长吉、东野、退之、乐天辈一番别调。然变至此，无复可变矣，更欲另出手眼，遂不觉成晚唐苦涩一派。

尽管贺贻孙认为“诗至中晚，递变递衰，非独气运使然也”，但这种诗运的变化与创新局面的日益窘涩，实际上仍然属于气运影响下气类的相近。① 所以李东阳根据汉魏六朝与唐宋之诗各自为体且“彼此不相入”的特点早就指出：“天地间气机所为，发为音声，随时与地，无俟区别而不相侵夺。然则人囿于气化之中，而欲超乎时代土壤之外，不亦难乎？”②

气运影响文学，形成了特定阶段如此的趋同性，也就意味着一种风气的诞生，风气是气运的表现形态之一，与特定时代特定地域关系密切。文学批评史上经常有人说，今日之创作“竟无一点汉气”，而如此责备的结果，往往使得其作品不汉不唐，清代赵士麟总结其原因时曾说：“时为之也。使我生于汉之时晋之时唐之时，无论老师宿儒，即使童子操觚亦将不汉而汉，不晋而晋，不唐而唐矣。何也？风气渐之也。”风气成则聚为一定的势能，有势能则自然可以移人。③ 不同时代，酝酿出不同风气，自然会出现不同的创作

---

① 参见贺贻孙：《诗筏》，见《清诗话续编》，第 142 页。

② 李东阳：《麓堂诗话》，见《历代诗话续编》，第 1383 页。

③ 参见赵士麟：《管希洛时艺序》，见《云南古代诗文论著辑要》，第 343 页。

风貌。如胡应麟《诗薮》卷一有云："优柔敦厚，周也；朴茂雄深，汉也；风华秀发，唐也。"①《絸斋诗谈》评柳宗元之《平淮夷雅》："亦自修洁质炼，毕竟不及周雅之宽裕舒徐，此是风气限定，文人无可奈何。"②同样为颂体，风气变异其审美面貌也随之不同。风气成则容易形成风体的共相，且往往是上行下效，因风而流，如"汉武好浮华，相如应之；魏文号绮靡，曹植应之"。唐兴骈俪，以诗试文人；宋代理学繁荣，人好议论：因此又出现了"唐局于律俪，宋束于议论"的局面。明代谭浚认为："非天下之才尽，实世代之气变也。"③

这种共相，或者有着共同的局限。如初唐四杰，许学夷认为，"使四子五言律体尽成，绮靡尽革，七言古调皆就纯，语皆就畅，虽驾沈宋而凌高岑，不难也"。但四杰最终仅仅局限于皆为"当时体"，其原因就在于这些诗人"为时代所限"。④ 这个"时代"就是指当时的时代风气。又如六朝骈偶始于陆机，至晋宋之际，虽以谢灵运之才华也难免此风，原因同样是"风气所趋"⑤。

或者有着共同的审美情态，无论健康抑或病态，如盛唐气象与晚唐诗风。尤其晚唐诗歌，虽然稳顺纤巧，但气弱格卑，《藏海诗话》将其归结为有"衰陋之气"⑥。王世懋也称："晚唐诗人，如温庭筠之才、许浑之致，见岂五尺之童下，直风会使然耳，览者悲其衰运可也。"⑦所谓"风会"，就是时代风气。

风气另有一个特点，就是往往成就时髦而未必造就经典，所以经常有这样的现象：风气既移，当日所为美谈，后世悉成笑柄。

气运以及由气运形成之风气，对具体文人的创作也形成一种特定的钳制，被称之为"气运囿人"或者"风气囿人"。如《唐诗品》评诗人于濆："虽

---

① 胡应麟：《诗薮》内编卷一，第1页。
② 张谦宜：《絸斋诗谈》卷五，见《清诗话续编》，第852页。
③ 谭浚：《说诗》卷上，明万历刻谭氏集本。
④ 许学夷：《诗源辨体》卷十二，第143页。
⑤ 叶矫然：《龙性堂诗话初集》，见《清诗话续编》，第956页。
⑥ 吴可：《藏海诗话》，见《历代诗话续编》，第329页。
⑦ 王世懋：《艺圃撷余》，见《历代诗话》，第780页。

有结构而音节不朗，终愧囊之作者。岂风气囿诸，情性欲发而未扬耶？"①但也有一些学者认为，不为气运或风气所囿的特例是存在的，王棻虽然认可文章之盛衰关乎气运，但依然赞誉陶渊明之诗与韩愈之文"非风会所能限"②。管世铭评晚唐温庭筠的"古戍黄叶落"、刘绮庄的"桂楫木兰舟"、韦庄的"清瑟怨遥夜"，以为"觉开、宝去人不远"，所以宣称"文章虽限于时代，豪杰之士终不为风气所囿也"。③ 贺贻孙也赞誉李杜在当时纷纷同调之中却能以与时调"相去远甚"之调与之"分道扬镳"且"并驱中原"，所以认为："盖一代英绝，领袖群豪，坛坫设施，各有不同，即气运且不得转移升降之。"④气运尚不得转，区区习尚风调，就更不足言了。

（四）气运引发之风气的必然发展变异趋势不是陡然的转变，而是由来者渐，早先就孕育了迹象

在文学批评中，气运对文学风气的影响往往体现于对既成文学事实的描述与追认，而在现实文学历史的具体演革中，气运的力量在文学现象文学思潮发端之初就会产生影响，只是这种影响比较细微，不易被人觉察。如《诗筏》就通过古诗"上山采蘼芜"一首所体现的风格感受到了气运对文学的浸润。本诗云：

> 上山采蘼芜，下山逢故夫。长跪问故夫，新人复何如？
> 新人虽言好，未若故人姝。颜色虽相似，手爪不相如。
> 新人从门来，故人从阁去。新人工织缣，故人工织素。
> 织缣日一匹，织素五丈余，将缣来比素，新人不如故。

《诗筏》进而分析道：

> "新人复何如"一问最婉。"从阁"一"去"，更冷而媚，虽有妒意，

---

① 徐献忠：《唐诗品》，明嘉靖十九年刻唐百家诗本。

② 王棻：《柔桔文抄》卷十二《答王子裳书》，见《中国近代文论类编》，第423页。

③ 管世铭：《读雪山房唐诗序例》，见《清诗话续编》，第1553页。

④ 贺贻孙：《诗筏》，见《清诗话续编》，第142页。

然妒而不悍，妒而有情，妒又安可少哉？妇人处新故之间，惟有温柔一道，能令男子回心。彼以悍怒开衅，令薄情人心去不复留者，皆不善于妒者也。“颜色虽相似，手爪不相如”，谑语也，岂有手爪可辨妍媸乎？聊以慰其问耳。“将缣来比素，新人不如故”，亦谑语也，岂有缣素可别优劣乎？聊以慰其去耳。一种缱绻亲昵之意，在此二谑，不独委曲周旋，慰故人以安新人也。通篇一情字，认真不得。

贺贻孙从一首简单的弃妇诗中，读出的是气节，是温柔敦厚，是委曲缱绻，所以他说：“大率东汉敦尚气节，得气之先，莫如诗人，不独《焦仲卿妻》、《陌上桑》诸篇凛然难犯，有《广汉》、《柏舟》遗风，即如此等语，字字温厚，尤得好色不淫之意。”诗人每每能得风气之先，故诗中便隐隐透露出具有汉代时代特征的温厚之气，与后汉士人重节操尚志气遥相呼应。①

又如六朝三谢，为唐代沈、宋之权舆；高、岑、王、李等诗人虽在盛唐，但才情所发，不知其已经堕入大历，如“到来函谷愁中月，归去蟠溪梦里山”，“鸿雁不堪愁里听，云山况是客中过”，“草色全经细雨湿，花枝欲动春风寒”，这些佳句已经“隐隐逗漏钱刘出来”；而“百年强半仕三已，五亩就荒天一涯”，王世贞认为这种句子“便是长庆以后手段”。② 可见初盛唐之风，隐露于六朝，所谓“风气之兆，若有神然”③。中唐之诗风，在盛唐之际就已经有了先兆。胡应麟继承了王世贞的这种思想，《诗薮》云：“魏继汉后，故汉风犹存；六代居唐前，故唐风先兆。”并将这种变异纳入“文章关世运”的理论。④ 纪昀又延续了王世贞、胡应麟的思想，他称王粲《七哀》开少陵之派，鲍照《行路难》已导太白前路。此外他还认为苏轼诗可为陆放翁先声。这种现象，他总结为“文章与世变更，而机括往往先露”，而此时的作者却“莫

① 参见贺贻孙：《诗筏》，见《清诗话续编》，第145页。

② 王世贞：《艺苑卮言》卷四，见《历代诗话续编》，第1008页。

③ 叶矫然《龙性堂诗话初集》云：“玄晖、明远，骨气秀劲，最称逸才。今帝观其集中，规模太康、元嘉者什三，开先初盛者什七，风气之兆，若有神然。”（《清诗话续编》，第956页）

④ 参见胡应麟：《诗薮》内编卷一，第1页。

知其所以然"。[①] 无所察觉与无所预想的条件下出现这种"机括先露",便是气运对文学风气的隐在指引。

诗人们能够于作品中得风气之先、先露机括,如此的敏感,后世文艺美学研究往往将其归于诗人独特的素质;实则在此之外,更为重要的是现实社会之中出现了让诗人的审美敏感激发的契机,古人将这种时代对文学潜移默化的影响纳入气运的范畴,将文学风气转移的因由从个人的才情气质扩展到时代风气,在时代与个体的互动之中寻找答案,有着不可忽视的意义。

第三节　气运与代变论

气运影响文学的发展变化,并因此形成了一个重要的理论思想:"代变论"。较早的代表性论述是《文心雕龙·通变》篇。《通变》的核心思想用"凭情以会通,负气以适变"两句话就可概括,其内涵是:气运带动文学形式与风格变化,这一切都是在一定继承之下的变化,所以是"通变";由"通变"引发的文学史各代之间的面目不同盛衰各异就是"代变"。

代变是针对整个文学史发言,因此经常以古今对比的形式出现,王思任《钟百楼先生窗稿序》云:

> 夫时文至今日盛矣,然实不如古人,古人典,今人杜;古人厚,今人偷;古人工,今人驾;古人画人物犬马,今人画山水鬼魅;古人如李龙眠白描,毛发不苟;今人如米元璋泼云沓树,徒取墨气。

袁宏道将这种代变的气运理论与儒家诗学思想之中的正变理论联系起来,《花雪赋引》中云:

> 天下无百年不变之文章,有作始自有末流,有末流还有作始。其变

① 纪昀评《苏文忠公诗集》卷三十九,《赠王子直秀才》评语。

也，皆若气行乎其间，创为变者与受变者，皆不及知。是故性情之发，无所不吐，其势必互异而趋俚，趋于俚，又将变矣。作者始不得不以法律救性情之穷，法律之持，无所不束，其势必互同而趋浮；趋于浮，又将变矣，作者始不得不以性情救法律之穷。夫昔之繁芜，有持法律者救之；今之剽窃，又将有主性情者救之矣。此必变之势也。

文学之变，"若气行乎其间，创为变者与受变者，皆不及知"，就是说气运所至，非人力可知，人力也因此而受到指引。气运影响文学的基本规律便是这种循环的变化，具体的落实则为正变的演化。明清文人还习惯于以唐宋的变异阐释文学史的迁变，陆时雍《古诗镜》卷十二："诗自宋一大变，气变而韶，色变而丽，体变而整，句变而琢，于古渐远，于律渐开矣。"王士祯也说："唐之文气劲而节短"，"宋之文气舒而节长"①，将文学代变直接落实到文气之变上。近人张祥龄从词学演变说明代变：

文章风气，如四序迁移，莫知为而为，故谓之运。……昌黎起八代之衰，亦运使然。南唐二主、冯延巳之属，固为词家宗之，然是勾萌，枝叶未备；至小山、耆卿而春矣；清真、白石而夏矣；梦窗、碧山已秋矣；至白云，万宝告成，无可推徙。元故以曲继之，此天运之终也。②

将词学代变纳入了气运的轨道，由始而盛而终。

代变说包括两个截然不同的价值评判，一是代降论，一是代胜论。

其一，代降论是复古派较为一致的观点，亦尊古传统的必然产物。明确以代降论文艺最早见于宋代，《岁寒堂诗话》引邬德久论书法："一代不如一代，天地风气生物，只如此耳。"③胡应麟《诗薮》则提出了"体代变格代降"的观点：

① 王士祯：《半部集序》。
② 张祥龄：《半箧秋词序录》。
③ 张戒：《岁寒堂诗话》卷上，见《历代诗话续编》，第464页。

四言变而离骚，离骚变而五言，五言变而七言，七言变而律诗，律诗变而绝句：诗之体以代变也。

三百篇降而骚，骚降而汉，汉降而魏，魏降而六朝，六朝降而三唐：诗之格以代降也。

体变是文学发展的必然，在创新的压力下，体很难维持长久的稳定状态；就读者的审美热情而言，体长久的稳定不仅使得体式僵化，而且读者也毫无审美激情：

曰风曰雅曰颂，三代之音也；曰歌曰行曰吟，曰操曰辞曰曲曰谣曰谚，两汉之音也；曰律曰排律曰绝句，唐人之音也。诗至于唐而格备，至于绝而体穷。故宋不得不变而之词，元人不得不变而之曲。词胜而诗亡矣，曲胜而词亦亡矣。①

不得不变来源于文学内部发展的压力，除旧布新的过程之中，造就代有其体的局面。但胡应麟此处表达了一个文学各体有发展尽头的思想，就文学整体而言，这个悲观的结论也许有些唯心，但就古典文学之某一体而言，则有着历史的必然。顾炎武《日知录》卷二十一便有专门的“诗体代降”一条：

三百篇不能不降而楚辞，楚辞不能不降而汉魏，汉魏不能不降而六朝，六朝不能不降而唐也，势也，用一代之体，则必似一代之文而后为合格。

诗文之所以代变，有不得不变者。一代之文，沿袭已久，不容人人皆道此语。今且千数百年矣，而犹取古人之陈言一一而模仿之，以是为诗，可乎？

---

① 胡应麟：《诗薮》内编卷一，第1页。

诗变是一种无形的力量所造成的，这就是气运，在这个过程中，虽变而代降。洪亮吉则对此更加深信不疑，他以咏草诗为例论道：

> 诗除三百篇外，即古诗十九首亦时有化工之笔，即如“青青河畔草”及“四顾何茫茫，东风摇百草”，后人咏草诗，有能及之者否？次则“池塘生春草”，而春草碧色，尚有自然之致。又次则王胄之“春草无人随意绿”，可称佳句。至唐白傅之“草绿裙腰一道斜”，郑都官之“香轮莫碾青青草”，则纤巧而俗矣。

根据这种咏草诗后不如昔的实际，他反问：“孰谓诗不以时代降耶？”①王国维总结历代文学兴衰，将代降说又给予了更为客观的解释，其《人间词话》认为，历代文学之主体，通行既久，染指遂多，渐渐出现习套，豪杰之士于是“遁而作他体以自解脱”，故此代有其胜；但一切文体，始盛而终衰，又为必然之理，所以他说：“谓文学后不如前，余未敢信；但就一体论，则此说固无以易也。”代降论在此被具化为特定文体之代降，而非文学整体之后不如昔。

其二，代胜论是指每一个时代都有其与历代不同且水准高而影响深远，可以作为本朝代表的文体或者创作。在这个问题上，后人逐步形成的观点是：唐诗、宋词、元曲、明清小说是中国不同时代可以作为其代表的文体创作之巅峰，虽然后世前世也许都有相应的创作，但总体水准都无法与这些时代所取得的成就相提并论。此论较早的发挥者是元代的虞集，他曾说：“一代之兴，必有一代之绝艺，足称于后世者。汉之文章，唐之律诗，宋之道学，国朝之今乐府，亦关于气数。”②明代焦循也有类似一代有一代之胜的说法。至近代，王国维于《宋元戏曲史序》中再度发明此意：“凡一代有一代之文学：楚之骚，汉之赋，六代之骈语，唐之诗，宋之词，元之曲，皆所谓一代之文学，而后世莫能继焉者也。”代胜论由此得以广泛传播。

---

① 洪亮吉：《北江诗话》卷三，第60页。

② 孔见素：《至正直记》卷三引，转引于钱钟书《谈艺录》，第352页。

就其内涵而言，代胜本于代变，代变关乎气运。袁中道《宋元诗序》云："诗莫盛于唐，一出唐人之手，则览之有色，扣之有声，而嗅之若有香，相去千余年之久，常如发硎之刀，新披之萼。后来宋元诸君子，其才情之所独至，为词为曲，使唐人降格为之，未必能过，而至于诗，则不能无让。"唐诗、宋词、元曲，各自有着其他时代难以企及的成就，是由于当时文人将其全付才情寄托于此，这就是代胜，一般没有文体的兼容，是各自以一种文体而凸显。欧阳修模拟常建"竹径通幽处，禅房花木深"，自谓终身拟之而不能肖，这种不可企及性不在才情才力，恰是气运，所以袁中道说："文章关乎气运，如此等语，非谓才不如，学不如，直为气运所限，不能强同。"在袁中道的这个论述里，通过"使唐人降格为之，未必能过"等语来看，袁中道还有一定的尊诗而贱词曲的倾向，虽然他承认不同时代有着不同的艺术高峰，但诗词曲的分量不是一致的，一个"降格"显示了唐代从事诗歌创作的文人在他心目中是身价不凡、高人一等的。因此袁中道还算不上一个纯粹的代胜论者，相比之下，李渔《名词选胜序》的思想就更加通达：

> 文章者，心之花也。花之种类不一，而其盛也各以其时，时即运也。桃李之运在春，芙蕖之运在夏，梅菊之运在秋冬。文之为运也亦然。经莫盛于上古，是上古为六经之运；史莫盛于汉，是汉为史之运；诗莫盛于唐，是唐为诗之运；曲莫盛于元，是元为曲之运。运行至斯，而斯文遂盛；为君相者遂起而乘之，有若或使之者在，非能强不当盛者而使之盛也。

六经、史书、唐诗、元曲，皆一代之胜，是气运使然。有人以为："唐以诗抡才而诗工，宋以文衡士而文胜，元以曲制举而曲精。"将三个时代的诗文曲的繁荣归功于科举考试分别以诗文曲命题，言外之意，这三个时代诗文曲各自的繁盛是功利追求的结果，根本无关于所谓气运，李渔对此反驳说："夫元实未尝以曲制举，是皆妄言妄听者耳。夫果如是，则三代以上未闻以作经举士，两汉之朝不见以编史制科，胡亦油然勃然自为兴起而莫之禁也?"历史的事实是，三代不以作经取士而经学大兴，汉代不以史取士而史学昌明，元代也未曾以曲取士而曲繁荣，要探究其原因，根本就在于："交运之气数验于此矣。"终究还是气运在起作用。为了进一步印证自己的观点，李渔又举清词之繁荣为例：

> 自有词之体制以来，未有盛于今日者。虽曰词始于唐，而盛于宋，然唐宋之工于此者，自屯田、眉山、淮海、清照、稼轩而外，指不数屈。继起而建标立极者，虽不乏人，然考其姓名，总不越花间、草堂、尊前、兰畹之四集，较之历代诗人之数，不及百一。此何故哉？盖以词名诗余，似必诗有余力而后为之，夫既诗矣，焉得复有余力哉？不意传至于今，啸歌之外，靡事可为，才彦精灵，悉无所寄，即使未有填词一道，犹将创而为之，若屈原之于骚，相如之于赋，东篱、实甫诸人之于杂剧，皆前此未有而自我作之，矧成法具在，作者寥寥，有不起而修废举坠，扬徽振响，以鼓一代之休明者哉？

词在士人靡事可为而寻寄托之际成为寄情之具，这种文体成为清代文人心仪之体式且造就了一个词的高峰，这种趋奉同元曲六经一样，"非有科名诱之于前，夏楚督之于后，莫知其然而尽然"，其根本的动力"非运为之，谁为之乎"？最终也将这种代胜的根本定位在了气运的影响上。

代胜论也不仅是一种既成文学史情态的描绘，它又维持了历代文人在创作上欲有所为而不袭于古的勇气，钟惺《诗归序》称之为"欲以其异与气运争"。袁宏道便是在强调气运影响创作而不是古人决定创作的前提下，提出了他一系列的反复古文学主张。《与丘长孺》中言诗歌的自立："大抵物真则贵，真则我面不能同君面，而况古人之面貌乎？唐自有诗也，不必选体也；初盛中晚自有诗也，不必初盛也；李杜王岑钱刘，下迨元白卢郑，各自有诗也，不必李杜也。赵宋亦然，陈欧苏黄诸人，有一字袭唐者乎？又有一字相袭者乎？"唐代的不同阶段与宋代诸诗人，各自有着自己独立的面目，这种面目的获得是气运的产物，就如同宋之诸诗人"其不能为唐，殆是气运使然"，言外之意，其能为自我则更是气运使然。由此出发，袁宏道认为："夫诗之气，一代减一代，故古也厚今也薄。诗之奇之妙之工之无所不极，一代盛一代,故古有不尽之情,今无不写之景。"古人气质高厚,今人巧夺天工,所以"古何必高,今何必卑哉"? 袁宏道将气运的这种迎送又名之为"势",《与江进之》一书便是在诗文从繁到简、从晦到明、从乱到整、从艰涩到痛快的始终变化之中,意识到了文学发展有着自己的"势",大势之下,一切在变化之中又有着一定的规律甚至宿命。

清初周亮工也把气运影响产生的代胜论视为反对拟古、反对宗派,从而维持文学创造力量的支撑理论。《何省斋太史诗序》中引何省斋之言云:"束古今人文章使出于一,其势所不能;合古今人不一之文章,使画然各守其一,其事亦有所不必也。文之有周秦,有汉魏,有六朝,唐宋,非必有意期为是体也,亦非初有是体而规规焉有所程量而为之也。质文之相生,繁简之递变,行乎其所不得不然,而娇乎其所不得不止。"气运如此,诗文便各自有自我的面目,假如不注意这个基本的特征,"举数千百年之手笔,若一人为之华实,一文为之源流者",将后世创作一定要纳入某一个流派宗匠的框架之中,"岂非兼镕并茹,气运之流变无方,即使更翻迭出,亦各成一气运者乎"? 即气运因此丧失了其运动的基本规律,再也没有或者谈不上气运,此为"气运之流变无方";更滑稽的是,文人调弄自我的聪明,随便的技巧更迭都要被视做气运。以上思想,自然都是对气运权威性的一种调侃。因此文学创作之中的拟古与立派皆不足为法:

> 后世之士,惟见已然,取前古之制作而衡量之曰:若者为周秦,若者为汉魏,若者为六朝、唐宋,以至龙门、扶风、子山、孝穆、昌黎、庐陵诸家,纷纷同异,共相犄角,若泾渭之不可淆,而苍素之不可乱。作为文字,规模往辙,为周秦者,若不许人更为汉魏;为六朝者,若不许人更为唐宋。而通方之论则又曰:方其为唐宋,不可杂六朝一笔;方其为汉魏,不可杂周秦一笔。因使执笔为文词,未暇抒思,先期严体。

立宗派者各立门户,最终仍然是规模古人,正是所谓"兼镕并茹,气运之流变无方,即使更翻迭出,亦各成一气运"的反气运,是逆"天"而动。真正遵循气运之所覆载的创作,就是自然而然、不拟古人也不立门户的创作,而如此的创作自然可代有其胜。

第四节　气运与文体之变

气运对中国文学史的另一个重要的影响是:在气化赋形过程中,气赋形的形式就是情有所寄之寄托形式,在这种审美要求的推动下,不同时代文人情感托寄形式的选择,促成了文学体裁的丰富和发展。因为随着时代的变迁与文化的积累,文人对自我的认知一代比一代加深,深刻的自我意识与同时扩大的丰富而诡异的外在世界遭遇,心灵经历的洗礼与动荡也便一代比一代深重而难以负荷,传统的文体,由此感受到表达上的局限与压力,一如陈子龙所说:"代有新声而想穷拟议,于是以温厚之篇,含蓄之旨,未足以写哀宣志也。"①情感的丰富化与复杂化对情感所寄的形式提出了更多的要求,一旦旧有的形式难以承担或者不能更完美地承担这样的要求,新的形式便往往因为心灵强烈的寄情渴求而被创生出来。

如《诗经》之后骚赋的产生　袁宏道曾经论述文学发展问题,认为"文之不能不古而今也",即诗文从古向今的发展或者变化是挡不住的潮流,如果不明白古今的差异,而袭用古人的语言,墨守古代的程式,"是处严冬而袭夏之葛者也";时代变异必然引发文学之变的原因是:"骚之不袭雅也,雅之体穷于怨,不骚不足以寄也。"②所谓"雅之体穷于怨",是指雅诗秉持"哀而不伤,怨而不怒"的传统,标榜温柔敦厚,因此在表达比较强烈的怨情上便有些力不从心,在这样的情况下,《离骚》的作者负奇怨郁愤之情,再以雅诗不疾不徐的四言形态、欲言又止吞吞吐吐的言辞甚至以颂为讽的怪异体式进行摹绘,就不足以寄其情怀了,因此才有"骚之不袭雅"的新创。

如词曲的产生　焦循《与欧阳制美论诗书》从诗乐的离析论述:

---

①　陈子龙:《安雅堂稿》卷三《三子诗余序》,辽宁教育出版社2003年版。

②　袁宏道:《雪涛阁集序》。

夫诗无难知也，古人春诵夏弦，秋冬学礼读书，试思书何以云读，诗何以必弦诵，可见不能弦诵者即非诗也。何以能弦诵？我以情发之，而又不尽发之，第长言永叹，手舞足蹈，若有不能已于言，又有言之而不能尽者，非弦而诵之不足以通其志而达其情也……周秦汉魏以来，直至于唐杜少陵、白香山诸名家，体格虽殊，不乖此指。晚唐以后，始尽其辞而情不足，于是诗文相乱，而诗之本失矣。

这里讲的“诗之本”，就是“情余于意，意余于言”的传统；这种含而不发之特征的形成早先与音乐或者说与诗的可吟唱咏叹性关系密切，乐可以保障语言难以传达或者未曾传达的意蕴得到相应的补偿，传统失落的原因则恰恰在于与诗相伴的乐慢慢与诗离析。诗离开乐之后，表达情感的重任落在语言身上，由此带来两个后果：首先，原先“不能已于言”者，不能“已”可以托之于乐而补充，这就维持了诗在一定程度上对倾吐欲望的抑制，如今只能凭借语言全部承担，于是“尽发”的现象便出现了，尽发则容易一览无余，直白无韵味，难以把真实的情感细腻真切地传达。其次，原先“言之而不能尽者”，可通过弦诵以通其情，如今乐失而言依然难以全部完成通情的重任。在这样的形势下，旧的诗的形式探索也难以约束信手信口的冲动，难以发遣文人内心“言之不能尽”的情愫，然而“人之性情，其不能已者终不可抑遏而不宣”，于是“分而为词，谓之诗余”。所以焦循认为：“五代之词，六朝初唐之遗音也；宋人之词，盛唐中唐之遗音也。诗亡于宋而遁于词，词亡于元而遁于曲。”

朱彝尊从存在一种诗所难言的情入手论词的产生，其《陈维云红盐词序》中云：“词虽小技，昔之通儒巨公往往为之。盖有诗所难言者，委曲倚之于声，其辞愈微，而其旨愈远。善言词者，假闺房儿女子之言，通之于离骚变雅之义，此尤不得志于时者而宜寄情焉耳。”这种情诗难以伸张，于是在诗之外又出现了可以伸张这种情的词曲。焦循与朱彝尊都强调了一种诗难以承载、发遣不尽的情感的存在，正是这种情感表达的需要，才使得诗言志诗缘情功能彰显了不足。这种情感，是词主要消遣的对象，它有时表现为幽微悱恻、悲天悯人之情，中怀本有托寓，加以忧谗畏讥，沉幽缠绵之怀抑扬摩荡之中难以假整齐的格律书写。比如清初词人曹尔堪与宋琬、王士禄沉沦冤狱,昭雪后寓居西湖,共为唱和,所选之文体正是词。徐士俊序《三子唱和词》究其衷曲云:“盖三先生胸中各抱怀思,互相感叹,不托诸诗而一一寓之于词,岂非以诗之谨严,反多豪放,词之妍秀,足耐幽思者乎?”①这一个案,明确说明了词的产生是对诗不易表现之情的接引。

更多的时候,这种情感表现为闲情、艳情。五代之际,文人们以实际创作宣示了词为艳科。从宋代开始,就有人探讨其本色问题,李清照称词“别是一家”,强调其与诗在形式上的文体差异以及情感偏于阴柔的倾向。到了清代,文人们对词为艳科这个观点的接纳更为广泛,沈谦云:“男中李后主,女中李易安,极是当行本色。”②就艳情色彩浓重的李后主与婉约词的代表李清照这两个人来言本色,可见其所谓本色就是接近浓艳与闲愁。贺裳《词筌》也言本色:

> 词虽以险丽为工,实不及本色语之妙。如李易安“眼波才动被人猜”;萧淑兰“去也不教知,怕留恋伊”;魏夫人“为报归期须及早,休误妾一春闲”;孙光宪“留不得,留也应无益”;严次山“一春不忍上高楼,为怕见分携处”:观此种句,觉“红杏枝头春意闹尚书”安排一个字,费许大力气。

其中本色多指用词的自然,不假雕饰,而且能传神写照;而其涉及的情感,主要是男女之情,所以贺裳也明确认为词“宜于艳冶”。彭孙遹也是词为艳科的支持者:

> 词以艳丽为本色,要是体制使然。韩魏公、寇莱公、赵忠简非不冰心铁骨,勋德才望,照映千古,而所作小词,有“人远波空翠”、“柔情不断如水”、“梦回鸳鸯余香嫩”等语,皆极有情致,尽态极妍。③

---

① 参见吴熊和:《柳洲词选与柳洲词派》,见《吴熊和词学论集》,杭州大学出版社1999年版。
② 沈谦:《填词杂说》,《词话丛编》本。
③ 彭孙遹:《金粟词话》,《词话丛编》本。

以上所叙述的艳情、闲愁，由于文化发展、物质生活发展而于贵族文人情感里滋生，它是一种迥异于大江东去之豪迈的情感，也是一般的七情六欲难以尽行包容的情感，它在中国古代士大夫审美情趣之中有集中的体现。焦循《词说》从人之禀气有阴有阳，情性之中有阴柔之气，其感发流行则需要从自己的路径出发，说明了文人们这种情趣属于人所禀之气中的阴柔之气，他说："人禀阴阳之气以生者也，性情中必有柔委之气寓之，有时感发，每不可遏，有词曲一途分泄之，则使清劲之气长流存于诗、古文。"诗因为言志的需要而有庄重正大的传统，因而尽管可以缘情而发却也对这种近于私密、发乎情未止乎礼的情表现出了警惕；而阴柔之气则需要有更适合于这种情感表达的形式承担。因而，如此靡丽纤柔之情因为需要相应托寄的形式而与不齐整、断续、反复、便于陶写诉说的词建立了关系。

王士祯《倚声集序》则从声音达情的沿革规律入手，说明词是"声音之秘势"所寄的体现形式：

> 唐诗号称极备，乐府所载，自七朝五十五曲之外不概见。而梨园弟子所歌，率当时诗人之作，如王之涣之凉州、白居易之柳枝，王维渭城一曲流传尤盛；此外虽以李白、杜甫、李绅、张籍之流因事创调，篇什繁富，要其音节皆不可歌。诗之为功即穷，而声音之秘势不能无所寄，于是温、和生而花间作，李、晏出而草堂兴，此诗之余而乐府之变也。

"诗余"是词的别称，人们多解之为作诗剩余才力所为之物；而王士祯此处的解释明显有些不同："诗之为功即穷，而声音之秘势不能无所寄"，显然是因为诗在歌咏之中出现了缺陷，尤其声音的秘密幽妙之处不可以传达，因而词产生了。这个"诗余"已经成了"诗以外的创造"之意。事实上，所谓声音之秘也绝非一个简单的声音问题，音声的变化，也是因为情的内涵与情的程度不同而带来的，情意缠绵荡气回肠之际，胸中之气蓄积而待发，必须使气的流行也随情而婉转才可以实现气的畅通；因此，创作之际就要因情制宜、因气制宜来选定相应的宣达胸中之气的形式，这就是所谓"声音之秘势"的所寄，它就是情之寄、气之寄，通过声气在语词变化之中的变化，使得情感的内涵得以显现。由于词所表现的情具有缠绵特性，这种情所配合的气也因此具有伸缩往复、缠绵断续、幽咽不壮的特点，规整的诗歌形式难以显这种情的象、显这种气的形，于是具有这种伸缩往复之性、缠绵断续之形的词便成为“声音之秘势”所寄的形式。

曲（又称之为乐府）的产生　尤侗从不平则鸣论曲的出现，其《叶九来乐府序》云：

> 古之人不得志于时，往往发为诗歌，以鸣其不平。顾诗人之旨，怨而不怒，哀而不伤，抑扬含吐，言不尽意，则忧愁抑郁之思，终无自而申焉。既又变为词曲，假托故事，翻弄新声，夺人酒杯，浇己块垒，于是嘻笑怒骂，纵横肆出，淋漓极致而后已。大序所云：“言之不足故嗟叹之，嗟叹之不足故永歌之，永歌之不足，不知手之舞之，足之蹈之也。”至于手舞足蹈，则秦声赵瑟，郑卫递代，观者目摇神愕，而作者忧愁抑郁之思为之一快。

因为忧愁抑郁之思凭借诗歌的抑扬含吐、言不尽意“终无自而申”，如此的情感又不能长久积郁，需要托寄于相应的形式，于是复原了远古诗乐舞一体的词曲形式诞生，它具有形式激烈、言辞与肢体同步运动的特点，又以他人故事的演绎荡涤了诗乐舞一体之中的规范，具有更强烈的宣泄性。吴伟业就充分关注到词曲传奇与歌舞的关系，他认为：“今之传奇，即古者歌舞之变也。”但这种形式感动人心的效能“较昔之歌舞更显而畅”，原因也在于它可以假人代言，即“士之不遇者，郁积其无聊不平之慨于胸中，无所发抒，因借古人之歌哭笑骂，以陶写我之抑郁牢骚；而我之性情，爰借古人之性情而盘旋于纸上，宛转于当场。”①代言则我虽然寓托其中却在形式上可以置身事外，托寓其中，则其心即我心，其言即我言；置身事外，则可以脱开干系，摆脱利害，甚至可以无所顾忌。代言虽然形式是夺人酒杯浇己之块垒，但实际效果上却是更具有遣发宣泄性。因此，对于抑郁困顿之情而言，词曲成为寄

① 吴伟业：《北词广正谱序》。

情的重要文体。

通过以上论述可以看出,任何一文体的发生皆非一朝一夕一蹴而就;也非某一机缘附会,立地现形。它们都有一个由来者渐的演化过程,又都有其必然转移的内在力量与需求。

有鉴于文学之体如此的变化历程,所以刘体仁《词绎》中才得出结论:"诗不得不为词,非独寒夜凄怨之类,以句之长短拟也。老杜风雨见舟前落花一首,词之神理备具,气运所至,杜老亦忍俊不禁耳。"虽然是就词而发,却鲜明地以气运说明了文体诞生与变异的原因。

参 考 文 献

《周易》,王弼注,孔颖达正义,中华书局1981年影印阮元校刻本

《老子》,朱谦之校释本,中华书局1984年版

《大戴礼记》,王聘珍解诂本,中华书局1983年版

《孟子正义》,焦循正义本,中华书局1987年版

朱熹:《仪礼经传通解》,文渊阁四库全书本

江永:《礼书纲目附录》,文渊阁四库全书本

刘安:《淮南鸿烈》,四部丛刊本

董仲舒:《春秋繁露》,苏舆义证本,中华书局1992年版

王充:《论衡》,黄晖校释本,中华书局1996年版

刘邵:《人物志》,刘昞注,长春出版社2001年版

葛洪:《抱朴子内编》,杨明照校笺本,中华书局1991年版

葛洪:《抱朴子外篇》,杨明照校笺本,中华书局1997年版

黎靖德编:《朱子语类》,中华书局1994年版

心简斋重订:《昭明文选集评》,乾隆戊戌夏刻本

方回:《瀛奎律髓》,李庆甲汇评本,上海古籍出版社2005年版

何文焕辑:《历代诗话》,中华书局1983年版

丁福保辑:《历代诗话续编》,中华书局1983年版

郭绍虞辑:《宋诗话辑佚》,中华书局1980年版

丁福保辑:《清诗话》,上海古籍出版社1978年版

郭绍虞辑:《清诗话续编》,上海古籍出版社1983年版

张寅彭主编:《民国诗话丛编》,上海书店出版社2002年版

中国戏曲研究院编:《中国古典戏曲论著集成》,中国戏剧出版社 1959 年版
郭绍虞主编:《词话丛编》,中华书局 1986 年版
吴文治主编:《明诗话全编》,江苏古籍出版社 1997 年版
王水照主编:《历代文话》,复旦大学出版社 2008 年版
胡经之主编:《中国古典文艺学丛编》,北京大学出版社 2001 年版
贾文昭编:《中国近代文论类编》,黄山书社 1991 年版
王伯敏、任道斌主编:《画学集成》,河北美术出版社 2002 年版
陶秋英编选:《宋金元文论选》,人民文学出版社 1999 年版
蔡景康编选:《明代文论选》,人民文学出版社 1999 年版
王运熙、顾易生编选:《清代文论选》,人民文学出版社 1999 年版
舒芜等编选:《近代文论选》,人民文学出版社 1999 年版
张国庆辑:《云南古代诗文论著辑要》,中华书局 2001 年版
张少康:《文赋集释》,人民文学出版社 2002 年版
刘义庆:《世说新语》,徐震堮校笺本,中华书局 1999 年版
曹旭:《诗品集注》,上海古籍出版社 1994 年版
黄叔琳注、李详补注、杨明照校注拾遗:《增订文心雕龙校注》,中华书局 2000 年版
纪晓岚评:《文心雕龙》,江苏广陵古籍刻印社 1997 年版
范文澜:《文心雕龙注》,人民文学出版社 1998 年版
詹锳:《文心雕龙义证》,上海古籍出版社 1989 年版
陈书良:《听涛馆文心雕龙释名》,湖南人民出版社 2007 年版
遍照金刚:《文镜秘府论》,王利器校注本,中国社会科学出版社 1983 年版
陈应行编:《吟窗杂录》,中华书局 1997 年版
王正德:《余师录》,文渊阁四库全书本
楼昉:《崇文古诀》,文渊阁四库全书本
王应麟:《困学纪闻》,文渊阁四库全书本
胡仔:《笞溪渔隐丛话》,人民文学出版社 1993 年版
阮阅:《诗话总龟》,人民文学出版社 1987 年版
陈绎曾:《文章欧冶》,四库全书存目丛书收清抄本

邓云霄:《冷邸小言》,道光二十七年邓仁声刻本
李贽:《焚书》,岳麓书社 1990 年版
吴讷:《文章辨体序说》,人民文学出版社 1998 年版
许学夷:《诗源辨体》,人民文学出版社 1987 年版
陈霆:《渚山堂词话》,人民文学出版社 1960 年版
屠隆:《鸿苞节录》,屠继烈咸丰七年刊本
胡应麟:《诗薮》,上海古籍出版社 1979 年版
周履靖:《骚坛秘语》,丛书集成初编本
乌斯道:《松下小稿》,文渊阁四库全书本
陈龙正:《举业素语》,檇李遗书本
顾炎武:《日知录》,文渊阁四库全书本
王夫之:《诗广传》,续修四库全书本
周维德笺注:《诗问四种》,齐鲁书社 1985 年版
张宗楠辑录:《带经堂诗话》,人民文学出版社 1998 年版
叶燮:《原诗》,人民文学出版社 1998 年版
沈德潜:《说诗晬语》,人民文学出版社 1979 年版
薛雪:《一瓢诗话》,人民文学出版社 1979 年版
翁方纲:《石洲诗话》,人民文学出版社 1981 年版
赵执信:《谈龙录》,人民文学出版社 1998 年版
刘大櫆:《论文偶记》,人民文学出版社 1959 年版
章学诚:《文史通义》,叶瑛校注本,人民文学出版社 1994 年版
方东树:《昭昧詹言》,人民文学出版社 1984 年版
洪亮吉:《北江诗话》,人民文学出版社 1983 年版
唐彪:《读书作文谱》,清嘉庆刊本
曾国藩:《鸣原堂论文》,清同治刊本
吴德旋:《初月楼古文续论》,人民文学出版社 1998 年版
黄培芳:《黄培芳诗话三种》,广东高等教育出版社 1995 年版
吴文溥:《南野堂笔记》,民国元年上海中华国粹书社石印本
吴曾祺:《涵芬楼文谈》,商务印书馆 1911 年版

陈廷焯:《白雨斋词话》,人民文学出版社 1998 年版
况周颐:《蕙风词话》,人民文学出版社 1998 年版
林纾:《春觉斋论文》,人民文学出版社 1998 年版
林纾:《左孟庄骚精华录》,商务印书馆民国二年版
萧统编、李善注:《文选》,上海古籍出版社 1994 年版
郭茂倩:《乐府诗集》,中华书局 1979 年版
傅璇琮主编:《唐人选唐诗新编》,陕西人民教育出版社 1996 年版
陆云龙等:《翠娱阁评选皇明小品十六家》,浙江古籍出版社 1996 年版
周亮工:《尺牍新钞》,上海杂志公司本
严可均:《全上古三代秦汉三国六朝文》,中华书局影印本
徐乾学编:《古文渊鉴》,清刻本
余冠英:《乐府诗选》,人民文学出版社 1954 年第二版
楼宇烈:《王弼集校释》,中华书局 1980 年版
王柏:《鲁斋集》,文渊阁四库全书本
何基:《何北山先生遗集》,丛书集成本
黄裳:《演山集》,文渊阁四库全书本
邵雍:《击壤集》,文渊阁四库全书本
张载:《张载集》,中华书局 1978 年版
陆游:《陆放翁全集》,中国书店 1986 年据世界书局 1936 年版影印
叶适:《水心先生文集》,文渊阁四库全书本
王十朋:《梅溪文集后集》,文渊阁四库全书本
舒岳祥:《阆风集》,文渊阁四库全书本
牟巘:《牟氏陵阳集》,文渊阁四库全书本
赵孟頫:《赵孟頫集》,浙江古籍出版社 1986 年版
楼钥:《攻媿集》,丛书集成本
程端礼:《畏斋集》,四明丛书本
戴表元:《剡源集》,丛书集成本
袁桷:《清容居士文集》,四明丛书本
柳贯:《柳待制文集》,文渊阁四库全书本

黄溍:《金华黄先生文集》,四部丛刊初编本
贝琼:《清江贝先生文集》,四部丛刊初编本
宋濂:《宋学士文集》,四部丛刊初编本
方孝孺:《逊志斋集》,徐光大校点本,宁波出版社 2000 年版
于谦:《忠肃集》,文渊阁四库全书本
徐渭:《徐文长集》,中华书局 1983 年版
王廷相:《王氏家藏集》,文渊阁四库全书本
屠隆:《白榆集》,明刻本
袁宏道:《袁宏道集》,钱伯城校笺本,上海古籍出版社 1981 年版
张岱:《张岱诗文集》,上海古籍出版社 1991 年版
凌义渠:《凌忠介公集》,文渊阁四库全书本
魏学洢:《茅檐集》,文渊阁四库全书本
陈子龙:《安雅堂稿》,辽宁教育出版社 2003 年版
金圣叹:《金圣叹尺牍》,贯华堂选批唐才子诗甲集七卷附尺牍一卷,民国上海有正书局铅印本
倪元璐:《倪文贞集》,文渊阁四库全书本
黄宗羲:《黄宗羲全集》,沈善洪主编,浙江古籍出版社 2005 年版
王夫之:《船山全书》,岳麓书社 1995 年版
钱谦益:《牧斋有学集》,四部丛刊初编本
钱谦益:《牧斋初学集》,四部丛刊初编本
周容:《春酒堂遗书》,四明丛书本
李渔:《李渔全集》,浙江古籍出版社 1992 年版
郑燮:《郑板桥全集》,中国书店依扫叶山房 1924 年版影印本
刘大櫆:《海峰文集》,同治甲戌冬月刘继重刊本
刘熙载:《刘熙载文集》,江苏古籍出版社 2000 年版
梅曾亮:《柏枧山房文续集》,上海古籍出版社 2005 年版
方东树:《仪卫轩文集》,同治刻本
吴汝纶:《桐城吴先生全书》,吴氏家刻本
姚永朴:《文学研究法》,黄山书社 1989 年版

郑临川记录:《笳吹弦诵传薪录》,上海古籍出版社 2002 年版
刘麟生:《中国骈文史》,东方出版社 1996 年版
瞿兑之等:《中国文学七论》,广西师范大学出版社 2007 年版
俞平伯等:《名家说宋词》,天津教育出版社 2007 年版
顾随:《顾随全集 · 著述卷》,河北教育出版社 2001 年版
朱光潜:《诗论》,三联书店 1984 年版
陈寅恪:《金明馆丛稿初编》,三联书店 2001 年版
钱钟书:《谈艺录》,中华书局 1984 年版
汤用彤:《汤用彤全集》,河北人民出版社 1999 年版
于民:《气化谐和》,东北师范大学出版社 1990 年版
朱东润:《中国文学批评史大纲》,上海古籍出版社 2002 年版
罗根泽《中国文学批评史》,上海古籍出版社 1984 年版
郭绍虞:《中国文学批评史》,上海古籍出版社 1982 年版
刘永济:《十四朝文学要略》,中华书局 2007 年版
成复旺、蔡钟翔、黄保真:《中国文学理论史》第 3 册,北京出版社 1987 年版
成复旺:《文境与哲理》,中华书局 2003 年版
萧涤非:《汉魏六朝乐府文学史》,人民文学出版社 1984 年版
袁济喜:《和:审美理想之维》,百花洲文艺出版社 2001 年版
王运熙、杨明:《魏晋南北朝文学批评史》,上海古籍出版社 1990 年版
张法:《中国美学史》,上海人民出版社 2003 年版
叶嘉莹:《王国维及其文学批评》,河北教育出版社 1997 年版
涂光社:《原创在气》,百花洲文艺出版社 2001 年版
汪涌豪:《范畴论》,复旦大学出版社 1999 年版
韩经太:《徜徉两端》,河南人民出版社 2000 年版
曾振宇:《中国气论哲学研究》,山东大学出版社 2001 年版
张立文主编:《中国哲学范畴精粹丛书:气》,中国人民大学出版社 1990 年版
龚鹏程:《中国文学批评史论》,北京大学出版社 2008 年版
张国刚、乔治忠:《中国学术史》,东方出版社 2006 年版

张义宾:《中国古代气论文艺观》,山西人民出版社 2003 年版
第环宁:《气势论》,民族出版社 2003 年版

曾振宇:《董仲舒气哲学论纲——兼论中国古典哲学的一般性质》,《孔子研究》1997 年第 2 期
詹福瑞等:《从志思蓄愤到遣兴娱情》,《文艺研究》2006 年第 1 期
夏静:《文质原论——礼乐文化背景下的诠释》,《文学评论》2004 年第 2 期
鲁枢元:《百年疏漏——中国文学史书写的生态视阈》,《文学评论》2007 年第 1 期
袁济喜:《从古代文论的气感说看文艺的生命激活》,《中国人民大学学报》2004 年第 5 期
张晶:《"入兴贵闲"——关于审美创造的一个重要命题》,《吉林大学学报》2000 年第 1 期
饶龙隼:《两汉气感取象论》,《文学评论》2006 年第 4 期
韩经太:《诗艺与体物》,《文学遗产》2005 年第 2 期
张锡坤:《气韵范畴考辨》,《中国社会科学》2000 年第 2 期
龚延明、高明扬:《清代科举八股文的衡文标准》,《中国社会科学》2005 年第 4 期

责任编辑:崔继新
文字编辑:张　旭
封面设计:肖　辉
版式设计:陈　岩
责任校对:陈来胜

图书在版编目(CIP)数据

气与中国文学理论体系构建/赵树功 著. -北京:人民出版社,2012.3
ISBN 978-7-01-010535-2

Ⅰ.①气…　Ⅱ.①赵…　Ⅲ.①中国文学-文学理论-哲学基础-研究
Ⅳ.①I206②I0-02

中国版本图书馆 CIP 数据核字(2011)第 274822 号

气与中国文学理论体系构建

QI YU ZHONGGUO WENXUE LILUN TIXI GOUJIAN

赵树功　著

人民出版社 出版发行
(100706　北京朝阳门内大街 166 号)

北京瑞古冠中印刷厂印刷　新华书店经销

2012 年 3 月第 1 版　2012 年 3 月北京第 1 次印刷
开本:710 毫米×1000 毫米 1/16　印张:30
字数:440 千字　印数:0,001-3,000 册

ISBN 978-7-01-010535-2　定价:58.00 元

邮购地址 100706　北京朝阳门内大街 166 号
人民东方图书销售中心　电话 (010)65250042　65289539